宁夏回族自治区文化名家郎伟工作室阶段性成果

宁夏回族自治区民族学一流学科（2021—2025）建设项目阶段性成果

IMMENSE WINGS
AND POTENTIAL HEIGHT

巨大的翅膀
和
可能的高度

郎伟——著

黄河出版传媒集团
阳光出版社

图书在版编目（CIP）数据

巨大的翅膀和可能的高度 / 郎伟著. -- 银川：阳光出版社, 2021.4
ISBN 978-7-5525-5841-8

Ⅰ. ①巨… Ⅱ. ①郎… Ⅲ. ①中国文学 - 当代文学 - 文学评论 - 宁夏 - 文集 Ⅳ. ①I206.7-53

中国版本图书馆CIP数据核字(2021)第065566号

巨大的翅膀和可能的高度　　郎伟　著

责任编辑　杨　皎　丁丽萍　谢　瑞
装帧设计　晨　皓
责任印制　岳建宁

黄河出版传媒集团 阳光出版社 出版发行

出 版 人　薛文斌
地　　址　宁夏银川市北京东路139号出版大厦（750001）
网　　址　http：//www.ygchbs.com
网上书店　http：//shop129132959.taobao.com
电子信箱　yangguangchubanshe@163.com
邮购电话　0951-5014139
经　　销　全国新华书店
印刷装订　宁夏凤鸣彩印广告有限公司
印刷委托书号　（宁）0020327

开　　本　710mm × 1000mm　1/16
印　　张　32.75
字　　数　330千字
版　　次　2021年4月第1版
印　　次　2021年8月第1次印刷
书　　号　ISBN 978-7-5525-5841-8
定　　价　68.00元

|目 录|

宁夏文学创作综论

宁夏小说创作论

宁夏散文作品论

宁夏文学创作综论

中国文学的“宁夏现象”①

——改革开放40年来的宁夏文学事业发展回顾

2018年是中国社会和中国人民走上改革开放伟大征程40周年，也是宁夏回族自治区成立60周年。在这样一个值得纪念的历史时刻，回顾宁夏文学所走过的艰难奋进之路，总结几代作家所创造的不平凡业绩，既是一种责任，也是宁夏文学研究者必须要完成的一项学术工作。

1958年，在祖国开发和建设大西北的热潮当中，宁夏回族自治区宣告成立。崭新的思想与时代的激情，为宁夏的经济、社会和文化发展带来了前所未有的生机与活力。在宁夏这片古老而神奇的土地上，各族人民感受着只争朝夕、奋发有为的强劲时代脉搏，开始了改天换地的新壮举。60年过去了，当我们回首已经逝去的峥嵘岁月，回顾宁夏由祖

①本文为作者在中国作协、宁夏回族自治区党委宣传部联合主办，中国作协创研部、宁夏文联承办的“中国文学的宁夏现象”研讨会上的发言稿，该研讨会于2018年12月20日在北京中国作协举行。

国西北地区一个偏远的不被人注意的小省区，发展变化成为今天名闻遐迩的“塞上明珠”，不禁感慨万千。应该说，宁夏由昔日的偏远落后地区一跃而成为如今引人注目之地，与党中央和国务院对宁夏人民的亲切关怀和对宁夏工作一以贯之的支持是分不开的，也与宁夏各级领导和人民几十年如一日的埋头苦干、负重拼搏、开拓进取、创新前行密切相关。宁夏文学作为宁夏社会主义现代化事业的不可缺少的重要组成部分，60年来，尤其是改革开放的40年以来，一直在担当着书写时代、讴歌人民、鼓舞人心、憧憬未来的光荣职责。宁夏的文学创作家们，在自治区党委和政府的热情关怀之下，在宁夏文联和宁夏作协的积极领导和组织之下，几十年来，创作了大量的思想性和艺术性俱佳的优秀作品。这些优秀的文学作品描写宁夏各族人民的生活和命运，发现时代潮流汹涌澎湃的历史和现实依据，挖掘并充分展示存在于人民生活当中的源远流长的“真、善、美”的情愫，讴歌我国社会主义现代化事业的最新进展。简而言之，宁夏文学创作家们以一支绚丽多姿的彩笔，充满深情地描画了宁夏人民负重前行、奋斗拼搏的历史画卷以及宁夏人民在新的社会时代背景下的心灵图景。可以毫不夸张地说，在改革开放以来的宁夏社会主义革命和建设事业当中，宁夏文学艺术家们的表现是相当优异的。他们的卓越创作不仅集中体现了作家们对时代潮流的深切感知，对宁夏各族人民生存命运的审美把握，对中国特色社会主义伟大事业发自内心的赞叹和歌颂，更重要的是，由于作家们的杰出创作，“宁夏文学”如今已经成为对外宣传宁夏的一个最好的窗口，一张备受世人关注的文化名片。为了更好地推进宁夏文学事业的大发展大繁荣，我们有必要对1978年到2018年40年间，尤其是党的十八大以来，宁夏文学的发展情况和所取得的重要业绩，作一简单的梳理和回顾。

一、宁夏文学发展的三个高潮期

改革开放40年来，宁夏文学由昔日的相对沉寂弱小走向了今天的繁盛强大，经历了漫长而艰辛的行进和探寻之路。在这不算短暂的40年间，可以明显看到宁夏文学发展中的三个高潮期。

第一个高潮期出现于改革开放初期到20世纪80年代中期。这一时期，感应着祖国和时代命运的跌宕起伏，以张贤亮为主要代表的宁夏优秀作家以“音色”鲜明的“歌喉”，唱出了震撼人心的浑厚苍凉之声，因而引起了全国数以十万、百万计读者和国内文学权威话语的特别关注。在20世纪80年代的宁夏作家队伍中，一直有“二张一戈”（张贤亮、张武、戈悟觉）的说法。张贤亮基于个人忧患、民族痛史的慷慨悲歌和对社会人生的锐利穿透、张武的深耕乡土与针砭时弊、戈悟觉的运笔轻灵和对苦难历史的超越，皆在中国文坛形成良好口碑。除此之外，小说创作领域的哈宽贵、路展、程造之、马知遥、翟承恩、杨仁山、王洲贵、蒋振邦、南台、李唯、郑柯、马治中、查舜、那守箴、张冀雪、吴善珍，诗歌创作领域的高深、吴淮生、肖川、刘国尧、秦中吟、马乐群、杨少青、万里鹏，散文创作领域的张涧、刘和芳、吴音、冯剑华、余光慧、都沛、王庆同等，也都创作出了不少精品力作，形成了宁夏文学创作的一时之盛。

第二个高潮期出现在20世纪90年代中期到21世纪初期。这一历史时期，经过此前七八年间的创作沉潜和力量积聚，“宁夏青年作家群”

终于崛起，形成了中国文学夜空中又一个耀眼“星群”。与第一个高潮期相比，这一阶段的宁夏文学呈现出整体创作水准相当超凡的特质。以活跃于这一历史时期的“六棵树”等作家为例，就足以使我们真切地感受到宁夏文坛创作风格的丰富性。石舒清的体验之深与描写之精细，陈继明的敏锐、多思和尖刻，金瓯的反讽、冷嘲与先锋性，漠月的静谧和诗情，季栋梁扑向现实时的激情和冷峻的穿透，李进祥的忧伤和沉郁，郭文斌的温柔敦厚，张学东对20世纪中国社会“伤害”主题的发现和书写，莫不以逼人的思想和艺术力量冲击着我们的心灵。简言之，以“三棵树”和“新三棵树”以及杨梓、郎伟、白草、火会亮、杨森君、梦也、王怀凌、韩银梅、了一容、单永珍、牛学智、阿舍、曹海英、木妮、吟泠等为代表的宁夏“60后”和“70后”作家，用布满粗粝厚重的西北风沙和弥漫着东方古典情韵的作品，以对人的命运的关注和对人性的信心，征服了广大读者，因而又一次赢得了中国文坛对宁夏文学的格外敬意和掌声。

第三个高潮期出现在党的十八大以来的五六年间。在党的十八大精神的鼓舞下，在习近平总书记在文艺工作座谈会上讲话精神的指引下，近年来，宁夏文学取得了长足的进步，获得了突出的成就。马金莲的长篇小说《马兰花开》和季栋梁的长篇小说《上庄记》同时获得“五个一工程”作品奖（第十三届精神文明建设“五个一工程”评选，2014年），马金莲获得“鲁迅文学奖”（第七届，2018年）、全国少数民族文学创作“骏马奖”（第十一届，2016年），赵华获得全国优秀儿童文学奖（第十届，2017年），漠月、张学东、马悦、阿舍等作家获得《十月》文学奖、《小说选刊》奖和《民族文学》奖等重要奖项，多人次荣登中国小说学会年度选本和排行榜。李进祥、刘汉斌、乌兰其木格等作家的作品集入选“21世纪文学之星”“中国少数民族文学之星”丛书，40多部宁夏作家的作品入选中国作协重点作品扶持项目。显而易见，宁夏文学再一次以成规模的“方阵”形式走上中国文学的前台，形成令人刮目相看的“宁夏现象”。

二、“宁夏现象”的内涵

我个人理解，中国文学的“宁夏现象”的内涵应该有以下几个方面。

第一，宁夏的中短篇小说创作经过几代作家的不懈努力，已经形成鲜明的思想和艺术特色，在中国文坛具有相当高的知名度和美誉度。在短篇小说创作领域，几十年来，宁夏文坛一直是名家辈出，代有传人。从张贤亮、张武、戈悟觉、马知遥、李唯、张冀雪，到新世纪前后崛起于中国文坛的“三棵树”和“新三棵树”，再到近年获得国家级文学大奖的郭文斌、李进祥、马金莲等，宁夏文学界一直在为当代中国文学提供杰出的短篇小说作家。截至2018年，鲁迅文学奖颁发了七届，短篇小说获奖者35人，宁夏有3人，还有几位作家获得过提名和入围奖；在迄今为止的十一届全国少数民族文学创作“骏马奖”评选中，宁夏共有19人次获奖，获奖的作品主要还是短篇小说。这样持续不衰的短篇小说创作业绩，成为一种特殊的“文学现象”，构成了中国文学美丽山河的独特景观之一。

第二，宁夏这片偏远之地既是“草根作家”茁壮成长的沃土，也是“文学照亮生活”的安心福地。据统计，宁夏有近3000名基层作家，这些“草根作家”的创作不仅带着泥土的芬芳，而且带着生活的激情和向往，温暖与眷恋。正因为宁夏各市县对文学事业高度重视，基层作家人数多、创作活跃，西吉县被中国作协中华文学基金会郑重命名为中国第一个“文学之乡”，同心县被中国作协中国诗歌学会授予“诗歌之乡”。也因此，2016 年 5 月，中国作协将“文学照亮生活”全民公益大讲堂的首课放在了西吉县，并由铁凝主席主讲。铁凝主席在大讲堂上这样说：文学不仅是西吉这片土地上生长得最好的庄稼，西吉也应该是中国文学最宝贵的一个粮仓。粗粗梳理一下新时期以来的宁夏文学发展史，无论是第一个高潮期的“二张一戈”，还是第二个高潮期的“六棵树”，一直到最近几年创作风头强劲的马金莲以及“拇指作家”马慧娟、英年早逝的“的哥”作家保剑君、打工者作家彦妮①等，莫不是从乡土和城市的基层生活走出，带着乡间的泥土味、青草味和城市街道的烟火味走上文坛。来自基层的写作者们痴情文学、热爱写作，是因为文学已经成为他们日常生活中不可或缺的内容和元素，文学不仅是困苦生活艰辛岁月当中的心灵寄托，更是照亮生存暗影的一盏格外耀眼的理想之灯。

第三，宁夏文学的生长和壮大，既是写作者勤奋耕耘的结果，更是本地文学刊物编辑们无私奉献的明证。在宁夏，作家与编辑之间，从来都是鱼水深情。宁夏三份声名远播的文学杂志《朔方》《黄河文学》《六盘山》和各市县二十多份内部文学刊物的编辑们几十年如一日，满怀一

---

①马慧娟，“80 后”回族女作家，笔名溪风。马慧娟的家乡原在西海固地区，后来移民搬迁到宁夏吴忠红寺堡区。以务农打工为生，业余时间从事创作。因她主要以手机作为写作工具（已经写坏了若干个手机），故有“拇指作家”之称。保剑君（1973—2017 年），回族作家，宁夏银川市贺兰县人。以开出租车为生。写作和发表过诗歌、散文和小说数篇。曾经获得全国交通运输系统“劳动模范”称号。2017 年 12 月 17 日因心脏病突发辞世，终年 44 岁。彦妮，原名张彦忠，宁夏海原人。从乡村来到城市后，主要以经营街头报刊亭为生。出版过长篇小说和散文集，获得过冰心儿童文学新作奖、孙犁散文奖。

腔热情、奉献此生心血，兢兢业业、沙里淘金，扶持和帮助宁夏作家一步步从乡村走向城市，从宁夏走向全国。以 2018 年获得鲁迅文学奖短篇小说奖的回族女作家马金莲为例，她的成长就印证了宁夏编辑与作家间的鱼水之情。从冯剑华主编开始，经过哈若蕙主编，再到漠月主编，十年间，《朔方》三任主编仿佛在跑一场接力赛，无形中传递的是不遗余力地培养和呵护宁夏本土作家的信念和责任担当。在这十年里,《朔方》一共发表了马金莲的小说和散文作品共 24 篇，另外还发表了 3 篇有关马金莲创作的访谈和评论。《六盘山》杂志是马金莲文学起步的所在，诸多编辑的无私付出对马金莲的成长起到了不可忽视的作用。马金莲曾经在一篇文章中提到，当年她在固原民族师范学校读书的时候，是朱世忠先生在一次全校大会上特别转述的一句话（《朔方》杂志编辑说："马金莲的写作就是和一般同学不一样，大有潜力！"），成为她往后几年努力的动力之一。所以，马金莲曾经有言："作者与刊物的关系，就如一棵小苗与一片沃土的关系。"[①]应该说，没有文学编辑们的坚韧付出，就不会有宁夏文学的辉煌成就，宁夏文学编辑的勤苦敬业精神和"燃烧自己、照亮作家"的蜡烛精神，是"宁夏现象"的第三重内涵。

三、宁夏文学的创作特色

经过几代作家几十年的探索与创作实践，宁夏文学已经形成了自己的创作特色。这种具有区分度的创作精神底色，主要包括以下几个方面。

①马金莲：《我与〈朔方〉之间的点点滴滴》，《朔方》2011 年第 1 期。

第一，始终坚持现实主义的创作道路。几十年来，无论风云如何变幻，宁夏文学界的主流作家们始终坚守着文学“关注时代命运”“关注天下苍生”的创作意识和观念，他们的创作一直聚焦于西北大地上的社会与人生，与这片土地上的季节轮换、人世沧桑和泥土滋味气息相通、血脉相连。在他们的心目中，文学从来都是对生活和现实的勇敢面对，是对包围着我们身体和意识的社会人生问题的真切感知和认真发现，而非不食人间烟火不接“地气”的凌空蹈虚、穿越玄幻，更不是个人私生活尤其是隐私的铺张性书写。这种敢于直面人生，又注意挖掘生活美丽诗意的现实主义文学品格，构成了宁夏文学坚实的精神底色。

第二，始终将创作之“根”深扎于中华大地，扎入中华优秀传统文化之中。宁夏作家队伍中的大多数成员来自乡村或者有长期的乡土生活经验，受中国传统文化和西北农耕社会影响很深。因此，宁夏作家普遍具有“家园意识”和乡恋情感。他们乐于也善于把自己的创作之“根”深深扎进西北黄土地里，从中国本土生活深厚而丰富的地层中汲取无尽的创作源泉——说中国故事、唱西北歌谣。同时，他们也把弘扬中华优秀传统文化、传播中华民族共同体意识作为创作追求的核心目标之一。他们以多彩的笔触书写着西北土地上的历史生活和现实行进，赞美和高扬古老的道义原则和高贵的人类精神价值。在宁夏作家的笔下，生活从来都是欢乐与悲伤的相互缠绕，是人的生存命运的深情而真挚的描绘，是漫长而五味杂陈的劳作、生育、死亡、忍受、哭泣和歌唱。

第三，坚持以人民为中心的创作导向，坚持文艺创作鼓舞人心的创作追求。宁夏作家始终把创作焦点对准底层、对准人民，始终把文学当作是指引国民精神前进的灯火。他们是生活美和人性美的歌唱者。当许多中国作家对人性的善良和世界的温暖表示怀疑，在作品中一味展示人间的阴暗与生活的罪恶之时，在宁夏作家的作品当中，仁爱、温暖、善良却是贯穿始终的主旋律。在他们所构筑的文学天地当中，尽管有着生活的不幸、沮丧、坎坷和艰难，但创作者始终以一支注满深情的笔，书写着人类生活本身所具有的美丽和仁善，并把这种“美”和“善”当作照亮人类前行道路的不灭灯火。读他们的作品，我们的内心常常会被温暖的潮水所淹没。

第四，坚持洋为中用、开拓创新。宁夏作家的创作视野是开放的，也是开阔的。他们在坚守“中国化”的同时，也虚心学习借鉴国外优秀文化，既不盲目跟“风”，也不轻率地声言“反叛”和“颠覆”。他们始终坚守文学阅读和创作所必需的宁静和沉思品质，老老实实地“啃”中外文学大师的经典之作，细心而扎实地揣摩学习，以汲取最完美深厚的文学营养，丰富和开拓自己的艺术思维和心灵，从而写出动人心魄的佳作。正因为既具有鲜明的中国特色，又具有开阔的创作胸襟，所以宁夏作家的很多作品都被翻译成英、法、俄、日、德、希腊等多种文字，在全世界30多个国家出版发行。

四、宁夏文学取得成功的原因

宁夏的文学事业何以能够在不被看好的局面下异军突起，并且呈现欣欣向荣的景象，原因可以归纳为以下几个方面。

第一，宁夏文学艺术创作的大环境非常好。

一个地区的社会氛围与精神环境的好与差，会直接影响作家和艺术家的创作。虽然，作家艺术家的创作通常都是个体性的行为，但社会各界对其是否真心关注和欣赏，确实会对创作者的心理和情感产生深刻而微妙的影响。改革开放以来，宁夏的文艺事业呈现喜人局面，原因之一是宁夏能够精心营造有利于作家艺术家从事创作的良好的社会气氛和精神环境。具体来说，一是自治区党委宣传部历届领导都对宁夏的文学艺术创作极为重视，并采取许多有力措施积极推进宁夏的文艺工作；二是宁夏文联和各文艺协会精心策划、认真组织，以“出作品”和“出人才”作为事业前进和发展的标志；三是宁夏的文学艺术创作一直是宁夏舆论关注的焦点之一，宁夏作家和艺术家的地位相对比较高。所以，宁夏作家和艺术家的创作在宁夏一直受到热情的鼓励和全社会的关注。作家、艺术家的辛勤劳动能够得到相当程度的认可和关注，这保证了宁夏的作家、艺术家能够在一种受激励被尊重的良好精神环境中从事创作。

第二，宁夏自古以来就是多民族人民聚居和生活的地方，宁夏文化一直呈现多元和杂合的特点。这种文化的相通共融状态对文学艺术创作而言，是一笔丰厚的精神资源。北方的刚健厚重与南方的轻灵秀美共同构成了宁夏文学艺术生长发育的精神土壤。

宁夏回族自治区地处祖国的西北部，历史上这里就是一个多民族聚居的地区，也是一个多种文化形态相通共融的地区。秦汉以来，以儒家思想作为核心内容的中原农耕文化就在这片土地上扎根；在比较漫长的民族融合过程中，带有边地和草原文化特点的西夏文化曾经在这片土地上统治了近两百年；元、明、清时代的宁夏，是中央政府用心经营的地方，大批中原人和江南人以移民或“流放者”的身份进入宁夏，明代洪武年间，一批江南知识分子曾经被驱赶到宁夏，由此带来了江南文化清新的“水气”。客观地说，由于地理环境和历史进程的特殊性，古代的宁夏社会和宁夏文化一直具有多元和杂合的特点。然而，像祖国其他少数民族聚居地区一样，由于和谐观念的深入人心，在漫长而复杂的历史进程中，生活在这里的各族人民和生长于这片土地上的文化，却并没有形成尖锐的冲突和无法调和的矛盾。相反，由于秉承着中华文化的和谐理念，这里的人民和睦相处，这里的文化因来源广泛而呈现着南北交融、刚柔相济，既有北方的厚重又得南方的轻灵秀美的鲜明特色。而这独特的文化无疑为以后的宁夏社会和宁夏文化奠定了基本的精神底色，同时，也为宁夏的文学艺术创作提供了极其深厚的精神资源。

第三，从宁夏文学的成长历程来看，文学领军人物的出现，往往是带动一种创作风气的“原能力”,从而造成某一个创作门类的繁盛状态。

从文学史上的一些著名事例来看，某一地区浓厚的文学艺术创作风气的培养和创作家队伍的形成往往需要某些领军人物的适时出现。这些领军人物一般自身都具有相当杰出的创作才能，在文坛有非常大的号召力。经由他们，一些地区的创作空气会突然间变得充满活力。时隔不久，这个地区的总体创作水平会忽然得到有力提升，一批实力不俗的年轻创作者开始走向前台。回顾宁夏文学的成长过程，可以看到开风气之先的领军人物的出现,对宁夏文学事业的成长和进步是多么的意义重大。20 世纪 50 年代末，张贤亮来到银川。对宁夏文学事业而言，张贤亮的到来实在是一个难得的馈赠。事实上，张贤亮复出之后能够倾情歌唱，既标志着他个人命运的特殊转折，也是宁夏文学走向全国的重大契机。自 20 世纪 80 年代张贤亮在中国文坛取得优势地位以后，宁夏文学就开始在中国文学界具有了品牌效应。而这种品牌效应的最大功能在于，它使中国文坛不再对宁夏文学产生忽视心理，同时，它也使张贤亮之后的宁夏作家有了足够的创作自信心。有了张贤亮这个文学“巨人”，宁夏年轻一代的作家就有了艺术学习的榜样和走向中国文坛的充足底气。因为，正是在宁夏这片古老而神奇的土地上，张贤亮取得了令人惊喜的成功。显而易见，文学领军人物的适时出现，从小处说，可以带动一个地区活跃的创作状态，从长远看，则会促使一种精神气候的形成，而这种精神气候一旦形成，则会对文学创作的整体运行构成激励和保护机制。

第四，对本土化的坚守构成了宁夏文学的创作之魂，也构成了宁夏文学独步中国文坛的优势所在。

宁夏地处西部，又是多民族聚居之地，应该说这里特殊的自然地理环境和特异的社会人文景观共同构成了宁夏文学艺术家得天独厚的创作资源。从新时期以来宁夏获得全国大奖的文学作品看，正是因为创作家们抓住了“西部”和“民族”特色，才使得他们的创作在与众多的作家和作品竞争时显现出了特殊的艺术面貌和格外新鲜的情调。因此，在西部和多民族同胞聚居的土地上“打一口深井”，从本土生活深厚而丰富的地层中汲取创作源泉，就成为宁夏文学事业走向全国的成功经验之一。

第五，对文学创作事业的敬畏和虔诚之心保证了文学精品的产生。

在宁夏，文学创作从来都是关乎灵魂的事业。它可能是照亮国民精神的灯火，也可能是人类美好精神和情怀的诗意表达，它从来就不是与人类命运无关的个人的消遣和病态发泄。这么多年以来，宁夏作家从事创作的态度是极其严肃和认真的。甚至可以说，他们是完全抱着一种神圣感来从事创作的。在他们的心目中，“文学创作”是一个圣洁的字眼，文艺天然地具有社会责任感和人生使命感，容不得半点怀疑和亵渎。他们将自己的生命融入文学，把自己的心血和智慧奉献给文学，他们愿意成为文学的“殉道者”，而不去关心文学能够给予个人什么样的回报。正是因为对所从事的文学艺术事业的认真持守和痴情奉献，宁夏的文学艺术家们才可能在不长的时期之内攀上了文学和艺术的顶峰，并赢得了人民群众对他们发自内心的尊重。

2018 年 12 月

论新时期以来（1978—2018 年）的宁夏短篇小说创作

一

在中国当代文学史上，短篇小说的创作一向是受到重视和热情鼓励的。无论是在“十七年”文学时期，还是在 20 世纪 80 年代，短篇小说的优秀创作者皆是文坛的宠儿。当我们论及“十七年”文学业绩和新时期文学成就的时候，我们就不能够忘记赵树理、孙犁、王愿坚、峻青、茹志鹃、王蒙、刘心武、高晓声、汪曾祺、方之、林斤澜、蒋子龙、陈世旭、何士光、贾平凹、史铁生、莫言、张承志、王安忆、铁凝、刘庆邦、范小青、苏童、毕飞宇等短篇小说创作的佼佼者。这些优秀的创作者，感应着时代前进的强劲脉搏，用艺术彩笔描画社会历史风云激荡之下的个人命运和人的感情波澜，他们创作的短篇小说虽篇幅短小、体量不大，仿佛社会历史生活之“剪影”，而一旦连缀起来，却清晰可见生活的无穷事象、人性的万千变化。可以说，如果没有短篇小说创作的杰出奉献，中国当代文学的总体价值是要打折扣的。作为中国当代文学的当然组成部分，当代宁夏的短篇小说创作曾经有过面目相对模糊的时期——从1958年宁夏回族自治区成立到新时期前夜，宁夏虽然也出现了哈宽贵、翟承恩、徐兴亚、林楠等勤奋的写作者，但宁夏的短篇小说创作在中国文坛的“声音”却是微弱的，甚至是“无声”的。这一情状的形成，当然与宁夏的地理位置偏远有关。然而客观而言，也与当时宁夏短篇小说创作的实际水准和实力相关：当代宁夏的文学事业尚在初创当中，宁夏的短篇小说创作还处于筚路蓝缕、以启山林阶段。宁夏短篇小说创作“冲出宁夏走向全国”的时刻始于20世纪70年代末80年代初的新时期早期。由于“两张一戈”[①]的卓越文学表现，宁夏的短篇小说开始被中国文坛接受和认可。1980年张贤亮创作发表了《灵与肉》，该篇小说于1981年3月获得“1980年全国优秀短篇小说奖”。张贤亮的获奖，不仅引来全国读者对宁夏这个西北偏远之地的注目，更把宁夏的短篇小说创作水平提升到了前所未有的高度。当时与张贤亮齐名的张武和戈悟觉，其创作水准亦处于高位状态，张武的《看“点”日记》、戈悟觉的《夏天的经历》都是发表于“国刊”《人民文学》的短篇小说，并且作品发表后，读者反响热烈。[②]20世纪80年代中期至90年代初期，宁夏的短篇小说创作总体而言处于低潮期。差不多有十年时间，中国短篇小说创作

①这是20世纪80年代宁夏文坛的一个说法，指作家张贤亮、张武和戈悟觉，这三位作家当时皆以写作中短篇小说见长。

②林斤澜在《夏天的经历》（戈悟觉小说集，浙江文艺出版社，1984年8月第1版）一书的“序言”当中这样描述道：“《夏天的经历》1982年春天发表在《人民文学》上，听说有的读者很喜欢，同行也有谈论中称赞的。后来拍成电视剧，影响又大多了。票选什么奖时，有的青年跟我说，投‘夏天’的第一票。”

的顶尖领域，不再能够听得到宁夏作家的响亮“歌唱”。在如火如荼的“寻根文学”“先锋文学”“新写实小说”等小说潮流当中，难觅宁夏作家作为“弄潮儿”的身影。打破宁夏小说这一尴尬的创作局面的是“宁夏青年作家群”的逐渐崛起。1994 年，在几乎没有思想准备的情况下，石舒清以小说集《苦土》入选当年度的“21 世纪文学之星”丛书。1996 年，陈继明以短篇小说《月光下的几十个白瓶子》而受到著名评论家雷达的激赏，称之为“一个罕见的好短篇”，“堪称是研究当前社会心理，或者说研究最近期的‘集体无意识’的佳作”；[①]同年，青年作家马宇桢又以小说集《季节深处》入选 1996 年度的“21 世纪文学之星”。此后，青年作家陈继明、张学东、了一容的小说集《寂静与芬芳》《跪乳时期的羊》《挂在月光中的铜汤瓶》分别于 1998 年、2002 年和 2006 年入选该丛书。从 1994 年“21 世纪文学之星”丛书首次遴选出版到 2006 年，十二年时间，宁夏共有 5 位青年小说家入选“21 世纪文学之星”，其比例之高，在中国文坛亦属罕见。2000 年 6 月，中国作家协会、《人民文学》杂志社、《小说选刊》杂志社与宁夏党委宣传部、宁夏文联、《朔方》编辑部等单位联合在北京召开宁夏青年作家陈继明、石舒清、金瓯作品讨论会，正式向外界推出“宁夏三棵树”。2001 年，石舒清以短篇小说《清水里的刀子》荣获第二届（1997—2000 年）鲁迅文学奖，这是继张贤亮之后，第二位获得全国优秀短篇小说奖的宁夏作家。2002 年 5 月，《中国作家》杂志社、《人民文学》杂志社、《文艺报》社与宁夏党委宣传部、宁夏文联、《朔方》编辑部等单位在北京联合举办“宁夏青年作家

①雷达：《不回避姿态与文化体验——近期小说述评》，《中华文学选刊》1996 年第 4 期。

小说作品研讨会”，再一次向外界推出漠月、季栋梁、张学东（又称“新三棵树”）等新锐作家。2007年11月，郭文斌又以短篇小说《吉祥如意》获得第四届（2004—2006年）鲁迅文学奖。几乎在同时，金瓯、石舒清、了一容、李进祥、马金莲分别以中短篇小说集《鸡蛋的眼泪》《伏天》《挂在月光中的铜汤瓶》《换水》《长河》获得第七届、第八届、第九届、第十届、第十一届全国少数民族文学创作“骏马奖”。应该说，到新世纪第一个十年结束，以中短篇小说写作见长的“宁夏青年作家群”已经全面崛起，宁夏文学界孜孜以求的宁夏短篇小说创作的高潮期轰然来到。2010年以后，受诸多因素的影响，宁夏短篇小说创作的“井喷”态势不再持续。更多时候，宁夏短篇小说创作处于一种惯性滑行状态。令人欣喜的是，近七八年来，回族女作家马金莲成为宁夏短篇小说创作的代表人物，她的那些饱含着西北乡土风情又内蕴着东方传统文化精神的短篇小说，不仅深受读者喜爱，也反复证明着宁夏短篇小说本来应该拥有的不凡的思想和艺术实力。

二

从新时期的开启到中国社会迈入新时代，时间已经过去整整四十年。四十年间，当代宁夏的文学创作面貌发生了前所未有的变化，作为宁夏文学“窗口”之一的短篇小说创作也走过了一条不平凡的道路，取得了相当不错的文学业绩。令人感到自豪和欣慰的是，四十年来，由于几代作家的不懈努力和奋斗，宁夏的短篇小说在全国已经拥有了相当高的知名度和美誉度，成为中国文坛公认的西部短篇小说创作的重镇。宁夏的短篇小说受读者激赏、被文坛肯定，是因为宁夏的短篇小说创作独具思想和文化魅力，富有区别于其他省区的地域特色和民族特色。

特色之一：宁夏的短篇小说创作具有超拔的思想气质以及辨识度很高的乡土性与地方性。

从总体上说，中国是一个农业大国。即使是在全球化、城市化浪潮一浪高过一浪的当下，居住和生活于被广阔田野所包围着的乡镇的人口仍然占据我国总人口的多数。宁夏地处祖国西北腹地，历史上一直是农牧业相交织的地区。虽然改革开放四十年来，宁夏的社会历史进程加快，城市化步伐加大，也依然不能完全说是进入了发达的现代化和工业化社会。对应着宁夏社会特色鲜明的前现代社会的乡土性特征，以及宁夏作家十之八九皆有乡村生活经历的历史和现实，宁夏短篇小说创作的“乡土性”几乎是天然的。从新时期早期张武的《三叔》《看“点”日记》《瓜王轶事》，张贤亮的《邢老汉和狗的故事》《灵与肉》《肖尔布拉克》，马知遥的《四月的河滩》《搭伙》，到新世纪前后崛起的“宁夏青年作家群”中的诸多优秀作家创作的短篇小说，就作品的取材而言，乡土题材的小说几乎占有宁夏短篇小说创作总量的三分之二。新时期以来，就全国文坛而言，写作乡土小说的作家成千上万，其中的短篇小说名家亦不在少数，为什么宁夏的短篇小说作家在相当长的时段之内，能够居于全国第一集团的位置？这就涉及笔者上面所说的“超拔的思想气质以及辨识度很高的乡土性与地方性”特质了。我以为，宁夏乡土小说之所以能够在国内浩如烟海的乡土小说中成为易于识别的“舟船”，就在于宁夏作家一直在提供优秀的短篇小说所应该具有的两种气质：比较敏锐、深邃的思想和独特的地域文化、民族文化气质。

我们先来说宁夏乡土题材的短篇小说所拥有的敏锐超拔的思想质地。张武的《看“点”日记》是发表于 1979 年的一篇小说，其时，国内文坛“反思文学”正在大行其道。张武却独辟蹊径，讲述了一个发生在西部乡村的生动的现实故事：一位省级领导如何以下乡“蹲点”为名，花拳绣腿，声东击西，大搞形式主义。对比 1979 年国内文坛写现实乡土的诸多小说，张武的这篇小说敢于大胆触及高级领导干部的工作作风浮夸，做人、谋事不实问题，就是今天看来，也仍然有着不容忽视的现实意义。一篇写于四十年前的短篇小说虽经岁月磨砺，却依然让人感觉小说场景活灵活现、人物故事似曾相识，这当然是作者当年心怀忧患、思索深邃所致。马知遥的《三七》也是发表于新时期早期的作品。这篇小说大胆触及乡村干部借宗教名义肆意敛财的尖锐问题，其粗粝痛切的叙述和贴切的心理刻画之中，是一位作家对于祖国和人民的深沉之爱，是希望廓清生活的阴霾还人民以正义蓝天的殷殷期盼。陈继明的短篇小说《骨头》描述几十年前乡村两个家族之间的仇杀事件如何给本家族唯一的幸存者父亲留下巨大的心理阴影，并成为他此生最为浩大的话语资源。结局却是颇为出人意料的：在父亲的反复告诫之下，家族的后人们以一种温和而韧性的奋斗，完成了对于一度受到损伤的家族荣誉的修复。我们读陈继明的这篇小说，仿佛在读一个近现代中国寓言。“渡尽劫波兄弟在，相逢一笑泯恩仇。”在由野蛮、仇恨和暴力构成的凶险的世界当中，化干戈为玉帛的勇气和以柔克刚的生存智慧，难道不正是东方哲学的最伟大真谛吗？陈继明的另外一个短篇小说《粉刷工吉祥》亦是一篇问题尖锐、思索深入之作。这篇小说讲述农民工（粉刷工）吉祥因为在邮局汇款时与营业员的一个小小的争执，而在一天内受尽凌辱几乎丧命的故事。作者冷静的、压抑性的叙述以及对于吉祥“死而复生”后不愿提及往事的叙事设计，都在以一种不动声色的文学方式向现实尖锐发问：城里人真的把受尽辛苦的农民工当作一个有尊严的人看待了吗？如果没有，城市的明天将会怎样？评论家金理这样评价《粉刷工吉祥》的意义和价值：“我们经常会看到，批评家们对今天的文学丧失介入、参与等积极品质的严厉批评。然而面对陈继明这个短篇，我们很难再轻易地判定文学沟通现实能力的匮乏，也很难判定，当代文学是否真的丧失了介入、沟通现实生活的可能性。”[①]李进祥也是一位来自乡土的写作者，敏锐的艺术感知和不间断的思索，使他的乡土小说一直带有深沉的思想底色。他发表于2005年的作品《屠户》是一篇让人惊心动魄的小说。这篇描写乡下人渴望进城却在城市中迷失心智进而痛失亲人的作品，实则有着巨大的象征性和寓言性。它以真实的血和泪告诉大家：当我们因为“不干净”的欲望而变得异常贪婪，从而不知不觉地播下肮脏和罪恶的种子之时，人类一定会收获无尽的伤害和灾难。宁夏乡土小说作家一直居于交通和信息不甚通畅的西北边远之地，学历也不能算很高，按照逻辑的推想，他们的小说作品是不会具有“发现问题”的思想气质的，然而，异常复杂的历史风云和亲历的现实生活，以及对人的丰富性、复杂性的感知与深度理解教会了他们，使他们锻造了一双双透视人生和人性的锐利眼睛，由这双锐利之眼，他们在小说中描绘了别人未曾意识到的人生风景，又在熟悉的人生风景中发现了别人未能发现的生活和人性奥秘。

①金理：《纯文学果真丧失了社会担当的可能么？》，见《文汇报》2004年6月23日。

宁夏不仅是一个具有漫长的农牧史地区，更是一个多民族文化长期混合交融、和谐共生的所在。这样的地域文化底色，反映在宁夏短篇小说的创作当中，便是作家们会不自觉地在作品当中细致描绘当地的风土人情，将地域的民族的精神生活内涵审美性呈现，从而形成氤氲于宁夏短篇小说之中的特殊地域文化和民族文化情调。郭文斌的短篇小说《大年》是受众多评论家和读者称许的作品。这篇小说生动而细腻地描绘了宁夏南部西海固地区人民欢欢喜喜“过大年”的如诗情景。小说从大年三十写至大年初一，关陇文化影响下的西北乡村春节景象尽收眼底。写春联、贴门神、挂灯笼、蒸馒头、上坟祭祖、供桌上香、开柜分年（把糖果、核桃、红枣分成堆）、磕头拜年，一切都是喜悦心情支配下的民间活动，处处都是中华文化温情脉脉的演出。小说借两个无邪儿童的眼睛观察大年景象，更增添了几分小说的画意诗情。汪曾祺曾经说过：“风俗，不论是自然形成的，还是包含着一定的人为成分（如自上而下推行）的，都反映了一个民族对生活的挚爱，对‘活着’所感到的欢悦。他们把生活中的诗情用一定的外部形式固定下来，并且相互交流，融为一体。风俗中保留了一个民族的常绿的童心，并对这种童心加以圣化，风俗使一个民族永不衰老。”[①]我们读《大年》，不仅感受到流淌于民间的生活诗韵，更会深刻地理解到中华文化的“乐感”气质。石舒清是中国文坛公认的擅长描写回族文化精神和回族风俗人情的小说家。他的小说，取材多为回族人民的日常生活，但小说的内里却弥漫和渗透着回族文化的精神情韵。无论是《清水里的刀子》对回族民间一个神奇传说的审美

①汪曾祺：《谈谈风俗画》，见《汪曾祺文集·文论卷》，江苏文艺出版社，1993 年 9 月第 1 版，第 61 页。

呈现，还是《清洁的日子》《红花绿叶》《节日》《疙瘩山》《旱年》等作品对回族人民日常生活中带有民族文化意味的仪式和心理的状绘，其旨归皆为呈现回族善良、正义、隐忍、内敛、尚洁、求真的精神性格气质。读石舒清创作的大量的短篇小说，不仅会清晰认识西北回族人民日常生活的寻常面貌，更会对回族人民的精神世界和民族性格底色产生深入探究的兴趣。马金莲是近年来活跃于中国文坛的回族女作家，她小说所呈现的生活内容与石舒清有相似性，所不同者，马金莲更喜欢以一个女童的目光打量西北乡村风物、书写底层人物命运。于是，孩子的眼中便出现了西海固乡村的诸多农耕文化景观——从春耕到秋收的辛劳过程（《永远的农事》）、木匠制作木器的过程（《尕师兄》《墨斗》）、蜜蜂分窝的过程（《六月开花儿》）、脱泥缸的场景等，那个奔跑在西北乡村黄土地上的小女孩（通常的叙事人）渐渐长大，而那些属于前现代社会的古老的乡村文化景观却逐渐沉入历史和生活的深处，成为夕阳晚照。漠月自小生活于西部的阿拉善草原，对草原生活的深情构成了他小说创作的不竭动力和无尽源泉。他的小说书写居于大漠深处的农牧民故事，于人物命运的起伏跌宕之中，清晰呈现了孕育于荒野大漠环境之中的“草原性格”。那种朴实、坚韧、仗义、豪爽的性情，那种“天宽地阔、任我纵横；漠野无声、我自狂啸”的生命挥洒状态，是写实，也是写意。我们读漠月的小说，会深刻地感受中国北方草原文化的独特魅力，这种独特魅力是沙漠当中的驼铃声和毡房里的奶茶香味带来的，更是由迥异于城里人的简单、淳朴、了无心机、自由挥洒的生命情志带来的。

特色之二：宁夏的短篇小说创作一直饱含深厚的人文性。

从新时期早期开始，宁夏作家创作的小说当中就充溢着浓厚的人文性。这种人文性首先体现为写作者对于故乡的爱恋和对生我养我的土地的深情，由于情动于衷，所以宁夏的短篇小说创作始终是具有饱满的情感性的。张贤亮祖籍江南，自小生活在都市，后因家庭出身的原因十九岁来到宁夏平原生活和劳动。在劳改和被监管的二十二年间，他的身心频遭磨难，数回死里逃生。1979 年，张贤亮在文坛复出。复出后的张贤亮发表了一系列小说，他在《邢老汉和狗的故事》《灵与肉》《绿化树》等中短篇小说中，从不对他有接纳养育之恩的宁夏平原有半句微词。相反，张贤亮充满诗情地描绘宁夏平原的春夏秋冬景色，饱含深情地描述祖祖辈辈生活于西部土地上的底层劳动者身上存在的动人美德。在《灵与肉》当中，正是郭蝙子等底层人民发自内心的善良、包容、对弱者的同情、关爱，才使许灵均拒绝了资本家父亲的召唤而回到了黄土飞扬的塞北农场。小说中这样描写许灵均选择回到农场时的心情："不，他不能待在这里。他要回去！那里有他在患难时帮助过他的人们，而现在他们正在盼望着他的帮助；那里有他汗水浸过的土地，现在他的汗水正在收割过的田野上晶莹闪光；那里有他相濡以沫的妻子和女儿；那里有他生命的根！"张贤亮的早期小说带有极强的自传性，所以我更愿意把许灵均的心声视作张贤亮的夫子自道。以深情灌注的笔触描写家乡故土的人事风华在宁夏作家这里是普遍现象。漠月不止一次地表达对于阿拉善高原的痴情爱恋，他说："我的小说一开始就被故乡情结和恋土情结笼罩着，始终无法摆脱，以至如影随形。""这又给了我一个重要的启示，我只能属于贺兰山以西的阿拉善，属于那里的草原和沙漠，无论我走到哪里，无论我走了多远。假如我的小说中缺少了草原、沙漠、羊群、驼群这些最基本的元素，我将寸步难行，一事无成。”[1]正是对家乡的痴情眷恋，形成了他创作的特殊视域，“他总是能在西部偏远寂寥之地，在被风沙和干旱肆意围困的漠野深处，从平静和寻常的生活状态中，发现和呈示动人的诗情。于是，一向被认为是枯寂、无趣、地老天荒之所在，突然孕育并生机盎然地呈现了人间的诸多欢喜与温情”[2]。李进祥的家乡位于宁夏南部的清水河畔。清水河水既苦又涩，不能饮用，也不能浇地。然而，清水河畔多少年来一直生活着众多回族同胞，李进祥的父母和亲人就居于其中。李进祥这样说：“就在这块被认定不适合人类生存的地方，这些人活了下来，繁衍生息，在极端的艰苦中演绎着极致的人生，绽放出最艳丽的生命光华。这都让人感伤、感动、感悟，并成为我创作的素材。”[3]正是带着对家乡父老的满腔爱意，李进祥创作了“清水河系列”，不仅讲述清水河畔过去的故事，更带着悲悯的眼睛注视清水河人物今天的生存命运。他的《口弦子奶奶》《女人的河》《换水》《屠户》《遍地毒蝎》等小说，其爱之切，其情之真，其思之深，即使是在以“情”动人的宁夏作家群中，也属鹤立鸡群。评论家申霞艳意识到了宁夏作家创作中的“情感饱满性”问题，她在《马金莲：以弱者的眼睛打量世界》一文中认为：当许多中国作家在写作小说时，“既没有叙事的合理性，又没有动人的情感”，“马金莲的写作让人振奋，因为她的叙述世界中央始终站着一个有血有肉，有痛有爱的坚韧的作家。她没有在叙事面前隐匿，她没有在残酷的真相面前转身离去。她的泪水、忍受和承担是那样真实地横亘在文本内部。她

①漠月：《贺兰山以西》，《十月》2006年第2期。
②郎伟：《漠野深处的动人诗情——读漠月的小说》，见郎伟评论集《写作是为时代作证》，宁夏人民出版社，2007年12月第1版，第146页。
③李进祥：《走不出清水河》（代后记），见李进祥小说集《换水》，漓江出版社，2009年9月第1版。

勇敢地迎接生活的苦难、变化乃至无常，她吞下这一切并将之转化为写作的营养”[①]。如果读者们熟知马金莲的创作，显然会由衷地感到申霞艳对马金莲小说创作的解读是妥帖而精当的。我的见解是，申霞艳的这一解读同样适合于深情创作的宁夏其他小说家。

宁夏短篇小说深厚的人文性还体现为创作家在作品当中对古老的道义原则和高贵的人类精神价值的赞美与高扬。千百年来，正是因为人类社会始终存在着堪称强大的正义而仁爱的力量，我们才穿越了一次又一次苦难和伤害而走向美好的明天。文学作为人类意识形态的一种，它的天然责任之一便是守护和弘扬人类的道义原则和高贵精神，以“美”和“善”的光芒，照亮生存的暗影和常常被世俗烟尘所蒙蔽的人类的灵魂。新时期以来宁夏的短篇小说创作从起步阶段开始，就意识到了文学作品当中正义原则和纯美的道德原则的坚守与弘扬，从来都是照亮作品的灵魂之灯。张贤亮获得全国优秀短篇小说奖的作品《肖尔布拉克》（1983年）叙述一个长途司机的故事。在这篇小说中，一个长年奔波于千里长途的河南籍司机，经历许多生活的磨难，也获得生活的美好馈赠。小说最打动读者的是司机内心深处所充盈着的古老而神圣的价值情怀，那种扶危济困、不计得失荣辱、救人于非常之险境的价值持守，既是古老的道德原则的褒扬，也是感动读者的审美所在。张学东的短篇小说《送一个人上路》以颇为别致的笔调，叙述了祖父如何不顾家人的反对和憎恨厌恶之情，而将生产队原饲养员韩老七迎养家中并在韩氏病亡之后为其送终的故事。小说的补记部分揭开了此事的谜底：多年以前，当祖父还

①申霞艳：《马金莲：以弱者的眼睛打量世界》，《黄河文学》2011 年第 9 期。

是生产队长时，韩老七因为驯养军马遭受意外伤害永远失去了性功能。祖父当时撂下过一句话：“你，老七，一块住吧。只要我不走在你前头，到时候我送你上路。”就是为了这一句庄严的承诺，祖父用六年零七个月的时间陪伴韩老七、供其吃喝，极尽谦卑讨好之能事。古原发表于2002年的短篇小说《白盖头》讲述了发生于回族村庄麦地湾的一个生活小故事。河州奶奶是在孙儿赛里木不幸死亡之后来到麦地湾的。在这里她发现苏家奶奶的孙子伊黑牙那双黑眼睛像极了赛里木，遂起意收养伊黑牙。然而，在离开的最后一刻，河州奶奶却顾念苏家奶奶的无助而放弃初衷，留下伊黑牙也留下了助学的款项。一位回族老人于伤心欲绝处仍然能够想到别人（苏奶奶）内心的痛楚和现实的困境（苏家奶奶与伊黑牙多年以来相依为命），其高洁的心灵怎能不让人动容！漠月的短篇小说《父亲与驼》讲述父亲将生产队的骆驼视作自己亲人的故事。当一头老儿驼因年老体衰忽然失踪之后，父亲不惧酷暑天气，用整整一个夏天的时间在沙漠深处不停地寻找“老伙伴”。父亲如此不顾性命地寻找一头牲畜，原因是老儿驼当年当头驼的时候，它的子孙当中出了二十峰军驼。在父亲的意念当中，对一个有过“军功”的骆驼，是不能不管它的死活和最终归宿的。这是人间的道义原则所在，是人类生命原则对于另外一种生命的投射和迁移。

在宁夏作家创作的短篇小说当中，温柔善良、勤苦隐忍、具有奉献和牺牲精神的女性形象的塑造成为一道动人风景。从新时期早期张贤亮笔下的李秀芝(《灵与肉》)、戈悟觉笔下的梅青(《夏天的经历》)，到石舒清笔下的环环媳妇(《节日》)、李进祥笔下的阿舍(《女人的河》)、漠月笔下的大嫂（《锁阳》），一直到前几年马金莲在小说中塑造的荞花（《荞花的月亮》）、阿舍（《鲜花与蛇》），虽然作家们写作的时代环境和创作心情各有差异，但对善良优美女性的由衷喜爱和倾情塑造却是一以贯之的。熟知文化史者都知道，女性在人类文化史上一直担当着“地母”的形象，她们代表着温润、善良、宽厚、包容、忠贞、奉献等美好的人文价值的永恒拥有和坚定持守。宁夏作家痴情于塑造优美善良的女性形象，一方面，显示着他们对女性命运深切关注的人道主义情怀；另一方面，在“生活以奢靡为佳、人情以放荡为快”的年代，他们也是想借女性这一文化符号，赞扬与呼唤千百年来人类社会曾经拥有的那些美好的人文精神和价值情怀。评论家贺绍俊这样评价宁夏小说创作当中的人文性特质：“宁夏作家群体精准地表达出建立在‘前现代社会’基础上的人类积累的精神价值，它是由伦理道德、信仰、理想、人与自然之间的生态关系、人与人之间的情感交流等构成的。这是中国现代化建设不可缺少的精神资源，同时也提升和丰富了当下文学的精神内涵。”[①]诚哉斯言！

宁夏短篇小说所拥有的深厚人文性的第三个表现是：对人的生命（包括动物生命）的尊重与理解，对人的力量的正面肯定，对人的不幸命运的关注、同情和怜悯。从人类文化进化的角度说，对于生命、人性和人的命运等人类核心话题的探究和思索，在古希腊时期和中国的先秦时期就已经被伟大的先贤们反复提及。这种探究和思索，不仅盛行于哲学层面，也风行于文学领域。也就是说，在人类的童年期，有关生命以及人本身的哲学思索和文学呈现即已经流淌为一条水势旺盛之河，以后

①贺绍俊：《宁静安详 纯静透明——宁夏作家群体创作印象》，中国作家网2013年3月26日。

的两三千年，经过多少代思想家和文学家的不倦工作和倾情提供，发源于人类早期的这一条水势旺盛的思索探究河流已经膨大奔腾为浩瀚的海洋。当中国新时期社会奋力打开思想禁锢的大门的时刻，伴随着政治上的全面进步和思想解放，中国文学界是最先得到人本主义和人道主义思想甘霖浇灌的意识形态园地之一。那个年代，对于人的尊重和理解、对于人的命运的关注和怜悯一时间成为中国文学创作最为强劲的“声音”。也是在这样的社会时代背景之下,宁夏新时期短篇小说创作开始了对“人的问题”的关注和书写旅程。张贤亮创作于 1980 年的小说《邢老汉和狗的故事》通过叙述农民邢老汉与不明身份女人的感情纠葛以及人狗之间的依恋之情，控诉了极“左”路线，其对邢老汉的同情怜悯之情跃然纸上。发表于同一时期的马知遥的小说《搭伙》，讲述财主的遗孀四姨太与马车夫相恋的故事。这一对有情人穿越了无数苦难，已经熬过了艰难的岁月，却因生产队长的一句玩笑话而双双殉情。《搭伙》是马知遥最为出色的短篇小说之一，其深埋于作品的人道情感因文字的不事张扬而显现了巨大的艺术冲击力。陈勇发表于 1986 年的短篇小说《靳老头的丧事》也是一篇情透纸背之作。这篇小说叙述机关锅炉工靳老头突然离世之前的若干故事,不仅凸现了一个普通劳动者的善良而高洁的灵魂,也对靳老头一生孤苦的命运唏嘘不已。小说的笔调是充满怜悯之情的，我们甚至能够在作品平静的讲述当中感觉作者的泪水长流。石舒清以写乡土人生而闻名文坛，他对辗转于西北黄土地上的父老乡亲的生存命运从来深切关注，对淳朴农民的生逢不幸从来痛彻于心。《牛头》描写一位已经生下十几个娃娃的母亲，因为燎牛头时不小心燎坏了一块，结果遭到婆婆和丈夫的无情毒打。令人悲哀的是，当有人准备主持公道时，遭受磨难的母亲却不愿承认曾经被凌辱过。《一个女人的断记》讲述残疾人母子的悲惨命运，于赫丽彻圣洁的母性和坚忍不拔的生命意志的书写中，呈现了底层人民的日常生活景观和复杂难言的人生事象。李进祥的小说多写清水河畔的人生悲剧故事。无论是口弦子奶奶失去了儿子之后吹奏的响彻夜空的口弦声（《口弦子奶奶》），早早就寡居了的花祥子的神秘心事（《花祥子》），还是马清、杨洁被城市深深伤害之后准备返乡疗伤（《换水》），兰花对情敌菊花最终的宽宥（《挦脸》），李进祥以一支饱含同情和怜悯之笔，描画“清水河人物”的命运苦痛，在对人之生命的尊重和理解中，感叹着人生的无常与变幻，颂扬着人性的高贵和华美。

三

论及新时期以来宁夏短篇小说创作的发展轨迹，不能不提及这四十年间宁夏短篇小说的总体艺术面貌及作家们艺术风格的差异性。从中，我们可以看到宁夏短篇小说前行的主流倾向，也可以清晰观察到作家们创作风格的不同样态。

总体而言，现实主义创作精神和创作方法始终是新时期以来宁夏短篇小说创作界坚守的主流倾向。这一创作精神和创作方法在宁夏文坛长期占有主流位置，原因有三：第一，是与鲁迅等人所开创的中国现代文学的“启蒙”文学传统的深刻影响有关——宁夏的多数作家都是服膺于五四文学“为人生”的社会功能论的。第二，是与宁夏长期处于“前现代社会”的发展形态有关——宁夏作家多数出身于贫寒之家，许多人是从生活贫苦的乡村走出的，对底层人民的生活和命运既格外熟悉，又充满同情。因此，他们对产生于发达资本主义社会土壤之中的现代主义和后现代主义思潮总是有些隔膜。第三，宁夏短篇小说作家，特别是活跃于新时期早期文坛的作家，其文学启蒙基本上是从阅读中国古典诗词和中国小说开始的。唐诗宋词、明清经典小说、鲁迅等现代作家的作品，都是他们最早的文学启蒙读物。所以，在心灵深处，他们与中国文学的叙事传统和现实主义精神、创作方法更为亲近一些。[①]当然，由于性格气质、人生经历、精神积淀、感知和描写生活的艺术思维方式等方面的差异，同为现实主义作家，其小说创作也会呈现参差的样态。这种差异性，不仅体现在不同年代的作家那里，也体现在同一代作家身上。

"两张一戈"同为20世纪80年代走现实主义创作之路的小说家，但写作风格颇为不同。张贤亮有过二十余年的人生忧患史，其精神积淀里既有江南的温柔水气又有西北的雄强和刚劲，所以他的小说呈现出一种大家艺术风范。既可以言说苦难、慷慨悲歌，弹奏一曲"大江东去，浪淘尽千古风流人物"的豪放曲，又可以温柔和婉，细腻多情，吟唱"泪眼问花花不语，乱红飞过秋千去"的婉约小调。比如：他发表于1985年的短篇小说《初吻》和发表于1996年的短篇小说《普贤寺》，就是两篇与《灵与肉》《邢老汉和狗的故事》叙事焦点、艺术旨趣完全相异的作品。《初吻》之情调感伤、意绪丰饶，《普贤寺》之云淡风轻、空

---

①可以以宁夏的"80后"作家马金莲为例，来说明笔者的观点。马金莲在最近的一次访谈中这样表述："我小时候阅读的范围基本上都是中国传统的一些读本，所以要说影响，还是中国传统文学的更多一些吧。……我父亲和小叔都很爱阅读，虽然他们没有拿起笔来写作，但是我小时候家里有很多文学读物，从《水浒传》《西游记》到聊斋故事再到民间故事集等，还有一些评书，像《连环套》、杨家将的故事、呼家将的故事、薛仁贵父子征战东西的故事，等等，不胜枚举。"（马金莲：《从小媳妇到作家，苦难成了我最大的财富》，《青年报·新青年周刊》第94期，2018年3月6日04-05版）。

明澄澈，不仅呈现了张氏现实主义创作的多种艺术面貌，也充分证明以现实主义创作方法完全可以写出杰作——以笔者之见，《初吻》和《普贤寺》不仅是新时期宁夏短篇小说的杰作，亦是20世纪80年代和90年代中国文坛艺术水准最高的短篇小说。张武农家出身，农校毕业，长期在乡村从事基层工作，对农村的“四时八节”和农民的命运了然于心。他的短篇小说几乎皆为写实一路，乡村生活气息浓厚，时代感强烈，虽然某些作品艺术上还可以更加完美一些，但深度进入生活的勇气和敢于面对现实尖锐问题的忧患情怀，今天读来也依然感动人心。戈悟觉名校背景，记者出身，才兼文体，兴趣广泛。他的短篇小说，既可以生动描画乡村泼辣女性形象（《筵席曲》），又可以讲述城市男女微妙情感故事（《夏天的经历》），两套笔墨，两种风情。如果说戈悟觉的小说有着一以贯之的艺术恒定性，那就是他创作的“巧”：他的短篇小说布局灵巧，情节处理巧妙新鲜而又委婉生色，既是个人才情的体现，也是时代乐观精神的投射。

20世纪90年代中期以后，“宁夏青年作家群”开始崛起于中国文坛。在这一群体当中，云集了众多现实主义创作精神和创作方法的信奉者。石舒清、陈继明、郭文斌、漠月、季栋梁、张学东、李进祥、了一容、火会亮、古原、马金莲等，各自以个性鲜明的创作，丰富着宁夏短篇小说创作的百花园。需要说明的是，经过20世纪80年代“先锋派”文学的探索和实验，进入90年代以后，当代中国的现实主义文学写作范式当中已经增添了更为丰富复杂的精神和艺术内涵。“宁夏青年作家群”恰好成长于这一历史时期，所以他们的创作实践，总体可称现实主义追求，而论及创作个体，则是色彩纷呈、风格繁多。石舒清的写作，其沉郁沉思的品格，颇接近于鲁迅小说传统，而又带有20世纪众多外国作家（比如美国作家辛格、日本作家川端康成）的深刻影响；陈继明的小说创作，一直追寻海明威的写作风格，他最好的短篇小说（《骨头》《粉刷工吉祥》）里都闪动着海明威的“硬汉”气质；郭文斌的短篇小说，颇受现代小说名家废名和当代小说大师汪曾祺的影响，他的小说作品提供了西北乡村独特的民情风俗画面，丰富了当代中国“散文化小说”的文学实践；李进祥的短篇小说，眼光忧郁，心情悲悯，气氛营造别出心裁，是在现实主义当中糅合了现代派神秘不安因素的文学；张学东是“宁夏青年作家群”当中善于锻造个人风格的小说家，“他在写作现实题材的作品时，其艺术氛围的营造和故事情境的设计总是充满崭新的‘陌生化’的情调和趣味。由于这种‘陌生化’的艺术趣味的存在，‘现实’在他的小说中常常会突然遁入遥远之地，而某种穿越人生与人性的‘寓言’质地却清晰地显现了出来。‘化庸常为神奇，言细事而致邈远’似乎可以概括为他的艺术追求”[①]。漠月、古原的小说风格有相似之处，属于带有抒情气质的小说写作。虽然一个写草原漠野人生，一个讲述宁夏南部回族村庄故事，但艺术笔触上都深情、委婉，于岁月细微处见出人生的悠长绵远，人性的淳朴无华。作为宁夏短篇小说创作界的后起之秀，马金莲近年创作的短篇小说大受文坛好评。在“现实主义回归”的新时代背景下，她的那些源于自身经历，生活绵密厚实、风格朴素、不事雕琢的作品既延续了张贤亮等人所开创的宁夏新时期现实主义文学的光荣传统，又反复证明着“文学永远来自大地与人民”的不变真理。

---

①郎伟：《悲悯是作家的责任》，见郎伟评论集《孤独的写作与丰满的文学——宁夏当代文学创作论》，中央民族大学出版社，2015年12月第1版，第369页。

宁夏短篇小说创作的主流倾向是现实主义，但在新时期以来全方位改革开放的时代背景下，宁夏短篇小说创作界也不乏学习西方现代主义、后现代主义的创作精神和艺术方法，以混合着东、西方艺术元素的叙事方式，讲述“西部故事”的写作者。这批写作者，主要集中于20世纪90年代中期崛起于中国文坛的青年作家群当中。马宇桢是宁夏短篇小说界得风气之先的人物，他的《季节深处》《伤心》《玉米街的小林》等作品，叙写人生的疲惫感和无意义感，是宁夏文坛比较早的浸染了西方现代主义文学气息的短篇小说。此后，一批宁夏的“70后”作家，以有别于文学前辈们的文学观念和小说叙述方式冲上文坛。金瓯《前面的路》《刀锋与伤口》等小说以波澜不惊的笔调叙述少年心事及寻找的艰险，他努力剔除多余的抒情，愿意以硬朗和零度面目示人。平原、曹海英、阿舍三人是擅长书写城市知识女性心情的小说家。她们的小说或事涉男女情感的飘移、婚姻的变化，或编织内心复杂纷扰的意绪。颇多梦境的叙述，颇多迷离恍惚之境的营造，艺术面貌与现实主义大异其趣。女作家许艺是宁夏短篇小说创作的新秀，这位“80后”作家感知生活的方式和艺术描写方式更为特别，她的《逃亡的鸡群》《女诗人的榆树》等篇，气氛古怪，人物飘忽，意象奇特，空间变形。其中流露的世界荒诞感和人生破碎感相当强烈。许艺小说的寓言质地和高度“陌生化”的处理生活的方式，在宁夏短篇小说创作领域属于非主流品质。此种风格的存在，一方面表明宁夏文学创作领域的宽松气氛；另一方面也表明，在宁夏文学创作的百花园中，从来都可以种植出气味特别的花草。

当代宁夏的短篇小说创作，是在社会主义新时期重新起步并逐渐赢得全国声誉的。四十年来，宁夏的数代作家一直在为实现宁夏文学冲出本土、走向全国的梦想而奋斗。如今，这一梦想已经实现。张贤亮、石舒清、郭文斌三人获得全国优秀短篇小说奖和鲁迅文学奖（短篇小说奖），一大批作家的短篇小说频频登上全国知名的文学选刊或入选权威的年度小说选本，这些卓越的文学业绩都表明：宁夏短篇小说创作的良好精神气候已经形成，宁夏的短篇小说创作家们也已经打造和亮出了完全属于个人的“独门兵器”。然而，当年刻苦锻炼的膂力和精心锻造的兵器，是否可以经受新时代更大风雨的强力冲击？重出江湖的勇气和纵横天下的胸襟是否已经重新凝聚和业已养成？在文章的最后，我愿意向宁夏的短篇小说创作家们急切发问，是逼问，更是殷切的期待。

2018 年 1—5 月

新世纪前后中国文学版图中的“宁夏板块”

“宁夏文学”在中国当代文学史上占有一席之地，始于社会主义新时期。20世纪80年代，张贤亮以其饱经沧桑和忧患之后的慷慨悲歌征服了大江南北。张贤亮的小说创作，不仅提升了宁夏文学总体的创作水平，也为宁夏文学在中国文坛赢得了美好声誉。进入20世纪90年代，宁夏文学在略事犹豫和徘徊之后，终于在新世纪前后，再次向中国文坛奉献了“宁夏青年作家群”。这一创作群体的崛起，不仅给新世纪前后的中国文学界吹来一股清新宜人的创作之风，而且，这一与广阔深厚的中国古老土地和“中国经验”血脉相连，并因此取得了不凡文学业绩的青年创作群体的成功，也充分证明：在市场经济条件下，居于偏远地区的文学创作事业，只要领导得法，调动有方，是可以走在全国前列的。

新时期以来的宁夏文学创作回顾

在1949年到1976的中国当代文学史上，“宁夏文学”几乎是没有声音的。这当然源于宁夏回族自治区地处偏远，经济文化发展水平相当落后，也实际反映着在这西北的边陲之地，文学艺术工作者的短缺和创作基础的极端薄弱。

不妨简单地回顾一下1958年至1976年间的宁夏文学艺术事业的成长和发展历程。

1958年，宁夏回族自治区成立，从此为宁夏的历史揭开了新的一页。这一年的12月，宁夏回族自治区文学艺术工作者联合会筹备委员会成立会议在自治区首府银川市召开。经过了长达三年的准备，1961年3月，宁夏回族自治区召开了第一次宁夏文学艺术工作者代表会议，宣告了宁夏回族自治区文学艺术界联合会的正式成立。宁夏文联的成立，不仅使宁夏的文学艺术工作有了专门的组织和管理机构，更重要的是，作为党和政府联络、协调、服务文艺家的专业性人民团体，文联起到了聚集人才、凝聚人心、培养“人气”的作用。对于宁夏文学事业而言，于第一次文代会成立之前创办的《群众文艺》杂志[①]可谓意义重大。它是近代以来，在宁夏境内创办的第一家省级的以刊发纯文艺作品为主要内容的杂志，同时，它也是宁夏历史上第一家立足宁夏、面向全国，具有地域特色，为培养本地区作家而创办的文艺杂志。《群众文艺》

①《群众文艺》杂志于1959年5月出版创刊号，1960年7月改名为《宁夏文艺》，1980年4月再次改名为《朔方》，从此成为纯文学刊物。

的创办和第一次文代会的召开，为宁夏文学艺术事业的健康成长和长远发展奠定了良好的基础。从1959年5月创刊，到1964年年底暂时停刊，《群众文艺》杂志致力于发表宁夏本地作家所创作的小说、散文、诗歌和报告文学作品，这些文学创作虽然思想和艺术上还留有某些稚嫩和不成熟的痕迹，但它们是当代宁夏文学唱出的“第一声”，一批本地作家由此开始了当代宁夏文学的“垦荒”之旅。①

然而好景不长，“文化大革命”给我国的文学艺术事业带来了严重影响，也给处于起步阶段的宁夏的文学艺术事业以不小的打击。

1976年10月，“四人帮”反革命集团被粉碎，社会主义新时期如江河之大潮，澎湃而至。宁夏文学艺术工作者从十年噩梦中醒来，开始了社会主义文学艺术事业的新长征。1979年3月，宁夏文联正式恢复工作，与此同时，中国作家协会宁夏分会成立，加上已于1974年先期复刊的《宁夏文艺》杂志，宁夏文学艺术事业通往繁花似锦的春天的道路已经铺就。

感应着中国大地上新的时代脉搏的跳动，新时期早期的宁夏文学也开始了情感真挚、别具特色的“演出”。一方面，宁夏文学将创作的焦点对准了历史。那些已经逝去的满含着辛酸、泪水、伤痕、苦难的岁月，不断从记忆深处浮现，它们呈现着非常年代里善良与罪恶的搏斗，也分明显示着人性的高贵与卑劣。另一方面，毕竟噩梦醒来是早晨。当这个民族终于告别了苦难，他们自然会发自肺腑地唱响属于春天的旋律。新

①从1959年《群众文艺》创刊到1964年暂时停刊，该杂志分别发表了朱红兵、戈悟觉、哈宽贵、李慕莲、李崖、张贤亮、刘弘一、张凤珠、李克微（虞期湘）、张武、翟恩辰等生活和工作于宁夏地区作家的作品。宁夏作家队伍的构成模式已经基本形成，那就是移民作家（比如哈宽贵，他是“支宁”上海人）加上本土作家（比如翟恩辰，初入文坛时，他是宁夏南部山区海原县的农民）。

时期早期宁夏文学的这种创作态势，可以明显从 1980 年 1 月公布的宁夏回族自治区第一次文学艺术评奖获奖作品当中看出。在文学类（包括民间文学）共计 111 篇获奖作品当中，既有张贤亮等人的反思之作，也包括大量的情调明朗、乐观的带有颂歌色彩的作品，尤其是在获奖的诗歌作品之中，讴歌正在前进中的社会主义新时期和飞速旋转的新生活的作品，几乎成为无可替代的“主旋律”。在获得一、二、三等奖的 36 篇诗歌作品中，诸如《唱在金秋》（肖川，一等奖）、《不到长城非好汉》（吴淮生，一等奖）、《塞上江南枸杞红》（秦克温，二等奖）、《腾格里的春天》（高深，三等奖）这样带有明显的歌颂意味的抒情作品占有百分之九十以上。事实上，此时的宁夏文学正在演唱着两个“声部”，一个“声部”是春天的歌谣，热情、欢快、充满幻想和期待；另一个“声部”则多少显得沉郁一些，有点伤感，也有点西部的苍凉。而正是这第二个“声部”，逐渐在中国文坛引起了始料未及的巨大反响。

在宁夏文学界发出“沉郁之声”的当然首推小说家张贤亮。当新时期的曙光在遥远的地平线上朦胧闪烁的时刻，当时还是“戴罪之身”的张贤亮就已经敏感地意识到新的历史转机即将到来。1978 年，当时还在国营农场做农工的张贤亮开始了“归来者”的重生之路。1979 年，张贤亮一口气在《宁夏文艺》杂志上以头条位置连续发表短篇小说 4 篇[①]，其“井喷式”的创作景观，为宁夏文坛所仅见。现在看来，1979 年的张氏创作“井喷”，只能算是一个小小的“热身”。对于饱经人生的沧桑与忧患，并且独具优异的思想和艺术禀赋的张贤亮来说，他对“冲

---

① 1979 年，张贤亮分别在《宁夏文艺》杂志第 1 期、第 2 期、第 3 期、第 5 期以头条位置连续发表短篇小说《四封信》《四十三次列车》《霜重色愈浓》《吉普赛人》，其中《霜重色愈浓》获得宁夏回族自治区第一次文艺评奖小说创作一等奖。

出宁夏，走向全国”有着不小的期待和充足的信心。果然，从 1980 年到 1985 年，短短 5 年间，张贤亮先后发表《邢老汉和狗的故事》《灵与肉》《土牢情话》《河的子孙》《肖尔布拉克》《男人的风格》《绿化树》《初吻》《男人的一半是女人》[①]等质量上乘的小说，除却长篇小说《男人的风格》是事涉“当前”的“改革小说”，其他各篇皆为反思历史的“沉郁之声”。中国社会的 80 年代正是一个从灾难的岁月之中走出，并试图在对灾难的回顾和反思中寻找美好明天的年代。张贤亮的深沉反思与尖锐笔墨，与时代的脉动是紧密相连的，与千百万读者的心灵也是息息相通的。时代和读者给予了他真诚的回报：他的短篇小说《灵与肉》和《肖尔布拉克》分别获得 1980 年度、1983 年度全国优秀短篇小说奖，他的中篇小说《绿化树》获得第三届（1983—1984 年）全国优秀中篇小说奖。1985 年，张贤亮又创作出富有象征意味的涉“性”小说《男人的一半是女人》，霎时间文坛内外争议四起，“张贤亮现象”成为中国文学一时之景观。实际上，对 1958 年宁夏回族自治区成立以来的宁夏文学而言，还从来没有哪一个作家能够在短短的 5 年之内三获国家级小说大奖，也没有任何一个作家在不长的时间段内能够以集束性的思想深刻、艺术精美的文学作品在中国文坛引发如此多的关注和争议。于是，“宁夏出了个张贤亮”（评论家阎纲语）成为 20 世纪 80 年代中期中国文坛持续和热烈讨论的重要话题之一。

①《邢老汉和狗的故事》见《朔方》1980 年第 2 期；《灵与肉》见《朔方》1980 年第 9 期；《土牢情话》见《十月》1981 年第 1 期；《河的子孙》见《当代》1983 年第 1 期；《肖尔布拉克》见《文汇月刊》1983 年第 2 期；《男人的风格》见《小说家》1983 年第 2 期；《绿化树》见《十月》1984 年第 2 期；《初吻》见《中国作家》1985 年第 1 期；《男人的一半是女人》见《收获》1985 年第 5 期。

张贤亮在中国文坛的异军突起，不仅标志着中国新时期“反思文学”的深度拓展，同时，它也宣告着宁夏文学在中国文坛有了“声音”，而且，这“声音”竟是如此苍凉激越，不同凡响。回顾20世纪80年代的中国文学进程，我们发现，张贤亮为当时的中国文坛至少提供了这样一些新鲜的文学话语：第一，他以卓越的写实笔墨提供了非常年代里当代中国知识分子受难者最真实的生活图景和最真实、隐秘的心理感受，他所描写的“饥饿心理学”（《绿化树》）和“性心理学”（《男人的一半是女人》）在同时代作家的创作中不仅独特而且深刻；第二，他如实描绘了苦难岁月里知识者和劳动者两组人物形象，在严酷的生存环境的考验中，在知识者与劳动者的彼此对比中，他画出了特殊年代知识者原始本真的生存状态和人格状态；第三，他以西部人的目光呈现了黄土地上的特殊人文景观，他对宁夏平原独特的自然风光和社会风情的艺术描写，不仅具有风俗画意义，更具有高品位的审美价值。

张贤亮以苦难的人生经验为基本的写作素材，以饱含着人生忧患的慷慨悲歌征服了大江南北。张贤亮在中国文坛的崛起，其意义和价值不仅仅在于宁夏这片黄土地为当代中国文坛贡献了一位思想锐利、才情卓著的小说家，从更宏观更长远的价值和意义来说，张贤亮的出现，使宁夏文学由此前的长时期不受外界重视而摇身一变为令人刮目相看。从此，“宁夏文学”在当代中国文学史上“失声”的状态宣告结束。“宁夏文学”在经历了二十多年的不懈努力和奋斗之后，终于赢得了整个中国文坛应有的尊重。

宁夏青年作家群的崛起

在激情满怀的20世纪80年代，文学因为参与了整个国家的政治进程、经济改革和文化生活而享有了前所未有的地位和荣耀。“满城争说乔厂长，街谈巷议陆文婷”①，既表明文学在广大人民中间的巨大影响力，也表明文学确实在有力地推动着中国社会生活向前发展。然而，文学在中国社会生活当中的优势地位于20世纪80年代末期以后却遭受了严峻的挑战。伴随着中国社会改革开放的全方位深入，也伴随着市场经济原则的逐渐深入人心，以及人民精神生活空间的拓展和精神享受方式的多样化，文学曾经拥有的耀眼光环和鲜亮色彩渐渐变得黯淡起来，文学的“轰动效应”明显失去。文学创作者的纷纷“下海”淘金以及文学阅读者队伍的大规模萎缩，使新时期以来十余年曾经叱咤风云盛极一时的文学发展态势突然间受到内外因素的强劲阻遏。中国文学在20世纪80年代末至90年代初期，无可避免地陷入创作的低谷状态。

宁夏虽地处偏远，属于欠发达的西部地区，但时代大潮的惊涛拍岸之声，却依然让人怦然心动。受时代风潮的影响，20世纪80年代后

①这两句话是20世纪80年代早期广泛流传于文学界的一个说法。“乔厂长”是蒋子龙小说《乔厂长上任记》中的主人公，以善用霹雳手段，大刀阔斧实施改革而著称。《乔厂长上任记》获得1979年全国优秀短篇小说奖，当时获全国奖的小说是要经过读者投票评选的。据《欣欣向荣又一春——记一九七九年全国优秀短篇小说评奖活动》（见《1979年全国优秀短篇小说评选获奖作品集》，上海文艺出版社1980年版）一文介绍，自1979年全国优秀短篇小说评选启事（附优秀作品推荐表）在《人民文学》杂志刊出后，一百天内共收到读者寄来的“选票”二十五万七千八百八十五张。《乔厂长上任记》以第一名当选1979年全国优秀短篇小说奖，估计获得读者投来的选票会数以万计。“陆文婷”是谌容小说《人到中年》中的女医生，以医德高尚、技术高超而著称。《人到中年》获得第一届（1977—1980年）全国优秀中篇小说奖。

期至90年代初期的五六年间，宁夏文学也遭遇到前所未有的挑战局面：宁夏的创作家队伍发生了预料当中的分化，不少作家逐渐淡出文学界，或进入商界“拼经济”，或通过工作调动前往东部沿海地区谋求事业新发展；宁夏的几家纯文学刊物，也出现了从未有的“稿源荒”，有的刊物有时竟面临“无米下锅”之窘境。显而易见，由张贤亮等人筚路蓝缕开创的新时期以来的宁夏文学事业正面临危机，宁夏文学在中国文坛好不容易才拥有的那一块得来不易的“版图”有可能逐渐萎缩和丧失。

一直在为宁夏文学的百花园种植花木、培土施肥的《朔方》文学杂志，此时又一次担当了为生态还相当脆弱的宁夏文学看园护园、再植新绿的重任。面对20世纪80年代末、90年代初宁夏作家队伍严重萎缩，纯文学杂志销量严重下滑的状况，《朔方》编辑部的文学编辑们经过一番热烈而认真的讨论，形成了办刊共识：必须坚持刊物的纯文学品位，必须重点建立起刊物的骨干队伍，不遗余力地发现、扶持和培养本地文学新人。[①]本着这一经过认真讨论而形成的办刊方针，《朔方》杂志从1989年到1999年的十年间，先后编发了张冀雪、李唯、施原钰、吴淮生、王庆同、石舒清、陈继明、杨森君、葛林、漠月、荆竹、巴可成、刘建芳、莫叹、导夫、白军胜、杨建虎、贾羽18位作家的作品小辑。在这18位发表小辑的作者队伍中，吴淮生、王庆同、张冀雪、李唯等四人是已经成名的宁夏中老年作家。而诸如石舒清、陈继明、漠月、杨森君等人，此时还只是“小荷才露尖尖角”的文学

①可参看《北中国的文学沃壤——写在〈朔方〉创刊五十周年之际》一文，见《朔方》2009年第5期，第4页。

新人：石舒清当时刚从宁夏南部的固原师范专科学校毕业，在家乡的一所乡中学做英语教师；陈继明在宁夏南部的泾源县做了五年中学教师，新近调入宁夏电视大学从事《写作课》讲授工作；其他的一些文学新人也都在宁夏各市县的不同行业从事着一份具体的工作，业余时间以“爬格子”来怡情抒怀。除了为青年作家发表个人创作小辑，《朔方》杂志还采取为全区青年作家群体编发“宁夏青年作家专号、专辑”、为宁夏回族作家编发“回族作家作品特辑”、为宁夏各市县作家编发地区创作小辑的方式，扎实而有效地培养张贤亮之后的新一代宁夏青年作家。

辛勤的耕耘必然带来喜人的收获。经过十年的默默坚守和奋斗，宁夏文学终于在20世纪90年代中后期，再一次迎来一个创作的黄金阶段。这一次，宁夏文学的“声音”已经不再是某一个优秀作家的“独唱”，这一次中国文坛听到的是宁夏文学的青春“合唱”，是一个青年文学创作群体集体的声音。这来自西部的充满自信的“声音”自豪地向外界宣告：“宁夏青年作家群”已经崛起。

有必要简单地回顾一下宁夏青年作家群成长和崛起的不凡历程。

1994年秋天，在中国作家协会和中华文学基金会共同策划的意在扶持我国文学新人的“21世纪文学之星”丛书入选作品的遴选中，宁夏青年作家石舒清以小说集《苦土》入选。在完全匿名评审的情况下，石舒清能够以初入文坛时所创作的六篇小说（《苦土》共收石舒清创作于1990年至1993年间的六篇小说）而受京城文学权威们青睐，荣登首届“21世纪文学之星”丛书[①]之列。这一文学事件，不仅对处于创作“爬坡”阶段的石舒清是一个极大的精神激励，对宁夏文坛，对年轻一代的宁夏作家来说，更带来了令人鼓舞的启示性信息，那就是：对于所有的年轻的创作者而言，只要你能够沉下一颗心来，认真而执着地写出寻常生活里的“不寻常”面目，你就可能从偏远的宁夏走向全国。果然，时隔两年之后，青年小说家马宇桢又以《季节深处》入选1996年度的“21世纪文学之星”丛书。之后，青年作家陈继明、张学东、了一容的小说集《寂静与芬芳》《跪乳时期的羊》《挂在月光中的铜汤瓶》分别于1998年、2002年和2006年三次入选该丛书。从1994年“21世纪文学之星”丛书首次遴选出版到2006年，十二年时间，宁夏共有5位青年作家入选“21世纪文学之星”，其比例之高，在中国文坛亦名列前茅。2000年6月，中国作家协会、《人民文学》杂志社、《小说选刊》杂志社与宁夏党委宣传部、宁夏文联、《朔方》编辑部等单位联合在北京召开宁夏青年作家陈继明、石舒清、金瓯作品讨论会，正式向外界推出“宁夏三棵树”。2001年4月，河北花山文艺出版社专门为陈继明、石舒清、金瓯三人出版了一套由时任宁夏文联主席张贤亮主编的“西北三棵树丛书”[②]，初印数为5000册。据三位作者回忆，该丛书半年后即在北京和宁夏的各大书店售罄。2001年对宁夏文坛来说，注定是一个应该载入史册的特殊年份，这一年的8月，喜讯

---

①“21世纪文学之星丛书”的出版始于1994年，是一个公益性质的文学作品编审机制，由中华文学基金会策划并组织专家评审。遴选对象为45岁以下未曾出版过作品集的具有创作成绩和潜力的新人。丛书的编委大多为鲁迅文学奖和茅盾文学奖的评审委员。到2005年，这项活动已经进行了十一年，发现和扶持了92位文学新人，出版了91部作家们的第一本书（见张锲、崔道怡《走向文学之星的第一级台阶》，中国作家协会主办《作家通讯》2006年第2期）。

②“西北三棵树丛书”包括陈继明的小说集《比飞翔更轻》（30万字）、石舒清的小说集《暗处的力量》（21.5万字）、金瓯的小说集《鸡蛋的眼泪》（16.8万字）。

从北京传来：石舒清以短篇小说《清水里的刀子》（原载《人民文学》1998年第5期）荣获第二届（1997—2000年）鲁迅文学奖[①]。同年10月，石舒清又以短篇小说集《开花的院子》入选“中国小说50强（1978—2000年）”[②]丛书。2002年5月，《中国作家》杂志社、《人民文学》杂志社、《文艺报》社与宁夏党委宣传部、宁夏文联、《朔方》编辑部等单位在北京联合举办“宁夏青年作家小说作品研讨会”，再一次向外界推出漠月、季栋梁、张学东（又称“新三棵树”）等新锐作家。2004年，宁夏东乡族青年作家了一容以小说集《去尕楞的路上》喜获由人民文学出版社主办的第三届“春天文学奖”。2007年11月，郭文斌又以短篇小说《吉祥如意》（原载《人民文学》2006年第10期）获得第四届（2004—2006年）鲁迅文学奖[③]。宁夏青年作家群的异军突起，不仅表现在获得国家级文学大奖的人数增多，频率加快；更表现为宁夏青年作家所创作的小说、诗歌、散文作品，为在中国文学界一向享有盛誉的各文学大刊所青睐，有些青年作家的作品甚至被某些大刊视为“免检产品”。据笔者统计，2000年到2009年的十年间，在《人民文学》《中国作家》《诗刊》《民族文学》《十月》《当代》《收获》《钟山》《上海文学》《作家》《花城》《天涯》等著名刊物上发表的宁夏青年作家所创作的各类文学作品多达百余篇，而《新华文摘》《小说选刊》《中华文学选刊》《小说月报》《散文选刊》等国内权

---

①获得第二届鲁迅文学奖短篇小说奖的作家和作品是：刘庆邦的《鞋》、石舒清的《清水里的刀子》、红柯的《吹牛》、徐坤的《厨房》、迟子建的《清水洗尘》。

②“中国小说50强（1978—2000年）”丛书由时代文艺出版社2001年10月印行第1版，该丛书的推选委员会由谢冕、王蒙、洪子诚、孟繁华、陈晓明、李洁非6位国内知名教授、作家和资深评论家组成。宁夏共有2位小说家的小说集入选“中国小说50强”丛书，另一位是张贤亮的《男人的一半是女人》。

③获得第四届鲁迅文学奖短篇小说奖的作家和作品是：范小青的《城乡简史》、郭文斌的《吉祥如意》、潘向黎的《白水青菜》、李浩的《将军的部队》、邵丽的《明惠的圣诞》。

威选刊也在不间断地转载宁夏青年作家的各类创作。十年之中（2000—2009年），仅中国作家协会主办的《小说选刊》一家刊物，就选载了宁夏青年作家所创作的小说和评论作品共62篇，平均每年6.2篇。以《小说选刊》每年出版12期刊物计算，意味每两期就会有一篇宁夏青年作家新发表的小说登上了这家声名远播的权威小说选刊。而在由中国作家协会创研部、中国小说学会等文学权威机构和一些著名学者主持编选的“中国短篇小说、诗歌、散文精选”“21世纪中国文学大系”“中国小说学会年度文学排行榜”等有影响的年度选本和排行榜上，宁夏作家不仅榜上有名，而且入选人数和作品呈现逐年扩大的趋势。

宁夏青年作家群的出色创作业绩，引起了中国文坛的震动，也引起了中国作家协会领导的高度重视。时任中国作家协会党组书记、中国作家协会副主席的金炳华先生评价说：“宁夏青年作家群是一个相互团结、互相支持、奋发向上的创作群体。宁夏作家生活在西北，信息相对要少些，但他们创作的意识，他们的眼界和在作品中表现出的对社会生活的深入思考，是紧跟时代步伐的，在创作手法和艺术形式的多样化的探索方面，很值得我们认真分析和总结。”[①]时任中国作家协会副主席的陈建功先生在认真地阅读了宁夏青年作家的小说集后，也赞叹道：“宁夏的中青年作家队伍，路子正、根底厚、创作态度严谨、创新意识强，是一支大有前途的队伍。”[②]2006年7月，作为对宁夏青年作家群创作成就的最具权威性的肯定，中国作家协会、宁夏回族自治区党委宣传部、宁夏文联联合在北京中国现代文学馆召开了“宁夏青年作家作品

①金炳华：《在宁夏青年作家作品研讨会上的讲话》，《朔方》2006年第8期，第5页。
②陈建功：《中国作家协会第六届主席团第八次会议总结讲话》，《朔方》2005年第9期，第8页。

研讨会”，邀请宁夏青年作家代表团与国内知名评论家雷达、吴秉杰、崔道怡、韩作荣、胡平、雷抒雁、李敬泽、冯敏、孟繁华、贺绍俊、李建军、牛玉秋等共同研读作家们的作品，探讨宁夏文学的成就与未来发展前景。这是中国作协多年以来第一次为一个边远省区的青年作家群召开作品研讨会，也是继宁夏文学界推出张贤亮之后，“宁夏青年作家群”作为一个优秀的创作团体在中国文坛的第一次光荣亮相。至此，“宁夏青年作家群”的崛起已经成为应当载入当代中国文学历史的动人的篇章之一。

新世纪前后中国文学版图中的“宁夏板块”

中国社会自20世纪90年代之后，由于社会政治和经济环境已经发生了重大变化，其文化精神环境也随之出现了新变化。具体表现为：其一，由于全民“拼经济”、逐财富，对物质利益的格外看重和对精神追求的漠视，成为一种社会新时尚。由于精神生存的重要性在整个社会生活当中被有意无意地忽视，包括文学艺术创作在内的许多从事精神生产的团体和个人在相当长的一个历史阶段，居于“边缘化”境地。其二，电视和互联网的迅速普及带来了所谓“娱乐至死”[①]的精神生活观念和“读图时代”[②]。轻浮的电视文化和纷乱的网络文化几乎占据了中国人大部分的业余生活空间，经典文化（包括经典文学）的传播与阅读遭遇

①这是美国学者尼尔·波兹曼提出的一个学术观点。他认为在大多数人拼命追求享乐和精神轻松的今日美国，一切公众话语都日渐以娱乐的方式出现，并成为一种文化精神。美国的政治、宗教、新闻、体育、教育和商业都心甘情愿地成为娱乐的附庸，毫无怨言，甚至无声无息，其结果是美国人成为一个娱乐至死的物种。可参看尼尔·波兹曼著作《娱乐至死》，章艳译，广西师范大学出版社，2004年版。

② 1990年代以后，以电视和电脑作为主要载体的图像文化成为普及率最高的文化接受方式，卡通漫画也成为中国年轻人最为喜爱的阅读物。对于文字的畏惧成为普遍的心理，“读图时代”悄然到来。“读图时代”的最大弊端在于年轻人在图像文化中丧失了深度思索的能力。

了种种障碍。其三，经济全球化带来了各国主流文化的趋同性、相似性，西方文化和文学培养了20世纪70年代以后出生的中国人文化接受和欣赏趣味的“西洋化”。对民族文化和汉语文学的疏离与对西方文化尤其是20世纪西方文化的亲近，成为“80后”和“90后”读者的“新口味”。其四，受市场原则的操控，出版行业整体趣味由过去的“尚雅”转向新时代的“趋俗”，欲望化、肉身化、低俗化成为图书出版与销售市场的强劲“卖点”。

在文学生存和发展的外在环境发生重大变化的历史时刻，进入新世纪，中国当代文学的整体面貌实际上也不由自主地发生了一系列新变化。第一，中国文学真正进入相对平稳的发展年代。由于文学摆脱了长期的“跟随意识”以及过度的政治化、功利化色彩，文学开始了寻常而平静的运行岁月。第二，受市场经济机制的支配和消费主义的刺激，一些中国作家的写作明显呈现出欲望化、肉身化的趋势，以卫慧、棉棉为代表的“70后”的“身体写作”和以韩寒、郭敬明、春树等为代表的“80后”的“青春写作”，在文学传统上明显偏离五四以来的中国文学传统，其书写内容的极度狭窄、玄幻，思想的浅薄以及艺术上的自我重复和非民族化，都使得新世纪以来的中国文学颇受诟病。第三，受所谓文学“去意识形态化”思想的影响，许多中国作家的社会责任感和文学使命感有逐渐消解的趋势。“宏大叙事”（描写社会重大主题和重要历史事件和人物、热切关注人生、拥抱现实类的作品）被冷落，而描写小情小趣、“小资”情调、闺房隐私的文学一时间竟大行其道①。不可否认，在新

①从20世纪90年代开始，中国文坛便有作家热心描写“小我”生活和私人天地。先是“小女人”散文（王小波称之为“撒娇打痴体”）风行一时，后来不少“美女作家”干脆将个人闺房变成商业橱窗，肆意通过所谓文学书写，展览个人的一切隐私，最为著名的人物是木子美等。

世纪到来的时刻，中国文学确实迎来了盼望和呼唤已久的不受非文学因素过度和粗暴干涉的年代，文学创作真正开始了在平静目光的注视下铺纸磨墨的年代。然而，中国文学在自觉地丢掉“重负”的同时，也失去了它源远流长的本应该具有的忧患感和深邃感。实际上，在这文学观念与思想错综纷乱、相互碰撞的年代，由于众多作家民族忧患感和社会责任感的丢失，中国文学的整体声音当中，聚集了过多的顾影自怜和无病呻吟之声。某些时候，甚至给人以“黄钟毁弃，瓦缶雷鸣”之感。此时的中国文坛，亟须一种浑厚苍凉之“大音”的强劲介入。这“大音”代表着中国文学从古至今的关注苍生、以天下为己任的精神传统，代表着五四以来中国作家“直面惨淡的人生、正视淋漓的鲜血”的现实主义的炽热情怀。

在新世纪前后中国文学的众多话语声中，宁夏青年作家群的创作代表的正是中国文学传统当中那些古老而富有生命力的声音。从 90 年代开始，当相当多的青年作家把创作焦点对准了一己的小悲小欢甚至闺房隐私之时，当许多中国作家只会在作品当中大写人间的阴暗与罪恶，而对人性的善良和世界的温暖深深怀疑，甚至不抱任何希望之时，以“三棵树”（石舒清、陈继明、金瓯）和“新三棵树”（漠月、季栋梁、张学东）为代表的宁夏青年作家们却以他们充满阳刚之气的创作把读者的目光，再一次拉回到这片古老土地上的时代风云和现实人生。在一个提倡速度和奔跑的年代，在一个弥漫享乐和消费气息的历史时刻，他们注目于脚下的土地和那土地上辛勤劳作的人民，力图通过艺术的描绘，展现一个古老民族逐渐摆脱贫困走向新生的历程。更重要的是，宁夏青年作家是想通过对历史转换过程当中民族美好精神性格的发现和塑造，寻求中华民族重归世界优秀民族之林的可能性途径。

从作品的描写内容来看，宁夏青年作家群的创作多聚焦于西北偏远土地上的各族人民的生活和命运，无论是苦难年代里的生死歌哭，还是寻常年月里的饮食男女，作家们从容写来，如数家珍。与那些喜欢将生活仅仅理解为是“躯体的解放”的都市青年作家们不同，宁夏青年作家把创作的“根”深深扎进自己所生存的这片水深土厚的黄土地里，从本土生活深厚而丰富的地层中汲取无尽的源泉。他们书写着西北土地上的历史生活和现实行进，在他们的作品当中，生存和生活从来就不是游戏，更不是“性”的游戏。生活从来都是饱含着庄严和神圣意味的，是漫长而富有情味的劳作、生育、死亡、忍受、哭泣和歌唱。石舒清一向关注生活于宁夏西海固地区人民的生活。尽管他也描写了极“左”年代里当地人民曾经遭受过的困苦，《残片童年》《牺牲》《牛头》《乡土一隅》等小说便是涉及20世纪六七十年代西北农村的荒凉、破败和农民的缺衣少食等历史内容的。然而，他似乎更愿意深情地描绘和歌颂在岁月长河的激荡之中，在人世的沧桑变幻之中，那些永远坚定地支撑着一个民族精神世界的价值情怀。年幼无知的舍木尔耐苦着一张脸艰难地吃着苦菜团子，姑太太很不以为然地教训道：“人要带着欢喜的心吃五谷杂粮，只要你香香地吃，啥东西都会香起来！”（《小青驴》）；频遭家庭变故却一直记挂着父亲临终遗言的姑舅爷，事隔几十年后依然千方百计地要给故人之后还上那十几个银元的欠款（《黄昏》）。石舒清描写存在于西海固人民身上的仁义精神、“轻生死，重然诺”的古老信念、坦然面对苦难时的超脱情怀，这些不正是几千年来中华民族能够跨越血与火的考验，不断走向新生的核心精神价值观念吗？自然，在石舒清的作品当中，他也涉及人生的残缺与人性的黑暗。他的短篇小说《选举》就描写了农民的“国民性”弱点，《羊的故事》于往事的回忆当中，也笔涉因极度贫困而导致的人性的变异。然而，贯穿于石舒清小说当中的精神红线，是对人生的留恋和对人性的保有信心。由此，他才可能把一场普普通通的家庭清理内务活动，描写得那样动人喜人（《清洁的日子》）。漠月也是以创作的“暖色调”而著称的宁夏青年作家。20 世纪 90 年代以来，他发表了大量的书写草原生活的作品。这位出生和成长于贺兰山西部阿拉善草原上的小说家，一直固执而坚定地书写草原人的日常生活。在他的小说世界当中，外人看来异常单调、贫乏、枯燥的农牧民的生活，却是天长地久地充盈着温暖和抚慰人心的力量。《白狐》中那懵懂的小男孩；《锁阳》和《放羊的女人》里温厚善良的女人们；父亲为了寻找一头老骆驼而在沙漠当中几乎死去（《父亲与驼》）；一对草原上的青年男女终于跨过父辈的爱恨情仇而紧紧相拥（《湖道》）。漠月用他那支温柔的彩笔，不断描画着人类生活当中原本强大的“善”和“美”的力量。有了这种力量，人与人之间可以消弭隔阂，相亲相爱，人与动物可以情同兄弟，生死相守。其他如郭文斌的《吉祥如意》《点灯时分》、陈继明的《母亲二题》、张学东的《跪乳时期的羊》、马金莲的《掌灯猴》等，莫不以展现艰难时世当中的美好人情人性为旨归。是否可以这样说，当太多的“私语叙事”和过多的人生阴暗展示几乎要淹没读者心灵的时候，宁夏青年作家们对于“生活美”的认真发现和对人本身的积极信念，是划开阴霾的一抹亮光。它提供了人生与文学的完整图景，延续了五四以来中国文学健朗而明亮的精神血脉。

宁夏青年作家把创作之“根”深深扎进民族生存和生活的土地里，不仅表现为对民族民间生活的熟悉和痴恋，也表现为在艺术道路的选择上，“不畏浮云遮望眼”，而是坚定地走一条取法乎上，转益多师之路。在长期的小说创作实践当中，在文学榜样的学习和艺术道路的认定和选择上，他们从不盲目跟“风”，也不轻率地声言“反叛”和“颠覆”，而是坚守文学阅读和创作所必需的宁静和沉思品质，虔诚地老老实实地“啃”中外文学大师的经典之作，细心而扎实地揣摩学习，以汲取最完美深厚的文学营养，丰富和开拓自己的艺术思维和心灵，从而写出佳作。20 世纪 80 年代中、后期以后，在中国文坛，“先锋派”文学曾经兴盛一时。客观地说，先锋派作家要求小说有自己独立的声音和审美个性的文学观念，对冲击日益僵化的某种当代小说规范显然有着不容低估的意义。然而，当先锋派所创造的形式主义艺术经验，只是作为一种文学招贴而很难与 20 世纪 90 年代复杂的“中国经验”相连接，更无法回答和解决时代所提出的现实课题时，先锋派文学事实上已经在中国文坛处于式微的命运。不幸的是，90 年代后起的更年轻的一代作家不仅没有从先锋派身上吸取应有的经验和教训，反而本末倒置地认为中国文学“西化”得还不够。于是，一时间，中国文坛充斥着恶意“毁典”的冲动，许多写作者对已有的经典文学传统采取虚无主义的态度，他们当中有的人甚至对汉语的文学功能和表意功能，对由漫长的中国古代诗歌实践所培养的汉语的音乐性和节奏感这一最显著的汉语美质尚未认识清楚，就口口声声要“颠覆”和反叛，其无知和狂妄为 20 年来的中国文坛所仅见。宁夏青年作家身在文坛之中，奇谈怪论也听了不少，但不为各种招摇时髦的口号和貌似新潮的时风所惑。他们的小说虽多方取法、转益多师，骨子里的情调却是东方的、中国的。他们能够融会中外小说的种种成功的艺术经验，为其笔下的西部人生服务。因此，他们的小说，“根”是深扎在黄土地上的，其艺术的滋养却可能来自中土，也来自异域。由于他们共同的坚守，在所谓“后现代”主义文艺思潮甚嚣尘上、文学创作粗鄙化、欲望化、肉身化倾向泛滥成灾的时刻，宁夏青年作家所创作的那些闪耀着中国艺术光辉和民族精神的作品，便有了一种无法替代的价值和地位。

经过10年时间的不懈努力和奋斗，在文学巨人张贤亮之后，宁夏这片一直与偏远和“欠发达”相伴的土地，终于崛起了一支令中国文坛感到欢欣鼓舞的文学新军——“宁夏青年作家群”。这支文学新军，以独特而撼人心魄的文学歌唱，在新世纪前后文坛众声喧哗的历史时刻，显现了中国文学大合唱当中本应该苍劲有力的声部。“宁夏青年作家群”的崛起，在新世纪前后的中国文坛，应当说显现了它特殊的价值与意义：第一，这是一个与广阔的中国古老土地和乡村血脉相连的创作团体，是一个带着“土气息、泥滋味”的创作团体，在一派欲望化和浅斟低唱的文学表述中，“宁夏青年作家群”的创作与西部其他扎根于民族本土写作的作家们一道，代表着中国土地上的另一种真实的声音和色彩。第二，“宁夏青年作家群”的全面崛起和被中国文坛所肯定，表明扎根于中国土地和“中国经验”，坚定不移地学习我国优秀的古典文学传统和伟大的五四文学精神，走文学的民族化之路，同样以创作出当代文学的杰作。那种鄙视我国优秀的文学传统、唯“新”、唯“洋”是举的文学观念，对于广阔而多元的当代文学创作实践而言，显然是浅薄的和有害的。第三，“宁夏青年作家群”的崛起过程，证明在经济落后、现代教育和文化还不太发达的西部地区，文学事业的进步和发展是可以走在前面、一枝独秀的。“宁夏青年作家群”的成长成熟过程，为市场经济体制下，文学的生成和运作提供了另一种个案和另一种方式（我国幅员辽阔，经济文化水平发展不均衡，文学生成与运作的方式本来就应该是多样的），也为党更好地领导文艺提供了新鲜的足资借鉴的成功经验。

2010 年 6 月

巨大的翅膀和可能的高度

——“宁夏青年作家群”的创作困扰

在新世纪前后的中国文坛，“宁夏青年作家群”的创作赢得了相当多的掌声和喝彩。他们把创作之根深深扎进祖祖辈辈生存过的西北黄土地，在父老乡亲悲欢离合生死歌哭故事的真切讲述当中，认真描画着真情流贯的西北乡土社会的生活画卷；他们用各自并不相同的艺术彩笔，将广阔的西北边远之地的自然风光、社会风情逐一呈现，从而构成了审美化了的西北风情图；他们坚定而执着地向中国优秀的古典文学创作传统学习，心态沉稳，不慌不忙，朴素而单纯地看取世界，描写生活。是的，“宁夏青年作家群”在并不被看好的情况下，以骄人的创作业绩，已经在新世纪前后的中国文坛上掀起了“宁夏风暴”。然而，总有一个困惑始终纠缠着我们：宁夏青年作家们已经拥有了足够多的生活阅历的积累，其创作的年限普遍在10年以上，不可谓不长，他们当中相当多的人也已经创作出了不少精品，有的还获得了国家级的文学奖项。但是，阅读他们的作品，常常感觉气度不够、冲击力薄弱，让人可做玄妙之思（比如《清水里的刀子》）、愉快之想（比如《吉祥如意》），却没有地动山摇般的震撼感觉。宁夏青年作家就仿佛是一只盘旋于蓝天中的巨大之鸟，虽然已经拥有了一双垂天之翼，却总是不能冲到九万里的高空。因此，问题自然就提出来了：既然已经积聚了相当深厚的生存经验，不少作家的艺术风格亦臻于成熟，那么，宁夏青年作家迄今为止为什么不能提供极具冲击力的如《白鹿原》一样的“黄钟大吕”般的文学佳作？答案可能会是多样的。笔者以为，也许正是宁夏作家的创作优势——对乡土社会的异常熟悉和痴情，既带来他们创作的荣光，也带来他们创作的缺陷与困扰。

在宁夏青年作家所创作的作品中，乡土社会所导致的思想的狭窄性显而易见。由于长期处于西部乡土社会的底层，也由于物质生活的极度匮乏和精神生活的极端稀少，大多数青年作家的精神构成是有一定程度的缺陷的。这直接导致了一旦进入创作时，许多青年作家在看待世界、思索问题方面缺乏应有的全局性目光和更为博大开阔的心胸。由于这种全局性目光的缺乏，作家们所描写的乡土生活实际上是缺少参照系统的，是封闭的、孤立的。鲁迅曾经说过：“外面进行着的夜，无穷的远方，无数的人们，都和我有关。”[①]描写乡土又囿于乡土，作品的思想冲击力自然无从谈起，更阔大的人生景象便付之阙如。

①鲁迅：《“这也是生活”……》，见《且介亭杂文末编》，人民文学出版社，1973年4月版，第113页。

乡土：是源泉也是制约

人类亲近与热爱土地的情感几乎是天然的，是流动在血液里面的。这当然源于原始人类最初的栖息之地是广阔的大地和原野，更源于人类早期的生存之物都是土地慷慨地奉献和提供的：土地提供给人类延续生命和种族所必需的食物，土地也提供给人类最初的生产劳动工具。我国是一个主要处于北温带的国家，幅员辽阔的土地和适宜的气候使中华民族在五千年前就开始了农耕生活。长期的农耕生活，使中华民族与这片土地以及土地上的山川风物建立了深厚的亲人一般的感情。对于养育自己的大地，对于这大地和原野之上所发生的人类生活的热爱与依恋成为中国人普遍而自然的心理情感，所以文学家们经常会吟唱：土地是我们的母亲，我们是土地的儿子。费孝通先生在《乡土中国》一书中说："从基层上看去，中国社会是乡土性的。……最近（按：指作者在西南联大讲授《乡村社会学》时的1946—1947年间）我遇着一位到内蒙古旅行回来的美国朋友，他很奇怪地问我：你们中原去的人，到了这最适宜于放牧的草原上，依旧锄地播种，一家家划着小小的一方地，种植起来；真像是向土里一钻，看不到其他利用这片地的方法了。我记得我的老师史禄国先生也告诉过的，远在西伯利亚，中国人住下了，不管天气如何，还是要下些种子，试试看能不能种地？——这样说来，我们的民族确是和泥土分不开的了。从土里长出过光荣的历史，自然也会受到土的束缚，现在很有些飞不上天的样子。"费先生又说："农业和游牧或工业不同，它是直接取资于土地的。游牧的人可以逐水草而居，飘忽无定；做工业的人可以择地而居，迁移无碍；而种地的人却搬不动地，长在土里的庄稼行动不得，侍候庄稼的老农也因之像是半身插入了土里，土气是因为不流动而发生的。”[①]费孝通先生所说，当然是就中国社会漫长的农耕史和土地依恋史而言的。在风云激荡的20世纪，虽然传统的中国社会受到各种政治因素和外来文化的强烈冲击，但中国人对土地的痴迷和眷恋之情并没有发生根本性改变。土地不仅是这个民族赖以生存的家园，更是作家艺术家反复吟咏的超级对象。应该说，土地和建立于土地之上的乡土社会，作为民族精神历史的博物馆，其独特的地位一直吸引着广大的中国作家艺术家。在20世纪的绝大多数时间里，历史悠久内蕴深厚的乡土生活为中国作家艺术家提供了似乎是取之不尽的创作资源。翻开20世纪文学史，我们发现，主要以描写乡土人生和乡土风情为核心内容的“乡土文学”，在整个世纪的文学创作史上占有相当大的比重和相当重要的位置。“乡土文学”创作所造就的优秀作家也显得数量庞大。“乡土文学”在20世纪的文学史上格外发达，原因无非是两个方面。第一，20世纪的中国社会依然是一个以“农”为主的社会，在漫长的历史阶段，超过九成的中国人口集中于地域辽阔的农村，农民的生活情景是这个国家触目可见的生活景观，乡村的思想方法和价值观念成为20世纪中国人普遍的思想方法和价值观念。农村又是20世纪中国作家最重要的培养“基地”，大量来自农村的作家对乡土具有天然的亲近感，他们的想象力、乡土情怀往往会变成对乡村的审美情感，从而以文学作品的形式表现出来。不妨来听一听乡土作家们的“心声”。20

①费孝通：《乡土中国·生育制度》，北京大学出版社，1998年5月版，第6—7页。

世纪20年代贵州籍的乡土小说家蹇先艾说："我是乡下人，所以对于乡村人物也格外喜爱。"[①]以描写河南乡村生活而著称的20世纪30年代的小说家芦焚（师陀）说："我是从乡下来的人，说来可怜，除却一点泥土气息，带到身边的真亦可谓空空如也。"[②]诗人兼散文家李广田则在题名为《地之子》的诗中高声吟唱道："我是生自土中，来自乡间的，这大地，我的母亲，我对她有着作为人子的深情。"他在《画廊集》里又说："我爱乡间，并爱住在乡间的人们，就是现在，虽然在这座大城里住过几年了，我几乎还是像一个乡下人一样生活着，思想着，假如我所写的东西里尚未能脱除那点乡下气，那也许就是当然的事体吧！"一直对城市的世态人情持批判态度的沈从文说："我实在是个乡下人……乡下人照例有根深蒂固的永远是乡巴佬的性情，爱憎和哀乐自有它独特的式样，与城中人截然不同！"[③]第二，从文学传统来看，中国古代的抒情文学当中，有大量的对于乡村风土人情的描写，这些已有的文学资源，直接启发着作家们的创作灵感，深刻影响着我国现代以来的乡土文学的创作。我国最早的文学经典《诗经》就有非常多的篇章，对乡土生存做了真实而贴切的描绘。在《诗经·豳风·七月》这篇作品中，祖先们唱道："七月流火，九月授衣。一之日觱发，二之日栗烈。无衣无褐，何以卒岁？三之日于耜，四之日举趾。同我妇子，馌彼南亩，田畯至喜。"对气候的变化，对艰辛的劳动生活以及彼时心情的描绘，深切而感人。

---

①蹇先艾：《〈乡间的悲剧〉序》，转引自赵园著《地之子·自序》，北京大学出版社，2007年1月版，第5页。

②卢焚：《〈黄花苔〉序》，转引自赵园著《地之子·自序》，北京大学出版社，2007年1月版，第5页。

③沈从文：《习作选集代序》，见《沈从文选集》（第五卷），四川人民出版社，1983年6月版，第229页。

在成就辉煌的唐宋诗词当中，文人雅士们对乡土风情的吟咏更加动人。山水田园派诗人孟浩然在《过故人庄》中吟唱：“故人具鸡黍，邀我至田家。绿树村边合，青山郭外斜。开轩面场圃，把酒话桑麻。待到重阳日，还来就菊花。”其在乡村故人之家受到款待时的欣喜愉快之情溢于言表。而有心杀敌、无力报国的辛弃疾，虽壮志难酬，但长期居于乡村，对乡村的风物景象还是了然于心，喜悦于心的。他在一首乡村夜景诗中描写道：“明月别枝惊鹊，清风半夜鸣蝉。稻花香里说丰年，听取蛙声一片。七八个星天外，两三点雨山前。旧时茅店社林边，路转溪桥忽见。”（《西江月·夜行黄沙道中》）乡村夜晚的优美、清新之态，跃然纸上。自然，中国古代文学对于乡村生活的描写也不完全都是诗意的、柔曼的。乡村生活的残酷性也会时时闯入作家的眼帘，撞击他们的心扉。唐代诗人李绅就在《悯农二首》中唱道：“春种一粒粟，秋收万颗子。四海无闲田，农夫犹饿死。”宋代大诗人范成大也在《四时田园杂兴》诗中对官府的大肆盘剥百姓进行过愤怒的声讨。①这样说来，当20世纪的中国作家在描写乡土风物和乡土人生的时候，实际上他们是受到两种中国古代文学传统影响的：一种是从乡土生活当中汲取动人的诗意，并优美地展示出来；另一种则是以悲悯的目光，在乡土人生当中发现苦难与不公，客观而冷峻地表现出来。

宁夏回族自治区是地处我国西北部的一个远离海洋的内陆省区，属于典型的西部农牧业省份。从地形地貌和自然条件来看，全区6.64万平方公里的土地上可以划分为三个区域：北部是以宁夏平原为主的黄

①最典型的一首诗是这样四句：“采菱辛苦废犁锄，血指流丹鬼质枯。无力买田聊种水，近来湖面亦收租。”

河水自流灌溉区域，秦汉以来，便是农耕地区，自古便有“塞上江南”之美誉①；中部为干旱区、半干旱区，以农耕生活为主，有些许牧业；南部为黄土高原上的丘陵地带，近几十年来，雨水稀少，风大沙多，耕种不易，是靠天吃饭的地方，人称“苦瘠甲天下”。宁夏回族自治区成立于1958年，在自治区成立之前，宁夏是没有所谓现代工业可言的。20世纪40年代，西北军阀马鸿逵主政宁夏的时候，马公馆所用的照明电，是靠一台晚清慈禧太后宫中淘汰下来的发电机发出来的。1958年之后，宁夏虽逐渐地迈入现代工业化社会，但是，地域的偏远和现代经济、文化、教育基础异常薄弱，加上国家总体经济运行的不成熟性，都使得宁夏社会的总体面貌更多农业社会的色彩而少现代工业化社会的特点。一句话，直到改革开放风起云涌的20世纪80年代，宁夏的大部分地区还处于生产力水平低下，现代思想和意识非常淡薄的传统农业社会当中。应该说，宁夏的文学就是在这样的经济和文化环境当中逐渐生长起来的，宁夏的作家也是在这样的历史传统和现实情境的深刻影响和制约下形成自己的创作视野和胸怀的。

生活于中国最不发达的地区，自小与无边黄土、漫漫风沙、牛马羊骆为伴，日日目睹“狗吠深巷中，鸡鸣桑树颠”的乡村景观，这样的人生经历，深刻地塑造和决定了宁夏青年作家们的精神价值取向和审美心理。因此，当我们看到“土地”与“乡村”是迄今为止宁夏青年作家最乐于描写的生活对象和生活内容时，我们丝毫也不应该感到奇怪。换句话说，当我们遍翻宁夏青年作家的小说、诗歌、散文作品时，会发现:

①唐代韦蟾《送卢潘尚书之灵武》诗曰:“贺兰山下果园成，塞北江南旧有名。水木万家朱户暗，弓刀千队铁衣鸣。心源落落堪为将，胆气堂堂合用兵。却使六蕃诸子弟，马前不信是书生。”

“乡土性”是他们的创作最为显著和鲜明的标识。像现代以来所有的来自中国乡村的作家一样，宁夏青年作家们对生我养我的故乡从来都是深情款款的。来自阿拉善草原的漠月说：“在我生命的最初记忆里，出生地留给我的印象是美好的，有着田园诗般的宁静和安详。每逢夏秋时节，艾莱山下青草茫茫，像一面巨大的绿色的地毯；南边则是一眼望不到头的沙漠，沙漠里长满了高大的梭梭和葳蕤的白茨，有的地方连骆驼和羊都穿不过去。我跟着在家的哥和姐，去挖苁蓉挖锁阳捡柴火，或者放牧骆群……我想说的是，出生地和儿时的经历，尤其对于作家和诗人很重要，决定着写作的情感因素和精神向度。”①从小生活于宁夏同心县清水河畔的李进祥在接受一位评论家的访谈时说：“我是土生土长的宁夏南部人，这里有着永远望不尽的连绵起伏的黄土丘陵和无尽的风沙。多少年来，我的祖先就生活在这里，如今，我也生活在这里。只是，我现在寄寓的县城离老家有二十多公里的路程。然而，我始终觉得有根精神的脐带连着我和老家。故乡一直不远不近地默守在那里，所以我没有四海漂泊疲惫不堪的游子那种强烈的思乡情绪。我就在故乡的附近守候着，有些胆战心惊地看着它，看一条清水河因为一个小造纸厂的建设而变黑变臭，看窑洞变成土房子，土房子变砖房子，砖房子变瓷片房子，房子越来越高，却越来越空。看一群我小时候就是老人的老人，现在还是老人，看一群和我同龄的人，现在大多不知道了去向；看一茬茬小孩子又在长大，我能凭相貌看出他们是谁家的孩子，但我不知道他们的名字，也不知道他们在想些什么。我的故乡在我眼皮底下变得渐渐陌生。我始

---

① 漠月：《锁阳·后记》，宁夏人民出版社，2004 年 8 月版，第 274 页。

终在想当然地描写着我的故乡，我以为那是我真的故乡。”[①]出生于20世纪80年代的马金莲在谈及自己的小说创作时也说：“都是关于村庄的。写作灵感的源头，就是我最初生活的那个村庄。今后的写作，还是围绕村庄。只要村庄屹立在大地上，生活没有枯竭，写作的灵感就不会枯竭。”[②]乡土生活和童年记忆是如此强大地在一种并非自觉的状态下植入了青年作家们的心灵深处，这使他们最初的写作几乎都走上了一条个人精神和情感的“返乡”之路——这几乎是所有来自乡村的创作家的“规定路径”。不妨来听听小说家莫言和散文家周同宾所说的两段话。莫言说：“作家的创作，其实也是一个凭借着对故乡气味的回忆，寻找故乡的过程。”[③]散文家周同宾说：“写作就是回老家，就是亲近故土亲人。”[④]无论是石舒清的处女作《故里》，还是陈继明的成名作《村子》，抑或是张学东的处女作《蚂蚁搬家》[⑤]，宁夏青年作家们无一例外地将文学写作的“初吻”献给了乡村。而且，初入文坛时的吟唱乡村之曲受到好评和鼓励，又在某种程度上激发了年轻的创作家们更大地描写乡村的热情。以石舒清为例，1988年至今，近30年间，在他所发表的数百篇小说中，百分之九十的作品是属于乡土题材的，其他题材的作品，包括所谓城市题材作品，只占其创作的百分之十左右。宁夏青年作家所提供的乡土题材的小说、散文、诗歌，不仅数量多，而且质量高。在已经颁发的中国作协主办的六届鲁迅文学奖短篇小说评奖当中，宁夏

---

①郎伟，李进祥：《用一颗悲悯的心去感受和描写世界》，《回族文学》2006年第4期。
②马金莲：《前方的幸福》，见马金莲著《父亲的雪》，宁夏人民出版社，2010年版，第343页。
③莫言：《小说的气味》，载《天涯》2002年第2期。
④周同宾：《古典的原野·自序》，人民文学出版社，2002年版。
⑤《故里》，发表于《回族文学》1988年第3期；《村子》发表于《朔方》1991年第3期；《蚂蚁搬家》发表于《朔方》1999年第9期。

青年作家石舒清、郭文斌榜上有名，其获奖作品《清水里的刀子》《吉祥如意》皆是书写乡土人生的。从1994年到2016年，22年间，宁夏共有六位青年作家的小说集和散文集入选“21世纪文学之星”丛书，除马宇桢的小说集《季节深处》当中所收篇目是以城市青年的生活与情感为描写内容的，其他五位作家石舒清（《苦土》）、陈继明（《寂静与芬芳》）、张学东（《跪乳时期的羊》）、了一容（《挂在月光中的铜汤瓶》）、刘汉斌（《草木和恩典》）的小说集和散文集中，其主要篇幅都是描写西北乡村的田野风物和乡土人的命运变幻、心灵波澜的。应该说，这十多年来，宁夏青年作家们确实以他们别具特色的创作，不仅为20世纪90年代以来的宁夏文学，也为新世纪以来的中国文学提供了新鲜而动人的文学话语，其价值和意义不容低估。

但是，在探讨宁夏青年作家出色的乡土书写时，我们也不能不注意到这样一个悖论性现象：一方面，深厚的乡土生活经历为宁夏青年作家群提供了最大的写作素材和创作源泉。举凡乡土社会的历史变迁，农民的生活苦难，西北乡村社会特殊的宗教氛围、底层人民的婚丧嫁娶等宏观或微观的生存场景，几乎都可以在宁夏青年作家所创作的乡土文学当中寻找得到。另一方面，乡土社会生活以及构筑于这种生活之上的价值观念所具有的某种封闭性、保守性、滞后性又极大地限制了作家们的思想视野、影响了他们看待世界评价生活的眼光，妨碍了他们对中国社会做更深入地透视和发现。在一些宁夏青年作家的创作中，站在乡村立场上来激烈地批评和指斥城市社会，成为颇有影响力的思想倾向。在石舒清的小说中，尤其是在他近几年所发表的一些以父辈那一代人的乡土人生作为描写对象的作品中，比如发表于2008年的那组题名为《父亲讲的故事》中，石舒清借父亲的“说古今”，实际上表达的是对当今社会现实的困惑之情。在李进祥的小说创作中，站在乡村的立场上来全面质疑当前城市生活的正当性这样的思想倾向性更加强烈。《屠户》描写农民马万山带着儿子由农村来到县城，准备通过辛苦和努力，在县城谋得一席生存之地，结果，由于城市的诡诈和一头牛的发疯（牛在乡村里是温顺的动物，却在城市里发了疯），马万山只在城市里为儿子找到了一块坟地。《换水》里的一对农村青年男女马清和杨洁，怀着梦想来到城市，最终却带着城市所给予的身体的伤和心灵的痛，黯然回归家乡。河湾村一向生活安静，人心颇古，但自从来自县城的“南方猴”竖起“买卖大旗”，大肆收购蝎子之后，河湾村不仅原有的生活秩序和节奏被搞得彻底乱了套,而且河湾村一村人的人心一夜之间竟变得异常险恶。(《遍地毒蝎》）在如此的乡村故事的描述中，乡村人本来生活得贫穷而安宁，虽日子实在过得艰难，但也古风犹存，父慈子孝。可是，城里人的到来，或者农民们耐不住乡土的贫穷和寂寞进了城，只要上述两件事情发生，生活当中必定会有灾祸如影随形般来到。不能否认，李进祥那些描写当前农民生活的作品是充满着深厚的人道主义情怀的，是力图通过文学的手段，为底层人民的不幸命运“鼓与呼”的。然而，只是在文学作品当中简单地把“城与乡”人为地对立起来，甚至很牵强地认为城市是一切罪恶发生的策源地，这样的思想判断和文学描述，可能就显得异常片面和狭窄了。当中国的城与乡都在发生着历史性巨变的时刻，当这个年代异常复杂的生活景象和深层律动对作家的思想能力形成强大的冲击和考验的时候，如何以一种清明的理性认识和把握现实，尤其是如何认识城与乡的复杂关系，而不是简单地仅仅把城乡对立起来，这样的文学思想力问题，不仅是摆在李进祥面前，也是摆在不少宁夏青年作家面前的亟待解决的重要思想艺术课题。

文化视野的狭窄性

宁夏青年作家群是一个生长于西北边鄙之地，自小与乡土社会以及西北黄土地上的贫瘠与苦难相伴相随的创作群体。黄土地上的乡村社会为他们提供了个人成长过程中的一切生活资源、情感资源和思想资源，既哺育了他们的身体成长，也培养了他们的精神世界。因此，当我们论及宁夏青年作家群的创作特征时，我们将不能不注意到他们精神世界当中的乡土性因素。这种精神世界的乡土性因素自然为他们的文学创作带来了诸多的审美益处，比如对乡土生活的熟稔带来了作品叙事的异常真实性（包括大量的生活细节的真实性）；对乡土社会的痴情眷恋带来了作品特别的情感深度，增强了文学作品的感染力；与朴素的乡土社会相对应，艺术描写手段的传统与古典又使得作品容易营造单纯明朗的“诗的气氛”等。然而，中国西北乡村物质生活长时期的极度匮乏和精神生活的极端稀少，作家长期处于社会底层的坎坷与奋斗经历，包括乡土性当中天然带有的一些思想和观念的弱点，上述几个方面，实际上对宁夏青年作家群的创作都构成了相当严重的制约性力量。我们应该承认，与由现代社会的大工业化背景和环境下的人类生活与精神实践所培育的现代性相比，由传统的农业社会所孕育的乡土性，在观念构成和思想方法上确实存在着一些相当明显的缺陷。第一，乡土性社会经验在许多时候培育的是一种实用主义价值观和非全局性观念。因为在自然经济条件下，个体性生活和劳动是最基本的生存方式和生活经验，交通和通信又处于非常落后简陋的自然状态，所以生活于乡土性社会当中的人们只愿意相信眼前看得见、摸得着的实在事物和“局部的经验”，而不太愿意去建构生活的大局观和宽阔的人生视野。在乡土社会，一个稍微有点知识和学问的人，如果不去解决生活的眼前实际问题而只是遥想与乡村不沾边的事，这样的人会被乡亲们视作十足的“废物”。第二，乡土性社会常常培养固执和片面的思想方法。因为个人在局部范围内的一些成功（比如在一块地里种出了好庄稼），就固执地认为狭窄天地里的经验适用于所有领域，从而忽视汲取新的思想营养和他人的成功经验。对许多宁夏青年作家来说，因为他们精神世界当中乡土性因素带有非自觉性（他们是被乡土社会的大海“泡”大的）和持久性，当这种因素转化为艺术思维时，对其创作的严重制约就会非常明显地表现出来，从而构成了他们创作当中的一些显著的缺陷。

其一，宁夏青年作家的创作题材呈现出单调和狭窄的特征。从感知生活和描写生活的广度而言，相当多的宁夏青年作家的创作显现着单调性狭窄性特征。他们对“过去的乡村”注目甚多而对城市和其他生活领域却关注甚少。

在许多宁夏青年作家创作的作品中，乡土生活似乎成了“永远的”创作母题。他们总是喜欢在小说中不厌其详地讲述乡村故事，多角度、多侧面地叙述童年时代所经历的人生世相，而且通常是20世纪六七十年代的乡村人事。有的由乡村走进城市的创作家甚至抱怨说：长时间住在城市里，渐渐地会什么也写不出。只有回到乡下，感受了熟悉的“地气”与“人气”，才能使创作灵感“苏醒”。当然，我们应该尊重作家们创作中的题材选择。对于创作者来说，写乡土还是写城市，或者描写别的人间生活是他们的自由。文学史上的创作实践早已经证明：题材并不一定成为创作出好小说的唯一决定因素。我的疑问是：当许多年轻的作家，生命尚未进入老境就已经靠不停地“回忆”来支撑自己的创作，那么，将来的岁月呢？是否担心有“回忆”枯竭创作难以为继的那一天呢？问题的严重性还在于，一些青年创作家由于已经进入城市生活和工作多年，对目前的乡村生活缺乏深入的人生体验，对新世纪以来正在发生着深刻变化的西北农村和农民的命运无法感同身受。因此，除了陈继明、李进祥等作家对“农民工”进城的遭遇有过文学描写（《途中的爱情》《粉刷工吉祥》《换水》）之外，大多数作家对城市化进程当中农民的悲欢离合多数时候是隔膜的。由于隔膜，便不敢描写；由于某些话题（比如农村基层干部形象的复杂性）具有尖锐性，便一味回避。因此，宁夏作家的乡土故事许多时候就丢掉了新鲜感和现场感，常常让人生出“熟悉的地方没有风景”的感叹。应该承认，正在变得越来越复杂的城市人的生活和命运，在宁夏青年作家的笔下也时有反映。遗憾的是，这些比较罕见的“城市小说”普遍创作得粗疏、张皇。与描写乡村生活的得心应手相比，宁夏青年作家们对城市生活无法达到深度进入的状态。感情上不能够贴心贴肺，书写起来自然是雾里看花，甚至不得其门而入。这样的创作缺陷直接妨碍着宁夏文学的未来走向，所以不能不引起高度重视。

其二，由于乡土社会思想中的保守性和排他性因素的渗透，造成了许多作家思想视野和观念形态的狭窄性和封闭性。当这种狭窄性和封闭性成为一种创作思想时，社会生活的全面性和有机联系性就被作家们有意无意地忽略了，写作当中的大视野和前瞻性也就付之阙如。这直接导致许多作品的思想厚度不够，穿透力钝化。

许多宁夏青年作家喜欢描写古老乡村的诗情和画意，这没有错。但是，古老的诗情如果已经被汹涌而来的世俗的激情淹没时，是继续诗意的玄想，还是勇敢地面对芜杂而诗意顿失的生活？这既是对作家创作勇气的磨砺，也是对作家思想素质的考验。因为，面对复杂的生活，优秀的作家们必须拥有识破和穿透的能力。你的视野不开阔，对中国的历史与现状思考不深入，对社会生活的全面性和有机联系性视若无睹，以为描写乡村只要熟悉乡土就够了，那么，你的乡土小说的思想成色便大可怀疑。我的意思是，一个卓越的创作家对生活必须有全面的甚至是精确的感知与了解，你写乡土生活，但思想素质必须是现代的、超前的、与时俱进的。鲁迅创作的乡土小说的不朽来源于他先进的知识分子的思想底色。尤其是处于全球化信息化的时代，作家和所有普通人一样，实际上每天都在感受着生活的致命诱惑和难言的重压。这个时代，城市与乡村的联系比之过去应该说更加紧密了。今日都市里繁华闹市的霓虹灯影、火树银花，不正是与无数乡村寂静的夜晚和微弱的灯火，互为因果，密切相关吗？客观地说，中国的乡村与城市从来都是唇齿相依，祸福与共的。近代以来，中国乡村的动荡与波澜，哪一次没有深刻地触及城市的生活神经？因此，20世纪那些最优秀的中国作家皆是既懂得农民心灵，又深知城市性格的。鲁迅自不必说，单说茅盾的“农村三部曲”以及新时期早期高晓声等人的“乡土小说”，哪一篇不是站在时代所提供的可能高度，视野宽广地描写农民问题的？所以说，无论是描摹乡土还是书写城市，如果只熟悉一种生活领域而不清楚其他生活秘密，都会对你的“乡土文学（或者城市文学）”构成严重的伤害。因为你的小说的思想天地是封闭型的，你所描写的生活是孤立无援的，它与更广阔丰富的世界缺乏应有的沟通和联系。你所提供的艺术世界只是一个物体的真实的投影，可是造成投影的光源何在，亮色与暗影究竟构成了怎样的对比的关系？地域的小河如何与时代的汪洋大海水流相通、声气相求？我们都不知道。20 世纪 90 年代以来，大陆文坛的乡土小说创作陷入困境，很大程度上是因为作家们视野不开阔、思想封闭和狭窄所导致。作为新世纪以来中国内地乡土小说的一支主要创作力量，宁夏青年作家的这一写作缺陷已经成为某种文学标本，并足以引发文学界更多的思索。

宁夏青年作家写作当中缺乏人生大视野和思想力钝化问题，从他们长篇小说的创作中亦可明显看出。众所周知，长篇小说是一种与生活的复杂性和丰富性相对应的文体，是一种被期待着不仅可以视野宽广地记录人类真实无比的生存经验，而且能够永远深入地传达人类的激情、向往、恐惧、痛楚、忧伤等不可视的内心生活的绝佳文体。意大利作家卡尔维诺认为：长篇小说应该是“一种百科全书，一种求知方法，尤其是世界上各种事件、人物和事务之间的一种关系网。是一种繁复的文本”①。简单说，长篇小说作为一种文学创作的尖端文体，不仅需要提供人类生活的全部丰富性和复杂性，而且更应该具有足够的穿透人类生存的大气磅礴的思想勇气和智慧力量。以这样的长篇小说的“高端性”来衡量宁夏青年作家的长篇小说创作，有时会生出一些沮丧之情。仔细

①〔意〕卡尔维诺著，杨德友译：《未来千年文学备忘录》，辽宁教育出版社，1997 年版，第 74 页。

盘点一下新世纪前后宁夏青年作家群创作和出版的长篇小说，坦白地讲，数量应属可观[①]。然而，如果我们深入地追究一下这些作品的思想尖锐度和智慧容量，往往会感觉到某种失望。石舒清的《底片》，是由一系列的村庄的日常小故事连缀成篇的，文体上更近似于中、短篇小说的集合，感情是一以贯之的，思想和智慧却看不出有新的突进与超越。陈继明的《一人一个天堂》和张学东的《妙音鸟》是涉笔“文化大革命”的作品，可以感觉到作者有“大”想法，想通过中国社会具体的历史事件来透视人类生存的荒谬感和人性的复杂难言，但是由于具体的人生故事与“大”想法的不能水乳交融，就使得作品力图追求的思想和艺术目标难以实现。长篇小说的缺乏大视野和思想力钝化问题，一直是长期困扰中国创作界的一个思想和艺术难题。宁夏的某些青年作家似乎意识到了创作界的这一难题，也试图解决它，然而，由于人生阅历和修养的未臻化境，也由于文化视野的狭窄性，“翻越大山”的愿望一时还难以实现。

其三，文化视野的狭窄性，还表现为在“怎样写”的问题上固执成法，不敢开创新路，从而使相当多的作品艺术面貌非常单调，无灵动之态。遍翻宁夏青年作家群的小说和散文创作，不仅题材显得异常集中（百分之九十是描写乡土或为乡土唱恋歌的），而且艺术面貌也时常相同。许多作家是从乡村走出来的，刚刚进入文坛时，他们的作品是以写实的面

①新世纪以来，宁夏青年作家已经创作和出版长篇小说十余部，比较知名的作品有：石舒清：《底片》，原载《十月·长篇小说》2006 年第 4 卷；陈继明：《途中的爱情》，漓江出版社 2003 年版，《一人一个天堂》，花城出版社 2006 年版，《百鸟朝凤》，原载《十月·长篇小说》2008 年第 3 卷；张学东：《西北往事》，河南文艺出版社 2007 年版，《妙音鸟》，作家出版社 2008 年版，《超低空滑翔》，上海文艺出版社 2009 年版；季栋梁：《奔命》，原载《十月·长篇小说》2007 年第 1 卷，《上庄记》，北京十月文艺出版社 2014 年版；李进祥：《孤独成双》，宁夏人民出版社 2003 年版；马金莲：《马兰花开》，宁夏人民教育出版社 2014 年版。

貌出现的。而且，写实的作品当时还帮助他们赢得了良好的声誉。多少年后，当我们再读他们的作品时，感觉艺术风格和面貌几乎没有什么大的变化。许多宁夏青年作家总是把多种艺术描写方式的追求和试验视为艺术的畏途。因此，变形的、夸张的、象征的、寓言的艺术方式并不敢放胆使用，加上乡土题材的集中性，以至于不少外地的评论家论及宁夏青年作家的创作时，常常会非常惊人地评论道：宁夏作家写得太相似了。显然，从启动艺术的灵动思维，打开看待生活、观赏世界的新窗户这一角度而言，宁夏青年作家群还有相当漫长的一段艺术之路需要跋涉。在全球化的背景之下，如何在坚守写实主义传统与虚心学习20世纪西方现代文学经验之间，找到一条可以走得通的道路，是摆在宁夏青年作家面前必须解决的艺术难题。创作家的角色就是这样，他就是东方古老传说中的那只不死之鸟，生命的华美和芬芳完全取决于一次又一次投入大火的勇气。投入了，便浴火重生，成为翱翔于天宇的凤凰；不投入，便低飞于草莽，变成一只居于人间屋檐之下的凡鸟。

2010年6月—2017年5月

新世纪前后宁夏长篇小说创作状况考察

无论从何种角度而言，长篇小说都可称之为文学武库当中的重大型装备。它是那种体型庞大坚固、火力强大凶猛、能够以一当十的“利器”，是关键时刻见分晓的“杀手锏”。它的制作完成总是显现着写作者创造的激情、智慧和对文学技艺的完美追求。应该说，长篇小说确实是一种与生活的复杂性和丰富性相对应的文体，是一种被期待着不仅可以视野宽广地记录人类真实无比的生存经验，而且能够永远深入地传达人类的激情、向往、恐惧、痛楚、忧伤等不可视的内心生活的绝佳文体。意大利作家卡尔维诺认为：长篇小说应该是“一种百科全书，一种求知方法，尤其是世界上各种事件、人物和事务之间的一种关系网。是一种繁复的文本”[①]。俄国形式主义批评家巴赫金在《长篇小说的话语》一

①（意）卡尔维诺著，杨德友译：《未来千年文学备忘录》，辽宁教育出版社，1997年版，第74页。

文中则指出："长篇小说是用艺术方法组织起来的社会性的杂语现象，偶尔还是多语种现象，又是个人独特的多声现象。统一的民族语内部，分解成各种社会方言、各类集团的表达习惯、职业行话、各种文体的语言、各代人各种年龄的语言、各种流派的语言、权威人物的语言、各种团体的语言和一时摩登的语言，一日甚至一时的社会政治语言。每种语言在其历史存在中此时此刻的这种内在分野，就是小说这一体裁必不可少的前提条件；因为小说正是通过社会性杂语现象以及以此为基础的个人独特的多声现象，来驾驭自己所有的题材、自己所描绘和表现的整个实物和文意世界。"[①]显而易见，长篇小说是一种非常具有难度的文体，是对任何一个写作者的智力、才华、经验、技术、身体和耐力的综合测试和近乎苛刻的考验。也因此，杰出的长篇小说是最具权威的文学尺度，它标示着某一个时段或者某一个地区的文学正开始散发诱人的金黄果子般成熟的气息。长篇小说的标尺性意义，对所有从事小说创作的人来说，既构成了一种致命的高度，又成为一种不可拒绝的诱惑和激发。这使得长篇小说的创作在正常的年代里似乎永远处于难以阻遏的情绪亢奋状态。从文学传播与接受的角度来看，长篇小说在人类阅读史上一直是一种广受欢迎的大众性文体。即使是在小说不登大雅之堂的古代中国，它也是与普通百姓最有亲和之力的文学体式。近二十年来，在文学逐渐走向市场，文学消费成为一种消费选择的时代条件下，长篇小说是最受中国内地读者欢迎的文类。它的准确而深刻地传达人类生存经验、作为这个变幻莫测年代社会人生与心灵世界"镜子"的文体特点，极大地刺激

---

①（俄）巴赫金著，白春仁译：《巴赫金全集》（第3卷），河北教育出版社，1998年版，第40—41页。

了阅读消费市场。据一些文学史家统计，1993年以来的国内长篇小说，每年的年平均产量是700部上下。考虑到中国读者的有限分布特点（主要是城市当中喜爱文化的人们和大、中学校学生在读文学作品），一年能够有700部左右的长篇小说被众多读者传看，对长篇小说创作界而言确实可称为“盛大的节日”。受全国长篇小说创作形势的影响，更因为宁夏党委宣传部、宁夏文联、宁夏作协与宁夏人民出版社等部门与单位的大力倡导和卓有成效的工作，宁夏的长篇小说创作在近二十年间也取得了突破性进展。具体表现为加入长篇小说创作队伍的人数剧增，长篇小说创作数量一路攀升，长篇小说的题材日益丰富，等等。与20世纪80年代相比，新世纪前后的宁夏长篇小说创作园地可谓花团锦簇、蜂飞蝶舞。但是，不得不指出的是，目前正处于热闹当中的宁夏长篇小说创作也存在着明显的缺陷和可以预见的危机。本文将立足于新世纪前后宁夏长篇小说的创作现状，对近二十年间宁夏长篇小说的创作成就及存在的问题做一简要的分析和解剖。

一

毋庸置疑，近二十年间，宁夏长篇小说创作的整体局面是颇令人欢欣鼓舞的。早在20世纪80年代，宁夏的长篇小说创作实力显得相当薄弱。除了张贤亮的《男人的风格》（1983年）、《习惯死亡》（1987年）以及查舜的《穆斯林的儿女们》（1986年）等屈指可数的几部长篇小说在全国具有不错的声誉之外，宁夏作家在长篇小说创作领域几乎乏善可陈。那虽然是一个激情澎湃、高歌猛进的年代，是一个全民需要文学也给予文学以前所未有的荣耀与礼遇的年代，然而，宁夏的作家们实在是“囊中羞涩”。在长篇小说创作方面，他们中的许多人一时还拿不出用以奉献给时代的礼物。宁夏长篇小说创作的尴尬局面直到 1992 年之后，才开始出现转机。1992 年 10 月，文坛风云人物张贤亮得风气之先，在邓小平同志南方谈话精神的感召和鼓舞下，率先发表长篇小说《烦恼就是智慧》（后改名《我的菩提树》）。这部长篇小说一如既往地体现着张贤亮对国家和民族命运的忧患情怀和反思意识，以深沉而具有穿透力的笔墨解剖历史、透视当代，是一篇特殊语境中的反“左”檄文。今天看来，张贤亮的这部长篇小说似乎是一个“炮捻子”，因为在此之后，宁夏的长篇小说忽然迎来了一个“爆炸”的局面。1996 年，张武的《涡漩》和南台的《一朝县令》出版；1998 年到 2000 年，高耀山的系列长篇小说《风尘岁月》《激荡岁月》出版；2000 年，由宁夏党委宣传部、宁夏文联、宁夏作协、宁夏人民出版社联合策划，意在鼓励和推动宁夏长篇小说创作的“金骆驼丛书”第一辑正式向外界推出，日后将荣获全国第七届少数民族文学“骏马奖”的马知遥的长篇小说《亚瑟爷和他的家族》即名列其中。进入 21 世纪，宁夏长篇小说创作奋进姿态不减，十余年间，“金骆驼丛书”已经出版到第五辑，共推出宁夏作家所著长篇小说十四部；另外一套主要用意于激励年轻作家创作热情的长篇小说系列——“新绿丛书”也在 2002 年面世，迄今为止，已经出版两辑共十二部长篇小说；2011 年以来，黄河出版传媒集团阳光出版社又推出“阳光书系 · 长篇佳作系列”，截至目前，已经推出王佩飞等人所作的长篇小说七部；高嵩先生花费二十七年心血创作的历史小说《马嵬驿》由久负盛名的《中国作家》杂志于 2001 年 9 月号全文刊载；查舜十年间出版长篇小说四部［《青春绝版》《月亮是夜晚的一点明白》《穆斯林的儿女们》（修订本）《局》］；火仲舫倾注大心血的三卷本长篇小说《花旦》2005年出版后赢得众多喝彩；宁夏青年作家群当中的陈继明、石舒清、郭文斌、季栋梁、张学东、李进祥、梦也、古越、阿舍等人，新世纪以来分别出版长篇小说《一人一个天堂》《底片》《农历》《奔命》《西北往事》《超低空滑翔》《孤独成双》《秘密与童话》《金羊毛》《乌孙》等。

可以说，经过宁夏文学界几代人的共同努力，宁夏的长篇小说创作就生产的数量而言，已经进入到一个小高潮期。从作品取材内容上看，近二十年间宁夏长篇小说所涉及的生活领域可称得上是丰富多彩的。乡土生活、城市景观、大唐悲歌、朔方风情、民族命运的沉浮变幻、历史与现实的纠缠撕扯、人性善恶的对抗与搏斗，凡此种种，我们都可以在宁夏长篇小说所提供的文学画卷当中寻找到。倘若论及对生活的开掘之深，我想不妨解读一下下面几位作家的小说作品。

南台是宁夏文学界的资深人物。多年以来，他一直致力于刻写西北边地的基层人生。据我的阅读感受，我认为南台其实是一个非常具有政治情结和忧患感的作家。无论是《一朝县令》《只好当官》，还是《废话艺术家王三丰》，这些作品实际上关注的只是一个问题：国家权力掌握者与人民幸福生活的关系。如果我们透过南台所描摹的种种乡土人生故事，我们当然会发现他的内心始终燃烧着一种激情，这种激情可以用老杜的两句诗来概括：“穷年忧黎元，叹息肠内热。”由这种激情出发，加上长期底层生活的磨炼，南台的小说自始至终在书写民生之多艰。高嵩先生在创作历史小说之前，是一个思维敏捷、情感饱满的学者。这样的学者，本身就具备一个优秀作家的素质。果然，刚一进入新的世纪，高嵩先生便为读者奉献了一盘文学大餐——《马嵬驿》。这部几乎凝聚着作者一生心血和智慧的长篇小说，以别开生面的笔触，重说千年故事，透视永恒人性，诗意回环，情深义重，其艺术之美颇让人有沉醉不识归路之感。马知遥先生以病弱之躯，奋斗十三载，终于完成他的封笔之作《亚瑟爷和他的家族》。这部长篇小说通过一个家族百年间的生活和命运变迁，既高声赞颂了回族百折不挠的原始生命强力和他们善良宽厚的品性，又感情复杂地书写了阻碍这个民族向前发展的某些负面因素。因此，它既是一个民族的赞歌，也可被视作是面向未来的一种深沉的民族自省。查舜先生创作于世纪相交时刻的《青春绝版》是其呕心沥血之作。这部长篇小说以书写人的命运为旨归，人间的悲欢离合、生死哀荣背后升腾的是作者对于生命和人本身的玄思默想。这使得这部作品具有了超出一般长篇小说的形而上意味。高耀山先生的系列长篇《风尘岁月》《激荡岁月》《烟火人家》追求的是长篇小说的史诗笔法和风格，颇近于“寓政治风云于风俗民情图画，借人物命运演乡镇生活变迁”的新时期长篇名作《芙蓉镇》。其中，小说对陕甘宁边区特殊的乡风民情的细致表现，有工笔画之妙。古越、羽萱是宁夏文坛长期致力于长篇小说创作的中、青年作家，其所著的《金羊毛》《菊花醉》将创作笔触深入历史深处，于近代洋买办的传奇人生当中，书写着人之命运的乖张变幻和人性的善恶莫测，是不可多得的优秀之作。古越、羽萱属于才情焕发的写作者，他们的长篇小说创作突破了宁夏长篇小说题材过于集中和单一的格局，其写作风格上的“雅俗共赏”，也为纯文学作品真正走向市场探索了一条新路。陈继明曾经是宁夏青年作家群的代表人物。他创作于2006年的长篇小说《一人一个天堂》是一部意蕴丰厚的小说。从叙事表象看，这是一部言说“文化大革命”的作品。然而稍微往深处追究一下，会发现这部长篇小说哪里是简单浅显之作？实际上，它是一部有关人类生存的寓言化小说。在小说所构筑的艺术天地之中，人类是怎样地处于恐惧、孤独、哀伤、无奈的可怜境地。一切人间的高贵、善良、同情、友爱、诗意的憧憬和联翩的梦想在严酷的现实面前都会化为乌有。麻风病也好，“文化大革命”的狂乱和暴虐也罢，人类从诞生的那一天起，就注定要面对连绵不断的疾病、灾害、侵扰、动乱、杀戮和死亡，桃花源从来都是想象的异邦。仔细想来，千百年来人类一直试图寻找到“永远的乐土”，为此我们付出了多少血和泪。然而，充满激情的追寻总是化为伤心欲绝的诉说和无尽的等待。所以，小说当中反复回荡着那句令人伤感不已的歌谣：“天空在下雪，我们在赶路。”郭文斌是短篇名家，他的长篇小说《农历》于中国民间传统文化习俗的诗意书写中，张扬的是农耕文明的美善之魂。《农历》的写作继承的是废名、沈从文、萧红等人所开创的现代抒情长篇小说的艺术传统，可看作是宁夏长篇小说的另一种风格。“七十年代出生”的作家从事长篇小说的创作，在新世纪以来的宁夏文坛并不多见。张学东的长篇小说《西北往事》和《超低空滑翔》显得颇为珍贵。《西北往事》深情讲述少年人成长的疼痛与忧伤，其颇为绚烂的笔墨给人留下了很难忘却的艺术印象。《超低空滑翔》笔涉西部城市生活领域，于民航人看似神秘的生活的状绘之中，透视了中国社会由权力机制所导演的一出又一出的荒诞剧。应该说，在宁夏文学几乎被认定是“乡土文学”的代名词的时刻，《超低空滑翔》的出版，起到了丰富宁夏长篇小说创作版图与格局，为宁夏文坛吹进清新之风的艺术作用。

二

宁夏长篇小说的创作正在进入一个相对繁荣的时期，长篇小说创作者的层出不穷和长篇作品的急剧增加，既给我们带来激动和欣喜，也使我们不能不产生一丝隐忧。如果我们把创作的参照系和评论的视野放得更开阔一些，如果我们能够站在当今国内长篇小说创作的总体水平这一制高点上来认真审视宁夏的长篇小说创作现状，我们会发现：宁夏的长篇小说创作者们将无可避免地面临着一系列亟待解决的艺术课题。

宁夏长篇小说创作首先要解决的第一个艺术难题是长篇小说的数量与质量关系失衡的问题。

近二十年以来，宁夏的长篇小说创作数量一路攀升，从事长篇小说写作的人员数目呈现跃进景象。然而，一个突出的艺术问题摆在了我们面前，那就是好长篇太少，精品力作罕见。阅读宁夏大量的长篇小说，突出的感觉是许多小说并非“青灯古佛”旁的苦心孤诣之作，而是在外力推动之下的草率笔墨。通常的文学惯例是，一个从事长篇写作的人起码应该具有十年以上的正规的文学训练。我所谓的“正规”，指的是一个作家即使不是正规的大学中文系毕业生，也应该有十年左右的边读书边写作的训练。其中，读书的准备尤其重要。没有十年磨一剑的超常耐心，不能熟读唐诗宋词，不能深刻领会《史记》的愤怒、《红楼梦》的沉痛、鲁迅作品对绝望的抗争，不能体会托尔斯泰的悲天悯人情怀和加西亚·马尔克斯的神奇博大，甚至连短篇小说的创作技法都不甚了了，谈什么宝剑出鞘，“今日把示君”呢？我想，对于长篇小说的创作者而言，有生活积累，哪怕是有极其丰富复杂的大面积的生活积累，也不能构成可以创作长篇小说的最为充足的理由。因为，长篇小说的创作并不仅仅是生活经历的问题，它还与作者的文学天赋、个人修养、学识积累和不倦的精神探索有关。开得出菜单并不意味着一定能够成为著名厨师，这个道理想必谁都能明白。然而，创作的冲动和盲目自信的洪水总是不停地淹没写作者本应清明的理智。在外力的鼓动之下，甚至在世俗欲求的牵引之下，许多人一厢情愿地从事着长篇小说的创作，既不熟识中外文学史上长篇小说经典的写作方式，也不左顾右盼当代同仁的创新之处，只埋头拉车，不抬头看路。结果，很多人所创作的长篇小说出版的时候，因为传媒的宣传，煞是风光了一阵。而过不了多久，其中的不少作品竟成为过眼烟云。还是那句老话，长篇小说的写作对任何一位创作者而言，都是一次艰难而坎坷的精神旅程，是灵魂的冒险和搏斗。它需要长时期的思想和艺术储备。创作热情只能充当导火之物，而作品的“爆炸”则需要深刻、锐利、新鲜的思想以及炉火纯青的艺术表现能力来作为强大的支撑。简言之，长篇小说的创作必须以作家的全面成熟和对文学历史与传统的敬意作为前提。米兰·昆德拉说得好：“依我看来，伟大的作品只能诞生于他们所属艺术的历史中，同时参与这个历史。只有在历史中，人们才能抓住什么是新的，什么是重复的，什么是发明，什么是模仿。换言之，只有在历史中，一部作品才能作为人们得以甄别并珍重的价值而存在。对于艺术来说，我认为没有什么比坠落在它的历史之外更可怕的了，因为它必定是坠落在再也发现不了美学价值的混沌之中。”（《被背叛的遗嘱·作为对历史的反动的小说史》）是的，任何一种阅读和写作，实际上都联结着一个根深叶茂的价值体系。你选择哪一种阅读和写作，其实就是对哪一种文学价值体系的敬仰、崇拜与皈依。倘若不止一个创作者对文学史上那些公认的长篇小说的巅峰之作都缺乏应有的敬意和学习的态度，缺乏对由人类历史上那些伟大杰出的心灵所缔造的价值体系的崇敬之情，我们如何指望一个当今的长篇小说写作者能够奉献出新鲜别致而又充满着卓越智慧的作品呢？

宁夏长篇小说创作亟待解决的第二个艺术难题是大量作品明显存在着选材不严、开掘不深的问题。

20 世纪 90 年代以来，由于市场的召唤和准入制度的松懈，我国的文学创作普遍存在着选材不严、开掘不深的艺术弱点。这一弱点在宁夏长篇小说的创作领域表现得比较突出。鲁迅当年曾经语重心长地告诫刚刚闯入文坛的沙汀和艾芜，希望他们“选材要严，开掘要深，不可将一点琐屑的没有意思的事故，便填成一篇，以创作丰富自乐”（《关于小说题材的通信》）。鲁迅的告诫显然具有超越时空的意义。对于一个长篇小说写作者来说，生活经历和个人的心灵经验只能是写作的触发点，而绝不是全部。因为在创作长篇小说之前，不能不慎重考虑这样两个创作问题。第一，你的人生经验是否具有足够的“浓度”和强度，可以经得起长篇小说这种“繁复文体”的强力撕扯和锻造。也就是说，你的生活经历和心灵经验本身是否能够满足长篇小说这种文体所提出的诸多的艺术要求。第二，你的人生经验在转变为艺术作品之后是否具有“挥发性”和超越性特征。创作者的生活经验已经积累得足够丰富，那么从这人生经验里是否一定能够提炼出芳香四溢的思想价值和意义呢？是否能够具有新鲜而强悍的审美冲击力呢？学者兼作家的杨绛曾经说过：“经验所供给的材料，如不能活用，只是废料。”（《关于小说·事实——

故事——真实》）我认为杨绛所说的“活用”，其实是指作家处理生活经验的高度发达的艺术能力，也即“点铁成金”的能力。

显而易见，作为创作，对生活的选取和裁剪，提炼和升华，开掘和发现，才构成艺术最内在的品质和本源。鲁迅所谓的“开掘要深”是说作家对所掌握的“生活”必须要有穿透的能力，必须要有新鲜别致的惊人发现。今天，当我们从纷乱的生活事务中抽出时间，静下心来阅读一部长篇小说时，我们实际上首先期待着能够从作品当中感受思想的震撼与冲击，因为一部杰出的长篇小说的艺术思维往往能够穿透生活的表层而达到人类命运的深处。现实是如此复杂难辨，世情是这般嘈杂喧嚣，心灵有诸多纠结困扰，我们阅读长篇，既希望从中看到熟悉的人生面容，更盼望着小说能够将我们引入一条长长的思索的隧道。我们并不能够苛求作家都是生活的导师，能够回答所有尖端和尖锐的问题。但是，我们有理由要求作家对你所描写的生活不仅熟知，而且还要从中有所“发现”。由于你的锐意的“发现”，一些本来我们熟悉的事物，经由你的文字，却使我们获得了全新的感受和全新的认识，埋藏在我们内心深处的意识被挑动被唤起被激活了。我们就像一直处于熟睡当中的婴儿，忽然张开了惺忪的睡眼，打量着呈现在眼前的一个新奇的、陌生的世界。

阅读宁夏作家创作的不少长篇小说，不必用过于挑剔的眼光就会发现，许多长篇小说实际上是在搬演作者人生当中曾经经历过的一切事情，唯独缺乏艺术之为艺术的剪裁和提炼的功夫。朱光潜这样说：“艺术根据自然，加以熔铸雕琢，选择安排，结果乃是一种超自然的世界。换句话说，自然须通过作者的心灵，在里面经过一番意匠经营，才变成艺术。艺术之所以为艺术，全在‘自然’之上加一番人为。”（《谈文学·情与辞》）无奈的是，当我们阅读许多号称是长篇小说的东西时，我们面对的是一堆又一堆的原始的素材。小说的提炼、升华和虚构功能在这些作品当中光景黯淡、似有实无。在这些芜杂的，缺乏控制的长篇小说中，慌乱而没有深度的思想和感情总是处于一触即发的状态。如此之多的陈年旧事纠缠在作者的记忆之中，如此之多的人生感喟迫切地渴望倾诉。不少长篇小说作者常常把个人经历和心灵经验当作唯一的取材对象，小说的叙事基本依附于20世纪下半叶以来的各个阶段的中国历史演变，作家们没有从纷纭复杂的历史背景资料之中和个人经验当中提炼更有性格特征的冲突，并且将这种冲突重新组织为文学的有机整体。于是，流水账式的叙述时有所见，稀松平庸的议论与抒情到处泛滥，从而导致泥与沙俱下，鱼与龙混杂的小说叙事局面。

产生“选材不严，开掘不深”这一创作通病的原因，不外乎这样两个方面。其一，作家的思想艺术功力还难以胜任长篇小说的创作。我们已经说过，长篇小说的写作是一件困难的事情。长篇小说的空间是被琐碎的、具象的、实在的物象占据，还是被精神、灵魂、诗意占领，实际上与作家对生活的领悟能力和艺术腕力有关。小说的容量不仅仅是一个生活容量的问题，事实上，作为创作者还必须考虑它的精神的容量和思想的浓度。精神容量和思想浓度从何而来呢？当然来源于对人类生活和人本身的长时期的静观默察和痛苦的思索。如果一个作家不具备思想者的品质，不能在长篇小说当中提供新鲜的思想的果实，长篇小说的开掘之深就只能是一句空话。其二，过于浮躁和趋势的创作心态。因为长篇小说的创作受到鼓励和扶持，许多创作者便不自觉地产生浮躁和趋时心态。他们把长篇小说当作“字数多”的小说，在对长篇小说的内涵缺乏认识，构思不成熟、结构未做缜密安排的情况下，就匆忙上阵，高速写来。结果，生产出来的长篇小说只是字数多、篇幅长而已，其余便无从谈起。

宁夏长篇小说创作存在的第三个弱点是作家们艺术积累普遍不够，对长篇小说的文体特点认识不足。

中国现代长篇小说诞生于五四新文学运动之后，是中国作家向西方文学和俄苏文学学习的结果。由于现代作家的杰出表现，在短短的三十年中，他们实际上已经为读者贡献出了许多长篇小说的经典之作。《子夜》《家》《骆驼祥子》《围城》《死水微澜》等现代长篇作品，是当代写作长篇小说的人必须研读的对象。然而，恕我直言，究竟有多少宁夏的长篇小说写作者认真而投入地研究过这些长篇小说的思想内涵、结构特征和语言修辞特点呢？如果艺术眼光再开阔一点，实际上一个长篇小说的创作者除了少年时代阅读过《水浒传》《三国演义》《西游记》《红楼梦》等中国古典长篇小说之外，在从事长篇小说写作之前，起码应熟读19世纪以来的最著名的西方长篇。如果连《复活》《安娜·卡列尼娜》《高老头》《红与黑》《包法利夫人》《堂吉诃德》《鼠疫》《喧哗与骚动》和《百年孤独》等一系列伟大的长篇作品都没有细细阅读过，我们怎么能指望作家们新创作的长篇小说有足够的艺术含量呢？你的文体从何而来？是模仿还是创新？是继承还是发展？你的小说结构的营造从何说起，是史传传统影响下的讲史模式，还是意识流的穿插和切割方式？是流浪汉体式小说，还是“复调小说”？抑或是魔幻现实主义的天马行空？如果什么都不是，那你的长篇小说显然是没有根基的。事实上，经典文学所构筑的传统写作模式包括长篇小说的结构方式，在当代中国还没有任何一个作家可以轻易绕过去。我们面临的不仅是一个吃透经典的问题，更重要的还有一个如何将古代小说的民族传统和域外的文学营养转化为自己的血肉问题。对宁夏长篇小说创作者来说，写作的道路显然漫长而充满挑战的意味。

艺术积累不够的另一个重要表征是作家的语言功力显得贫瘠薄弱。文学是语言的艺术，这是人人皆知的常识。然而，我们许多创作者在写作长篇小说时总是有意无意地忘掉这一点，对于锤炼小说语言相当不重视、不讲究。由于作家态度的随意和情绪的失控，因此在许多小说作品中，叙述语言显得繁冗啰唆，一些描述性语言的组织和搭配也缺乏严谨的逻辑关系，显得生硬而突兀；人物语言则干巴巴，没有个性风采；精美的文学修辞往往千呼万唤不出来；议论和抒情处更是无章无法，仿佛疯长的乱草。本来应该是基本功的文学语言的锤炼，现在反而在不少长篇小说中成为可望而不可即的高度。也许，对语言的敏感有着天赋的因素在起作用，然而既然选择了文学创作，任何作家都没有轻视和怠慢语言的理由。杜甫所谓的“为人性僻耽佳句，语不惊人死不休”，哥伦比亚作家加西亚·马尔克斯自述写作时其实是在“与每一个字摔跤搏斗”，这样的对语言的精益求精的认真执着态度确实值得我们永远学习和效仿。倘若宁夏的长篇小说作家们能够有足够的艺术献身精神，能够从语言的精心锤炼开始，能够在饱读诗书的基础上再行创作，我想，在可以期待的未来，我们的长篇小说创作园地收获的将会是一个个充满甜蜜滋味和不尽清香的文学佳果。

2013 年 4 月

新世纪以来宁夏少数民族作家创作扫描

宁夏的文学创作在中国文学的阔大版图上占有一席之地，始于社会主义新时期。由于张贤亮等作家在中国新时期文学舞台上声情并茂的动人演出，宁夏文学不再是被权威话语遗忘和忽视的“角落”。显而易见的事实是，张贤亮饱经沧桑与忧患之后的慷慨悲歌，不仅带给广大读者巨大的心灵震撼，同时，它们也使位于西北偏远之地的宁夏具有了相当高的文学知名度和美誉度。进入20世纪90年代，宁夏文学在略事徘徊之后，又一次进入发展的高潮期。近二十年来，尤其是进入21世纪以后，在宁夏回族自治区党委和政府的热情关怀下，经过自治区文联、作协和《朔方》文学杂志社认真而有效的工作，经过宁夏各民族作家的辛勤耕耘和艰苦劳作，宁夏的文学创作园地逐渐呈现出繁花似锦、蝶舞蜂飞的喜人景象。时至今日，“宁夏文学”已经生长成为当代中国文学百花园中香气扑鼻的一枝“奇花”，一蓬“异草”。回顾宁夏文学20

多年以来特别是新世纪以来的创作历程，我们会发现，在宁夏文学由弱小变为强大、由“几棵树”长成“一片林”的成长过程中，宁夏的少数民族作家扮演着不可或缺的重要角色。在认真地梳理了新世纪以来少数民族作家突出的文学业绩之后，我们甚至可以断言，在当今的宁夏文学创作领域，如果缺少了少数民族作家的创作，宁夏的文学面貌将会变得相当苍白。

宁夏地处中国西北部腹地。历史上，这里就是一个多民族杂居、多元文化相互交融的地域。秦汉时期，宁夏平原就拥有利用黄河水灌溉的相当发达的农耕文化。隋唐时代，宁夏南部的固原地区成为沟通东西方的陆上“丝绸之路”上的一个重要的贸易集散地。以后，这片古老的土地上诞生过西夏王朝，文化构成中便多了些漠野雄风。元代之后，伊斯兰文化进入中国，到了明、清两朝，宁夏逐渐成为回族同胞的聚居地。中华人民共和国建立之后，特别是1958年宁夏回族自治区成立之后，在“开发大西北”的国家战略的实施当中，宁夏又成为得到祖国东部沿海发达地区支援最多的一个边疆少数民族地区，大量随工厂搬迁的工业移民和风华正茂的南方知识青年分批进入宁夏。1958年到1959年间，仅浙江和上海两地的知识青年，就有超过十万人响应党和政府“建设大西北”的号召，进入宁夏山川。在大量的江南人来到宁夏的时刻，饱含着清新温润之气的江南文化也在不经意当中逐渐地在西北这片土地上生根、发芽，并使宁夏文化的内涵当中增添了轻灵与秀美的因素。从土地面积上说，宁夏的地域称不上是广大、辽阔。在西北五省区当中，它是面积最小、人口最少的一个省区。然而，倘若从历史传承的古老与悠久，文化构成的丰富与多元来说，宁夏却是一个具有足够丰厚的精神矿藏和文学资源的“宝地”。

正是在如此丰富而阔大的历史文化背景的影响之下，宁夏的少数民族作家开始了他们执着而又不断开拓新路的文学审美之旅。他们要用手中的那支绚丽之笔，描绘出生活在这片神奇土地上的各族人民对美好生活的期待和向往；他们要用时代和生活所提供的澎湃激情，去寻找民族长久生存的奥秘，去寻求民族精神的纯美与刚健。作家马知遥以罹病之身，费时十余年，创作出长篇小说《亚瑟爷和他的家族》（获得第七届全国少数民族文学创作“骏马奖”）。小说以粗犷的笔触描写了西北边地一个回族家族的传奇故事。在亚瑟爷家族数代人生活和命运的叙述当中，相当深入地挖掘了存在于回族人民身上的信仰坚定、坚忍不拔、崇尚自由、向往公平、敢于反抗强权压迫而又富于同情心和怜悯心等令人钦佩的优秀品德。在大力讴歌回族卓越品质的同时，小说也以一种“爱之深则责之切”的心理与情感，展示了这个民族身上因长期的生活压迫与苦难命运而逐渐形成的历史沉疴，期待着回族能在风云激荡、潮流变化的社会历史发展进程中始终站在最前列。作家查舜，十年来静心读书思索，潜心打造长篇小说。他的出版于2001年的《青春绝版》和出版于2007年的《月亮是夜晚的一点明白》两部长篇小说，所描摹的皆为回族人民的日常生活景观。如果说马知遥的长篇小说喜欢以一种大开大阖的艺术气度和方式来诉说回族曾经的历史伤痛和不屈的抗争精神，那么，查舜则擅长以一种诗意的方式，用他那支饱蘸深情的彩笔点亮人间的万家温暖灯火。查舜也写苦难——对于近现代以来的中国人来说，苦难应该是人们最不陌生的一种生存状态，然而，查舜所关注的是：在因为外在的时代、社会等原因所导致的现实的苦难当中，回族人民是如何用心中的那一点“念想”，那一盏“美”和“善”的灯，照亮漫长而艰难的人生旅程。于是，在查舜的小说里，出现了许多体现着“纯美”的东方古典精神的女性形象。无论是《青春绝版》里的林淑红，还是《月亮是夜晚的一点明白》里的纳素娟，在这些生活于现代社会的回族女性身上，那些长久地影响过我们祖先的精神价值观念是如此强大地植根于她们的内心深处。她们的善良、忍受、痴情、挚爱、无私，是这荒凉寂寞的人世当中热烈盛开的艳丽花朵，是艺术超越现实、诗意抚慰人心的绝佳证明。查舜的这类文字仿佛童谣，即使世界早已浑浊不堪，它所呈现的天真美丽依然动人。

“宁夏青年作家群”是近年来崛起于中国文坛的最引人注目的创作团体之一。在这一团体当中，云集着石舒清、金瓯、马宇桢、拜学英、古原、单永珍、了一容、李进祥、平原、土豆、阿舍、马丽华、马金莲、王正儒、泾河等少数民族作家。作家石舒清于2001年以短篇小说《清水里的刀子》荣获第二届鲁迅文学奖，这是继张贤亮之后，又一位宁夏作家获得国家级短篇小说大奖。进入新世纪，石舒清精益求精，再开新路。他的短篇小说《红花绿叶》《果院》《黄昏》《父亲讲的故事》等作品，在对回族人民日常生活的精细而生动的描绘中，认真发现和揭示着回族人民独特的精神世界，并力图以坚定而执着的信念的力量，来救治心浮气躁的“现代病”。石舒清属于那类写得“慢”的作家，讲究的是“慢工出细活”。在这样的一个提倡奔跑、人人追风的年代，他偏居西北一隅，精心地侍弄他的小说。像是一个年深月久的银匠，永远用一颗平常心来制作和打磨着他手中的每一件银器。无论器物的大小，在打磨者看来，都有可能通往纯美和永生的境地。石舒清的散淡与坚定，沉潜与执着正在把他送入一个文学创作的更高境界。作家李进祥生活和工作在宁夏一个经济文化条件比较落后的小县城，然而，他创作的《屠户》《遍地毒蝎》《监控器》等作品，对当今的中国社会生活却有着惊人的透视和启人思索的发现，其思想水准一点也不输于发达地区的作家。金瓯是一位满族青年作家，他是宁夏青年作家群中不可多得的书写城市生活的少数民族作家。他的带有先锋意味的小说叙事，给宁夏的文学创作增添了别样的色彩。东乡族作家了一容早年曾经有过一段艰辛的流浪生活，当这一段不寻常的生活转化为他的文学生涯时，便构成了他的有别于其他作家的独特的审美世界——粗粝而强劲的西部世界。平原、土豆、阿舍、马丽华是四位生活于都市当中的回族和维吾尔族女作家。对于都市知识女性复杂而纷扰的内心世界的探索，对于自由而诗性的完美生活的梦想，构成了其创作的核心内涵。四位少数民族女作家中，阿舍才兼小说和散文写作两道，她的散文创作大多数可称之为典雅的带着书卷气的写作，她的一些写实类散文对于现实的穿透力同样让人刮目相看。她的散文名作《小席走了》，真实地叙写一位家庭保姆的生活情状，不仅在文学圈子里有相当好的评价，散文在网络上流布之后，也赢得了很高的点击率。在宁夏的文学创作几乎被外界认定是纯粹的“乡土文学”的时刻，四位女作家的创作自有其不可替代的价值和意义。在宁夏的少数民族作家群中，还应该提及两位“80后”作家马金莲和王正儒。马金莲是一位回族女作家，一直生活和工作在“苦瘠甲天下”的宁夏西海固乡村。她的小说多写西北乡村中女性的生活和命运，于乡土风物和女性心理的细致刻画中，见出生活的情意和人性的变化。回族青年作家王正儒是一位具有博士学位的青年教师，近几年主要写作散文。他的散文创作以思想随笔居多，有锐气和激情，也显现了读书的功夫。他于2008年写作的散文作品《拒绝遗忘》，一经发表，便颇获好评。在散文写作被许多人认为是“小技艺”，纸质媒介和网络上的大量散文作品普遍变得休闲化、娱乐化、轻松化的历史时刻，王正儒秉持知识者的良知，以哀痛悲怆之情重说“南京大屠杀”之惨绝往事，在对张纯如（英文著作《被遗忘的大屠杀》的女作者）的深切哀悼和怀念当中，表达着一个正直的知识分子的忧患情思。毫无疑问，《拒绝遗忘》是一篇情动于衷而寄托遥深之作。这篇文章于2008年年底先后入选林贤治主编的《2008：文学中国》和中国作协创研部主编的《2008中国散文精选》等五个文学选本。著名散文家和文学评论家林贤治说：《拒绝遗忘》是打在民族苦难和个人责任问题上的一束追光。由此，我们可以断定，在宁夏的散文创作领域，王正儒的创作正逐渐构成一道独特的令人有所期待的文学风景。在宁夏青年作家群中，少数民族诗人相对少一些，但论及新世纪以来的宁夏诗歌创作，就要提及两位回族诗人单永珍和泾河。单永珍生性坦诚豪放，这些年又遍游西部山川，其诗作感性、浓情，风格强劲，《西部散章》（五首）是他的代表作。泾河是20世纪70年代出生的诗人，虽然也生活于宁夏的西海固地区，但泾河更愿意以一种低吟的方式，抒发他对生活的美丽感受。阅读单永珍的诗作，仿佛是在饮一坛烈酒；欣赏泾河的诗，则感觉是在清风明月之下，听人抚琴。

在对新世纪以来的宁夏少数民族作家的创作状况做总体扫描时，我们还应该提到两位对推动宁夏的文学事业做出了杰出贡献的回族评论家白草和郎伟。白草供职于宁夏一家社会科学研究机构，长期致力于回族文化及现当代回族文学的研究，出版于2008年的《文学大家笔下的回族》是其精心结撰的作品。郎伟是伴随着宁夏青年作家群一起成长的青年评论家。近二十年来，他花费大力气对宁夏青年作家群的创作进行跟踪式阅读和深度研究，是中国评论界最熟悉宁夏青年作家群并对这一创作团体最有研究心得的评论家之一。他的研究著作《负重的文学》获得全国第八届少数民族文学创作“骏马奖”，表明他的寂寞而辛勤的劳作得到了文学界的认真肯定。

宁夏文学曾经是不太引人注目和被人忽视的，然而，经过数代作家几十年的不懈奋斗和持之以恒的辛苦耕耘，宁夏的文学创作正在迎来堪称辉煌的历史时刻。如果我们把宁夏文学比作是一轮正从地平线冉冉升起的太阳，那么，毋庸置疑，宁夏的少数民族作家便是托举这轮红日的巨手之一。

2009 年 6 月

和谐思想影响下的宁夏文学创作

“和谐”是中国传统文化当中最为重要的思想命题与核心精神之一，其中寄寓着我国古代伟大的思想家们对自然、社会、人生的深切感知和深入思索，是我们智慧的祖先对于人与社会、人与人、人与自然之间关系的深刻总结。儒家提倡“中和”，强调“礼之用，和为贵”，注重人与人之间的和睦相处，人与社会的和谐发展。道家追求人与自然的和谐统一，提倡遵道以行，率理而动，因势利导，合乎自然，从而建立起自然和谐的治国秩序。墨家提倡“兼相爱、交相利”，主张实现个体与社会的有序一体，道德与功利的和谐一致。法家主张对个人、社会、国家三者关系正确定位，在大一统的格局内，实现国家主导下的社会和谐。应该说，和谐是中华文化的本质属性。中华民族能够在多变的历史风云和世界潮流的不停涌动中顽强生存，自强不息，中华文化千百年来能够始终居于世界优秀文化之林，与和谐观念和思想的大力提倡与推行有着密不可分的联系。

宁夏回族自治区是地处祖国西部的一个偏远省区，历史上这里就是一个多民族聚居的地区，也是一个多种文化形态相通共融的地区。秦汉以来，以儒家思想作为核心内容的中原农耕文化就在这片土地上扎根；在比较漫长的民族融合的过程中，带有边地和草原文化特点的西夏文化曾经在这片土地上统治了近两百年；明、清时代的宁夏，是中央政府用心经营的地方，大批中原人和江南人以移民或被流放的身份进入宁夏。明代洪武年间，一批江南知识分子曾经被驱赶到宁夏，由此带来了江南文化清新的“水气”。客观地说，由于地理环境和历史进程的特殊性，古代的宁夏社会和宁夏文化一直具有多元和杂合的特点。然而，像祖国其他少数民族聚居地区一样，由于和谐观念的深入人心，在漫长而复杂的历史进程中，生活在这里的各族人民和生长于这片土地上的文化，却并没有形成尖锐的冲突和无法调和的矛盾。相反，由于秉承着中华文化的和谐理念，这里的人民和睦相处，这里的文化因来源广泛而呈现着南北交融、刚柔相济，既有北方之厚重又得南方之轻灵秀美的鲜明特色。而这独特的文化无疑为以后的宁夏社会和宁夏文化奠定了基本的精神底色。

1958 年宁夏回族自治区成立以来，特别是改革开放以来，在党中央政策的指引下，在自治区党委和政府的正确领导下，宁夏的各项事业都取得了突出的成就，整个宁夏呈现出民族团结，人民安居乐业、各行各业奋发进取的喜人景象。在宁夏工作的同志都可以明显感觉到和谐文化对宁夏的事业和宁夏人民的生活起到了凝聚人心、营造欢乐祥和的社会气氛的作用。正是在这样的社会精神背景之下，宁夏的文学事业在近

10 年间取得了杰出的创作成就。在经济发展水平相对滞后的情况下，宁夏的文学创作却走在了全国的前列。从 1994 年至今，宁夏作家共获得鲁迅文学奖 1 项、全国少数民族文学创作骏马奖 6 项、春天文学奖 1 项；在由中国作协和中华文学基金会主持出版的“21 世纪文学之星”丛书当中，宁夏是全国入选者最多的省区。在新时期的早期，宁夏的文学创作者想要在全国的文学“大刊”上发表作品，常常是一件相当困难的事情。而今天，宁夏青年作家创作的中、短篇小说往往成为北京、上海等地的文学“大刊”的首选。宁夏作家对土地的深情、对人类高贵而优美的价值情怀的坚守、对理想的诗意守望，都使辗转奔波于尘世当中的躁动的人们感受到了心灵的冲击和精神的清凉。显然，世纪之交的宁夏文学创作已经使处于文化中心地带，并且拥有足够文学话语权的人们大为惊讶。因为事实已经再清楚不过地表明，在宁夏这片神奇的土地上，不知不觉之间已经生机勃勃地集结了一支引人注目的文学军团。

宁夏的文学创作近些年来取得了令人瞩目的成就，原因可能是多方面的。但我认为，和谐文化的深刻影响应该说是最重要的原因之一。宁夏是一个多民族聚居的地方，这里历史地形成了“五湖四海之人同吃一口井水”的社会生活局面。因而，宁夏也形成了一支讲和谐、讲宽容、讲团结的作家队伍。在宁夏，无论是汉族作家还是少数民族作家获得全国文学大奖或是在“大刊”上发表作品了，文学圈里的所有人都会感到由衷的喜悦。有时，作家们还会自发地聚集起来，研讨作品得失。从创作心态的角度讲，宁夏作家的内心世界是平和的。平和的心态既带来了写作时应有的“虚静”状态，更带来了看待生活和描写世界的超越性目光。因此，在宁夏作家所创作的作品之中，鲜见那种因人性的阴暗和不可测所带来的世界的分裂、动荡、破碎以及人生的挫败感，而多山水的清音和人世的温暖。在宁夏作家的作品中，西部的山川可能带着几分荒凉，人民的日常生活也难称富裕，然而，这里的人们总是有着永远难舍的“家园意识”，因为祖祖辈辈生于斯长于斯，所以哪怕这里荒凉如废墟，贫瘠如大漠，西部的农民也会全身心地热爱自己的土地，热爱自己的生活。在宁夏作家所创作的小说当中，对于动物形象的书写同样显现了作家们对人与自然的和谐关系的倾心追求。在许多作品中，动物的形象如此可爱，不能不使读者们联想到中国传统文化当中的“天人合一”观念和“仁民爱物”思想。一句话，宁夏作家在其所创作的文学作品中总是不停地书写着人与自然的和谐、人与社会的和谐、人与人之间的关系的和谐，是博大精深的和谐文化帮助宁夏作家构筑了感动人和鼓舞人的美的艺术世界。

2006 年 8 月

宁夏有天下人

——漫说宁夏的移民文化

宁夏地处祖国西北边陲，历史上一直是中华大家庭多民族人民共同生息、繁衍的地方。在漫长的历史进程中，处于北方草原游牧文化与中原农耕文化相互交织缠绕的宁夏地区，事实上已经成为各民族东来西往、南去北来的汇聚之处。从秦汉时期开始，历代统治者出于开拓边疆、巩固边防和发展经济的需要，频繁从各地向宁夏地区移民。公元前3世纪，秦始皇统一中国后，曾派兵在宁夏屯垦，并在宁夏境内修筑了著名的秦长城。到了汉代，汉武帝刘彻两次巡视宁夏，向宁夏地区移民70万，在宁夏平原首开大规模开渠垦田，发展农耕经济的先河。唐代，宁夏南部地区成为连贯中西交通贸易的陆上丝绸之路的重要通道之一，也是佛教传入关中及中原地区的重要通道之一。到了元、明、清时期，来自全国各地的移民更是以空前的规模进入宁夏。

据《元史》记载，元世祖中统和至元年间，曾从湖北省向宁夏地区数次移民。至元八年（1271年）正月，当局签发湖北随州和鄂州一千一百多户居民前往宁夏屯田。经两年的颠沛流离，这批湖北人最终以八千人的移民队伍进入宁夏境内。明朝初立，由于当时残元势力比较强大，明军无力据守宁夏，因此曾在明洪武三年（1370年）到五年（1372年）间，将一部分宁夏居民迁往西安一带。但四五年之后，随着明朝国力的增强，迁出的人口陆续得以迁回。明洪武九年（1376年），明政府设立宁夏卫，又从中原地区调发军民移居宁夏，其中以吴越人居多。这些移民带来了颇为先进的生产技术和文化，一时间使宁夏的社会生活习俗"彬彬然有江左之风"。在明代，还有一个社会现象值得注意，那就是内地读书人以官员和被流放者的身份频繁进入宁夏，这些"知识移民"的到来显然给宁夏整体的社会生活面貌带来了新的变化。据《嘉靖宁夏新志》记载，截至嘉靖年间，明代历任宁夏最高行政长官巡抚的42人当中，41人来自浙江、江苏、江西、湖北、河南、山东、河北、山西这些文化发达地区。虽然，这些官员在宁夏生活的时间都不很长，但他们在位期间，积极倡导中原先进文化，建立各类学校，大兴儒学。通过个人影响和行政措施，为地处边陲的宁夏增添了士人风采和儒学气息。

宁夏又是历代失意官员和文人的贬谪之地。明代更是如此。明洪武初年（1368年），一批江南知识分子被驱赶流放到宁夏，这些江南文人擅长于吟诗作文，巨大的生活命运的变迁使他们很快在宁夏形成了著名的"流寓诗派"。值得称道的是，"流寓诗派"的诗人们不仅自己创作，同时他们也在一定程度上影响和带动了宁夏本地的文学创作，并共同推动和促进着宁夏读书风气的空前高涨。据史书记载，整个明代，宁夏考中进士的读书人有 29 个，中举人者数以百计。于是当时的宁夏出现了“风俗休美、贤俊汇集”，考中科举的读书人可以与中原各地相媲美的文化盛况。

清代以后，随着各民族之间政治、经济、文化融合趋势的进一步扩大，宁夏地区可以说已经汇聚了天下五湖四海之人。以至于民间有这样的说法：“宁夏有天下人，而天下无宁夏人。”

纵观古代历史，我们可以看出，历代统治者从中原地区向宁夏移民，起码起到了这样两种积极的效果：一方面，由中原地区向宁夏移民，无疑加强和巩固了边防，促进了当地社会局势的稳定；另一方面，伴随着人口的迁徙是文化的流动。相对发达的中原和江南地区的人民进入宁夏，尤其是“知识移民”来到宁夏，不仅带来了先进的物质生产技术，更为重要的是，他们往往在自觉和不自觉当中，带来了一整套新的文化价值观念和生活方式，这种外来的文化与宁夏原有的地域文化在一个时期里碰撞、冲突、渗透，最终相互融合，从而积淀和形成了一种全新的文化——移民文化。如果我们仔细考察多种文化交织的宁夏，我们就不能不对生长流布于这片神奇土地上的移民文化投下深情的一瞥。

移民文化作为一种精神的积淀，它作用于古老宁夏的社会历史进程之中，同时，作为一种在相当久远的年代里所形成的特殊的文化精神传统，它对宁夏人的当代生活也产生着不可忽视的影响。有时我们会无意间发现，历史往往会重现相似的情形，产生遥远的回声。在变化了的生活情境中，历史甚至会与新的时代和新的人们产生某种奇妙的共鸣。

翻开 20 世纪的宁夏社会发展史， 移民文化这一古老的历史文化景观再次进入我们的视野。

1958年，宁夏回族自治区成立。为了响应党中央“开发和建设大西北”的伟大号召，全国各地的干部、工人以及各类专业知识分子满怀着“革命者志在四方”的理想主义情怀，告别家乡，来到西北，投身于宁夏的社会主义革命和建设。这些响应国家号召进入宁夏的天南海北之人，可称为20世纪宁夏的“新移民”。在20世纪下半期这一大规模的移民潮中，有这样几个移民群体给当代的宁夏社会生活留下了难以磨灭的历史印痕。

从1958年宁夏回族自治区成立到20世纪60年代初期，来自上海和浙江的江南移民是新移民潮中的第一批“弄潮儿”。据统计，1959到1960年两年间，仅来宁的浙江青年，人数就达十万之巨。这些自小生长于南国水乡的新移民，分布于宁夏的各个地区。当时宁夏条件最艰苦的固原地区，20世纪50年代末至60年代初，就破天荒一下子涌入了大量的南方人。他们的到来，不仅给宁夏地区带来了先进的农耕文化，同时，他们也把追求和重视知识的信念以及勤于思索、勇于创新的生存智慧带给了宁夏这片古老的土地。

也许，下面所讲述的这个小故事更能说明江南文化与宁夏本土文化的碰撞与交锋是何等的意味深长。

宁夏著名作家南台的家乡在宁夏南部山区海原县。1958年前后，西海固地区来了许多北京、上海等大城市的人。时值盛夏，一位南方来的女同志把从大城市带来的裙子穿了出来。谁曾想，这一寻常事件，在海原这座黄土高原深处的小城引发了一场“精神地震”。街上的大人和孩子们惊讶得如同看见了外星人。最终，硬是把“裙子”看得落荒而逃，并且一“逃”就是三十年。直到20世纪80年代后期，“裙子”才在海原“遍地开花”。

江南文化伴随着人口的流动，跨越了千山万水而进入宁夏。“塞上江南”的美好名称因为江浙人的到来而更加流光溢彩。四十多年来，来自江南的人们已经见惯了大西北的大漠风尘，已经听惯了河套平原的黄河涛声。他们的容貌在悄悄发生着细微的变化，他们的语言表达如今已糅合着故乡的声音和西北的情调。在岁月的更替和生活的变迁当中，在南方人与西北人的相亲相爱当中，江南文化与宁夏本土文化自然而亲切地融合在了一起。于是，在宁夏这片神奇的土地上，我们不仅能够感受北方的厚重、古朴，我们也能时时看到南方的轻灵和秀美。回顾历史我们会发现，江南文化与宁夏本土文化的有机融合，事实上已经为四十多年来宁夏社会的全面发展带来了前所未有的新鲜活力。它使宁夏人的精神文化性格在粗犷、豪放当中注入了南方的温柔和细腻，它使宁夏人的生命和生活空间从此拥有了更为开阔的美好天地。它拉近了宁夏人与外地人的心理距离，它使我们虽然远在大西北却时时刻刻感受着时代的激情和生活的召唤。

说及20世纪下半叶进入宁夏的新移民群体，不能不说到规模庞大的“工业移民”。从1958年宁夏回族自治区成立到20世纪70年代后期，伴随着宁夏工业建设的数次高潮，来自沿海和发达地区的工人、干部、技术人员源源不断地进入宁夏。某些时候，出于国家战略的考虑，一些外地大厂甚至成建制地搬迁到宁夏。

工业移民进入宁夏，使宁夏本地人逐渐对工业文明产生了由衷的亲近感，同时，一种伴随着工业文明的生活观念和生活方式也在不经意之间进入宁夏人的社会生活。宁夏人历来住的是土坯房。工厂的崛起，使宁夏人开始见识高大的厂房，而带暖气的工厂家属楼的修建，着实让许多宁夏人羡慕不已。20世纪六七十年代，在宁夏首府银川市，只有少数几家国营大厂有能力为职工盖起四层楼的住宅。每当夜深人静时刻，从这些不多的楼房中所放射出的灯光是温暖，也是更多银川人对明天的憧憬与期待。

新移民的大规模涌入，给当代宁夏的社会生活带来了新鲜灵动的色彩。这种新鲜灵动之处经岁月的沉淀和发酵，最终形成了宁夏地区的新的移民文化。在当今的宁夏，我们可以从社会生活的许多方面深切感受到新移民文化的绚丽色彩。

到过宁夏的外地人，对银川的第一个感觉是：银川的姑娘非常漂亮。他们许多人弄不明白，在天气干燥、时常风沙扑面的西北腹地，银川的姑娘何以显得如此容光焕发。答案可能是多样的，但银川作为一个移民城市以及它所拥有的文化不能不说是一个重要的原因。移民聚居、通婚，从优生学的角度来说，容易使下一代人有灵秀之气；移民文化成为社会生活中的重要底色，银川人的精神气度里便包含了融汇百家之长的高雅和诗性气质。

在河套平原，银川几十年来一直有“小上海”之称。说银川是“小上海”，并不是说银川真的在经济和文化上可以与大上海平起平坐了。这一说法，更多的是来源于银川人在生活方面的讲究以及某种可称时髦的物质和精神追求。这当然也源自充满活力的移民文化心态以及频繁地与大城市的沟通和交流。别忘了，银川人在北京、上海、天津、广州、深圳都有亲戚。比如：银川人在吃、穿、用方面喜欢追求品牌。这一风气，甚至可以追溯到20世纪的六七十年代。那时，银川城里不少人家都拥有一辆名满天下的产自天津和上海的“飞鸽”“凤凰”或者“永久”牌自行车。要知道，三四十年前，买自行车要凭购物券。国营的企事业单位一年可能会得到若干张购买紧俏商品的“票”，诸如买手表和自行车的“票”。能买到名牌自行车，自然是“有本事”和新潮的代名词。20世纪80年代，彩电走俏，银川人到处去“淘”彩电，纷纷以家中拥有进口彩电而自豪。这使得有一年国家统计局公布的统计数字说，银川是全国中、小城市中彩电拥有率最高的城市。这个官方说法着实让外地人大大吃了一惊。在穿着打扮方面，银川人的敢穿和会穿更是令来银川出差的外省市人百思不得其解。他们常常奇怪，都说宁夏人观念保守，可是银川人接受穿着“新概念”的速度却并不保守。头两天在北京、上海甚至广州、深圳流行的服装，怎么眨眼之间就在银川街头堂而皇之、大摇大摆地出现了。20世纪80年代到90年代，国内许多著名艺术家和演员包括一些体育明星来银川，都会由衷地感叹：宁夏街头的姑娘小伙子穿着打扮非常漂亮、有特色，完全出乎他们的意料。也许，穿衣打扮只是移民文化开放心态最普通的表现形式吧。

2001年11月

宁夏的孤独[①]

宁夏的孤独是显而易见的。在相当漫长的一个时期之内，它一直被远离西北的南方人当作是甘肃省的一部分。生活在宁夏首府银川市的居民常常会收到这样的来信，信封上写道：甘肃省宁夏地区银川市某人启。这样的远方来信常常搞得本地邮局的人异常恼火，禁不住要骂娘。外地人对宁夏知之甚少，有时也情有可原，宁夏毕竟太过遥远，似乎也没有什么值得惊奇之处。在西北五省当中，它是版图和名气最小的一个。宁夏不及新疆辽阔，它只有新疆面积的二十三分之一；它也不及陕西省和甘肃省在历史上的声名赫赫，这两个省份在宋朝之前，一直占据着中国政治、经济和文化版图的中心位置。宁夏在某种程度上甚至不及青海省有名，青海是资源大省，又因为是藏族同胞活动的区域，因此，平添

① 这篇文章是为《雨花》所刊发的“宁夏青年作家作品联展”专辑所作的引言，原载《雨花》2001 年第 3 期。

了一份神秘气息。宁夏在历史上似乎就是一个远离中心的边缘地区，是游牧民族和农耕民族反复拉锯、纷争不已的所在。这样的地域在许多人的意识当中，仿佛只是一个荒凉的古战场，只可遥想，不能近观。直到20世纪将近结束的时候，宁夏人到外地出差，火车上依然会有人好奇地问：你们那里是不是还是牛羊骆驼满大街地跑？或者充满同情和怜悯地探询：宁夏人能吃到酱油吗？

外界的所有好奇和疑问都指示着宁夏的偏远和孤独。虽然宁夏这片古老的土地并不是人们所想象的那样，仅仅是一个荒凉落寞的所在。倘若论及历史，实际上早在三万年前，这一地区便是人类繁衍生息的地方。这有宁夏灵武市的“水洞沟文化”遗址为证。前三世纪，秦始皇统一中国后，派兵在宁夏屯垦，境内修筑了闻名世界的秦长城，还兴修了著名的秦渠，开创了宁夏平原引黄河水灌溉农田的历史。到了汉代，这里的农耕经济已相当繁荣，汉武帝两次巡视宁夏，向该地区移民七十万，以发展农业，巩固边防。唐代，宁夏南部成为联贯中西交通贸易的陆上丝绸之路的重要通道之一。由于当时的宁夏平原农业发达，颇为富庶，所以唐代诗人韦蟾在一首诗中咏叹道：“贺兰山下果园成，塞北江南旧有名。水木万家朱户暗，弓刀千队铁衣鸣。”（《送卢蟠尚书之灵武》）11世纪中叶，在这片土地上曾经诞生过一个由党项人建立的强悍的西夏王朝，这个王朝的军队在与宋朝军队作战时，经常是胜多负少，最后迫使软弱的宋朝只好以输送金银细软来息事宁人。差不多两百年后，西夏最终被更为强悍的蒙古大军所攻灭。令人惊讶的是，一直所向披靡的蒙古大军，居然连续攻战五次都未能使西夏人臣服，而在此期间，一代天骄成吉思汗却中了西夏人的毒箭，死于宁夏南部的六盘山。

成吉思汗临咽气时，给儿孙们留下话：死后暂秘不发丧，等西夏末代君主李晛来献城时，予以捕杀，并坚决屠城。公元1227年，蒙古大军攻入西夏都城兴庆府（今银川）后，实施了大规模地屠城，甚至位于贺兰山脚下的西夏国历代帝王的陵寝也被破坏殆尽，以至于我们今天只能看到若干个黄泥夯成的大土堆。

也许，我们并不能要求所有的外地人都能对宁夏的历史和现状耳熟能详。宁夏的孤独源于它的地处边鄙，也源于它的自我封闭和自卑心态。由于关山阻隔，出远门的机会少，所以宁夏人对前方的曲折蜿蜒之路难免有忐忑不安的想象；因为时常被傲慢与偏见所围困，甚至被伤害，所以往往出现这样的情形：一气之下干脆回到出发的地方，只仰看头顶上的这一块小小蓝天。诸多的矛盾心绪困扰着宁夏人，他们不知道可怕的被寂寞包围的孤独岁月到底要持续到哪一天才告结束。幸运的是，移民作家张贤亮的出现为宁夏摆脱孤独带来一抹亮色，打开了一条别样的通道。这位江苏人因为时运不济而在20世纪下半叶进入宁夏。谁曾想“成败一萧何”，宁夏给他以磨难也赋予他难得的荣光。正是宁夏这片古老而荒瘠的土地，成就了张贤亮的文学事业。时至今日，我们依然可以闻到“绿化树”马缨花的浓郁芬芳。那回荡在黄土高原上的“就是钢刀把我头砍断，血身子还陪着你呢”的如火歌谣，以一种美丽得近乎残忍的方式，使天下读者知道了张贤亮，同时也知道了宁夏。显然，张贤亮在无意当中打开了一条让外地人经由文学而认识和理解宁夏的奇异通道。张贤亮的“打通”明显地具有开创性意义，它使宁夏的文学艺术创作从此成为这个西北边远小省摆脱孤独、证明自己的巨大“名片”。张贤亮之后，宁夏文坛的优秀创作者代不乏人，他们以自己别开生面的创作，共同描画着宁夏山川和本地社会生活的多色容颜。近十多年来，以陈继明、石舒清、季栋梁、漠月、金瓯、杨梓、梦也、杨森君、郭文斌、张学东等为代表的出生于60年代和70年代的年轻作家，在宁夏文坛是风云人物。在全国文坛，他们当中的一些人也已经占据一席之地。陈继明、石舒清、金瓯三人就被京城评论界誉为宁夏“三棵树”。

呈献给江南读者的“宁夏作家创作小辑”，是宁夏年轻作家们的最新创作。西北边地的长河落日与大漠风尘，赋予他们慷慨悲凉之气；来自中国最贫瘠地域的生活遭际，带给他们一双忧患的眼睛。他们的创作极具本土化特色，其中弥漫的是北方中国的干燥气息。在这里，温柔旖旎的姑苏烟雨和金陵春梦不大能寻找得到；全球化背景之下的消费和享乐的“神话”更是踪迹渺渺。宁夏作家似乎更擅长于讲述“老中国”的老故事，不是他们不愿意与时尚合谋，实在是因为生活其中的那片土地上的老故事还远远没有讲完。好在，好文学与坏文学的区别，并不在于写的是新时髦还是老传统。艺术的繁华胜景永远只取决于创作者心灵的是否博大。所以，笔者有理由相信，南方的读者能够从这些作品当中，深切感受到宁夏的孤独和寂寞，并由此感受到人类共同的精神困境。

2000年12月

乱花渐欲迷人眼

——简论20世纪90年代以来宁夏的文学创作

进入20世纪90年代，尤其是90年代中期以后，在几代作家的共同努力和奋斗下，宁夏的文学创作呈现出蓬勃发展的局面和急剧上升的势头。时至今日，宁夏的文学创作新面貌，已经成为宁夏精神文明建设的标志性产品，成为对外宣传宁夏的巨大“名片”。近十年来，宁夏文学的重要成就主要表现在以下几个方面。

第一，长篇小说的创作进入相对繁荣时期，许多中、老年作家相继推出品位不俗的长篇小说。

1992年下半年，作为文坛健将的张贤亮发表《烦恼就是智慧》（以后改名《我的菩提树》）之后，宁夏的长篇小说创作便进入一个小高潮期。南台的《一朝县令》、张武的《涡漩》《罗马饭店》、马知遥的《亚瑟爷和他的家族》、高耀山的《风尘岁月》《激荡岁月》、郭兴的《诡道》、王维堡的《郎家巷子》、王漫西的《租借生命》、查舜的《青春绝版》及高嵩的《马嵬驿》等长篇作品相继出版。短短七八年之间，在宁夏文坛有10多部长篇小说出版，这在20世纪80年代是不可想象的事情。虽然，从总体上说，宁夏长篇小说的创作质量与全国顶尖水平尚有一些距离，迄今为止，我们还没有荣获“茅盾文学奖”的长篇小说，但《我的菩提树》《一朝县令》《涡漩》《亚瑟爷和他的家族》《青春绝版》《马嵬驿》等长篇作品，已经相当强烈地显示出宁夏长篇小说创作家们的深厚思想艺术功力。假以时日，我们也许会收获惊喜。

第二，经过多年的努力和培养，宁夏文坛的青年作家群终于在世纪之交的时刻崛起。就创作的良好态势而言，在西北五省当中，宁夏青年小说家的创作水平可以夺魁。

如果说，20世纪80年代的宁夏文坛是以张贤亮为首的中、老年作家在做“弄潮儿”，当“红旗手”，那时的青年作家尚是“幼木”，那么，现在我们已经可以自豪地宣称：当年的“幼木”已长成令人观之不足的茂密森林。自石舒清的小说集《苦土》于1994年入选中华文学基金会策划的“21世纪文学之星”丛书以后，宁夏青年作家的创作开始吸引居于都市文化中心的知名评论家们关注的目光。而宁夏本地的青年作家也确实没有令外界失望。1996年，马宇祯的小说集《季节深处》再度入选“21世纪文学之星”丛书；1998年，陈继明以小说集《寂静与芬芳》第三次入选“21世纪文学之星”丛书。实际上，此前陈继明创作于1996年的短篇小说《月光下的几十个白瓶子》已经在文学界大受好评，并荣获首届中华文学选刊奖。石舒清等人三度进入“21世纪文学之星”之列，表明宁夏青年小说家的创作已经具有了走向全国的实力。因此，无论对三位小说家本人，还是对其他宁夏青年作家而言，这一并非偶然的“文学事件”都有着不可低估的激励效应。果然，此后宁夏青年作家的创作呈现出某种“井喷”状态，优秀作家和作品喷涌而出。2000年6月，中国作家协会、《人民文学》编辑部、《小说选刊》编辑部与宁夏党委宣传部、宁夏文联、《朔方》编辑部等单位在北京联合召开陈继明、石舒清、金瓯三位作家的作品讨论会，正式向外界推出宁夏“三棵树”。现在，“三棵树”已经在全国叫响。花山文艺出版社2001年4月出版这三位小说家的作品集，对外宣称“西北三棵树”丛书，首印5000册。这在文学书普遍卖不动的情况下，确实是一个小小的奇迹。除了“三棵树”，宁夏文坛还有一大批成材之“树”，像季栋梁、葛林、漠月、郭文斌、张学东等，他们的作品近几年都被中国作协主办的《小说选刊》和百花文艺出版社主办的销量很大的《小说月报》选载过。据统计，1998年至今，光是《小说选刊》杂志，就已经选载了宁夏青年作家的19篇小说作品。不长的时间之内，有这么多宁夏青年作家的作品被全国性文学选刊频繁选登，这在新时期以来的宁夏文学史上是罕见的。2000年年底到2001年年初，受著名青年作家、《雨花》编辑毕飞宇的委托，笔者帮助他在宁夏青年作家中组编了8篇小说，结果这些稿件被江苏作协主办的《雨花》杂志全部采用，于2001年3月号推出“宁夏青年作家作品联展”。其中，漠月的小说《湖道》立即被推荐到《小说选刊》，于六月号登载。2001年8月，石舒清创作于1998年的《清水里的刀子》获得中国作家协会主持评选的第二届“鲁迅文学奖”短篇小说奖，这是继张贤亮的短篇小说《灵与肉》荣获1980年全国优秀短篇小说奖，事隔二十年之后，又一个宁夏作家获全国短篇小说大奖，意义非比寻常。石舒清的小说获奖，清楚地表明宁夏青年作家的小说创作已经登上了中国一流文学的竞技场，我们现在关心的话题是：在宁夏文坛，谁是下一个“鲁迅文学奖”或者“茅盾文学奖”的有力竞争者？

第三，在散文、报告文学和诗歌创作领域，20 世纪 90 年代以来宁夏作家的创作也呈现出颇为强劲的势头。

我们应该提及张贤亮创作于 1998 年的反映长江洞庭湖流域抗洪事迹的作品《挽狂澜》。这部报告文学篇幅不是很长，但在同类题材作品中是写得较有深度的一篇。作品当中所闪现的睿智，远远超出国内许多作家的思想水平。张贤亮创作于 90 年代中期的长篇政论性散文《小说中国》同样是一部发人深省的书。如果说 80 年代的张贤亮是以一个出色的小说家而被人称道，那么，《小说中国》的出版，则告诉我们张贤亮还是一个相当出色的政论散文家。这是人生的忧患使然，也是永远年轻的思索使然。

在宁夏文坛，余光慧多年以来一直从事着报告文学的创作。1995 年她创作的反映西部女童失学问题的长篇报告文学《创造平等》在《中国作家》第 5 期发表之后，引发了相当强烈的社会反响。2000 年，余光慧重拾尖锐话题，以长篇报告文学《跟踪何阳案件》再次震动文坛。这部以追踪调查和反思“点子大王”（所谓“点遍中国”）何阳诈骗案为主要内容的作品，于《中国作家》2000 年 11 月号发表后，在全国引起较大反响。我们可以把这部作品看作是国内文坛反思 90 年代“中国问题”的文学力作之一。

在散文创作领域，20 世纪 90 年代以来的宁夏散文作家也创作出了不少文学精品。冯剑华的散文作品数量不是很多，但诸如《遥远的泸沽湖》《鹊雀为邻》这样的作品确乎出类拔萃。女作家马青创作的长篇纪实文学《插队的故事》发表后也博得好评。另外，宁夏文坛的一些老作家近十年以来同样创作了许多散文佳作。吴淮生、马东震、王庆同、张光全、刘和芳等人虽都已过花甲之年，但诗心仍在，弦歌不辍。其中，散文家王庆同发表于去年和今年《黄河文学》杂志上的两部长篇回忆录《边外九年》和《青山六年》，可称为近年来宁夏长篇回忆性散文的重要收获。这两部作品以个人命运浮沉映现时代风云变幻，感情朴实、真挚，味道温和、醇厚，赏读之下，不能不使人有“赋到沧桑句便工”之叹。值得一提的还有，陈继明和季栋梁等以小说创作见长的作家，散文创作也时见精品。一个作家能以多幅笔墨示人，这自然是宁夏文坛的幸事。

20 世纪 90 年代以来的中国被文坛称为“杂文时代”。多忧的现实锻造成杂文这一文体。因此，论及宁夏近十年以来的散文创作，不能不谈到宁夏的杂文创作。事实上，在宁夏文坛，一直埋伏着一批杂文高手。90 年代以来，暮远、邢魁学、寒于水等杂文家，一直进行着持续创作，其中有些杂文家的产量还相当惊人。可以说，杂文创作的兴盛，应该被视为宁夏文坛不可多得的文学景观。它表明宁夏文学的百花园正生长着一种别致的花木。

近十年以来的宁夏诗歌创作领域，优秀诗人代不乏人。其中，宁夏青年诗人的创作成就在西北地区是名列前茅的。杨梓、杨森君、导夫、贾羽、梦也、冯雄、单永珍、周彦虎、杨建虎等，许多人在《诗刊》等全国性诗歌刊物上发表过作品，作为首批出版的“金骆驼”丛书之一的杨梓创作的长诗《西夏》，可以被认为是本时期宁夏诗歌创作的重要硕果。

20世纪90年代以来的宁夏文学取得了引人注目的成就,原因何在?笔者愿意在此略道几条理由。

第一，因为我们有一支出色的创作队伍，这支作家队伍经过二十余年的磨炼，现在正处于思想和艺术的成熟阶段。而且由于张贤亮那一代作家以及20世纪60年代出生作家的成功，无形中带动了更年轻的70年代作家的成长。像金瓯、张鹏、平原、张学东、了一容、穹宇等，可以说是在60年代作家创作风气的直接影响之下成长起来的。这也是文学的一个规律，精神气候一旦形成，就有可能成为一种传统而影响后来者的精神生长。

第二，宁夏文学创作的大环境非常好。具体来说，由于自治区党委宣传部的大力扶持，宁夏文联、宁夏作协和《朔方》编辑部扎实而有效的工作，宁夏的文学创作一直成为宁夏舆论关注的焦点之一，宁夏作家的地位相对比较高。搞创作的人在社会上有地位，这保证了宁夏作家能够在一种受激励被尊重的精神环境中从事创作。而据我所知，别的省的青年作家就不一定有这样的创作环境。

第三，宁夏作家尤其是青年作家队伍非常团结，青年作家互相切磋技艺的气氛很浓。这保证了大家都能在平等和谐的气氛中进行公平竞争，共同提高。比如，石舒清在创作《清水里的刀子》的最初构思时，他曾将自己的一些念头告诉了陈继明，陈继明拍案叫好，鼓励他写出来，结果石舒清写出了一部杰作。

第四，宁夏文坛这几年的评论工作抓得不错，为宁夏作家的创作起了鼓劲和呐喊的作用。这方面的工作，《朔方》和作协主办的《宁夏文艺家》报做得非常好，宁夏作家的最新创作总是能及时地得到反馈和有深度的评论。对许多默默前行的青年作家来说，一声热情的鼓励，也许能够成为引发其创作潜能“爆炸”和喷发的导火索。

近十年以来，宁夏文学取得了相当突出的业绩，这样的文学业绩促使我们不得不思考一个理论话题，那就是：宁夏文学创作的优势何在？笔者以为，有这样几条。

第一，深厚的本土资源是宁夏文学取得成功的题材优势所在，多种文化传统影响下的人民生活是我们书写不尽的源泉。发生在宁夏这片土地上的生活，其复杂程度和生命的强度一点也不输于全国其他省市。宁夏自古以来就是一个多民族同胞共同生活和劳动的地方，千百年来，各民族人民唇齿相依、守望相助，演出了多少动人的生命活剧！这本身就是一个迷人的创作题材领域，值得作家写一辈子。至于宁夏平原的移民文化、西北边地的特殊地域风情，都是大可挖掘的创作领域。实际上，宁夏这片神奇的土地，创作对它的触及还只是一小块，更广大的艺术疆土等待文学之犁开发。

第二，我们的作家创作心态平和，比较老实，不浮躁，也不轻率地提倡反叛和颠覆。这是保证宁夏作家在全国鹤立鸡群的奥秘之一。把文学永远当作是心灵的事业，把文学永远视作是没有终点的跋涉，这应该是优秀作家和一般作家的区别。

第三，经过二十余年的努力，良好的文化生态环境已经形成，作家创作的社会物质和精神环境都处于颇佳状态，这应该是未来宁夏文学取得更大突破的关键所在。

在本文的最后，笔者将论及宁夏文学创作今后应该注意的几个问题，这是批评的职责使然。

虽然宁夏文学总体创作情形看好，但具体到每一个作家，情况会有差异。如何始终保持旺盛和持续的创作力，成为必须考虑的创作话题。如果出现创作的低潮，特别是对石舒清这样的成名作家而言，当低潮来到时，如何能调整好自己的状态，便显得尤其重要。另外，宁夏作家的创作格局和境界还不能完全称之为高远，这是共同面临的艺术难题。我觉得应该充分注意和强化西部特色，但创作主体的胸襟和视野应该再阔大一些。关于这一点，青年作家们可把新疆的刘亮程和陕西的红柯作为参考。再者，宁夏的长篇小说能在国家级大奖中获奖的作品尚未出现（茅盾文学奖）；中篇小说创作与全国水平相比，相对薄弱（数量少，质量不高），这些都是亟待解决的创作美学课题。最后，宁夏创作界的读书风气还不能说是已经到了令人满意的地步，艺术的粗疏和创作的匆忙一直是困扰创作界的艺术难点，如何尽快解决？我想，对中外经典文学的学习和揣摩有待进一步加强，并应该成为长期的艺术任务。

2001 年 10—11 月

扎根泥土与冲天一飞

——宁夏第五次文学艺术作品评奖获奖小说简评

酝酿和实际运作多时的宁夏回族自治区第五次文学艺术作品评奖活动终于圆满结束，相信所有关注宁夏文艺事业的人都会对此次评奖感到由衷的喜悦和欣慰。这一次文艺作品评奖距上一次颁奖，时日相对漫长，达14年之久，积聚的作品很多，质量也相对比较高。在迎接中华人民共和国成立50周年、宁夏解放50周年，即将跨入新世纪的时刻，举行这样的文艺颁奖，意义确乎非比寻常。显然，它是一个阶段的结束，更是一个崭新时期的开始。文学作品评奖是此次评奖的重头戏，在文学评奖中，又以小说作品获奖篇目最多。它表明，在宁夏近十几年来的文学创作中，小说创作始终是具有优势的创作领域。本文将以本次文艺评奖的获奖小说作为基本评论对象，对宁夏近十几年的小说创作情势做一粗略的考察与分析。

我们看到，近十几年来，在宁夏的小说创作界，对乡土中国农民生活的深情注视一直是一个重要的文学创作现象。这当然与继承五四新文学以来鲁迅等经典作家所开创的“乡土文学”的审美传统有关，但更重要的原因，我想是与作家们所生活其中的20世纪80年代以来的中国社会的现实行进密切相关，与作家们热情地关注国家和人民命运的创作激情相关。我们都知道，近代以来，中国社会的核心问题实际上一直集中于广大的乡村，中国农民的物质和精神解放，是20世纪中国社会面临的最大社会问题，也是无可回避的文学艺术表现话题。进入文学新时期以后，乡村也自然地成为文学艺术的聚焦点，关注农民命运的小说迭出佳作。宁夏作家张贤亮创作的《河的子孙》等小说已成为新时期农村题材小说中不可多得的珍品。对乡土中国的爱恋是许多小说家梦魂萦绕的创作“情结”。从这次获奖小说的题材内容看，表现乡土生活的小说占获奖篇目的一半以上。在获得一等奖的5部作品中，四部是反映乡土人生的。获奖小说具有相当规模地集中于一个题材领域，表明了在某一个历史时刻，作家们的创作兴趣点确实是不谋而合的。同时，它也清楚地表明在中国社会迈向现代化进程中，农村问题依然是我们所面临的重要现实课题之一。起码在不发达的省份如宁夏，农民的命运浮沉与心灵动荡不可等闲视之。有趣的还有，在获奖的小说作家中，五十岁上下的作家相比较而言，似乎更热衷于描写乡村。而出生于20世纪60—70年代的作家，在这一题材领地仿佛有逐渐淡出的迹象。这当然与不同年代作家们各自的人生经历和文学审美积淀有关。这种个人经历和审美趣味的不同甚至导致在面对同样的描写对象——乡土中国时，小说作品的“味道”也颇不相同。将获得一等奖的四部农村小说与季栋梁的获奖作品《觉得有人推了我一把》作一对比，我们发现，无论是人物的塑造，叙事策略的运用，作品气氛的营造等，人们都能感觉到两代作家在艺术上的明显差异。如果说在张武、南台、马知遥、查舜等人的作品之中，精细的写实中透露的是对乡土生活的眷恋、痴情、宽容以及那么一种难以言说的复杂心绪；那么在《觉得有人推了我一把》这篇小说中，沉重的现实描绘和人生的荒诞感却无法使读者对乡村产生出爱情与敬意。因为在年轻作家的审美视镜中，生活似乎满目严峻和无奈。也许，在资深老作家的艺术观念中，荒诞感是一个比较陌生的概念，而在季栋梁这一代以及更为年轻的作家心目中，人生的荒诞感则是比较寻常的艺术视角。指出这一艺术差异，是想说明作家对于生活的艺术理解永远充满着纷扰和歧义，而这一点恰恰构成了文学艺术风光无限的繁华胜境。

有关城市生活的描写和城市人心灵的刻画，应该说并非宁夏小说家的擅长。宁夏地处大西北内陆的客观情势，远离经济和文化中心地带的现实存在以及农耕文化的异常博大、深厚，这些因素都使得宁夏小说家把刻写城市人的生存状态视为畏途。坦率而言，对于宁夏许多创作者来说，乡土中国似乎更具有审美的亲近感。但是，我们也应该看到，农耕文化的强大并不意味着生活在这一地域的所有人都无法领受吹自“城市的风”。在整个中国汹涌澎湃的工业化、城市化浪潮中，年轻的心灵更容易感受时代的铿锵鼓点。在本次小说获奖作品中，表现城市人生活的小说作品数量虽然不多，但在思想和艺术方面却各具特色。陈继明的《月光下的几十个白瓶子》是一等奖中唯一一篇城市题材的小说。这篇小说于 1996 年 2 月由《朔方》推出后，就受到文坛的诸多好评，许多小说选刊予以选载。客观地说，《月光下的几十个白瓶子》对转型时期纷扰现实生活中人们的普遍心态，以及社会失衡状态下人性中潜在的犯罪欲念的饶有趣味的表现，在20世纪90年代的短篇小说创作中颇具尖端性。它的成功表明，地处偏远的宁夏作家同样可以创作出毫不逊色于大都市作家的“城市小说”。另外，马宇桢的《玉米街的小林》对都市青春浪子心灵的细腻勾画，吴善珍《粉红漆》对城市文艺工作者生活的深情讲述，陈勇《靳老头的丧事》对城市机关人情世态的描摹，等等，共同构成了当前宁夏文学创作园地当中的“城市建筑群落”，显现着宁夏小说家向新的题材领域的有力进取。

本次获奖小说比较充分地体现了近十几年来宁夏小说创作中题材的多样化和表现内容的丰富性。除去上述的乡土小说和城市小说，我们也可以在众多获奖作品中领略到其他社会生活领域的旖旎风光。老作家路展的童话小说《猫三彩》写来天真烂漫，一片童情童趣，可见赤子之心；李银泮的长篇儿童文学故事《夏日险遇》叙述一乡村少年的遇险自救经历，具有惊险意味，颇能切合喜爱传奇、幻想历险的现代少年人的口味；李德明的《青山作证》描写发生在贺兰山中的军人的悲壮故事，读来使人震撼；郭兴的《诡道》借官场风云故事，写红尘中人性善恶，为我们揭开人世波诡云谲之一角，唯一的历史题材小说《丝绸之路上的神秘国王》，述说千年以前的故事，古老的人事背后，显然寄托着现代人的兴亡之叹。值得一提的还有一位年轻人张鹏创作的小说《青春祭坛》。这篇小说以高校生活作为描写内容，题材上有独特性；艺术处理上，小说也显现了青春机敏与大胆，透露着可羡慕的朝气与才气。

如果仅仅从题材角度来划分，本次获奖小说中的许多作品似乎无法归类，但从思想艺术上讲，这些小说堪称精品。漠月的《白狐》说的是戈壁荒野之事，但很难称之为“乡土小说”。由于“白狐”这一神奇意象的存在，这篇小说便在瞬间获得了形而上的审美意味。老作家郑正的小说《狼道》构思奇特非凡，描写准确传神，以“狼界”生存景观而透视世间人情冷暖，可谓别出心裁之作。固原地区的年轻作者了一容所创作的作品《命途》同样是一篇题材特殊却写得诗意盎然的小说。从某种程度上说，《命途》更像是一则“人在旅途”的象征性寓言。

在进行了基本的小说题材分类之后，我想我们可以从艺术表现方式这一层面来分析一下众多获奖作品。总的来看，现实主义是作家们普遍遵循的创作原则。具体表现为写实性作品占有绝对多数。如果仔细分析，现实主义这一创作方法在不同作家那里色彩也呈现着许多变幻。张武的写实中多幽默风趣气质；南台的《一朝县令》则细密绵长，厚实紧凑；陈继明的小说多现代心理现实主义影子；而几位固原地区的农村小说作家则颇得俄国现实主义精神的影响。从艺术变革和创新的角度而言，年轻的作家似乎更愿意得风气之先，而且，年龄越小，艺术试验的胆子越大。在 20 世纪 60 年代出生的作家群的创作中，对西方现代主义的借鉴还只是艺术思维变更的一个方面，而在 70 年代出生的创作者那里，现代主义却早已熟门熟路地进入他们的创作情境当中。这表明，随着中国社会的现代化进程加快，文学的感知方式正在发生历史性转变。

检视本次获奖小说，另一个值得提及的艺术新气象是愈是迫近现在，小说家们的文体意识愈是自觉和强烈。也许，艺术创作在许多时候，“怎么写”比“写什么”更具有挑战意义和革命性。虽然，我们并不认为艺术手法和技巧的花样翻新就一定能给作家们的创作带来所期待的创作成果，但对于宁夏众多小说家而言，换一种视角看人生大多时候带来的是喜悦。尤其对于 60 年代和 70 年代出生的年轻小说家来说，事实上正是敢于“倒视”生活之海，才有了创作的实质性进展。诚然，变更艺术感受方式也具有相当的冒险性，可以接受的意见是如果你的文体风格是稳定的，你的小说“腔调”是独特的，那么你就可以坚定地走下去。对所有的小说家来说，写实和写意，老实的写法或者“不老实”的写法都可以抵达文学的最高处。

宁夏的地域可能称不上是辽阔，宁夏的社会经济文化发展水平在外人看来也是相当落后的。然而，地理位置的偏远和社会总体发展进程的相对缓慢却并不能说明这一地域的文学水平同样处于不发达状态。公正而言，宁夏这一地域从来都是一座文学的“富矿”，这里的文学精神资源，其可采可用率并不比外省区逊色。五千年文明的积淀，多种文化的相互融合与创造性激发，1958 年自治区成立之后，五湖四海之人的大批涌入，这一切都历史性地构筑着宁夏文学丰富博大的生命底色。事实上，依托于宁夏丰富的文学资源，在整个 20 世纪 80 年代宁夏已经出现了像张贤亮、张武和戈悟觉这样的能够走向全国的大作家。20 世纪 90 年代以来，三位宁夏年轻小说家接连入选“21 世纪文学之星”丛书的事实也同样表明，小省区完全可以出文学的“大人物”。我们说宁夏的诸多小说家已完全拥有了一双用以拍击长空的巨大翅膀，但是，这对翅膀拍击的速度还没有达到最佳频率，翅膀扇动的技巧也有待改进。由于上述的原因，我们本来期待的文学高度迟迟未能达到，我们总是看到一只只生有巨翅的大鸟在做着超低空飞行。可以坦白地说，我们的总体创作优势尚未充分体现。我们许多创作家的思想方式和艺术思维方式还处于新旧交替当中。宁夏的几代作家不缺乏生活，更不缺乏苦难的记忆。在这片古老神奇的土地上，一切人生的活剧都无一例外地完整上演过。

喜悦与悲情混合一体的艰难时世一刻也未曾从我们的心目中悄然滑过。我们缺乏的是一双穿透生活迷雾的锐利眼睛，我们缺乏的是一种超越苦难，俯瞰人生的智者情怀。具体说，我们的生活经历和苦难记忆还没有以足够的心智化为一种香喷喷的、提神的文学佳酿；我们对生命的喜剧与悲剧还没有真正激发起心灵深处的感动和创作活力，而这活力恰恰代表了现实与生命本身的既使人惊恐又给人启迪的生气勃勃的力量。显而易见的是，上述创作的良好局面的获得又确实不是一日之功，它需要沉潜，更需要逆向思维。

两千多年前，天才的作家庄子在他的美妙文章《逍遥游》中神奇地想象出一个“其翼若垂天之云”的巨鸟鲲鹏，这只鲲鹏甫一展翅，便可冲上九万里的高空。在本文结束的时候，我愿意把宁夏的小说创作家们想象成这只鲲鹏，是激励，也是希望。

1999 年 9 月

宁静的收获

——宁夏第六次文学艺术作品评奖中短篇小说获奖作品简评

20世纪90年代中期以来，由于几代作家锲而不舍的努力和勤奋耕耘，宁夏的中、短篇小说创作园地再次迎来一个令人欢欣鼓舞的收获季节。“三棵树”和“新三棵树”的生长和发育成熟，自然表明宁夏青年作家在中、短篇小说创作领域的集体优势；而张贤亮、南台、吴善珍等资深作家的出手不凡，也充分证明，地处偏远的宁夏一直是文学之树得以枝繁叶茂的沃土，它所精心培育的良好的文学气候既已形成，便可以长久留存。我的上述判断，正可以用宁夏第六次（1999—2001）文学艺术作品评奖中的获奖中、短篇小说来印证与说明。

此次评奖，中、短篇小说共有15篇作品榜上有名，是文学各门类当中获奖篇目最多的。获奖篇目相对比较多，与近几年宁夏中、短篇小说总体的创作兴旺景象直接相关，也与作品普遍质量看好有关，更与作品的题材广泛、思想艺术含量高、风格多样而成熟相关。不夸张地说，第六次文艺评奖当中的中、短篇小说的获奖者，许多人在全国小说评奖当中也会占有一席之地。

张贤亮的中篇小说《青春期》名列此次获奖中、短篇的头名。他的获奖，并非缘于其固有的声誉，而是来自这位老作家的崭新奉献。发表于1999年的《青春期》寄托的是张贤亮在世纪之交的深沉忧患与哲思。虽然叙写的依然是“过去的故事”，但故事背后所蕴含的诸多思索却无不带有当今时代的新鲜气味。尤其是对“青春期”精神气质的呼唤和张扬,分明显现着一个人文知识分子的足够激情和敢于与现实搏斗的勇气。而这一点，并不是每一个步入人生晚境的作家都能做得到的。陈继明在小说的精神气质上似乎接近于张贤亮。他的获奖小说《一棵树》篇幅不长，但却深沉蕴藉，耐人寻味。一个濒临死亡的老人和一棵已死了一半的老树构成一种奇妙的对应关系。信义老汉从死亡的梦游当中归来，既是生命百折不挠、不肯轻易言败的象征，也是西北人坚韧性格的真实写照。同是获得一等奖的漠月和石舒清在小说的艺术趣味上有相似之处。他们都喜欢描写西部的日常生活，也喜欢于平淡世俗的生活流动之中寻找温情与诗意。因此，《锁阳》以人情的温暖动人，《红花绿叶》以生活当中的神圣和庄严动人。漠月和石舒清的创作表明，普通而平凡的生活与人性的河床上永远沉积和隐藏着惊人的景观和言说不尽的秘密。对于一个期待成功的作家而言，最关键的问题在于你是否拥有足够呼唤它们的思想胸怀和艺术力量，你是否敢于深潜现实和历史的河底，大胆而小心地辨别生活的潜流和暗流,以描画出这个时代最真实的血肉和脉搏。

值得一提的是，这次中、短篇小说获奖作者队伍当中有五位作家是20世纪70年代以后出生的，占获奖作者的三分之一。其中，三位年轻作家（金瓯、张学东、平原）是第一次获奖。这一现象至少表明，宁夏的中、短篇小说创作领域后继有人。金瓯和张学东年龄相仿，艺术旨趣却迥然有异。金瓯的小说风格一向强悍和猛烈。《前面的路》将人生的坎坷困厄化为动作的力量和突围的勇气，主人公刘老五永远“走下去”的举动呈现的是硬汉气质和某种现代喜剧精神，貌似荒诞当中有着异常的“认真”。张学东喜欢采用童年视角叙事，伤感中不乏温馨。《看窗外的羊群》叙述的是少年故事，给人留下深刻印象的却是嗜羊如命的父亲。这一个父亲形象在当今小说中十分特异和罕见，于是张学东便以他的艺术灵性向人们打开了一扇别致的文学窗户。平原既是获奖的两个女作家之一，又是20世纪70年代出生人氏，可称难得。她的获奖小说《爱人同志》叙述都市青年男女的情感生活，细腻、感伤、柔曼。虽然小说提供的是完全属于新时代的特殊的、非常个人化的情感图景，但决不矫情，也不故意自我暴露，而是充满古典的诗情和意趣。我以为，《爱人同志》是平原迄今为止创作的最为出色的小说。这位女作家只要勤奋，也许将有不错的写作前景。另外两位70年代出生的年轻作家了一容和张鹏此次是第二次站在小说获奖者之列。了一容的《绝境》依然叙述“流浪的人生”，以艺术的真实为我们揭开了西部生活特殊的一角；张鹏的《活着》涉及城市社会当中活得认真而无奈的一代青年，其心态的刻画准确而传神，属于本次获奖小说中别开生面的“城市小说”一族。

倘若从艺术表现方式的多元和风格的创新来评说此次获奖小说，同样可以看到许多“亮点”。张贤亮的《青春期》采用的是一种融合着散文、杂文和小说文体特点的“边缘文体”。由于作者此前曾在小说创作中尝试过多种技巧和手段，所以在操作这种危险的“边缘文体”时并不感到吃力，反而得心应手。我想，这是作家长期的思想和艺术积淀使然。清人赵翼诗曰：“赋到沧桑句便工”，说的就是这种情况。老作家南台的创作一向以深沉厚实、绵密细致见长，但这次他的获奖中篇小说《凯拉达先生》却委实使人吃了一惊。这篇相当“洋气”的带有寓言风格的小说，使我们对南台的“艺术的灵动”不禁产生了由衷的敬意。此外，郭文斌的《呼吸》对沉重的现实所采用的“以轻驭重”的艺术方式；葛林得古典和民间文学之滋养轻松讲述当今农工的传奇故事（《快乐人生》），火会亮采用虚实相间手法亦真亦幻地书写价值观念轮替之际的乡土人生（《寻找砚台》），都可以视作小说家们为拓展艺术新时空而做出的令人尊重的努力。

2003 年 5 月

2004年度宁夏文学的几个关键词

宁夏文学曾经有过喧闹异常的时刻。早几年，由于新老作家们的倾情奉献，宁夏文坛仿佛一台红火热闹的晚会。不仅“表演者”常常是抖擞了精神，亮出了看家的本事，就连“观众”的欣赏水平也在不知不觉中提高了许多：他们是非张贤亮和石舒清辈不买账的。显然，宁夏文学在每每满足了众人的心理期待之后也吊足了大家的“胃口”。但是，我们有没有想过：包括文学在内的一切人间事物会有长盛不衰的高潮吗？在我们期待着永远的盛宴的时刻，我们是否会预想到人去灯昏、管弦嘶哑的时候？ 2004年的宁夏文学，我以为是静寂的，是深冬雪后那种夜晚的宁静。白天的极度喧腾和种种撩人心魄的声与色退潮一般散去，现在，一切都处在一种深长的静默和回味当中。然而，谁又能说深长的静寂不是另一种方式的孕育和生长呢？于是，在一种亦忧亦喜的心理支配之下，仔细检索2004年度的宁夏文学，便有了以下的几个关键词。

三棵树 · 新三棵树

“三棵树”和“新三棵树”是宁夏文学的品牌。论及本年度的文学写作状况，不能不先说到这六个人。2004 年的“三棵树”似乎约好了似的，突然间从公众舆论中心消失了许多时日。他们的小说当然也在写，但动静确实小了不少。石舒清全年发表了五个短篇小说。登载于《回族文学》上的《列车上》一篇，以车厢社会为取材对象，于小情小趣的细微摹写当中见出作家对俗世人生的穿透。这篇小说题材上突破了石氏习惯的乡土写作的樊篱，显示出作者向更为广阔的人生领域挺进的艺术努力。陈继明一年来一直在细细打磨长篇小说，2004 年发表了不多的几个中、短篇小说。中篇小说《恐龙》发表于文学名刊《钟山》，《小说选刊》随即便予以转载，使这篇小说具有了全国知名度。相比较而言，陈继明的短篇写作似乎更具有难以抑制的光辉。他的《海棠的风》《老桥》《粉刷工吉祥》《官道》等短篇小说，题材各异，但思想之成熟，艺术之老到，在 2004 年的宁夏小说创作中是颇为罕见的。“第三棵树”——金瓯的文学行迹在这一年变得有点“神秘”。接近年底的时候，我接到他的一个电话，是邀请我参加文化论坛的。见面之后，发现他的衣冠比较楚楚，脸上有许多安详。金瓯 2004 年只在《朔方》上发表了一个短篇小说《爷爷和冲锋号》，可能少了点，但我相信，这“一棵树”是不会让我们失望的。金瓯是一个相当爱惜自己羽毛的作家，2004 也许是他又一个冲锋期的前奏，他在“养气”，是再次积蓄力量。

“新三棵树”中的季栋梁这两年创作的精力主要集中于散文的写

作上，2004年他的小说创作篇目屈指可数。漠月的小说创作量也因意外而减少了许多，但《老师》一篇是情深义重的文字。依然是沙漠故事，但它所透露的人生的感伤情愫却有着极大的弥漫性。与其他创作家的“矜持”相比，张学东是2004年度宁夏小说创作中的风流人物。这一年中，他在各地刊物上发表了十多个中、短篇小说，艺术质量呈现迅速上升的势头。他的《寸铁》《二桃》等已经入选了即将出版的若干个2004年度中国最佳小说年选本。这表明，张学东的小说创作已经进入稳健的发展期。假以时日，他也许会给我们带来更大的惊喜。

值得期待的作家

“宁夏青年作家群”是一个日渐扩大的创作群体。它的范围和边界到底在哪里？一时半会还真不好说。郭文斌是以散文《空信封》而名世的作家。他写于2004年的散文《点灯时分》是这一年宁夏散文创作中不可多得的精品。同样让人欣喜的是，郭文斌的三篇小说《大年》《水随天去》和《剪刀》，显现了其艺术上某种突破的迹象，这有可能使“宁夏青年作家群”当中又增添一位小说健将。东乡族作家了一容20世纪90年代后期就已出道。特殊的人生经历和多年来的埋头苦干，终于为他赢得“第三届春天文学奖”（2004年4月）。了一容笔下的“荒凉世界”既为宁夏文学增添了新的风景，也使他成为一个值得期待的小说家。同心青年作家李进祥是另一个令人心动的作家，值得格外关注。这位已经出版过长篇小说（《孤独成双》）的基层创作者是一位文学起点颇高的作家。他的短篇小说《女人的河》和《一路风雪》同样描写西部边远之地回族人民的日常生活，却有着与石舒清小说不太一样的色调。我的看法是，当人们阅读李进祥的作品时，忽然忘却了石舒清的存在，那么，李进祥小说创作的辉煌局面也就来到了。

女作家

宁夏女作家是一个相当松散的结合体。你不知道这个团体内部到底聚集了多少“女将”。她们当中的许多人，常常带着“票友”的心态，偶尔也在文坛上亮那么几嗓子，甩一甩水袖。然后，相夫教子去了。这样的创作局面，使得我们谈论“宁夏女作家”这个话题的时候，心里总是有几分不踏实。然而，当说起2004年度宁夏女作家的创作时，我的底气忽然充足了不少。理由当然是这一年当中有好几位女作家的创作值得激赏。韩银梅是这一两年中创作实力忽然爆发的女作家。论创作的年限，韩银梅少说也有十年的光景。但是，她的创作一直没有放射出特别耀眼的光芒。去年以来，韩银梅忽然“顿悟”。自在《当代》等大刊物上发表作品之后，她的小说创作已经引起区内外诸多文学人士的浓厚兴趣。我所看到的她发表于2004年的小说《舞伴》《疏散》是艺术上相当成熟的作品，显现出这位女作家良好的跃进姿态。平原的小说创作数量一直不多，但水平总处于稳定状态。2004年度，她发表于《朔方》和《黄河文学》的三个短篇小说《仓皇之箭》《镜子里的舞蹈》《天亮说晚安》依旧叙述都市心情故事。青春的苍凉和成人世界的烦恼共同组成了平原小说复杂的意绪。在宁夏青年作家群里，平原是一个最能深切体验都市之纷扰的女作家。西海固文坛从来都是出小说健将的所在。2004年，西海固地区的两位女作家同样让人刮目相看。辛小慧的创作史不算短暂，2004 年发表于《朔方》和《六盘山》的两篇小说相当动人。尤其是《对一起纵火案的跟踪调查》，是大胆描写农民现实境遇的作品。读后，给人针扎一般的感觉。也许，对包括我在内的许多读者而言，马金莲还是一个相当陌生的文坛新人的名字，然而她的《赛麦娘的春天》却着实让我吃了一惊。这篇刻写乡村人情世态的小说，描绘之细腻、用笔之圆熟，都表明这位女作家拥有不错的发展潜力。在本节的最后，我想提到一位写散文的女作家：方圆。方圆是一位具有内秀的女作家。她毕业于国内名校，读书不少，艺术感觉颇佳。只是，写作的数量太少了。可以向读者推荐的她创作的散文是《生活二题》，文章不长，但是值得玩味的作品。

长篇小说

这几年，长篇小说创作在宁夏文坛颇受重视，一批长篇小说写家脱颖而出。2004 年年末，“金骆驼”丛书第四辑隆重推出。算上前三辑，“金骆驼”丛书迄今已经出版了十一部长篇小说。由于外力的推动和扶持，宁夏长篇小说写作家队伍这几年骤然间扩大，老树再度着花与新树拼命发芽共同组成了这一时刻宁夏长篇小说领域的热闹场景。我一向认为，长篇小说是具有难度的写作。它对创作家的才华、智力、修养、文学经验等方面都会构成一种近乎苛刻的考验。对所有从事小说创作的人来说，它既是一个伟大而致命的高度，也是一种不可拒绝的诱惑和激发。坦率说，几年来，宁夏的长篇小说的确产生了一些精品（马知遥的《亚瑟爷和他的家族》、高嵩的《马嵬驿》、查舜的《青春绝版》都可视作是呕心沥血之作）。然而，就总体的创作态势而言，宁夏的长篇小说存在着数量与质量的严重不均衡。许多创作者把长篇小说“误读”为字数多的小说，而全然不顾长篇小说对作家生活阅历、思想沉淀和艺术积累的全面而严格的要求。因此，我想再次重申的是：对于一个长篇小说写作者来说，生活经历和个人的心灵经验只能是写作的触发点，而绝不是全部。因为在创作长篇小说之前，不能不慎重考虑这样两个创作问题：第一，你的人生经验是否具有足够的浓度和强度，可以经得起长篇小说这种文体的强力撕扯和锻造，也就是说，你的生活经历和心灵经验本身是否能够满足长篇小说这种文体所提出的诸多的艺术要求；第二，你的人生经验在转变为艺术作品之后是否具有“挥发性”和超越性特征。创作者的生活经验已经积累得足够丰富，那么从这人生经验里是否一定能够提炼出芳香四溢的思想价值和意义呢？是否能够具有新鲜而强悍的审美冲击力呢？如果，我们不能很好地解决作家的生活积累与长篇小说文体之间的紧张关系，那么，宁夏的长篇小说是很难走向更广大的文学世界的。在我看来，2004 年对宁夏长篇小说创作而言应该是一个转折点，岁末举行的“金骆驼”丛书研讨会上所传出的学理的声音，是一种冷静的探讨，也暗含着对宁夏文学美好明天的殷殷期待。

【附录】

【本文所涉及的 2004 年度宁夏文学作品名录】

石舒清：《列车上》，《回族文学》2004 年 5 期。

陈继明：《恐龙》，《钟山》2004 年 2 期，《小说选刊》2004 年 4 期。

《海棠的风》，《回族文学》2004 年 5 期。

《老桥》，《粉刷工吉祥》，《上海文学》2004 年 4 期。

《官道》，《朔方》2004 年 5–6 合刊。

金　瓯：《爷爷的冲锋号》，《朔方》2004 年 5–6 合刊。

漠　月：《老师》，《朔方》2004 年 5–6 合刊。

张学东：《寸铁》，《上海文学》2004 年 12 期。

《二桃》，《朔方》2004 年 1 期。

郭文斌：《点灯时分》《水随天去》，《天涯》2004 年 2 期、2004 年 6 期。

《大年》，《钟山》2004 年 2 期。

《剪刀》，《上海文学》2004 年 12 期。

李进祥：《女人的河》，《回族文学》2004 年 4 期。

《一路风雪》，《朔方》2004 年 5–6 合刊

韩银梅：《舞伴》，《六盘山》2004 年 1 期，《小说选刊》2004 年 4 期。

《疏散》，《朔方》2004 年 3 期。

平　原：《仓皇之箭》，《朔方》2004 年 3 期。

《镜子里的舞蹈》，《朔方》2004 年 5–6 合刊。

《天亮说晚安》，《黄河文学》2004 年 5 期。

辛小慧：《对一起纵火案的跟踪调查》，《六盘山》2004 年 1 期。

马金莲：《赛麦娘的春天》，《六盘山》2004 年 4 期。

方　圆：《生活二题》，《朔方》2004 年 3 期。

吴　江：《咀嚼荒谬》，“金骆驼丛书”第四辑，宁夏人民出版社，2004 年。

张　武：《红运》，“金骆驼丛书”第四辑，宁夏人民出版社，2004年。

焦艳华：《紊乱》，“金骆驼丛书”第四辑，宁夏人民出版社，2004年。

赵宗民：《西北狼》，“金骆驼丛书”第四辑，宁夏人民出版社，2004年。

2005年1月

2005 年的宁夏文学：星空不寂寞

如果把宁夏文学比作是一个耀眼而灿烂的星空的话，我们会发现，在已经逝去的 2005 年，这个星空是颇为热闹的。那些曾经光芒四射的星辰，依然保持着烫人的温度，不时闪烁着迷人的光彩；而那些逐渐地积聚能量终于能够在这一年的文学天空中惊人地爆发一次的新星们，则把更多的光华留在了我们的记忆当中。2004 年的年尾，我在对宁夏文学作年终综述的时候，心情是矛盾的。现在，回望 2005 年的宁夏文学，那喧闹而色彩变幻的星空给我提供了长久的喜悦和期待。

值得特别称许的几位小说家

新时期以来，小说创作一直是宁夏文学创作的重镇，也是地处偏远的宁夏能够独步中国文坛的骄傲所在。自小说巨匠张贤亮在《朔方》

横空出世以来，宁夏的文学沃土就一直是一个出产小说家的地方。而且，这片土地上所出产的小说家又总是与中国其他地域所产生的创作家路数有异，趣味迥然。对中国文坛而言，这委实是一件求之不得的事情。换句话说，一座花园里，总是时常出现一些色彩艳丽气味独特的花，那么，无论是侍弄花的园丁还是热心的赏花者，心情都会是明朗而欢喜的。

检阅2005年的宁夏文坛，又一位风格特异的小说家郭文斌的被隆重推出，是本年度首先应该提及的文学事件。客观而言，郭文斌不是文学新人。论写作年限，他已经有了十来年的创作经历。然而，由于郭文斌长期处于“两线”（散文创作和小说创作）作战状态，他的小说创作才华实际上在很长一段时间之内被严重遮蔽了。近几年，郭文斌将创作的主要精力集中于小说，并且坚守自己小说创作的诗性风格。于是，当展示他小说创作优秀成果的作品集《大年》于今年五月推出时，在国内主流文学界所引发的热烈讨论便是水到渠成之事。我的观点是，在宁夏小说创作界，只要你的创作面貌足够特殊，或迟或早，你都会自然而然地走到中国文坛的聚光灯底下，成为主流文学界的谈说话题。不为别的，只因为“宁夏的小说”已是中国文坛叫得响的品牌之一。

漠月在宁夏文坛也是一位呈现独特风格的小说家。早几年，他的朴实、憨厚、了无心机的性格帮助他在小说当中完成了那么多诗意的“草原人”的故事，赢得了文坛的一片叫好之声。然而，近两三年来，漠月的创作实际上处于两难的境地。一方面，他已经把漠野深处的温馨与暖意书写殆尽；另一方面，在没有寻找到与城市生活最佳的审美结合点的时候，他又很难展开对城市人生的深度描绘。在略显犹疑之后，2005年度漠月重返草原书写。应该承认，这一“重返”有着显而易见的创作上的冒险性。让人颇感欣慰的是，漠月发表于本年度的三个中篇小说《青草如玉》《大草垛》《许女的婚事》在艺术旨趣上明显表现出新的追求。它们虽然叙述的依旧是漠野故事，然而，小说的内涵和意蕴却发生了某种革命性的变化。在漠月的这三篇作品中，我们看到：古典的甜美与诗情在刻薄的现实的压迫下面临全线溃败的局面，心怀恶念之人正在享受生活的盛宴。我相信，漠月的发现是尖锐的。但是，既然生活已经毫无遮拦地裸露它复杂难言的本相，那就勇敢地穿透它。

季栋梁是宁夏小说创作领域的老健将。这些年，他把主要精力放在了散文的写作上，并且取得了相当优异的成绩。但是，这并不妨碍他在小说创作领域的杰出表现。本年度，他的两篇小说值得特别提及。一篇是《只有一种鸟的鸟群》，另一篇是《小事情》。这两篇小说皆为书写底层生活的作品，共同的特点是故事的外表颇为荒诞，而内里却至为沉痛。相比较而言，我更喜欢《小事情》。因为这是典型地体现了“季氏风格”的作品。季栋梁是一个最擅长描写西北农民精神性格的小说家。他以一种貌似调侃的笔触，写尽西北农民对于贫瘠荒凉生活的病态性反抗。我希望季栋梁仍然坚守他的小说写作，因为他对西北农民的书写能够与其他小说家明显地区别开来。

葛林是宁夏小说界默默的写作者之一。在宁夏的中篇小说创作相对处于非理想状态的情况下，葛林长期坚守着中篇写作的阵地，其韧劲让人叹服。葛林此前的多部中篇小说故事写得起伏跌宕，情节婉转多致，颇得中国传统小说用笔之妙。2005 年度，就我看到的葛林发表在《朔方》上的中篇小说《野杏树》而言，他的小说用笔实际上在发生变化。故事依然是好看的，情节也有不少出乎意料之处，同时，小说的“闲笔”开始多了起来，人情风俗的状绘也细致了许多。最重要的是，在《野杏树》当中，我们看到了弗洛伊德的精神分析学说的娴熟运用。这使得《野杏树》所叙述的一个世俗的人生故事，突然间有了前所未有的心理深度。我愿意把《野杏树》视为葛林小说转入艺术新境界的带有标志意义的阶梯。

在为 2004 年的宁夏文学做年终盘点时，我把生活和工作于同心县的李进祥称之为“值得期待的作家”。现在，我要说，这是一位已经走向成熟的作家。由于身体原因，李进祥 2005 年发表的小说不多，但是，这位作家仍然在不多的作品中显现了对纷繁复杂的社会生活卓越的勘探能力。我以为，他的《小说二题·屠户》是本年度宁夏小说家创作的最好的短篇小说之一，也可能是 2005 年度最好的中国短篇小说之一。如此推崇《屠户》的理由很简单，小说《屠户》说出了我们共同的伤悲和恐惧，那就是：人类的永无休止的欲望将把我们引向何方？李进祥身处边鄙之地，却以艺术的方式发出了惊人的一问，其创作的实力，确实让人刮目相看。

其他小说家的新奉献

石舒清在 2005 年度共发表小说八篇，其中的《果院》于年底获得第三届“茅台杯”人民文学优秀短篇小说奖。这个奖项属于《人民文学》杂志社主办的年度文学奖，本年度的优秀短篇小说奖只评出了两名获奖者，另一个获奖人是北京作家刘庆邦。石舒清和刘庆邦此前都曾荣膺“鲁迅文学奖”，因而，此奖的含金量不可小觑。

陈继明 2005 年度一直在进行着长篇小说的写作，偶有中短篇小说发表，数量不算多，质量却是稳健当中有上升。尤其是《海棠的风》一篇，于家乡风物景色的状绘当中，表达对故乡的怀念和对山水巨变的深深忧虑，文字力透纸背。

读石舒清和陈继明发表于本年度的小说，会发现他们的许多小说带有相当浓重的散文化特点，兴之所至，涉笔成趣。也许，这样的写法更能消除小说这一文体所带来的某种束缚感和紧张感，有益于真情的流畅表达。从阅读效果来看，像《果核》《海棠的风》这类追忆性文字确实比他们描写现实类的文章，味道要醇厚得多。

张学东是多产的作家，本年度他发表了四个中篇小说和两个短篇小说，其中《女人别哭》一篇已经入选中国作协创研部主编的《2005年中国中篇小说精选》一书。在“宁夏青年作家群”中，张学东是一个虚构能力超强的小说家。我不能说，张学东是一个饱经沧桑与忧患的作家。作为70年代出生的作家，虽然一直生活于西北偏远之地，但是命运并不对张学东格外苛刻。像别的普通人家的孩子一样，他有着一段平淡的童年与少年生活。成人以后，学习、工作、结婚、生子，张学东的人生经历也丝毫没有超出我们的想象。然而，一旦进入他的小说，你却不能不目迷五色。在张学东所用心建造的那个艺术世界中，生命的狂歌浩哭，人性的暧昧难言，历史的幽深神秘，世界的飞沙走石，凡此种种，常常会以一种不同于其他创作者的艺术方式，生动地呈现在你的面前。于是，你不能不慨叹，这是一个已经显现了足够卓越的叙事才能的作家。张学东今后更大的创作成就的获得将取决于他的小说虚构能力的娴熟和更臻于完美。

了一容这几年的创作势头是不错的，曾经流浪的经历和真实的底层情怀使他把创作的焦点始终对准受苦者阶层。他发表于本年度的中篇小说《日头下的女孩》是引起国内文学界注意的作品。悲苦的故事和粗粝的书写，显示着作者逼视现实的勇气和干预生活的血性。他的另外两篇发表于《青年文学》的作品《废弃的院子》和《飞了》，有意作一些艺术的新尝试，可以看作是了一容准备艺术转换的前奏曲。

在这一节的最后，我要说说本年度宁夏青年女作家的创作。韩银梅是这一年当中最活跃的女小说家。她的小说具有脱俗的气质。她的《梨花灿烂》《橙味小镇》两篇作品，叙述的是普通的人间生老病死故事，呈现的却是生命的强悍与委顿枯败，笔墨间便多了些玄思的意趣。固原地区的马金莲是一位艺术风格日臻成熟的作家。她的小说《掌灯猴》于乡村的细小生活故事中，写出民间的喜悦与悲哀，是值得一读的作品。石嘴山地区的女作家马丽华的小说《风之浴》是本年度宁夏文学创作中比较罕见的城市题材作品，小说对“北漂”一族的刻画是到位的。从提供文学新画面的角度说，这篇小说具有不可替代的艺术价值。

散文的新收获

宁夏地小物博，山河极具特色；时空交错，古典与现代并存；文化多元，南人与北人共处。因此，宁夏也是一个出产散文家的地方。张贤亮近年于小说领域涉笔甚少，随意写来的散文却也熠熠生辉。他的抒发人生感慨的散文《我失去了我的报晓鸡》，在对往事的回忆当中寄托着诸多人生的深沉思索，像“细腻的感觉是文明的一个重要内涵”这样的话，就不是平庸的写作者能够发出的声音。

本年度，《朔方》重点推出了两位散文家的创作小辑：第四期是女作家周晓豆的《亲情六题》；第五期则是杨天林的《山水之间》和《感觉古代乐舞》。如果按照《红楼梦》的说法“女人是水做的”，那么，女性确实对人类的情感有着一份天然的敏感和珍重。周晓豆的《亲情六题》描写的虽是普通人家的情感生活，由于写得细致而饱满，不知道拨动了多少人间的似水心弦。杨天林是一个拥有博士学位的高校化学教师，然而他的《山水之间》和《感觉古代乐舞》却写得豪情四溢，走的是借山水乐舞书写壮阔的人生感慨的路数。读之，不免让人生出放下世俗之心，走入山水寻真情的念头。

本年度其他的散文名篇有吴淮生的《倒淌河》、平原的《光阴的故事》、安奇的《行者随心》、朱世忠的《崂山的树》、杨森林的《大草原》、陈育宁的《在美国西部》以及吴音的《微漫的悲哀》等。散文的写作是一项关乎灵魂的事业，不仅仅是简单的文字组合问题。情深、意长、心到、笔到，言有尽而意无穷，才可能成就一篇散文撼动人心的力量。写散文者多多，然而，好的散文总是稀少，道理就在于此。

【附录】

【本文所涉及的 2005 年度宁夏文学作品名录】

郭文斌：《大年》（小说集），宁夏人民出版社，2005 年。

漠　月：《青草如玉》，《山花》2005 年 2 期。

《大草垛》，《上海文学》2005 年 5 期。

《许女的婚事》，《花城》2005 年 4 期。

季栋梁：《只有一种鸟的鸟群》，《朔方》2005 年 3 期，《小说月报》

2005 年 5 期选载。

《小事情》，《北京文学·精彩阅读》2005 年 2 期，《小说选刊》2005 年 4 期选载。

葛 林：《野杏树》，《朔方》2005 年 4 期。

李进祥：《小说二题》，《回族文学》2005 年 2 期，其中《屠户》一篇，《小说月报》2005 年 5 期选载。

《你想吃豆豆吗？》，《回族文学》2005 年 5 期。

石舒清：《短篇小说三题》，《民族文学》2005 年 1 期，《小说月报》2005 年 3 期选载。

《果核——记邻村的几个人》，《花城》2005 年 1 期。

《采风》，《回族文学》2005 年 1 期，《小说选刊》2005 年 4 期选载。

《小说二题》，《回族文学》2005 年 3 期。

《果院》，《人民文学》2005 年 10 期。

陈继明：《步行上北京》，《朔方》2005 年 1 期。

《冰儿》，《长城》2005 年 4 期。

《宇宙是一颗香蕉梨》，《回族文学》2005 年 3 期。

《海棠的风》，《天涯》2005 年 5 期。

张学东：《海阔天空》，《布老虎中篇小说 2005 春之卷》。

《女人别哭》，《长城》2005 年 4 期。

《葬礼》，《山花》2005 年 7 期。

《和谐》，《红豆》2005 年 10 期。

《那根烟囱》，《朔方》2005 年 1 期。

《小说二题》，《福建文学》2005 年 9 期。

了一容：《日头下的女孩》，《天涯》2005 年 1 期，《中华文学选刊》2005 年 7 期选载。

《废弃的院子》《飞了》，《青年文学》2005 年 9 期。

韩银梅：《梨花灿烂》，《黄河文学》2005 年 1 期。

《橙味小镇》，《朔方》2005 年 3 期。

马金莲：《掌灯猴》，《回族文学》2005 年 5 期。

马丽华：《风之浴》，《朔方》2005 年 12 期。

张贤亮：《我失去了我的报晓鸡》，《上海文学》2005 年 7 期。

周晓豆：《亲情六题》，《朔方》2005 年 4 期。

杨天林：《山水之间》《感觉古代乐舞》，《朔方》2005 年 5 期。

吴淮生：《倒淌河》，《朔方》2005 年 3 期。

平　原：《光阴的故事》，《朔方》2005 年 1 期。

安　奇：《行者随心》，《朔方》2005 年 5 期。

朱世忠：《崂山的树》，《朔方》2005 年 6 期。

杨森林：《大草原》，《朔方》2005 年 7 期。

陈育宁：《在美国西部》，《朔方》2005 年 10 期。

吴　音：《微漫的悲哀》，《朔方》2005 年 12 期。

2006 年 1 月

今年是个丰收年

——2006年宁夏小说创作简评

评论家的心情有时与一个农夫的心情是颇为相似的。碰到歉收或者减产的年份，心情自然是不愉快的。不仅不愉快，话有时可能也懒得说几句。而一旦碰到收成好的年份，看着金黄的果实欢天喜地地入了仓廪，那心情的美妙和情绪的高昂，自然不在话下。回顾2006年，作为一个长时期关注宁夏文学的评论者，我有理由认为这是一个小说的丰收年份。这一年中，宁夏作家在一方土地之上，耕云播雨，挥洒诗情，春种秋收，酿造甘美。当年终盘点作家们用辛勤劳作而换得的文学佳果之时，我们收获的又岂止是那一点点的喜悦之情。

值得记住的文学事件

2006年，对宁夏文学界而言，有两件事情值得格外看重。第一件事情当然是“文学宁夏”的命名。“文学宁夏”是北京的大型文学杂志《十月》在2006年为宁夏青年作家所开设的一个小说专栏。这是一个貌似寻常的文学事件：《十月》没有做任何的前期宣传，事后也没有做过多的阐释。然而，对于名声日隆的宁夏文学而言，这一事件绝对具有界碑意义。试问，在1949年以后的中国当代文学史上，有哪一个省区的青年作家能够以集体的形式、在一个大型文学期刊上占有一年的地盘？这个文学地盘的具体含义是：2006年的《十月》出版了六期刊物，一共发表宁夏青年作家创作的作品十七篇，计有短篇小说十二篇、中篇小说三篇、创作谈两篇。实际上，《十月》专门开设专栏为宁夏青年作家提供发表的园地，只是事情的表象，事情的核心和关键处在于“文学宁夏”这一前所未有的庄严命名。宁夏地域不广阔，人口不众多，经济欠发达，声名不远播。然而，自20世纪80年代一代文学大师张贤亮声名鹊起之后，宁夏文学一直享誉海内外。此次，《十月》以中国文学刊物重镇之身份，向中国文坛宣告“文学宁夏”的诞生。我以为，这是一次对宁夏文学创作业绩的隆重加冕，其意义不可低估。

第二件应该值得一书的事情是“宁夏青年作家作品研讨会”在京举行。2005年8月，中国作家协会六届八次主席团会议在银川召开。会议期间，中国作协党组书记金炳华专门参加了宁夏中青年作家座谈会，对宁夏的文学创作和宁夏青年作家群给予了高度评价，并提议来年在北京为宁夏青年作家群召开作品研讨会。2006 年 7 月，由中国作家协会、宁夏回族自治区党委宣传部、宁夏文联三家联合在北京中国现代文学馆召开了“宁夏青年作家作品研讨会”。这是中国作协为一个省区的青年作家群首次召开作品研讨会，也是继宁夏文学界推出“三棵树”“新三棵树”之后，宁夏青年作家群在中国文坛的又一次集体性的亮相。应该说，“宁夏青年作家作品研讨会”的召开，是对近十年以来宁夏文学创作核心内容的一次认真而全面的总结。对宁夏文学而言，它是一次底气颇足的对外言说，也是一个再次出发的契机所在。我的意思是，它是一次登上文学高地的忘情的欢呼，更构成一种向上攀升的长久的压力。

令人欣喜的长篇小说

宁夏的长篇小说创作近几年进入一个小高潮期：创作者队伍呈扩大趋势，作品的数量也一路走高。然而，恕我直言，宁夏长篇小说的创作数量与质量关系总是不太和谐。2006 年，宁夏的长篇小说创作忽然峰回路转，让人眼前一亮。这一年当中有四部长篇小说颇可一说。首先，我要说到陈继明的长篇小说《一人一个天堂》。这部费了许多周折才得以出版的长篇小说是一部意蕴丰厚的小说。从叙事表象看，这是一部事涉“文化大革命”的作品。然而稍微往深处追究一下，会发现这部长篇小说哪里是简单浅显之作。应该说，它是一部有关人类生存的寓言化小说。在小说所构筑的艺术天地之中，人类是怎样地处于恐惧、孤独、哀伤、无奈的可怜境地。一切人间的高贵、善良、同情、友爱、诗意的憧憬和联翩的梦想在严酷的现实面前都会化为乌有。人类从诞生的那一天起就注定要面对连绵不断的疾病、灾害、侵扰、杀戮和死亡。桃花源从来都是想象的异邦。事实上，千百年来，人类一直试图寻找到“永远的乐土”，为此我们付出了多少血和泪。然而，充满激情的追寻总是化为伤心欲绝的诉说和无尽的等待。所以，小说当中反复回荡着那句令人伤感不已的歌谣：“天空在下雪，我们在赶路。”意蕴的丰厚只构成了这部长篇小说的一个侧面，更值得一提的是，这部长篇小说的写作有着相当深刻的文体的自觉。这种“文体的自觉”鲜明地表现在作者对长篇小说的结构、叙述笔调、气氛营造、修辞态度的格外注意和精心把握上。我不能说，陈继明在长篇小说技巧的经营上已经臻于化境，但是，我要说，在对长篇小说整体思想和艺术价值的探索和追寻方面，在长篇小说首先是一种“文体的创造”的意识觉醒方面，陈继明是宁夏长篇小说创作队伍中的先行者之一。

古越几年前以长篇小说《金羊毛》而名世。2006 年，潜心数载之后，他又向读者奉献出了长篇新作《菊花醉》。《菊花醉》依然讲述传奇人生和出人意表的故事。生活的磨炼、交游的广泛以及对奇人奇事异于常人的热情造就了古越的文学世界。作者仿佛一位酿造好酒的师傅，别人视之无物的东西、弃之如敝屣的物事，到了他的手里，往往会变成让人甘之若饴的美酒佳酿。古越的文学趣味偏于中国古典文学一路，但有一些创造性的转化，这使他的小说不仅深得传统小说讲故事之妙，同时，因了时代的影响，作者的创作视野比之前人又不知道要宽阔多少倍。

南台是宁夏文学创作界的资深人物，写作长篇小说已非一日之功。2006 年，南台拿出一部“段子小说”《废话艺术家——王三丰》。依作者的创作初衷，是想搞一场长篇小说的阅读“革命”（见该小说《后记》）。因为，在此之前，还没有人创作过以短笑话为主体并且连缀成篇的长篇小说。仔细看来，南台的《废话艺术家——王三丰》确实有可以褒奖的地方。谁说长篇小说只能有一种写法了？南台此前创作过《一朝县令》《只好当官》两部长篇小说，均采用写实笔墨。这一次南台有意壮大和扩展在上述两部长篇小说中所显现出来的讽刺幽默才能，力图打造一部新世纪的风味独特的“喜剧小说”。在宁夏文学界，南台的艺术努力值得尊敬。

张学东是一位多产的青年作家。2006年，他的长篇小说《西北往事》以头条位置发表于《作家》。像张学东的许多中短篇小说一样，《西北往事》叙述的还是“成长的故事”。每一个进入成年世界的人都会怀念自己的成长岁月。在那些既格外明朗又分外忧伤的日子里，我们有多少疼痛、孤独、寒冷和迷惘感伤。欲说还休的心事和压抑不住的青春情愫彼此纠缠撕扯，突围的信念和人间规范的制约总是碰撞不休。于是，少年人的天空常常一碧如洗而又布满阴云。阅读《西北往事》，使我们再次走入一个既熟悉又陌生的审美世界，在这个布满过去的阳光和灰尘的世界当中，我们闻到久违了的青春气息，重新听到了那些曾经使我们心旌摇荡的动人的歌谣。

中短篇小说佳作

中短篇小说的创作，历来是宁夏作家创作的优势所在。2006年，在这一创作领域，可以评点的佳作不少。

石舒清这一年发表了不少短篇小说，不能说每篇都是精品，但那些重要的篇目都是耐咀嚼的。他发表于《十月》的三个短篇：《黄昏》《左手》《拥脖》，发表于《民族文学》上的《奶奶家的故事》以及发表于《回族文学》上的两个短篇《微白》《摘棉花》，都是让人回味良久的小说。石舒清长期注目于宁夏南部一个小村庄的世俗人生，于西北农民的家族故事和升斗之民家长里短的精细描摹当中，细细玩味人性的善恶变化。一种淡定的不趋时尚的朴素文学品格由此生成。外界评论宁夏文学有“慢”“细”之说，“慢”下来才可能打造精品，“细”起来方可以看清人生。在所有领域都在提倡只争朝夕疯狂赛跑的年代，石舒清的“慢”和“细”可能还是一件了不得的法器。

陈继明发表于《十月》的题名为《海棠十二帖》的中篇小说和张学东发表于《上海文学》的《谁的眼泪陪我过夜》是值得一提的中篇。前者书写故乡故事，笔墨简洁老到，韵味醇厚；后者剖析少年人的犯罪心理，在貌似通俗的讲述中，呈现难言的人性奥秘。张学东另有一个短篇小说《喷雾器》也是被国内评论界称赞的作品。联系到张学东的其他小说创作，我们会发现，张学东是一个善于书写人生病相和异态的作家，在人生病相的书写背后，作者总是在寻找人间的缤纷诗意，这使他的创作往往闪现足够迷人的色彩。

郭文斌以小说集《大年》而奠定在中国文坛的位置。2006年，他的两个短篇小说《吉祥如意》和《一片荞地》继续享有受人关注的殊荣。《吉祥如意》获得年度“人民文学奖”，《一片荞地》则被《小说选刊》选载。郭文斌小说也写“西海固”人生，但是那人生于苦焦中透露着生机和温暖的情意。郭文斌的小说告诉我们，生活中除了苦难、艰辛、哭泣、死亡，还有忍耐、坚守和大声歌唱。正是这一点，使这位小说家成为风格的领舞人。

女作家的小说创作从来都是宁夏小说创作领域不可或缺的部分。宁夏的女作家数量偏少，但是，她们的创作质量却让人一点也不敢小觑。平原 2006 年的小说发表的不少。其中，《雨夜驶过 P 镇的列车》是一篇带有玄幻气质的作品，因而在这一年的众多宁夏小说中显得风格颇为特殊。阿舍的《十楼 D 座》同样是一篇特异的作品。这篇小说气氛迷离，人物行为夸张而怪诞，作者似乎有意追求“似”与“不似”之间的那一种陌生化效果。女作家土豆一向写得不多，《流水淡如烟》和《半杯水》都是抒写处于婚姻平淡期的男女心情的。有那么一点忧伤，也有那么一点无奈，是经历了多年的婚姻生活之后知识者真实内心的艺术呈现。也许，婚姻的本质就是如此。当激情的风暴逐渐趋于平静之时，所有进入“围城”的人们都将面对无数的缺乏色彩和情调的白天与夜晚。生活原本平庸，季节从来轮替。风吹云起，花开花落。如果你果真有一颗浪漫的心，你当然会在云的起伏处看见绚丽，在花的绽放中遥想无边的原野。平原、阿舍、土豆三位女作家皆供职于银川晚报社，可称之为“银川晚报作家群”。这个作家群的形成实际上已有时日。细究其作品，起码有这样两个特点：其一，她们的作品基本上以书写城市生活为主，并且多呈现和探究城市知识女性复杂而纷扰的内心世界。在宁夏的小说创作几乎被外界认定是“乡土文学”的时刻，这一作家群的出现自有其不可低估的文学意义。其二，从艺术角度而言，“银川晚报作家群”的小说都写得比较“洋气”。这使得宁夏的小说创作不再是简单的“土”面孔，而显现丰富和绚烂的色彩。“银川晚报作家群”今后将走向何处？我现在还不能作出一个明确的判断。但是，我希望这个作家群能够在宁夏文坛制造出更大的声响。因为，她们各自的“小号”和“单簧管”都吹奏得异常动情而嘹亮。

韩银梅和马金莲当然是应该被提及的女作家。这两位女作家分别出生于“60年代”和“80年代”，感知生活阅世知人的本领自是不同。韩银梅进入写作一途已有多年，她早年的作品似乎带有年轻时代的某种不可避免的紧张和羞涩。近几年，生活的磨砺多了，人情的变化也见识了不少。自然，小说便写得越来越老到成熟。我以为，本年度发表的《空间》是韩银梅迄今为止写得最好的小说之一，很容易让人联想到她的代表作《我如营盘钱如水》。韩银梅的作品已经流露出些许的沧桑感，这可能意味着某一个美好的创作转机的到来。马金莲2006年发表了《花开的日子》《满园清风》《墨斗》和《光阴》等小说。《花开的日子》《满园清风》《墨斗》描摹的皆为乡村风情画，细碎、家常，然而温热。我个人感觉马金莲已经走到了写作的一个关键性路口。她今后的写作命运如何，将取决于个人的努力和悟性。当然，也将取决于作家对人生和世界的勇敢探寻与深长的思索。

在本文的最后，还应该提及下列作家和作品。李进祥的《遍地毒蝎》和《换水》，张鹏的《被子弹击中的枪》，梦也的《手》，葛林的《谁赶走了我们的树》，朱世忠的《绿眼睛》以及潘国萍的《战地梅》。这些作品力图向读者证明：在生活无边广阔的原野上，一缕微风，一线阳光都有书写的必要；在世界的深处，无穷的幕布会被一重重地打开，而作家，正是那个带有几分神秘色彩的拉幕人！

【附录】

【本文所涉及的2006年度宁夏小说作品目录】

陈继明：《一人一个天堂》（长篇小说），花城出版社，2006年3月第1版。

《海棠十二帖》，《十月》2006年第1期。

古　越：《菊花醉》（长篇小说），宁夏人民出版社，2006年5月第1版。

南　台：《废话艺术家——王三丰》（长篇小说），中国三峡出版社，2006年6月第1版。

张学东：《西北往事》（长篇小说），《作家·长篇小说》2006年第3期。

《谁的眼泪陪我过夜》，《上海文学》2006年第8期。

《喷雾器》，《青年文学》2006年第7期。

石舒清：《黄昏》《左手》《拥脖》，《十月》2006年第1期。

《奶奶家的故事》，《民族文学》2006年第11期。

《微白》《摘棉花》，《回族文学》2006年第1期、2006年第5期。

郭文斌：《吉祥如意》，《人民文学》2006年第10期。

《一片荞地》，《十月》2006年第4期。

平　原：《雨夜驶过P镇的列车》，《十月》2006年第6期。

阿　舍：《十楼D座》，《朔方》2006年第5-6期合刊。

土　豆：《流水淡如烟》，《黄河文学》2006年第1期。

《半杯水》，《朔方》2006年第5-6期合刊。

韩银梅：《空间》，《六盘山》2006 年第 3 期。

马金莲：《花开的日子》《满园清风》，《黄河文学》2006 年第 1 期。

《墨斗》，《十月》2006 年第 4 期。

《光阴》，《回族文学》2006 年第 4 期。

李进祥：《遍地毒蝎》《换水》，《回族文学》2006 年第 2 期、2006 年第 3 期。

张　鹏：《被子弹击中的枪》，《十月》2006 年第 6 期。

梦　也：《手》，《十月》2006 年第 5 期。

葛　林：《谁赶走了我们的树》，《朔方》2006 年第 3 期。

朱世忠：《绿眼睛》，《福建文学》2006 年第 7 期。

潘国萍：《战地梅》，《黄河文学》2006 年第 2 期。

2007 年 3 月

2008—2010 年度宁夏文学发展报告[①]

近两三年以来，宁夏文学正在进入一个发展的转折期和变化期。这种转折与变化，主要表现为作家队伍组成结构的某种变化：第一个变化是，老作家正在不可避免地进入创作的消退期，而更为年轻的作家，比如“80 后”作家，正逐渐走入人们的视野。第二个比较明显的变化是，已经成名的“宁夏青年作家群”当中的主力作家，“三棵树”（陈继明、石舒清、金瓯）和“新三棵树”（漠月、季栋梁、张学东）等，除了个别的几个作家之外，更多的创作家的写作处于积累和沉淀状态——思索和读书的时间远远大于写作的时间，这可能是创作“井喷”之后的自然调整。第三个变化是，社会各界给予宁夏文学的关注较之新世纪初期的那些年，程度有所降低，宁夏文学进入到一个相对平稳的发展时期。尽管有上述的几种情势的变化，宁夏文学界依然凭借着自身的努力和颇富

①这篇文章发表时的标题为《近年来宁夏文学发展报告》，原载杨春光主编《2011 宁夏文化蓝皮书》，宁夏人民出版社，2011 年 1 月第 1 版。

创造性的工作，以思想充实、艺术精湛的优秀作品，反映着时代的风貌和宁夏人民的生活与命运、理想与追求，作家不仅为宁夏经济社会的全面发展“鼓”与“呼”，也为丰富宁夏人民的精神生活提供了一桌“色、香、味”俱佳的审美盛宴。

宁夏文学的新近发展，可以从下述几个方面来考察与认识。

一、宁夏的中、短篇小说创作依然居于全国一流水准

宁夏文学在中国文坛引起重视和关注，始于社会主义新时期。20世纪80年代，张贤亮以复出之后的慷慨悲歌，三获全国优秀中、短篇小说奖。他的获奖小说《灵与肉》《肖尔布拉克》和《绿化树》不仅是新时期中国文学的重要收获，更成为当代宁夏文学的经典性和标志性作品。从张贤亮开始，宁夏的中、短篇小说创作，在名家众多，佳作频出的中国文学界，一直享有相当良好的口碑。20世纪90年代之后，由于宁夏青年作家群在中、短篇小说创作方面的突出才华，宁夏每一年度都会产生具有广泛知名度的中、短篇小说佳作。近三年，石舒清、陈继明、李进祥、季栋梁、张学东、王佩飞、韩银梅、火会亮、马金莲等作家皆创作了具有全国知名度的中、短篇小说。在国内文学界享有盛誉的《小说选刊》，2008年到2010年三年间共选载宁夏作家所创作的中、短篇小说十四篇，平均每年选载四篇。考虑到《小说选刊》是已经创刊三十年（1980年创刊）的文学名刊，并且全国各省市中、短篇小说创作名家多如繁星，身处偏远的宁夏小说家的作品能够以每年平均四篇的数量进入这一选刊，应该说是相当难能可贵的。

宁夏的中、短篇小说创作总体而言，数量多而质量高，这是宁夏中、短篇小说被文坛叫好的原因之一。另外一个重要原因是，在宁夏，风格独特的中、短篇小说家非止一人。

石舒清曾经以短篇小说《清水里的刀子》获得第二届（1997—2000年）鲁迅文学奖。他在写作当中所呈现的对回族人民日常生活的真切描绘、对民族文化心理的精确把握、对小说诗意的认真寻求等创作特点，使他的作品明显地区别于国内其他优秀小说家。近三年来，在经过一个阶段的艺术探索之后，石舒清的小说创作风格已经有相当明显的变化：他把选材的触角逐渐地伸入历史地层深处；他在叙述故事的时候，尽可能除却火气而变得心平气和；他用一种玉匠琢磨玉器的功夫精细地打磨小说的每一个艺术环节；他创造性地将大量西北方言化入小说之中，使小说语言既带有民间的风韵，又不失好文字的雅正。他发表于2008年的《父亲讲的故事》可以视作是其艺术风格转变之后的代表性作品。

青年作家李进祥是近三年间活跃于宁夏文坛最为出色的短篇小说家之一。2009年，他的第一部短篇小说集《换水》由漓江出版社出版，在文学界引起不小的反响，宁夏作协专门为李进祥召开了作品研讨会。李进祥的小说多取材于宁夏回族聚居地的人民生活，在对急剧变化着的生活表象的状绘当中，其作品对现实有着惊人的透视。人性的高贵与卑劣，女性命运的起伏与变幻，城市化进程当中农民所付出的心灵的代价，皆是他小说所要努力寻求答案的生活之问。李进祥的小说艺术风格上也相当特殊。他的小说生活切口都比较小，然而思索的问题却是深入的，甚至是穿透性的；他的小说写实为主，但常常流淌着动人的诗意，只是这诗意不那么狂放，不那么欢快，而是透露着忧伤和难言的情愫，可称之为“沉郁的诗意”。

季栋梁是宁夏青年作家群中的佼佼者。近年来，他的小说创作思想更为深沉，艺术更为精致。他的短篇小说《小事情》以生活的细节推动人物的命运发展，在戏剧性的场景中展现“小人物”的精神困境。该篇小说因而荣获宁夏回族自治区第八次文学艺术奖短篇小说一等奖（2009年）。季栋梁另有一篇小说《吼夜》，也因描画出当今乡村充满温暖的人性力量和艺术上的成熟而入围中国作协第五届“鲁迅文学奖”短篇小说的评选，惜乎最终未能当选。然而，从全国成百上千篇选报的小说作品当中，凭借不错的实力而杀出重围，冲入决赛，已经足以证明季栋梁的创作实力。而这实力，是宁夏的山川土地和人民生活所给予的。

王佩飞是宁夏文坛颇有些创作年限的“老作家”，其创作一直呈现向上的势头。他的中篇小说《日子的味道》讲述家庭的起落与悲欢，构思精巧，语言有味，是一篇温暖人心的佳作，并因此而获得宁夏回族自治区第八次文学艺术奖中篇小说一等奖（2009年）。

季栋梁小说《吼夜》入围第五届“鲁迅文学奖”和王佩飞中篇小说《日子的味道》获得区级文学艺术奖一等奖，皆表明，以审美的方式肯定和张扬人间温情和美好人性，始终是中国文学的主流价值标准与不倦寻求。在未来的宁夏文学的发展进程当中，如何将流贯于生活之中和人心深处的人类美好的信念与追求、言语与行为，艺术地刻画与呈示出来，是摆在宁夏作家们面前必须认真思索的创作课题。

二、“70后”和“80后”作家正在成为宁夏文学创作的生力军

近几年，宁夏的“70后”和“80后”作家在全区文坛上已经呈现出相当强劲的创作冲击力，他们在小说、诗歌、散文等创作领域都奉献出了一批精品佳作。张学东、了一容、木妮、阿舍、曹海英、张九鹏、穹宇、李义、马金莲、王正儒、方圆、林一木、许艺、张毅静、祁亚江、泾河、安奇、阿尔、王佐红、杨森等，这是一串充满青春朝气的“70后”和“80后”作家名单，他们当中的许多人现在在全国文坛也已经拥有了足够的知名度。

张学东是宁夏“新三棵树”之一，近三年来，张学东的小说创作表现出非常活跃的状态，共出版长篇小说两部（《妙音鸟》和《超低空滑翔》），中、短篇小说集两部（《谁的眼泪陪我过夜》和《应酬》）。在宁夏青年作家群当中，张学东从创作伊始就显现出别样的创作追求。他对20世纪以来中国社会的“伤害”主题的挖掘，是独特的思想发现。在宁夏青年作家群中，他又是一个艺术虚构能力超强的作家，他对小说创作之道的谙熟，他对“立足于大地”与“飞翔于天空”的两种写作技巧的娴熟掌握，在习惯于深耕西北黄土层而相对艺术翱翔能力不足的宁夏作家群中，显得格外突出。张学东以不算丰富坎坷的人生经历而一直葆有相当丰沛的创作力，与既立足于西北大地，又常常做云天之想的创作思维有极大的关系。张学东的创作量惊人，也和他的勤奋密不可分。他的勤奋不仅仅指的是他的埋头苦干，还表现在他学习的孜孜不倦。在宁夏青年作家群中，他是为数不多的几个痴迷于读书，并且认真揣摩和

学习20世纪西方文学经验的青年作家之一。他的学习和揣摩是精细的、相当深入的，并且已经结出硕果。在他的最好的中、短篇小说中，可以看到对20世纪西方文学经验的有效借鉴。当然，张学东已经把它们化为自己的血肉。

在宁夏的“70后”作家群体中，还有一些值得特别关注的作家。了一容一直以描写底层生活而见长，他对西部乡土人生的刻写，深入而细致。2008年年底，了一容以小说集《挂在月光中的铜汤瓶》而荣获全国第九届少数民族文学创作“骏马奖”。新世纪以来，全国少数民族文学创作“骏马奖”已经评选并颁发了三次（第七届至第九届），宁夏作家每一次都载誉而归。这一方面表明，宁夏的文学创作实力相当强势，另一方面也足以证明：在宁夏文学创作的整体格局中，少数民族作家的创作实力不容小觑。另外两位值得一提的“70后”作家是小说家张九鹏和散文家方圆。张九鹏是宁夏青年作家当中不算多数的以写城市题材而著称的小说家，2008年出版的小说集《子宫中飞翔》，是其多年创作的结晶。对城市生活的多侧面展示和对城市人纷扰内心的透视，既构成这位青年作家的独特创作视域，也成为张九鹏区别于宁夏其他青年作家的显著标志。方圆是一位颇有家学渊源又毕业于名校的青年女作家。2009年她出版散文集《一心不乱》。方圆的散文写作，一向率性而为。她写寻书读书的快乐，写美食的诱惑和平凡但深厚的人间亲情。无论涉笔哪一个生活领域，方圆都能以其有灵性的文字，使寻常的日子生发温馨和暖意。许多作家写散文，喜欢以“大”为美。方圆从小处入手，却使读者生出满眼皆春的感觉。这是她的有情有味的文字给予我们的美丽馈赠。

“80后”在宁夏文坛的崛起是近几年的事情。从总体情况看，宁夏的“80后”作家还没有形成一支足够庞大的队伍，但其中的佼佼者，确实给人以惊喜之感。出生于1982年的马金莲是一位回族女作家，一直生活和工作在“苦瘠甲天下”的宁夏西海固乡村。她的小说多写西北乡村中女性的生活和命运，于乡土风物和女性心理的细致刻画中，见出生活的情意和人性的变化。青年作家王正儒是一位工作于高校具有博士学位的青年教师，近几年主要写作散文。他的散文创作以思想随笔居多，有锐气和激情，也显现了读书的功夫。他于2008年写作的散文作品《拒绝遗忘》，一经发表，便颇获好评。在散文写作被许多人误认为是“小技艺”，纸质媒介和网络上的大量散文作品普遍变得休闲化、娱乐化、轻薄化的历史时刻，王正儒秉持知识者的良知，以哀痛悲怆之情重说“南京大屠杀”的惨绝往事，在对张纯如（英文著作《被遗忘的大屠杀》的女作者）的深切哀悼和怀念当中，表达着一个正直的知识分子的忧患情思。毫无疑问，《拒绝遗忘》是一篇情动于衷而寄托遥深之作。这篇文章于2008年年底先后入选林贤治主编的《2008：文学中国》和中国作协创研部主编的《2008中国散文精选》等五个文学选本。著名散文家和文学评论家林贤治说：《拒绝遗忘》是打在民族苦难和个人责任问题上的一束追光。由此，我们可以断定，在宁夏的散文创作领域，这位“80后”作家的创作正逐渐构成一道独特的令人有所期待的文学风景。

三、长篇小说创作有新发展，女作家创作实力不俗

新世纪以来，宁夏长篇小说创作是一个颇受各方关注的文学话题。

作为国家级文学大奖的“茅盾文学奖”一直与宁夏作家无法结缘，对宁夏的长篇小说创作构成了一定的压力。正是在这样的文学背景下，宁夏作家在写作长篇小说时，是抱着勇于突破和试图创新这样的创作企图的。客观而言，作家们的努力有目共睹。张学东近三年间共出版长篇小说两部，其中2009年出版的《超低空滑翔》，属于中国作协重点扶持的长篇小说作品。该书出版后，中国作协、宁夏文联和上海文艺出版社联合在北京召开了研讨会，与会专家给予《超低空滑翔》相当高的评价。《超低空滑翔》的意义在于，它不仅开拓了宁夏文学的题材领域，而且在长篇小说的文本特质方面（思想、结构、氛围、语言）也提供了相当成熟而独特的经验，是宁夏近年长篇小说创作上的一个突破。其他的长篇小说，如高耀山的《烟火人家》、季栋梁的《奔命》、马濯华的《碧血1940——绥西抗战往事》、陈勇的《养女》等，皆为呕心沥血之作，可视为宁夏长篇小说的新收获。

新时期以来，宁夏女作家的创作一直在宁夏文学创作的百花园里占有比较显著的位置。然而，仔细推究，会发现宁夏女作家的创作始终处于一种不很热闹的状态：女作家的创作更多时候犹如“票友”的参与，是情思骤动一念间，而非长久的全身心投入。新世纪以来，宁夏女作家的创作呈现新的动向和姿态。其一，女作家的数量明显增加，不是零星几人，而是成群结队；其二，女作家的创作质量明显提高，数位女作家的创作已经接近宁夏一流作家的水准。具体来说，就队伍的构成来看，宁夏的“60后”“70后”“80后”作家当中，皆有女作家的身影，韩银梅、刘建芳、木妮、阿舍、曹海英、吟泠、方圆、马金莲、许艺、林一木、张毅静等，是近几年活跃于宁夏文坛的优秀女作家。就创作的思想和艺术质量而言，不少女作家的创作风格特异，精品迭出。韩银梅的创作年限不算短暂，其创作的丰收期是新世纪。2008 年出版的中、短篇小说集《我厮守的终结》是其多年创作心血的凝聚。韩银梅的小说人间烟火气足，不避生老病死，然而写来却柔软亲和，游刃有余，自有一种知人知世的大气在作品中充盈。宁夏“三棵树”之一的陈继明在评论韩银梅的中篇小说创作时说道：“宁夏青年作家的中篇小说，无论反映生活的深度，还是细节的丰盈程度，包括文体的纯熟和完善，都无出其右。”此论并非虚妄之言。工作于银川晚报社的三位女作家木妮、阿舍、曹海英是宁夏女作家队伍中不可或缺的角色，可称之为“银川晚报作家群”。其他的女作家如吟泠、马金莲、方圆等，在近三年的宁夏文坛，都扮演着相当重要的创作角色。其中的吟泠，写作有年，她创作的短篇小说《粉菩萨》于 2009 年度获得宁夏回族自治区第八次文学艺术奖短篇小说二等奖，既是主流文坛对她艰辛的创作劳绩的奖赏，也是这位女作家进入创作新天地的信号之一。

在认真地考察了近三年以来宁夏文学的新发展之后，在本文的最后，我也想就近年宁夏文学发展过程当中所面临的问题谈一些看法。其一，宁夏文学在经历了新世纪前十年的辉煌之后，如何在以后的岁月里继续保持比较强劲的发展后劲？这是一个亟待解决的思想和实践性问题。宁夏的“70 后”和“80 后”作家如今已经走上了文学创作的前台，但许多人的创作还处于单打独斗状态，如何将个人之力通过有效组织聚集为创作的“合力”，是未来宁夏文坛需要面对的艺术课题。其二，近几年宁夏文坛“请进来”（外地专家）和“走出去”（本地作家赴外地学习交流）的频率有所降低。宁夏文学的创作实践已经证明，“请进来”

和“走出去”是提升宁夏文学知名度和美誉度，提升宁夏作家创作视野和创作水准的有效途径，今后在这方面还可以做许多有益工作。其三，宁夏文学的题材领域尚显狭窄，诸如陈忠实《白鹿原》那样的具有巨大的思想冲击力和艺术冲击力的震撼性作品一时还尚未产生。是的，一切的发展和前进都有赖于辛勤的劳作和扎实的工作，有赖于宁夏作家超越过往、勇攀高峰的信念和力量。可以相信，宁夏文学既然曾经拥有过风起云涌时刻，那么，在未来浩瀚的中国文学天空当中，就一定会有宁夏作家所创造的惊人的雷电。

2010 年 12 月

2011 年度宁夏文学发展报告

2011 年是宁夏文学创作具有相当的爆发力和冲击力的一年。宁夏文学界不断以颇具思想和艺术征服力的创作向世人证明，如今的宁夏文学已经拥有了令人不敢小觑的实力和潜力。本年度宁夏文坛有这么几个重要事件值得提及。第一，2011 年 4 月下旬，宁夏回族自治区文学艺术联合会第七次代表大会在银川召开。大会回顾了自 2003 年自治区六次文代会以来，宁夏文学艺术事业所取得的重要成就，充满激情地展望了未来五年宁夏文学艺术事业进步与发展的辉煌前景。应该说，这是一次凝聚人心、团结鼓劲的大会，是宁夏文学艺术创作再攀高峰的动员之会。第二，《朔方》自 1959 年 5 月出版创刊号到 2011 年 1 月出版本年度第一期，已经出版满五百期，跨越了五十二载春秋。在这半个多世纪的峥嵘岁月当中，它见证了宁夏文学从稚嫩走向成熟、由弱小变为强大的不平凡的历程。令人钦佩的是：无论时代风云怎样变化，无论编辑部的人员如何变动，《朔方》杂志的编辑信念却从来没有发生过改变，那就是：倾心培养本土作家，一心打造文学精品。从张贤亮到石舒清，从“三棵树”到“一片林”，《朔方》是一方广袤的文学沃土，倾其地力培养着北国的文学佳木。时逢文学边缘化的年代，《朔方》的办刊水准却一直保持着上扬的姿态。究其原因，当是办刊人难以撼动的信念以及深湛的文学素养，造就了《朔方》尚雅脱俗的品位和永远进取的文学追求。在地域偏远的宁夏，正是这种尚雅的品位和不倦的寻求，营造了宁夏文学得以健康成长的阳光与空气，也自然构成了宁夏文学的实际标高。第三，本年度宁夏作家作品的创作数量较之2010年有了明显的增加，而且作品也表现出很高的艺术水准。就小说而言，本年度宁夏作家的多篇小说荣登国内重要的文学期刊，其中相当一部分小说被《小说选刊》《小说月报》等刊物转载。同时，郭文斌的短篇小说《冬至》、季栋梁的中篇小说《招惹》喜获《北京文学》所颁发的小说奖项；漠月发表于上一年的中篇小说《暖》于本年度荣获第九届“十月文学奖”。作为本年度小说创作的重头戏——长篇小说也有比较大的突破，张学东的《人脉》，郭文斌的《农历》都在全国产生了重要的影响，赢得了读者与专家的一致赞赏。小说创作喜人的成绩，源于宁夏作家长期的积累与沉淀，在勤奋读书与思索中，许多创作者完成了自身艺术的蜕变。第四，由宁夏杂文学会、银川晚报社、新消息报社共同承办的“第二十五届全国杂文学会联谊会年会暨杂文的走向学术研讨会”于2011年7月在银川召开。来自全国各地的六十余位杂文学会代表、杂文家与会，并就今后的杂文发展趋势发表了许多精彩的意见。本届杂文年会提出“杂文呼唤五四精神”的新倡议，希望我国杂文未来的发展能更多关注青年、扶持青年，从而创作出更多充满阳刚之气、充满青春朝气的杂文。此次会议对于提高全国以及宁夏的杂文创作水准有着不可低估的意义。最后要言及的一个重要的文学事件是，历时半年（2011 年 5 月至 2011 年 11 月）之久的由宁夏党委宣传部、中国作家协会诗刊社、宁夏文联等九家单位联合主办的“中国·宁夏首届黄河金岸诗歌节”于 2011 年月 11 月 12 日在银川谢幕。本届诗歌节以“诗意宁夏·感恩黄河”为主题，旨在领略黄河的自然风光，诠释黄河的文化积淀，歌颂黄河金岸的建设成就。诗歌节组委会面向全国征集抒写黄河金岸和黄河的诗稿，共收到采风诗人和应征诗人来稿七百四十八份、四千多首（篇）。经初评委和终评委严格公正的评选，共评出一等奖三组，二等奖十组，三等奖三十组。本届诗歌节不仅很好地宣传了宁夏黄河灌区的美丽自然风光以及近些年以来黄河金岸的建设和发展成就，而且对促进宁夏的诗歌创作起到了应有的推动作用。

总之，2011 年的宁夏文学界，各类创作齐头并进，众声喧哗，为广大爱好文学的读者提供了一套丰富的精神大餐。关于本年度宁夏文学的新近发展，可以从以下几个方面进行考察与认识。

一、成名作家创作的新气象

20 世纪 90 年代中期以来，宁夏的中、短篇小说创作水平，一直居于全国前列。从宁夏文学的代表性人物张贤亮开始，宁夏的中、短篇小说创作家，在创作中皆具有相当自觉的文体意识。中、短篇小说，既是从张贤亮到“三棵树”“新三棵树”，开启自己的文学征程时首选的文体，也是他们尽情挥洒智慧与才情的绝佳舞台。他们在每一个具体的创作过程中，真正做到了既重视写什么，同时又知道怎么写。既能敏锐地感受到时代脉搏的跳动，又能在叙事上独出机杼，让思想与艺术融合形成深邃而华美的篇章，这也就是宁夏中、短篇小说成功的奥秘。考察2011年宁夏小说的整体创作状况，我们会发现，作家们所创作的小说的色调略显沉郁，悲悯之情弥漫其中，这应该是宁夏小说近期表现出来的共同的美学基调。这种美学追求不仅表现在老作家的创作上，新作家也呈现出这样的倾向。

作为宁夏“新三棵树”之一的季栋梁，2011年的创作不仅数量丰硕而且思想锐利，本年度他创作了《上庄记》《野菊坪》《钢轨》《对着风说》《积雪岩》等小说，其中小说《上庄记》《钢轨》被在国内文学界享有盛誉的《小说选刊》转载，《上庄记》一篇还被放在头条位置。季栋梁的小说创作延续着他一贯的现实主义精神与情怀，虽然作家近期的创作尝试着题材的多样化，但其小说彰显出的热烈的人道主义情怀与自觉的责任伦理却贯穿创作的始终。在他的那些直面现实的作品中，我们能够深刻地感受一个作家应有的良知、勇气与担当。《上庄记》中的乡村教育问题，《钢轨》中纷繁的时代乱象，《对着风说》中无奈的生存景象，《积雪岩》中农村基层组织的官僚化现象，等等，这些严肃而重大的社会问题，逼迫我们不得不重新审视我们所生存其中的社会。大量悲剧人物的悲剧命运在唤醒我们良知与同情的同时，更多的是将我们带入对生活与命运的深思与追问。从这个意义上讲，季栋梁的创作让我们看到了在边远的西部依然葆有一脉知识分子的批判精神与理想主义传统。

石舒清今年的小说创作不是很多，但发表于《人民文学》上的短篇小说《浮世》却引人注目。无论是主题的深度，还是语言的表现力，《浮世》都算是一篇精雕细琢的艺术精品。石舒清坚持一种“绚烂归于平淡”的美学追求，作者这篇描写“矿难”的小说，不走寻常的一朝灾祸降临，人皆大放悲声之路，而是通过细致入微的日常叙事，去展现底层人物面对生存苦难时的现实选择及内心动荡。可谓“平波水面，波澜深藏。”

张学东一直是一个非常勤奋的作家，本年度，他不仅出版了长篇小说《人脉》《遥望白银湖》，还出版了中篇小说集《水火》。《人脉》可看作是张学东创作风格发生转变的长篇小说。这部小说不仅写出了人间永久的“伤害”，同时，它也写出了人生永远的温暖和人与人之间须臾也不可缺少的心灵的沟通与抚慰。在宁夏青年作家群中，张学东是倾心关注中篇小说文体特征的小说家之一。《水火》所收的八个中篇小说，充分显现出张学东努力锻造个人风格的努力。这种个人风格的表现之一，便是他在写作现实题材的作品时，其艺术氛围的营造和故事情境的设计总是充满崭新的“陌生化”的情调和趣味。由于这种“陌生化”的艺术趣味的存在，“现实”在他的小说中常常会突然遁入遥远之地，而某种穿越人生与人性的“寓言”质地却清晰地显现了出来。“化庸常为神奇，言细事而致渺远”似乎可以概括为他的艺术追求。

李进祥近期的创作显现力图扩大小说题材的追求。《归去来兮》和《烧烤》把关注的视角投向了生活在底层社会之中的不幸者。类似这样的带有悲剧色彩的小说还有了一容的《文学青年尕希姆》、竹青的《泾河源，我的泾河源》、孙海强的《飞翔的猫》等作品。王佩飞是宁夏小说创作的健将，他的小说集《日子的味道》于本年度出版。王佩飞的小说，既写西部故事，也写故乡人事。对于乡土人生的关注和对于民间美好精神的褒扬是其主旨所在。他的小说艺术上显得沉着、舒缓，是平静的创作心态的自然流露。在本年度的小说创作中，还有几篇温暖而充满诗意的小说，这当中就首推郭文斌的长篇小说《农历》，郭文斌的创作一直在追求一种安详与诗意，郝雨先生对此书的评价可谓贴切，他认为："《农历》是作者对于人生最完美状态的一种图景化构建与诉求。"青年作家撒雨近期的创作呈现出一股强劲势头，他的创作不拘泥于套路，表现的内容也较为多样，有的是对儿时美好时光的追忆（《远去的白云》），有的则书写出城市男女之间微妙的感觉（《浮萍的周末》）。随着阅历的增加和艺术探索的深入，相信撒雨在创作上会有新的跃进。总结今年宁夏成名作家的创作经验，季栋梁、石舒清、张学东等作家似乎在向我们证明，现实主义是一种伟大的具有持久生命力的文学样态。如何重续现实主义的传统，不再与大地上的苦难擦肩而过。这样的写作精神与创作立场是摆在所有身处斗室、心忧天下的写作家们面前的必须认真思索的创作课题。

二、宁夏女作家们的精神突围

2011 年度，宁夏女作家的创作明显表现出女性特有的性别意识和叙事经验。这种改变一方面在于对女性写作传统的有限复活，另一方面则在于在宏观历史和时代叙事的大背景下，女作家们已经在创作中显露出曾经被遮蔽或无视的女性生存经验。

本年度韩银梅的小说创作在叙事角度的选择上颇为独特。《我叫小英》的叙事者是一个来自农村的年轻女子，通过她的所见所闻所感，小说描述了底层劳动者的生存困境并对社会现实有激烈的批判。《一个叫海蓝的女人》则通过众多“他者”的历史记忆与讲述，透视女性悲惨的命运。两篇小说都是有关女性生命的叙事，然而悲剧色彩的处理让韩银梅对女性命运的思考更多一份沉思气质。女性在历史深处与现实人间的生存图景似乎总是有着一种极大的相似性，这也许是韩银梅有意为之的设计。

吟泠的小说多描写城市故事，在委婉细腻的笔触下，吟泠为我们描绘出一幅幅纷繁复杂的城市生存景观。如果说曾经的获奖作品《粉菩萨》（获得宁夏第八次文学艺术奖中短篇小说奖）仍停留在书写城市女性生存的困惑和命运的尴尬这一层面的话，那么在她近期的创作中，吟泠对社会的认知开始变得深刻和复杂，更趋于一种理性。《女儿骨》从女性的角度对社会上“阴婚”大行其道现象有着尖锐的批判。《情歌》是一部最能彰显女性主体意识的作品，那满与“母亲”的孤独以及拒绝男性的姿态宣告着作者以女性命运的叙述裂解着男性经典叙事的霸权。尤其是结尾处的宣言：“女人呢，只有把自己交还给自己，自己把自己放在掌心，才是安稳妥帖的。”传达出女性自我意识觉醒的声音，这在宁夏女作家的创作中尚属少见。

马金莲每年的创作数量比较稳定，作为一个传统气质浓郁的回族女作家，在写作的意识上追求现代性不是她的特长，但马金莲有自己的优势，就是她能把自己熟悉的故事讲得生动与饱满，尤其在小说细部的描述上，显示出马金莲不错的叙事能力。但她的叙事不是恣意地进入故事其中达到一种狂欢状态，而是隔开一段审美距离，充满同情与悲悯地注视她的小说世界里的人物。《河边》《柳叶哨》《利刃》等小说在故事细节的丰盈程度上可谓做足功夫，其中小说《利刃》反讽手法的运用似乎向我们传达出马金莲创作风格一个新的转变。

阿舍本年度创作的小说不是很多，小说《珍珠》除了保留作家一贯的诗性写作之外，还渗透着一点生活的哲思。小说中的“姐姐”厌倦了城市生活，试图以回归自然来寻找精神的慰藉，然而却在乡村遭遇到另一种困惑。西方哲人说：“生活在远方。”几乎所有的人都会对眼前的生活充满严重的不信任感、不满足感，总希望在“诗意的远方”寻找到自己心仪的生活。但是，朦胧的远方真的如我们想象的那样美好吗？阿舍的小说揭示了一个“围城”般的人生困境。

马晓雁创作有年，是一名文学创作的“多面手”。本年度她在小说、诗歌、散文上都有所“斩获”。尤其是小说创作，文体多变，风格迥异，表现出这名年轻女作家的创作才华和潜力。在她的小说创作中，《恋曲》带有浓厚的意识流色彩，《燕妮》是一篇叙事者不断变化的“对话体”小说，《老衣》则情深意切，语言质朴。她的散文《深寒》同样是一篇以情动人的佳作；诗歌《路遇》是一首值得品味的组诗，诗人善于营造一种浓得有些化不开的情境，人、情、物皆统一在一种浑然一体的氛围之中。

本年度宁夏女作家的创作没有呈现出预期的整体飞跃，很难看到她们的写作在性别自觉与文学自觉的双重意义展现出更为成熟厚重的格局。对于宁夏的女作家而言，如何实现精神上的突围，如何使自己的创作更具有超越气质和阔大的境界，是一个亟须解答的艺术难题。

三、诗歌与散文创作

诗歌与散文创作一直是宁夏文学的重要组成部分，本年度诗歌和散文的创作呈现出多样化的美学追求,具体考察今年的诗歌与散文创作,发现有这样几个特点。其一，更多的诗人、散文家参与到写作的大阵营中，不仅早已成名的诗人、散文家继续挥洒着自己的创作激情，更多的年轻诗人也逐渐成为重要的后备力量，在诗坛占据一席之地，成为一道独特的风景。其二，在诗学的追求上，诗人之间不尽相同，但在创作的立场上基本是游弋于现代意识与本土情怀之间。其三，诗歌与散文的写作更趋于抒发创作主体的个人感受，通过对现象的瞬间感悟或是细致捕捉，从而体悟生命的意义。

本年度的诗歌创作，诗体的形式多以组诗出现，组诗的表达，呈现出一番宏大壮阔的气魄，丰富的诗歌内容融入了诗人对时空的理性认知，强化了诗歌的情绪与气势。如王怀凌的《回头看看那些旧时光》、杨梓的《骊歌十二行》、单永珍的《光阴与信仰》、张不狂的《冬天里》《流年之上的月色》、杨建虎的《继续爱着》、泾河的《西风吹雪》、羽萱的《轻叹》、安奇的《十四行组诗：散落花朵》、李壮萍的《季节的语言》、江辉的《旧时繁花》、查文瑾的《两片云的爱情》、张立的《把岸还给河流》、张联的《我走动在村子的一角》等。另外，女诗人林一木的《女先知》《走向我自己》、唐晴的《迷失与追寻》《灵魂的岸》带有强烈的批判与反思的意味，呈现出别样的风格面貌。

在散文的创作中，游记散文成为今年散文创作的一大亮点。游记散文有着悠久的文学传统，游记散文多是借物抒情，比如石舒清的《北九州印象》、升玄的《贵州行》、拜学英的《仰视布达拉宫》等，不同的是，在他们的游记中，表达出来的是创作主体各自对历史与文化的深刻反思。女作家张毅静首部系列长篇散文《枉凝眉·妙谈红楼人物》本年度由沈阳出版社出版，作品运用散文的笔法对《红楼梦》中的三十六个主要人物进行了极具特色的剖析。将古典诗词与现代散文进行了完美地糅合，呈现出一种典雅的风格。另外，王正儒的《冬日随笔》写得诗意盎然，清新雅致，真正做到了情景交融。高锟的《我想有把小号》《花儿二题》《我的母亲》、葛林的《地图中部的那一座山》、程耀东的《身边这条河》《黄河岸边的客居生活》《菊花开时我再来》、杨风军的《清澈的琴音》、吴江的《嘉欣逸事》等作品，也都各具特色，虽然所描写的对象不同，但作者们却能通过对笔下人、情、物的书写，与读者一起产生情感的共鸣。

在认真考察了2011年的宁夏文学之后，我想在本文的最后谈及对2011年度宁夏文学发展过程中所出现的问题及其发展前景的几点认识与看法。首先，本年度长篇小说的创作数量和质量都不太令人满意。我们都知道，长篇小说最能显现一个作家创作的综合素质和一个地区文学的繁荣状况。长篇小说数量少、质量不高的原因主客观都有，创作主体的原因可能更多一点。其次，早已成名作家的小说创作依然保持着强劲的势头，无论作品的数量还是艺术水准都居于全国一流小说的水平。可是，宁夏小说新进作家的创作略显乏力。虽然有的作家，创作的数量不少，但是缺乏有效的艺术锤炼和认识社会的深度，其创作不断重复自己，难以看到很大的提高。放在全国文学这一层面上，形不成思想与艺术上的强悍冲击力。第三，宁夏的文学形势在进入新世纪的第二个十年之后，正在发生着某种变化。曾经热情高涨、众志成城的创作局面经受着不小的考验。如何将新世纪前后宁夏文学的那一团火重新唤回并使其再度熊熊燃烧，是现实课题，亦是当前的宁夏文学不容回避的历史使命。

2011 年 11 月

近年宁夏小说创作和文艺评论写作基本状况分析

一、宁夏小说创作状况分析

众所周知，在新时期以来的中国文学创作界，宁夏的小说创作，尤其是短篇小说的创作，一直享有相当美好的声誉。无论是“两张一戈”奉献于新时期早期的忧患锐利之思及生活歌咏，“三棵树”“新三棵树”于新世纪前后在中国文坛的激情大合唱，还是马金莲2018年获得宁夏的第三个“鲁迅文学奖”，四十年来，宁夏的短篇小说作家们以自己的卓越表现，给中国当代文学增添了别样的色彩和声音。宁夏的短篇小说创作由声名鹊起到声名远播，它更为重要的价值和意义还在于，宁夏文学，尤其是宁夏的短篇小说创作，从此始为国内文学界所认可，并被认为是西部文学创作当中的一抹耀眼亮色。遥想新世纪前后的那些年，宁夏业已成名的小说家们豪情满怀、文思如泉涌；方才进入小说写作领域的新锐者摩拳擦掌，雄心万丈。时光也就刚刚过去了十多年，宁夏小说创作界的繁华胜景已经不再，我现在的直率看法是：从整体上看，当前的宁夏小说创作正在陷入某种困顿和徘徊状态。危机的具体症状到底如何，未来摆脱危机的具体路径又在何方？本文将试图以认真的事实陈述和理性的科学分析来回答上述两个问题。

（一）宁夏小说创作的现状分析：就总体创作态势而言，在全国的原有创作地位正在慢慢失去，小说创作处于某种困顿当中。

言说当前的宁夏小说创作陷入危机，处于困境，基于下述的四点理由。

第一，近十年间，小说家队伍处于减员和萎缩状态。

我们已经看到，对于宁夏文学而言，群情激昂、视文学为“图腾”的浪漫岁月已经远去，“四世同堂”共唱“同一首歌”的文学盛景也已烟消云散。当前宁夏小说创作界的真实状况是，“50后”和“60后”两代作家因为年龄的关系，基本上处于创作的沉潜状态，除了个别作家，比如漠月、季栋梁等，这两代作家中的绝大多数人的创作数量逐年减少，创作质量也很少能够超越自己前些年的“黄金阶段”。宁夏的“70后”作家队伍本来就欠庞大，冒尖的几位“70后”小说家，如今主要是张学东在国内文坛左冲右突、奋力打拼，但多多少少给人以荷戟独彷徨之感。小说家队伍中的“80后”，一是人数更加稀少，不成阵势，二是在全国具有知名度和美誉度的作家似乎只有马金莲一人耳。至于“90后”作家，在宁夏小说界，能够露出尖尖角的好像还没有。如此说来，老作家老树未发新枝，新作家新苗又不得雨露滋润，生长迟滞。所以，创作家队伍的减员和萎缩状况，已是显而易见。

第二，在一个不短的文学时段之内，宁夏长篇小说的创作水平一直在全国居于比较靠后的位置，近五年以来也没有出现特别震撼人心的作品。

宁夏的长篇小说创作历史比较短暂。由于家底长年薄弱、文化积淀又欠丰厚，宁夏的长篇小说创作在中国文坛一直处于非常不理想的排名状态。改革开放 40 年来，除了文学巨人张贤亮的《习惯死亡》《我的菩提树》等作品具有全国影响力之外，其他作家创作的长篇小说作品一般只具有区域性影响。虽然，这 5 年当中，宁夏的长篇小说创作领域出现了《上庄记》（季栋梁）和《马兰花开》（马金莲）这样的能够入选“五个一工程奖”的作品（2014 年，中宣部组织评选的第十三届精神文明“五个一工程奖”），但十届茅盾文学奖已经颁奖（1977—2019 年），宁夏长篇小说作者无人摘得桂冠，这样的创作事实确实让人相当尴尬。长篇小说作家穿透生活的能力不足、思想囿于轻浅，对长篇小说这一强力文体认识不清、把握不当，不能提供思想深邃、境界高远、艺术格调清新、冲击力强大的作品依然是宁夏长篇小说创作的致命“短板”。如何摆脱固有的创作套路，真正写出深度审视历史与现实并能在艺术上独出机杼的力作，既是宁夏长篇小说一直追寻的梦想，也是宁夏文学进入质的飞跃的前提所在。

第三，近十年来，宁夏的中篇小说和短篇小说创作基本上处于惯性滑行状态，除了马金莲的作品一枝独秀之外，思想冲击力强、艺术质地超群的好作品比较罕见。

自张贤亮于 20 世纪 80 年代成名以来，中、短篇小说创作，一直是宁夏作家奉献于中国文学盛宴的最拿得出手的“美味佳肴”，也是宁夏文学能够征服国内文学界的“独门兵器”。我们可以如数家珍一般，说出三十多年来宁夏最好的一些中、短篇小说：张贤亮的《灵与肉》《河的子孙》《绿化树》《初吻》《普贤寺》，张武的《看“点”日记》，马知遥的《幺叔》，查舜的《淡蓝色的玻璃》，戈悟觉的《夏天的经历》，吴善珍的《蔡叔叔编的歌儿》，陈继明的《月光下的几十个白瓶子》《村子》《骨头》《比飞翔更轻》《粉刷工吉祥》《蝴蝶》《北京和尚》《陈万水名单》，石舒清的《清水里的刀子》《小青驴》《红花绿叶》《农事诗》《果院》，漠月的《白狐》《湖道》《锁阳》《放羊的女人》《父亲与驼》，金瓯的《前面的路》《鸡蛋的眼泪》《一条鱼的战争》《补墙记》，张学东的《送一个人上路》《看窗外的羊群》《跪乳时期的羊》《喷雾器》，季栋梁的《军马祭》《觉得有人推了我一把》《吼夜》，郭文斌的《吉祥如意》《大年》《水随天去》，李进祥的《口弦子奶奶》《女人的河》《挦脸》《屠户》《害口》，马金莲的《碎媳妇》《掌灯猴》《长河》，了一容的《命途》，成蹊的《杀狗》，韩银梅的《舞伴》，吟泠的《粉菩萨》，等等，这些中、短篇小说，莫不以独特的生活开掘和精湛别致的艺术呈现而新人耳目，打动人心。近观2010年以来的宁夏中、短篇小说，不能说没有精品出现，石舒清的《低保》《浮世》，马金莲的《1987年的浆水和酸菜》《长河》《旁观者》《低处的父亲》，马悦的《飞翔的鸟》，属于近十年当中，宁夏中、短篇小说创作当中的佼佼者。然而，不能不说的另外一个事实是，宁夏的中、短篇小说创作，当然包括宁夏的中、短篇小说创作者们，其在全国的集体声誉正在呈现式微状态。有两个评说值得特别注意：其一，许多国内文学界人士共同认为，宁夏的小说创作土气息浓，泥滋味重，这是长处，可是总是将西部乡土的单调生活反复讲述而不变换技巧和手法，这就没有艺术的新鲜感了。其二，国内文学界还有一个疑问：宁夏文学就是乡土文学吗？为什么我们读不到充满清新格调的宁夏城市小说和宁夏作家对于其他更为广阔的生活领域的深刻动人的书写？说到乡土题材的选择问题，还有一个让人揪心的现实是：宁夏近几年新出的一些乡土小说家们，其新近的创作，无论就思想成色还是艺术含金量，与活跃于新世纪前后的宁夏“60后”那一代作家的优秀作品相比，差距相当扎眼。显然，宁夏的中、短篇小说创作正在遭遇瓶颈状态：题材的新疆土亟待开拓，创作技巧和手法亟待更新。令人忧心忡忡的是，这几年新出的小说家们，其取材还是大多来自乡村生活领域，其基本的写作手法和技巧尚在磨砺状态，未趋成熟，“化蛹为蝶”的艺术新变似乎为时遥遥。

（二）宁夏小说创作未来发展方向：练内功，开新境，站在巨人肩上望星空，立足宁夏本土观新潮。

宁夏的小说创作危机显现，症状多多，那么，未来的创作之路当如何举步，怎样前行？我有四点浅见愿意谈说。

第一，在新文化时代（全球化已经到来、自媒体开始风行）必须下大功夫培养宁夏本土作家，这是一个艰巨的任务，也是宁夏文学重新崛起的保证。

众所周知，我们已经进入全球化时代，全球经济和文化的一体化已经成为不可逆的时代潮流。全球化时代的文化特征是：东西方时空的转换频率突然加速，各国文化的差异性正在不断弥合，中国传统文化的传播和继承面临严峻挑战，造就和培养作家的社会文化土壤正变得日益复杂和充满不确定性。而另外一个对培养和造就作家产生影响的因素是，影像文化已经普及和深入社会的最小细胞——每一个家庭当中，电视、网络和智能手机的普及以及自媒体时代的到来，使前现代社会的“古典的宁静”和“写作的诗意”被轻薄的电视文化和网络漫游、手机阅读冲击得七零八落，家庭文化和社会文化氛围越来越呈现娱乐化、碎片化和浅薄化的态势。这样的情形之下，如何才能培养出一个具有发展潜力的青年作家？毋庸置疑，挑战就在眼前，而宁夏文学的未来需求又如此急迫和峻切。我想，哪怕就最微小的概率而言，在广大的校园之内和众多的基层写作人群当中，总还有一些做着文学梦，热爱经典文学、愿意从事“心灵之事业”的文学好“苗子”，如何认真细致地发现这些“苗子”，帮助其沐浴阳光雨露，经风雨，见世面，直至成材，这是一个摆在各基层作协和宁夏作协面前的不能不完成的任务。这个任务完成好了，宁夏文学才可能拥有比较光明的未来。否则，未来宁夏文学的前景将会十分黯淡。

第二，宁夏的青年小说家们必须认识到：智慧小说的写作时代已经到来，要想成为一个优秀的写作家，不仅要在写什么上下功夫，也要在怎么写上下功夫。

多年以来，宁夏的小说创作一直缺乏比较强大的智慧性因素。我们许多作家写小说，素材多多，积累厚实，写入作品中的一切，几乎等同于生活本身。不停的生活讲述和细节罗列，往往像一堵密不透风的墙，压迫得读者喘不过气来。外地评论家和编辑家阅读宁夏的小说，常常惊异于宁夏作家把小说写得“像锅盔一样厚实”，却也疲倦于宁夏小说的“质地坚硬”，缺乏灵动。在经历了“50后”“60后”“70后”小说家们勤奋的创作实践和不倦的探索之后，我以为，宁夏的小说创作是到了与传统的艺术面貌告别，从而转入新路的时候了。这种转入新路的必要前提和准备是，认识并理解各类小说文体的根本特质。比如，短篇小说的文体特征和长篇小说的文体特质。事实上，我们许多作家对这两类小说的文体特征的认识和理解是颇为模糊的。

我以为，短篇小说的文体特点就是“短”和“精”两个字。“短”指的是篇幅上有限制，最好在一万字以内。“精”，一是指“精致”——小说结构、写作技巧要巧妙、圆融；二是指“精深”——小说意旨要精密深奥。如果说得稍微啰唆一点，短篇小说的文体特点无非这样几句话：篇幅有限，线索单纯（故事和人物简单），意旨深微，撼人心魄。短篇小说从来都是一种非常具有难度的写作，一些文学史上的大作家，比如巴尔扎克就写不好短篇小说。当代作家麦家在《短篇小说应开创生活》（《中国作家网》2014年12月8日）一文中说：“生活往往不是这样，但短篇小说就是这样，不是写生活，而是开创生活，是创世纪；不是拾级而上，顺流而上，而是暗度陈仓；不是大部队压上去，而是剑走偏锋，出奇制胜。找个蹩脚的比方，生活犹如一堆草药，带着山涧的露水，附着泥土气，短篇小说是一粒药片，匪夷所思的疗效，好像是上帝赐的，其实是那堆草药炼制的。”麦家所言，值得我们每一个愿意在短篇小说的写作下功夫的作家认真记取。

宁夏的长篇小说创作一直处于徘徊不进状态，原因之一是相当多的长篇小说创作者对这一小说种类的文体特质认识不清、理解不深。我心目中杰出的长篇小说起码应该具有以下几个特征。

其一，它是具有一定时间长度的生活描述和岁月讲述。这个时间长度到底应该是多少？古典的杰出的长篇小说是百年或者是数十年，到了现代，这个时间长度被缩减了，这可能带来了长篇小说天然本质的一些损伤。因为无论是西方还是中国，长篇小说都是来源于史诗讲述和历史讲述，是一种跨越漫长时间的具有沧桑感的讲述。二十世纪以后，长篇小说的岁月沧桑感遭到了破坏，什么样质地的生活都可以进入长篇小说的取材领域，这是导致长篇小说杰作缺乏的重要原因之一。

其二，杰出的长篇小说是对非常具有密度的复杂生活的描述。被选择进入长篇小说艺术空间的生活应该具有足够的丰富性和复杂性，经得起作家创造力的强力拉扯和锻造。意大利作家卡尔维诺认为：长篇小说应该是“一种百科全书，一种求知方法，尤其是世界上各种事件、人物和事务之间的一种关系网。是一种繁复的文本”①。俄国形式主义批评家巴赫金在《长篇小说的话语》一文中则指出：“长篇小说是用艺术方法组织起来的社会性的杂语现象，偶尔还是多语种现象，又是个人独特的多声现象。统一的民族语内部，分解成各种社会方言、各类集团的表达习惯、职业行话、各种文体的语言、各代人各种年龄的语言、各种流派的语言、权威人物的语言、各种团体的语言和一时摩登的语言，一日甚至一时的社会政治语言。每种语言在其历史存在中此时此刻的这种内在分野，就是小说这一体裁必不可少的前提条件；因为小说正是通过社会性杂语现象以及以此为基础的个人独特的多声现象，来驾驭自己所有的题材、自己所描绘和表现的整个实物和文意世界。”②

其三，杰出的长篇小说应该提供深邃宽广、敏锐尖端的社会人生

---

①〔意〕卡尔维诺著，杨德友译：《未来千年文学备忘录》，辽宁教育出版社，1997 年版，第 74 页。
②〔俄〕巴赫金著，白春仁译：《巴赫金全集》（第 3 卷），河北教育出版社，1998 年版，第 40—41 页。

思索和人性思索。它是一个优秀作家对复杂人间和多变人性的长时期智慧性思索的结晶，是对包围着人类的生活世界和人性世界的锐利的穿透。

其四，杰出的长篇小说应该是一种能够永远深入地传达人类的激情、向往、恐惧、痛楚、忧伤等不可视的内心生活的绝佳文体。杰出的长篇小说可以全方位地呈现个人心灵的全部内容，但是不能够把个人的精神生活与喧嚣和沸腾的整个人类生活世界隔绝开来。

其五，杰出的长篇小说，在文体结构上应该有足够的熔铸百家的能力和创新突破的能力。

其六，作为用汉语写作的长篇小说，应该充分体现古典汉语雅洁蕴藉富有韵律之美和现代汉语流畅清通之美。不讲究语言的长篇小说不能称之为好的长篇小说。

我以为，当前宁夏长篇小说的创作存在着三个亟待解决的艺术问题。首先要解决的第一个艺术难题是从事长篇小说创作者思想和艺术准备不足的问题。长篇小说不是想写作就能够写作的，一个缺乏基本的文学写作训练的人是无法进入这一写作领域的；一个从事多年的文学创作的人，由于思想未能高屋建瓴，艺术锤炼又未到火候，也不适合于马上进入长篇小说的写作。宁夏长篇小说创作亟待解决的第二个艺术难题是大量作品明显存在着选材不严，开掘不深的问题。写作长篇小说，如果认为有了生活积累，就可以写出好作品。这样的认识不仅轻浅，而且有害，会无端浪费许多得之不易的素材。宁夏长篇小说创作存在的第三个弱点是许多作家对长篇小说的诗学特点认识不清。长篇小说由于生活容量多，生活面宽广，人物命运互相牵扯，它的起源又与各民族的神话和创世史诗有关，所以从它诞生的那一天起，它的内部就蕴藏着丰富、复杂、纷扰、奇诡等因素，这是小说的本质（小说总是在言说谜一样的人生和人性）使然，也是几百年来长篇小说的经典文本所共同拥有的艺术密码。

第三，处于创作转折期的作家必须认真研究中外经典作家和优秀作家的创作经验，在前人的肩膀上仰望星空，在同行者的刺激和启发下奔向远方。

这显然是一个老而又老的文学话题，但是仍然需要不断谈说。我想强调的是，对一个正处于艺术转折期（向上飞升还是向下沉沦）的小说家，对于经典作家和优秀作家作品的阅读，不应该只停留在清浅的阅读欣赏层面。而应该进入深度研究的层面。何谓深度研究？一是知晓所喜爱的作家一切生平事迹，二是几乎读过这位作家的所有重要作品，三是能够在万千的小说家当中准确地识别该作家作品的独特风格和情调，并能够形之于文字。我这样说，是因为在当代作家中，那些能够深度解读经典作家和优秀作家的写作者，其自身的创作水准一般都居于国内作家前列。比如：莫言对于福克纳和加西亚·马尔克斯的深度解读，余华对于鲁迅的解读，苏童对于意大利作家卡尔维诺的解读，等等。

对于生活写作于相同地域同行们优秀作品的阅读，也应该成为宁夏作家认真阅读的题中之义。我的见解是：宁夏的青年作家在进入宁夏生活的写作之前，必须将新时期以来宁夏最好的中、短篇小说（见本文前述）一一读过。道理很简单，所有后来者的写作都要立足于一个庞大的源远流长的写作谱系当中，崭新的创造和新锐的思索之苗总是从老的传统之树中长出。我从来也不相信，一个无所依傍的写作者可以创作出思想清新、艺术精湛的小说。

第四，宁夏各界要加大推介本土作家的力度。曾经被实践证明的“走出去”“请进来”的文艺战略要重新恢复，并发扬光大。

新世纪前后的那些年，宁夏文学界繁花似锦、蜂飞蝶舞，其异常热闹的景象为这十余年间所仅见。当是时，宁夏文联和作协不断派遣作家出外学习、取经；宁夏各文学杂志的编辑们亦东奔西走，一为约国内文学名家之稿，二为推荐宁夏本地作家优秀作品，三是请国内名家来宁夏为本地作家“传经送宝”或者“诊断”创作症状。这样做的效果是，居于中心城市的文学界著名人士，不仅知道宁夏在张贤亮之后已经聚集了一支令人羡慕的小说家队伍，而且其卓越的创作一点儿也不输于国内任何文学大省。于是，短短几年间，宁夏小说再现创作高潮，“三棵树”“新三棵树”横空出世，名震一时。近五六年来，受诸种内外因素的影响，宁夏文学界“走出去”和“请进来”的举措有所抑制，创作主体之间的艺术交流亦出现不流畅现象，那种你追我赶，奋勇争先的愉快创作氛围渐行渐远。简而言之，新世纪前后宁夏文坛出现的由于众人抬柴而超常燃烧的那“一团火”正在变得气息微弱，欲暗未明。如何将“那一团火”重新唤醒并再度熊熊燃烧？我没有新的答案。所有的答案都在历史之中，在宁夏文学并不算久远的早年岁月当中。

二、宁夏文艺评论的写作现状

（一）现状分析。

第一，纵观当代宁夏文艺发展史，文艺评论这一门类一直处于不发达状态：文艺评论家稀少，难以形成集团性规模性效应。

以小说评论家队伍为全。近些年，小说评论队伍处于萎缩状态，外界对宁夏小说创作的历史与现状越来越陌生和隔膜。

当代宁夏文学创作起步较晚，历史积淀不算深厚。然幸遇“浪漫的80年代”，文学大热，作家受宠，遂使张贤亮之忧患人生化为锦绣文章，亦使穷乡僻壤如宁夏者忽成文学边疆。应该说，张贤亮和“三棵树”“新三棵树”们的成功，既得益于其自身的不懈奋斗，亦得益于20世纪80年代以来整个社会对于文学的由衷喜爱和充满敬意的文化氛围，特别是文学评论家们对其创作的热心扶持、帮助、呐喊和推介。遗憾的是，自20世纪90年代以后，经济挂帅，受物质消费主义的深刻影响，中国文学生存的空间受到挤压。直接可以看到的景观是，文学写作者队伍的大幅度撤出和逃逸。文学评论写作者本来在作家队伍当中就非主力方阵，近二十年来，这一群体的人数更是不增反减。宁夏地处偏远，新时期以来，文学评论写作者队伍本就“五六个人，七八条枪”，拜金哲学成为全民追求之后，新世纪以来这支写作队伍更显人数寥落，后继乏人。客观而言，宁夏的文学评论写作者主要是为宁夏文学“鼓与呼”的，是为其创作摇旗呐喊、传播令名的。一方面，他们热情地肯定宁夏创作家的优秀业绩和独特奉献，同时，也善意地指出其创作的不足与缺陷；另一方面，宁夏的评论家们会借助国内的各种文学平台，向更广大的文学受众宣传和介绍宁夏的文学创作成就和优秀的作家作品，以期国内文学界的朋友们由此而深度知晓和理解当代宁夏文学。然而，让人尴尬的是，如今活跃于宁夏文坛的认真而专注地研究宁夏文学创作的评论家不超过七八人，而新锐的写作者却颇显寥寥（评论家的锻造需要相当漫长的时间）。在这样的情形之下，单是为宁夏创作家发表的新作品赶写评论尚且不及，遑论全方位地对外热心推介，倾情宣传？如此，外界对宁夏文学的认知也只能越来越隔膜和疏远，宁夏文学曾经获得的荣光也就逐渐地沉入岁月和历史的湖底。

第二，文艺评论家的成长是一个缓慢的过程，在市场原则风行的当下，文艺评论作为一门职业，社会回报率非常低，这是导致文艺评论家稀少的直接原因。

做一个合格的文艺评论家，起码需要十年左右的专业训练——最好是正规的文科院系硕士研究生毕业（这已经是七年了），再加上三年的专业工作训练（必须有专业的写作历练）。可是，有了这十年的专业训练，也还不能保证每一个人的成才。作家的创作，只要有生活阅历，有一定的文字表达功夫,灵感来了,可以立刻坐下来,纵横江海挥洒笔墨。评论家无法这样运笔行笔。他写作的前提是：必须把应该读到的书籍都读到，把本学科谱系当中那些如星辰般闪亮的名字和著作都记在脑中、融汇心间。否则，就可能说外行话。以我熟悉的中国现当代文学学科为例。做中国现当代文学研究，必须熟知“五四”新文化运动以来一百年的中国社会政治、经济、文化背景情况，这需要读一百年来的大量报刊、历史材料和文化大家的著作。你是研究“五四”以后一百年间的文学的，你当然应该熟读鲁迅、郭沫若、茅盾、巴金、老舍、曹禺六大家的作品，这只是现代文学的六大家，当代文学已经 70 年，当代的那些文学大家的作品，你不读吗？仅《诺贝尔文学奖获得者莫言作品系列》（上海文艺出版社 2012 年 10 月第 1 版）就 16 本，530 万字。其他的当代优秀作家作品，光获奖作品（茅盾文学奖、鲁迅文学奖、少数民族文学创作“骏马奖”）恐怕一时都读不过来。读上述经典作家作品和获奖作品的学理根据是，只有见识了最为杰出的文学文本，你才可能形成卓越的文学判断眼光。所谓“观千剑而后识器，操千曲而后晓音”。另外，一个从事现当代文学研究者，还要通晓中国古典文学、外国文学经典，要有文、史、哲方面的读书积累，熟悉现当代文学研究中的通常的理论和方法。这样一路走下来，又要十年八年（前提是能够坚持下来）。所以，作为一个物质回报非常低的行当，文艺评论家的成长缓慢而艰难。形成规模性的队伍，更是难上加难。

第三，宁夏的文艺评论家主要集中于高校，高校教师成为宁夏文艺评论家队伍的核心组成部分，而来自其他行业的文艺评论骨干偏少；同时，从事文学评论者占有非常大的比例，而从事其他艺术批评的人则十分罕见。

从事文艺评论工作者集中于高校，这是一个显在的事实。究其原因，乃是因为在高校要当教授，必须有科研成果。发表论文是文科院系教授的天职，这在客观上为文艺评论工作的展开带来福音。但是，文艺评论工作者过度集中于高校，也会带来整个队伍的单一化倾向，相似的感觉方式和相似的话语方式不利于评论风格的百花齐放。另外，还有一个不能不面对的事实是：在宁夏文艺评论界，从事文学评论者占有百分之九十的比例，从事其他艺术门类批评的人，则少而又少，总体写作水准也不容乐观。艺术评论写作的难度一点也不比文学评论低，有深厚的艺术素养，又有足够敏锐和优雅的艺术鉴赏能力的人又极端稀有。宁夏艺术评论的困境有目共睹。我们多么希望宁夏有一支来源于各行各业的、洋溢着深厚的生活气息和智慧光芒的文艺评论家队伍！然而，现在这还只能是个奢望。

第四，宁夏文艺评论方面的研讨活动相对缺少，不利于文艺批评活动的展开和新生力量的培养。

多年以来，有关宁夏文学艺术创作方面的研讨活动一直偏少。原因可能是多方面的，根本原因在于组织不力。宁夏文艺评论家协会自2017年年底成立之后，始终把工作重点放在对宁夏文艺创作现状进行研讨和培养文艺评论的新生力量上。应该说，这两方面的工作（研讨和培养）已经初见成效。今后，文艺评论家协会还将在建立文艺评论基地、推动优秀文学艺术作家作品进校园方面做一些有益的工作。

第五，年轻的评论者勤奋度和读书刻苦度都还显得不够，成为全国知名的评论家还需要一段漫长的路要走。

宁夏的文艺评论家队伍人员稀少，但这几年随着一些年轻评论者的进入，这支队伍有壮大之势。对年轻的加入者而言，由一个文艺评论工作者成长为一个有点名气的文艺评论家，中间还有一段艰苦漫长的路要走。没有对事业的奉献之心，缺乏真正的读书钻研精神，不能艰苦地锤炼思想和艺术能力，抵御不住各种诱惑。一句话，精神不坚定，耐不住寂寞，就不可能成为一名优秀的文艺评论家。

（二）出路何在。

如何走出宁夏文艺评论的困局？我有四点建议。

第一，从领导文艺的业务部门而言，要尽可能搭建平台、创造机会，积极有效地开展文艺评论活动。通过培训和研讨活动的有效展开，让文艺评论成为宁夏文艺发展的日常性活动。第二，积极利用和发挥高校学术平台的作用。宁夏几个高校应该充分利用现有的资源，以轮流坐庄的方式，每年至少召开一两次宁夏文艺的研讨会，针对宁夏文艺的新进展、新作品展开积极研讨。第三，花大力气培养年轻的文艺评论家，通过项目资助等方式，促进年轻评论家的快速成长。第四，从事评论事业的年轻学者一定要知道：这是一个利益回报很少的行当。但是微利的行业也得有人做。为了国家和民族的精神建设，为了中国社会的全面进步，从事文艺评论事业的人就一定要持守一颗平常心，坐得了冷板凳，吃得了苦中苦，勤奋读书，深入思索，以不倦的努力和优秀的作品切实推动宁夏文艺事业的发展。

2019 年 10 月

宁夏小说创作论

张贤亮的忧郁气质和创作心理管窥

我在大学里做中国当代文学学科的教学与研究，在课堂上给学生们讲授的自然是中国当代文学的发展历史与具体的作家作品。每一年，当讲到中国新时期文学的时候，张贤亮的文学创作是绕不开的话题。而且，随着对张贤亮其人其文理解的深入，这几年课堂上的相应讲授内容也变得越来越多。之所以如此讲授，当然有一点私心：张贤亮是宁夏这片文学沃土孕育的作家，是生长于西北黄土高原上的一棵文学大树。但高校文学讲堂上的讲授，显然并不能靠一点私心就能够支撑。将张贤亮的文学创作高调讲授，实在是因为这位当代作家的人生之旅奇特，文学成就灿若朗月明星。也就是说，当我们以一种客观而理性的态度认真检视张贤亮一生的文学创作旅程时，我们会发现：张贤亮不仅是激情澎湃的 20 世纪 80 年代所催生的时代文学的“弄潮儿”，而且，他也以卓越的无可重复和替代的文学创作，将自己堂皇地送入中国当代文学创作的大师行列。

忧郁的灵魂

像那些文学史上曾经出现过的为数不少的杰出作家一样，张贤亮有着一颗忧郁的灵魂。我虽然还不能够完全有理由确定，张贤亮心灵深处的忧郁是否与生俱来[①]，但有一点是可以得到实证的：张贤亮的忧郁和他自少年时代开始一直持续到中年岁月的个人生活忧患有着直接的精神血缘关系。翻开张贤亮的个人成长史，会发现：虽然张贤亮的早年岁月国家一直处于战乱和动荡当中，但他的童年和少年时光还算平顺。他在重庆、上海和南京读完小学和初中，身体逐渐长大，心智逐渐成熟。15岁之后，他跟随母亲到北京生活。高中三年，他过得颇不愉快。他偏科得厉害，数学、物理、化学和英语几门课程经常考试不及格，还经常旷课，一个人跑到北海文津街的北京图书馆里去看小说。上述举动自然被老师和举止有度的其他同学视为“坏孩子”的所为。对他打击最大的一件事是，高中毕业那年，学生宿舍经常丢东西，也不是什么特别贵重的物品，就是些墨水、邮票、信封、袜子之类。奇怪的是，失窃事件一直找不到行窃人。毕业在即，学校必须要给大家一个“说法”，于是按照20世纪五六十年代中国社会生活中通行的“身份识别制度”的惯性思维（张贤亮语），中学生张贤亮被视为是最大的嫌疑人。怀疑他的

①根据弗洛伊德精神分析学的理论，婴儿一旦出生，来到这个复杂难言的世界，实际上已经进入了被抛弃的境地：母体的子宫如此温暖安全，而婴儿进入的这个世界却如此冰冷残酷。因此，所有的人从脱离母体的那一时刻开始，心灵深处皆会带有“出生创伤”。生命个体的这种“出生创伤”会随着人的逐渐长大、进入社会而被压抑和遗忘，慢慢沉淀于人的无意识领域。然而，倘若人在成长和进入社会的艰难旅程中，一旦遭遇到诱发性因素和特殊的情境之时，那些本来就拥有的深藏于灵魂内里的原发性心理创伤就会被唤醒，强劲地浮现于生命个体的意识地表。

推论逻辑是：其一，张的出身不好，学籍登记表上填的出身是“官僚资产阶级”。张的父亲1952年被当局逮捕，他又被戴了一顶帽子：“关、管、斗、杀分子”子女。其二，张是班里最穷的学生，又没有资格领取助学金，偷窃的可能性最大。其三，张平时在班里表现不好，旷课加上许多门成绩不及格，属于“坏学生”之列。而一个“坏学生”，怎么可能不做鸡鸣狗盗之事呢？于是，别的同学都是欢天喜地地领了毕业证，张贤亮却在高中毕业前夕被作为“反动学生”兼“偷窃分子”开除了。我不敢肯定高中毕业时节的这一段经历是否打开了张贤亮内心深处的忧郁之门，但显而易见的是，这一人生插曲对少年张贤亮的心灵有重创的作用，并且迅速沉淀为他的心理创伤。直到事情发生54年之后的2008年，张贤亮已经是一位年逾古稀的老人，他依然在一篇长文当中详细地提及此事，并且颇为伤感地说道：“还在青少年时代我就受了黥刑，脸上烙下不可磨灭的印记，给以后戴一系列‘帽子’奠定了基础。”[①]读张贤亮的这段话，我会情不自禁地想到鲁迅在《呐喊·自序》当中所言及的他在少年时代所遭受的心理创伤：父亲病重，少年鲁迅曾经有四年多时间，常常辗转于当铺和药店之间，把衣服和首饰送进当铺高大的柜台里，在侮蔑里接了钱，再到一样高的柜台上给久病的父亲抓回中药。然而，父亲还是日重一日地亡故了。鲁迅说：“有谁从小康人家而坠入困顿的么，我以为在这途路中，大概可以看见世人的真面目。”如果我们认定，一个人对世界和人生的最初始的记忆与感受（冷暖寒凉），是从童年和少年时代就逐渐形成的，那么鲁迅和张贤亮的心灵忧郁就是从十几岁的少年时代肇始的。他们所受到的外力挤压和冲击尽管有着不尽相同的生活

①张贤亮：《一切从人的解放开始》，《收获》2008年第2期。

内容，但生活事件所催生沉淀的心理内涵却完全一致。也就是说，鲁迅的心灵忧郁和张贤亮的内心忧郁是同样一种气质，他们将深远地影响到作家一生的性格和文学创作。由于有着出身于“官僚资产阶级”的“原罪”，张贤亮 43 岁之前（1979 年之前）的人生忧患便命中注定，无可逃遁。

1955 年，他和母亲、妹妹被从北京迁赶到当时尚属于甘肃省的贺兰县京星乡。1957 年，他因一首长诗《大风歌》[①]而被打成“反党反社会主义的右派分子”。此后，在漫长的二十二年当中，张贤亮不论是被关进监狱，还是从牢狱中被暂时性地放出来，接受“群众专政”，实际上其生活境遇并无大的改变，他一直处于被监控之中，内心也一直处于忧伤当中。其间，1960 年秋天，因为害怕自己死于饥饿（住在同一个土坯房里的四位狱友已经因饥饿而死亡），张贤亮曾经有过十余天的逃亡经历。让他没有想到的是，大墙之外的饥饿情形已经到了骇人听闻的地步。他在甘肃和宁夏交界的一个小山村，目睹了一幕终生难忘的人间惨剧。受到惊吓的张贤亮又一次回到劳改农场，他甚至得出结论：劳改农场比外面有希望[②]。我们可以认真地分析一下这二十二年的生活对一个人的心理所产生的影响：一个 21 岁的多少受过一些贵族文化和现代文化影响的青年，因为“莫须有”的罪名被驱赶到了生活的远方和人生的底层。在日复一日几乎不变的岁月里，他每天都要在别人的监视和呵斥中生存。严酷和险恶的不仅是政治和精神环境，他生活的物质环境也极端窘迫和破败。直到 20 世纪 70 年代中期，单身汉张贤亮在农场的居所依然家徒四壁、一贫如洗，2008 年，他这样描述自己当年住过的土

---

①张贤亮：《大风歌》，《延河》1957 年第 7 期。
②可参见张贤亮文章《雪夜孤灯读奇书》，原载《南方周末》2015 年 7 月 25 日第 23 版。

坯房："土炕上的被褥与其叫被褥，不如叫一堆烂棉花；农场发给我的军绿色棉袄扣子全掉光，腰上系根麻绳，大冬天没棉鞋，也没袜子，光着脚穿一双破旧的'解放牌'胶鞋，一目了然地赤贫如洗。"除了政治上的被歧视，物质生活的赤贫，作为一个成年男性，他的感情生活亦是极为孤独和寂寞的。因为戴着若干顶政治"帽子"，年轻女性们不敢下嫁于他。有一位小他十几岁的农村干部的女儿，因为落水而被张贤亮救起，遂起意嫁给他而最后却被家人阻止姻缘难成。张贤亮 41 岁时与一同样被管制的女"坏分子"同居，家庭生活异常温暖。没想到一年后，该女子因平反而离开他返回了原籍。

应该说，现代以来，没有哪一代中国作家像张贤亮这一辈作家一样遭遇了如此频繁而深重的人生磨难。而如此坎坷忧患的人生，对生命个体的影响不仅是深入骨髓的，也肯定是伴随终生的。张贤亮重归文坛之后，在公众场合一直给人以乐观豁达、儒雅雄辩、洒脱自如的印象，而我多年来一直以为：张贤亮是忧伤的，他的灵魂之海中始终跳动着一颗忧郁之心（与张贤亮有过比较深入接触的著名作家陈继明说"冷寂和忧伤"伴了张贤亮一生，是深中肯綮之语）。忧郁的气质几乎流淌于他创作的所有作品当中。无论是抱着马头痛哭的许灵均，还是于荒村野屋的油灯底下贪婪地阅读《资本论》的章永璘；无论是流动于《邢老汉和狗的故事》当中的伤感、寂寞和孤独，还是始终被阴郁的死亡气息所笼罩的《习惯死亡》；无论是以调侃的笔墨回忆祖父和父亲的《遗传》，还是晚近发表的自传未定稿《雪夜孤灯读奇书》。在上述作品中，可以明显地感受到"忧郁"是如何不可抗拒地弥漫于小说主人公的内心，弥散于小说所构筑的特殊艺术氛围之中。而最为重要的一点是，作为一种作家创作的心理特征和审美色调，忧郁带来了张贤亮文学创作的魅惑力和深刻性，并有可能将张贤亮的创作带入永生的境地。

用文学治疗曾经的伤痛

张贤亮于新时期早期重拾创作之笔的心理动机本来极为单纯。他在《满纸荒唐言》[①]等创作谈当中不止一次地说过：他原先的兴趣是研究政治经济学。而且，由于劳改期间认真地如饥似渴地阅读过马克思的《资本论》等马列经典，他对 20 世纪六七十年代中国社会的政治和经济状况有着深刻的剖析，对未来中国社会的政治经济改革有着相当独到的预见。然而，时代并没有提供机会和应有的平台使他成为一个著名的研究政治经济学的学者。而头戴若干顶“帽子”，身处西北贫困乡村的他，在新的历史转机到来的时刻，最迫切最尖端的首要任务是洗掉身上被强加的罪愆和历史的污垢，还自己本来的清白之身。文学恰恰在这一时刻充当了拯救者的角色。那是怎样的一个全民热爱文学万众景仰作家的年代！从血泊和泪水中重新站起身来的民族需要以文学来洗涤伤痕、拯救灵魂，也需要通过文学来反思过去、展望未来。1979 年，为了改变自己的现实境遇，张贤亮一口气写作并发表了四篇小说（《四封信》《四十三次列车》《霜重色欲浓》《吉普赛人》）。奇迹不久便出现了，1979 年 9 月，在上级有关部门的直接干预下，张贤亮获得平反。1980 年 1 月，张贤亮由农场调入宁

①张贤亮：《满纸荒唐言》，《飞天》1981 年第 3 期。

夏文联《朔方》编辑部担任文学编辑。现在我们终于可以明白，在“浪漫的八十年代”，文学创作真的将一个被不公正的历史打入暗井几十年的知识分子，顺利地送到了新时代的地面。问题随之出现，如果说张贤亮再次从事文学创作的原始动机，只是为了引人注目并改变自己身处底层的生活命运，那么，他的下一步文学之旅将走向何方？答案其实历史已经提供了。

1980年之后，张贤亮的创作一直呈现井喷的态势，他在长篇小说、中篇小说、短篇小说创作领域皆大显身手，佳作迭出。《邢老汉和狗的故事》《灵与肉》《土牢情话》《绿化树》《肖尔布拉克》《河的子孙》《初吻》《男人的一半是女人》《习惯死亡》《普贤寺》《我的菩提树》《青春期》等，在风起云涌的20世纪80年代到90年代，张贤亮以他人无可复制的创作，营造了中国文坛的特殊景观。他是“反思文学”的健将，将极“左”政治的反人道本质揭露和批判得体无完肤；他是新时期涉性文学的开创者，其甘当先锋的创作勇气令人瞠目；他又是一个极端重视小说的艺术品质的作家，他创作的《初吻》《普贤寺》等短篇小说有着极高的艺术水准，可以毫无愧色地进入中国当代小说的经典行列。回顾张贤亮一生的文学创作，我现在想要探讨的问题是：在20世纪80年代到90年代，是什么样的心理动机在支撑着他的创作？除了报答和回应那个给他带来新生和欢欣的新的历史时代，还会有别的心理动机吗？当我再一次捧读张贤亮的那些写于二三十年前的作品，我确信：张贤亮的创作，尤其是小说作品，不仅是为了报答时代所给予的拯救与恩惠，从深层的创作动机而言，它们是张贤亮用以治疗内心伤痛的最佳手段和方式。我们都知道，张贤亮的那些最著名的小说，皆本于作家自身的经历。无论是许灵均还是章永璘，当年就被不少评论家和读者认为是张氏本人的化身。阅读一下张贤亮新世纪以来所发表的长篇散文、访谈录，诸如《一切从人的解放开始》《美丽》《雪夜孤灯读奇书》《张贤亮：一个启蒙小说家的八十年代》①等篇，不仅会发现许灵均、章永璘们的生活确乎有着张贤亮自身经历的影子，就是那个享受过短暂的家庭温暖，最终却又坠入孤苦伶仃境地的邢老汉的悲惨故事，又何尝不是张贤亮41岁时与一女“坏分子”短暂的同居生活的真实写照？实际上，从1970年代末期重新执笔写作，一直到张贤亮辞世的前一年发表《雪夜孤灯读奇书》，张贤亮始终在反复讲述自己的人生故事。20世纪80年代，他用的是小说，是曲笔，有时还故意弄一点云山雾罩，让人莫辨真假、颇费思量；20世纪90年代之后，大概从《我的菩提树》开始，张贤亮慢慢变得不太喜欢用曲笔，他喜欢上了中国古代的作史传统，喜欢秉笔直书了。于是，他的那些已经流传于世二三十年的小说开始浮现真实的底本——素材本。我们在他的一系列长篇散文当中，读到了完全发生于张氏身上的真实和生动的故事。自然，他的新世纪以来发表的长篇散文，因为有对历史的深入思索和人生的沧桑感，虽然已经没有二三十年前的完全属于那个时代的强劲的抒情，也依然动人心弦。一个成名已久的作家，为什么内心的情感要反复被苦难岁月所缠绕？为什么要固执地一而再、再而三地书写自己的不幸？ 90年代以来，一些评论家和读者要么认为张贤亮已经文思枯竭江郎才尽，要么认为作家已无可逃遁地陷入题材重复衍生的创作“牢笼”。我认为，当张

①张贤亮：《美丽》，见张贤亮，杨宪益著《亲历历史》，中信出版社，2008年10月第1版，第1—33页；《张贤亮：一个启蒙小说家的八十年代》，见马国川《我与八十年代》，生活·读书·新知三联书店，2011年6月第1版，第88—113页。

贤亮不再把文学创作当作敲开命运之门的重锤的时候，应该说他已经走上了以文学创作来治疗个人曾经的内心创伤之路。过去所受的心灵之痛实在太深太重，他连在睡梦中都会被过去所袭扰。对于一个作家而言，摆脱黑暗历史强加于心灵苦痛的便捷方式只有一条，那就是：说出来。1987 年 10 月，身在美国爱荷华写作中心的张贤亮在回答“我为什么要写作”这一问题时，毫不掩饰地说：“‘犯人’所受的折磨除了物质条件的困苦和失去自由外，最主要的就是孤独感。孤独感比物质的匮乏更令人沮丧。而消除孤独感的最好方法便是倾诉，向亲人倾诉。我为什么要写作呢？我就是要向亲人倾诉我过去没有机会倾诉的感受、想法和心里话。但我后来又发现，我用笔倾诉出来的声音并不完全被大家所理解。这样，我的孤独感并没有因生活条件和社会地位的变化而消除。于是，我只有不断地倾诉下去。”

张贤亮的文学遗产

张贤亮的一生堪称传奇。他的前半生受尽磨难，一个人可能遭遇的坎坷和不幸，他都无可逃避地迎头撞上了。四十三岁之后，他因文学而由命运的底层逐渐攀上人生的高峰，曾经的荒村野屋忽然变幻为舞榭歌台，曾经的衣衫褴褛食不果腹忽然变化为华服盛装、钟鸣鼎食。作为一个思想和行动都具有超前性的异常敏锐而又取得了巨大成功的企业家，他的从商经历故事多多，让人叹为观止。我无意对张贤亮的传奇经历做全面的追踪与分析。作为一篇褒扬其文学成就的文章，我更愿意探究的问题是：这样一个巨人式的作家，他给当代中国文学留下了怎样的遗产？

最先进入我的意识中心的两个字是“宽阔”。张贤亮是大作家，大作家的最根本的特质是“宽阔”。他的人生经历是宽阔的。这种宽阔是他身处的时代所提供的。我经常想，如果没有时局的变化和政权的更迭，他可能只是一个富人家的子弟，禀赋不差，书会读得很好，教养也不错，长大以后会出国留学也会娶妻生子，其生活状态可能一直富足而平安。然而，他却偏偏降生于烽火连天、国破山河在的岁月，从少年时代起人生之路又被强行“改道”，进入另外一个人生天地。二十二年深入命运的最底层的生存，使他对中国社会，对知识分子和农民这两个最亲近的群体，有极端深刻而透彻的了解，也使他对人性本身有着别人难以企及的洞察与穿透。正是基于人生的多灾多难和对社会与人生的不倦思索，张贤亮才孕育了他的一系列杰作，打开了通向世界与人性的一扇别致的文学窗户。我无意于提倡大家都像张贤亮那样生活，但是我必须说，因为一直处于被呵护被夸赞的生活状态之下，也因为自身生活的单调性和狭隘性，以及浮躁年代简单阅历所导致的思维的狭窄和无深度，中国当代文坛年轻一代作家的创作正在失去丰富性和深刻性。多年以来，我们已经在我们的当代文学作品当中，看不到像张贤亮那样的宽阔和深邃。所以，张贤亮留给我们的第一个文学遗产就是：大作家从来都是宽阔的。这种宽阔可能是命运所造成的人生的跌宕起伏和波诡云谲，更应该是内心的宽阔和思想视野的广阔。

张贤亮留给当代文学的第二个遗产是：思想上和艺术上永远不甘平庸的创新精神。与张贤亮有过比较深入接触的人们都知道，张贤亮的一生就是与平庸搏斗的一生。在文学创作上，从重新出道到走完一生，张贤亮从来都是“惟陈言之务去”。同是描写伤痕，反思历史，张贤亮的写作不仅与其他“归来的一代”有艺术风格的充分差异度区分度，就是与同为创作“大墙文学”的新时期作家从维熙相比较，也有着无法混淆的色调差异性。当我们回顾成就斐然的新时期文学的时候，我们发现，从为当代中国文学提供新鲜独特的文学创作风景的角度而言，张贤亮的杰出贡献起码表现为三个方面：第一，张贤亮是20世纪80年代最重要的中国作家，他的那些取材于自身苦难经历的小说，提供了非常年代里当代中国知识分子受难者最真实的生活图景和最真实、隐秘的心理感受，他所描写的“饥饿心理学”（《绿化树》）和“性心理学”（《男人的一半是女人》）在同时代作家的创作中不仅独特而且深刻；第二，他如实描绘了苦难岁月里知识者和劳动者两组人物形象，在严酷的生存环境的考验中，在知识者与劳动者的彼此对比中，他画出了特殊年代知识者原始本真的生存状态和人格状态；第三，他以西部人的目光呈现了黄土地上的特殊人文景观，他对宁夏平原独特的自然风光和社会风情的艺术描写，不仅具有风俗画意义，更具有高品位的审美价值。

张贤亮的艺术创新勇气和超凡能力也值得我们不断地咀嚼和回味。我们阅读他的代表作，从《灵与肉》到《绿化树》，从《男人的一半是女人》《习惯死亡》到《一亿六》，会明显感觉到：他总是在新的写作征程开始之前，在深思熟虑之后，力图以全新的艺术视角、方式和手段，再一次潜入生活与人性之河的最深处，经过一番艰辛的寻觅和挖掘，将被艺术化和“陌生化”的生活与人重新呈现于我们眼前，让我们在大吃一惊之后陷入对社会和人的命运的深长思索当中。读者们的心中能够留存许灵均、章永璘、马缨花、李秀芝、海喜喜等文学人物形象，恰恰是因为那是张贤亮在内心沉淀多年、思索多年、孕育多年的来自广阔的黄土地上的人物形象。这些人物曾经与他的生命相交集，与他的命运同生死，甚至是与他在西北荒村的一盘土炕上共同打过滚。所以，他们是张贤亮内心深处流淌出来的文学形象，是有着生活的温度和生命的自然芳香的人物。

2014 年 10 月

西海固的歌手和他声音里的世界

——石舒清小说创作论[①]

宁夏的西海固地区作为一个通常的地理学名词，有着太多的令人感伤的内容。这个曾经创造过辉煌业绩、有过灿烂文化的历史悠久的地域，近代以来，在天灾人祸的反复包围和袭扰下，已经变得满目疮痍。由于贫穷、荒瘠、苦焦、孤寂，西海固似乎常常被世人遗忘。它像一个居住在深山谷里寂寞的老人，带着曾经的苦难和忧患，长久地默默注视着高天上的万千流云，满腹心事，不知向何人诉说。局外人很难知晓，在它那颗表面沉默而内里波翻浪涌的瀚海一样的心灵世界深处，到底积聚了多少渴望和力量——那片贫瘠而敏感的土地上几乎一百年的热情和想象。也许，以艺术的方式自由地“诉说”是这片土地至为迫切的心理

①本文所论石舒清小说，主要见于他的两本小说集《苦土》（21 世纪文学之星丛书），百花文艺出版社，1994 年 9 月第 1 版；《暗处的力量》，花山文艺出版社，2001 年 4 月第 1 版。

愿望，这片饱经沧桑的土地从来不缺乏传奇故事，更不缺乏激情和梦想，它唯一欠缺的只是深情地讲述和诉说。由于它的长期沉默，这片土地之外的世界似乎难以听到它独特的声音。人们只能凭借臆想和猜测，用感觉去触摸这片看似荒凉神秘的地域。毋庸讳言，西海固在漫长的一个时期之内被种种传说和臆测所包围和深深误解，这当然源于某种傲慢与偏见，更源于它本应该气势充沛、丰厚嘹亮的嗓音不被世人所知。而我们都知道，西海固完全有能力让它以外的世界听到它的声音，这片神奇的土地上毕竟年深月久地回荡着响遏行云的灵魂之歌——“花儿”。应该说，让外界认识和知晓西海固的方式可能是多样的，但文学代言人的出现，其意义和价值常常难以估量。古老神秘的西海固在不算短暂的一段历史时期，缺乏一个可以走出那片土地的神圣的行吟“歌手”，这个歌手应该以自己区别于他者的声音和旋律，向整个世界宣告和挑战。“歌手”的出现，将在某种程度上结束西海固被人遗忘和随意想象的尴尬局面；“歌手”的出现将使西海固的异常博大和丰富以前所未有的清晰面目，呈现于世界的眼前。令人欣慰的是，在寻觅和奋斗多年之后，从西海固的大山的褶皱里终于走出了一位深情荡漾的“歌手”——石舒清。石舒清以他弥漫着生命的元气和强力的文学，诉说着“西海固”的苦难、沉重、内心的长久隐痛和渴望摆脱孤独，融入时代的不懈追求。是否可以这样说，石舒清以他的文学世界，唤起了世界对这片焦渴土地的关注和深入索解的兴趣。石舒清也以他的文学世界， 营造了西部文学中的一处别开生面的迷人风景。

一

石舒清的文学世界，来源于他生于斯、长于斯的西海固土地，来源于一直与他相依相伴的父老乡亲，也来源于弥漫于这片土地上的特殊的精神世界和情怀。一句话，他的十余年的文学创作无一例外地来源于他的“本土经验”，来源于他对西海固生活和命运的静观默察，是西海固的表层荒凉而内里丰厚的黄土地，给他提供了难以枯竭的创作资源和令人激动的文学想象。也因此，这片土地上的无言的大山、干涸的河道、废墟一般的村庄、苦焦的人民，无一不在他的小说世界中如实映现，它们指示着这一特殊地域生活和命运的古老、沉滞、苍凉和坚忍，同时，它们也相当深刻地表现着民族心灵深处的历史积淀和纯美追求。

石舒清的文学世界是苦涩的。这种苦涩的情调，直接对应于石舒清所感受到的这片土地上现实人生的多灾多难。众所周知，西海固是一个苦甲天下的所在，生存环境的严酷和惨烈，人民命运的艰难困苦，往往难以催生过于浪漫的文学歌唱。石舒清出生于贫苦的农家，童年和少年时期又是在共和国政治动荡、混乱，经济极其萧条的年代里度过的。与内地广大乡村相比，西海固在20世纪六七十年代的生活，更显得异常艰辛。石舒清在他的散文《童年纪事》中说：“我是一个农民的儿子，整个童年在荒凉和饥饿中度过，从生下到十一二岁，不曾吃过花生、西红柿，甚至很大了还光着屁股，没裤子穿。”因为没裤子穿，石舒清在七岁那年，玩耍时被村子里的一只恶意的老猫咬了屁股。也就在这一天，母亲将自己的一件花衬衣改做成一条“童裤”。七岁的石舒清第一次穿上这条裤子，竟然禁不住得意，月光下在小村子里游玩了好长时间。是的，石舒清是多少带着一点甜蜜的伤感来回忆这桩往事的。然而，它不也真切地记录着那个年代西北乡村生活的极端贫困和窘迫吗？从自己的人生经验出发，石舒清早早便打开了同情与关注底层生活的心灵之窗。当他长大成人，接受了知识和智慧的哺育，成为一个来自苦难乡村的知识分子时，诉说的愿望如此强大和迫切。他几乎是本能地用整个心灵去回忆和感知曾经有过的苦难和沉重。这一刻，西海固的神秘面纱被一支充满灵性的文学之笔揭开了，惊人的真实裸露出来，使我们对于一个民族的命运与灵魂第一次这样接近地发现和感知。

阅读石舒清的作品，20世纪六七十年代的西北偏远山乡的历史生活，鲜明地跃动在我们眼前。在这片贫瘠苦焦的土地上，当年也曾上演过大背“毛主席语录”“批林批孔”等并因此培养出像马如龙和三舅爷这样的“运动专家”（《苦土》）；因为缺粮，几个乡村少年迹近儿戏的偷豆子几乎酿成两个村子的血腥仇杀，虽然最终集体性械斗得以避免，十二岁的舍巴还是被自己的父亲用石块击倒，终至伤重而亡(《牺牲》)；一个已经生下十五个娃娃的小个子女人，仅仅因为燎牛头时，不小心燎坏了一块，便被婆婆和丈夫无情毒打，而这个女人却在想要为其伸张正义的工作组面前死活不承认挨了打（《牛头》）。石舒清冷峻而清醒地书写着已成往事的乡村故事，内里却涌动着难以掩抑的忧伤。石舒清有一组采用童年视角叙事的小说，包括《暗杀》《残片童年》《伊哈的母亲》《乡土一隅》等，题旨与上述几篇作品颇为接近。在这些作品中，20世纪六七十年代的西北农村的困苦生活虽然不是表现的重点，但农村的破败、荒凉、缺衣少食以及极“左”思潮对农民命运的干扰，依然清晰可辨。当我们看到仅仅因为还不起生产队的八九十元钱，家中院子里两棵已经生长了百年的老榆树（荒年，这两棵树上所生长的榆钱是村人的救命之物），竟被队长指挥人无情砍倒（《两棵树》）时，当我们读到始终生活在被侮辱、被损害境地的牛儿掉进那个此前已经吞噬了许多人生命的废井，并使伤心欲绝的牛儿妈从此疯掉时（《暗杀》），读者心里充满的只能是悲愤。我们承认，关于20世纪六七十年代中国农民所经受的苦难，已不是新鲜的话题。早在20世纪80年代，这一类故事便被反复诉说。石舒清的意义在于，他以一个来自山野民间的作家身份，如实记录了他和父老乡亲们在极“左”思潮泛滥的年代里所遭受的物质生活的磨难和心灵的压抑。所有的记录不仅真实，而且因为有了感情的深度投入而格外撼人心魄。

事实上，特殊地域农民精神苦难的描画和刻写始终是石舒清看取生活、解剖民族灵魂的焦点所在。对于像石舒清这样的生长于苦难和忧患之中的作家来说，鲁迅的思想和精神几乎是天然地流淌在他的血液当中。这种对于鲁迅精神的由衷亲近和继承，使石舒清对正在行进着的中国西北地区的乡土生活有着不同于他人的认识和理解。当这种认识和理解化为作者笔下的独特的艺术世界时，石舒清的小说便具有了相当的思想锐气和穿透力。

我们发现，从创作数量而言，石舒清描写现实农村生活的小说相当多。尤其是20世纪90年代中期以来，他的一些重要作品几乎反映的都是正在发生和演变着的黄土山乡的现实社会人生。与一些作家相异的是，这些作品不仅描写新的社会情势下偏远山乡的农民物质生活发生的可喜变化，更启人深思的是，石舒清在飞速旋转的时代生活的大背景之下，富有力度地描写了民族心灵深处的某些“病灶”。种种精神弱点的集中展示，说明在我们这样一个幅员辽阔、经济发展水平极不均衡的国度，精神生长和存在方式同样有着极大的差异。与此同时，它也提醒着我们，鲁迅等“五四”文学的先驱者所开创的文学启蒙事业远远没有完成。

《选举》是石舒清近年创作的最具思想穿透力的写实小说。它描写的是一个几乎可以被从地图上抹掉的鸡肠子河村的选举风波。三个发了点财的村子里的“有头脸”的人，觉得自己应该在政治舞台上一展身手了，于是策划于密室，点火于基层，以一种揭竿而起的蛮勇方式，集合村人把村主任“巴掌脸”选掉了。然而，这是一场非法选举。揭竿而起的代价是或逃逸，或被抓了进去，最终以闹剧收场。表面上看，这是一个涉及乡村民主意识觉醒的题材，而实际上，小说深刻地写道，无论是“巴掌脸”为保住权力的奋力抗争，还是刘有财、李志生、李志龙合谋扳倒欺人太甚的“巴掌脸”，出发点都惊人的相似，那就是他们都懂得：权力就是压迫，有了权力就可以拥有一切。三个“有头脸”的人之所以要搞掉“巴掌脸”，是因为此人不知道“利益均沾”的权力游戏规则，而刘志财们却早已迫不及待地想要坐到利益的餐桌上去分享盛宴，因为他们已经认为自己是村子上具有“话语”权的人物了。《选举》使我们自然联想到阿Q，那个时刻幻想革命成功之后“喜欢谁就是谁，想要什么就有什么”的流浪者的阴魂，至今不散，“改造民族灵魂”的社会和思想实践确实任重而道远。

人格的孱弱、卑微，精神的贫困、病态，似乎并不只是个别的现象。当政治的狂热逐渐消退，对金钱的疯狂追逐与及时享乐人生的精神病毒，一夜之间也在这个民族的一些人身上突然发作。石舒清在一系列小说作品中，对金钱腐蚀人性这一现实景观进行富有力度的批判。《深埋树下》通过父子两代人价值观念的尖锐冲突，愤怒谴责了尤素夫的见利忘义、游戏人生的思想和行为。《贺禧》以村人对暴发户牛蛋态度的微妙变化，写出金钱力量与传统道德观念的正面冲突。小说最终的结局是，村里人由对牛蛋的妒忌、羡慕，到最后蒙昧了良知趋奉那用金钱包装了的败坏与邪恶。在其他一些小说，诸如《节日》《留守》《招魂》等作品中，石舒清几乎是不自觉地描写了金钱对于乡村新一代人心灵的戕害，而这新一代的年轻人恰恰成长于现代教育远远没有普及的乡村。也许，这个民族中的老一代人尚有信仰可以支撑自己的精神大厦，使个人面对强大的世俗欲望的洪波巨浪时，还不至于乱了方寸。而对乡村新一代人来说，由于远离知识和信仰，相当漫长的一个历史时期的普遍的精神贫困病症在他们身上不仅没有减轻，反而旧伤未去，又添新痛。如此沉重、严峻的乡村现实的描写，表明石舒清是清醒的“五四”现实主义精神的绝佳传人，石舒清不留情面地“揭出病苦”，其旨归自然是“为了疗救的注意”。

一个无法回避的文学话题是，在石舒清近年创作的诸多深切关注现实的小说中，农村基层干部的腐败现象是颇为重要的一个表现内容。《选举》中的“巴掌脸”利用手中小小的一点权力，便肆意侵吞国家拨给贫困山村的救济财物；《搭皮》中的那个柳姓村主任，借给村中“特困户”麻旦一家要救助之名，居然把要来的粮食让弟弟去喂了牲口。至于《群众演员》中那个玩弄村民于股掌之间的村主任；粗暴进入木匠马八斤的正常生活，还以为给马八斤一家人带来了多大恩典的刘乡长、村委会刘主任（《恩典》），等等。他们都如实映现着西北边鄙之地的现实风云，展示着当前农村生活的艰难性和复杂性。或许，上述作品想要告诉读者的是：农村基层干部灵魂世界的改造，应是当务之急。

二

在石舒清所构筑的文学天地之中，实际上存在着隐隐相对的两个世界。一个世界是写实的、纷扰不宁的世俗世界。这个世界充满着现实的苦难、人生的困境和欲望的挣扎；而另一个世界则是写意的、和谐宁静的精神境界。这个世界里弥漫圣洁纯粹的信念、善良美好的人性和坚忍超脱的情怀。这是一个令人感动的、诗意缤纷的世界，人居于这个世界当中，此生虽陷于苦难却可以自由欢喜地仰望遥远灿烂星空，此身虽渺小如沧海之一粟却与无穷的天地宇宙共生存。很多时候，石舒清借助于他笔下的两个彼此对立的世界，书写着他对沧桑人世的感悟，对生与死的不停追问。可以看出，石舒清笔下的这个写意性精神世界，是融人生、审美、信仰于一体的艺术世界。这个世界是他灵魂的家园，是他超越苦难的现实人生，进行思想和艺术提升的策源地。

似乎很难说清楚石舒清心灵深处两个世界的彼此搏斗究竟始于何时，是与生俱来的夙缘慧根，还是在现实和人生的磨难中突然降临？我们只是知道，这个自小病弱，敏感、内向的作家，在登上文坛不久，便在作品中坦露了自己的灵魂。1993 年，二十四岁的石舒清在《逝水》的开篇中说："不知始于何时，青年的我竟漠然于谋求生计，却无缘无故地、徒劳地冥想生命与死亡一类。越想越糊涂。越糊涂越绝望。绝望成了一道厚实而不可逾越的障蔽，使我几至窒息。我时常含泪回顾自己走过的这二十余年，竟是那样那样的无聊，那样那样的遥远而漫长。”《逝水》是一篇回忆性的自传色彩很浓的小说，如果不算臆测，我想起码在1993年，石舒清就已经开始了自觉的灵魂自我审问。不难看出，对此岸世界的某种虚幻和厌倦感已初露端倪。只是，我们也应该看到，这种人生的虚幻感鲜明地带有青春期的心理特征，那是一个多激情、好玄想、心灵动荡不安并且不惧怕生命死亡的人生多事之秋。因此，青春期的思绪显然带着某种不确定性和夸张色彩。此后，在小说中如此直白地对生命和死亡进行探究的文字逐渐减少。石舒清把灵魂告白的任务，交给了他的散文创作。而在小说之中，石舒清将两个世界的纠缠、冲突和彼此对比艺术地引入作品的深层，它们成为整个作品艺术世界的内在背景和参照物。伴随着年龄的增长和创作风格的趋于成熟，石舒清逐步告别了青春期的过度感伤，而开始锋芒内敛，真气内涵。他显然知道，在小说中，丰富的耐人寻味的故事和人物，力透纸背的刻画和描写，比滔滔不绝的说教更具有征服人心的力量。

石舒清对现实人生的叩问，对生命终极价值的追寻，鲜明地体现在他的小说当中老人系列形象的精心刻画上。在他的许多小说中，他总是不自觉地将秉性善良、宽厚，具有强大坚忍的生命力量的老人与懵懂无知的少年人放在同一个现实世界中进行艺术对比。通常的结局是，在少年人那双天真的眼睛里，爷爷和奶奶一辈人活得那样的纯粹、高贵、人格饱满而丰赡。他们朴素的生命和多灾多难的人生之间并没有形成无边浩荡的悲怆之海，相反，以欢喜之情看待人生的平静心态、超脱人世苦难的执着信念，使他们面对任何社会灾难和人生命运的惊涛骇浪时都能镇定自若，神态安详。那个红颜薄命、进入生命老境时终日枯坐的姨奶奶，究竟是咀嚼着怎样一种生之况味才活到九十余岁？（《逝水》）那个同样老得像一段老榆树根的姑太太，吃着苦菜团子仿佛在吃点心。她的“吃”的哲学是：人要带着欢喜心去吃五谷杂粮，只要香香地吃，啥东西都会香起来（《小青驴》）。柳述增天生就是盲人，但他靠着爷爷临终前传授的“招魂”之术，硬是在黑暗中摸索了苦难的一生（《招魂》）。在小说《残片童年》中，爷爷从狱中回来的第二天，便领着父亲和叔叔进山去挖野菜。设若爷爷不回来，家里是会饿死人的。爷爷是家族的根，像得到根的滋润一样，“我们”这些枯干的枝叶，渐渐地泛出一些淡淡的新绿。石舒清总是不自觉地在小说中由衷地赞美着老一代人，在这些“老人”的艺术形象之上，无疑寄托着作者对现实人生的某种思考。是否可以这样说，石舒清更愿意用想象去激活老人们的历史，在老一代人的命运书写中，人的生命被灿烂的阳光所照射，仿佛镀金一般；而老人们的子孙的所作所为，却只能让他们高贵无比的先人蒙羞。无论是父亲一辈人在极“左”年代里所呈现的生命之孱弱，还是“我”这一代人在欲望之海中的苦苦挣扎，生命本质的高贵华美、自由洒脱早已经无可避免地离之远去。作为石舒清笔下的极富魅力的想象性境界，作者对爷爷一代人的刚强、侠义、坚忍、向善的精神性格始终抱着“虽不能至、而心向往之”的创作心理，这造就了他小说中老人系列作品艺术情调上总体的温暖和清新，比之描写现实的作品，笔者以为石舒清这一类小说更具艺术上的独特之处，更值得珍视。

与在老人形象刻画上的深情关注相映成趣的是，石舒清的作品之中经常出现一个颇耐人寻味的意象：坟院。这个十分回族化的文学意象，实际上也透露着作者对人生以及人的生死问题的诸多思索。

我们知道，在传统的汉族文化观念之中，墓地（回族的说法是坟院）总是与人的死亡、巨大的悲痛以及难以消除的对人生命运的无常感和恐惧感紧紧联系在一起。除却规定的特殊时日，汉族人很少有人愿意前往墓地。那是一个令人悲伤得无以自持的所在。但是，在石舒清的小说之中，我们却屡屡发现，“坟院”常常成为作者乐意描写的一个艺术所在。那是一个神圣的洗涤人的灵魂、给人纯洁的思想和抵抗世俗力量的所在。《残片童年》中有《上坟》一节，虽然“我”只是一个稚嫩的孩子，但我以亡人之名发小小的不义之财，今天想来依然不可饶恕；《节日》中，环环媳妇的万千思绪是在去拱北的路上展开的；石舒清最动人的小说《清水里的刀子》中，送走亡人的马子善老人，在最后走出坟院时，觉得这个地方才是自己的“家”，与喧嚷不休的尘世相比，坟院毕竟要宁静得多。显然，“坟院”这一意象在石舒清的艺术体系中，已经不仅仅是一个具象所在，毫无疑问，它已具有了象征和隐喻意义。它是人的物质生命的终点，又是更为漫长的精神旅程的起点。石舒清在此展开和升华着人间的生与死、灵魂的幸福与不幸等的形而上话题。这也为石舒清的小说艺术蒙上了别样色彩。

三

追踪和探索一下石舒清十几年来小说创作的艺术发展之路，是一件颇有意味的事情。石舒清的小说创作从 20 世纪 80 年代末起步，经过了差不多 10 年时间的艰苦磨砺，最终形成了自己比较成熟的艺术风格。清代文学批评大家金圣叹在总结《水浒传》成功的创作经验时认为，《水浒传》对于社会人生的深刻出色的描写，无疑是作者长时期观察复杂的社会生活、刻苦砥砺思想和艺术的结果，所谓“十年格物而一朝物格”。石舒清的艺术创作之路，也正是由“十年格物”和“一朝物格”两个创作阶段构成。正因为有了长期的艰苦的思想和艺术的不懈追求和反复磨炼，石舒清才有了对于小说创作艺术规律的独特而深刻的理解和把握，有了今日创作上的“一树繁花”。可以这样说，经过10多年的艰辛跋涉和攀登，石舒清在小说创作上，正在由艺术的必然王国向自由王国高速挺进。

石舒清以小说而登上文坛，他的早期作品，反映的生活领域虽然独特（宁夏西海固特殊的生存景观），但艺术风格和特点还不是非常鲜明。也就是说，那时的石舒清看取生活的眼光还不完全是极其个人化的，他在对社会历史的深微体察上，在对人本身的理解和认识上，在艺术表现、语言风格的独辟蹊径上，还没有建立起自己的优势地位。是否可以这样说，石舒清90年代初走上宁夏文坛，更多的靠的是他的小说题材的特殊性。毕竟，由生长于西海固的“本土作家”书写当地人生活命运的作品，数量上还比较稀少。因了题材的特殊性，石舒清后来逐渐显现的完全个人化的艺术感知能力和文学想象能力还处于被他所描写的社会人生遮蔽和压抑状态，他那时的小说多少给人“思想大于形象”的感觉，虽有艺术的灵光偶现，却总是燃不起冲天大火。翻检石舒清早期作品集《苦土》，我们发现，集中的多篇小说，叙述和描写上似乎采用的是一种诗体的分行。然而，作者笔下的生活却是那样的沉重、滞涩、艰辛，是一种非常有密度的生活。诗体的语言形式和密度很大的生活，形成了一种无法融合的紧张局面。仿佛一只精致的空箱子，无法装进去身躯庞大的大象。或许，采用诗体式的语言形式叙述描写生活，作者的本义大概是想节省语言，意在言外，但是，由此带来的消极后果是，作为小说语言本身的丰富性和内在张力却被忽略了。于是，小说对社会和人性的穿透力量被不经意地减弱和损失了。《招魂》是石舒清早期创作的一篇相当出色的小说，但今天看来小说的艺术描写还比较单调稚嫩，个性化因素也相当弱小。

进入 90 年代中期，石舒清的创作视野逐渐拓展，思想和艺术的精进给他的小说作品带来了崭新的面貌。可以明显地看出，他已经可以用独特的“腔调”在艺术讲坛上发言。他调整了自己的艺术思维，挣脱了禁锢自己思想的绳索，驱散了遮蔽自己艺术个性的浮云，从而走入一个创作的丰收期。大概从 1994 年开始，石舒清开始对 90 年代初期的小说叙事方式进行改造。他的早期小说，叙事成分和抒情成分纠缠在一起，两方交杂，有时，为了说明自己的某些人生观点，作者甚至“赤膊上阵”，大发议论。结果，叙事被削弱，议论又被认为是吃力不讨好。1994 年，石舒清在《朔方》和《飞天》上分别发表短篇小说《斯文》和《杨德宗》。这两篇作品，虽不是石舒清最出色的小说，但对作者寻求小说艺术转型和突变，意义重大。从这一年起，石舒清的小说艺术发展走上了两条彼此配合的道路：一方面，石舒清采用严格的写实手法，执着而真实地书写着西北乡村农民的生活命运和心灵苦难，抒情和议论成分在这类写实性作品中几乎销声匿迹，更多时候，作者的思想感情是从小说故事和对人物命运的书写中自然流露出来的，这类作品的代表作是《选举》和《搭皮》等；另一方面，石舒清又发展了早期小说中的抒情成分，形成了一种带有散文化倾向的写意小说，这类小说有相对简单的故事情节，多采用童年视角叙事，主旨多为探讨人生命运的不可测度，力图索解人间生死荣枯的奥秘，明显地带有形而上色彩。代表作有《暗杀》《残片童年》《伊哈的母亲》等。

从艺术风格来看，石舒清的写实类小说具有凝重和冷峻色彩，对农民命运的深切关注以及“哀其不幸、怒其不争”的复杂心态，使作品时露批判锋芒。这使我们认识到，柔弱的石舒清，其心灵深处其实时常怒刮着感情风暴，这种内心风暴带来了他创作的紧张感和焦虑感，尖锐的讽刺和批判由此而生。坦率而言，读石舒清的《选举》《搭皮》《牛头》等作品，有读鲁迅“鲁镇”小说的感觉。当鸡肠子河的村民们糊里糊涂地举起“粪叉儿”一般的胳膊和手时，我们内心涌动的只有悲凉。石舒清的写意类小说，总体风格为沉郁、多思、灵气内蕴。这一类作品多以儿童的眼睛看世界与人生，表现着作者本人对浑茫世事的浓厚探索兴趣。需要指出的是，1998 年以来，石舒清的写意类小说发生了非常独特的艺术新变。在《乡土一隅》《开花的院子》《小青驴》等新近创作的小说中，童年视境中的生活大大被拓展了，一种单纯明朗的温和“诗意”弥漫其中。像牛儿那样的横死的故事不再出现，噩梦缠绕一般的情绪已经淡出，无论是那个不被乡村人理解的“情种”老勉，还是那个老而又老的小脚姑太太，给人的感觉已不是压抑和伤感，而多少有一些人生的温暖。石舒清的另外两个小说名篇《清水里的刀子》和《节日》，其艺术变化与上述作品类似。《清水里的刀子》写马子善老人对生死的感悟，是一种超脱复杂人世的清静情怀；《节日》写一西北乡村回族青年妇女的现实心态，对丈夫的怨艾中有许多依恋和温情。概而言之，石舒清新近的小说创作正在摆脱 90 年代前期的紧张和滞涩，而变得自由和洒脱。

由于创作心态的放松，他的小说艺术水平开始跃上新台阶。具体表现在小说内涵突然间变得丰富和博大，他已经可以颇为自然地将对西北回族聚居地的乡风乡情的描写，从容转化为对人的“生存”的领悟和发现。他作品的艺术描写更为精湛和到位，叙述和描写已不再草率和随意。打一个不甚确切的比喻，石氏小说以前的某些场景和心理描写，只仿佛投石入水，可闻“扑通”之声，不见水花波纹。近几年不同了，我们不仅能闻其声，而且能清楚地看到湖面平静被打破之后，激起的浪花和那一圈又一圈细密的波纹。我们有时发现，石舒清的观察力陡然间有了惊人的提升，他精确的观察就像昆虫吸附着枝叶和花瓣那样紧紧地贴着他所描写的对象。与描写的精湛到位相和谐，在语言的运用上，石舒清更加注意语言的张力，讲究和注意小说叙述描写语言的象征、暗示和耐人寻味，他将新鲜、新奇的比喻引入作品，自觉地创造性地把西北方言引入作品的叙述和描写，从而产生了特殊的审美艺术效果。种种迹象表明，石舒清的小说创作已经进入一个艺术的成熟期，在宁夏文坛，甚至在全国文坛，石舒清正在发出自己独特而响亮的声音。

纵观石舒清的小说创作历程，我们可以清晰地看到他所迈出的每一个坚实的艺术脚步。石舒清不是那种完全靠灵气写作的创作者，他在艺术追寻之路上踏出的每一步，都饱含着他的心血和汗水。在文学创作上，许多时候他更像是一个固执的老农夫，常常有不惜力气、累死拉倒的想法。他对创作的虔诚和敬畏之心，对写作的认真执着之心，在当今的文坛上，已成独特而稀有的风景。1997 年，在他从事创作差不多十年的时候，他在一则创作谈中说：“写作逐渐成了一种艰难而又冒险的事情，如对绝壁的攀援。每有一个新的构思就像面临一个新的绝壁……

写下去似乎成了一条绝路……每一篇作品都似乎硬着头皮才能写成。最艰难因而也会最振奋，最难测因此常常会柳暗花明、好景迭出。而难度就在于对下一个好景的探索与发现。不硬了头皮干，恐怕会一事无成。”①是的，人生和艺术永远不可穷尽。对于严肃的小说家来说，艺术从来都是不停的心灵搏斗和对困难的克服。小说家的命运确实与田径场上的跳高运动员颇为相似，生命在一次又一次起跳，已经跃过的高度，既是光荣又是致命的阻碍。好在，石舒清凭借自己“农人的固执”，坚决而勇敢地翻越了一座座峭壁。也许，抵达现在的文学山峰，还只是一个小小的胜利，艺术的无限风光永远存在于不倦的搏斗和难以停止的攀援之中。

2000 年 7 月

①石舒清：《随笔两则》，《朔方》1997 年第 4 期。

石舒清的意义

石舒清创作于1998年的短篇小说《清水里的刀子》终于获得了国家级文学大奖——第二届鲁迅文学奖。消息传来，宁夏文学界的朋友们莫不为此感到由衷的高兴。如果我的记忆无误的话，自从张贤亮以短篇小说《灵与肉》获得1980年全国优秀短篇小说奖之后，差不多二十年，宁夏作家再也没有在中国作家协会主办的全国优秀短篇小说获奖者名单当中占据一席之地。当然，也有一些无法回避和抗拒的客观原因，中国作协1989年至1994年间，一直没有举行过国家级的文学评奖。这使得许多文学新人在自己创作的上升阶段失去了脱颖而出的宝贵机会，宁夏的许多青年作家自然也是无奈的损失者。好在，1995年国家级的文学评奖恢复之后，仅仅过了三年，石舒清就创作出了他迄今为止写得最好的小说《清水里的刀子》，并在日前以相当高的得票荣获鲁迅文学奖。石舒清的获奖，无论就他个人的创作而言，还是对整个宁夏的文学创作而言，都有着不可低估的价值和意义。

石舒清从事文学创作的年头已然不短。当写作小说《清水里的刀子》的时候，他已经在文学这方园地里辛勤劳作了十年。在当代，在消费和享乐主义成为某些人的图腾，文学已经被许多人弃之如敝屣的时刻，石舒清以一个乡村老农夫的倔强和执着，默默耕耘，年复一年，终于在金秋时节有了动人的收获。我想，石舒清的成功，首先应该归功于他对文学的极端热爱，来源于他对文学事业难以割舍的那一番柔情。

接触过石舒清的人都知道，他对文学事业怀有一份虔诚而神圣的情感。一旦进入文学的天地，他常常忘却自己，迷途而不知返。这几年，我和他接触的次数越多，越发感觉到他对文学的“病态式”痴迷。他仿佛总是活在自己的心灵所构造的迷人境界当中，那个世界是诗意的、唯美的。清风明月，彩霞满天，秋雨梧桐，花飞花谢。行到水穷之处，坐看云起之时。我以为，从内在的气质而言，石舒清是耽于幻想的，而这恰恰是一个好作家的原始起点。他对纷扰的现实总是保持着一种若即若离的关系。他不善于言词，是因为坚硬的现实老要唐突地打扰他的梦境。一个始终在诗意的梦境里遨游的灵魂，怎么可能总是非常自如地应付猝然而至的现实呢？于是，他的眼睛里经常漾动着紧张和不安，那是梦境被破坏之后的自然反应。然而，他的紧张和不安，也帮助了他，使他时常看到自己的不足。似乎没有听到过石舒清志得意满地说话的时候，别人谈起他的优秀之作，他要么惶恐地咕哝几句，要么就是半天也说不出话来，让对方高昂的情绪一下子被砍去了头颅。一个多少有了点名气的青年小说家，多年以来一直保持着谦逊的品德，这在自吹自擂成为时尚的今天确实难能可贵。对一个孜孜不倦的写作者来说，它更是一种难得的境界。只有把文学视若生命的人，才会不在意文学能带来什么别样的东西，除了心灵的自由和解放。

痴迷和热爱文学仅仅是走向成功的一个方面。如何坚定而沉着地打一口文学的深井，从而显示出另一种艺术情调和风貌，显然是走向成功的关键所在。简单说，一个想要在文坛鹤立鸡群的创作家，或迟或早都必须锻造完全属于自己的感觉世界表现世界的本领和方式。这种独特的艺术本领不仅能够使你拥有杰出的思想穿透力和艺术知解力，而且还应该有着别人不可追随和难以企及的艺术风采。

以石舒清为例，我们可以说，他的表现题材是独特的。十几年来，他的关注焦点始终集中于宁夏南部的西海固地区，他将这片土地上人民的艰难困苦以及艰难时世中的坚忍情怀如实地揭示了出来。于是，西海固无言的大山、干涸的河道、废墟一般的村庄、苦焦的人民，以一种前所未有的艺术方式呈现在世人面前。更为动人的是，石舒清发现了西海固土地上的那样一种倔强、自尊和超越情怀。这使得一直被贫穷、荒瘠所围困，为傲慢和偏见所深深误解的西海固，在文学的版图上争取到一份难得的尊严。当石舒清以他的《清水里的刀子》《清洁的日子》《节日》《小青驴》等作品，宣布西海固不仅仅是一个受到天灾人祸反复袭扰的伤痕累累的所在，那还是一个精神丰盈元气充沛的价值世界时，实际上石舒清已经成为一个难以替代的出色歌手。这个歌手唱出了别人无法吟唱的歌声，那是属于西海固的“花儿”，即使歌唱爱情，也辛酸得如泣如诉。我们见不到“月上柳梢头，人约黄昏后”的缠绵，“落花人独立，微雨燕双飞”的些许感伤，有的只是苦难中的执着和一份苍凉心性。正是这一份高天之下厚土之上的苍凉心性感动了西海固以外的人们，使得他们在世情纷乱心灵躁动之时感受了来自中国最贫困地域的那样一种清凉。

石舒清取得成功的又一个艺术经验是，在相当漫长的创作实践过程中，他从不追风逐流，也不轻言反叛，而是扎扎实实地读中外文学经典，细心而老实地揣摩学习，认真写作。90年代中期以后，在中国文坛，颇有一些年轻的作家，对已有的经典文学传统采用虚无主义态度，有的人甚至连汉语文学的美质尚未认识清楚，就口口声声要颠覆和反叛，其无知和狂妄已到骇人听闻的地步。石舒清身在文坛之中，奇谈怪论也听了不少，但不为所动。他的小说虽多方取法、转益多师，骨子里的情调却是东方的，中国的。他能够融汇中外小说的种种成功的艺术经验，为他笔下的西海固人生服务。因此，他的小说，“根”是深扎在黄土地上的，其艺术的滋养却可能来自中国，也来自异域。由于他的坚守，在所谓“后现代”文艺思潮甚嚣尘上、“私语文学”泛滥成灾的时刻，他的那些闪耀着中国艺术光辉和民族精神的作品，便有了一种无法替代的价值和地位。

石舒清的成功，对宁夏文坛具有启示性意义。第一，《清水里的刀子》获奖，再次证明：经济与文学的发展确实存在着不均衡的关系，在经济水平相对落后的情况下，宁夏的文学艺术创作可以率先在全国争得应有的地盘。所谓“小省办大文艺”就是此意。它提醒宁夏的文学艺术家们，只要你开辟了完全属于自己的一方天地，锻造了独特而锐利的思想艺术兵器，你就完全有可能走向中国一流文学的竞技场，展现你的武艺，让世人看到你的英雄本色。第二，宁夏青年作家的创作这几年呈现非常强劲的上升势头。石舒清率先突围成功，无疑会对其他青年作家产生激励效应。实际上，陈继明写于1996年的《月光下的几十个白瓶子》已经具有了获全国奖的实力。如果陈继明艺术选择上再坚决一点，作品再打磨得精致一点，他应该是下一个给我们带来惊喜的人。除了上述两人，宁夏文坛还埋伏着相当数量的高手，有些人差一口气便可进入全新境界和“争霸”行列。显然，天道酬勤。辉煌的时刻总是与不懈的奋斗和刻苦砥砺有关。第三，石舒清的成功表明，宁夏的本土生活是一个具有诱惑力的所在。在宁夏这片幅员并不辽阔的土地上，生命的强度和生活的复杂程度一点也不输于世界上的任何地方。生活在宁夏的作家，没有理由抱怨自己无创作资源可挖。关键是，你手中开掘生活的斧头其锐利度如何。如果，你没有在寻常的历史故事和现实发展中有惊人发现，并用强有力的艺术手段呈现给读者，那说明你的思想和艺术修炼得还不够深沉博大。第四，诸如《清水里的刀子》等作品被当今文坛认可，表明小说情调和艺术感觉方式的民族化是当今文坛极为关注的一个艺术课题。在经过差不多二十年欧风美雨的吹拂之后，中国文坛已经产生一种自觉，那就是：在全球经济和技术一体化已成不可抗拒的潮流的情况下，坚守文学的族别身份是中国文学重新证明自己的重要手段。那种以为中国文学的传统精神资源已经失去原有魅力的说法，现在看来，显然是不严肃的。当今作家的任务，应该是在认真继承文学传统的前提下，结合当代生活和理念，对深厚的文学精神传统进行创造性转化，使老树开出新花。从这个角度而言，宁夏青年作家努力汲取传统文学的营养，从而寻找并构建艺术上独特的“言说方式”的任务实际上仍然繁重。可以肯定，吃透和积极消化传统文学资源的时候，便是我们腾飞的时刻。我想，当青年作家能够自觉地认识到上述问题，我们无疑就拥有了他日笑傲江湖的最佳出发点。

2001 年 8 月

风正一帆悬

——略说陈继明和他的小说创作

陈继明的名字正在被越来越多的人认识和熟悉。前几年，在宁夏文学圈内，提起陈继明，人们会说那是个有点名气的写小说的人，但仅此而已。到了今年，陈继明一鸣惊人。仿佛在一夜之间，陈继明冷不丁地让全国搞文学的人知道了他的存在。他发表于本年度《朔方》二月号的短篇小说《月光下的几十个白瓶子》一经刊载，便赢得喝彩，很快被《中国文学》（1996年第2期）、《中华文学选刊》（1996年第3期）、《小说月报》（1996年第4期）等美誉度很高且拥有大量读者的文学选刊相继转载。中国作家协会创研部主任、资深评论家雷达先生更是在一篇评论近期小说创作现象的文章中不惜篇幅，郑重向全国读者推荐《月光下的几十个白瓶子》。雷达将陈继明的这篇小说称之为“一个罕见的好短篇”，“堪称是研究当前社会心理，或者说研究最近期的‘集体无意识’的佳作”。[①]显而易见，雷达的这篇文章向我们表明了这样一个事实：宁夏的小说创作在沉寂和徘徊多年之后，终于又出现了可以走向全国的作家与作品。从这个意义上说，陈继明的成功无疑是整个宁夏文学界可喜可贺的一件幸事。

陈继明1984年毕业于宁夏大学中文系。毕业分配时，他主动要求去了宁夏南部山区的泾源县，在一所中学里一干就是五年。也许，对许多人来说，毕业分配去了生活和工作条件异常艰苦的宁南山区，将意味着积极进取的人生态度和事业的丧失。陈继明则不然，他当“孩子王”，读书，写作，接受退稿，再投稿。1988年1月，他终于在《朔方》上发表了他的小说处女作《那边》。他的第二个作品——短篇小说《一个少女和一束桃花》发表于1990年3月，不久，便被《小说月报》转载（1990年第6期）。再以后，陈继明调动工作回到了银川，每年以一到两篇的速度发表着小说，虽然作品的质量稳步提高，但也只是在宁夏文学圈内被人议论和叫好。进入1993年，陈继明在经受了一次商潮的猛烈冲击后（他差点成了一个公司的“经理”），忽然顿悟：与其“下海”，不如攀登。于是，他变得异乎寻常地勤奋起来，每天凌晨三四点钟便起床写作。他觉得有一种巨大的责任感在支撑着自己。1994年以后，陈继明以每年写作三至四部中、短篇小说的速度进入创作的一个小高潮期。从那时至今，陈继明已经写作并发表了十四五个中、短篇小说，其作品，不仅刊载于西北地区的文学杂志（《朔方》《飞天》《延河》等），还被远在广东、

①雷达：《不回避姿态与文化体验——近期小说述评》，《中华文学选刊》1996年第4期。

广西的《作品》《漓江》所接纳。很显然，陈继明正以自己旺盛而强劲的创作实力，引来各地文学杂志的编辑和评论家的深情注视。

迄今为止，陈继明已创作和发表了中、短篇小说二十余篇。就其作品的题材来看，大致可分为三类。第一类是写乡土生活的，通常称之为“农村题材”。陈继明自小生长于西北农村，贫瘠荒凉的黄土高原哺育了他的身体也塑造了他的灵魂。对于这片土地的深深依恋，对于生活于这片土地上的父老乡亲的难以割舍的柔情，这些都给陈继明以创作的冲动和灵感，促使他力图写出他们灵魂的坚忍与强悍。在陈继明创作的乡土小说中，以 1991 年发表的短篇小说《村子》（《朔方》1991 年第 3 期）和 1995 年发表的短篇小说《骨头》（《作品》1995 年第 5 期）最为出色。《村子》叙写一个小山村的一次送葬过程。于人物心理的精雕细刻和葬礼前后的气氛渲染中见出生命的起伏波动，闪烁无常。《骨头》一篇则讲述了一个家族的“历史故事”。给人们留下深刻印象的并不是爷爷、奶奶和伯父的凶险死亡，深深打动我们的是当年仇杀事件中的唯一幸存者“我父亲”。这个一生当中不停地向儿女们诉说家族痛史——不是为了激励复仇的勇气而是为了消弭冤冤相报之屠杀的倔强老人，他的身上所体现的涵纳一切的气度和胸怀，确实给读者以强烈的冲击和震撼。笔者始终认为，《骨头》是陈继明到目前为止写得最好的小说之一，它在艺术上的精致与优美是他的其他小说所难以望其项背的。

1994 年以后，陈继明将创作重心转移到对当下城市生活的描写和对城市人心灵的刻画上，这便构成了他创作题材的第二大类：“城市小说”。1994 年 4 月，陈继明在《朔方》上推出中篇小说《邪恶一次》和短篇小说《东西》。前者写了一个城市里的绑架凶杀案；后者则讲述一个男子近乎无耻地抛弃妻子的故事。两篇小说的表现内容颇为惊世骇俗，其旨归意在揭示社会转型时期某些人价值观念和行为方式的颠倒与错乱，可称之为“暴露小说”。这两篇小说引起了一定的社会反响，在宁夏文学圈内也引发了一些争论。坦率地说，陈继明的这两篇小说还写得不那么得心应手，带有风格转变时期不可避免的生涩与紧张。标志着陈继明的“城市小说”走向成熟的作品是作者今年发表的两篇小说《月光下的几十个白瓶子》和《街上的人》（《延河》1996年第8期）。《街上的人》讲述一个生性敏感脆弱、不谙世事的青年知识分子俞铁如何在病态现实中屡遭重创，最终被逼发疯的故事。小说在冷静的叙述中，满含着对于“真诚”与“善良”这些仿佛已经远离了我们生活的人类美好情感的热切期待。它向我们发问：在邪恶面前，我们是否已经变成了一只蜗牛？在《月光下的几十个白瓶子》中，作者以深刻的洞察力敏锐准确地捕捉到了当前社会生活中一种带有普遍性的消极心理（小说当中称之为“集体无意识”）——“烦着呢”，并揭示出这种消极心理所潜藏的巨大危险性和可能带来的社会灾难。小说一经刊载，便以逼视现实的勇气和思索生活的特殊深度而备受好评。

陈继明小说表现内容的第三类可称之为“惯常的人生故事”。作者在创作这一类题材的作品时，写作心态似乎比较放松，不那么剑拔弩张，这便使得他的这一类作品艺术上颇给人以回味之处。《一个少女和一束桃花》讲述少女菲菲因为一次意外事故失去双手几乎失去生存的勇气，而后又在一种信念的激励下顽强活下来的故事。这篇作品虽是陈继明创作的第二篇小说，但小说在人物心理的刻画、语言表达及小说内在意蕴的追求上都显得不同寻常，这大概与作者写小说之前的写诗经历有关。《列车》（《朔方》1992年第2期）叙述一个伤感的初恋故事。诗意缤纷的少年情怀与突然死亡的人生悲剧缠绕在一起，读罢令人心绪难平，欲说还休。同一年发表的短篇《椅子》（《朔方》1992年第9期）是一篇耐人寻味的作品。它讲述了一件凡人小事：某中学教导处的老干事老慕如何在一种特殊的情境下异常执着地希望当上教导处的主任，人物内心世界的波浪翻涌最终导致行为的乖张与失措。小说结尾处更是出人意料，颇有欧·亨利小说的风味。这篇小说显示了陈继明对于人情世态的精微审查，我们甚至能够觉察到作者写作小说时颇为超然的“狡黠一笑”。另一个值得一提的作品是《母亲二题》（《朔方》1996年第8期）之一的《招魂》一篇。这篇小说所着力塑造的那个乡村母亲的形象令人感动不已。这位一直到死都将一块招魂砖带在身边以寄托对于亡子的思念之情的中国母亲身上所放射的母性的光芒，可以完全与日月同辉。她使日渐寡情的现代人异常清晰而深刻地懂得了什么叫作“情深似海”。

陈继明为我们编织了多彩的人生故事。在他所构筑的艺术王国中，我们会不无惊奇地发现诸多堪称独特的人生风景和人性奥秘。同时，我们也将发现，对于人的内心世界的格外关注和刻意表现似乎是陈继明小说的写作兴趣所在。这种专注于向人的心灵深度挺进使陈继明的小说直接蒙上了“心理分析”的色彩。虽然我们难以将陈继明的所有小说都归之于“心理分析”的名下，但他的几乎所有重要作品都涂染有“心理分析”特色却是真的。陈继明初写小说时，直接体验型小说偏多，近年，他的文学观念及艺术思维有所调整和拓展，虚构型作品数量明显增多。陈继明这两年小说创作数量稳步提高，一方面当然得益于他的勤奋；另一方面，艺术虚构能力的突然被唤醒，则为他的创作安上了另一只翅膀。

在如此纷纭变幻、大气磅礴的时代，在人生如此繁复，人情如此绚烂的年代，陈继明的小说创作仿佛只是刚刚开了一个头。我们衷心希望这位朴实而有为的年轻作家能够继续开辟新的人生和文学航道，从而在更广阔的水域劈波斩浪，一显身手。

“潮平两岸阔，风正一帆悬。”

1996 年 11 月

漠野深处的动人诗情

——读漠月的小说创作

认识漠月已经有些年头了。印象中的漠月，沉默之时多，开怀放胆之时少。他是那种讷口少言的创作家，锦心常在，“绣口”却不大能够感觉得到。漠月自小生长在内蒙古自治区西部阿拉善盟的农牧之家，以后又长期在这片被大漠包围的偏远而寂寞的土地上奔波、劳苦。虽然，他在城市曾有过四年大学求学的经历，也曾做过多年行政秘书工作，如今又在城市里当着文学编辑。但是，论精神气质，他依然是一个真正的来自漠野的汉子。应该说，是辽阔而孤寂的大漠塑造了漠月的性格和心灵，也是这片表面荒凉而内蕴丰厚的土地给予他创作的灵感和动人的诗情。观漠月之人之文，心中总抹不去沙漠英雄——骆驼的影子。据漠月说，他从小是在骆驼背上长大的。于是我突然想到，漠月仿佛就是一峰来自西部大漠深处的骆驼，他执着、坚忍，沉默而壮健。在宁夏小说创作界，他的创作不算是名气最大的，然而，他的“漠野小说”却是宁夏文坛不可多得的一处文学新景观，其别开生面的题材选择和艺术呈现方式正引发越来越多的议论和评说。

一

漠月的小说创作开始于20世纪80年代末，距今已经有十多年的光景。像许许多多的小说创作者一样，从能够写出小说到能够创作出动人的“好小说”，这一过程，漠月用了差不多十年时间。哲人常说：“十年磨一剑”。对创作家而言，漫长的十年实际上“磨”的是心性和韧劲。十年磨砺，锻炼的是对社会和人生的灵敏感受力和思想的穿透力，是艺术的独特知解力和圆融境界。如果说，十年前漠月的小说创作还不能使我们惊喜莫名，那么，今天，当我们面对漠月创作的纷至沓来的小说佳作，我们便不能不去细细探寻这位创作家的创作轨迹，用心地进入他以心智和才情所构建的独特的艺术天地。

毫无疑问，漠月近年小说创作的独特性首先表现为他的小说视域的特殊。他总是能在西部偏远寂寥之地，在被风沙和干旱肆意围困的漠野深处，从平静和寻常的生活状态中，发现和呈示动人的诗情。于是，一向被认为是枯寂、无趣、地老天荒的所在，突然孕育并生机盎然地呈现了人间的诸多欢喜与温情。显然，这种对于西部荒漠地域生活的审美发现，对近些年来过于甜腻和过度私语的中国文坛，无异于吹来一股清新凉爽的风。这风来自中国西部漠野的深处，也来自我们民族灵魂深处的向善向美之力。

漠月小说的取材几乎都来源于他经历过的生活和世界。大漠深处的孤独人家，日出而作、日入而息的农牧生活，成人社会的种种忧患和恩怨，少年人的联翩心事和向往。从题材上说，他的小说内容难称丰富和复杂。然而，正是在某种似乎是有意为之的单纯之中，漠月相当完整地表现了西部生活当中的欢乐精神和内在情韵。他在小说中几乎颠覆了“苦难”的西部生活，而以艺术的力量告知天下，在一向被认为是环境酷烈、生存严峻的中国西部，同样有着动人的诗情，也有难以言说的人间欢乐。《湖道》叙述两个家庭之间的爱恨情仇，于历史恩怨的纠缠和并不艰难的化解当中显现两个青年男女至真至纯的美好人性。这是漠野深处的人生故事，因为世界的空阔、寂寞，因为沉闷的日子如同久旱无雨的单调的天空，所以当一场秋雨浩荡而来，在电闪雷鸣的时刻，曾经美好的过去突然间复活，“湖道”将两颗本应该紧紧相连的心终于连在了一起。这里，没有都市青年男女恋爱时节的刺探、窥测和虚与委蛇，没有病态的自虐和心灵受到伤害之后的肆意宣泄，有的只是漠野小儿女的爱怜、尊重和一往情深。《锁阳》也是一篇写得情深意长的作品。简单的生活故事并不能遮蔽男女主人公火热的情思。状如春笋并现出妖冶亮色的锁阳，是写实也是写意。它所暗示的人间幸福岂是少年人闰子所能深切体悟得了的？漠月的另一个名篇《放羊的女人》，同样洋溢着人间的温馨之情。那个放羊的女人，因为怕当司机的丈夫被漠野小镇上的开放风流女子勾去了魂，硬是将他拉回大漠深处。然而，丈夫的暂时回归只是一个小小的阴谋，当乏羊们终于长成膘肥体壮的家伙，丈夫便又一次成功逃离女人温柔的包围，而走入更广大的世界。与许多叙写夫妻离别的作品形成明显差异的是，《放羊的女人》并不显现悲苦情调。相反，当知道自己已经怀孕，一个新的生命正不可阻挡地要来到这个多彩世界，放羊女人竟然像得了宝贝似的终日欢笑不止。这显然构成了这篇作品的欢乐气质和内在情韵，仿佛北方中国漠野深处异常干燥而敞亮的阳光打在你的脸上，生疼，但使你幸福得眩晕。

细读漠月的小说作品，我们发现他的小说与生活之中的“苦难”总是保持着一定程度的疏离。在他的小说中，描写生活苦难和人间悲剧的作品总是少而又少。即使是一些叙述过去年代人们的生活困境的作品，作者也总是着力彰显苦难当中的美好人性和人情，并不对人间悲苦过度渲染和着色放大（比如小说《人亲》系列）。这样的创作旨趣，并不表明作者没有经历过苦难的生活。事实上，像漠月这样出生于20世纪60年代初期，又长期生活在偏远的西部牧区的作家，苦难常常与生俱来，如影随形。在相当长的一个历史阶段，它几乎成为生活的唯一馈赠。然而，在漠月的笔下，苦难却并不被随意地叙述和描写。在对人间苦难的书写方面，他显得格外吝啬。形成这一取材特点的原因何在？我认为，只能从作家独特的感受生活和看取人生的审美心态上去寻找。

我们知道，生活当中的漠月是宽厚的、善良的。与他相识多年，很少发现他有言词激烈的时候。他似乎总是默默地用充满善意的眼光看待着身边的一切。应该说，长期的漠野生活培养了漠月粗犷豪放的气质和秉性，天宽地阔的西部风景养成了他豁达洒脱的文学眼光。也许，最根本的，是因为在漠月的心灵深处始终漾动着对于生活的善意和宽容，是一颗向善向美的灵魂导致了他的作品的融融暖意。在这一点上，漠月与已故的当代小说名家汪曾祺颇为切近。汪曾祺一生经历坎坷，磨难多多。然而，他的小说创作却几乎与生活的苦难无缘。他过滤掉乡村的苦难，构造出一片没有异在力量粗暴进入和浸染的纯然而宁静的乡土，从而呈现人生善良和美的一面。以汪曾祺的创作来对照漠月的小说取材，应该说有颇为相似之处。然而，漠月和汪曾祺终究属于不同年代的作家，美学趣味的接近并不等于风格的完全一致。漠月的“漠野小说”虽然有着温情脉脉的情愫，但毕竟不似江南水乡的小桥流水人家。在《湖道》《锁阳》《放羊的女人》《五月沙枣花》等作品中，中国北方的干燥刚硬气息是那样的浓酽，与烟雨迷蒙当中的江南柔媚之情相比，漠月的小说散发的是北方的柔情，是回荡在《走西口》和《兰花花》里的黄土地上的让人心疼的柔情。

漠月小说对于“善”和“美”的偏爱，还体现为他在作品当中对柔美女性形象的倾注深情与精心塑造和刻画上。不可否认，文学史上有一类作家在创作旨趣的追求上颇多“唯美”心态。他们乐于把女性形象想象为人间“善”和“美”的化身。因而，在他们的作品中，女性总是代表着温柔、善良、忍让、慈爱和对人世苦难的包容之心。以艺术想象的方式，将人间女性“唯善化”和“唯美化”，这样的文学创作传统可谓源远流长。就中国文学史而言，古代有《木兰诗》《西厢记》《牡丹亭》《红楼梦》等杰作，现代以来则有沈从文的《边城》、孙犁的《荷花淀》以及汪曾祺的《受戒》和《大淖记事》等诗情小说。从心灵的艺术积淀看，漠月对中国古代文学传统当中的诗性气质（女性形象塑造上的“唯善”和“唯美”，可以视作文学诗性气质的典型体现）汲取颇多，从审美心态和创作追求的角度看，漠月创作的路数比较接近于“五四”以来以沈从文等为代表的散文化小说一路。然而，任何独特的创作都不可能只是单纯地模仿和被影响。每一代作家的写作既是对传统的继承，更是一种全新的对生活和艺术的领悟与创造。细读漠月的代表作，我们还是可以发现，他笔下的那些动人的女性形象，诸如罗罗（《湖道》）、枣（《五月沙枣花》）、大嫂（《锁阳》）、放羊的女人（《放羊的女人》）等，与翠翠（《边城》）、水生嫂（《荷花淀》）、小英子（《受戒》）等人物形象存在着相当程度的差异。倘若说，像翠翠和小英子这样的艺术形象多少带有一点梦幻和写意的成分，那么，漠月小说当中的女性形象身上便多了一份来自漠野的地气和人间的烟火气。迄今为止，漠月似乎不大愿意书写纯美异常的少女形象，他更乐于描写来自生活底层的成熟女性形象。这些女性形象身上，不仅集中着温柔、善良、慈爱等品性，更带有来自永远的劳动和生活磨砺当中的坚韧、隐忍和硬气。即使是那两个尚未嫁作人妇的年轻姑娘罗罗和枣，她们的身上散发的也依然是由严峻的生活所带来的成熟气息——一种由西部的人事风华所造就的柔情与刚硬奇妙地结合在一起的母性气息。这使我们情不自禁地想起了同样诞生在西部这片神奇土地上的两个动人的文学形象——张贤亮笔下的李秀芝（《灵与肉》）和马缨花（《绿化树》）。很明显，独特的带着西部风韵的女性形象的精心塑造和刻画，已经成为构成漠月小说审美魅力的一个重要创作因素。由于这些集“善”与“美”于一身的女性形象的存在，漠月的“漠野小说”便平添一份北方的娇媚。

二

阅读漠月的作品，我们会发现，他的小说从总的艺术倾向上看，表现的是民族的和传统的美学风貌，更多古典的情调和趣味。与过于冷漠阴郁的带有现代派色彩的一路小说相比，他的作品当中弥漫的是一种温和之气，呈现的是“哀而不伤、怨而不怒”的中和之美。如果借用一个美术术语来评价漠月的小说，我想，应该叫作“暖色调”。

这种我们姑且称之为“暖色调”的艺术追求，首先表现为作品取材上对于日常生活当中“诗性”的寻求以及叙述上的沉稳安详的“调子”。漠月小说的取材，并不刻意寻求人世间大起大落的喜剧和悲剧，人生的突然发迹和生活的“陡转”，这样的戏剧性叙事，总是很少出现在他的作品当中。与此相反，他更喜欢以一种悠长的、除却了人间烟火气的调子，娓娓讲述普通生活当中的喜悦与小小的不如意。诚然，命运也曾无常，生命的天空也会时常有暗影飘移。但一种浓浓的爱意却坚定地、恒久地缠绕在西部辽阔的漠野和它的人民身上。生活在漠月的笔下，是大漠当中的日出日落和风沙弥漫，是牧民对于雨的渴望和羊群与骆驼对于青草的热爱，是农舍屋顶上的炊烟和毡房里的奶茶，是男女之间永恒的爱情和牧人们古老神圣的约定。在他的小说世界中，生活从来就是寻常的劳作、生育、忍受、哭泣和歌唱，是一个又一个鲜亮的早晨和大漠深处静谧的黄昏。虽然散漫，但并不消极、无奈，它总是透露着世俗的温暖的意味，内里却不乏庄严品性。我们甚至能够觉察到，漠月是一个不喜欢描写“死亡”的作家。当小说中很不幸地出现了“死亡”现象，他会轻描淡写，甚至会使本来异常流畅的笔触变得格外黏涩和滞重起来。《墙上的裂缝》是漠月小说中比较罕见的一篇涉及“死亡”主题的作品，但是这篇作品对于死亡故事的处理和艺术描写却相当艰难，因而小说主人公根子的人生悲剧便显得迷雾重重。阅读时，使人颇感晦涩。坦率而言，这并非作者笔力不逮之故，实在是因为作者不忍心面对“死亡”而使笔力锐减。也许，我们可以责备作家心太软，但是，我更愿意相信，一个不靠制造戏剧性的传奇故事，不靠描写非常和反常人生，而只将目光集中于寻常人性和日常生存的创作家，才可能是一个具有发展潜质的优秀小说家。张爱玲在谈创作的一篇文章中写道："文学史上素朴地歌咏人生的安稳的作品很少，倒是强调人生的飞扬的作品多，但好的作品，还是在于它是以人生的安稳做底子来描写人生的飞扬的。没有这底子，飞扬只能是浮沫，许多强有力的作品只予人以兴奋，不能予人以启示，就是失败在不知道把握这底子。"（《自己的文章》）漠月的小说，讲述漠野深处的寻常人生故事，描摹西北边地的儿女之情，是张爱玲所说的歌咏"人生安稳"的作品。这样的作品，仿佛一团温柔的火，无灼目之光、无绚烂之色，却以一种深长的热力，缓慢地进入读者的心灵世界，逐渐聚集为烫人的潮水。

漠月小说的"暖色调"还表现为作者在作品当中对于西北边地自然风物和人物生活环境的饱含诗意的描写。这种对于自然风物和生活环境的描写，通常都能够与小说所叙述的故事与人物形成一种相当和谐的同构关系。有些艺术描写，对烘托气氛、暗示主题、表现人物心理都起到了至关重要的作用。我们来看一下漠月小说中的两个典型场景。

天还没黑。西边是一轮圆圆的夕阳，像个鸡蛋黄儿悬浮在一道沙梁上，看上去晃晃悠悠的。伸出根指头轻轻捅一下，就会流淌出浓稠的汁子。空气中游荡着井水的气息和羊身上的膻味儿，能让人毫不费事地体会到日子的温馨。

太阳白花花地照着。天上有大朵的云，像是谁随手丢弃的羊绒，洁净得很，这样的云是不会落雨的，却在无声地改变着形状，慢慢地淡了，最后剩下的还是天。屋前是沙梁，一道一道地铺展开去，天与地相交的地方就很不平坦，那里是白茨沟。再过些日子，白茨要发出细小的叶儿，抹上一层绿色。如果大哥还在屋里，就会去那里挖锁阳。锁阳长在白茨的根上，春月里破土顶缝儿，像极了一条蛇，身上布满密密麻麻金黄的鳞片，还有一股锁人嗓子的香气。

上面引用的两段文字，第一段是小说《白狐》的开篇段落，在诗意的颇带些童趣的描写中，将漠野深处农牧人家带有原始古朴色彩的生活情态和盘托出，同时也与以后漠野当中的罕见事物白狐的出现形成一种叙述情调的反差。第二段文字是小说《锁阳》故事叙述当中的一段场景描写，视角是一个十几岁的少年人，依然是诗意的、似乎含着淡淡忧伤的“调子”。但是，由于这段描写当中的自然天色与事物介绍（关于“锁阳”这一植物）是与一个少年人隐隐萌动的春情交融在一起的，所以看似简约的描写已不那么简单，它实际上已经暗含了某种隐秘和象征的诗情（“锁阳像蛇”的文学修辞在这里显然具有弗洛伊德精神分析学的某些影子），并且为小说故事的发展预设了某种特殊的情境。只是，漠月的描写“发乎情，止乎礼”，读者只能在精细的阅读当中慢慢琢磨和体会他的艺术深心。

可以看出，漠月对于小说氛围的“静”与“美”有着特殊的喜爱之情。在他的许多小说当中，包括上引的两段文字在内的自然风物和牧人生活环境的描写都透露着难言的静寂。天地有大美而不言。人间虽不能不言语、不歌唱，但至少在漠月看来，说话是应该惜“墨”如金的：他小说中的人物能言善言者甚少，他的对话描写能短则短；歌咏则应在晴朗的夜空之下，满天星星，长长银河，与之相伴随的是舞台之上孤独的演唱。当张万凉和向红的那曲荡气回肠的《白毛女》演唱完毕，舞台上空汽灯的炸裂与雪花般飞舞的碎片，衬托的是更深更大的静寂（《三十年前的一次演出》）。也许，对于小说“静美”境界的追求，与漠月长期生活在漠野深处有关。在二十多年的岁月里，他一直生活在被大片大片的不毛之地所围困的星星点点的绿地上，孤村、孤镇、孤城以及三五成群的单门独院的农牧之家构成了他最主要的生活环境。可以说，在这样的环境中，与自然对话的时间似乎要比与人类对话的时间多。天地静谧，漠野无声。此时，个人对世界的感受是浑茫的，难以描述的。无言胜有言，一切都仿佛处于世界诞生之初，最深广的美质便是“静美”。多年后，当漠月作为一个小说家进入创作时，童年和少年时期的生活经验和对世界的原初感受会丝丝缕缕地出现在他的作品当中，从而氤氲出一片“静美”的诗意的天地。

倘若深究一下，我们还会发现，漠月小说的温暖情调还来源于他在小说创作中的童年叙事视角的反复运用和对回忆性的小说体式的热衷。

应该说，儿童的感官系统较少受到成人文明化意识的干扰，他们更多地保持着原始的敏锐、丰富和自由的状态，会更直接地向外部世界敞开。从本质上说，儿童的眼睛是艺术的眼睛。那些没有被污染和过滤的心灵常常会产生纯美的诗意，那些清泉般的生命感觉也常常造成鲜嫩欲滴的诗情与画意。巴乌托夫斯基说：“对生活，对我们周围一切的诗意的理解，是童年时代给予我们的最伟大的馈赠。”在漠月的小说中，采用“儿童的眼睛”叙事的不在少数。《白狐》《锁阳》《夏日的草滩》等篇完全采用童年视角，使小说的情节发展和场景描写颇多童真童趣和艺术的鲜明情调。《白狐》当中的羊娃子把夕阳看作是一个“鸡蛋黄”，想象“伸出根指头轻轻捅一下，就会流淌出浓稠的汁子”；又把羊的乳房看作是饱满红润的桃子，而娘的挤奶动作很像是在“摘桃子”。这些描写都构成了小说明净的诗意。而在《锁阳》当中，由于童年视角的采用，一个本来可能会变得平庸的爱情故事突然增添了许多诗意的波澜。这使得这篇貌似简单的作品，因为所谓“懵懂的眼睛”反而产生了一层不易穿透的复杂意味。

与叙事的童年视角联系在一起的，是漠月小说当中的回忆的“调式”。

仔细阅读一下漠月近年创作的小说，我们发现，他的那些最优美的小说一般都是在叙述“过去的故事”，是回忆“调式”的。即使是那些时代背景并不太确定的作品，凭借小说所提供的只言片语，读者也能感觉到指涉的是“过去”。应该承认，对于像漠月这样的重情的作家而言，故乡是他永远的精神家园，童年是他永远的纯美梦境。汪曾祺说：“写小说就是写回忆。”莫言在《小说的气味》（《天涯》2002年第2期）一文中说：“作家的创作，其实也是一个凭借着对故乡气味的回忆，寻找故乡的过程。”无论是把小说当作回忆往事的最佳方式，还是把创作视为对故乡的寻找，其实都在表明：小说与一个人过去的生活和世界的关系是多么的重要，从某种程度上说，它甚至会成为艺术创作的发生源。当漠月让他过去所经历过的生活和世界进入他的创作，重要的已不是他所经历过的事情，而是如何把回忆编织起来，使它们变得格外美丽和强大。显而易见，漠月在“回忆”当中重现了几十年前的充满诗意的“过去”。他凭借强有力的文学记忆将已经消逝的人与事重新唤回，让它们变为活生生的、当下的存在，重新建构读者与这些人与事的关系。然而，当“过去”已经变成一个庞然大物，以至于它淹没了“现在”，遮蔽了作者对于正在行进的生活的注视和深切的追问，我想，那“过去”的生存就应该逐渐地退回到岁月深处。因为，我们毕竟生活在现在，每天都在吮吸着现实所提供的营养丰富的乳汁，而我们的创作所面临的最尖端的课题之一便是如何充满激情地呈现时代最真切生动的面影。如果作家们只是一味地纠缠于“过去”，那么文学与现实的关系将会变得十分可疑。文学也将丧失它永久存在的理由。

漠月已经以他持续而有效的辛勤劳作，在纸上建立了完全属于自己的审美“王国”。这“王国”里通常演出的是过去的戏剧和童年眼中的风景，从中传递出一种久违的声音和气息。我们的文学对于生活诗意的发现和对生活神圣性的张扬，确实已经到了岌岌可危的地步。在文学中过多地描写人性的卑贱和人生的挫败感和幻灭感，事实上，已构成对庄严生活的重大伤害，造成普遍的对世界的不信任情绪。漠月的小说以对生活的温情和艺术超越，以对宁静安详的人生境界的执着书写，重新点燃了人类生存的热情之灯，对许多处于生活迷乱当中灰色和躁动的心灵无疑有着照亮和抚慰作用。这是漠月以不多的作品而被许多一流评论家和编辑家认可的关键所在。但是，作为一个热心的读者和评论者，我也愿意指出漠月小说的一些明显的缺憾。他的小说题材明显地具有某种单调性；他对过去的痴情妨碍了作品对历史生活严峻性的发现和描写；他在城市已经生活了二十年，然而他对城市似乎是隔膜的，读者难以发现他对城市生活的有力穿透；他对时代丰富性和复杂性的认识可能还没有达到被期待的高度。不可否认，许多在宁夏青年作家创作中共同存在的艺术问题在漠月的作品中也相应地存在着。而困难的克服和创作的更大超越显然需要更艰辛的努力、更深沉迫切的心灵投入。作家的角色就是这样，他就是东方古老传说中的那只不死之鸟，生命的华美和芬芳完全取决于一次又一次投入大火的勇气。投入了，便浴火重生，成为翱翔于天宇的凤凰；不投入，便低飞于草莽，变成一只居于人间屋檐之下的凡鸟。

【附录】

【漠月主要作品目录】

《五月沙枣花》，原载《青年文学》1997 年第 5 期，获得 1997 年全国“恒泰杯”乡土小说大赛优秀奖。

《无泪的倾诉》，原载《朔方》1998 年第 1 期。

《白狐》，原载《朔方》1998 年第 8 期，《小说选刊》1998 年第 11 期选载，获得宁夏回族自治区第五次文学艺术作品评奖小说二等奖。

《夏日的草滩》，原载《少年文艺》1998 年第 12 期，《儿童文学选刊》1999 年第 3 期转载。

《荒地》，原载《飞天》1999 年第 7 期。

《挽歌》，原载《飞天》2000 年第 4 期。

《人亲》，原载《青海湖》2000 年第 4 期。

《老家的二爹——〈人亲〉续篇》，原载《青海湖》2001 年第 5 期。

《墙上的裂缝》，原载《朔方》2000 年第 9 期。

《老满最后的春天》，原载《延河》2000 年第 10 期。

《湖道》，原载《雨花》2001 年第 3 期，《小说选刊》2001 年第 5 期选载，收入《2001 年度小说佳作》（漓江出版社），名列“2001 年中国小说排行榜”短篇小说第一名（中国小说学会主持评选）。

《锁阳》，原载《朔方》2001 年第 5—6 合刊，《小说选刊》第 8 期选载，收入《2001 年短篇小说精选》（百花文艺出版社），获得宁夏回族自治区第六次文学艺术作品评奖中短篇小说一等奖。

《放羊的女人》，原载《青年文学》2001 年第 7 期，《小说月报》2001 年第 9 期选载，收入《2001 年中国短篇小说选》（华夏出版社），入选“当代中国文学最新作品2001年下半年排行榜”短篇小说第一名(《北京文学》月刊社与老舍文艺基金会联合主持评选）。

《小说二题》，原载《四川文学》2001 年第 9 期。

《搭救》，原载《小说家》2002 年第 1 期。

《那年秋天》，原载《时代文学》2002 年第 3 期。

《父亲的树》，原载《中国作家》2002 年第 5 期。

《三十年前的一次演出》，原载《朔方》2002 年第 5—6 合刊。

2002 年 5 月

悲悯的注视

——论李进祥的小说创作[①]

我与李进祥见过不多的几次面。他在远离银川的地方生活和工作，平日里难得与之一聚。偶尔，李进祥来银川参加文学圈子里的会，我们又总是一照面便彼此散开。相比较而言，我对他的作品更为熟悉一些。他在一个小县城的机关里任职，繁忙的工作之余默默地创作着小说。自出道以来，他的写作数量一直不算很多，每年最多也就发表三四篇小说。但是，我要说，从阅读到他的第一篇小说《口弦子奶奶》（2003 年）开始，我就对这位小说作家产生了浓厚的兴趣。李进祥的小说创作虽然并非始于 2003 年，但《口弦子奶奶》被《小说选刊》这样的全国“大刊”选载，显然使他逐渐具有了全国知名度。2003 年之后，李进祥还是不紧不慢

---

①本文所论作品，主要见于李进祥短篇小说集《换水》。《换水》，漓江出版社，2009 年 9 月第 1 版。

地写作，《小说选刊》《小说月报》之类的“大刊”，每年也会选载上他的一两篇作品。然而，李进祥却始终保持着朴实的“低调”。是的，在名声逐渐显赫起来的宁夏青年作家群当中，李进祥不能算是最为引人注目的人物，但是，论及宁夏青年作家群，我们却难以忽略这位风格特异的作家。他的小说朴素，家常，像一个未施粉黛的乡村姑娘；然而，在朴素寻常的面貌之下，李进祥的作品却“言近旨远”，有着让人不能不为之心动的穿透人生的艺术力量。那种对乡土的痴恋与悲悯，对人性的洞察与理解，对人的命运的格外关注与不倦的追问，都表明：李进祥的小说天地远比我们想象得要开阔和丰富得多。

翻阅李进祥的作品，发现他讲述最多的是“清水河故事”。清水河是李进祥家乡真实存在的一条河流，然而，这“清水河”三个字听起来蛮有诗意，实际上却是一条长久奔流着的苦涩之河。一河咸水，既不能饮用，也不能浇地。天不佑人。可是，清水河畔的人们，却一代又一代地生存了下来。只是，这生存确实不易，这生存带着永远流淌着的血和泪。在《想起了几个外乡人》中，在“清水河女人系列”中，我们感受到的何止是物质生活的极端贫穷与匮乏。在一个仿佛被世界早早遗忘掉的苦涩荒凉之地，心灵的封闭与狭窄，又给多少渴望生活热爱理想的人们带来人生的大苦痛！这大苦痛当然年深月久地折磨着世世代代生活于清水河畔的人们，同时，随着时代的变迁和个体意识的觉醒，这苦痛也使那些不安于贫困的清水河人自然产生了“冲出去”的渴望与信念。一时间，“生活在别处”成为清水河畔人们最切实的盼望和最美丽的梦想。令人惊讶的倒是，李进祥并没有充满激情地叙述清水河人“扑入”城市之后的“幸福”生活。相反，他如实描写了从清水河突围而出的马万成

（《屠户》）、马清（《换水》）们在城市“丢失”自己的悲剧。马万成原来想以自己的卑微与忍耐换取儿子的尊严和新生，到头来，却把一个高高大大活蹦乱跳的儿子变成了城里的一个坟堆；马清、杨洁带着满肚子的美好憧憬来到城里，却在金钱铁律支配下的城市遭受深伤剧痛，仓皇返乡。即使是在做了城市小老板的马成（《天堂一样的家》）那里，成功的喜悦也总是被创业的艰辛和到处磕头作揖的屈辱所冲淡。是的，清水河畔的人们无论是困守乡土还是进城搏斗，他们的所有付出似乎都带着那么一点悲剧的色彩。他们知道干活要下死力气，知道人前不可欺瞒，做事诚信为本。然而，古老的道德自守怎敌得过包围他们的洪水般肆虐的金钱欲望。于是，马万成在眼皮子底下痛失儿子，马清、杨洁被城市击打得遍体鳞伤；那个眼观六路耳听八方的瘸尔利（《遍地毒蝎》），则在他煽动起来的一村人闹腾着抓蝎子的热潮中，最终被蝎子给予了致命一击。在李进祥所讲述的清水河人的生活故事中，悲剧似乎无可避免地构成了寻常岁月里的某种常态。尤其是在涉及农民工生活和命运的书写时，李进祥的笔墨似乎格外的沉重和严峻起来。实际上，透过生活的表象，读者们会发现，与其说李进祥喜欢言说生活当中的悲剧，不如说作家更关注社会转型时期中国农民所付出的沉重的心灵代价，并一直为农民兄弟们道德上所面临的两难困境而扼腕叹息。那些脚上还沾有泥土的老实巴交的农民们，怀揣着一颗忐忑不安的心，睁着一双迷惘的眼睛，一步三回头地进了城。他们本以为靠着一身的力气与满心的善意，便可以在人潮涌动的都市繁华之地觅得立足之处，可大多时候，他们却总是以丧失生命和尊严作为代价。于是，“逃离”成为李氏小说主人公共同的选择。应该说，诚实的农民们逃离眼前的城市生活，不是因为无能，而实在是因为不忍——不忍做利益的爬行动物。李进祥怀着一种悲悯，注视着清水河畔的父老乡亲。他想要弄明白这样一个问题：是来自乡土的农民的淳朴害了他们，还是善良者的不幸从来都别有原因？这一问，就使得他的那些叙述农民工生活的篇章，具有了超出一般同类小说的思索的力量。而这思索的力量，在这个普遍地追风逐流、过于“平面化”的时代又是多么的难能可贵。

翻阅李进祥的作品，当然也会发现这位作家对于女性的“痴情”——他是一个喜欢书写女性命运，善于刻画美丽女性形象的小说家。从他的成名作《口弦子奶奶》开始，李进祥的最具代表性的小说中，总是闪动着一些让人不能轻易忘怀的女性形象。羞答答的阿依舍（《女人的河》）、神秘的花样子（《花样子》）、性格和人生理想各异的桃花与杏花（《害口》）、心中长存恨意却在最后时刻原谅了曾经的情敌的兰花（《扯脸》），甚至那个影子一般的林娴儿（《天堂一样的家》）和捏了打工儿子递上的钱便立马长了精神的婆婆（《害口》），莫不是令人过目难忘的动人形象。李进祥平静地书写着乡村女子的命运荣枯，细心地描摹着她们的心灵悸动——思念、渴望、酸楚、原宥，小小的算计和痛彻肺腑的悲哀。在对清水河女人的生活命运和心底波澜的艺术展示中，他在深深地叹息，也在不停地追问。也许，对耽于沉思的李进祥而言，关注女性命运、刻写动人的女性形象，只是他探寻生活与人性奥秘的一个特殊的视角。女性在人类文化史上，总是代表着温润、宽厚、善良、忠贞、坚忍等美好的人类精神价值的坚守。李进祥喜欢描写美好的女性，一方面，显示着他对女性命运深切关注的人道主义的情怀；另一方面，他也是想借女性这一文化符码，赞扬与呼唤千百年来人类社会曾经拥有的那些美好的生存信念和价值情怀。从这个角度而言，李进祥的“清水河女人系列”与前述的书写农民工现实生存的小说，题旨应该说是相一致的，是所谓的“殊途同归”。

一位出色的创作家能够被读者们喜欢并留存于记忆深处，当然与创作家所提供的作品的艺术力量有关。李进祥以不多的小说作品而征服了许多读者（他创作于 2007 年的小说《狗村长》获得《小说月报》举办的“最受读者欢迎小说”奖），足以证明这位小说家的写作才能是优秀的，也是独特的。卓越的作家从来如此：他的文学提供是新鲜的、特异的，既涌动着来自生活和生命深处的鲜活的汁液与饱满的声音与色彩，又升腾着作家永远的悲悯与无尽的追问。我不能说，李进祥的小说创作已经臻于化境，但是，我得承认，这位思索时间远远大于写作时间的作家，确实已经走在了一条值得期待的创作道路上。仔细阅读李进祥的小说，首先会发现，他是善于以“小”见“大”的。说得更明白一些，李进祥通常写的都是小故事，而故事背后的思想和意蕴却是颇费思量的，是一些“大”的东西。优秀作家的任务就是这样，人们熟视无睹的生活因为他（她）的重新描写而变得既熟悉又陌生。整个生活被艺术的摄像机推近了，放大了，许多此前看不清的、模糊的内容因为放大而让我们触目惊心。比如《屠户》，它的表层叙事是一个进城的农民因为贪婪而痛失所爱，而其深层却是对现代人类的“反天道”行径深怀忧惧。事实上，我们的人性当中从来就具有一些“恶”的因子，“文明”的功能就是要适时地控制它，阻击它。李进祥的其他小说，《遍地毒蝎》《狗校长》《害口》《扯脸》，也都是以小见大的作品。《害口》《扯脸》两篇小说，描写的岂止是家常事、儿女情！在桃花的无处诉说和兰花的化敌意为怜悯当中，乡土女子人性的高贵跃然纸上。阅读李进祥的作品，还会发现，这位小说家的作品里是常常流淌着“诗意”的。严格地说，李进祥不能算是“浪漫派”的作家，他的小说一直走的是写实之路。然而，我们阅读李进祥的小说，却常常被那些穿插于作品中的感伤而优美的叙述和抒情段落深深打动。口弦子奶奶揪心扯肺般的口弦子声，花样子出嫁当日大肆盛开的妖艳桃花，阿依舍眼里既苦涩又甜蜜的清水河，上述描写相当突出地显示了作家出色的观察和想象生活的能力。它表明，如果一篇叙事类作品充满了叙述者个人的种种新鲜而独特感受，读者们就会像享受水分充盈的果实一样享受作品。当然，提及李进祥小说的“诗意”，便不能不涉及他作品中那些“沉郁的诗意”。前面我已经说过，李进祥小说所叙述的故事以悲剧居多。实际上，除了多写悲剧，李进祥还是一个擅长在小说中营造神秘和不安气氛的作家，这种神秘的不安的气氛，我把它称之为小说中“沉郁的诗意”。《屠户》《遍地毒蝎》《狗校长》三篇小说的艺术描写，最为典型地体现了李进祥对“沉郁的诗意”的寻求与理解。我认为，正是因为有了对小说总体氛围的刻意追求和精心书写，李进祥的许多小说才具有了某种现代艺术品格，才拉近了与更为年轻的一代读者的心灵距离。

2008 年 6 月

阅读马金莲

认识马金莲已经很多年了。在认识她本人之前，当然最先读到的是她创作的小说。马金莲刚刚登上文坛的时候，正是新世纪初期那几年。那几年，宁夏文坛热闹非凡：石舒清、郭文斌接连获得“鲁迅文学奖”，“三棵树”“新三棵树”正绿叶纷披，迎风摇曳，“宁夏青年作家群”作为一个创作整体异军突起，名闻遐迩。那时，在引人注目的“宁军”团队当中，马金莲还是一个十足的“小妹妹”。她是那支队伍当中罕见的“80后”，但却没有“80后”通常的率性张扬。她人显得腼腆、羞涩。开会的时候，不多言语。如果真被点名发言，实在是逃脱不开，也会说上几句，极短的话语，周围的人还没有琢磨过味来，她已经噤声。弹指之间，十几年过去了，马金莲现在的小说创作不仅数量丰盈，而且正呈现格外强劲的态势。如何理解其人其文，我想以几个关键词来描述一下我的阅读感受。

朴素容颜

用“朴素”这两个字来描述马金莲的为人为文风格，估计没有人会不同意。我认识马金莲十余年，每一次见到她，感觉她的为人处世皆为低调和内敛，始终呈现一种素朴的风格。刚刚出道时，她二十几岁，见到外人会因为羞涩而脸红。如今，她已经名动江湖，见到文学界的朋友们，除了必要的问候和招呼，话也不会多。这当然与她的回族女性身份有关，更与她童年以后所经历的生活磨砺有着直接的对应关系。马金莲曾经在小说《坚硬的月光》中借分析人物心理这样夫子自道过：“我们这里的人，总不善于表达，尤其在情感方面。这与我们世代生活的环境有关，与粗粝的生活现状有关。我们的外貌和内心，一同被艰辛磨砺得粗糙无比，柔软的滴血的部分，被痂层严严包裹，所以轻易看不到一个人内心褶皱深处掩藏的伤痕和埋于其中的往事。不管活着有多么艰难，人总得往下活，所以淡漠忧伤，淡忘伤害，杜绝矫情与做作。对待生活的态度变得沉默、稳重，甚至淡漠。”马金莲为人处世的这种朴素内敛风格，也恰恰呈现为她小说的艺术容颜。遍翻她创作的小说，很少发现翻空出奇有意炫技的篇幅，大多数时候，是日常生活的精细和精确状绘。西北乡村窑洞里冒出的炊烟，黄土院子里鸡的“叽喳”和狗的追逐，山洼里羊对青草的寻觅，乡间小道上少年人背着干粮袋奔向学校的瘦弱背影……凡此种种，构成了西北乡村前现代社会的寻常生活景观，也留下和定格了20世纪最后十年我国西部乡土社会的真实面影。当然，也有人批评马金莲小说的“滞重感”，觉得在小说叙事方面，作者写得太满太实，“浓得化不开”。我理解这样的批评，但更愿意以宽容的心态去包容马金莲小说创作中的不足。我的看法是，马金莲的路子是正的，她从泥土和底层人民当中走出，于西部乡土的千般事相和农民的生存命运之中，发现人情的温暖和人性的良善，在世情汹涌、人心不古的当下，其创作的价值不容低估。至于“满”和“实”的问题，不是核心的创作问题。伴随着生活阅历的增加和创作视野的开阔，马金莲的创作迟早会变得思维通透、技巧圆熟。毕竟，“术”总是永远不及“道”来得更为重要。

回族女性

在真实的现实世界当中，马金莲是一位年轻的回族女性。回族女性这一身份，不仅规约着她的日常生活，也深刻影响着她的创作。马金莲自小生活于宁夏的西海固乡村，现在也依然在这个地区生活和工作。众所周知，西海固是位于中国西北内陆之地的极度干旱区，风大沙大，雨水稀少，土地瘠薄，生活艰难。马金莲虽然是 1982 年出生之人，但童年和少年时代依然身穿补丁之衣，遍尝饥饿之苦。以后，随着中国经济的强劲发展，马金莲和她所钟爱的家乡父老乡亲们的生活有了相当的改善，但是童年期因为贫穷而导致的苦涩生活是如此深入地铭刻于她的记忆当中，并成为她难以舍弃的叙事资源。不仅是她自身经历过的物质的贫困、生存的窘迫始终萦绕于心，而且，父母和祖父祖母两代人的苦难同样反复冲击着她的心灵。那些遥远的当年曾经摧肝裂胆的苦难生活虽非她亲身经历，但困窘生活对于人的灵魂的压迫，她依然能够从父母和祖父母眼前的生活当中强烈地感知到。马金莲曾经自述：“生活里的清寒和艰苦，像胎记一样深深地铭刻在我的记忆里。这记忆更像是血液，早就深深渗入我文学的底板里，将其浸透。”（马金莲：《时间缝隙里的碎碎念》）我们读马金莲的小说，发现她不仅频繁描写童年期的生活困苦，而且涉笔20世纪六七十年代的西北乡村生活（这是石舒清曾经反复进入的写作领域），就是因为她在目前的生活中，依然能够深刻感知历史生活的“遥远的回声”。从对西海固曾经有过的苦难生活的感受和认知上，马金莲与石舒清似乎并无二致，但是，必须要说明的一个事实是，马金莲是一个回族女性。有人会问：回族女性与别的女性有什么差别吗？如果是在经济文化相对比较发达的城市，这个问题不太难回答，一句话可以说清楚：没有大的差别。如果把这个问题放到西北乡村，回答起来就不那么简单了。中国是一个幅员辽阔的国家，近代以来，由于诸多因素的影响，中国的东西部在经济、文化发展的步调上，存在着明显的差异。改革开放以来，尤其是国家实施“西部大开发”战略之后，东西部发展的差异性格局不断得到弥合，但历史文化形态的变化总是滞后于经济发展的速度这一事实依然坚固。在西部乡村，特别是在马金莲生活的西海固乡村，古老的文化传统一直以“超稳定”的样态在日常生活中起着规约乡风民俗的作用。作为回族女性，从初懂人事到走向生命终点，在这漫长的一生当中，都必须要遵守严格的传统约束和文化禁忌。生火做饭、生儿育女、侍候公婆、友善兄嫂、成人之美、救人于难，忍受别人不能忍受之痛，吃得旁人不能吃得之苦，等等，不仅是书本上的律条，更是日常生活中妇女们必须恪守的道德伦理原则。马金莲从识字启蒙到进入青年时代，再到做了两个孩子的母亲，乡土社会的历史文化传统之于她不仅仅是外在的谈说，也是身体力行之物。在一篇谈说自己创作的文章当中，她写下了这样一段话：“做饭是女人的天职，就像包揽家务和生育拉扯是女人的天职一样。这是我生长的环境从小教诲我的，我在秉承西海固妇女那些质朴与善良的同时，也全部接纳了这样的女儿经。”（马金莲：《时间缝隙里的碎碎念》）认识并且理解了马金莲的回族女性身份和她所拥有的真实生活，我们再来看马金莲的小说，当然会得出一些鲜明的结论：第一，马金莲的小说创作与她经历的生活有着同构的关系，无论是《柳叶哨》《念书》，还是《赛麦的院子》《长河》，都是她曾经经历或者耳闻目睹过的生活，非是向壁虚构之作。第二，马金莲小说当中的女性形象，尤其是少女和青年女性形象之所以动人，是因为在这些女性身上散发着传统优秀女性的光辉，其善良、淳朴、勤劳、隐忍、不惧负重、勇于牺牲的性格特质，在“生活以奢靡为佳，人情以放荡为快”的当今世俗社会当中已为稀世之品。我们被荞花（《荞花的月亮》）、阿舍（《鲜花与蛇》）、“她”（《夜空》）们感动，是因为在这些生活于现代社会的回族女性身上，那些长久地影响过我们祖先的精神价值观念是如此强大地植根于她们的内心深处。她们的坚贞、痴情、挚爱、无私，是这荒凉寂寞的人世当中热烈盛开的艳丽花朵，是艺术超越现实、诗意抚慰人心的绝佳证明。马金莲的这类文字仿佛童谣，即使世界早已浑浊不堪，它所呈现的天真美丽依然动人。

突围之路

显而易见，马金莲的小说创作如今正处于一个转折的路口。踏上文学创作之路十几年，她以奋发有为的进取之心、坚忍的意志以及不知疲倦的勤奋写作，收获了诸多硕果：出版了八本书——六部中短篇小说集、一部长篇小说、一部长篇童话，总计两百万字；中短篇小说集《长河》获得第十一届全国少数民族文学创作“骏马奖”；中篇小说《长河》发表后得到极高的评价，2013 年被中国小说排行榜评选为中篇小说第一名。不可否认，在活跃于中国文坛的一线西部作家当中，马金莲属于佼佼者。然而，作为马金莲作品的忠实阅读者，我也得客观地指出马金莲创作上的一些短板。第一，她的写作题材过于集中于西北乡村社会，相对于当代一些大作家，她小说取材的范围显得狭窄了。第二，她的所有小说叙事皆来自真实而悲喜交集的乡村历史生活和现实发展，有着掩抑不住的“土气息”和“泥滋味”，然而，书写乡村不仅仅意味着关注乡村人们的生命律动，对于一个优秀作家而言，它也同时意味着你的思想深处必须对社会生活的整体运行轨迹有全面的甚至是精确的感知与了解。你写乡土生活，但思想素质必须是现代的、超前的、与时俱进的。众所周知，鲁迅创作的乡土小说的不朽来源于他的先进知识分子的思想底色。尤其是处于全球化信息化的年代，作家和所有普通人一样，实际上每天都在感受着生活的致命诱惑和难言的重压。这个时代，城市与乡村的联系比之过去应该说更加紧密了。今日都市里繁华闹市的霓虹灯影、火树银花，不正是与无数乡村寂静的夜晚和微弱的灯火，互为因果，密切相关吗？客观地说，中国的乡村与城市从来都是唇齿相依，祸福与共的。近代以来，中国乡村的动荡与波澜，哪一次没有深刻地触及城市的生活神经？因此，20 世纪那些最优秀的中国作家皆是既懂得农民心灵，又深知城市性格的。鲁迅自不必说，单说茅盾的“农村三部曲”以及新时期早期高晓声等人的“乡土小说”，哪一篇不是站在时代所提供的可能高度，视野宽广地描写农民问题的？所以说，无论是描摹乡土还是书写城市，如果只熟悉一种生活领域而不清楚其他生活秘密，都会对你的“乡土文学（或者城市文学）”构成严重的伤害。因为你的小说的思想天地是封闭型的，你所描写的生活是孤立无援的，它与更广阔丰富的世界缺乏应有的沟通和联系。你所提供的艺术世界只是一个物体的真实的投影，可是造成投影的光源何在，亮色与暗影究竟构成了怎样的对比关系？地域的小河如何与时代的汪洋大海水流相通、声气相求？我们却都不知道。第三，马金莲小说的艺术表现方式总体而言还欠丰富，显得单调和单薄一些。在写实和写意之间，在艺术处理的“实”与“虚”之间，在立足本土文学资源和汲取异域文化营养之间，一句话，在艺术的立足大地扎根泥土与冲天一飞俯视苍穹之间，她还有一段不短的探索之路要走。好在，这位勤苦的将文学创作视为神圣事业的回族女作家，已经具有了令人羡慕的才华和不俗的业绩。随着思想的精进和艺术的砥砺，马金莲终究会打开那扇完全属于自己的满溢着金色光辉的命运之门。

2018年2月

写作是为时代作证
——序吴江长篇小说《咀嚼荒谬》[①]

我不大知道现在还有多少读者会对四五十年前的事情感兴趣。身边的朋友们告诉我，这是一个复杂而匆忙的时代。纷至沓来的新事物、新景观、新情调早已占据了人们的心灵空间，没有人会对半个世纪以前的陈年旧事感兴趣。我心有不甘，向我的学生和孩子询问。结果，二十多岁的大学生们对几十年前的“过去”是一脸的茫然——他们对那段遥远的已无法触摸的“历史”因不得其详而不知道说什么好；而我正在上初中的孩子则根本地丧失了探究“过去”的兴趣，他和他的伙伴们正沉迷于网络游戏 CS 和《传奇》等所刻意构造的“打杀”世界当中。我们的时代是这样的倏忽变幻、一日千里，我们所生活其中的世界每天都在

①吴江：《咀嚼荒谬》，宁夏人民出版社，2004 年 11 月第 1 版，列入“金骆驼丛书”第四辑。

卖力制造新的时尚景观和新的消费情感。在这个唯新是举的年代，拼了老命一个劲地向前奔跑尚且赶不上潮流，谁还会有闲工夫停下来回顾从前的又老又旧的风景呢？然而，总是有一个声音在提醒我：历史是昨天的太阳。忘却过去毫无疑问将意味着丧失将来的阳光。这个声音仿佛一柄重锤，它不时敲打着我的心灵。它使我对并不遥远的“过去”产生了浓厚的亲近感和探究的兴趣。也许，对于像我这样的20世纪60年代出生的人来说，对历史和过去的尊重是与生俱来的情感和意识。这不仅因为我们的父辈曾经是从历史的风暴中穿越而出的，他们的心灵天空至今仍然飘荡着“过去”的阴云；更因为我们这一代人的少年时光是与十年“文化大革命”年代相伴始终的。那段混乱而贫困的岁月是我们生命时光中难以抹去的真实记忆。于是，当吴江先生所作自传体小说《咀嚼荒谬》呈现在我面前的时候，我是怀着一种急切而隐秘的心情来阅读这本书的。此前，我已经知道这位文学前辈的大半生是在困顿和艰难中度过的。然而，是怎样的艰难，又是怎样的困顿，却一直欲闻其详而不能。现在，吴老先生的命运沉浮和心灵激荡以一种极其率真的文学方式裸露在我的眼前。面对这部沉甸甸的命运之书，我的思绪和情感开始穿行于半个世纪以前的风雨雷电之中。在那里，我看见了艰难岁月当中人性的高贵和华美，见识了知识分子的不懈抗争；同时，我也听到了浊世中恶人的咆哮和庸众无边的嘤嘤嗡嗡之声。是的，这本书给我的心灵带来诗意和温暖，也使我的心灵常常备受煎熬。

毫无疑问，《咀嚼荒谬》是一本书写知识分子命运史的小说。应该说，描画知识分子的命运沉浮的文学作品，如今在小说题材的选取上已经没有优势可言。然而，阅读《咀嚼荒谬》这部长篇小说，我却不时感觉到它的扑面而来的新鲜情调。与二十多年前文坛风行一时的“伤痕”“反思”文学相比，这部书似乎除去了火气，更多一种因岁月的历练而生成的气定神闲的超脱情怀。更重要的还在于，这部书所描述的一切过往的人生故事皆是作者亲身经历而非刻意“虚构”。这显然使包括我在内的许多读者大跌眼镜。没有人会想到这本书里的“吴江”真的就是站在我们身边的和善小老头吴江，也没有人会想到眼前的“此吴江”是由书中那个受尽人间的冤屈、压抑、磨难、奔波之苦的“彼吴江”变化而来。在吴江的这部小说中,艺术创造与真实人生显然已经消弭了惯常的界限。我们在几十年前的乱世人生中读到了那么多的“传奇”。这些“传奇”隔着久远的时空，不时向我们发射着令人回味的新鲜信息。

我说《咀嚼荒谬》是一本给我们带来新鲜感的书，看重的恰恰是它对非常年代里人性的出色描画和透视。应该说，《咀嚼荒谬》是悬挂于我们社会生活中的一面镜子，它会时时提醒着我们注意非常年代的非人道的暗影；同时，它也是一面“照妖镜”，会让那些妄图在阳光底下喷发毒液的丑类们不敢再肆意胡为。

说《咀嚼荒谬》是一本耐人寻味的书，还在于这本书中展现了人间那么多美好动人的温情和诗意。当年，这些温情和诗意给我们的小说主人公吴江提供了艰难岁月当中的心灵抚慰，给了他活下去的勇气和力量；今天，当这些美好的人情与诗意以一种艺术的方式重现时，它们共同构成了这部长篇小说令人难以忘怀的“暖色调”。吴江的命运曾经是凄苦的。然而，在遭受无妄之灾的那些岁月里，家庭却给予他那么多的同情、理解、关爱、体贴。妻子竹萍是这部小说当中最让人感动的人物形象之一。她的动人不在于她为国家和民族做出了多么大的贡献，而在于在那个年代，这位温柔而坚强的女性一直在以她柔弱的肩膀扛住黑暗的闸门，让美好人性的光辉始终照射在命运多舛的男主人公的周围。她以她的伟大的母性拯救了一个陷入灭顶之灾的男人，并使这个男人坚强而自豪地活下来。我想，如果我们认定在我们的生活中确实存在着一些伟大的女性的话，那么，这些女性的伟大更多地来源于她们心灵深处的那种真情充沛、元气淋漓的爱。这种爱不带任何杂质，没有被任何“文明的思想”所污染。它出自本能，柔软深厚，它似寒冬烈火，又如暗夜明灯。它照亮了人类生存的暗影，为遭受心灵冬天折磨的我们带来期盼已久的温暖抚慰。亲人之爱不仅体现在妻子竹萍身上。在这部小说中，小弟老皮也因为充满爱意而让读者由衷地喜爱。与竹萍的形象稍有不同，这个老皮简直就是个民间的“侠士”。他机智、乐观、豪情四溢、义薄云天。他不仅是哥哥吴江的“生活导师”，某些时刻，他甚至成为哥哥的精神支柱。这一个形象在小说当中的出现，既拓展了人间的深情与爱意，也使小说具有了更多的生活着陆点，无形中增加了小说的厚度。作为“爱的弥漫”的产物，小说中也描写了吴江父母对落魄儿子的关爱和体贴。只是由于对父母故事的书写过于简略，这“爱”便只是一些粗线条。这构成了小说书写的缺陷，也使读者常常生出许多阅读的遗憾。

从文体上说，《咀嚼荒谬》是一本具有浓重的自传色彩的长篇小说。基于可以理解的原因，书中所涉及的众多人物大半隐去了真名，然而小说所叙述的人生事件却“几乎无一字无历”。由于讲求“亲历性”“体验性”，这部小说写得朴实、真率、自然、亲切，阅读时常常会使人有身临其境之感。又因为作者是站在今天的时代高度来重新审视过去的生活，加之乐天知命的人生哲学贯穿其中，小说当中时常回荡着一种“反讽”的调子（所谓“咀嚼荒谬”）。这就使得《咀嚼荒谬》在艺术上明显地与二十多年前的“伤痕文学”“反思文学”区别开来，呈现一种古人所谓的“力全而不苦涩，气足而不怒张”的艺术风貌。值得一提的还有，吴江先生有非常好的文字功夫，小说中的一些场景描写也是相当出色的。诸如深夜时分，投宿金华农家，青灯木鱼、尸床老妪一节的叙述；又比如月黑风暖，河滩捉鳖一节的描写，都给人留下了极为深刻的印象。只是受制于作品的“实录”原则，这部长篇小说也表现出情节张力不够、缺乏灵动的艺术缺点。据我的猜测，作者也许是有意地不在艺术上纵横跳跃，因为在吴江先生看来写出最真实生动的人生，便是为那个逝去的时代作了最好的文学证言。诚如加西亚·马尔克斯在 1982 年的诺贝尔文学奖受奖演说中所言：“总之，我们，一切隶属于这个非同寻常的现实的人，很少需要求助于想象力。因为对我们最大的挑战，是我们没有足够的常规手段让人们相信我们生活的现实。”

2004 年 4 月

如烟岁月已逝　青春诗情依旧

——序秦中吟长篇小说《梅花开了杏花红》[①]

生活和包围着我们的世界永远布满着复杂的难以索解的奥秘。当一个人刚刚进入生活之河的时候，你不知道你在这条不舍昼夜永远奔流的大河之中会遭遇哪些风浪、激流以及无底的深渊。那时，你还年轻，是早晨八九点的太阳。你怀着隐秘的激情和由青春造就的梦幻，憧憬着似乎是明朗而绚烂的未来。你全然不顾生活本身所可能具有的某种危险。就这样，生活之流一直奔涌着、喧哗着，当秋夜降临的时候，你渐渐发现人生那宽阔的河面上竟只有不多的几点渔火。世界在这一个时刻变得异常静谧，仿佛隐藏着什么秘而不宣的玄机。接着，人生的冬天不由分说地来到了。无边落木萧萧直下的季节刚过，命运的河流忽然就被冰雪

①秦中吟：《梅花开了杏花红》，中国文联出版社，2003 年 8 月第 1 版。

封锁了，你曾经的激情和向往现在已经化作冰面之下的一脉细流。尽管你知道，冰雪笼罩大地的日子不会久远，一剪寒梅已经预告着又一个春天即将来临。然而，人生确实只有一次，过去的一切已经不可能再从头开始了。于是，巨大的伤感忽地兜上心头。你开始记起南宋人蒋捷的那首《虞美人》：“而今听雨僧庐下，鬓已星星也。悲欢离合总无情，一任阶前点滴到天明。”

是的，人生有时确乎恍若梦幻。多少人在经历了沧桑忧患之后，怀着一颗伤感寂寞的心，逐渐地让激情和向往远离了自己。他们当然有理由对这个世界保持着一份心灵受伤后的警惕。然而，我们也应该知道，不是所有经历过狂风暴雨的人都会怨恨天空。有些人，虽说历经人生的诸多磨难，遭受过命运不公平的对待。但是，在他们的心里，却始终奔涌着一股罕见的热流。他们把磨难视为生活难得的馈赠，把命运的不公看作“天将降大任于斯人”之前的必要考核和应有测试。这时，人生的一切苦痛忧伤都被心中的热流化解了。他们虽被岁月的无情风雨击打，却仍然一往情深地热爱着广阔的大地和辽远的星空。于是，当我阅读完秦中吟先生所著的长篇自传体小说《梅花开了杏花红》，心中最大的感受便是：这是一部内心永远充满梦幻的诗人所创作的洋溢着青葱诗意的作品。

应该说，当每一个生命个体来到这个世界的时候，我们都无法预知此生将会遭遇和经受怎样的风霜雨雪。秦中吟先生也不例外。当他于20世纪30年代出生在西北边地的一个果农之家时，他当然不知道这一生当中会有哪些人和事在迷蒙的远方等待着他。然而，每一个生命个体所生存的时代显然是无法选择的。作为一种不可抗拒的力量和难以逃脱的背景，它制约着所有生活其中的人的一生，促使你完成着完全属于你的人生的喜剧和悲剧。从这个角度而言，秦中吟在这本书中所叙述的人生故事显而易见带有20世纪下半叶中国社会历史的鲜明特征。这是怎样的一个历史时期啊！民族在战乱、血腥、饥饿和几乎半个世纪的焦灼等待之后，终于以革命的暴力推翻了一个反动王朝的统治迎来了共和国的黎明初现。虽然，梅先生和永远的梅玉在曙光即将来到的时刻被黑暗吞噬了，然而梅氏父女梅花般高洁的精神却成为小说主人公此生不变的人格追求。带着这一人生追求，秦中吟开始了他激情洋溢而又布满坎坷的人生。也许，一个知识分子如何经历20世纪下半期以来中国社会的历史风雨，“虽九死其犹未悔”的故事今天读来已经不算新鲜，但是，我还是认为秦中吟在《梅花开了杏花红》中所讲述的“这一个”故事依然动人。这里，有为理想奋斗的心灵轨迹，有始终追寻人生诗境的审美冲动，有艰难岁月里的脉脉温情，也有时移世变之后老一代人的深深困惑和年轻一代的叛逆青春。我们发现，几十年以前的爱情是那样的简单和真挚。一切似乎都在阳光底下发生。这里很难看到欺诈、心计、虚荣以及种种隐秘的欲望。我们同时发现，即便是在那个理想主义信念成为普遍精神背景的年代，也依然存在着人性的负面因素所导致的算计、背叛、攻讦和令人惊恐的恩将仇报。我不知道作者在写作这本带有浓厚的自传色彩的长篇小说时，是否意识到了他所如实描绘的“过去的生活”所具有的史料价值。由于某种讲述的“亲历性”，我宁愿相信书中所陈说的历史故事是真实的情景再现，而不是为了取悦读者的轻巧的“虚构”。“虚构”这个词在当前的文学创作中似乎正在失去它本来应该内含的庄严特质，变成一种对我们曾经经历的历史生活和正在行进着的现实的一种逃避。因此，如果想要知道共和国历史上的不幸，想要真切地知晓 20 世纪下半期的中国历史中，“革命”名义掩护下的非理性冲动如何败坏了革命本身以及伤害了这个民族的许多正直善良之士，那就请读一读这部用心血打造的长篇小说。

可以看出，《梅花开了杏花红》是一部带有真诚的忏悔之情的小说。这集中表现为作者在书中对自己的家庭生活的细致勾画和追忆往事时带有反思性质的心灵倾诉。在相当漫长的年代里，“革命”曾经被想象为只与追寻至善至美的人生理想、永不停止的奋斗、崇高的没有杂质的生活、创造前所未有的社会新局面等伟大而神圣的目标有关，而与家长里短、柴米油盐等世俗生存景观毫不沾边。我们的父辈正是带着这样的不无狭隘和偏执的理解参加革命工作的。然而，革命真的只与一些“大”目标如影随形，而与平凡寻常但是坚硬如铁的生存法则毫不相干吗？革命真的只是凌空飞舞的烟花，人们完全可能因为仰望美丽的烟花而忘却一日三餐？在经历了那么多人生忧患和人世沧桑之后，《梅花开了杏花红》的作者告诉我们，革命不仅仅意味着追求理想和为庄严的事业献身与奋斗；革命同时意味着带着应有的宽容去尊重人类正当的生存权利，意味着关爱家庭，善待子女。于是，当这一种新的思想因素在小说的讲述中萌生之时，真诚的忏悔便如约而至。于是，在遭受苦难的日子里，家就是一个能够躲避风雨的港湾。尽管这一个港湾小而又小，然而它却在个人陷于灭顶之灾的时刻，用善良和坚毅，用母亲般的博大对抗整个浊世的混乱和无理。从这个意义上说，小说对妻子效梅这一女性形象的刻画是相当成功的。在男主人公命运黯淡的时刻，效梅是一盏在夜深之时的荒野上指示人间情义的小小灯火，她为困厄当中的男主人公提供精神的支撑，也给读者带来心灵的丝丝温暖。

我们知道，《梅花开了杏花红》是一部源于个人漫长的生活经历的真情讲述。当一个奋斗一生的知识者进入人生晚境的时候，对自己曲折的人生命运进行总结和反思，既是一种强烈的心理需求，也是一种历史的责任：有能力陈说历史并深入思索的知识分子没有理由保持沉默。然而，这种“陈说”以怎样的艺术方式呈现出来，却是一个不能不考虑的问题。应该说，其中大有讲究。秦中吟是一位成就颇高的诗人，创作小说是他新的艺术追求和尝试。我愿意说我们应该尊重作家的这种艺术选择。但是，坦率而言，这部自传体的长篇作品写得还比较仓促。坎坷的人生经历和那么繁复的遭遇是如此多地集结在作者的笔端，迫切地渴望倾吐。因而，艺术上的精雕细刻此时便成为相当奢侈的事情。作品在小说结构方面显然没有做过多地考虑，与个人经历相对应的流水账式的叙述，使作家没有从丰富异常的历史事件和人生故事中提炼出更有力量和性格特征的冲突，并将种种冲突重新组织为文学的有机整体。结果是，始于历史风云的呈现，终于个人生活琐事的描绘和内心情感的抒发，最终使小说缺乏应有的故事密度，汹涌如沸的语言也少了几分幽深和微妙。也许，这种长河激浪式的叙述方式与诗人焦灼峻急的个性有关？也许，粗粝的讲述恰恰是作者认真的追求？或者，这一切都无关宏旨，难得的是那一种回忆如烟往事时的如火激情，是一种永远年轻的青春的渴望和躁动。

2003 年 6 月

大地上的风情与歌吟

——读火仲舫长篇小说《花旦》①

客观地说，在近十年以来的宁夏文学界，火仲舫费时数年所创作的三卷本的长篇小说《花旦》，是应该占有一个重要的位置的。这部73万字的多卷本长篇小说，以相当流畅而生动的笔墨，书写了西北腹地一个小村庄五十年的生活变迁，在对纷纭复杂的乡土人事和动人的乡间情韵的刻画当中，鲜活地展现了中国乡土社会生活的原始底色和永恒的人性之谜。我以为，小说题名《花旦》，包括书写一个民间秦腔戏班的活动，只与小说最基本的叙事层面有关。小说最核心的主旨和意蕴在于：作者以一支色彩绚丽之笔如实描画了西北乡村民间世界的光荣与梦想、崇高与卑鄙、有情有义与薄情寡义、懦弱忍让与放纵胡为。一句话，

①火仲舫：《花旦》（上、中、下），甘肃人民出版社，2005年5月第1版。

作者运用全部的智慧与才情，为我们展开了一幅源自西部的民间生活的纤毫毕现的全景图。它是一幅有关黄土地的风情画页，同时它也是一曲来自西海固心灵深处的动人歌谣。

简单说来，《花旦》这部小说重要的思想和艺术价值主要体现在以下几个方面。

第一，小说异常真实地勾画了乡土中国最原始最本色的生存状态，艺术地展现了西北农民复杂的生活世界。

不难看出，乡土中国的生活状态具有某种原始性。农民从来都是“日出而作，日入而息”。当然，艰辛的劳作之外，农民也有自己的精神寻求。他们对命运有一生的恐惧，于是他们总是在膜拜神灵。小说中接近尾声的地方写道，红城子村的农民，在社会政治局面稍有一些松动的时刻，首先想到的是修庙，为坊神娘娘重塑金身。与其说，农民天生就爱敬神拜庙，不如说生活在山野当中的农民，历来遭受的苦难太多，他们只能将满腔的哀怨化为神像前的倾诉和祷告。小说也用相当篇幅描写了乡土社会和民间的欢乐。秦腔是黄土地上的心声，只有在高山旷野当中，秦腔才可以吼出西北人的欢乐与哀伤。《花旦》用了不少篇幅描写了红城子戏班唱大戏、玩社火、说仪程的场景，将乡村世界精神的喜色书写得淋漓尽致，既是乡野民俗图，也是最原生态的民间的向往和情感释放。民间世界当然也是复杂的。民间有正义、善良、凛然自守、扶危济困，民间也有不义、暴虐、见风使舵、落井下石。《花旦》用真实生动的笔触，向读者展现了这彼此对立的两个世界。这是生活的辩证法使然，也是小说艺术忠实于生活的必然选择。

第二，阅历的深广化为作者知人知世的智慧，同时也化为小说人物刻画的不凡功力。

任何叙事体的文学都牵涉到对人的探究问题。有人性深度的人物形象的塑造是长篇小说最重要的艺术任务之一。完成了对人性的艰难探测，小说便熠熠生辉；对人性的复杂性认识不足，探究不清，小说的价值往往要大打折扣。《花旦》在对几个主要人物的刻画上，在对其人性深度的挖掘上，是花了力气，取得了艺术成效的。齐翠花、红富贵（国）、红乾仁、红家三兄弟、柳毅、红星等人物形象是站得住脚的，甚至，那个泼妇的形象冯菊花，也是要让人叫绝的。如果论人性之复杂，大概莫过于齐翠花和红星这母子俩。火仲舫长期生活于底层，又做过文化站站长和文工团团长，对戏剧演员的生活是相当熟悉的，对其心理和行为做派是了然于心的。所以，小说对齐翠花这个人物的性格和心理的刻画与描摹形神尽肖，有深度也有光彩。小说对红星的性格形成原因有很好的艺术表现，但感觉这个人物后来的心理和性格变化有突兀之处。红乾仁这个形象，代表了乡土中国那些一旦握有权势，便飞扬跋扈，巧取豪夺，欺男霸女的恶绅形象。在刻画这一形象时，作者用笔是反脸谱化的。其中的一些细节描写，不仅准确传神，而且有人性深度和文化内涵。

第三，可以明显感觉到，《花旦》是一部具有风俗画意义的长篇佳作。

有人把《花旦》定义为一部“风俗画小说”。如果说是指小说的全部内容，我不很赞成。如果说只是小说思想艺术价值的一个方面，我是同意的。应该说，《花旦》向读者艺术地展现了西北地区，特别是宁夏南部的西海固地区极具特色的民情风俗，是一部以诗学的方式呈现独特乡风民俗的地域文化小说。由于小说作者比较高超的艺术手段，宁夏南部西海固地区特殊的人情风俗被审美化了。因此，西北的风情与民间生活的韵味便丝丝缕缕地进入了我们心田。阅读这部小说，仿佛不期然间吃到了具有浓厚地方风味的美食，给人余香满口的感觉。

第四，肯定地说，《花旦》是一部具有中国气派和中国气味的长篇小说。

不能说这部小说毫无西方文学的影响，但可以明确地说，这是一部从中国古典文学传统和东方诗学当中汲取文学营养的长篇小说。我感觉，小说走的是古典文学当中“世情小说”（最著名的代表作是《金瓶梅》）的路子，不以“史诗气质”和“宏大叙事”取胜，而是在民间世俗生活的描写当中，展现社会历史变迁和人性的复杂难言。这一点，与新时期早期的文学名作《芙蓉镇》颇为相似。《芙蓉镇》的作者古华声称，他的小说是想“寓政治风云于风俗民情图画，借人物命运演乡镇生活变迁”（《芙蓉镇·后记》）。只是，《花旦》所涉及的社会生活面更为广阔一些。由于作者是从古典文学“武库”里寻找资源，因此造成了小说当中“中国气味”的弥漫，小说的可读性是非常强的，与普通大众具有相当的亲和力。

在文章的最后，来说说《花旦》的不足之处。

其一，作品的艺术质量不均衡。小说的第一部艺术质量最高，第二部、第三部显得拖沓。尤其是第三部中红星故事的书写，有迎合市场之嫌。

其二，小说人物形象的设置，似乎没有通盘的考虑，据统计有 180 个出场人物，多了一点。如果作者在人物形象的总体设计上更集中一些、精到一些，也许能给这部长篇小说增加更多的出彩之处。

2006 年 3 月

黄河岸边的哀婉青春

——序查舜长篇小说《青春绝版》[①]

当我们读到查舜新近创作的长篇小说《青春绝版》的时候，人类社会的又一个新千年已经开始。放眼我们生活的周围，一种巨大的“城市喧哗”之声正在不可抑制地奔腾翻卷而来。从生活的表象上看，中国社会正在急速进入所谓的“城市时代”。钢筋混凝土的森林和无所不抵达的电波，正大面积地覆盖着地球上人口最多的国家。在一些沿海发达城市，据说消费和享乐主义正变得日益时髦，灯红酒绿的城市欲望迅速进入创作家的视野，有关土地的故事和诗情早已成为明日黄花。无可否认，在经历了几乎一个世纪的困惑和挣扎之后，中国社会终于坚定不移地向现代性的城市工业文明迈出了坚实的第一步，我们强大深固的文化

①查舜：《青春绝版》，上海文艺出版社，2001年8月第1版。

构成中终于增添了一些新的质素。这无疑是值得欣喜和激动的事情。然而，因为某些地区城市化浪潮的汹涌澎湃，进而断言广袤、深邃的“乡土中国”已经不再具有创作的诱惑力和审美价值，这样的创作判断显然是站不住脚的。我想，只要稍微静下心观察一番，就会发现，我们实际上依然生活在一个乡村人口占绝对多数的农业国家，中国的现实情形还是“农村包围城市”。在这个乡土血缘十分深厚的国度，“乡土中国”特有的文化传统、人文精神、想象力、乡土情怀和审美理想等共同构成了一种独特的“乡土文本”，它自身所具有的宏大、深重、稳定的“叙述”，现代以来一直规约和限制着作家们的文学叙事。更不要说，在如此幅员辽阔的国度，东部与中、西部地区，在社会经济、文化发展等方面，一直存在着因历史差异等因素所导致的现实行进的不协调。在遥远的西北，临近世纪末，仍然有相当数量的人们在为基本的生存而苦斗。这样的现实存在，显然是“乡土文学”得以存在和生长的最大理由。从文学的角度而言，“乡土中国”从古代到现代，千百年来一直是激发中国作家创作想象力的所在。中国作家与乡土社会千丝万缕的精神联系和心理上天然的亲近感，乡村在审美上所可能提供的心灵庇护和“梦中家园”功能，都提示着“乡土文学”在新的世纪不可能一下子就销声匿迹。相反，在一段时期之内，“乡土文学”依然是一个可资开采和挖掘的文学富矿，是一个积聚和蕴藏着巨大创作能量的文化符码。基于上述理由，当我们阅读到查舜的长篇新作《青春绝版》时，我们依然能从作品所讲述的乡土故事当中，感受到前所未有的心灵激荡和审美愉悦。

一

《青春绝版》叙述的是民国年间西北乡村的人事沧桑。从小说的叙事容量来看，这部作品称不上是“宏大叙事”。自1993年《白鹿原》一出，长篇小说的“宏大叙事”仿佛一时间成为时尚。这显然给一些写长篇的作家带来创作压力。然而，这种压力也促使许多作家产生寻找新路的念头。事实上，谁也没有说过长篇小说只能有一种写法。查舜的《青春绝版》走的就是一条可称别致的新路。这部近四十万字的长篇小说所跨越的时间长度只在短短的几年之间，小说故事所涉及的贯穿性人物也屈指可数，然而，就是这样一部貌似“单纯”的作品，却给予我们巨大的阅读快感，常常让读者不忍释卷。我想，究其原因，首先是因为小说的故事具有相当大的吸引力。

作为叙事体的长篇小说，充满悬念张力的故事应该是它最为基本的艺术要素之一。小说来源于原始人篝火旁的夜晚讲述，从一开始就注定了故事是小说不可分离的部分。我们很难想象，原始人在与自然搏斗了一个白天之后，毫不奇特的生活叙述能引起他们的格外兴趣。只有神奇的讲述（当中可能不乏虚构和幻想），才可能使他们因为恐惧而颤抖或者因为同伴对自然事物的出色征服而欢呼。事实上，在小说漫长的发展过程中，“可听性”和“可读性”一直是它重要的文体特点。中国古代的白话小说直接来源于市民云集的“说书场”，就再好不过地证明了小说与大众的亲和力。简言之，小说是一种因为拥有好故事而吸引读者从而最具大众性的文体。它对广泛的生活情景和人生事象的写实性叙述，它对人性本身的刻意关注，它的扩展我们的人生经验和带读者进入令人惊奇的世界的艺术功能，都使小说成为一种易于与我们沟通的最受欢迎的文学样式。现代学者梁实秋在一篇题名为《现代小说》的文章中说："一般民众之所以要读小说，是因为要读故事……故事是需要的，尤其是在小说里，故事是唯一的骨干，没有故事便没有小说。"

《青春绝版》为我们讲述了一个感伤的人生故事，这个感伤的故事不仅好读，而且颇耐人寻味。虽然就这部小说的情节线索而言，并不显得繁多庞杂，然而，就在书中那些看似单纯的叙述和描写中，人生命运的复杂难测，人性深处的善恶搏斗，却如此清晰地进入读者的视野，逼迫着我们对生活本身和人的复杂性进行深入的思索。小说叙述的是半个多世纪以前西北黄河岸边的一户农家的生活命运。主人公是一对刚刚结婚的回族青年男女乐文村和林淑虹。小说以一个极富戏剧性的开头引入故事，并渐次展开 20 世纪 40 年代西北边地的乡村生活和兵营景观。在写实的背后，升腾的是作者对于苍茫世事的玄思默想。乐文村与林淑虹的新婚之夜，两位新人肌肤未曾相亲，保长吴玉成便领人"抓丁"来了。尽管一家人苦苦哀求，乐文村还是被连夜绑进了军营。从此，乐文村与林淑虹咫尺天涯，中间虽然也曾短暂相聚，但毕竟天各一方，欢娱之日极少，愁恨之日苦多。而因为时事的剧变，乐文村最终死于战场。于是，一场苦苦相思、一段梦魂萦绕的青春岁月便猝然中止。留给读者的是无尽的沉痛和人生如梦的感伤。应该说，《青春绝版》将关注的焦点对准了小说中人物的生活命运。对人生命运的精心描绘和书写是这部小说最用力因此也最为动人的篇章，而人物命运的升降浮沉又直接导致了小说故事性的极大增强。小说的叙事线索有两条：一条是乐文村与扎木苏在军营的生活；另一条则是林淑虹与公公婆婆在月亮湖畔的乡村生活。两条线索齐头并进，彼此缠绕交织，但分明又保持着相对的独立性。这就使得军营和乡村的各自生活景观判然有别，决不混淆。而军营的肃杀和西北乡村的宁静便在对比中突出地显现了出来。相比较而言，军营生活的精心描摹是这部小说最抓人的部分。在军营这一堪称特殊的人生舞台上，作者展开了种种人间的悲欢离合故事。这些故事与军营外的世界颇多纠缠，而又充分显现出军人气质和军营特色。读者们可以看到，在环境相对封闭和气氛相当肃杀的军营，实际上仍然有着如火的激情。乐文村对林淑虹的刻骨思念，乐文村的战友们为苦难当中的乐文村补办婚礼等故事，都形象而生动地表现着军人们的人间情怀。但是，在不幸与死亡的阴影笼罩之下，军营里的激情和喜悦也只能是昙花一现。更多时候，我们在这个封闭的天地之中，看到的是人世间的许多阴暗、冷酷和丑恶。在这里，贪赃枉法是公开的秘密。海耀来连长可以轻而易举地走私鸦片、收受贿赂、买卖“壮丁”，并且拿巧取豪夺来的不义之财买通有关人物，以便做更大的官；在这里，因为要隐瞒罪恶，所以草菅人命便司空见惯。孙灵娃和荀铎至死不知道自己到底命丧何人之手。而小说中三位正直的军人乐文村、扎木苏、李启先的最终死于非命，则清楚地表明了这支正在逐渐腐烂的旧式军队难以摆脱的历史宿命。乐文村等三人不过是这部已经坠落山崖的破车上的殉葬品而已。

通常说来，杰出的故事性小说往往与出色的人物形象的刻画关系紧密。某些时候，叙事性文学正是因为有了动人的人物形象的刻画，才变得熠熠生辉起来。我们应该承认，小说是写人的艺术。把人摆放到中心的位置，费大力气刻画血肉丰满、内涵深厚的人物形象，是一个小说家的中心任务，也是考验艺术家才情的重要时刻。一句话，由“人物”体现的人性洞察力与世情知解力，应该被看作是小说家最重要的艺术禀赋。《青春绝版》这部小说的另一个动人之处，恰恰在于它写活了人物。我们甚至可以说，如果没有人物性格的鲜明刻画和人物心理的深度挖掘，《青春绝版》这部小说有可能会失去它艺术生命力的大半。读这部小说，能够给读者留下深刻印象的人物很多，最令人难忘的是乐文村、扎木苏、李启先和林淑虹四个主人公，甚至那个反派人物海耀来，以及良心发现的保长吴玉成，也刻画得相当有深度，显示了作者对于人性善恶的高度关注和深入索解的兴趣。我们看到，查舜在塑造人物的时候，既注意把握和展示人物的心理、性格结构中的矛盾、复杂的方面，又不是静态地去写，而是在符合生活逻辑的前提下，在曲折、起伏的情节中，充分揭示人物身上潜在的各个层面。在查舜的笔下，你很少看到以某种抽象概念为依据而塑造的性格单一的人物形象。作者更像是一个潜入人生命运之河的探险家，在色彩斑斓的人性河床，他不时可以发现一些平时深潜的隐秘的底色。由于深潜，所以在这位创作家的眼里，绝对的好人和绝对的恶人是不存在的。更多的人物都是在善与恶的交替之中，在慈悲与邪恶的对立之中，在人间的生老病死灵魂动荡当中，完成着自己复杂而丰富的人生。造化弄人。在命运和现实巨轮的碾压下，人仿佛一团稀软的泥土，很难保持一种固定的形状。而人性的高贵和丑陋，又往往因环境等外在因素的制约，常常发生意想不到的变化。如果就心理分析的深度而言，我以为《青春绝版》中对排长李启先和保长吴玉成的灵魂解剖最为出色。当作为保长的吴玉成和作为地方旧军队的排长李启先，在小说中初次与读者见面时，坦率说，我们有些许的失望。在一对有情人的新婚之夜率领一帮打手去抓“壮丁”和毫不留情地毒打文弱书生乐文村，都使我们对这两个人物产生憎恶之情。同时，我们也会自然联想到已经见到过的“反动保长”和“反动军官”的惯有形象。这样的形象早已由我们的早期阅读和国产影视片所提供，以至于我们的审美意识中对此明显地具有了抗拒心理。然而，出乎读者意料的是，随着小说故事的全面展开，尤其是对两个人物内心世界的深入挖掘，我们终于开始喜欢上这两个“人物”。显然，他们以性格的复杂与丰富给了我们以心灵的极大震动，他们最后意外死亡，留给我们的是深深的叹息。至此，我们读到了作者的悲悯：你很难简单地说哪一个人物是纯粹的圣者或是十足的邪恶之人。每一个人物身上都有一些耐人寻味的东西，都有如此行事的充足理由。当人性当中的光明与黑暗、高贵与卑劣、善良与罪恶如此不分你我地彼此纠缠在一起的时候，你只能发出唏嘘和感叹。于是，一种对于人的尊重和怜悯，一种对于人的命运的同情和感伤便从作品当中自然生发出来，它长久地盘旋、弥漫在读者的心头，驱之不散。

二

《青春绝版》的艺术情调，从总体上说是感伤的。男女主人公聚少离多的新婚生活，两处相思的哀婉情怀，直至乐文村最后死于黎明前的黑暗时刻，这一切都使小说蒙上了一层颇为低回的感伤色彩。但是，作为一部近四十万字的长篇小说，它在艺术上不可能只呈现一种色调。长篇小说所应该涉及的相对广阔的生活面，小说结构上的相对复杂，小说对人生命运的静观默察和对人性的锐利透视，以及长篇小说对地方风物和特殊民俗风情的描绘，上述的一切，都提醒着创作者：一部长篇小说的思想和艺术容量应该是巨大而复杂的。阅读《青春绝版》这部长篇小说，我们发现，虽然“史诗”风格不是它所追求的艺术目标，但是长篇小说本身所具有的文体特征还是使《青春绝版》这部小说呈现出了丰盈多样的姿态和色彩。

从艺术描写的笔调来看，《青春绝版》实际上交织着两个“声部”，回荡着两种旋律。这两种“声部”和旋律分别对应着男女主人公的不同生活和命运。第一种旋律是属于乐文村和整个男性世界的。它急促、紧张、沉重，不时有暴戾之气、杀伐之声。这一种旋律与整个兵营的男性气质相对应；小说中的第二种旋律则是属于女主人公林淑虹的。这一种旋律舒缓、温和、灵动，充满了似水的柔情。由于作者在创作时有意采用不同的艺术旋律陈述故事，描摹人生，所以我们阅读小说时的艺术感觉也是不一样的。可以发现，作者在描写林淑虹的生活和情感波动时，文笔是细腻、温柔的，那种得之于月亮湖的“水”汽，如轻烟薄雾一般，笼罩着黄河岸边的西北乡村。在这里，小儿女的娇羞之态、天真之情被充分写出，流溢着人生的诸多情味。这类文字仿佛童谣，即使世界早已浑浊不堪，它所呈现的天真美丽依然动人。与此相对而言，当我们阅读到涉及军营生活的章节时，会惊异于作者的用笔何以会突然间变得沉重和紧张。显然，军营对温和恬静的乡村来说是一种异在。这个以男性为主的社会存在，毫无疑问代表着强权和某种难以控制的力量。与宁静、温馨、和谐的乡村生活和女性心灵世界相比，军营总是埋伏着许多狰狞和躁动。所以，尽管有乐文村的伙伴们为他补办婚礼的热闹喜庆故事在军营附近的河西湾村发生，也依然难掩悲凉之气从流经河套平原的黄河深处升腾而来。小说从“欲言又止”一章起，叙事猛然间变得急促，故事的演进宛若奔马。人生的谜底一层一层地揭开，主人公的悲剧命运已经箭在弦上，不可阻遏。这时，诗情的描画已逐渐隐退，对于命运的严峻思考和书写庄严地出现。很明显，查舜是想把这部长篇小说写得尽可能多姿多彩、摇曳生辉，他毕竟已经是一位征战文坛多年的“老将”了。事实上，多年来的艺术积累和曾经有过的多种文体的创作，锻造了他的艺术知解力和成熟的语言驾驭能力，因此，当我们看到兼有“两副笔墨”，并且轻松自如地将它们统摄在同一个艺术天地时的查舜，我们并不感到惊讶。

一般说来，涉及乡土生活的叙事文学（尤其是长篇叙事作品）总是与特定地域的风土人情的描写有着天然的亲近关系。这是现代以来中国乡土小说的艺术传统，也是许多作品获得独特优美的民族风格和产生强烈的艺术感染力的奥秘之一。就《青春绝版》而言，我们可以说，这部长篇有着相当独特而成熟的西北边地的风俗画的出色描绘。这种对于特殊地域风俗旨趣的追求，构成了小说又一重别致色彩。大家看到，小说故事发生的具体生活环境是黄河流贯其中的宁夏平原。这个处于西北腹地的高原上的绿洲，历史上一直是农耕民族和草原游牧民族长期拉锯的所在。近代以后，更是中华民族多种文化相互交流、碰撞、融合的地方。在《青春绝版》当中，通过作家极富艺术魅力的描写，西北边地的民族风情、绿洲风光、沙海驼铃、沙枣花开，莫不以生动鲜活的形象和声响丰富着读者的视听感受。至于漂流于大河之中的颇为惊险的羊皮筏子，塞上乡村流行的“瘸腿斗鸡”游戏，甚至包括含有性启蒙意味的花样离奇的“闹新房”等特殊风物人情，以及在小说中创造性地使用经过加工过的充满浓郁地方风味的陕甘方言，更是以令西北地区以外的读者感到陌生和新鲜的姿容进入他们的审美视野。应该承认，风俗画描写已经成为《青春绝版》这部长篇小说艺术整体的一个有机组成部分。它不仅提供了有关西北地域文化、回族特殊生活风情的多色画面，更重要的是，它与小说人物活动的背景和天地结合一体，成为人物生活命运的潜在依据和某种支配力量。如果说人是一种文化动物，首先是因为它生活在一种特殊的地域文化当中，这种文化可能决定着他的人生价值观和行为选择，并最终决定着他的命运。

从艺术继承的角度来看，我们可以明显感觉到《青春绝版》的“中国气息”。一方面，我们发现这部长篇小说对于中国古典小说的民族传统有着继承关系。无论是故事的婉转多致，还是人物形象的对比性设置（比如同是军人的乐文村和扎木苏就显然有性格对比的意味），都可以视为对中国古代长篇白话小说艺术经验的有效借鉴。另一方面，作者显然对民间艺术方式相当熟悉，对阅读者的心理期待相当重视。因此，这部小说明显在可读性方面下了功夫。体现在小说中，便是重视小说故事的传奇性色彩和不断制造悬念。仿佛书场之中艺人的说书，查舜在故事的紧要关头，总是宕开一笔，按下不表。情节却急速转入另一个天地。这种“横云断岭”的写法，民间说唱艺术最为拿手，查舜把它应用到自己的创作中却毫不费力。可以看出民族民间艺术对他的滋养。再一个值得读者注意的方面是，小说中扎木苏这一人物形象的塑造，也明显地具有民间传奇的色彩。这一类侠肝义胆的英雄形象，一直是民间文学和古典文学（比如《水浒传》）中最为大众熟知和爱戴的人物形象。扎木苏身上所体现的侠骨柔情和正义精神，他的超越狭隘的民族意识的人道情怀，既是民间的向往，也是小说读者的至爱。对于生活于人情逐渐淡薄的城市社会的读者来说,扎木苏的精神境界,我们虽不能至,而心向往之。

强调《青春绝版》这部长篇小说的“中国气息”，并不意味着否认作者在创作中的艺术多元化追求。实际上，明眼人都可以看出，《青春绝版》的艺术色调并不单纯。在比较浓重的中国底色之外，小说也颇为成功地采用了西方文学的一些艺术手段，以丰富作品的艺术表现力。最明显的例子便是，小说当中大量人物复杂心理的分析性描写，鲜明地带有异域文学的色彩。另外，象征手法的运用，小说写意性的自觉追求，故事神秘气氛的制造（月亮湖的神秘之声到底来自何方，似乎一直是一个巨大的悬念），都可视做是作家力图打造文学精品的艰苦而卓有成效的努力。因了它们，小说的色彩便日渐绚丽起来。

查舜的文学创作生涯已有二十多年，《青春绝版》是他经过一段时间的创作总结和文学新探索之后，而精心结撰的作品，标志着他的文学创作已经迈上了一个新的台阶。他从西北边地的宁夏平原走出，他的灵魂、思想、情感、意识，由这片土地给予。他对这片土地的思索与开掘，也是揭开一层又是一层，呈现逐渐深化的态势。仔细想来，查舜仿佛一个不知疲倦的西部灵魂地层的探险家和考古者。他年复一年的开荒深耕，把血汗全部洒在了西北的土地上，当然，他也在这片神奇浪漫的土地上获取了动人的果实。《青春绝版》就是这动人的果实之一，笔者希望它能给读者们带来难以忘怀的阅读享受。

2001 年 3 月

青春诗情与岁月烟云

——读查舜长篇小说《月亮是夜晚的一点明白》[1]

每当我们说到“青春”这两个字，可以断言，几乎所有的人，特别是那些在生活的烟尘里奔波辗转多年、饱受岁月风沙扑打的人，都会从内心深处涌动对它的由衷赞美和深深的怀念之情。那是怎样的一段色彩斑斓的日子啊！天是湛蓝色的，水是那种深透的绿，风儿是有情有义的，女孩子身上的芬芳是闻也闻不够的。尽管青春的岁月里也会布满连绵的忧伤，尽管由于贫困、匮乏、外在强大的压力和内心无比的羞涩，我们丧失了太多的表达和倾诉的机会。然而，物质的匮乏正可以造就联翩的梦想，甜蜜的忧伤也许是世界上最美丽的忧伤。因为有了那么多的梦想和渴望，有了那么一些“为赋新词强说愁”的忧伤，更因为青春年

①查舜：《月亮是夜晚的一点明白》，人民文学出版社，2007 年 7 月第 1 版。

代里充满着那么多的明亮、澄澈、敞开的心扉和诗一样的情怀，当我们回首这段岁月之时，我们常常会忘却那些日子里的种种不如意，而把人生的这一个季节庄严地命名为“美好岁月”。是的，这一段美好的日子里有太多的故事需要讲述，这一段不能释怀的岁月当中有太多的沉淀已久的情感需要搅动。不为别的，只因为我们生命的诗性之河一旦开启便很难断流，只因为回顾青春是摆脱世俗烟尘的缠绕而重归清新明丽的精神家园的永恒之法。

如果我的体悟没有太多偏差的话，我愿意把查舜新近所创作的长篇小说《月亮是夜晚的一点明白》看作是一部寻觅青春诗情的小说，同时它也是一部因了岁月的磨炼、淘洗而生发作者人生感悟的小说。简言之，这是一部借一个寻常的青春成长和家庭婚恋故事书写20世纪80年代的时代风貌和中国人民特殊的精神性格的作品。应该说，在当今的回族文学创作中，《月亮是夜晚的一点明白》具有不可替代的文学价值。

《月亮是夜晚的一点明白》所叙述的故事主要发生于20世纪80年代。那是怎样的一个年代啊！一切新事物都仿佛要在这个年代里抽芽、生长，所有的新思想、新观念都争先恐后地要在青年人中间寻找自己的知音。大学校园成为思想和生活新潮流的集散地，而许多经历过岁月磨难和底层生活的大学生在新的校园里却经受着此前少有的精神撕扯和情感熬煎。我们看到，小说主人公大学生丁玉清的故事就是在这样的时代背景下渐次展开的。丁玉清是一个伴随着共和国的成长而成长的当代青年。由于他的父亲丁祥新中国成立前曾经有过一段短暂的致富史，土地改革时其家庭成分便被划定为“富裕中农”。这样的政治身份不仅给丁祥带来不幸，更给丁玉清的成长之路带来了难以抗拒的各种阻碍和浓重的心灵阴影。像那个时代所有的中国农民一样，丁氏父子要在物质生存上遭受通常的饥馑、困厄、匮乏、灾难，比一般农民更多一重忧患的是，丁祥和丁玉清还要在政治上遭受歧视。然而，丁玉清却是一个宁折不弯、决不向命运低头的人！民族曾经遭受的深重苦难赋予他抵抗不公平命运的血性，对国家和民族前途的倾心关注培养了他沉潜深思的品格。于是，在生活颇多磨难的岁月里，他由一个倔强的少年逐渐成长为一个性格沉稳坚定的有为青年。而他的人生命运的转机恰恰出现于国家命运出现重大转机的时刻。书写个人命运与国家和民族命运的息息相关，只能说是《月亮是夜晚的一点明白》这部长篇小说的题旨之一。坦率说，这样的主题表述在许多作家那里已经被反复言说过。如果《月亮是夜晚的一点明白》仅仅停留于这样一个题旨层面，那么它的文学价值是要被大打折扣的。我想说的是，作为一部叙事体的长篇小说，《月亮是夜晚的一点明白》的独特之外在于：它以一种真实而纤细的笔墨，生动再现了新旧两个时代交替年代里生命律动当中的复杂难言形态。当生命的原始底色无遮拦地呈现和真实裸露之时，是热切地拥抱它，还是永远遵守人间道德的律令？《月亮是夜晚的一点明白》所给出的答案是，回归家庭本位。因为家是最能遮挡人生风雨的静谧的港湾。只有在那里，我们才可能感受人间最深刻的抚慰、柔情、甜蜜和温馨，从而深切体会庄严的责任感和创造新生命的快乐。

有很长一段时间了，在我们翻阅的当代作家所创作的许多小说当中，已经不大能够看得到道德的坚守和对家庭价值的维护了。现在是流行“情色”甚至是色情的年代，征风逐色的欲望唯恐不能释放和满足，还管他什么道德不道德！在这个可以公开地眉飞色舞地谈论个人最原始的欲望冲动的年代，由于消费主义和享乐主义甚嚣尘上，“性”不仅成为一种被刻意培养的东西，而且正在蜕变为消费社会的头等大事。于是，打开我们的文学书籍，触目皆是充满了生机的勃勃情欲（更多时候是变态的情欲）。那种带有诗意和羞涩感的恋情早就成为丢在角落里的老古董了，现在流行的“故事法”是：一对男女电梯里乍一见面就已经不能自持（接近于昏迷），得赶紧开房间将那一点情欲释放。否则，就有可能出人命！显而易见，许多作家已经不会或者不习惯于描写人间正常的男女情感了，他们也很少能够处理人之所以为人的深藏于我们内心的时刻规约着人类的伦理关系。他们把“变态”视为常态，把一厢情愿的“白日梦”视为美妙的想象力。而他们恰好忘记了，要写好真切复杂的正常的人类情感，并且令人信服，当真是一件不容易的事情。处理这种正常的现实情感关系，并且刻写出足够的深度，也许需要的是更为广阔的观照视野，更为深刻的对社会和对人性的洞察力。此时，诚实的文学品格将直接决定你书写的质量。读者们可以清楚地看到，《月亮是夜晚的一点明白》这部长篇小说的叙事主线是男主人公丁玉清与两个深爱着他的女人纳素娟和李芬之间的情感纠缠。从表面上看，小说很容易被人理解为是一个世俗的“三角恋”的故事。然而，我要告诉读者，千万不要被作品的叙事表象所迷惑。不错，《月亮是夜晚的一点明白》讲述的是一个男女恋情的故事，然而，与当前绝大多数事涉男欢女爱的作品题旨有异的是，这部长篇小说恰恰提出的是男女恋情当中的道德操守问题和维护家庭价值的问题。是的，丁玉清在被逼迫的无奈之中与不识字的纳素娟结为贫贱夫妻，当人生命运出现转机，丁玉清又与初恋女友李芬旧情复燃。这样的故事在 20 世纪 80 年代一点也不稀奇。那毕竟是一个人性渐渐在政治和各种社会力量的重重压抑下逐渐苏醒的年代。然而，生活的故事一旦进入审美的视域，便一定会打上创作主体深深的烙印。让我们为之感动的是，虽然小说描写了丁玉清在两个女人之间的情感纠缠（那种灵魂被强力撕扯和备受煎熬的情形实在令读者揪心扯肺），但是，小说并不涉及变态的情欲。相反，道德的坚守和家庭的维护始终是创作者坚持不变的信念。于是，粗野的动物般的情欲从小说里消失了，两情相悦因为有了道德和伦理的约束而成为真正的充满芬芳的人类正常的情感生活。那确实是一种高贵而明亮的生活。千百年来，人类正是因为向往高贵和明亮，才逐渐走出了阴暗的欲望的黑森林而获得了广阔无边的世界。

有必要对《月亮是夜晚的一点明白》在艺术上的特点做一点简单的分析。

我以为，查舜先生的这部长篇新作从总体风格上来说，是一部带有浓厚的抒情气质的长篇小说。这不仅仅体现在作者对小说女主人公纳素娟的诗意描写上（那是怎样的一个羞涩的情深义重的女子啊！），更体现为贯穿全书的完全是一种欢乐明朗的叙事基调。这当然与小说所讲述的青春往事有关（初恋情怀总是美丽的），更与小说所涉及的 20 世纪 80 年代的时代气氛和社会精神面貌有关。勃兰兑斯认为：在所有的文学作品所演奏的乐曲当中，总是能够听到来自时代的隐隐的背景之声。20 世纪 80 年代是一个高歌猛进的时代，也是一个放飞希望和梦想的时代。炽热的时代情怀和单纯明朗的社会信念会进入每一个人的生活当中，并直接影响人们对人生和社会的感受。查舜先生是 20 世纪 50 年代出生人氏，改革开放之初正是他经历了多年底层生活的磨难而蓄势向新的生活天地挺进的年代。因为是带着80年代的无法忘却的理想和激情，也因为是书写人生最美好的青春故事，所以其乐观明朗的基调便成为贯穿全书的动人的调子。当然，说《月亮是夜晚的一点明白》这部作品的主调是明朗乐观的，并不意味着作者在作品中只会用一个调子唱歌。事实上，由于另外一条叙事线索杜家商队故事的加入，也使小说在抒情气质之外，平添了某种沉思的品质。而沉思气质恰恰是一部优秀长篇所应该具备的基本素质。再者，这部小说对于特殊年代里西部风土人情和民族生活的状绘也是新鲜而独特的。丁玉清为了相亲而走遍村子借穿戴（甚至脚上的一双鞋也是借来的），丁祥老人在儿子新婚之日被戏耍（小说当中的生活仪式被称为“耍公公”），都是特殊年代里西部人生活当中的独特风景。尤其是为刚刚出生的孩子“穿沙裤”，更是产生于西部贫困边鄙之乡的“穷人的风情”。这使我们想到，一个地方的风物人情常常联系着社会风云的聚散与变幻。风物人情的变化，既指示着时代的变迁，也会引发我们内心深处一种复杂的情感。因为，我们常常不知道，在那些即将和已经消逝的古老的风物人情当中，深藏着多少民族在特殊年代里的生存故事和心灵的饥渴与向往！

一个作家到底离他的故乡有多远？许多作家言之凿凿地说，不远。80年代汪曾祺有言：写小说就是写回忆。汪老的回忆里最多的是故乡风物与世态人情。这几年又有创作家旧话重提。莫言在《小说的气味》一文中说：“作家的创作，其实也是一个凭借着对故乡气味的回忆，寻找故乡的过程。”[①] 散文家周同宾也说：“写作就是回老家，就是亲近

①见《天涯》2002年第2期。

故土亲人。”[①] 我不知道《月亮是夜晚的一点明白》所讲述的人生故事到底有着几分作者自身经历的影子，但我可以肯定地说，那里面的梨花湾，雪一样飘飞的梨花和空明澄澈的月光是完全属于作者的故乡和亲人的。它们是现实的存在，更是一个审美的世界。查舜先生是一个带着生活世界的生动信息和丰富能量而成就自己文学的作家。多少年来，他一直本能地依靠广阔的生活世界的力量，依靠着他的故乡和亲人的情感的支持而从事着小说的写作。他从他的人生经历当中汲取永远青春的生活的力量，从故乡的社会变迁和亲人的生死歌哭、悲欢离合之中升华出对一个民族命运的深长思索。因之，我把《月亮是夜晚的一点明白》这本书视为作者对青春韶华的深情怀念，同时，我也把它看作是一个经历过生活的磨砺从而穿越了岁月烟云的智者对过往年代的认真梳理和独特品味。

2006 年 5 月

①周同宾：《古典的原野・自序》，人民文学出版社，2002 年版。

历史传奇与西部风情的完美融合

——读古越、唐羽萱长篇小说《金羊毛》[1]

怀着浓厚的兴趣读完古越和唐羽萱所著的长篇历史小说《金羊毛》，感觉这是一部底气充盈、意蕴丰厚、艺术精湛的长篇佳作。在日见喧闹的宁夏长篇小说创作领域，这部作品有其难以替代的地位和价值。

就小说的题材而言，《金羊毛》所展开的有关清朝末年洋行买办生活命运的细致书写，在当今国内创作界可以称之为新颖独特。我们知道，在近半个世纪以来的中国社会政治和经济“语境”当中，“买办”这个词语是带有非常浓厚的贬义色彩的。作为“鸦片战争”之后中国与西方各国通商过程当中所形成的一个特殊的社会阶层，“买办”的形象一直被各种教科书和传媒“妖魔化”了。在我们的特殊社会话语系统里，

---

①古越，唐羽萱：《金羊毛》，长江文艺出版社，2003 年 1 月第 1 版。

他们无一例外地被认为是帝国主义在中国取得经济利益的代理人，是帝国主义剥削和奴役中国人民的帮凶与“走狗”。我不知道，这些年来，中国近代历史的研究者们对“买办”这一特殊的社会阶层是如何研究和评价的。就小说创作界来说，做翻案文章的人好像还没有几个。而且，在人们的期待视野里，为“买办”来做翻案文章的自然应该是京、津、沪等发达城市的作家，一时还轮不到内地作家，更轮不到西部地区的作家。没有想到，这样尖端的题目，居然被两个身处西部的作家抢先做了，而且这题目做得还不赖，新鲜、独特、引人入胜、发人深省。从这个角度看，长篇历史小说《金羊毛》不仅值得宁夏文坛充分关注，同时也应该为国内文学界所注目。

作为一个被反复“妖魔化”的近代社会阶层，距今一百多年前的“买办”的生活真相到底是什么？他们的命运遭际当中到底隐藏了什么样的社会历史内涵以及近现代史上东西方文化冲突时期中国人的民族伤痛？当《金羊毛》的作者写下第一句话的时候，他们便不能不面对上述两个问题的追问。第一个问题相对而言，可能好解决一些。只要有比较充分的历史材料作为依傍，有发达的想象力作为补充，故事的叙述似乎不难解决。难的是在买办生活命运描写的背后，作者想要言说什么？表达什么？读完《金羊毛》，感觉无论在叙事层面，还是在小说内涵的开掘和文化寓意的揭示上，作品都显现出比较成熟的文化视野和思想高度。而且，最令人信服的一点是，比较深入的文化思索是通过一个可读性很强的历史传奇故事来表达和言说的。

从读者接受的层面说，《金羊毛》是一部非常好读的长篇作品。这部内容丰富、色彩绚丽、融历史传奇故事与西部人情风俗于一体的长篇小说，巧妙依托清朝末年动荡的社会历史背景和蛮荒苍凉的西部风光，将诸多人物放在纷扰不宁而又多姿多彩的时代舞台之上，或浓墨重彩刻画之，或惊鸿一瞥偶作点缀。于是，由众多人物命运的故事，便组成了清末社会的一幅特殊生活画卷。我们从大量的商战奥秘、官场争斗、街巷私情和男女心曲当中，看到了历史的风云、时代的面容和人性的底色。同时，西部的地老天荒与神奇博大，近代历史上边陲小镇石嘴山的神奇和辉煌也理所当然地进入我们的阅读视野。

《金羊毛》另一个抓人的地方是小说当中的人物形象塑造得相当出色。近二十年来，受20世纪西方现代主义和后现代主义文艺思潮的影响，中国许多小说家的写作完全走上了放弃人物形象塑造的所谓先锋之路。结果，在大量的叙事性文学作品中，“人物”成为一个个漂浮在不确定时空当中的虚幻的影子，读者似乎在作品中看见了“他们”，但又费尽力气也记不住“他们”。这种放弃人物形象塑造的反叛性写作方式，在一定程度上瓦解了小说赖以生存的艺术基础，它所导致的恶果是，许多读者从疏远小说到完全从小说阅读园地“绝尘而去”。毫无疑问，回归小说的故事本位和典型人物形象的塑造本位，已经成为关乎小说这门艺术能否生存下去的大问题。事实上，从小说的起源（一般认为它起源于原始人夜晚篝火旁动人的讲述）和小说与人类生活的关系看，小说是不能丢弃“故事”和“人物”的。在人类足够漫长的精神成长史上，小说一直都被一代又一代的读者认为是“人生的一面镜子”，是生活的“百科全书”。通俗地说，小说和民间戏曲一样，都是拥有最广泛受众的世俗艺术，不能缺少人间的烟火气。这也意味着一部被广泛喜爱的小说当中不可能没有栩栩如生的充满着七情六欲的文学“人物”。要知道，在许多世纪当中，几乎所有的中国读者都是伴随着李逵、武松、鲁智深、刘备、关公、张飞这些文学人物长大的。应该说，对于文学人物的喜爱构成了读者对一部长篇小说必要的阅读期待。《金羊毛》的作者深知此中三昧。他们从中国古代小说创作的艺术宝库当中学得不少成功的艺术经验，以摇曳多姿之笔，在《金羊毛》这部小说当中成功地塑造了众多富有光彩的人物形象。其中，洋买办葛秃子的形象、刘敬祥的形象和贪官任有道的形象尤其让人难忘。另外，对三个西方商人和传教士亨利、帕特里克和罗斯形象的塑造也颇为入情入理，不随意拔高，也不刻意丑化，显现出作者对历史和人性的深入洞察的能力。《金羊毛》当中人物形象塑造的成功，最根本的原因来自作者人性视角的确立和对笔下人物“同情的理解”。就是说，即使描写“坏人”，也要钻到坏人的肚腹里，听到坏人最真实的自我辩解和自鸣得意，从而写出他的灵魂中的复杂声音和如此行事的充足理由。

还应该说，《金羊毛》是一部洋溢着浓郁西部风情的小说。这种审美的诗情与小说所要表现的历史生活非常和谐地结合在一起，成为小说不可或缺的内容。

首先，“西部风情”最直接地体现在对西部独特的风土人情的状绘上。在小说中，河套平原的四时风光，鄂尔多斯草原的广袤浩瀚，喧闹异常的石嘴山集市，神出鬼没的漠野强人，凡此种种，共同构成了小说人物生存和活动的地域文化背景和环境。倘若说人是文化的动物（俗语说“一方水土养一方人”），那么，在相对蛮荒苍凉的西部，在民风剽悍的边陲之地，才可能造就葛秃子性格的雄强、刚硬和坚忍，也才有可能造就出任凤和玉儿两个刚烈的女子。并且，因了地方民情风俗地充分展示，《金羊毛》的艺术风格呈现出一种宽广阔大的西部风格。

其次，“西部风情”的又一个典型体现是，这部小说的叙述语言尤其是人物语言带有非常浓厚的宁夏方言特色。众所周知，语言是最能体现民族和地域风情的文化因素之一。在《金羊毛》当中，宁夏方言经过作者有意识地加工，呈现出新鲜、活泼、朴素的特点，加之作者对小说喜剧性的追求以及讽刺与幽默手法在作品中的广泛运用，整部小说的语言风格便充满了一种谐谑的味道。仔细阅读，会发现这种语言的谐谑风格似乎更多西北的风情，也更多边地人民的智慧和洒脱心性。

2003 年 8 月

西北悲歌歌一曲　狂飙为我从天降

——序马濯华长篇小说《碧血 1940——绥西抗战往事》①

马濯华先生倾注极大热情和心血创作的长篇小说《碧血 1940——绥西抗战往事》，我已经细细阅读过两遍。每一次阅读，心灵都会受到冲击与震撼。这部以“西军”（宁夏军队）抗日为主要书写内容的文学作品，不仅以比较严谨的史笔，披露了抗日战争时期，西北著名军事将领马鸿宾所统率的国民革命军八十一军三十五师之一部，于内蒙古自治区包头市南部库布齐沙漠中的恩格贝台地，与数倍于自己的日伪军殊死搏斗的史实，更为重要的是，它以异常生动的笔墨多角度地描画了六十多年前西北各族人民不畏强敌、誓死抵御外侮的历史画卷。这是一曲岁月深处的民族悲歌，也是一曲令人感奋的爱国主义和英雄主义的颂歌。

①马濯华：《碧血 1940——绥西抗战往事》，宁夏人民出版社，2008 年 5 月第 1 版。本书列入“金骆驼丛书”第五辑。

是的，距离恩格贝台地上所发生的那场惨烈的敌我力量对比悬殊的战役已经六十多年了。在一个不算短暂的历史时期，人们甚至有意无意地忘却了这场“我以我血荐轩辕”式的战役。然而，岁月的尘沙怎能掩埋烈士的碧血与忠魂！英雄的一腔浩然正气终将冲破历史迷雾与世俗偏见的包围而与天地相激荡。在对和平崛起的中国的猜疑声和指责声中，我们难道没有觉察出那些别有用心者的异样情怀？在这样的历史时刻，阅读马濯华先生充满悲悯之情写出的《碧血 1940——绥西抗战往事》，重新抚摸六十多年前中华民族身上曾经布满的斑斑血痕，感受西北大地上曾经跃动的不屈的灵魂，应该说，内心的情感悲怆而昂奋。

一

从作品的题材和内容来看，《碧血 1940——绥西抗战往事》是一部讴歌西北人民以鲜血和生命奋力抗击敌寇入侵从而粉碎了日本军队妄图征服中国西北腹地图谋的“抗战小说”。小说以 1940 年 2 月 1 日绥西草原上的乌不浪口战役为始，以同年 4 月 28 日的恩格贝战役为终，细致而生动地描绘了国民革命军中一支驻扎于宁夏省的团级建制的部队训练、休整、行军、打仗，直至全军覆没于远离家乡两千里外的恩格贝台地的全过程。小说中的一〇六团是一支训练有素、人称“精锐”的部队。在这支部队当中，军官清廉，正气凛然，士兵勇武，敢于用命。然而，就是这样一支军纪严明，铁血豪情的威武之师，在不到半年的时间里，却被轻而易举地从这个世界“抹”掉了。那义薄云天的白武耕何在？那足智多谋的“小诸葛”刘子斌何在？那手舞大刀令凶悍的日寇闻风胆寒的金虎彪又将魂归何处？小说以沉痛的笔墨书写抗日战争时期的“痛史”，其哀怜惋惜之情常常溢于言表。应该承认，“落后就要挨打”已经成为近代以来中华民族中仁人志士共同的清醒认识。然而，面对19世纪中叶以来中国人民所持续遭受的罕见的磨难和被杀戮、被欺凌的历史，所有有良知的中国人仍然会一遍又一遍地反复追问：曾经以汉唐气象而闻名于世的中华民族为什么近代以来却突然间坠入无底的深渊？也许，战争的胜利与失败已不能用单纯的战争逻辑来说明。在国与国的侵略与反侵略的战争较量之中，胜利与失败的原因总是远远复杂于战争本身。正是基于这样的思想意图，作者在描写一〇六团官兵的战斗生活之外，才有意识地展开了对20世纪40年代前后的西北河套地区各社会阶层生活的精细状绘。而恰恰是这一全景式的描写，才构成了这部小说更为广阔的艺术视野和生活含金量，并使小说的思想容量有了扩大，思想品质得以提升。

中国曾经是一个对全球文明史做出过不可磨灭的杰出贡献的东方大国。我们的祖先凭借着无与伦比的聪明才智，不止一次地改变过人类历史的行进轨迹。但是，近代以来，中华民族在世界军事和经济竞技场上却力量尽失、屡战屡败，饱受西方列强的宰割与欺侮。究其原因？无非是政治腐败，百姓愚昧。我们都知道，1840年的鸦片战争之后，中外多次交战，莫不以中国失败、割地赔款而告终。中华民国成立之后，人们都以为中国这艘古老的航船会自然进入现代社会的河流，乘风破浪而上。可是，这艘船实在是太古老了，它已经经不起一丁点儿的现代风浪！日本列岛在中国人眼里一直是一个弹丸之地，然而，就是这样一个弹丸小国，却在不到半个世纪的时间里凭借着强大的国力，数度派遣军队侵入中国，大肆屠杀中国人。1894 年到 1895 年，中日之间发生甲午战争，由于海军经费被挪用和军事指挥不当，北洋水师全军覆灭。1940 年旧历四月二十八日，一支中国军队因为孤军深入和装备极端落后，在包头黄河南岸的恩格贝台地遭受灭顶之灾。当强敌已经杀到中国人的家里，取我们的性命之时，我们用以抵挡利器袭来以保护我们生命的盾牌何在？答曰：国家已经拿不出钱来购买“盾牌”！是的，那些用以建设国防的财物已经被那个凶蛮的慈禧太后用作建造私人花园了；它们也被“宁夏王”马鸿逵送给四姨太、五姨太、六姨太们开公司，办“慈善”事业和买高档首饰了。我相信，马濯华先生描写恩格贝之败，不仅仅是让一个尘封土埋了几十年的往事重见天日——在他的内心深处，任何为了民族的尊严而血洒疆场的英雄都应该在阳光底下得到高声赞颂；更为重要的是，他是想借伤心往事诉说一个具有责任感的中国作家的忧患情怀：当我们只是一味地沉湎于灯红酒绿的承平年代的逍遥生活，而置民族曾经的苦难和耻辱于不顾时，我们真的能够不再重蹈覆辙吗？

也许，与腐败的上层社会相比，正义的民间才是民族伟力得以诞生和壮大之所在。《碧血 1940——绥西抗战往事》在展开西北各社会阶层的生活全景图的同时，富于深情地塑造了几个底层人民的动人形象，并从这些普通人物身上，挖掘出民族精神的不屈不挠和伟大强悍。无论是“唢呐王”王福禄、草原英雄巴特尔，还是风尘女子马兰草，甚至一〇六团里的那两个“暂时的”逃兵何贵和纳三娃，在这些身份不高贵，相貌不堂皇的普通人身上，实际上正蕴藏着民族的大义和毫不伪饰的敢生敢死、敢爱敢恨的强者情怀。他们都曾经拥有过和平安宁的生活，他们对未来也都充满着梦想和期待。但是，日本人打进来了，这些强盗无理地侵扰了他们的正常生活。于是，他们毫不犹豫地反抗了。反抗可能付出惨重的代价甚至于鲜血和生命，然而，“宁可站着死，不愿跪着生”的古老信条如此坚定地扎根于他们的灵魂深处。在恩格贝台地的黄沙之上，“唢呐王”和巴特尔等人既完成了“一个人”的庄严使命，也完成了源远流长的民族不屈精神的凄美呈现。

二

任何一部叙事体的长篇小说，都不可能只是社会生活景象的单方面反映。长篇小说的文体特征，决定了它对生活的深度进入和多侧面展现。《碧血 1940——绥西抗战往事》的情节主线是一〇六团的训练与征战，但是，军人的生活总是与社会各个阶层有着割不断的千丝万缕的联系。于是，小说在讴歌壮士血洒黄沙的间隙，以一支不凡的彩笔，展开了对 20 世纪 40 年代前后河套地区社会生活的相当全面的描绘。从某种程度上说，正是作者出色的文学描写，才使得《碧血 1940——绥西抗战往事》具有了河套社会风俗画的审美价值。举凡宁夏城里的“走会”，五原城中的繁闹，旧式官场上的贪赃枉法，老茶馆里的明暗交易，作者信笔写来，从容不迫。至于草原英雄斗野狼，黄河岸边走纤夫，那达慕赛会露峥嵘，承天寺里探虚实，小说亦娓娓道来，如数家珍。社会风俗画的描绘，使这部以描写战事为主线的长篇小说，似乎平添了些“闲笔”。然而，正是这所谓的“闲笔”，才显示出小说作者神定气静的创作心理，从而使作品多了些不慌不忙的艺术气质。这艺术上的“不慌不忙”，调和了小说的节奏和步调，增添了作品的韵味和厚度。

从艺术角度说，《碧血 1940——绥西抗战往事》在人物形象的塑造上也显现出不凡功力。可以看出，作者对于小说人物形象的塑造，多得中国传统文学的滋养。我以为，《水浒传》《三国演义》《说岳全传》等中国古典的英雄传奇小说，不仅在艺术方式上——《碧血 1940——绥西抗战往事》采用的就是章回体的结构方式，更在精神气质上影响了马濯华先生的小说创作。关于这一点，作者有过夫子自道。马濯华先生在致笔者的信中这样说："在对中国历史的洞察和感悟过程中，我对中国社会有一种心得：由于战乱、改朝换代、灾害等原因，中国'四书五经'、唐诗宋词元曲的教育是在少数人中进行的。在中国民间社会，影响广大民众精神的却是上溯宋、元，兴盛于明清的英雄传奇和讲史小说，如《三国演义》《水浒传》《说岳全传》《说唐》和《杨家将》等，也包括《七侠五义》等武侠小说和《施公案》等公案小说。几千年来，中国人的'忠义观'和侠义情结是浸染在骨子里的，它几近就是中国几千年来的价值观，也可以说是中国人的文化传统。"（见 2007 年 10 月 6 日马濯华先生致笔者的信）当小说中的白武耕、刘子斌、金虎彪、巴特尔等人向读者走来的时候，我们难道没有发现在这些抗日军人的身上，是怎样地流淌着古代英雄的一脉血流？即使是那两个女流之辈——周嫣红和马兰草，在她们的精神气质里，不也闪现着古代侠女的动人风采吗？说马濯华先生的小说艺术深得中国古典文学之妙，还因为在这部小说的创作中，作者喜欢用"对比法"来刻画人物形象。比如，同是虎将，白武耕、刘子斌、金虎彪三人的性格显然是有差异的。白是一团之长，自然威严而稳重；刘是参谋长，当然多智和深谋；而金虎彪作为始终冲杀在前线的基层军官，性如烈火是他最核心的性格体现。作者描写这三个抗日军官，各设计其不同的人生道路，以凸现白的忠诚，刘的执着于理想和金的用情专一。正是因为有了对民族的大爱，对理想永不停止的追求和对亲人的深情关爱，才铸就了永不言败的“军魂”，才成就了一段惊天地、泣鬼神的英雄业绩。白、刘、金的精神底色应该说是相同和一致的，而其性格气质又有着个性间的明显差异，因此，才构成了“同中有异”的艺术上的参差对比关系。另外，小说中的女主人公周嫣红和马兰草，也有着比较清晰的对比关系，同为侠女，因出身和教养的不同，周在“侠气”之外有着一些柔气和书卷气；而马兰草，沦落风尘多年，频遭人间的磨难和心灵打击，性格中刚硬的地方似乎更多了一点。其他的人物形象，如主持宁夏军政事务的马鸿宾和马鸿逵兄弟，敌酋野田花部和川板英夫，读者也可以看出，作者是有意将其作为对比性人物设置来塑造和刻画的。

《碧血1940——绥西抗战往事》是马濯华先生费时经年而创作的长篇历史小说。在当今的宁夏小说创作界，这部长篇小说应该具有其独特的价值和意义。宁夏处于西北偏远之地，幅员不广大，经济欠发达。局外人论及宁夏，总是猜测想象多于亲历亲见。可是，人们哪里知道，在这方偏远的土地之上，同样上演着精彩绝伦的人生的剧目，而在这方黄土地的地层深处，又埋藏着多少壮阔的历史大戏和色彩斑斓的文化史诗。马濯华先生以他的才华和坚韧精神，以他的卓越的文学创作，已经开始了“发现”宁夏历史和文化的新旅程，我衷心地祝愿马先生的这一次“发现”只是更为壮观的万里长征的第一步。

2008年1月

一个民族的前世与今生

——读陈继明长篇小说《七步镇》[①]

陈继明费时数年写就的长篇小说《七步镇》，是一部意蕴复杂的小说。这部小说以作家东声的患病（东声分别患有回忆症、抑郁症等诸种病症）经历和治疗过程为鲜明的叙事线索，以东声执着寻找自己的“前世”为核心情节，其中穿插了大量的个人心史、男女情爱、时政思索、历史考证和田野调查等内容。如果一定要归类，《七步镇》属于“复调小说”一类。然而，由于此作意绪丰饶、虚实相生，且文体暧昧繁复，故又构成了小说本身的“迷雾”特质，带来了读解的难度。笔者与陈继明相识差不多有三十年，对他的小说创作一向格外关注。初读《七步镇》，曾经有许多迷惑和不解。待读到第二遍时，内心的迷雾才渐渐散开。不

①陈继明：《七步镇》，原载《十月·长篇小说》2018 年第 1 期。

能说，我们已经完全读懂了这部杰作。但是，我们可能已经触摸到作品解读的门闩了，并使之有所松动。下面的见解，是门闩松动之后透出的一点光亮。

一

《七步镇》明显地存在着两个叙事声部：现实的和历史的。小说所呈现的现实图景是：有个叫东声的作家病了。他得了一种精神性疾病：回忆症。回忆症是一种心理强迫症，它的具体表现是：一旦开始回忆就没完没了，很难中止。任何一个偶然的因素都有可能触发某一段特殊记忆。东声十岁左右经历过一次死亡。那次死亡事件的中心人物是小伙伴女孩子小迎，小迎死于铁道上的游戏，而铁道游戏的最初提出者却是东声。为此东声一直认为是自己的过错导致了小迎的死亡，他的内心充满了悔恨和难言的伤痛。十年前，东声的母亲猝然辞世。前一天东声还在与母亲通电话，次日晚上却接到母亲急病住院的通知，第三天凌晨母亲就走了。东声感情上接受不了母亲突然离世的事实。母亲去世后，他一直模仿母亲当年的厨艺“喂养”自己，体重陡然增加。东声有过三次失败的婚姻经历，在婚姻生活中，东声总是处于弱势地位，“不像个男人”（这是一位前妻对东声的评价）。眼下，东声又一次坠入爱河，与一位女博士居亦爱得死去活来。居亦曾经是个被遗弃的婴儿，在重庆福利院长大，现在澳门与养父母住在一起。现实中的东声不是一个只知道独守书斋的知识分子，他关心混乱的伊拉克局势，对1937年的“南京大屠杀”和中国人的笨拙耿耿于怀。一个偶然的机会，东声接受了毕业于牛津大学的一位心理学博士的催眠，在睡梦中，东声发现自己回到了甘肃老家，居然成为土堡当中的一个土匪头子。于是，催眠醒来之后的东声开始了漫长而执着的寻找。他既想知道自己的“前世”是不是那个年轻的土匪头子鹞子李，又想拼命洗白“睡梦”中自己手上可能沾染的无辜者的鲜血和曾经的罪孽。从这里开始，小说进入了两个声部的交替演奏。一个声部是东声重返甘肃故乡的仔细勘察和费力寻找；另外一个声部是故乡甘谷久远的历史生活由过去的深潜于地底而一变成为鲜活的人性和人的命运的生死荣枯。两个声部回还往复，共同构成了《七步镇》的雄浑和悲怆，也共同构成了这部长篇小说撼动人心的艺术力量。需要特别指出的是，在这部小说中，现实的喧闹和历史的纷扰是如此紧紧地拥抱在一起，仿佛一对难解难分的恋人，读者又怎么能够把它们分得开？譬如东声意外得到的那只人皮鼓，当它鸣响的时刻，到底发出的是千年之前（唐朝）的幽鸣之声，还是现实空间里的异常声响，愚钝如我们，又怎能分辨得清楚？是的，历史的苍茫星河不仅在旷远的天边隐隐闪烁，也常常在我们头顶的苍穹中喧哗旋转。东声的“今生”不是与他的“前世”有着永远切不断的血缘关系吗？

二

从小说叙事的总体面貌和艺术气象而言，我们倾向将《七步镇》这部长篇小说视为中国社会近百年历史的一个寓言。如果我们的解读无误，《七步镇》涉及的最早历史是清同治年间（1862—1874 年）。同治年间，爆发了陕甘回族反清斗争。小说中马家堡子的最初主人马如仓等于战乱之中仓猝离开甘谷，其时间背景即是清同治年间。小说当中另有一处别致的历史记载：光绪十年（1884年），一名人称巴尚志的澳大利亚传教士从广州出发，一路西行，一边行医一边传教，于此年夏天进入甘肃甘谷的安家嘴。巴尚志此后再没有回过澳大利亚，他与当地一个女子结婚，最终老死在安家嘴。这一历史事实表明，虽然地处偏远，但鸦片战争之后，西方文化借传教士的宗教之行开始逐渐进入西北的穷乡僻壤。1929年，甘谷（原名伏羌，唐武德三年设置）更名为今天的名字，但境内依然兵连祸结、匪患频仍。1931年，地方军阀马廷贤占据天水，七步镇盐商金三爷的大儿子李则广（鹞子李）应征入伍，后因战斗失利，遂带手下人脱离马廷贤部队，占据了马家堡子，杀土堡中原有居民二十六人，将马家堡子变成土匪窝。1935年，在甘谷、通渭一带做土匪的李则广投靠国民党胡宗南部队，接受整编，任副团长、团长。1941年5月，中条山战役爆发，李则广团参战，他的一团人大部分人阵亡，他和几个卫兵侥幸生还。1942年，李则广脱离军籍，一人还家。从此再不问国事，只以饲养牲口为生。1966年冬天，在一次批斗会上，由于李则广自己坦承1933年曾带手下人袭击了马家堡子，杀死丁、罗两姓二十六人，让在场的丁家后人一时暴怒，用杀猪刀杀死李则广。李则广有一个同胞兄弟李则贤，原是20世纪30年代七步镇地下党的领导人。1937年冬天的一个早晨，国民党天水警备司令高增吉率人抓捕七步镇的共产党秘密党员，李则贤闻讯逃脱。后赴延安。新中国成立后，李则贤在湖南溆浦担任县委书记。李则广死后，李则贤始还家，兄弟二人新中国成立后一直没有见面。

我们费力廓清小说的叙事“迷雾”，努力还原小说的历史背景，是想说明：小说所讲述的故事——甘谷大地上曾经发生过的一切人的命运的生死歌哭、起伏动荡，恰是百年以来中国人命运的写照和高度概括。举凡大地烽火连绵、国破家亡，人民流离失所、状若猪狗；比如外敌入侵，内乱不止，同室操戈、亲痛仇快。甘谷的一千三百多座古堡，岁月深处的万般悲惨情状，不正是一百多年以来中国人辗转挣扎于生死线上的如实描画和文学写真吗？我们从来不相信陈继明是一个只愿意咀嚼个人悲欢而对天下苍生不闻不问的创作家。从他的《骨头》《月光下的几十个白瓶子》《粉刷工吉祥》，到《一人一个天堂》《陈万水名单》《北京和尚》，再到眼前的《七步镇》，陈继明的灵魂深处一直充盈着悲天悯人的炽热情感。他来自西北大地，幼年又经历过贫困生活，深知稼穑不易、父老艰难；他熟读中外经典，深深懂得读书写作不为金钱玉帛，而为百姓命运呐喊，为社会正义呐喊。所以，我们把《七步镇》视为一部寓言，是一部以个人和西北小镇的命运透视整个中华民族历史命运的小说。从这个角度而言，《七步镇》有着与《白鹿原》等当代杰作相同的精神血缘和共同的精神底色。

三

现在，我们需要进入作家陈继明的内心深处来探讨一下他写作《七步镇》时的精神立场和情感态度了。我们认为，如果说《七步镇》这部杰作有什么一以贯之的精神立场的话，那就是相当强烈的“罪感意识”和“救赎意识”。这两种意识在小说中相互交织、缠绕，共同构成了小说非常强劲的思想冲击力。“罪感意识”和“救赎意识”作为一种舶来品，近代以后开始在中国思想文化界被接受，一些现当代文学作品当中也出现了它们的身影。鲁迅的《狂人日记》就是一篇有着强烈的“罪感意识”的小说。鲁迅在这篇作品当中不仅意识到了中国四千余年的漫长历史是一部“吃人史”，更是深刻地意识到“我”也是这“吃人者”之一。鲁迅之外，许地山、庐隐、老舍、巴金、曹禺等作家，都在写作中笔涉“人的罪恶”，希望“罪人”们通过忏悔和有意识的“受苦”等途径，获得灵魂的拯救。新时期以来，在“伤痕文学”和“反思文学”作品当中，我们可以强烈地感受到作家对历史、现实、人性所进行的深度审视，在宗璞的《我是谁》、张贤亮的《土牢情话》、戴厚英的《人啊，人！》、张炜的《古船》等小说中，“罪感意识”和“忏悔心态”成为非常鲜明的精神价值立场。尤其是隋抱朴（《古船》）这一“忏悔者”形象的塑造，他身上所具有的强烈的“罪感意识”，他在磨坊里似乎永无止境的灵魂自我折磨，构成了20世纪80年代最为动人的文学风景。

从文学创作思想传承的角度而言，陈继明的《七步镇》与“五四”先贤的思想和新时期早期作家们的创作是有渊源关系的。我们这样说，一点也没有看轻陈继明创作的创新性之意。罗兰·巴特在《零度的写作》一文中说：“某一作家可能运用的写作只有在历史和传统的压力下，才能确立。”[①]米兰·昆德拉也曾说过：“依我看来，伟大的作品只能诞生于他们所属艺术的历史中，同时参与这个历史。只有在历史中，人们才能抓住什么是新的，什么是重复的，什么是发明，什么是模仿。换言之，只有在历史中，一部作品才能作为人们得以甄别并珍重的价值而存

①〔法〕罗兰·巴特著，董学文、王葵译：《符号学美学》，辽宁人民出版社，1987年版，第152页。

在。对于艺术来说，我认为没有什么比坠落在它的历史之外更可怕的了，因为它必定是坠落在再也发现不了美学价值的混沌之中。”[1]所谓“历史和传统的压力”和“诞生于他们所属艺术的历史中”云云，实际上都在说明一个事实，那就是：所有后起作家的创作都处于一个强大而历史悠久的谱系当中，文学传统构成了后来的创作者赖以建构意义的精神资源。我们发现，在陈继明的《七步镇》当中，“罪感意识”成为一个反复回响的主旋律。而“罪感意识”的承担者，即是叙事者——作家东声。前面已经说过，东声患有回忆症和抑郁症等疾病，这使得他总是反复回忆起前尘往事。童年伙伴小迎之死是东声的心结之一，也是促使他内心不断生成“罪恶感”的核心事件之一。悲剧过去了几十年之后，重返故乡的东声依然在谴责自己：“我没有直接杀人，起码间接杀了人。”小说当中更意味深长的叙事设计是，在一场催眠治疗的“梦境”之中，东声的“前世”忽然成为混乱动荡的民国年代地方上的一个土匪头子，这个土匪头子生性残忍、杀人如麻。于是，从梦中回归现实之后，东声开始了颇受煎熬的田野调查和历史求证。与其说，东声想千方百计地寻找自已的真实“前世”，不如说东声想以一个知识分子的柔弱身躯，承担故乡土地上曾经发生过的一切残忍杀戮和血腥争斗之罪孽。也就是说，只要是曾经发生过的罪恶，迟早要有人站出来平静领受、真诚忏悔甚至接受审判。这个时候，我们就不能简单把陈继明的叙事设计理解为单纯的艺术技巧了。如果我们用心揣摩小说文本，会惊讶地发现，生活于当下的东声，实际上每天都在承受着灵魂的被拷问。这个敏感、多思，“罪

①（捷克）米兰·昆德拉著，余中先译：《被背叛的遗嘱》，上海译文出版社，2003年版，第18页。

感意识”始终萦绕于心的知识者，不仅要承受早年生活的心理创伤所带来的内心折磨，更要不停地被知识分子的“良知”和正义感反复逼问。无论是巴勒斯坦人的诉求，还是长达十个小时的纪录片《浩劫》中那些纳粹集中营的幸存者脸上的“苦难者表情”；无论是18世纪流行于欧洲的“人皮书装订术”，还是1937年冬天七步镇三个共产党人被枪杀和一个孤单女人的自杀。人类所有做下的罪孽和犯下的罪行，都需要被知晓、被认领，并经由忏悔、反思等精神通道达到彻底的清算和救赎。应该说，尽管东声始终疼痛和挣扎于人类曾经的苦难和罪恶之中，但他对人类还是抱有基本的信心的。在欧洲，他和居亦在调查了人皮书的历史和观看了大量的欧洲影片之后，他们产生了这样的感受：“我们有很多感受，其中一个共同感受是：当我们对整个人类抱有信心的时候，对自己的信心对个人的信心，对男人的信心和女人的信心，也有明显的提升。尤其是，我们都认为人类是一个有缺陷的存在，我们应该对人类缺陷抱有警惕，但不要试图拿起手术刀，把人身上的所有缺陷剔除，只剩下好的、讲理的、文明的部分。有缺陷的人类，仍然值得尊敬和热爱。甚至可以说，更多的奥秘藏在人类的缺陷和绝望里。”①正是遵循着这样的认识和理解，小说给出了人类的救赎之道：爱和温暖。因为“一个没有爱过的人，或者目前没有生活在爱中的人，会更凶狠更毒辣”②。既然美国心理学家哈里·哈洛的实验结果证明，动物和人一样需要爱——小猴子如果生下来之后缺乏母猴子的爱抚和保护，长大后会更有攻击性，更孤僻，性成熟后甚至不能交配③，那么，高贵的人类为什么不能以深情之爱和长久的

①陈继明：《七步镇》，《十月·长篇小说》2018年第1期，第69页。
②陈继明：《七步镇》，《十月·长篇小说》2018年第1期，第83页。
③陈继明：《七步镇》，《十月·长篇小说》2018年第1期，第14页。

温暖去消弭残忍、杀戮、仇恨、恶毒、邪恶和一切人间不义呢？

陈继明1988年开始小说创作，到今年他写作小说已经整整三十年了。三十年来，他的一些小说被大声地喝彩过——他的短篇小说《月光下的几十个白瓶子》《骨头》《粉刷工吉祥》《蝴蝶》，中篇小说《北京和尚》《陈万水名单》发表后，均获得文坛很高的评价。然而，更多的时候，他是一个被忽视的作家。现在，陈继明将色彩斑斓的《七步镇》奉献于我们面前。我们无法说，《七步镇》已经达到了中国当代文学的崭新高度，但我们可以断定，《七步镇》不仅标志着陈继明小说创作进入高远的新境界，同时，它的出现也标志着当代小说具有了耐人寻味的新品质。在日常生活审美已经普及化的时代条件下，《七步镇》深沉的思索和充满魔力的叙事，不仅充分证明“纯文学”的固有魅力，也给“纯文学”的未来发展点亮了一盏启示之灯。

2018年6月

青春之河，为谁奔流？

——序升玄长篇小说《徒步穿梭》①

青春岁月，是每一个生命个体最难以忘怀的有着太多的人生情韵的一段时光。在这一段失去了就永不再来的岁月当中，生命宛若一轮朝阳，一树桃花，一朵早霞，一声云雀。在青春气息弥漫的岁月里，心灵的一切都是敞开的，呈现诗意的放射情状：感情、意念、憧憬、向往，统统向缤纷喧闹的世界打开。谁也不知道，究竟是哪一件事物、哪一个异性最先闯入无所不想拥抱的心灵。谁也不知道，究竟是哪一件事物、哪一个人在无意之间伤害了那颗年轻而敏感异常的心。青春的时光是值得永久怀念和留恋的。不管青春以后的岁月怎样的悲凉萧瑟，也不管青春以后的命运怎样的风沙扑面，坎坷蹭蹬，然而，当我们回望青春时光，

①升玄：《徒步穿梭》，宁夏人民出版社，2002年4月第1版。本书列入“金骆驼丛书”第二辑。

所有的人都会对那一段人生岁月依恋不已。不是因为那一段青春的岁月我们收获了多少人生甜美的果实，实在是因为那样的感觉、意绪，甚至嗅到的田野里的芬芳，校园里树叶的气味，异性的体香，都是完全新鲜的和异常撩人心绪的。如果把青春岁月比作不舍昼夜奔流不已的河水，那么，这一条河是鲜活的、喧哗的，渴望抚摸河岸边的一切事物的。青春的时光是如此的刻骨铭心，对于一个经历过青春岁月的“过来人”而言，重返青春的冲动常常不期而至，我们时常被怀旧的情感所笼罩。然而，身边长大了的孩子却用那双明澈的眼睛清楚地告诉他的父辈：你们已经不再年轻。于是，我们借助于文字这只手，奋力打开记忆的闸门。此时，时光重新复活，青春之河带着曾经拥有的全部的声音和色彩奔涌翻卷而来。

我们可以把升玄的长篇小说《徒步穿梭》看作是对青春岁月的又一次深情造访。明白这一点，读者也许将掌握解读这部作品的一把“金钥匙”。我们看到，尽管这部作品的篇幅不算短小，但人物和事件却并不十分复杂。实际上，读者完全有理由把它视为小说主人公胡玄的青春期“备忘录”。在这部小说中，故事的推演和人物的塑造都围绕着青春岁月的感伤而迷茫的特殊生活情境与思绪展开。举凡 20 世纪 80 年代大学校园的喧哗与骚动，一个来自偏远山乡的农村青年初入城市时的紧张、焦虑与不适，身不由己地卷入单位是非之争时的惶惧与无奈，都因了青春期的背景存在而显得格外动人。理由似乎不难理解，生活的神秘之门刚刚打开，扑面而来的一切都带着新鲜的色泽与情调。天地、人物、情感，完全显现着原初的不加刻意修饰的面目。自然，这新鲜当中不时透露着青春期的天籁，生命的一次又一次隐秘冲动和羞涩的欲望。一切梦幻的花朵都在人生这个忘情季节的和风中开放，又在布满星星的黑夜里低回、缠绵。

与许多长篇小说相异的是，《徒步穿梭》的叙事文体相当特别。从某种意义上说，我更愿意把它视作是一种自我抒情式的“青春体”小说。这种“青春体”小说不外乎这样几个文体特点。首先，它是一种基于个人经验与记忆而写作的小说，是心灵回顾和往事“重现”。虽不能断定小说的“本事”与作者的生活经历完全吻合，但小说素材十之八九来源于创作者独特的人生经历和体验，却是不争的事实。因此，这一类小说显然属于现代小说名家郁达夫提倡的所谓“自叙传”体式。其次，“青春体”的小说一般都具有非常强大的抒情因素。这显然与青春期的心灵悸动和急于向世界打开与倾诉的愿望有关。对于一个生活在青春期的人来说，取之不竭的恰恰是罕见的灵性和激情。这时，心灵还未曾受过巨大伤害，世俗的风尘还未曾压身，包围着那一段年轻时光的是以欢欣为主的心海潮音。当然，感情的放纵奔流，抒情因素的过于强大，对小说的叙事显然形成了一定程度的干扰和制约。有时，过于高涨的青春热情会使作品当中的人与事显得格外飘忽不定，甚至一下子变成叙事天空中“断线的风筝”。这也使得读者阅读作品时常常不明所以，犹如坐在游乐园中急速翻转的“过山车”上，诸多人与事刚一谋面便忽然被抛到了身后，有的还消失了踪迹。再次，由于“青春体”作品主要以展示青春期的心灵世界为焦点，因此，许多时候这样的小说便呈现叙事和抒情的“内向性”特征和耽于沉思的艺术面貌。它的叙事视角一般掌握在小说主人公的手中，主人公既是小说的中心人物，也是故事的讲述人。主人公与叙事者的重合，使得主人公的情绪和心理很大程度上影响到作品的情调和风格。因此，“自言自语”和“自说自话”成为“青春体”小说共同的艺术特征。读者们不妨把这类“青春体”小说看作是一种青春期“内心的独舞”。

我们知道，作者升玄是一名20世纪80年代的大学生，在他的心灵深处，“浪漫的八十年代”是如此清晰而深刻地打下了难以磨灭的印记。他的小说当中充满了完全属于20世纪80年代的激情和向往，声息与色彩。当然，小说毕竟是文学创作，时代的声音和曾经的生活经验对于写作者而言，只是构思和创作的事实种子，日后种子如何发芽、开花、结果，那就要看创作者心灵的丰富投射了。也就是说，一样的“种子”有可能开放异样的花，结出异样的果。事实上，读《徒步穿梭》，我看重的不是这部小说讲述了一个多么完美动人的故事，显然，这不是作品的所长。明白地说，小说打动我的是它优美而感伤的抒情气质。应该说，这一因素恰恰是小说的“卖点”。我是一个与作者年龄相仿的20世纪80年代的“老”大学生。当我初次读到这部长篇小说的时候，一种重返青春的甜蜜和伤感竟那样强烈地袭上心头。也许作者所描写的具体的生活场景和生活经历与包括我在内的许多人的生活命运并不完全一致，但是，由偏远之地进入大都市时的惊惶，与来自大都市同学相处时的自惭形秽，对心仪已久的异性的无可措手，简言之，所有青春期的紧张、焦灼、忧伤、甜蜜，想说爱你不容易的迟疑和“此情可待成追忆”的怅惘，通过作品的描述，都异常鲜活地奔涌而来，仿佛时光倒流。我知道，青春已经一去不复返。然而，在升玄的笔下，青春正在被回忆的嘹亮号声唤醒，它重新神奇地聚集在我们面前，带着青春期的纯净底色和永恒的情韵与风味，鲜嫩欲滴地呈现。于是，我们发现，青春是一种可以预约的力量，是一坛陈年的老酒。当岁月如一江春水般流去，当生活不再是曾经憧憬的浪漫青春的颜色，我们却可以在回忆当中感受青春的蓬勃生机和纯洁优美的力量。这种生机和力量，虽然来自已逝的遥远岁月的深处，然而，由于它以“心露”制成，所以它会使人陶醉，会使人在漫长的人生跋涉中，因了曾经的激情和梦幻而勇往直前。

2002 年 1 月

读《西北往事》兼谈张学东小说创作的意义

一

就小说的题旨而言，张学东的《西北往事》[①]是一部讲述“成长的忧伤”的小说。在这部二十万字的长篇作品中，一个男孩子在少年时代所可能经历的生活的苦难和心灵的迷惘几乎都描写到了。在西部一个偏远的小城，这家人以及周围的人们艰难而坚韧地生存着。爸爸因为爱好艺术（具体表现为吹小号）而与那个时代气氛格格不入，于是被无端地投入监狱；哥哥因了父亲黯淡命运的惊吓，人格发生裂变，成为一个善于见风使舵的“两面人”；姐姐蓝丫天生丽质却缺少心眼，混混沌沌地活着；性意识过早觉醒的四孬仿佛一蓬生机旺盛的野草，在缺乏修剪的

①张学东：《西北往事》，原载《作家·长篇小说春季号》2006 年第 3 期，河南文艺出版社，2007 年 4 月第 1 版（单行本）。

时光中，恣意地生长……小说所叙述的所有事情都呈现着生活本身的毛茸茸的质感，繁杂而丰富。这里，有属于成年人的感情游戏，刘庆福差点儿为此丢掉了性命；这里，有少年人危险的生命悸动，包子店江南女孩林秀秀的死亡，给本来应该澄澈美丽的青春期带来了难以抹去的人生阴影。在单调压抑的生存环境中，每一处生命领地，似乎都会成为一片需要艰难跋涉的沼泽地。沼泽地的上方是时代的天空，天空的阴与晴实在无法预料。而更为凶险的是，你不知道眼前这片生活和命运的沼泽地当中到底隐藏着多少致命的陷阱。也许，稍有不慎便会陷入泥沼，不能自拔。生命因为软弱和过于寻常，而在无法变易的命运的铁的法则面前，常常黯然神伤。生命的发生与迷失，因为仓猝，时常使人双泪长流。正所谓生年不满百，常怀千岁忧。

实际上，在《西北往事》这部长篇小说中，始终回荡着两个非常强大的主题旋律，那便是：爱与死。只是，这“爱”的主题常常是以“无爱的生活”来反衬和映射的。我们看到，因为家庭无法提供丰沛的爱意和心灵的充分抚慰与强大帮助，一向被认为是脑子“进了水”的姐姐蓝丫，很早就表现出一个“问题少女”的所有特征：讨厌学习、喜好打扮、藐视师长，刻意追求无约束的快感。于是，在许多纷乱和纠缠反纠缠之后，她终于与另外一个“问题少年”四孬厮混在了一起。四孬此人，是我们在少年时代见惯了的那种“阿飞少年”。他们缺乏应有的教养，举止粗鄙，为人嚣张。在危险的少年时代，他们常常表现出过度的叛逆性和反抗性，其铤而走险的诸种行为往往为社会规范和秩序所不容。然而，当我们长大成人之后，能够用一种比较宽容和理性的目光重新打量与审视我们经历过的少年时光和曾经接触过的许多“问题少年”（那些人曾经是我们的邻居和小伙伴）时，我们当然会明白，他们举止的放纵和灵魂的粗鄙，恰恰是因为缺少爱意的滋润。在20世纪六七十年代，有多少中国的普通家庭有着爱的缺失。在所谓“文化大革命”的风暴中，爱的学说早已经被野蛮和暴力的狂风吹散。在那个特殊的时代，当然只能产生行为乖张心灵浅薄而粗鄙的一代人。小说当中的四孬便是生活于艰难时世当中的一个再典型不过的文学形象。只是，《西北往事》这部小说对于时代的渲染采用的是侧面透露的方法，“爱的缺失”这一主题更多表现在对家庭亲情淡漠的描写上。这一点，小说在对“曾经的”好女孩罗扬故事的叙述当中也充分地显现了出来。当罗扬的父亲是一个被人巴结的厂长，她生活中的风雨完全由父母来遮挡时，小女孩罗扬是幸福的、可爱的；而一旦家庭破灭，父母离散，罗扬便全然生活于风刀霜剑之中。无爱的生活是人间最悲惨难耐的生活，一个家庭的毁灭和曾经的灾难甚至会使孩子们失掉此生的幸福。罗扬在父亲被抓母亲意外死亡之后，一步步走向生命的委顿枯败，便是明证。而小说当中，“我”的父母由长期冷战到逐渐回归夫妻本位、家庭本位的描写，在笔者看来，又何尝不是作者对充满爱意和温馨的家庭生活的某种深情呼唤。

在一个懵懂的少年人的心灵世界当中，死亡往往被认为是一个神秘的生命流程，其中充满了不可知和令人不安的因素。说实话，当自身的生命正在抽芽生长并逐渐显现强大的时刻，少年人对死亡虽然充满疑问和不安，但还不至于极端恐惧。在那些心事拿云的少年人的心目中，生命的死亡和生命的诞生似乎都属于寻常事物，它们就像太阳落山和月亮升起一样朴实无华。然而，当死亡不再作为一种传说和发生在遥远地方的事情，而是突然而坚硬地抵达和进入少年人具体的生活空间，少年人还能保持住心灵的应有沉静吗？答案显然是否定的。实际上，直面死亡的情境是少年人精神成长的一种特殊的契机。它使少年人在巨大的人世惊讶之后，开始了对生命的首次沉思与追问。死亡是生命的必然归宿，根据精神分析学大师弗洛伊德的理论，人在出生之时是不知道死亡的存在的，而人的最初意识也是对死亡采取排斥态度的。但是，随着生命的成长和意识的完善，每一个人都开始领悟生命的有限性，真正感受到死亡的无所不在，从而产生潜在地对死亡的畏惧心理。人对死亡的第一次真正地深层思考与领悟，往往与个体的亲历性有关。与自己朝夕相处的亲人的死亡，或者个人遭遇死亡威胁时油然而生的危机意识，等等，都会使人对死亡这一人生话题突然产生兴趣并引发长长的思索。事实上，生命个体对死亡的认真探询最终又会转化为对生的热爱和珍惜，它意味着人将勇敢承担自己的命运，并积极筹划他有限的一生。在《西北往事》这部作品中，“死亡的故事”是小说的重要叙事线索之一。无论是明媚的江南女孩林秀秀因情而死，还是那个可爱的小男孩大头因追逐美丽的蝴蝶而意外身亡，甚至是罗扬母亲因精神受到打击之后的疯癫而死，都指示着人间生存的某种巨大危险和难以排遣的悲情。它们在少年人“我”的心灵深处所留下的创伤性刻痕仿佛此生也难以消除。这显然是成长的痛楚所在，也是生命的痛楚所在。曾经那样亲近和熟悉的人倏忽之间便离开了这个多情世界，留下了一个个无法填充的虚空。于是，少年人和我们都想到，生命似乎是一个受损伤的过程，生命是时间长河里的漂流物。在逝者如斯的人生大河中，生命与生命偶尔相逢、碰撞，却必然分开。我们多么想挽留住那些与我们如此贴近的气息浓重的生命啊，可是我们不能。我们只能看着时间之河在天地间苍茫地流逝，任无情的风雨频频打湿我们不再澄澈的双眼。这应该是这部小说中的死亡故事给读者留下的生命和审美的感受吧。

二

《西北往事》是一部文体特点相当鲜明的“成长小说”。作为一部回忆体式的叙述少年人故事和“心事”的长篇作品，小说涉及少年“我”的成长环境，家庭的诸种不如意情状，性意识羞涩的觉醒，无疾而终的初恋，难以摆脱的死亡阴影等青春期的纷乱人事。很明显，这些纷扰的生活情形和意绪，都是一个少年人在成长过程中必然要遭逢的人世纠葛和命运“沧桑”。青春期的生命正是在与这些复杂人事的碰撞撕扯当中逐渐变得强健。然而，言说一个少年人的成长故事，并没有构成《西北往事》这部长篇小说最致命的艺术诱惑。笔者被它打动，是因为这部长篇作品的故事的讲述方式实在独特，极具个人化色彩。瓦尔特·本雅明说得好：“对于回忆者来说，重要的不是他所经历过的事情，而是如何把回忆编织起来。”（《作品与画像·普鲁斯特的形象》）正是这一个“怎么写”，而不是“写什么”，使张学东的创作与这个年代的诸多“成长小说”划出了泾渭之别。

首先要提及的是这部长篇小说的叙述视角问题。毫无疑问，作品是以“我”的视角展开青春期世相和人事描写的。由于这个“我”在小说中不仅仅是一个单纯的叙事人，而且还是小说主人公，所以这种叙事人与主人公相重叠的叙述机制，便造成了这部叙事体的长篇小说相当浓烈的个性化色彩：青春期故事的讲述与言说总是受制于个人情感的起伏波动；小说视境的美丽与丑陋也总是与个人丰富而复杂的心绪有关，所谓“境由心生”。于是，我们发现《西北往事》是一部具有比较强烈的抒情气质的“成长小说”。少年时代的生活经历也许是有限的。无论如何，它都会局限在某一个经验领域；然而，渗透着强烈的主观情绪的回忆中的经验却可能是无限的。由于创作者生命和情感的深度投入，回忆当中的“过去”在人生的此刻仿佛被炽热的激情点燃和照亮了。当“过去”在鲜嫩欲滴的此刻映现出来时，是一种重返青春的狂喜与震惊把作者与我们紧紧联系在了一起。

然而，张学东的小说视境又确乎带着点变形与来自孩提时代的童稚思维和夸张意味。这使得作品当中充满了意绪性的描写和灵动特异的想象。在“我”的眼睛里，哥哥会是一只深通狡诈之术且面貌上颇有些形似的“狐狸”；在少年人的感觉里，父亲酒后吹奏小号，吹出的曲调时时透露出火辣辣的味道，家便有被点燃的危险。甚至，父亲对擅自闯进这个家庭的偷情者刘庆福的惩罚也带有几分儿童式的“恶作剧”意味：这个可怜的家伙被脱光了下身，强迫性地跪在一只积满白雪的洗澡盆中，不久便变成了离不开拐杖的“著名”瘸子。张学东在小说中构筑了一片又一片意象丛生的地带，在这些情绪纷扰的地带，不停闪烁着少年人童蒙初开时的惊讶、忧伤、困惑、烦躁、罪恶感、羞耻感的萌生与叛逆的激情。显然，因为创作者情绪的复杂与纷扰，小说的叙事气氛某些时候显得黏稠而滞重，甚至不无压抑感。然而，少年人的天空又是多么地喜欢敞亮啊！当“我”与大头为了躲避人间的冷漠而躺在巨大、空洞的水泥管中笑看夕阳西下，彩霞满天；当一直生活在阴郁心境当中的父亲终于在孩子面前露出愧疚的神情和流出感伤的泪水时，读者又确实会感受到来自生活深处的脉脉温情。生活从来就是如此，我们必须承受它的全部激情、困难、蛊惑、重压、阳光的温度和黑夜的阴冷。我们热爱它、痛恨它、拥抱它而又不停地试图绝情地推开它。正是这种复杂的情绪，才导致了我们对生活的态度与评价是不统一的，甚至是矛盾的。然而，也正是这种矛盾的心态在创作中造成了审美的某种参差感。而这种参差之感又恰好形成了许多文学作品意蕴的丰盈。在《西北往事》这部小说中，情绪动荡所造成的意象的丰饶正可以以此来解释。

张学东是近年崛起于中国文坛的宁夏青年作家群中的重要一员。从1999年开始发表处女作到2008年发表第三部长篇小说《超低空滑翔》[①]，在十年之内，他已经创作了近三百万字的小说作品，不仅数量惊人，质量也呈现上升势头。在人才济济且声誉日隆的宁夏青年作家群中，张学东的小说创作至少呈现出以下三种意义。

第一，他是青年作家群中创作最为勤奋的一位作家。迄今为止，张学东已经创作了三百万字的文学作品。他创作的长篇小说《西北往事》《妙音鸟》《超低空滑翔》，均在全国重要的文学刊物和著名出版社发表和出版。他创作的中篇小说、短篇小说中时有佳作涌现。他的短篇小说、中篇小说两次入围鲁迅文学奖，他的短篇小说代表作《送一个人上路》和《喷雾器》被评论界的权威人士认为是可以载入中国当代文学史的作品。张学东的勤奋不仅仅指的是他的埋头苦干，据我所知，还表现在他学习的孜孜不倦。在宁夏青年作家群中，他是为数不多的几个痴迷于读

①张学东：《超低空滑翔》，原载《作家·长篇小说春季号》2008年第3期，上海文艺出版社，2009年8月第1版（单行本）。

书，并且认真揣摩和学习20世纪西方文学经验的青年作家之一。他的学习和揣摩是精细的、相当深入的，并且已经结出硕果。在他的最好的中、短篇小说中，可以看到对20世纪西方文学经验的有效借鉴。当然，张学东已经把它们化为了自己的血肉。

第二，在宁夏青年作家群当中，张学东是虚构能力最强的一位青年作家。他对小说创作之道的谙熟，他对“立足于大地”与“飞翔于天空”的两种写作技巧的娴熟掌握，在习惯于深耕西北黄土层而相对艺术翱翔之力不够的西北作家群中，显得格外突出。张学东以不算丰富坎坷的人生经历而一直葆有相当丰沛的创作力，这与他的既立足于西北大地，又常常做云天之想的创作思维有极大的关系。

第三，在宁夏青年作家群中，张学东是一个有着清醒的创作意识，一直寻求着思想和艺术突破的小说家。20世纪90年代以来，中国文学创作的一个突出问题是思想突破不够，思考力钝化。许多作家把小说创作简单地理解为是生活现象的罗列和叙事技巧的圆熟，不知道小说创作最核心的命题是“对存在的深度勘探”。张学东的小说立足于20世纪中国社会的悲伤历史记忆和我们生活当中的坚硬现实，在对存在的勘探当中，揭示了中国社会的“伤害”主题。在20世纪的中国历史上，曾经发生了多少“伤害”啊！那些非正义的盲动力量和那些人性的黑暗，给予我们肉体和精神的伤害何止万千！当生活当中充满了伤害，恐惧便与生俱来。我不知道张学东是否很明确地意识到，他一直在书写“伤害”。也许，是艺术家的敏感和悲悯之心指引着作家情不自禁地触及了这一重大主题。当我们的小说创作思想越来越显贫乏的时刻，张学东的小说创作因为“发现”而格外动人。

2010年1月

发现一个新的世界

——序查舜中短篇小说集《拯救羞涩》[1]

每一个创作家都会面对一个广大而丰盈的世界。这个世界以它全部的声音和色彩包围着他们。然而，并非所有的创作家都能成为这个世界的"发现者"和称职的代言人。太多的创作家因为对自己所赖以生存的世界没有惊人发现和独特感悟而成为文坛的匆匆过客，只有那些具备了深邃的思想和卓越的艺术表现力的创作家，以对世界和人性的锐利穿透和艺术征服，才可能引发我们对自然、社会和人生的长久思索。说得更明白一点，出色的创作家总是能够立足于所生存的特殊地域，以对这一特殊"世界"的挖掘和穿透而引起读者盎然的阅读兴趣。也许，这些

①查舜：《拯救羞涩》，中国文联出版社，2002 年 6 月第 1 版。

创作家所描写的只是人类生活领域的某一个局部和角落；也许，这些创作家无心也无力去涉及自己难以进入的别样天地，他们只是老老实实、兢兢业业地在自己所熟悉的“家园”里打一口井。然而，因为专注和锲而不舍，家园里的这口井便打得格外深；因为灌注智慧和深情，这井的出水便格外甘冽。于是，奇迹出现了：那些胸怀大志，整日里发表着宣言，口口声声要走向阔大天地和高远境界的创作者渐渐淡出了人们的视野，成为文坛的过眼烟云；而那些只专注于脚下的土地，认真而执着地在后花园打一口深井的创作者却逐渐被读者所认可,并赢得当然的喝彩。细心检视宁夏著名小说家查舜的创作历程，我们会发现他仿佛就是那个锲而不舍的“打井人”。在日益喧哗和浮躁的当今文坛，查舜始终以一种留守者的坚忍和耐心，立足于西北高原的黄土地，辛勤而执着地打一口文学的深井，并最终向我们捧出了甘甜的心露。

一

查舜的小说创作起步于20世纪80年代初期。当宁夏文学逐渐在中国文坛发出独特“声音”的时刻，查舜也以他独特的歌喉加入到时代文学的嘹亮演唱之中。只是，他的“演唱”从一开始便带有别样的音色。收在这部小说集里的中篇作品《月照梨花湾》是作者创作于80年代初期的小说代表作，也是查舜第一部在文坛引起诸多好评的小说。在这部诗意缤纷的小说当中，毫无疑问，读者可以明显感觉到20世纪“浪漫的八十年代”所具有的浓重的时代底色。无论是对一对回族青年男女生活命运和感情波澜的诗意书写，还是西北边地山川景色、自然风物的抒情性描绘，都无一例外地透露着20世纪80年代整个中国社会明朗乐观的社会氛围和奋发进取的时代风气。然而，我们发现，尽管《月照梨花湾》是由80年代的空气、阳光和水分哺育出来的文学之“花”，它依然呈示了完全属于查舜的个人风格：不一定将创作焦点完全对准时代的洪波巨浪，而只是执着书写时代风云激荡之下普通人的悲欢离合，历史惊雷炸响之后小人物心灵的回声。一句话，于平凡生活和人的命运的精细书写中，升华创作者对于宇宙、社会、人生的玄思默想。以此观之，读者当然可以看到，就在文坛上“伤痕文学”“反思文学”余波未平，“改革文学”风生水起之际，《月照梨花湾》却独辟蹊径，以独特的审美视角展现着宁夏河套平原浓郁的乡风乡韵和生活于这片土地上的人们深沉而美好的人生情怀。我们可以明显感觉到，查舜小说取材上的这种个人性，使《月照梨花湾》更具备了优秀艺术作品所可能含有的审美独特性和丰富性。简言之，因为对时代风尚的某种超脱和对永恒人生的注视，反而在不经意当中使小说的“内在力量”突然间变得强大。时隔小说发表差不多二十年后的今天，当我们再次阅读这篇小说的时候，作品当中所流溢的单纯明朗的艺术情调依然激动着我们的心，由此催生的那种新鲜而纯净的感受一如从前，仿佛时光倒转。

显然，《月照梨花湾》开启了查舜小说创作的一个颇为鼓舞人心的局面。在整个社会弥漫乐观明朗的精神气氛的时刻，诗性的文学话语容易得到认同也容易得到鼓励。然而，生活里并不总是布满阳光，创作者也不可能永远都以甜美的嗓音歌唱。这部小说集中的短篇小说《高山过后是深谷》和《昨夜情仇》同样是两篇以情动人的作品，但是，这情却是苦情和悲情。《高山过后是深谷》一篇叙写极“左”思潮流行的年代一个回族少女的命运悲剧，于一种如泣如诉的讲述中，展现着生活在西北黄土高原上的回族人民的生活和心灵磨难。《昨夜情仇》则把创作的焦点对准了20世纪40年代兵荒马乱的历史时刻，在一个充满传奇色彩的悲剧性故事的描述当中，富有力度地展示了人间的生死悲情。我们说，查舜是一个写“情”的能手，无论是《月照梨花湾》里面的欢喜浪漫之情，还是《高山过后是深谷》《昨夜情仇》等小说当中的凄婉哀苦之情，查舜都能得心应手地予以充分地书写和表现，它显示了作家本身的艺术才情，证明着查舜创作的某种抒情性特征。

一个优秀的作家显然应该是一个能够具有多幅“笔墨”的人。查舜创作禀赋中的抒情气质并不妨碍他在创作中同时显露和展现多种风格和才能。可以看出，他的叙事和心理分析能力同样突出。《不是左手右手之间》是一篇刻写进入青春期的少年人心灵世界的作品。在这篇小说中，中学校园当中精神气候的某种封闭、保守和僵化，少年人猝然进入青春萌动时期思绪的纷扰、欲念的奔突与羞耻感、罪恶感的产生，这一切都是通过中学生子雄的眼睛和心灵透视来发现和演示的。这就使得《不是左手和右手之间》带有相当浓厚的心理分析色彩，不仅契合了小说所涉及的少年人动荡不安的青春期的心灵世界，也使耽于沉思和深度心理分析的作家的特殊才能得以彰显。到了写作中篇小说《风流云散》的时候，查舜的心理分析能力可以说达到了相当惊人的地步。《风流云散》吟唱的是一首爱情的悲歌。一对有情人本应该终成眷属，却因为女主人公秀花一个并不美好的生活小节被男主人公大块意外窥破而最终导致人生悲剧的骤然降临。在这篇创作于20世纪90年代末的小说中，一个古老的乡村爱情故事已经黯淡了它本来应该具有的温馨动人色彩，而充满着人生的悲苦、寂寞、迷惘、衰败。小说通过对男主人公大块心灵苦痛和磨难的细腻、传神的描写，富有说服力地告诉读者：有时，我们本该美好幸福的生活正是毁于我们内心世界的狭隘和偏执，是我们心造的“地狱”毁了我们的一生。而当我们终于明白这一切的时候，生命的如歌岁月已经悄无声息地远遁。

如果我们把《风流云散》视作是一部具有浓厚的心理现实主义色彩的小说，与这篇小说几乎创作于同一个时期的中篇小说《客居故乡》，则突出显示了查舜相当老到和娴熟的叙事能力，并且这种出色的叙事能力和他颇为擅长的心理分析能力在作品中能够非常和谐地融为一体。毋庸置疑，《客居故乡》应该被看作是查舜小说创作趋向深化的标志。坦率说，《客居故乡》是迄今为止查舜创作的最为出色的中篇小说之一。在他的诸多乡土题材的作品中，这篇小说以相当卓越的思想穿透力而令人刮目相看。《客居故乡》所叙述的故事不算离奇。令人称奇的倒是，一根无意之间被撞倒的禾场上的电线杆，竟然在一个闭塞的西北乡村引发了那么复杂的有关乡村霸权的激烈搏斗。在这场旁观者看来似乎是非常可笑的新老队长的权势对抗中，乡村非民主政治中的野蛮、反理性以及不惜以“杀伤”和损害百姓利益为代价的权力“智慧”，被作者手中那支锐利之笔无情地撕开。更令人心绪难平的是，在两个基层干部拼命厮杀之时，深受断电之苦的村中百姓却一直安之若素，平静而麻木地等待着“光明”的降临。而当自认为“天降大任于斯人”的知识分子何老师挺身而出，拍案而起时，不仅没有得到村民的认同，反倒几乎要被当做“疯子”而驱逐出故乡的老宅！《客居故乡》所涉及的问题是尖锐的，它的艺术面貌也是相当冷峻的。这篇小说以生活的真实面目示人，表明在我们这样一个幅员广大的国度，普通百姓精神成长和表现的方式实在有着巨大的历史差异性。当发达地区的人们不仅将“全球化”挂在嘴边，也体现在生存方式和价值观念的迅速转换当中，在遥远的西部乡村，“民主”依然是一个可望而不可即的梦想。欲将“民主”这一梦想变为现实，又是多么的艰难。艰难不仅在于外在的社会环境的改善，也许更重要的问题是，在广大的国土上，我们准备好了迎接“梦想”的心理基础了吗？在这里，读者毫无疑问清晰地听到了“改造国民性”文学思想命题的遥远回声。

这部小说集中收有查舜创作于20世纪80年代中后期的一组格调特殊的作品。包括《在淡淡的云纱那边》《金色和银色的梦》《绿管演奏会》《张长李短王自然》等。与查舜的其他写实色彩浓重的中短篇小说相异的是，这一组作品总体上呈现写意性特征。依然在讲述故事，可是这“故事”少了土气息、泥滋味，却多了几分“洋气”。作为阅读者，我更愿意把这一组作品称之为大有深意的“寓言小说”。它们当然都立足于我们身边的生活，然而，它们显然又在超脱我们身陷其中的某种现实而做着形而上的思索。当读者们读到，所谓“绿管演奏会”竟然是强一个民族所难，将一种并不十分成熟的演奏方式唐突地搬上舞台，并最终给这个民族带来耻辱；拥有一双使人心惊肉跳的“花手”的张长在饱受心灵磨难之后，只因财富骤然增加而一夜之间竟被大众认为是天生异秉，“花手”呈祥。我想，这些奇特的故事背后，明显地蕴藏着一些启人深思的内涵。它显现着作家对生活的深入思索，也提醒着阅读者，小说进入生活的艺术方式本来就应该是多种多样的。

二

遍翻查舜二十多年来创作的小说作品，我们发现他的中短篇小说的艺术面貌是有差异的，艺术表现是丰富的。在对独特的小说风格的追求和确立上，在小说创作手法的求新求变上，他付出了相当多的心血和智慧，并取得了不错的业绩。

20世纪80年代初期，当查舜以《月照梨花湾》等小说而引人注目之时，应和着时代的激情和向往，他的小说格调是明朗的、清新的，洋溢着那个年代特有的奋发向上的气息。虽然，《月照梨花湾》也描写了生活的苦涩、不如意，然而，流贯其中的仍然是生活的甜蜜和温馨，是现实的欢歌和青春的飞扬。于是，在这部中篇小说中，山水是有情的，似雪的梨花是充满风韵的，至于地处西北边地的浓浓人情，则更是纯美如诗。显然，这种捕捉生活诗意的创作心态造成了小说的喜剧意味和文字间的暖意，以及柔和、温煦的人间气息。同时，《月照梨花湾》也使我们感受了查舜艺术禀赋中的颇接近于南方作家的抒情气质。

20世纪80年代中后期，中国文坛的艺术变革之风骤然刮起，“写什么”的讨论突然让位于“怎么写”的喧哗之声。作为小说家的查舜此时也禁不住技痒，颇过了一把小说形式创新和艺术技巧求变之瘾。《绿管演奏会》和《在淡淡的云纱那边》等“寓言小说”可以说是这一求新求变的艺术思维的最好体现。坦率而言，查舜的这一组“寓言小说”象征意味非常浓厚，虽然，因改变习惯了的小说写作手法而使这一组作品的叙事还不是那么纯熟，但是，这是查舜小说艺术发生新变的一个强烈信号，它表明，在80年代的宁夏文坛，查舜是为数不多的在小说艺术上“敢吃螃蟹的人”之一。这一创作变化，可能导致查舜今后的创作将进入一个崭新天地。使我们颇感遗憾和叹息再三的是，由于不被理解，查舜逐渐终止了这种相当可贵的艺术实验和探索。好在，对于一个沉着而不停地奋力攀登艺术险峰的创作家来说，付出的一切最终会得到丰厚的回报。进入20世纪90年代，查舜的小说创作逐渐呈现深化的趋势。近十余年间，由于将创作的主要精力集中在长篇小说的创作上，查舜的中短篇小说创作数量不是很多，但是就在为数不多的中短篇作品中，查舜依然有力地显示出他的思想的精进和艺术的整合能力。在《风流云散》《客居故乡》《昨夜情仇》《孤旅》等近期创作的小说中，查舜看待生活的视野开阔了，对人性的解剖锐利了，艺术上则将圆熟的叙事和深度心理分析融于一体，并特别注意语言的凝重、沉潜，与思辨色彩。这表明，开始于80年代中后期的小说艺术变更之路虽然行至中途突然被阻断，但在艺术探索途中曾经付出的心血和智慧并没有被浪费掉，实际上，它沉淀在作家的心灵之中，化作了创作者思想和艺术的沉潜，换来了艺术气度的更加阔大。

人物形象的刻画是包括小说在内的叙事体文学最重要的艺术任务之一。从某种程度上说，小说当中的人物形象是否鲜活生动，人物性格的内涵是否饱满丰富，不仅显现着作家把握生活、思索生活的艺术能力的高下，也直接影响着小说的艺术质量和被接受与传播的成效。阅读查舜的中短篇小说我们会发现，查舜笔下的许多人物形象是新鲜的动人的，性格是饱满、富于深度的。特别是他的小说中的女性形象，给人留下的心灵印象最深。《月照梨花湾》中的纳素娟是一个集温柔与坚强于一身的青年妇女形象。这个文化水平不高，却始终敏感和非常要强的女性，以相当丰满的性格走入了读者的心灵。在80年代早期许多小说中的女性形象和性格被塑造得过于单纯和过分诗意的创作情势下，纳素娟的性格内涵便显现出了某种迷人的复杂意味。在查舜的另一篇描写生死悲情的小说《昨夜情仇》中，女主人公丁义梅的形象同样塑造得光彩照人。因了生存环境的严酷和命运的巨大磨难，与纳素娟的形象相比，丁义梅的性格当中便平添几分刚烈气质。新婚一个月，丈夫纳兆彬就被抓了壮丁，会武术的丁义梅决心独自闯兵营，以营救丈夫。这表现了她的胆气。丈夫在逃出兵营的路途中，被追捕后遭残酷杀害。没想到害死丈夫的凶手李德义竟然想霸占自己，视死如归的丁义梅便在婚礼的第二天亲手杀死了仇人李德义。丁义梅的形象是一个不可多得的刚烈女子形象，在她的身上，我们可以明显感觉到古典文学作品中那些动人心魄的刚烈女子的浓重投影。除了上述两篇小说的女主人公，《风流云散》中的苦命女子秀花，《高山过后是深谷》中的阿密娜姐姐等都是查舜小说中令人难以忘怀的女性形象。特别值得一提的是，伴随着作者思想的精进和艺术的成熟，在近年创作的小说中，查舜的人性透视能力也大大前进了一步。表现在女性形象的塑造上，则是带有理想色彩的女性性格在中短篇小说创作中正逐渐减少，而更具说服力和更能引发读者深长思索的女性形象终于浮出水面。从这个角度而言，《风流云散》中的惠芝形象就显然具有不可忽视的意义。这个性格复杂并非美好的女性形象的诞生，表明查舜的创作思想在发生变化：他已经练就了一双冷峻地注视生活的眼睛。也许，当全部的生活真实不可避免地裸露和惊人呈现时，严峻的书写便相伴而生。笔者愿意把惠芝形象的出现，视作是查舜小说创作向深度挺进的又一个明显信号。

法国作家普鲁斯特认为，艺术之所以成为艺术，不在于艺术描述对象的伟大还是渺小，而在于作家对这一事物的感受。他说：“哪怕是微不足道的、毫无意义的东西，只要被感受到，得到再创造，就再也不是微不足道了，就成为整个生命，成为艺术。”综观查舜二十多年来的中短篇小说创作，我们发现，他的小说取材都不宏大，与追逐潮流的创作者相比，他似乎更喜欢写平凡和平淡的日常生活，然而，他从来都是在用满心的希望和满身的力气，不知疲倦地在所生存的黄土地上打一口文学的深井。他热爱他的民族，为他们的幸福欢唱，为他们的苦难悲吟。他以他的坚忍不拔，在干旱少雨的西北边地扎扎实实地打出了水质甘美异常的一眼井水，这水从大地的最深处汩汩涌出，源源不断流入作家思想和艺术的广大田野，终于造成了一个绿色的充满生机的文学新世界。当我们面对这个文学新世界时，我想，我们只能发出由衷地赞叹。

2001 年 3 月

生活温情与现实焦虑

——读吴善珍小说集《粉红漆》①

吴善珍从事小说创作，算来已经有二十年的时光了。对一个小说家而言，这显然是一段不短的文学里程。其中的激动、喜悦、困惑、焦虑，“心潮逐浪高”的澎湃与“一寸相思一寸灰”的凄苦，种种心理情状，实在难以用一句话说得清楚。也许与柔弱的个性有关，吴善珍的小说创作似乎是低调的，颇为沉默的。她的为人和为文始终保持着相当完美的和谐。然而，就在我们几乎要淡忘这位小说家的时候，她的小说集《粉红漆》却在不期然中出版了。于是，《粉红漆》给了我们一个检视和理解这位女作家创作得失的难得机会。

①吴善珍：《粉红漆》，宁夏人民出版社，2001 年 11 月第 1 版。

一

《粉红漆》收录了作者创作于20世纪80年代初期直至今日的24篇小说作品，写作的时间跨度大约是20年。这20年间，中国社会的政治、经济、文化面貌发生了极其惊人的改变，文学也由20世纪80年代初曾经占据的文化中心位置而逐渐退向了边缘状态。应该说，时势的变化对吴善珍的小说创作产生了影响，这从作品取材和写作风格的某种差异可以明显感觉出来。然而，无论这20年间发生了多少足以震撼我们心灵和改变我们生活轨迹的大事，对吴善珍这一代作家而言，曾经建立的精神信念和文学观念并不会轻易被丢掉。当吴善珍这一年龄段的作家走上文坛的时候，他们生活的社会空间正充满着奋发有为和乐观明朗的时代气息，文学既是生活浪漫美好的放大镜，也是引导国民精神前进的灯火。于是，吴善珍此时的小说取材便多描写生活的明净与诗意，呈现生活当中默默流淌着的动人温情；而当整个社会发生重大转型，人们的价值观念变得紊乱，世情也变得异常纷扰，作家此时的小说创作便显示忧伤情怀和焦虑心态。仔细考察其创作题材和风格的变化，我们发现无论是对生活充满温情，还是对现实怀有焦虑，实际上吴善珍的小说创作始终贯穿着一条思想的红线，那就是对于生活当中真、善、美的大力弘扬，对于假、丑、恶的严厉批判。说得更明白一点，对像吴善珍这样经受过理想主义气息熏陶过的作家而言，文学写作总是天然地具有社会责任感和净化灵魂的功能，具有干预现实的作用。哪怕是描写个人情感，也是与时代风云相依相伴，并不可能只是个人隐秘生活的无聊讲述和病态发泄。而这一点恰恰是解读吴善珍作品的关键所在。

吴善珍曾经在西北一座小城的一个歌舞团中工作和生活过多年。这段人生经历给她的心灵留下了深深的烙印。当她走上文坛，这段艺术生涯便当然地成为她最初的选材对象，成为鼓动她的创作激情和想象力的所在。小说集中唯一的中篇作品《粉红漆》描写的就是歌舞团中演员们的情感生活。这里有两对青年人的恋情、有已有家室的男人对虽然遭遇生活不幸但娴静依旧的已婚女子的痴情，也有演员在生活和工作中星星点点的风流挥洒。一个“情”字贯穿着作品的主要情节，也呈现着人性的善与恶、高贵与凡俗。我们为栗子对李杜的那一份深情所感动，为齐凤来对陈天的缺心眼的爱而叹息，为魏金声对何照云的无望之爱而黯然神伤。从题材角度而言，以如此篇幅反映艺术团体当中演员们的感情生活，这在宁夏新时期小说创作领域相当罕见，这篇小说获得宁夏回族自治区第五次文学艺术作品评奖小说二等奖，便在意料之中。除了《粉红漆》之外，这部小说集中的《蔡叔叔编的歌儿》《北塔轶事》《文之清》《斯特拉女神》等篇也是描写歌舞团人生的。只是与内容相对丰富的《粉红漆》相比，这几篇作品构思上更精巧一些，是从“小”处落笔的文章。其中，给人留下深刻印象的是《蔡叔叔编的歌儿》和《斯特拉女神》。前一篇撷取歌舞团乐队排练时的一段“小插曲”，描写一段美妙音乐对一颗透明如水晶的童心的吸引，于风趣中不失对生活美和诗意灵魂的呼唤。如今读来，读者也会被小说当中所洋溢的“浪漫的八十年代”的时代气息所感染。后一篇小说刻画了一个对艺术痴情到病态的小提琴手对于提琴“技艺”的完美追求。技艺不达顶峰则琴“亡”人废，决绝当中透着艺术家的刚硬气质。这可大大超乎我们普通读者通常对温柔的艺术家和永远风光旖旎的艺术界的想象，阅读的错愕当中无疑使我们领略了艺术世界的一处“险峰”。我想，使许多人迷醉的恰恰是那位“女神”身上的侠士风采。应该说，吴善珍笔下的“歌舞团系列”是新时期宁夏小说创作界一处难得的艺术风景，只是这歌舞团风景到了后来却渐渐地消失了踪影。是因为这一题材领域再也写不出新意了，还是时光流逝作者早已经失去了当初创作时的那一份心境？“歌舞团系列”的戛然而止，留给读者的是持久的疑问和遗憾。

也许，文学创作从一开始就意味着不断地创新和面临挑战。某一个小说题材由写作的相对集中到逐渐淡出，是正常的艺术选择，也是迎接挑战的一种方式。阅读《粉红漆》这部小说集，我们发现作者的创作视野是相当开阔的，作为一个女作家，吴善珍的小说内容似乎与“单调性”无关。这使我在阅读其作品时，不由得猜测：外表柔弱的吴善珍，内心其实藏着几分硬气和大气。这“硬气”和“大气”的创作表征便是，她的小说取材挣脱了女性作家通常的狭窄视角，而具有某种社会和人生丰富性，甚至在对现实的关注中，有着一些急切。《找不见方伯言》和《车走西亮镇》是20世纪90年代后期同时发表的两篇描写“当下”生活的小说，虽然技巧上颇给人生涩之感，但对现实的忧愤之情还是能够从字里行间明显感觉得到的。尤其是《车走西亮镇》一篇，于一个似乎是司空见惯的生活事件的状绘当中，不动声色地刻画了国人的精神麻木和性格软弱。细读之下，悲从中来。《拆不去的故事》《月亮鞋》《经典戏剧》等篇描写的是过去的生活，可以看出是作者曾经经历的某些人生经验的生发和再现。无论是成官大哥哥难以逃脱的人生宿命（《拆不去的故事》），还是中学时代女孩子们对老师的那一份难得的温情，抑或是由冰冷严峻的命运而导致的人性变异（《经典戏剧》），吴善珍把生活的诸多方面展示给了读者，让我们感到温馨，也使我们感觉到了人生的复杂和诸种无法言说的苦痛。我愿意说，小说《经典戏剧》给予我的震撼是强烈的。那个曾经聪慧异常的何小莲最终被悲惨的生活塑造成“恶之花”，既让人震惊，也使人恐怖。我以为，《经典戏剧》是这部小说集中最耐人寻味的篇章之一，不是它表现了生活的欢乐，恰恰相反，它描写了生活当中的“恶”。福克纳有言：“有时候，人需要被提醒罪恶的存在，需要去改正，去变革。他不应该只记得善与美。”对《经典戏剧》可作如是观。

在《粉红漆》这部小说集中，有一个篇幅颇长的短篇小说《辉地》值得读者注意。与上述的偏重叙述故事、刻画性格的作品相比，这篇作品显现了吴善珍小说创作的另一路数，是一篇内心独白式的心理小说。这篇作品打动我们的并不是故事本身，此类题材在20世纪80年代，女作家张洁似乎已经写到极致。使我们难以忘怀的，是小说将一个婚姻失败的女人所遭受的心灵磨难，细腻而真切地呈现在读者面前。而如泣如诉的讲述风格，又体现了一个女作家特有的人生和人性情怀。读《辉地》这类小说，我们会发现，女作家有关婚姻和爱情题材的作品，总是满怀着人类的这一半对另一半的猜想。曾经的沧海，并不能浇灭对世界的浪漫想象和美好期待。所以古人才说：“问世间，情是何物，直教生死相许？”（元好问《摸鱼儿·雁丘词》）只是，《辉地》的故事结局似乎过于突兀了一点，如果让“他”活着，应该说更合情合理一些。我从来认为，生活的过于戏剧化总会使人疑窦从生，小说中的人生也当如此。

二

《粉红漆》这部小说集中的作品所呈现的艺术面貌是多色彩的。我已经说过，作为一个女作家，吴善珍的小说表现内容可称丰富，而她对小说艺术的苦心经营之痕迹，也是能够从作品中非常清晰地看到的。

吴善珍的小说创作跨越20世纪80年代和90年代。20年间，江山依旧，人事已非。“文变染乎世情，兴废系乎时序”（《文心雕龙·时序》）。时代的推移，社会风气的变化，对作家的创作毫无疑问会产生制约和影响。综观吴善珍的小说创作，会发现她的创作风格走过了一个由清新明丽到冷峻沉郁的转变过程。这显然与近二十年间中国社会的生活转换有关。时代的精神气氛总是弥漫和渗透在作家创作的空间，并逐渐进入你的心灵。自然，也和创作个体的艺术追求和调整有关。

当吴善珍以一个文学新兵的姿态走上文坛的时候，她奉献给我们的是生活的甜美和芬芳。她创作于20世纪80年代早期的代表作《蔡叔叔编的歌儿》，情节虽然非常简单，但那种纯美的诗情，那种春风拂面般的清新，确实是90年代的小说不能给予的。我个人认为，这篇小说应该是她的最好的创作之一。与《蔡叔叔编的歌儿》的艺术风格接近的另外两篇小说《月亮鞋》和《拆不去的故事》，同样有着“宁静的单纯”。尤其是《月亮鞋》一篇，艺术水准与《蔡叔叔编的歌儿》不相上下，可视为吴善珍小说当中的并蒂莲。已故的小说名家汪曾祺曾经说过：短篇小说是删繁就简的艺术。笔者推崇这两个短篇小说，恰恰是因为这两个作品叙事简洁，行文不枝不蔓，并非“肉多于骨”，实在是典型的好短篇。后来，吴善珍的小说艺术逐渐向“繁复”一路发展——这显然值得理解：她力图摆脱创作的定型化和模式化。哪一个创作家不愿意尽量使自己趋向更阔大的艺术境界？她的小说视野变得开阔，风格逐渐走向冷峻沉郁，艺术手段也变得繁复。比如她的另一篇代表作《粉红漆》就使用了相当繁复的描写手段，多变的叙事视角使小说内容变得丰富，同时也使作品产生了些许的艺术迷雾。由《粉红漆》开其端，《找不见方伯言》《车走西亮镇》《遭遇先生》《不意上网》等篇，构思讲究翻空出奇，叙事追求制造悬念，颇运用了一些20世纪西方文学颠覆了传统方式的新技巧。可以看出，这些作品的创新度得到了加强，然而，行云流水般的明净的诗意却不大能见得到了。也许，是艺术的“繁复”妨碍了小说被更大范围的人群所接受。这可能是小说家吴善珍所面临的创作难题，也是她寻求更强大的艺术征服的阻碍之一。

似乎没有必要怀疑吴善珍的艺术禀赋，这位女作家毕竟曾经创作出了非常优秀的小说。她的艺术感觉和文字呈现也是杰出的，不妨读一读以下两段描写。

> 蘑菇形小台灯的光照，在寂寞的单身小屋里挥洒出一团温暖的圆形。当巨大的夜幕将大世界遮盖，包容，人们就进入自己的小世界。台灯是什么呢？台灯就是每个人的小世界，人的内心世界在小小台灯制造的属于个人的舞台上被凝聚、照亮，被发现、扩展，被创造得光华耀眼……连台灯的底座、旋钮、灯罩、花纹都成了舞台上精致添彩的道具。是谁发明了台灯？可真是个有情之人。
>
> ——《粉红漆》

> 这是一个阳光充足得像梦一般的小城市。几乎每一天小城都把老天爷给得太多的用都用不完的阳光酿造成为酒，使得本来属于普天下所共有的阳光成为小城的特产。在下午四点钟以后，这一大缸酒的成色就恰到好处了，街道、人和房屋，俊秀的城市林带与茂盛多姿的藤蔓植物，都让自己遍身抹上浓稠的阳光，眯起眼睛品咂着金黄色的醉意。
>
> ——《经典戏剧》

相信细细读过这两段文字的人们都会吃惊。将一盏台灯刻画得如此物我同一、情意绵绵和将小城的阳光渲染得如此香气浓郁，沁人心脾，这样的创作家肯定非等闲之辈。于是，我们有理由相信，对于吴善珍而言，更为动人的收获会在不远的将来。

2002 年 8 月

悲悯是作家的责任
——序张学东中篇小说集《水火》[①]

张学东是一位非常勤奋的作家，他的创作量总是以一种令人吃惊的速度递增着。我对学东的小说创作一向关注，然而，我得承认，许多时候，作为一个从事文学评论的工作者，我确乎难以将他所发表的所有作品都找来认真读过。这原因，其一当然是工作忙乱，教学任务占去了我大量的时间；其二呢，是因为对张学东太熟悉了，总想待他的作品有了一定的文学反响之后再来细细品读。这样做，好处是可以读到经过淘洗和沉淀的学东的创作精品，坏处呢，也可能会人云亦云。由于是借了别人的眼睛看世界，反倒容易出现聚焦不准，所视模糊的情况。收在小说集《水火》中的中篇小说，是张学东近五年来写作的作品，发表后有

①张学东：《水火》，阳光出版社，2011 年 4 月第 1 版。

一定的社会反响，但远没有达到文坛纷纷谈说的地步。为了写作《水火》的序言，我仔细地阅读了这八篇小说。结论是，虽不能说小说集中的所有作品皆为精品，但张学东“对存在的勘探与发现”堪称独特，张学东的叙事艺术成熟而显现逼人的才气。这些小说，不仅表现着一个富有良知和责任感的作家对社会现实的深切关注，而且，它们也同时表明：小说对现实的倾情关注自有小说的原则与方式：在小说家所精心构筑的艺术世界当中，生活和人性当中的一切明亮和幽暗部分都有可能被推近和放大。因了这推近和放大，读者们开始触目惊心。

小说集《水火》所讲述的八个生活故事多半是悲剧性的。无论是误入城市的农民赵平头所遭受的生死磨难，还是女教师潘婧琳陷入情爱漩涡不能自拔、最终走向毁灭的深渊；无论是污浊的乡村给予余树那么多的不公平的折磨，还是卖笑女子小桃死于非命。直率地说，张学东所叙述的人生故事皆为惨痛的人间灾难，阅读过程当中，读者的情绪常常会浸泡于暗色的冰水当中。自然，这会引发一些疑问：作者为什么要不厌其烦地书写人生的悲惨与幽暗？难道我们的生活真的缺乏明亮而欢乐的光芒与色彩？我当然知道读者的疑问有其合理的依据：人类的生活从来都不缺乏令人欣喜的仁爱、温暖、尊重、阳光灿烂和春风花鸟。如果把人类生活比作一条源远流长的大河的话，这条永远流淌不息的大河当中，暖流是其主流。倘若不是如此，整个人类早已遭受了灭顶之灾。但是，我还想说明的是，由于人类曾经是原始动物种群当中的一支，更因为进化的漫长和文明推进的曲曲折折、异常艰难，千百年来，我们人类的生活又总是呈现出泥沙俱下鱼龙混杂的复杂面貌。在滚滚流淌着的人类的生命之河中，仁爱与温暖构成了正义的不可抗拒的宏大力量，而阴冷、恶毒、残忍、野蛮、暴戾等黑暗的支流，也不止一次地以或隐或显的方式，反复冲击和干扰着人类生活的美与善的洪流。显然，我们已经无法回避一个现实性和文学性话题：当生活和人性当中密布幽暗和残忍，作家们将如何反应？张学东的做法是：正视这些因人性的荒蛮而导致的世界的不幸，用悲悯的道德情怀去发现和揭示人类的生存困境，并试图通过连续不断的诘问，厘清历史与现实所应该承担的应有责任。正是在这样的悲悯情怀的牵引和驱动之下，张学东开始了他对人类不幸与伤痛的探索之旅。他似乎想弄清楚这样一些问题：是历史与现实的冰冷无情构成了对人类的极大伤害，还是人性当中的黑暗力量（野蛮、残忍和贪婪等）一直以来就充当着蹂躏人类的罪魁祸首？或者，在某些时刻，现实的冰冷与人性的黑暗竟然携起手来，带着毁灭的欲望，狞笑着扑向人类？张学东的追问持续而颇具深度。《栏杆》当中的少年，可称顽劣，然而，如果没有舅妈吴彩虹的猜疑、窥测、冷漠和蛮横，少年人可能不会走上戕害他人之路。《海阔天空》中的潘婧琳，天生丽质，对生活从来充满热情和浪漫的想象，却在幽暗人性和恶浊现实的不断击打之下，铤而走险，一去不归。《哑谜》当中的痴女子山花，本来已经神志不清，人称呆傻，却被邪恶之人像牲畜一般地卖了一次又一次。《葬礼》之中的两个儿子，不思慈母的恩情，不念无母的无助与悲哀，竟然在母亲的遗像之前，一语不合而老拳相向。张学东以一支沉重而饱蘸悲情的笔，用力描画着人世的诸多伤痛和不幸，其旨归，绝非展览野蛮，表演残忍。他只是想认真地探究一下我们人类本身，看看黑暗的人性到底能够走多远？并且它还有没有自我拯救的可能？张学东显然没有对人类彻底绝望。在《夜色中的男人》中，他确实已经让暴发户马海权悬崖勒马、迷途知返。应当说，《夜色中的男人》是一篇情节设计合理，心理分析到位的小说。与其说是作者有意让马海权良心发现，不如说是张学东对人性的明亮和美好善良一直持有十足的信心。还是狄更斯说得好："虽然大地上有黑暗的阴影，可相比之下光明要强大得多。"张学东笔涉生活和人性的幽暗，正是以对人类的信心和悲悯的道德情怀作为基本的精神底色和背景的。舍此，也许我们将不能很好地理解这位优秀作家的苦心孤诣。

我已经不止一次地说过，在宁夏的青年作家当中，张学东是善于锻造个人风格的小说家。这种个人风格的表现之一，便是他在写作现实题材的作品时，其艺术氛围的营造和故事情境的设计总是充满崭新的"陌生化"的情调和趣味。由于这种"陌生化"的艺术趣味的存在，"现实"在他的小说中常常会突然遁入遥远之地，而某种穿越人生与人性的"寓言"质地却清晰地显现了出来。"化庸常为神奇，言细事而致渺远"似乎可以概括为他的艺术追求。我读《水火》这部小说集中的《海阔天空》《葬礼》《哑谜》等小说，感觉它们既写出了现实当中的生活事件，更揭示出人性本身的颜色和人类生活永远的困境。我当然知道，在时代开放的文化语境中，中外小说大师们成功的创作经验和技巧给予了张学东以丰富的艺术滋养和创新的勇气。我更激赏的是，张学东能够在自己的创作中，以不凡的天赋和难得的才情，将加西亚·马尔克斯、巴尔加斯·略萨等大师的艺术经验充分中国化了。由此，他才将一脉西北边地的生活细流从容化为壮阔的中国人的命运之河。

2011 年 2 月

在熟悉的土地上寻找陌生风景

——序竹青小说集《小城无故事》[1]

认识竹青始于偶然。2009 年炎夏，在杨友桐兄的几番相邀之下，泾源之游终于成行。在泾源，不仅饱览了清秀明丽的山水，也结识了几位喜爱文学的朋友。竹青便是因文学而认识的朋友之一。老实说，我那时还不曾阅读过竹青的作品，对他的粗浅印象是：此人块头大、嗓门大、幽默感强。又因担任着县上某局的领导，从他接听电话的言语来看，其工作热情十分高涨，处世应变能力超出一般。我当时想，这样的一个颇有些粗犷之气的人，他的作品会是怎样的一种艺术面貌呢？后来，就开始留心竹青发表在区内文学刊物上的小说，感觉他的小说写作似有别样的追求。前不久，竹青将他即将要出版的小说集的样稿寄来，嘱我写点

① 竹青：《小城无故事》，华夏文艺出版社，2010 年 10 月第 1 版。

什么。趁这个机会，我认真地阅读了他近十年间写作的十一篇中短篇小说。下面的一些谈说，便是一个评论者的真实的艺术感受。

像所有的生活和工作于西海固地区的青年作家一样，竹青的小说给我留下的第一个艺术印象是生活感极强。这当然与他迄今为止的人生经历有关，也和文学创作的通常法则有关：作家们总是出自本能地愿意书写他最熟悉的人生与世相。竹青是出生于20世纪70年代的作家，然而竹青这个“70后”和文坛上曾经风光一时的那些“70后”，是有着质的差别的。当卫慧、棉棉等“美女作家”在享乐主义和消费主义狂潮的裹挟之下，以惊世骇俗的笔墨，放肆地书写都市青年男女的欲望迷乱和躯体狂欢之时，竹青却基于个人生存经验和文学的责任意识，将目光始终放在西海固的土地、山峦、风沙与人民身上，在他所熟悉的父老乡亲的人生故事的讲述中，感悟着生活也升腾着理想。收在小说集中的《暖色的砖头》和《五色的操场》两篇作品：一写乡村女子莲子如何冲破传统的偏见，勇敢地走出狭窄的生活天地，自强自立的生活情状；另外一篇则讲述三十年如一日，为培养乡村孩子殚精竭虑而置个人荣辱于不顾的优秀教师郭金祥的人生故事。两篇小说所涉及的场面都不算阔大，主人公也都是居于中国乡村社会底层的普通人，然而，却是带着扑面而来的土气息和泥滋味的小说，是极富生活感和现实感的文学作品。宁夏地处祖国欠发达地域，社会经济发展水平和文化发展水平长期处于落后状态。西海固苦甲天下，其生存的艰难和奋斗的不易说来超乎一般人的想象。竹青的这两篇小说，一方面写出了生活于贫困地区人们的艰辛攀登历程；另一方面，它也写出了奋斗者的心灵轨迹和困苦生活中的暖意。当莲子将冷冰冰的砖头视为温暖人心的生活色块，当郭金祥终于教出了一个考入北京的大学生并使“五色的操场”由梦想变成现实时，我想，读者们感受到的不仅仅是西海固生活里所具有的千辛万苦，同时，我们也欣喜地目睹了这片贫瘠的土地上，已经生长出来的格外鲜艳的人间花朵。是的，生存的地域和生长的环境似乎命中注定，但是，崇尚美好、追求理想的信念却如悬崖石壁间生长的那一株草木般百折不挠。小说家的任务，从来都不是诅咒和抱怨。作为生存的勘探者和生活的发现者，他的最大职责之一是发现人类生活当中的那些动人的诗意。正是有了这些动人的诗意，人类才免于在世俗生活的泥沼中翻滚如爬行动物。阅读竹青的小说，感觉这位年轻的作家是秉持着“寻找诗意”这样的创作信念的，这就使得他的不多的作品在写实的层面之上，常常氤氲着“浪漫的烟霞”。这种浪漫的烟霞，既是生活的馈赠，更是作家心灵痴迷于美的创作投射。《金色的巷子》是一篇描述里巷人生的小说。在这篇小说里，一时生活无着心灰意冷的林贵，因为灵魂深处突然涌动的怜悯而变成了一对不幸母女的生活的拯救者。显然，竹青对人性的善良和美好是有着充足的信心的。当太多的人们只仿佛蜗牛一般，带着身上的那个自我的壳孤独地生存于这茫茫人海之际，竹青却意有所指地讲述了一个由高贵的同情心而促成的人间真情故事。读这样的故事，常常会使我们唏嘘再三。“浪漫的烟霞”当然不仅仅存在于现实当中，它也飘动和弥漫于历史的深处。中篇小说《弹腿》就是一篇借过往传奇，言说人间真爱真情的作品。德诚二十出头时前往陕西做过一次麦客，在当地，德诚与孀居的徐翠莲因情而恋。然而，温柔之乡终非久留之地，虽是情深意浓时刻，年轻的德诚依然踏上了返家之路。天不佑人，谁知德诚与徐翠莲的这一分别真的就是生离死别。四十多年后，当一直未娶的德诚老汉派人到陕西故地寻找徐翠莲时，斯人已逝矣！客观地说，《弹腿》所讲述的人生故事不算新鲜。萍水相逢、两情相悦的男女情爱故事从来都是人间社会发生频率最高的世俗故事之一。这篇作品的动人之处在于，在一个谁都嚷嚷着要解放人性的滥情年代，小说却浓墨重彩地书写了历史深处的单纯明朗的诗意。那种发乎真情的男女之恋和漫长而坚贞地等待，既闪烁着一个民族流传千年照耀千年的道德光芒，也是创作主体用心营造的超越眼前纷扰现实的“浪漫的烟霞”。

占有宁夏文学半壁江山的西海固文学成名至今，已经取得了相当优异的文学业绩，圈内人士多年来给予了非常高的评价。但是，作为一种享誉已久的文学创作的集团现象，在西海固社会生活已经发生明显的变化并且时代已经提供了新的思想资源的条件下，西海固文学从创作观念、取材内容到叙事技巧、语言风格等方面，实际上都面临着如何突破与创新的艺术课题。作为西海固文学集团军中的一员，竹青从写作伊始似乎就已经明确地意识到了这一点。表现在他的小说创作中，事实上，竹青一直寻求着突破惯常的共有的叙事模式，走一条个人化的带有空灵写意成分的创作之路。比如《早春的蝴蝶》这篇小说，是写饥饿年代的乡村故事的，作者却并不正面铺排农民的忍饥挨饿之苦，而是通过一个儿童的颇显单纯甚至带点诗意的视角，来表现乡村的苦难。这显然与那些精细写实地展现20世纪西海固苦难历史的小说区别了开来。再比如，竹青的小说力作《弹腿》。该篇作品所涉题材难说新颖，但是，作者对生活的艺术感觉和艺术处理却非常的新鲜独特。那样的一个似乎已经写滥了的男女情爱故事，因为有了空灵飘逸的艺术呈现而陡然间遍披光华。小说当中有两处描写极富新奇感和艺术上的陌生化效果：一处是德诚与徐翠莲在麦客人市上的初相见。作者不写徐翠莲如何美得惊人，单写徐的眼睛和声音如何使青春年少的德诚内心有被大水淹没的感觉，应该说是简洁传神又相当脱俗的侧面烘托描写之法。另外一处是描写德诚的初试云雨之情的。作者只写德诚在那个月明星稀之夜，在与徐翠莲月下闲话时内心忽然“起了大风”——感觉是被搅在一阵前所未有的狂风当中翻飞旋转。这一处写意性书写，完全避开当今许多作家在涉及人类性活动时的铺张性和色欲性描写。其情其境，朦胧闪烁，仿佛雾里看花，是一种充满着东方古典诗情的美丽书写。在福克纳所谓的“外科手术”般的细节描写充斥文坛的时刻，这样洁净而富有美感的描写实在可称得上是弥足珍贵。卓越的写作就是这样，我们不能要求小说作者的每一段叙述和描写都充满绝妙的才情和恰到好处的控制，但是，当一个作家能够在相当多的叙述和描写中，表现自己掩抑不住的对生活与世界的饱满而灵动的艺术感受和诗意时，除了击节赞赏，我们又能说些什么呢？毫无疑问，竹青正走在一条艺术上力图有所突破和创新的道路上，他的这条在熟悉的土地上寻找陌生风景的创作之路，既是“寻找自己的发芽点”（见竹青创作谈《寻找身边的传奇　寻找自己的发芽点》）的创作理念的实践过程，也是一条相当艰辛的艺术探索之路。倘若有一天，这条艺术上的“羊肠小路”真的被竹青走成了通天的大道，那么，我有理由相信，西海固文学也将会铭记这一切。

2010 年 8 月

一种充满魅力与活力的小说文体

——序鲁兴华、包作军小小说合集《骆驼的罗曼史》[①]

在中国文坛，小小说创作呈现一派繁盛的景象，还是近十年间发生的事情。我们身处的时代是如此地变化频仍，包围着我们的世界几乎一天一个样。“太阳每天都是新的”这句话过去一直被当作是一句充满诗意的修辞，现在，面对飞速旋转着的现实，这个说法只能算是一句再平常不过的白描！生活喧嚣而又生气勃勃，人情多变而又耐人寻味。坦白地说，文学在这样一个世情纷扰、每天几乎都有传奇上演的时代，是应该大显身手的。然而，很多时候，读者对我们的文学似乎有着一份敬而远之的冷漠神情——许多人声称他们不喜欢当今的文学，因为他们不是读不懂那些“玄学”作品，就是对彻头彻尾的“生理反应”报告充满

①鲁兴华，包作军：《骆驼的罗曼史》，宁夏人民出版社，2007 年 12 月第 1 版。

了厌倦之情。事实证明，我们的文学的确存在许多需要认真检讨的问题。但是，我说当今的文学创作引起了不少读者的反感，只是就一般性的文学态势而言，并非包括所有的文学创作领域。实际上，就在主流文坛“前现代”“后现代”闹得人眼花缭乱之际，一向不登大雅之堂的“小小说”却在主流文坛的忽视之下而在万千读者的宠爱当中，突然间异军突起。当然还不仅仅是突起的问题，短短十余年，在中国，小小说的创作几乎成星火燎原之势。半个世纪前，我国搞诗歌“大跃进”，提出“每县出一个郭沫若”的口号，现在看来确乎是浮夸。然而，如果今天有人说：几乎每一个县都埋伏着一个写小小说的好手和高手。我想这就绝非是妄想之词而是真实的言说了。小小说的创作队伍到底有多大规模？我没有作过精确地调查和统计，就宁夏的创作状况而言，应该说几乎县县有作者。以此推算，在全国范围之内，那该是一支数目多么惊人的创作队伍！

小小说为什么受欢迎？我想理由不外乎这么几个方面。其一，小小说的取材内容比较平民化，它贴近普通人的生活与命运，表达升斗小民的梦幻与想象，阅读时有真实感和亲切感。家长里短、生老病死、爱恨情仇，生活当中世俗和庸常的一面，是小小说创作者喜欢撷取的内容，也是百姓津津乐道的话题。于是，创作者与读者的趣味一拍即合。其二，许多小小说通常通过书写人生故事来透视人性善恶，而人性的变化当真是一个千古之谜，谁能说得清楚人到底是怎么回事？老百姓白天奔波劳苦、为衣食和前程打拼，夜晚灯下读文学，当然希望知道“人是什么”这一疑难问题。小小说往往以普通人的某个生活片断为书写内容，于人的言与行中见出人性的高贵与丑陋。自然，这样的小小说是可以帮助读者更深入地认识人和人生的。其三，小小说最大的文体特点是短小、精悍，让人回味处多。读者三五分钟便可读完一篇小小说，且又觉得言有尽而意无穷，头脑中留下许多可思、可想、可叹之事。这样的文学作品不让你猜谜，不让你头疼，不让你白费光阴。喜欢文学阅读的读者们怎么会不诚心实意地恋上它呢?

近些年来，宁夏的文学创作呈现欣欣向荣的景象。在宁夏文学创作的百花园中，小小说创作也有着喜人的收获。在我的印象中，青铜峡市是宁夏小小说创作的重镇：这里有一支不错的创作队伍，也有着相当优秀的小小说代表作家。鲁兴华和包作军两位业余作者便是其中的佼佼者。我与鲁、包两位作者曾经有过一面之缘——若干年前，我在一个文学座谈会上与他们见过面。此后，只能彼此见文字而思人。喜欢弄点文字的人总是这样：文字里有着彼此都深知的意味，见了文字便如同见了真人。这种睹文而晤人的文人雅趣有点像品尝一瓶年深月久的佳酿，越是品得多便越能体会作者为文深微的意趣。现在，在我集中阅读了两位年轻作者的小小说精选集后，这种感觉就变得更加强烈。

阅读《骆驼的罗曼史》，最大的感受是两位作家的创作态度是非常严肃的。这表现为在文学逐渐走向“边缘化”的时代，两位作者依然坚守着业余写作这一阵地，无怨无悔地痴爱着文学、眷恋着文学。他们几乎把工作之余的时间全部奉献给了文学写作事业，他们追求着文学的理想精神和弘扬正气、鞭挞丑恶的道义原则，不是把文学当作自言自语、“晾晒隐私”的场地，而是把它作为映照现实、挖掘灵魂的工具。在许多人把文学的神圣感和庄严感弃之如敝屣的时刻，两位作者于普通人的生活和命运的书写中，张扬着人类精神和情感的美好与善良，批判着人间的不公与邪恶，应该说，他们的写作精神当中是充满着正义感和良知情愫的，他们认真的社会写实和情感写真是一个秉承着知识分子责任意识的写作者面对复杂现实时精彩的文学发言。

因为有了上述的写作者的良知与道义，我们才看到了两位作者对人间美好事物的歌颂，对社会消极丑恶现象的批判。鲁兴华的《一个馍》叙述农民李群报恩的故事。虽然最终谜底揭开，同窗王富当年的慷慨只是移花接木之术，但李群的厚道与滴水之恩当涌泉相报的情怀依然让我们感动不已。包作军的《老江的利润》和《厂长的福利》于生活的细微处展现普通人的崇高品质，在疯狂物欲几乎呈现泛滥之势的当下，这两个生活小故事有荡涤灵魂的功效。

人类的生活永远呈现着丰富多彩的形态。小小说的长处在于，它总是能够通过惯常的人生故事的书写，通过对人间社会一鳞一爪的描绘，见出永恒的世态与人情。鲁兴华的作品《大辫子》描写两个女孩子学生时代的故事。因为嫉妒，梅偷剪了雪的大辫子，使雪成为剧团演员的美梦化为泡影。然而，岁月无法抹掉梅内心的悔恨，她一直生活于自我谴责之中。十年后，当梅和雪重逢，梅哪里能想到：正是她的嫉妒才导致了雪的命运的巨大转机！生活原本就是如此，“祸兮福所倚”，谁又能真正参得透命运的玄机。鲁兴华的另一篇小小说《骆驼的罗曼史》于男青年骆驼婚恋史的细致状绘当中，尽显民间社会嫌贫爱富之痼疾，而当骆驼历尽心灵苦难，最终与乡村小学教师琴永结同心时，相信所有善良的读者都会留下欣喜的泪水。与鲁兴华相比，包作军透视人生的笔力也不错。收在这本作品集中的《井殇》《打芨芨草的父亲》《琵琶行》三篇，都是正视当下，解剖现实的佳作。前一篇描写打工一族的生活，家破人亡的悲剧书写背后有着深长的叹息。后两篇以大学生为小说主人公，无论是“浪子回头”还是灯红酒绿当中的蝴蝶之梦，表现的是当今大学生生活中向善和向美的一面。倘若从创造性的角度说，我以为包作军的两篇历史题材的小小说《殉葬》和《挂印》更值得我们珍视。这两个从历史深处寻找灵感的作品,显示了创作者相当优秀的处理历史的艺术能力,是两篇有深度有技巧的小小说。包作军的另外一篇小小说《无法证明的窃贼》属于侦探类作品，写得周密而老到，颇有智性色彩。我以为，上述的历史题材和侦探类作品，是值得作者花大工夫进行试验的。也许，其中还真的隐藏着某种跃进的和突围的艺术力量。

宁夏的小小说创作正在走向一个值得期待的美好天地。作为宁夏小小说创作队伍当中的翘楚，鲁兴华和包作军在这一领域已经取得了相当突出的成绩。应该说，对于鲁、包二人来说，《骆驼的罗曼史》的出版是他们创作登顶过程中的一个界碑。这个界碑的意义在于，它使攀登者开始具有了征服者的豪气。那么，就让我们充满深情地等待着他们在高高的云峰上向我们挥手的那一天吧!

2007 年 5 月

新时期以来宁夏优秀中短篇小说选读（一）

读《初吻》[1]

《初吻》是一篇被人们忽视和遗忘的作品。这篇发表于二十多年前的短篇小说似乎有点“生不逢时”。1985年是“寻根文学”和“先锋派文学”风起云涌的时刻，没有人会格外注意到这篇言说性情的文字。或许，当时的读者还会满腹狐疑，不知道以书写苦难和血泪而著称的张贤亮何以突然“转了向”？是啊，我们都读过并且能够清晰地记起《灵与肉》《绿化树》《男人的一半是女人》等张氏佳作。温柔而善解人意的李秀芝、美丽而泼辣的马缨花是多么令人心旌摇荡的女性形象，而那

①张贤亮：《初吻》（短篇小说），原载《中国作家》1985年第2期，收入《张贤亮小说新编》（宁夏人民出版社，1996年12月第1版），张贤亮小说集《感情的历程》（作家出版社，2005年5月第1版）等书。

“就是钢刀把我头砍断，血身子还陪着你呢！”的如火歌谣又确乎把西北边鄙之地粗粝到惊人、美丽到残忍的民间情怀热辣辣地呈现于我们面前。我们说到张贤亮，总是会自然想到他的“大墙文学”。在壮怀激烈的20世纪80年代，张贤亮以幸存者的身份，用文学诉说了一代知识分子艰辛的命运和备受煎熬的心灵痛史。于是，“反思文学”之健将的标签就贴到了这位作家的头上。我在大学里教文学课，知道给作家贴标签和归类是多么重要的事情——无法归类的作家，除非你已经成为大师了，否则，一般的文学史是不大会提到你的。张贤亮被归入“反思文学”作家之列，当然有它的好处，这使得任何想言说新时期文学的人，都不可能不说到张贤亮。然而，对一个作家的归类式评价，总是以牺牲某些创作特例为前提的。张贤亮以“反思小说”而名世，就让许多人想当然地认为张氏只会书写苦难、倾诉冤情。实际上，张贤亮的小说才能是巨大的。当他不再沉浸于牢狱生活的悲情回忆之时，当时代气氛允许他能够比较自由地书写一些非主流的时代生活时，张贤亮是能够奉献出经典式的小说的，比如我下面要分析的《初吻》。

实在说来，《初吻》的内容不算稀奇。现代以来，此类有关少男少女的情窦初开故事一直有人在书写。远的不说，单说20世纪80年代，汪曾祺的《受戒》就是一篇清新脱俗的描画少年心情的小说。《初吻》也写少年心情，然而风格与汪氏却大异其趣。倘若说《受戒》的基调是明朗的欢快的，那么，《初吻》的基调则是忧伤的复杂的。人们都云《受戒》的如诗如画，可是谁人能够懂得《初吻》的意绪丰饶。

读《初吻》，会始终被作品所弥漫的伤感的情绪牵着走。一个郁郁寡欢的初中生，一段无疾而终的初恋。男孩子山间溪流一般明澈的心和女孩子美丽的外表包裹下的任性与喜怒无常。生活原本是这样，生活从一开始就隐藏着某种秘而不宣的玄机。谁会想到，那个孤零零地坐在窗台上的容貌姣好的女孩子，会是一个瘫子呢？然而，发现了真相又能如何？男孩子不是照样一往情深地痴迷着女孩子吗？而且，正是这个女孩子，帮助男孩子完成了人生的第一次觉醒。我读《初吻》，心里总在想，张贤亮笔下的这个“知慕少艾”的故事，说的仅仅是少年人的生活与世界吗？我们成人又何尝不是如此！张爱玲论及人的一生，曾经十分悲哀地感叹道：长的是磨难，短的是人生。然而即便悲观如张爱玲者，一生当中不也轰轰烈烈地爱过一场吗？所以，人类的命运确实有如那个推巨石上山的西绪弗斯，明知巨石会再次落下，但你还是要永远推石上山。那显然是你的宿命。你有生活的欲念，你就不能不忍受没来由的打击和灾变。你有梦想，你就不能不淡看风云变幻，岁月沧桑。张贤亮以饱经忧患的人生经历来写少男少女故事，除却感伤，显然还有着一份异于常人的旷达与超脱。正所谓：“江山依旧在，几度夕阳红。”

我说《初吻》是经典文本，还因为小说叙事极其简洁、朴素和节制，显示出作者对短篇小说这门艺术的娴熟的控制能力。短篇小说要求写得简洁有力是常识，然而有多少人不会写得简洁啊。这么多年以来，我们看到了多少废话连篇的短篇小说！自小说写作焦点对准世俗化人生之后，我们的大量小说当中就充满了絮絮叨叨、拖泥带水和披头散发的叙述风格。小说网络化之后，情形更糟。那些所谓的短篇小说，几乎被不着边际的无聊口水所淹没，何谈经典短篇小说的“清、通、雅、洁”四个字。张贤亮的《初吻》，叙事线索单纯：上学路上的偶遇所带来的两情相悦；场景描写集中而有重点：路边与花园景色以及红色洋房是故事的主要发生地，重点描画，其他则一笔带过，绝不左逸旁出。由于作者知道小说重心之所在，所以小说最核心的书写内容便落在了“我”眼中的残疾女孩和“我”心中的青春萌动。于是，那个任性的颇有几分病态的女孩子的形象便呼之欲出了。毫无疑问，这是简洁叙事和笔墨集中所带来的艺术的光辉。如今许多短篇小说不动人、塑造不出栩栩如生的人物形象、没有征服力，最直接的原因我以为恐怕是作家们不会用减法。不知道短篇小说真的是“删繁就简的艺术”（汪曾祺语）。铁凝在一篇谈论短篇小说创作的文章中提到一个故事，说是有位作家在给亲人的信中说：“请原谅我把信写得如此冗长，因为我没有时间写得简短。”（铁凝：《诱惑我一生的体裁》）显然，短篇小说不能再现二十多年前（20世纪80年代）的荣光，最根本的原因是没有人能够再像张贤亮和汪曾祺那样，用一颗沉静的心像雕琢玉器一样来打磨小说了。这个时代提倡奔跑，迟缓被认为是傻子做派。可是，经典真的是在奔跑当中产生的吗？

2007年4月

读《月光下的几十个白瓶子》[①]

我们的生活正呈现着一种前所未有的纷扰情状。变化着的社会结构和各异的人生追求，多元的价值观念与波澜起伏的社会心理情势，共同构成了这一过渡年代繁杂斑驳、异常丰赡的社会现实景观。对于身处

①陈继明：《月光下的几十个白瓶子》（短篇小说），原载《朔方》1996年第2期，《中华文学选刊》1996年第3期选载，《小说月报》1996年第4期选载。

这一历史时期的中国人来说，情绪的纷扰和心灵的困惑来源于瞬息万变的现实与固有的思维定式之间的巨大落差和张力。每一个鲜活的生命个体都感受到了社会转型时期心理的不适应，困惑感、焦虑感由此而生。问题的关键还在于，这种由困惑和焦虑等因素所催动的心理能量既可以导向上下求索、积极进取的人生态度，也极有可能导致及时行乐、放浪形骸的颓废思潮以及引发惊心动魄的社会灾难。及时发现世纪之交中国社会的这一种心理“病灶”，揭示浮躁、焦灼当中的非理性、破坏性因素，实在是当今小说透视现实，切入人生的不可多得的审美视角之一。陈继明的小说《月光下的几十个白瓶子》，以深刻的洞察力敏锐而准确地捕捉到了当下纷扰社会情势下的一种带有普遍性的社会消极心理——“烦着呢”，并揭示出了这种异常的社会心理所蕴藏的巨大危险性。在文学极需要全身心地拥抱急剧变化着的现实，不断回答时代思想困惑和挑战的今天，陈继明的这篇小说因逼视现实的勇气和思考生活的颇具深度而显得弥足珍贵。

《月光下的几十个白瓶子》讲述了这样一个故事：年轻的心理学教师杨树对新近出现的摆放在学校传达室窗台上的几十个空牛奶瓶产生了一种恐慌，他极担心牛奶瓶中会被什么不法之徒投了毒。不久，杨树因为一件失意的事情而对校长生出报复之心，竟然鬼使神差地在校长的空牛奶瓶中投放了剧毒农药。旁观者、惶恐者最终变成了犯罪者、实施者。这种奇妙的人生角色的转换似乎深藏着并非偶然、简单的社会背景因素和难以名状的心理动机。小说作者以清晰缜密的思路，层层铺叙，将一个准凶杀案叙说得一波三折，扣人心弦。然而，我们发现，这仅仅是作品的一个表层。作品的打动人心之处，不仅来自一个颇为耐看的故事，更来自它对于当下某种带有弥漫性的社会心理的惊人发现：“烦着呢”现象和这种现象背后可能潜藏的对于社会正常生活的干扰力或破坏力。小说通过主人公杨树之口表述道：“你再瞧瞧我们周围的人，是不是都烦着呢？好像都闷着一肚子怨气，好像都上过当受过骗，好像都是我们这个时代的弃儿……烦着呢，这是一种值得研究和应该引起广泛重视的集体无意识。”毫无疑问，我们的社会正经历着前所未有的艰难变革，这一变革充满生机与希望，也布满隐忧和风险。在社会的政治、经济、文化等方面发生全方位的转型和变化的时刻，由于社会利益的重新分配，也由于现实生活秩序的某种紊乱和倒错，以致相当一部分人心理的天平处于失衡和倾覆状态。另一方面，整个社会的公平机制和制衡系统尚未达到令人满意的程度，消极社会心理的宣泄缺乏有效的途径和正确的引导。在这种情况下，由焦虑、抑郁、烦躁等因素所共同构成的社会心理能量一旦趋于饱和便很有可能引发全社会的麻烦与灾难。陈继明的小说敏感地意识到了当前社会心理中这一隐藏的热点，条分缕析，层层揭秘，将一个颇为有为的年轻心理学教师由社会的良民一变而为凶险的预谋杀人犯的心理过程表现得异常深刻而具有说服力，其探幽烛微，颇具深心的笔力令人叹为观止。这篇小说的成功，不仅得力于它的主题的尖锐性，也得力于作者在小说氛围的营造、情节的设置和故事的推演、小说叙事节奏的掌握等方面的不凡功力。尤其是小说对人物潜意识和非理性的把握与叙写，对于特殊情境下人物犯罪心理的揭示与刻画，都达到了相当高的艺术水准。它使我们有理由相信，《月光下的几十个白瓶子》是1996年小说创作界不可多得的优秀短篇之一。

陈继明的小说创作开始于20世纪80年代中后期，此后一段时期内，他主要以乡土小说为人熟知。进入20世纪90年代后，他的小说取材和叙事风格为之一变。最近两三年来，其小说主要描写城市生活，而尤以发现和揭示转型时期城市人生中浮躁和抑郁心态所导致的非理性行为见长，呈现出相当鲜明的心理分析色彩。去年以来，陈继明的小说频繁出现于全国各地的文学杂志，其勤奋和质量颇高的写作正得到越来越多的评论家的注意和认可，《月光下的几十个白瓶子》被著名评论家雷达先生称之为近期小说中“罕见的好短篇”。很明显，陈继明正在以强劲的创作实力由西北边鄙之地走向全国。在沉寂和等待了许多年后，陈继明和宁夏其他年轻的作家们正显现出一份信心与执着。也许，他们会在不久的将来给我们一个意料之外的惊喜。

1997年10月

读《青铜》和《城市的雪》[①]

陈继明属于那种“脚踩两只船”的创作家。一方面，他现在居住和工作在城市，是城市这艘“大船”上的乘客和探险家。他坐在这船靠窗的地方，饶有兴致地观看欲望的彩球如何从水面上升腾，并随风飘舞；有时，他也会兴趣盎然地竖直了耳朵，谛听来自灯火楼台处的笙歌弦响以及帘幕后面的海誓山盟与窃窃私语。另一方面，早年的乡村生活经历在他的心灵深处打下了如此深刻的精神烙印，自觉不自觉地，在灵魂之

①陈继明：《青铜》《城市的雪》（短篇小说），原载《人民文学》1999年第1期。

河中，他常常会撑起一支长篙，向西北黄土之海的浩渺处漫溯。这种精神的两重漂流，成为陈继明小说创作内容的支撑点。与一些作家相异的是，陈继明并没有在城市和乡村之间构筑剑拔弩张的对峙关系，这样的处理在他看来显然简单化了一点。陈继明往往有意无意地忽视城市与乡村的某种差异，他更多关注的是，无论是城市摩登人也好，还是乡野村夫也好，人们同样不可避免地面临着人生的诸多困境，比如精神的焦渴与灵魂的沉沦。在这样一种视角之下，城市和乡村就被模糊了人为的分野，而成为人类精神标本的共同陈列馆。

像陈继明的一些引起反响的小说一样，《城市的雪》依然是一篇刻写心灵的作品：一位城市生活的失意者有一天忽然觉悟，自己的生命之中已经没有多少可爱之处，为了反抗生活的庸常质地，他决心逃出家庭，以对婚姻的反叛来打碎生活的幻象，从而使灵魂得救。显而易见，陈继明在这里又一次发现并揭示了人生的某种困境，某种精神被“悬搁”的尴尬。是的，我们的生活并不总是被美妙诗意所包围，我们要日复一日地不那么诗意地面对种种纷扰而乏味的人与事。平庸、烦琐的生活使心灵之原的荒草日渐茂盛，而梦想和激情之花却逐日衰败。这样的情形实在可怕。更令我们悲哀的是，世俗生活所具有的惊人的腐蚀力通常都如同一群莫辨其形的幽灵，它们是那样秘而不宣地侵入我们的白日与梦境，它使许多人仿佛在一梦之后就滑入说不清、道不明的昏昧状态。曾经有过的理想、憧憬、清新的感觉和指点江山的豪气，这时已经沦为“庸常”的奴隶；得过且过、万事不关心的麻木心态正指示着青春和热情的坠入“冰谷”。可以想见，《城市的雪》中的主人公王刚就是这样一个被生活的平庸所击倒的人。为了使自己心灵的疼痛感得以恢复，他决心要有一个了断，于是他选择了并非恰当的家庭“沉船”。多少让人感到欣慰的是，王刚的离婚念头仅仅是愤激时的理智失控。雪的丰润和女儿的多情也终于浇灌了王刚焦渴干旱的灵魂。小说的结局是，生活之河依然不舍昼夜地流动着、翻涌着，我们没有理由因为一时的厌倦而自我沉沦。灵魂得救的方式是，让我们聆听生活的钟声，并伴随着这清幽的钟声起舞。

我们说陈继明是生活的发现者，是因为在这篇小说中，他敏锐地发现了庸常生活中的倦怠、慵懒，精神的“悬浮”以及由此而产生的破坏欲望。如果说，陈继明此前的小说作品《月光下的几十个白瓶子》惊人地揭示出了“烦着呢”的消极社会心理，那么，《城市的雪》则同样尖锐地指出了生活中的“厌倦”心态。这种人生的厌倦感和无法“诗意”生活的抱怨同样具有难以预测的力量。从这一意义上说，可把《城市的雪》视作是《月光下的几十个白瓶子》的姊妹篇。

与《城市的雪》的题旨较为显豁相比，《青铜》这篇作品便多少有那么一点闪烁迷离。我们已经不大好理直气壮地称之为“乡土小说”，尽管故事讲述的背景确乎在乡村。事实上，乡村在这里只是一个载体，是艺术的容器。《青铜》所关注的仍然是精神的尴尬和困境，是人生的寂寞与芬芳。《青铜》的真正主人公并非从城市归来身染沉疴并惨烈死去的招儿，而是大槐树庄的小学教师李福来。这位其貌不扬、在村里没有多少发言权的“孩子王”的身上凝聚的是一种北方的刚硬、坚忍，是不向命运低头的勇气和永不言败的高贵精神。在那样一种贫瘠荒凉、焦渴干旱的地域，李福来不抱怨、不逃遁，生命伴随苦难而舞，青春追逐理想和信念而飞翔。寂寞是强大的，不曾被雨水浸泡的土地上的灵魂肯定干渴。然而，寂寞的黄土地上有时也生长芬芳，这芬芳虽然这样的飘忽、短暂，仿佛昙花一现，但它照样情深似海。正是这深情使李福来这个北方汉子的躯体被滚烫地铸入了将来一定会发出巨响的“青铜”。

我们当然也不能不注意到生活于大槐树庄的其他诸色人等，比如独眼铁匠、村长、能嗅出钱的“异味”的聪明人以及那么多只闻其窃窃私语之声而不睹其面目的村人。招儿的回到村子，使他们的心绪突然间变得异常复杂，并陷入尴尬：他们不知道对身份可疑的招儿怎样对待才好。当招儿自知不久于人世，于是有了把血泪钱拿出来，用以翻新村子的校舍这样的举动时，他们又一次地接住了一个烫手的山芋，尴尬之情状不言而喻。与招儿的决绝，李福来的刚硬相比，村人们精神深处的苍白和软弱，是非标准的混乱和颠倒更具有悲剧性。自然，这又是一种精神的困境与缺陷的展示。这种展示的意旨，好像还是一句老而又老的话，是要“画出沉默的国人的魂灵”来。

如果我们细读陈继明今年发表的若干叙事性小说，我们会发现他在小说操作上的某种不易觉察的艺术变化。具体表现为：主观性描述和分析性（包括他擅长的心理分析）成分减少而小说人物自身的行动和语言增多。这一艺术特点在《青铜》一篇中尤其明显。他似乎想要把好多东西遮蔽和囚禁起来，他善意地认为：读者的睿智不容怀疑。坦率地说，这种海明威式的艺术方式可能会带有冒险性，因为海明威当年曾经被误以为是“麻木无情”。当然，笔者由衷地希望陈继明小说的读者们在陈氏貌似冰冷的语言的外表之下，能看到炽热的火山熔岩，这岩浆奔涌不定，并可能引发冲天大火。

1999年2月

读《在毛乌素沙漠南缘》[①]

陈继明曾经有过半年的时间，在与大沙漠接壤的宁夏盐池县的某一个村庄从事支教活动。这应该被视作是这个短篇新作的素材来源。由于小说中故事展开的具体环境是一个名叫“马儿庄”的地方，而盐池县又的确真实存在着这样一个“马儿庄”，所以，阅读《在毛乌素沙漠南缘》这篇小说就会很自然地产生一些疑问：所有的故事和人物，真耶？假耶？或者确乎如《红楼梦》所言：“假作真时真亦假”？总之，因为担了“小说”的名头，作品中生活真实与艺术虚构二者之间的关系一下子竟变得模糊不清、扑朔迷离。按照“小说是虚构”的理论来衡量，陈继明的这篇小说似乎不合规范，可是，谁又说过小说只能有一种写法呢？或者，有意地“混淆视听”正是作者的一种叙事策略，甚至，一种引诱读者进入小说规定情境的叙事圈套？简言之，如此地讲究小说的“亲历性”并非作者随意为之。

《在毛乌素沙漠南缘》的叙事并不复杂，但在可称简洁的叙述中却有着极为丰富的蕴涵。作品涉及人类与大自然的关系；人类自身内部之间的精神和情感疏离；人类在面临灾难时的渺小、无能为力，以及被迫承受苦难之后的麻木和习以为常。读者们应该注意，上述内涵的揭示，又无不与作品所展开描写的人物生存的具体环境密切相关。是“马儿庄”这个写实的具体存在（从某种意义上说，它又何尝不是一个极具象征寓

---

①陈继明：《在毛乌素沙漠南缘》（短篇小说），原载《朔方》1999 年第 9 期，《小说选刊》1999 年第 11 期、《小说月报》1999 年第 11 期同时选载。

意的写意性存在呢？），为人类的所作所为，生死荣辱，提供了堪称绝妙的典型环境和象征性背景。马儿庄的北部是巨大的毛乌素沙漠。这一巨大沙漠的存在，有如天空中的一片沉滞不去的乌云，生命的阳光被遮蔽，马儿庄人的生活和命运笼罩在“这片乌云”的浓重阴影之下。事实上，由于人类的肆意开垦，我们的许多家园已经沦为缺少生命的荒地，流沙此时正毫不留情地逐渐掩埋着孤苦无依的马儿庄。连那个迈着鸭步的本地矮个男人都说：“再过三两年，可能就没马儿庄这个地方了。”为了强调大风沙摧毁一切的力量，作品细致描摹了一场疯狂沙暴，这场沙暴夺去了许多人的生命，其中包括“我”喜欢的一个一年级小学生。意味深长的还有，当“我”从沙暴的死亡威胁中奋力冲出，惊魂甫定，给远方的亲人打电话以报平安，并试图探问亲人对一百多公里外的沙暴有何特殊反应时，电话那端的妻子却毫不经意地轻轻巧巧把这一话题化解了。于是，一种对人类命运和生存困境的忧伤之情无法阻挡地从作品中流露出来。我们仿佛能够听到作者的叹息之声：人们总是在冠冕堂皇的理由之下，制造着灾难（比如对地球家园的过度掠夺导致土地沙漠化）；而当灾难当真降临，我们又总是那样的脆弱，毫无抵抗之力。

当然，为人类生存境遇和命运叹息，并不意味着视人类前景为一片黑暗。小说中治沙英雄牛作孚这一人物的出现并非偶然。而且，小说在叙事上，一开始有意把牛作孚的故事处理得欲说还休，欲擒故纵，似乎是颇有深意的。当马儿庄的人们在肆虐的沙暴面前无力地坐以待毙，或者只对男女情事充满兴趣时，一个 70 岁的老人却在愚公移山式地与风沙搏斗。于是，我们从老人和那个灵秀的珍珍身上，看到了人类的尊严和永不褪色的信念。

1999 年 12 月

读《清水里的刀子》[①]

《清水里的刀子》是一篇写得非常洁净的小说。所谓“洁净”，意思是说，小说在取材、立意、结构、语言运用等方面都做到了简洁干脆，不枝不蔓，仿佛一潭空明澄澈的秋水。然而，这水空明固然空明，却不是那种一眼便可看穿的浅水。它有深度，多色彩。去过川西北的神奇之地九寨沟的人们都知道,九寨沟的许多湖泊和深潭是极透明清澈的，人们甚至可以看到水中三四米深处的卵石。但是，这些由来自高山上的雪水而形成的明澈的湖泊与小潭却并不呆板、简单，在阳光之下，它们往往变幻着明暗与色彩，透露着某种难以言说的神秘诗意。打一个也许并不十分恰当的比喻，我以为石舒清的《清水里的刀子》就是一潭让人难以忘怀的九寨沟之“水”。

这篇小说的题旨似乎也并不复杂，但作者却把它处理得摇曳多姿，于是小说一下子就有了某种艺术的丰富和内在张力。简单说，《清水里的刀子》是一篇感悟生死的小说。感悟生死是个大题目，古今中外许多文学大家都做过这尖端题目。仁者见仁，智者见智，谁也无法说自己的探寻与攀登已抵达真理的顶峰。再说，人类在一代代生长、延续，有

①石舒清：《清水里的刀子》（短篇小说），原载《人民文学》1998 年第 5 期，《小说选刊》1998 年第 8 期选载。

关人类的诸多话题又总是周而复始，常讲常新，“生与死”的话题毫无疑问带有永恒性。问题的关键依然是，面对人类的又一次生与死，你是否讲出了你的发现，你的惊讶，哪怕是那么微小的惊讶和发现。《清水里的刀子》以一个老人的心理视角感悟了生死之间的一线所牵和相依相伴。这不禁使我们想起了庄子的“齐生死”之论。给作品带来不凡气息和异彩的还有，在这篇小说中，一头充满灵性的牛竟然是如此高深莫测地勘破了生死奥秘。主人公马子善老人感叹自己在生死大限面前是这般的孱弱无力，读者诸君又何尝不是如此。

《清水里的刀子》叙事异常简洁，作品的焦点集中于马子善这位老人的心灵透视。而这心灵的波翻浪涌又非常强劲地形成了作品的张力，推动着小说故事的进展（虽然这故事是那样的简单明了）。可以看出，主人公纷扰的思绪，由亲人的无常所引发的对于生与死的不停追问构成了小说的情节主线。而构成作品缤纷诗意的，则是围绕着这一情节主线铺展开来的一种异常宁静、肃穆的氛围。这种艺术气氛生动而丰富地弥漫于小说当中，它如同作品的生命之灯，常常使作品在许多时候被照射得晶莹璀璨，从而闪烁着迷人的审美的光辉。

迄今为止的石舒清的小说创作表明，他是一位极其善于描摹老人心态的高手。《清水里的刀子》中对马子善心理图景的深度刻写再次证明了这一点。这种超验的把握生活的艺术能力显然与石舒清的年龄颇不相称。唯一的答案可能是：石舒清似乎把小说创作当作了一种感悟生死的精神旅程。在这一特殊的精神旅程之中，生命的潮起潮落与云起云飞，狂舞酣歌与委顿枯败，都被一双平静而智慧的眼睛穿透。而这双慧眼也显然透露着作者对于人世的一种超脱情怀。小说作品内蕴的丰富和境界的高远便由此而来。坦率地说，并非所有的创作家都能拥有这双不寻常的眼睛。它的获得需要修炼，更需要完全来自心灵深处的丰沛激情和悲天悯人的博大心胸。

有必要对《清水里的刀子》这篇小说的语言运用啰唆几句。一个时期以来，在小说创作领域，有为数不少的作者对语言的运用相当随意。他们似乎已经不大理会汉语固有的美质，不知道有味道的艺术语言才是最撼动人心的语言。相反，语言的缺乏锤炼、缺乏优美，芜杂、苍白在一些作品中触目可见。这种文学语言的乏善可陈直接妨碍了近年小说中精美之作的产生。20 世纪 90 年代的小说家中已经很少有人能在小说语言上与 80 年代的汪曾祺、阿城作家等比肩而立。石舒清大概已经意识到了这一点，所以他在近期小说创作中便在语言的铸炼上格外用力，并且取得了相当的成就。《清水里的刀子》也不例外。得益于对于人世的体察入微，这篇小说的艺术描写十分精湛，语言也细腻传神，多暗示，多情味，极富张力。请看以下两段描写。

送葬的人都走净了，院门外的浮土上印着很多的脚印，大家来时的脚印和去时的脚印重叠了，这样就使得许多脚印都失去了方向。人们走得多么快，只留下一些模模糊糊的脚印，但终有一天人们要把自己留在这里的。谁都不免把自己留在这里的。

他走进门里去了，但是他很快站住了，他看见一个硕大的牛头在院子里放着，牛头正向着他，他不知道牛的后半个身子哪里去了。他觉得这牛是在一个难以言说的地方藏着，而只是将头探了出来，一脸的平静与宽容，眼睛像波澜不兴的湖水那样睁着，嘴唇若不是耷在地上，一定还要静静地反刍的。他有些惊愕，他从来没有见过这么一张颜面如生的死者的脸。

两段描写都是通过老人马子善的视角而展开的。语言谈不上华丽，甚至还有些平淡。然而我们仔细读一下，会发现这两个场面的描写是苦心经营过的，实在不是随意为之。很显然，一位接近生命终点的老人对于沧桑人世的深刻感悟， 对于一头高贵的知生死之牛的万千感慨与深情事实上都浓缩在貌似平淡的话语之中了。它使我们又一次记起当代小说大家汪曾祺的一句名言，那就是：“写小说就是写语言。”

1998 年 12 月

读《节日》①

一个可以清晰感觉到的文学现实是，有“味道”的好小说在创作界正变得日益稀少，它们的偶尔出现如同凤毛麟角。由于一些批评者和创作家片面地鼓吹对传统的所谓反叛和解构，文学界正无可避免地生产出许多淡乎寡味的赝品。我们常常是在很漫长的时间内，难以阅读到生气灌注、韵味悠长的作品。更多时候，我们看到的是只适合于“夜半无人私语时”的“悄悄话”文学以及从西方现代派作家那里复制的痛苦、

---

①石舒清：《节日》（短篇小说），原载《时代文学》1999 年第 2 期，《小说选刊》1999 年第 9 期选载。

焦虑、恐惧和绝望。显而易见，一味地追赶时髦和莫辨艺术的真与伪，已经导致了创作界纯美诗意和文学高品位的逐渐流失。近些年的文学创作不仅疏离了大众也使文学界内部啧有烦言即是明证。事实表明，新的不一定就是好的，在对以往的文学传统未经仔细梳理和认真钻研的基础上，就轻易地放言反叛传统，视传统为敝屣，这样的观念和做法不说是狂妄和浅薄，起码也是一种非理智的举动。因此，回到传统（实际上是回到常识），回到文学之所以为文学的根本所在便成为一项十分紧迫的艺术任务。我们应该明白，古典小说尤其是 19 世纪欧洲小说所精心构筑的文学传统，并不是能被后学者轻易绕过和抛弃的。人道主义情怀，面对现实人间的批判勇气，叙述的魅力，刻画和描写的深刻、精湛，凡此种种，坦率而言，是每一位小说创作家应该永远追寻的文学高境界。文学作品不是哲学的高头讲章，不是押韵的文件，更不是“自我抚摸”和描写“内分泌”。文学是人类灵魂诗意而深刻的表白，是社会历史的锐利穿透，是流动的、日常的、充满细节的生活的新鲜而有情有味的摄取和捕捉。所以，好小说永远应该只具备两个最基本标准：思想、智慧的新发现和艺术刻画的深刻与精湛。简而言之，就是说要有味道——思想和艺术的有滋有味。自然，二者兼美的小说总是相当罕见。因此，拥有智慧的思想或者在艺术上显现超人功力，二者居其一的作品都应该被视作是好小说。基于上述理由，我以为石舒清的短篇近作《节日》可称得上是一篇值得欣赏和回味的好小说。

《节日》叙述的是西北黄土山乡的一个寻常的人生故事。一位人称环环媳妇的回族青年妇女牵着头异常温顺、洁净的羊，在一个先贤的忌日里，要去上坟并施舍，她最终遂了心愿。这样的生活事件实在称不上是什么大事件，表面上看似是波澜不惊。然而，作者写来却决不平淡。由于叙事视角的特殊和心理描写的起伏多致，作品在简单的情节发展中陡然增添了许多丰富蕴涵，从而使一个不甚显眼的日常生活故事酝酿出了动人心魄的艺术力量。

我们看到，这篇小说基本上是采用环环媳妇的视角来叙事的，小说情节的推移，生活环境的描写都是通过环环媳妇的眼睛展开的。采用这一女性视角来叙事，给作品带来了明显的艺术新特征。

首先，小说风格上偏于阴柔纤美，艺术氛围的营造上是宁静、安详。读者能够处处感觉到一种不疾不徐的、舒缓有致的叙事情调。这种艺术情调显然与一个不常出门的、很是羞涩的回族青年妇女的心理感觉甚为合拍。

其次，女性视角使作品中的心理描写和艺术刻画呈现出一种难得的细腻与温和。小说的中心情节是环环媳妇前往陡峭的石头山上的坟地，去把一只羊施舍了。但实际上，行路难的过程却并没有多费笔墨。反复徘徊于中心情节左右的是环环媳妇的思绪，是她的心理的起伏、流动。环环媳妇对自己的婚姻状况并不十分满意。原因是她和环环的结合是一桩父母包办的婚姻。不仅如此，丈夫环环做了生意之后人就变“坏”了。烟和酒沾上了，还“越是不像话的话，环环越是要让这话算数”。环环媳妇尽管屡次劝说丈夫戒除恶习，赶紧回头。但环环却置若罔闻，依然我行我素。甚至于连媳妇上坟地这样的事情，他都要编谎阻挠。环环媳妇觉得自己的男人变“坏”了，但是她除了劝说以外，确实毫无办法。作品非常细腻传神地写出了这个年轻女性在不如意生活面前的怨艾、失落、忧伤、无奈等诸种情绪。稍微能够安慰这颗柔弱心灵的，大概只有用自己亲手养大的羯羊去上拱北舍散了。细细读来，我们会发现环环媳妇对环环始终怀着一种爱恨交织的复杂心情。她的上拱北舍散又何尝不是在为环环“赎罪”，并衷心祈盼丈夫“浪子”回头呢？石舒清如实地写出了西北偏远山乡回族妇女的生存状态及微妙心灵，不粉饰，也不刻意渲染。由于是以女性视角看人生，我们甚至可以发现，作品对于金钱腐蚀人性这一世相的批判也是隐约而温和的。这样的描写显然更符合小说的此情此景，更具有令人信服的逻辑力量。

比之创作于 20 世纪 90 年代早期的小说，石舒清 1998 年以来发表的作品似乎更注重艺术刻画和描写上的精益求精。我们有理由相信这是学习中外小说大师的结果。对经典的钻研和写作时的高要求，使他近期小说的细节提炼和场景描写都显现出难得的新气象，《节日》也不例外。比如以下这一段细节描写。

> 尕羯羊站在身边，它的柔软的毛使她的一半的身子很温暖。它低着头，嘴与流动的水面若即若离。铜铃儿大半浸在水里，中间的那个小钹在流水里一拂一拂，像是送水远去。环环媳妇发现尕羯羊低头并不是喝水，而是在看水。

如果我们知道上述的小河正是流经拱北山下的一条极为清冽的小河，读者们大概不会放过“羊看水”这一大有深意的神来之笔（我们已经知道了“清水里的刀子”这一神奇传说）。倘若我们更为细心一点，我们也会发现能够把铜铃中间的小钹在水中拂动的景象精细描绘下来的，肯定也不是艺术上的等闲之辈。它使我们明白，对于具备相当功力的作家来说，获得和提炼出一两个关键性细节，几乎等于赢得一次创作的重要成绩。

另外一个不得不涉及的艺术话题是，关于小说中的比喻等修辞手法的运用。“比喻”是伴随我们每一个人成长的最原始最熟悉的语言修辞手段之一。从有了基本的语言能力开始，我们似乎就在与比喻打交道。但是，包括相当一批文学创作者在内，许多人却总是说不出，或者写不出新鲜而耐人寻味的比喻句。石舒清是一位重视语言锤炼的作家，对比喻句的精心选择和反复推敲是他语言运用的重要一环。他小说中的比喻句常常给人以新奇之感，但又绝对是贴切的，充分生活化的。《节日》中有这样两个比喻句。

> 水底的石子像洗净的青蛙那样入神地趴着。

> 在苍茫空阔的大山里，那拱北像是一个古老的蜂箱，吸引着无数蜜蜂一样的人往它身边来。

前一个比喻把水底的石子比作“青蛙”，新鲜而有动感，大概还能使人联想到一些小石子身上已经布满斑驳的苔藓，因为苔藓的颜色与青蛙背部的颜色非常相近。后一个句子将拱北比作蜂箱，上拱北的人则如同飞往蜂箱的蜜蜂。除却场景描写的准确、生动之外，似乎还暗含着来自世俗人间的人们正在寻找灵魂“家园”的深意，仿佛散落山水之间的蜜蜂正殊途同归，飞入蜂箱。

《节日》的颇耐咀嚼告诉我们，在文学创作上应该不存在某一种艺术创作方法是否过时的问题。写实和写意都可能臻于艺术的极致。重要的是，你是否真正提供了新的思想与智慧，或者是否在平淡似水的生活中发现了诗意的、美丽的人与事，并把这种诗意人事用新鲜而充满活力之笔精湛地描绘下来。

1999 年 5 月

读《白狐》①

如果非要用一句简明扼要的话来概括《白狐》的题旨，我们似乎可以把这一篇幅并不很长的作品看作是一篇有关寻找的小说。

《白狐》的故事非常简单明了。在辽阔西部的一处漠野中，牧羊人一家日出而作、日入而息，日子过得简单随意而又不乏温馨和谐。打破这宁静安详生活的是一只白色狐狸的惊人出现。更不可思议的是，这只百年不遇的白狐竟然被家中最不重要的人物——羊娃子看见了。羊娃子刚刚十岁，在家中尚未取得“话语权”。于是，他的激动和语无伦次的讲述在父母心目中便成为典型的痴人说梦和白日撞鬼。为此，羊娃子付出了代价：他被限制了行动的自由。谁知道羊娃子却是个“少年心事能拿云”的角色。为了证明自己的说法并非谎言，自己也不是什么“迷途”的羔羊。羊娃子开始了一场焦灼而颇费心机地寻找。“寻找白狐”在这一特定时刻是那样的神圣和庄严，它几乎成为这个少年人生命的

①漠月：《白狐》（短篇小说），原载《朔方》1998 年第 8 期，《小说选刊》1998 年第 10 期选载。

全部意义。“寻找”的结局自然难得圆满，羊娃子甚至付出了更为惨重的代价。然而，这无悔的追踪却戏剧性地导致了少年人命运的巨大转机。这年秋天，为一只神秘出现的美丽白狐而分外忧伤的羊娃子终于坐进了距家百里之遥的小镇学校的课堂。而在此之前，羊娃子和父亲都曾想：羊娃子的少年时光以及未来的日子，都要系在一群羊的尾巴上了。

“白狐”的意象在这篇小说中至为重要，它显然是索解作品的关键。同时我们也发现，“白狐”又是作品的“文眼”，是一个结穴之处。从故事的发展和推进看，“白狐”的出现使小说情节陡起波澜，突然间具有了某种张力，艺术气氛也变得神秘。从写实性、故事性小说的内蕴和寓意来看，“白狐”这一美丽“精灵”的出现，一下子使小说的艺术潜能被唤醒、被提升。并且，它也在不经意当中打开了小说进入“形而上”境界的智慧性通道。在这一瞬间，“白狐”已不仅仅是一个真实的存在。事实上，它变得“空灵”起来。它成为梦想、期待、希冀、诱人的前景、美好的明天等的象征物。它使可能会堕入平庸结局的小说一变而为神奇。仿佛一个即将走入成年的少女在一刹那便拥有了那么一种撩人的“风情”。

与“白狐”的意象联系在一起的是小说所采用的特殊叙事视角——童年视角。童年视角同样在这篇小说中起到不可替代的作用，它保证了小说中一种新鲜情调的四处流溢。童年视角使小说中的诸多感受和描写充分艺术化、童话化了。小说中的一些场面描写和心理感受甚至拙朴到原始。比如把夕阳描写为“鸡蛋黄”，仿佛“伸出根指头轻轻捅一下，就会流淌出浓稠的汁子”；比如将羊的乳房看作是饱满红润的桃子，而娘的挤奶动作很像是在“摘桃子”。这些描写显现着儿童天真未凿的意识状态，充满童真、童趣。而在读者看来，这些描画又显然是新鲜的、审美的。也许，从本质上说，儿童的眼睛是艺术的眼睛。那些没有被污染和过滤的心灵常常会产生纯美的诗意，那些清泉般的生命感觉也常常会造成鲜嫩欲滴的诗情与画意。漠月似乎已窥破这一玄机，于是，童年视角使《白狐》放射出异彩。

与“童年的眼睛”构成冲突的是羊娃子父母生活其中的成人世界。在世俗的成人世界中，梦想似乎已不复存在。这个世界古老、刻板、有恒常的规则，也有多种禁忌。这个世界不允许奇思异想，不承认未经验证的事物。当羊娃子报告说看见了一只“白狐”，他的父母本能的反应便是惊慌失措，仿佛大难临头。因为在这一世界的观念中，稀有的和少见的事物总是与不祥和灾难紧紧联系在一起。羊娃子的父母对未曾见过的“白狐”天然地具有病态的敏感。好在，漠野深处终于蓬勃生长了希望和梦想，终于有了无悔的追踪和不倦的“寻找”。而这“寻找”最终也使羊娃子冲出了蛮野和蒙昧。此时，我们就把“白狐”视作是羊娃子心灵深处的一道美丽闪光，一种摆脱蒙昧的强烈渴望。

1998 年 12 月

读季栋梁小说三篇[①]

像许多生活和成长于中国西部的作家一样，已过而立之年的季栋

①季栋梁：《追寻英雄的妻子》《你到底有多少钱》《人在旅途》（短篇小说），原载《延河》1999 年第 8 期。

梁也是由乡村走入城市的。虽然严格说来，西部的城市在精神血源上与不发达的乡村共着一个“胎盘”，存在着千丝万缕的联系，但毕竟在乡村与城市之间，还是有着某种可以触摸到的经济和文化差异。尤其是在市场经济大行其道的20世纪90年代，这种精神差异就表现得更为明显和突出。强调这一点是想说明，对许多属于季栋梁这个年龄段的西北作家来说，他们的人生经历和精神旅程无疑会深深地烙印在他们的作品之中，他们在“乡土中国”文化背景下所接受的价值和情感教育，他们在由乡村走向城市过程当中所付出的心灵磨难，这一切都不可能被轻易化解。年少时代辗转挣扎于乡野的亲身经历，使他们对中国的底层生活烂熟于心，也使他们对乡村始终保持着温情、眷恋，以及某种动人的感伤；长大成人之后进入城市，并在城市感受现代气息的求学、工作经历，又常常使他们以一种“城市人”的眼光看待世事人生。这时，他们会发现自己陷入了一种情感和心理的矛盾之中。一方面，乡村此时似乎显得既熟悉又陌生，时代的变革之声总是在这里产生不了巨大反响，而乡村人的精神深处却是旧伤未去，又添新痛。另一方面，在改革的中心地带——城市，事情也并非想象得那么简单。“浪漫的80年代”已经远去。在更为讲究利益和商业“操作”的90年代，心灵跋涉的艰难与沉重可想而知。显然，季栋梁们正是带着这样的精神印记而从事写作的。这一精神印记使他们明显地区别于比自己更为年轻的创作者。他们不大可能只去写作“私语”的文学，他们也不大可能只是轻飘飘地去复制西方现代派的孤独和绝望。对这些出生于20世纪60年代，并且经历过80年代文学“洗礼”的大多数作家来说，社会责任感和忧患意识是如此丰厚地积淀于他们的心灵深处。这给他们的创作带来了“负重感”和直面现实的勇气，同时，也带来艺术上的某种冷峻色彩。

我们看到，在季栋梁最新创作的这三篇小说中，有着非常相似的取材倾向性。它们无一不是对存在于我们生活之中的某些值得深究的社会问题和精神现象的关注和揭示。并且，这种关注和揭示在《追寻英雄的妻子》和《你到底有多少钱》这两篇小说中达到了相当的深度。相比较而言，《追寻英雄的妻子》一篇更具有现实针对性和艺术感染力。从小说所叙述的故事来看，读者肯定不会感到陌生。一座城市的一位名叫金钟的警察在与八个穷凶极恶的歹徒搏斗时，不幸遇难。于是，金钟成为人人敬仰的英雄。地方政府和公安系统联合组织了大规模宣传英雄事迹的活动，英雄的妻子方其姝也在颂扬和宣传英雄的热潮中，被罩上了神圣的光环。小说对于现实问题的艺术呈现和尖锐追问在于：当英雄的在天之灵已经安息，英雄的妻子将会面对怎样的命运？我们发现，当生活中的一切都回归于平静和常态时，方其姝本该自由和自然的生活却从此布满阴云。因为是英雄的妻子，她便被整个社会一厢情愿地想象成为不食人间烟火的“神仙”。她被格外热情地予以关心，能够接触到她的人们有意无意地用不寻常的目光“监视”着她的一举一动。她被暗中但强有力地阻止与别的男人再行婚恋。在这样的社会大气压之下，方其姝只好选择出逃，逃到一个陌生的城市去过曾经拥有过的正常人的生活。不难看出，这篇小说具有题材的尖锐性。它非常敏锐地发现了我们社会生活中的一种极为普遍的精神心理现象，那就是在潜意识当中，许多人确实是希望英雄的妻子是应该为死去的英雄“守节”的。如果我们想到，所谓“守节”竟意味着一个鲜活的生命将在整个社会的全方位监视和干涉下，日复一日、年复一年地自我压抑，自我戕害，直到生命之花彻底萎谢枯败，我们就会明白这是一件多么不人道的事情。季栋梁把一个尖锐的社会问题如实地呈现在读者面前，它再次提醒着善良的人们，封建主义的阴霾有时实际上离我们并不那么遥远。

《你到底有多少钱》是一篇乡土小说，属于惯常的人生故事。乡村女子秋菊为了逃婚从荒僻的家乡走出，当她怀揣打工挣来的血汗钱回到村子时。村里人却制造了一个又一个谣言，连秋菊以前的恋人也躲避瘟疫一般地离开了她。在这里，季栋梁又一次触及乡土人生中的精神贫困问题。意味深长的还有，小说写出了返乡的秋菊实际上已经完全不可能再度融入她曾经那么熟悉的乡村生活。她在精神上已经被村长等人划归为“异类”。从她敢于抗婚的那一时刻起，她就被开除了“村籍”。因为秋菊破坏了乡村“游戏”的基本规则，其中最重要的一条就是：当拥有权势之家（比如村长家）向诸如秋菊这样的贫穷弱小之家求婚时，你只能顺水推舟，甚至应该感恩戴德。如果你敢于藐视这一生活伦理，你便成了所有人的“敌人”。讲规矩礼法的乡村对待“敌人”从来都是冷酷无情的。小说严峻地表明，乡土中国的精神改造过程当属艰巨和漫长。

《人在旅途》是一篇摹写生活中“杯水风波”的小说。婚姻生活中的“战争与和平”主题具有经久不衰的艺术魅力。这篇小说以人物对话推进故事的不断进展，并且在总体氛围上蕴涵象征寓意，可见其构思之妙和叙事的不同凡响。

如果读者们读过季栋梁的小说，会很自然地发现季栋梁是一个讲故事的能手。对故事性的喜好与追求成为他小说创作中最为明显的美学特征。他总是喜欢通过引人入胜的故事的讲述来揭示人间的诸种奥秘，人生的变幻莫测，人性的善恶交织。社会生活中的许多矛盾困扰之处，季栋梁总会借助精彩的故事不动声色地将它们显现出来。仿佛生活的底片，在他精美叙事的显影液中浸泡过后，就鲜明地呈现出生活本身的真实面影。《追寻英雄的妻子》从故事的结构形态上看，多少还带有一些“侦破小说”的痕迹。它使读者从阅读小说的开始，就陷入悬念和疑问之中。而“我”寻找方其姝的过程，仿佛就是一个“破案”的过程。这样的叙事结构显然是作者的有意为之。《你到底有多少钱》一篇，从小说题目的选择上就可以看出作者的艺术意图，那就是尽可能地利用一切手段吸引读者的阅读注意力。我们看到，在许多年轻作家对小说的故事性、小说的情节曲折性进行颠覆和反叛的时候，季栋梁不仅不为所动，反而更刻意地讲究说好故事、设计好动人的情节。这样的艺术态度和勇气确实值得钦佩。我们应该知道，在艺术创作方法的选择上，根本不存在某一种艺术方法过时和落伍的问题。无论写实还是写意，运用任何一种艺术方法都有可能创作出经典作品。关键是，作家们的眼光是否对所接触的社会历史生活有足够的穿透力，作家们是否有思想的勇气和精神的智慧。或者，当思想一时还难以达到“一览众山小”的高超境界，这时候，作家们的艺术创作力和想象力是否饱满、丰赡，感受和描写生活的笔墨是否细腻传神、深刻有力，就成为决定作品成就高下的试金石。从这个意义上说，写实性的故事小说依然具有强大的艺术生命力。作家需要注意的是，在惯常的人生故事之上，能够升华一些形而上的思想和智慧。高明的选择是：盘踞故事并超脱故事。这是季栋梁小说给我们的启示之一。

从季栋梁的这三篇小说中，我们也会发现作者在小说风格的追求上似乎更注意色彩的冷峻和叙事上的反讽。这种冷色调与作者对生活的严峻思索有关，也和季栋梁对20世纪西方文学的有益借鉴不无联系（我们可以在季栋梁的小说中看出一些福克纳作品的叙事情调）。从继承中国现代小说的文学传统这一角度看，我们发现他的写实风格好像更接近于“五四”时期的那些经典作家，而与20世纪40年代以后的许多短篇小说家有所区别。这表明，艺术的选择总是有着具体的文化背景作为巨大支撑。在一个思想相对解放和宽容的文化环境中，艺术家们风格的追求毫无疑问更具有个人色彩，而这种艺术上的多元化追求恰恰是中国文学走向更辉煌明天的有力保证。

1999年6月

新时期以来宁夏优秀中短篇小说选读（二）

读《风流云散》[①]

“五四”新文学运动以来，“乡土中国”一直是创作家们情有独钟的审美所在，“乡土小说”成为近七八十年来最为重要并且佳作迭出的文学创作品种之一。之所以形成这样的创作情势，原因无非两条：首先，从事“乡土小说”创作的作家，十之八九是来自中国乡村，他们与曾经生活过的农村社会有着千丝万缕的精神联系和天然的亲近感。即使走入了大都市，许多人也无法忘却那一方梦中家园。因此，怀乡的歌唱在相当漫长的文学时期内总是此起彼伏，不绝如缕。其次，从某种程度上说，

①查舜：《风流云散》（中篇小说），原载《当代》1999 年第 3 期。

乡土社会几乎包容了现代中国所有的社会历史内涵：阶级纷争，文化嬗变，心灵动荡，人性奥秘，种种人生场景莫不在这片土地上真实而异常生动地展开过、上演过。写活了20世纪的“乡土社会”，也就深刻地写出了20世纪的“中国图景”。创作家们云集于这一题材领域，实际上是想由“乡土中国”走向更广大开阔的文学世界。可以毫不夸张地说，“乡土中国”绝对是一座文学的“富矿”，对这座文学富矿的开采和挖掘就是在今天也还只是刚刚开了个头。那种以为“乡土中国”的文化秘密已经被彻底破解，当今文学创作的透视焦点已完全转移到城市的说法，应该说是不甚准确的。我们承认，进入20世纪90年代的文学创作，确实出现了“城市文学”的大规模崛起，也确实出现了许许多多刻写城市人心灵的好作品。但是，创作者和评论家们千万不能忘记，我们依然是“发展中国家”。尽管工业化浪潮正在一浪高过一浪地在这片古老而神奇的土地上奔涌翻腾，然而，幅员的异常辽阔，东部与中、西部地区社会经济、文化发展的历史差异和现实行进步伐的不协调，这些显而易见的客观存在都会提醒我们：“乡土中国”依然是无法忽视的巨大真实。古老的乡村故事，诸如科学文明的现代价值观念总是不得其门而入，男女的婚恋一如既往的不自由，农民的精神深处旧痛未去，又添新创伤，等等，实际上每天都在发生和流传。事实表明，一厢情愿地认为中国社会已经大面积地城市化了，农村不再需要文学的聚焦和深切关注，这种创作思维是肤浅的。我的意见是，起码在很长一个历史时期内，“乡土中国”都是极具挑战性的文学话题。许多人认为农村生活已经接近于写尽，已没有什么“花头”可言，那是因为只看到了中国社会的表层。如果我们想要真正地理解中国，理解这个灵魂正在由孱弱攀升为强健的民族，透视乡村的文学审美之旅实际上并不轻松。

正是由于有了上述的分析，我们才可能把查舜近期创作的中篇小说《风流云散》看作是一篇颇有思想艺术价值的作品。

《风流云散》所讲述的故事显然是一个老故事。两情相悦的男女主人公大块和秀花本来可以有情人终成眷属，演出一段人生的喜剧。然而，热情似火的大块却在无意当中窥破了秀花的一个不太美好的生活小节。于是，一桩好姻缘便由于大块的抽身而逃最终风流云散。更令人震撼的是，秀花因为大块的逃逸自杀身亡。

《风流云散》式的乡村悲剧事件是一个众多读者耳熟能详的惯常生活故事。人生处处有磨难，爱情与婚姻中的磨难相比较而言似乎更为强烈和惊心动魄。因为在恋爱和婚姻时刻，人类会把生命的力量全部聚集一处，有时生死都可以置之度外。说爱情和婚姻生活最能体现人生的强度，是文学艺术最具有审美价值的题材之一，恐怕是站得住脚的。问题的关键还是，写烂了的老题材是否能够见出新意，“老树”可否开出“新花”？检视《风流云散》这篇小说，我们发现，作者对社会生活的艺术思索是独特的。

许多描写爱情和婚姻的作品（包括一些公认的文学经典）告诉我们，男女主人公对爱情的追求绝对是纯洁和高尚的，是充满牺牲精神的。“山无陵，江水为竭，冬雷震震，夏雨雪，天地合，乃敢与君绝！”（《汉乐府·上邪》）式的炽热表白不仅是心声，也可化为悲壮的行动。破坏美好爱情和幸福婚姻的罪魁祸首毫无疑问来自社会偏见和封建式家长。我们不否认，这种描写生活、解释生活的艺术思维方式有其合理性。可是，任何描写和反映生活的方式也只能是人类认识和理解人生的一种方式。人类生活，尤其是感情生活的复杂性常常向我们发问：破坏美好爱情和幸福婚姻的力量除了外在的社会因素，还会不会来源于婚恋当事者的内心世界？如果“内心的力量”同样可以摧毁美好的人生，那么是否意味着人类的内心世界尚不是人们想象得那样美妙？《风流云散》恰恰回答的就是如此尖锐的问题。小说通过男主人公心灵苦痛和磨难的细腻、传神的描写，富有说服力地告诉读者：有时，我们本该美好幸福的生活正是毁于我们内心世界的狭隘和偏执，是我们心造的“地狱”毁了我们的一生。而当我们终于明白这一切的时候，生命的如歌岁月已经悄无声息地远遁。

我们可以把《风流云散》称之为心理现实主义小说。这篇作品对男女主人公的心理刻画是具有一定深度的，特别是对大块的略带病态的心理过程的描写，多少透露出一点艺术变更的新气息。近年来，查舜的小说作品似乎更乐于采用“知识者叙事”视角。就是说，他总是以一个乡村生活的审视者、评判者的叙事态度来描写生活、刻画人物。如果说查舜的成名作《月照梨花湾》和20世纪80年代创作的其他重要小说，从叙事姿态上还有着过于明显的自传色彩和主观感情投入，那么，《客居故乡》（《民族文学》1998年第9期）以及这篇《风流云散》则表现出了相当程度的精神内敛和克制。这种“知识者叙事”方式给作者的创作带来的最直接的新变化是，作品叙述和描写渐渐地由激情化为冷静，由“当局者迷”化为“旁观者清”。随之而来的另一个艺术变化是，小说语言开始由单纯、明快而变得凝重、沉潜，注意言外之意，思辨色彩。这种对语言的刻意追求甚至影响到对人物心理的深度刻画。在《风流云散》这篇小说中，对男主人公大块心理的解剖和描摹，就使人联想起19世纪的一些欧洲小说。

由颇得中国古典美学传统之妙的《月照梨花湾》，经风格为之一变的《绿管演奏会》《在淡淡的云纱那边》等，再到去年和今年的若干小说创作，查舜的创作正呈现出鲜明的阶段性特征。总的感觉是，在查舜的小说创作进程中，主观性、抒情性气质正逐渐被冷静的思辨的风格所代替。如果说，查舜的成名作《月照梨花湾》给予我们的是生活之美，是诗情和画意，是20世纪80年代的“浪漫情怀”；那么，《风流云散》等小说则早已揭开了生活严峻的“面纱”。也许，当全部的生活真实不可避免地裸露和惊人呈现时，“浪漫的情怀”就只能是一种美好的记忆。我们当然明白，任何时候，严峻的书写方式都源于严峻的生活。因为文学的声音总是反射着时代，是从时代的巨大声响中精心截取的。

1999年9月

读《前面的路》①

应该承认，金瓯给了我们一个意料之外的惊喜。这位许多年前就背起行囊，于文学征途上跋涉的年轻创作者，在沉潜和探索数年之后，终于以出色的短篇小说《前面的路》，使相当多的文学圈内之人对其刮目相看。

《前面的路》是一篇言说“寻求自由”话题的小说。尽管天和地

①金瓯：《前面的路》（短篇小说），原载《人民文学》1999年第6期。

束缚着你鲲鹏展翅的雄心壮志，尽管平庸的世俗生活日复一日地以一种漫不经心的随意姿态，腐蚀着你奔向旷野、追求自由的高贵意志，但是，两个年轻的主人公还是义无反顾地“上路”了，欣然体会“在路上”的自由旷达情怀。是的，上路的人因为无所凭依，所以难免狼狈。他们没有携带人们通常出门时习惯携带的古旧“指南针”，因此常常迷路，并且很耽误工夫地走回头路。有时，路上的情形实在凶险，老龙潭的那眼神秘之潭有可能使你大受诱惑，以至于情不自禁地跳下去；走在秦岭的边上，忽然就赶上滔天的洪水了，洪水虽然颇为慈悲地给刘老五留下一条性命，可是它却把刘老五的头发几乎全部拔光。然而一切的已知和未知的凶险与危机都不可能扼杀年轻人对远方的渴望，在跋涉者的意念中，“前面的路”永远充满着言说不尽的奥秘和动人诱惑。

坦率而言，有关“自由”故事的文学言说不是一个十分新鲜的话题。在文学史上，许多关于人类诸多情形的话题都是老而又老。然而，话题虽古老，言说的方式却往往各不相同，于是，“说话”的方式就不仅仅是所谓文学技巧问题，通常的说法是，“说话”的方式关涉创作主体对社会人生的看法，关涉每一代人文学审美的特殊精神方式。

金瓯是出生于20世纪70年代的年轻作者。这一代创作者对人世、对生活的看法显然有别于他们的兄长——“六十年代出生的作家”，更有别于知青作家群以及他们的父辈作家。与上述各代作家的重大区别是，金瓯这一代作家给人的感觉是，仿佛在我们的不经意当中，他们就将许多前几代作家视若“神明”和生命的文学理念轻易地割舍了。随后，在我们的错愕中，他们扮一个鬼脸，然后大笑而去。他们不再想让文学承担过多的非文学重负，他们担心那会把膀不大腰也不圆的文学压垮；他们也不太热衷于（有人干脆严词拒绝）在作品中追求社会和时代的宏大叙事，他们认为那不是他们所钟情的“文学”；“历史”叙述在这一代人的作品中全面退隐，像是一个被富贵人家丢弃在黑屋子里的已经停摆的古老挂钟。70 年代出生的年轻作家们似乎更热心于诉说“成长的烦恼”和灵魂“漂浮”的痛苦。“自由”的言说当然也是他们喜欢书写的文学母题之一。我们虽然一时还无法确定“七十年代出生的作家”最终会在文坛占据怎样的一席之地，但是我们应该肯定，像《前面的路》这样的作品肯定是独特的文学之声。那种精神的内敛，那种超越苦难的从容，那种骨子里的幽默，都不是勉强为之。《前面的路》实际上昭示着一种崭新的文学的叙事方式。这种叙事精神不欣赏呼天抢地式的狂情四溢，不故作高深地谈玄说理，不小女人式地泪眼婆娑，而是“不愿被感动”地叙述故事、评说人生。这种异常冷静的叙事姿态清楚地表明，巨大的历史苦难精神正在这一代人的心目中悄然滑落，由于不再承担前辈们的“遗产”，他们便可以自由自在地浪迹天涯。

1999 年 8 月

读《刀锋与伤口》[①]

金瓯的《刀锋与伤口》是一篇真实刻画少年人心灵的情调颇为感伤的小说。就小说内容而言，这篇作品实际上涉及一个人们熟视无睹的

①金瓯：《刀锋与伤口》（短篇小说），原载《朔方》1999 年第 5 期。

社会人生话题：男孩子是如何长大的？这个问题也许是老生常谈，但《刀锋与伤口》以其缤纷之色仍然让我们感动不已。

少年人的成长经历是一个许多作家已经写过，并且依然有生命力的文学话题。人生的尴尬处在于，尽管人类一代又一代地重复着相同的生命故事，然而新一代人并不一定会变得比前人聪明多少。真实的情况是：糊涂处继续糊涂，伤心处依然伤心。我们都知道少年人的心灵是多么脆弱，多么稚嫩，但是，社会又总是在漫不经心当中，无情地伤害着那么多稚嫩无瑕的心灵。我们都知道要主持正义和公道，却常常在许多时候，并不理直气壮地弘扬正义，而是麻木和冷漠地对待正义。《刀锋与伤口》以一个12岁男孩子的眼睛，窥破了成人社会的种种虚伪和“无情”，其中流露着这个男孩子的“深深的失望”。坦率而言，这种失望之情也应该是作者金瓯的。

在小说当中，12岁男孩的少年世界与父母、教师等共同组成的成人社会构成了一种相互对比和映照的关系。我不知道这是不是金瓯的一个“叙事策略”。在这隐约对立的两个世界中，美丽和正义仿佛只属于少年世界，而成人社会好像正变得“谜”一样分外“古怪”。要揭破这一奥秘，我想还是有必要简单叙述一下故事：12岁的男孩是班长，一次放学带领着全班同学刚出校门，就遭初中生抢劫，“我”为了保护女同学苏红而负了重伤。结果，“我”在家躺了两个星期只有苏红前来厮守安慰。伤好以后，“我”就在“打人”和“挨打”之间周旋，一点一滴地学习生存。或许，读者应该注意以下的一段文字。

月白如昼，斑驳的树影落在她脸上，那面容端庄而凝重，我真该好好看着这张脸，能看多久就看多久，因为这已是世间所剩无几的美丽之一。

文字显而易见是伤感的。一个12岁的男孩居然有如此苍老的心境，只能理解为曾经遭受过巨大的伤痛。当一个12岁的孩子因为“拔刀相助”而经历磨难时，本来应该挺身保护孩子的大人们却奇怪地退隐了，面容变得模糊而可疑。这样的生活情形无疑像一把利刃刺伤了正义善良的心，12岁的男孩在成人社会难觅真情援助，只好去痴恋少年伙伴苏红那张美丽动人的脸。应该说，关于苏红那张“美丽之脸”的描写是《刀锋与作口》中最撼人心魄的艺术描写之一。

就今年以来的金瓯小说创作而论，可以看出这位年轻的创作者在小说语言上颇下功夫。经过几年的摸索和调整，金瓯小说的语言运用正越来越强烈地呈现个人风格，当然这种风格还不甚稳定。读者在其小说作品中，可以看到他想要追求一种洁净、硬朗的语言风格特点，力图在相当节制的叙述中传达更为深厚的语言内涵，在有所遮蔽中释放更多的能量。为此，他便信手拈来“陌生化”等语言手段，并且创造了一些佳句，比如：“我的头上戴了一顶只有稻草人才愿装备的草帽。”又比如：“身后翻飞着那个断了带子已经死去的花布书包，如同一个永远飞不起来的风筝兜满了风。”在这两个句子中，“稻草人装备的草帽”是一个脱俗而机智的说法；而“死去的花布书包”则对应着一个少年人在实施报复之后的绝望感、罪恶感，都可看作是苦心经营所致。

1999年10月

读《鸡蛋的眼泪》[1]

《鸡蛋的眼泪》是一篇格调特殊的小说。说它“格调特殊”，基于两点理由：其一，我们很难用一句话来说清楚这部中篇小说的题旨所在。由于作者特殊的思想艺术追求，这篇作品的题旨颇有几分朦胧和晦涩。阅读时，你会为作品当中一些精彩的不乏机智的叙述和描写所打动，然而，当你通读全篇，试图理出一个清晰的思路时，却发现并非轻松之举。借用一句音乐上的说法，《鸡蛋的眼泪》是一部“无主题变奏”。其二，构成这部中篇小说的错综复杂之处，恰恰是作品的叙述方式。我们甚至可以说，正是作品所采用的多重叙事视角，才使得小说蒙上了一层不易被我们通常的阅读经验所能穿透的迷离之色。是否可以这样说，在这部作品中，独特的叙述方式已经成为阻挡阅读者马队前进的“铁蒺藜”。很明显，阅读《鸡蛋的眼泪》这样的作品需要足够的耐心。我想，倘若读者能够拥有相当的耐心，《鸡蛋的眼泪》似乎并不让人畏惧，我们甚至可以在这个“拟童话”当中，读出世俗风景中的诸多被艺术“着色放大”之处，从而会心一笑。

解读《鸡蛋的眼泪》的关键，是弄清楚小说主人公嘀咕和蒋勇的“长不大”。这一点非常重要。嘀咕十七八岁，蒋勇二十来岁。根据通常的社会经验，二十岁上下的孩子已经被称为青年，应该有比较成熟的心智，足以对复杂的人世进行有效的判断和回应。但是，小说中的嘀咕和蒋勇

---

①金瓯：《鸡蛋的眼泪》（中篇小说），原载《人民文学》2000 年第 4 期。

却是身心“两张皮”。老成的大公鸡认为：依它的见解，蒋勇的智力比一只蚂蚱强不了多少。而嘀咕，居然把三个鸡蛋捂在胸口，最终硬是捂出了小鸡！两个二十岁上下的青年，自始至终在用一双懵懂的眼睛看世界，这一看，便看出成人世界的许多令人发笑之处来。嘀咕在火车上逃票的经历，嘀咕在广州挂在摩天大楼上擦玻璃时的所思所想，等等，貌似稚拙、懵懂，却写出了人间种种可笑情状。实际上，故意让主人公“长不大”，应该说是作者有意为之。我们在金瓯的许多小说中已经发现，金瓯是一个喜欢采用童年（少年）视角叙事的作者。也许，童年（少年）视角之下的世界，更带有原初的、不能涂饰伪装的本真状态，童年的思维虽然幼稚，但是它有趣、生动、鲜活，它重新打开了艺术地认识人间世界的一扇美丽窗户。将童年视角与被描写的充满复杂机巧的现实人生构成对比，这一叙事策略的背后显然藏匿着许多东西。然而，金瓯可能更喜欢意在言外。法国象征派的说法是：说出来就是破坏。

与嘀咕、蒋勇的“长不大”相对应，《鸡蛋的眼泪》中的几只鸡，大公鸡、母鸡黑黄等，却有着跟蒋勇妈妈一样成熟的智力，甚至有点老谋深算。与其说这是童话，不如说是反讽。读者们应该注意到，在这篇小说中，大公鸡们的心智成熟发达得令人吃惊，它们不仅会察言观色，而且懂得调情技巧，甚至知道电视剧中小流氓韦小宝的“名言”：男人笑眯眯，不是好东西；女人面孔红，心里想老公。由于小说中家禽的人类化以及高智商化，就使得从人生早期就已亲近的曾经令我们心驰神往的那些古老童话顿失光彩，我们对于童话的若干经验正在变得有几分可疑。最后，我们终于明白：《鸡蛋的眼泪》告诉我们的是一个真实的“成年人的童话”。这个“成年人的童话”已经完全变幻了原有的色彩和情调。

2000 年 6 月

读《小说二题》[①]

李进祥的《小说二题》是动人心魄的作品。我这样说不仅是因为小说所讲述的两个故事是悲剧性的（从美学意义上讲，悲剧似乎更具有艺术的震撼力），更因为这两个故事背后还埋藏着一些相当复杂的意绪。这就使得《小说二题》成为不能让人轻易释怀的作品。

先来说说《屠户》。一个老实木讷的农民为活得像个人样，带着几分不情愿进了城。为了早日把儿子上大学的费用攒够，在别人的教唆之下，他也采取了一些生活的非常手段。结果，种什么收什么。养牛的秘方最终却换来了牛的发疯和儿子的惨死。“他一直想着把儿子供养成城里人，没想到培养成了城里的一个坟堆。”显然，《屠户》所讲述的悲惨故事令人心碎。然而，我现在想要探问的却是，马万山父子的故事背后到底隐藏了什么？是什么样的现实人生促使作家以这样的笔墨描写我们所生存的这个世界？这样一问，就发现《屠户》这篇作品并不简单。

20 世纪 90 年代以来，伴随着经济全球化时代的全面到来，中国社会的城市化进程明显加快。于是，城乡生活水平的巨大差异吸引着大批的农民由乡村走向繁华的都市。然而，这只是我们眼前的社会生活的一

①李进祥：《小说二题》（《屠户》《花样子》，短篇小说），原载《回族文学》2005 年第 2 期，其中《屠户》被《小说月报》2005 年第 5 期选载。

个表层。另一种现实却是，大批涌入城市的农民实际上始终处于一种非常尴尬的生存境地：他们不仅不能享受城里人的生活待遇，他们在价值观念和行为方式上更处在一种左支右绌、进退失据的状态。因了古老的传统文化精神在心灵深处的长久积淀，他们不能理解种种变异的“市场行为”；因了世俗的愿望，他们却又不能不随着“利益至上”的洪流一个劲地往前走。然而，一个劲地往前走的后果是什么，马万山们似乎无暇细想。他们只是时常有着隐隐的担心。有时，这种担忧甚至会骤然间上升为内心深处的巨大的恐惧。当马万山看到阳光里的黑犍牛的盘角几乎要抵到儿子的后背时，他的心是怎样地要破膛而出啊！是的，马万山们就是这样带着犹疑与惶惶不安的心情，忙着赶路。可是，在人间种下的欺骗、诡诈、贪婪和反“天道”终究会结出邪恶的果实。当那头用所谓“秘方”喂成的黑犍牛突然间变得嗜血成性并发疯吃人时，马万山知道那是他“不干净”的付出所应该得到的回报。他只能把痛和悔放在心里。细细想来，《屠户》仿佛一则现代寓言。那头黑犍牛应该被看作是城市欲望的象征。在“天下熙熙，皆为利来；天下攘攘，皆为利往”的时刻，如果我们对“不干净”的欲望不仅不加以控制和约束，反而不择手段地给予肮脏地“喂养”，那么，收获痛苦之恶果是迟早的事。我想，《屠户》的主旨便在此。

从艺术角度而言，《屠户》也是一篇风格老到技巧圆熟的作品。整篇小说以一个不能理解城市生活的农民马万山的视角看现实世界，马万山的感觉、意绪、猜测、玄想，莫不带有人类原初思维的质朴特征。于是，这个“文明”的人人忙于聚敛财富的世界在马万山率真目光的注视下，便往往显现出几分诡异来。作者所借助的这双马万山的“懵懂”

的眼睛，在小说中就不仅仅是艺术的需要，很明显，它还担当着批判现实的重任。因此，当马万山感觉老黑按计算器实际上是在“密谋”着什么时，读者们就会发现，马万山“懵懂”的眼睛窥破的实在是这个利益时代的某种“天机”。

值得一提的还有，《屠户》在伏笔和细节的运用方面均显示了相当深厚的艺术功力。黑犍牛初次出现时，小说中有一段描写，其中一句说装满了水的牛肚子“粼粼地闪着怪异的光”，然后提到了老黑喂牛的“方子”。以后，马万山到老黑店里卖牛肉时，又提到了“方子”，但作者并不说破。直到马万山的儿子最后死于黑犍牛的疯狂时，作者才把谜底揭开。应该说，这篇作品中伏笔自然而巧妙地运用颇可以证明小说作者的叙事能力是出色而强大的。再说细节。小说中老黑这个人物着墨不多，但十分抓人。这是一个由屠户而发迹成为店主的人，因为发迹不久，所以尽管穿着雪白的没有一丝血渍的大褂，戴着雪亮的白帽（有点像一个有医术的大夫），但他终究是在市场上肉架子旁边长久地吆喝过的，积习实在难改。小说中写到老黑坐在柜台里无蝇时也要挥动牛尾巴刷子，看似悠闲笔墨，实是语带讽刺。因此，老黑拿着牛尾巴刷子赶苍蝇这一描写就成为一个有意味的艺术细节了。我们知道，有意味的细节通常是埋藏在作品里的让人忍不住要多看几眼的珍珠之一。

简单地分析了《屠户》，下面我来说说第二篇小说《花样子》。

《花样子》的叙事背景在乡村。依然是河湾村的故事。这让我们自然联想到李进祥发表于2003年度的另一个短篇小说《口弦子奶奶》。我们发现，妇女的命运，她们的喜怒哀乐、生死荣枯，一直是李进祥小说的聚焦点之一。《花样子》当然应该被视作是李氏的“女人系列”之一。

这个叫花样子的女人来路不明，命运乖张。当出嫁娘的第一天便遇上土匪骚扰，差一点做了土匪的压寨夫人；新婚数月，又当了烈属。从此青灯一盏，薄命红颜。直到花样子死后，村里人才发现，花样子此生其实有过真正的爱。从小说内容看，《花样子》可能不算新鲜。然而，这篇小说在艺术上还是值得一说的。其一，作为一篇以写实为主的作品，其中的许多穿插性描写颇带有浪漫神奇之处，比如河湾村暖冬桃花开的情景，又比如土匪马大鼻子那不可思议的嗅觉，等等，这些神异之笔墨为作品增添了不少的色彩和声响，无形中强化了小说艺术的张力；其二，与《口弦子奶奶》一篇相比，这篇作品的笔墨偏重收敛而非放纵。作品的叙事似乎在向简洁有力一路靠拢。联系到上面所分析的《屠户》，我个人感觉李进祥的小说风格目前正在往更讲究作品内蕴和更具人生深沉感的方向挺进。只是，相比较而言，《屠户》做得更为完美一些。因此，更值得称道。

2005 年 1 月

读《跟瓶子一起唱歌》

张学东创作的短篇小说《跟瓶子一起唱歌》是发表于 2004 年《上海文学》（第 12 期）上的一篇作品，后被《小说选刊》2005 年第 3 期选载。据我的了解，这篇小说还入选了几个出版社编辑出版的“2004 年度中国短篇小说”的年选本。应该说，《跟瓶子一起唱歌》已经是引起全国文学界注目的一个短篇佳作。一篇写得相当朴素的短篇作品发表后赢得了许多喝彩和掌声。我想，有必要细细品味一下小说所释放的独特魅力。

我已经说过，《跟瓶子一起唱歌》是一篇“朴素的作品”。这样说，不仅指这篇作品与当前那些流行的、意绪缭乱的小说有着艺术旨趣的巨大差异性。并且，这篇小说与张学东创作于同一时期的许多小说也有风格上的不同。比如，同是发表于《上海文学》2004年12期上的短篇《寸铁》，艺术上就显得繁复一些。因为是要在“朴素”二字上下功夫，所以《跟瓶子一起唱歌》的叙事相当简洁。小说出场人物不多，主要是小知识分子“我”和小女孩草叶儿。小说的故事进程也不复杂：除了结尾处波峰陡起之外，其他的故事是家常的和平滑的，所谓“波澜不惊”。然而，这篇小说却是感人至深的。我想，读者的感动，很多时候是来源于小说所提供的对于底层“诗意”的敏锐捕捉和精心呈现。在那个生活贫困而艰难的底层，草叶儿对于生活纯真的诗意感受，难道不足以打动我们麻木而世俗的心灵?

不可否认，中国的经济正在进入高速行进的时期。同样不可回避的问题是，在这样的一个历史时刻，经济的差异性格局正在造成底层生活的贫穷和惊人的粗粝。也许，一个生活于城市家庭中的孩子是不会因小小的失误而几乎被打死的。然而，在草叶儿身处的底层，她却必须为做饭时烧穿了一只小锅的锅底这个偶然的错误而付出沉重的代价。令人欣慰的是，底层的一切并非都是黯淡无光的。在贫穷当中，有时也会生长美丽动人的“想象的诗情”。一个拾荒的小女孩就在秋天的风中听到了瓶子的歌唱。而且，风中的草叶儿听得是那样痴情，那样忘我。是的，这个还有点懵懂的孩子，听到了来自心灵的优美的歌唱，听到了人类精神深处的天籁之音。而这样的聆听，确实是会随着年龄的增长而逐渐丧失殆尽的。事实上，当小知识分子“我”拿起那些空瓶子时，听到的只是世俗的纷乱和嘈杂之声。这不奇怪，随着年岁的增长，成人们正在丧失曾经涌动于心的对于美丽“新世界”的想象和向往之情。

显而易见，张学东在《跟瓶子一起唱歌》中构筑了意味深长的抒情的世界。这个世界单纯、淳朴，没有被利益的灰尘覆盖和湮没；这个世界仿佛是遥远的星空。当我们真的从世俗的泥沼中抬起头来的时刻，我们会惊叹于它的美丽和澄澈。

2005 年 1 月

读《谁的眼泪陪我过夜》①

不难看出，呈现在读者诸君面前的张学东的中篇小说新作《谁的眼泪陪我过夜》是一篇涉及犯罪问题的小说。小说中的主人公“他”——那个跟着舅舅学修摩托车的二十出头的家伙，曾经是一个性早熟的少年。他十三岁时就有了第一次手淫。刚刚上了高中，就因为涉嫌偷窃与收藏女教师的胸罩而被学校开除。这样的一个处于性冲动的危险年龄而又得不到心理救助的青年，因为学校的冷冰冰的律条而被迫提前进入深不可测的成人世界。而成人世界又是怎样的一个怪异的“黑洞”啊！在这个表面喧闹而内里暗流涌动的世界，似乎没有人会过问你从哪儿来，又将奔走到何方？在这个世界当中，利益的追逐正在成为可以大声嚷嚷的人

①张学东：《谁的眼泪陪我过夜》（中篇小说），原载《上海文学》2006 年第 3 期。

生目标，财富的迅速积累和极度膨胀是出人头地的最好证明。没有人会有闲情逸致去打探有关别人心灵世界的事情，也很少有人会去认真关心他人郁积于内的异常的心理能量将会给社会和我们自己造成多么大的伤害，甚至使芬芳的生命花朵瞬间枯萎。相反，这个五色杂陈的成人世界充满了直截了当的诱惑和连绵不断的暗示。这是一个释放欲望的年代，而欲望的满足与金钱的占有量总是呈现着奇妙的对应关系。豪门酒肉臭和千金买一笑都不是什么惊人的故事。是的，繁盛浩大的灯红酒绿似乎正在遮蔽我们的双眼，使我们常常会忘记在灯火通明的摩天大楼背后，应该还隐藏着别样的人生景观。我们得承认，那些远离香车美女、水榭歌台，默默生活于底层的人们（比如我们在小说中所看到的这个“臭小子”），同样有着人生的大欲。人类的基本欲望从来不会因为他们是一群经济上的捉襟见肘者而故意地冷落他们，逃离他们。事情往往出乎我们的想象，底层人们的人生欲望一点儿也不比富人们少。只是，穷人的欲望因了生存资源的短缺而常常会以非常凶险的面目呈现出来。于是，在污水四溢、嘈杂混乱的里巷之内，人性中葳蕤的欲念通常会演变为让人心痛的社会新闻故事。

坦率说，我在阅读张学东的这篇小说时，一直有一个隐隐的担心，害怕这样一个描写青少年犯罪现象的作品，最终会变成溜光水滑的街头“小报版”。然而，张学东以他对于人性的信心，非常出色地完成了一个相当完美的小说叙事。我下面所要做的工作，就是探讨张学东是以怎样的叙事态度和策略进入一个寻常的社会人生故事当中去的。

一个有着较之一般人要强烈得多的青春欲念的底层青年，在受到生活打击并逐渐回过神来的当儿，有一天忽然喜欢上了一个娇小的女孩子。然而，这样的“喜欢”似乎天生就是虚弱不堪，见不得阳光的。它只能生长于黑夜却不能在白天正常地表白。于是，一种相思在长久的压抑和焦虑当中终于发霉变质而转化为犯罪的事实。应该说，小说所涉及的人间故事，在我们的生活里实在是司空习惯。通常的情形是，悲剧发生后，知情的人们大多会摇头叹息，说一声：可惜了。不知细情而只是从道听途说中揣测事件的人们，则往往充满道德义愤地宣称：如此可恶的一个罪犯，不杀不足以平民愤！设想一下，倘若张学东的小说《谁的眼泪陪我过夜》，也是上述的两种“百姓说法”，我们真的会有耐心将小说阅读下去吗？显而易见，作家从来都不是人生与社会的浅薄而冲动的批判者。作家的任务从来都是要在纷纭复杂的世相当中，在生活之河的奔流不息泥沙俱下当中，在太多的人生欲望诉求当中，去寻找和发现人性的温暖和诗意。我想，我已经把话说明白了。张学东的这篇小说之所以动人，恰恰在于作家所持守的悲悯的情怀。这种悲悯的情怀，覆盖了一时的罪恶与残忍给我们的内心所带来的阴冷感和不适感，并直接导致了小说叙事中一种温暖柔和气质的生成。我相信善良的读者会发现，作品中故事的演进、情节的设计和心理的分析是入情入理的，具有饱满而充分的艺术征服力。小说的全部书写都在力图表明，我们人性之中所潜藏的“善”与“恶”几乎是相等的，在欲念搏斗的拳击台上它们往往旗鼓相当，难分上下。而我们内心深处对孤独的体验和对真情交流的渴望，也几乎是与生俱来的。小说当中的“他”是孤独的。因为偶然的生命冲动，他被早早地逐出了主流社会，只能以一个“问题少年”的身份去当修车工；而“她”表面上看来是一个循规蹈矩的文静的女中学生，然而，升学的压力和家庭的破碎，又是怎样地打破了这个天真的女孩子对生活的玫瑰色幻想，使她忽然跌入孤独的河流。于是，两个被抛弃的孤独的年轻人，在一种疑似绑架的情境中，由开始的敌对、抗拒、猜疑到最终达成某种程度的和解和原宥。我想，孤独感的冰释应该是两颗心能够拉近距离的最大的催化剂。很显然，道德的阻击在这里暂时地被搁置了。作者内心所涌动的悲悯使他不忍心把我们人类真的描写为兽类。张学东大概会在心里说：在人类的欲望困境和莫测命运面前，我们都可能是可怜的人。因此，人类更多的是需要同情和怜悯。也许，一点点的同情和怜悯，都可能使飘荡于我们内心世界的恶的欲念烟消云散，从而灵魂得救，逐渐走上向善的道路。于是，当小说中的“他”和“她”在午夜的大雨中如恋人一般地相依相偎时，读者自然会惊觉：生活当中的残忍与温存实际上是异常复杂地交织在一起的。

现在我要来说一说张学东近年的小说创作所具有的特殊性。众所周知，张学东是近年崛起于中国文坛的宁夏青年作家群中的一员。我不否认，张学东的创作与同处于宁夏的石舒清、陈继明、漠月等人的创作一样，有着共同的地域文化背景和一些相似的艺术追求。然而，倘若你是一个风格的敏感者和趣味的捕捉人，在阅读了张学东的许多重要的作品之后，你会发现，这一位年轻的写作者，正在以高质量的书写，构筑完全属于自己的独特的艺术王国。我以为，在宁夏青年作家群中，张学东首先是一个虚构能力超强的小说家。我不能说，张学东是一个饱经沧桑与忧患的作家。作为 20 世纪 70 年代出生的作家，虽然一直地处边鄙之地，但是命运并不对张学东格外苛刻。像别的普通人家的孩子一样，他有着一段平淡的童年与少年生活。成人以后，学习、工作、结婚、生子，张学东的人生经历也丝毫没有超出我们的想象。然而，一旦进入他的小说，你却不能不目迷五色。在张学东所用心建造的那个艺术世界中，生命的狂歌号哭，人性的暧昧难言，历史的幽深神秘，世界的飞沙走石，凡此种种，常常会以一种不同于其他创作家的艺术方式，生动地呈现在你的面前。于是，你不能不慨叹，这是一个已经显现了足够卓越的叙事才能的作家。张学东今后更大的创作成就的获得将取决于他的小说虚构能力的娴熟和更臻于完美。其次，我要指出的是，张学东的小说创作正在形成非常个人化的美学风格。看得出，他在努力锻造两幅笔墨。一幅是迫近现实关注当下的写实性笔墨，比如《跟瓶子一起唱歌》和最近发表的中篇小说《女人别哭》《和谐》等；另一幅笔墨则属于张学东特有的“青春叙事”，比如《跪乳时期的羊》《扑向黑暗中的雪》《寸铁》，也包括上面点评的《谁的眼泪陪我过夜》。两幅笔墨相比较，我更喜欢他的“青春叙事”类作品。我以为，那种灵动飘逸，伴随着迷惘、感伤、些微的残忍和苦涩的甜蜜的书写，是他写作当中最为动人的质素，也是充分显现他个人创作才情的部分。因为有了这样的个性风格，张学东才在当代小说界有了“自己的园地”。

2005 年 12 月

读《艳阳》[①]

张学东新近创作并发表的中篇小说《艳阳》，叙述的是学校的故事。学校里发生的事情，历来都是貌似单纯，内里却曲折多多。小说所讲述

①张学东：《艳阳》（中篇小说），原载《江南》2007 年第 5 期，《小说选刊》2007 年第 9 期选载。

的这个故事，又偏偏发生于西部的贫困地区，这使得故事的背景中又多了些斑驳的色彩和难言的意味。

一所坐落于城乡结合部的初级中学，校舍陈旧，设施老化，学生来源复杂，教师水平参差。家长把学校当作“高级托儿所”，教师把此处视作“落难”之时的临时庇护所和即将逃离的跳板。是的，《艳阳》所设置的环境与故事底色实在有点灰色。而且，的的确确，小说主人公“我”的情绪也是灰色的，烦躁不宁的。这个“我”因了要挣一份工资养活自己，又无甚门路可攀高枝，便多多少少带着些郁闷情绪，带着些“做一天和尚撞一天钟”的消极心态来从事教师这份职业。不能说“我”没有爱心，然而，由于生活的乏味和自以为前途渺茫，“我”对学生有那么一点不耐烦。在调皮捣蛋的学生刘七一和马旺旺面前，“我”更愿意扮演一个凶神恶煞而非和蔼可亲的慈父。然而，就在“我”失魂落魄，心绪不宁的时刻，温婉的小白老师在纷扰的生活面前，却安静得像一滴水。她是艳阳高照、暑热难挡时节的一株散发幽香的花朵，是夏夜里的那一丝惹人欢喜让人惬意的凉风。她知道坐在她课堂里的学生有些散漫，有些不招人待见。可是，既然他们已经坐到教室里来了，做老师的就应该义无反顾、责无旁贷地教他们知识，帮助他们成长。于是，她慢声细语地传道授业解惑，带着满腔的爱意和不倦的耐心帮助孩子们逐渐地进入知识和智慧的殿堂。正是因为心中溢满春天般的情意，把学生们当作自己的亲人，小白教师才可能在生死存亡的时刻把生的希望留给学生，把无尽的深渊留给自己。从小说的人物设置来看，“我”和小白教师是一组对比式的设置。“我”是个庸人，拥有着当今消费时代里普通人的普通愿望：找一份称心的工作，挣一份遂意的薪水，过一种被人瞧得起的生活。“落魄”于一个三流学校做教师，实非本意，而是不得已而为之。小白老师呢，也在这所三流学校当老师，然而，她何曾说过尖酸刻薄的话？又何时黑了脸将学生骂个狗血淋头以泄心中的那一口“恶气”？心中没有恶与俗，又何来一丝的恶气与浊气？小说就在巧妙的对比叙事中，映照小白老师灵魂的善良与高洁，境界的高远与脱俗。而疑似爱情的情节推进，既是人物对比的需要，也是向善之力的有意彰显。当一个庸人的心灵终于被一颗美丽高洁的灵魂感召时，他才有可能将小白老师罹难的鲜血看作是冬日里绽放的点点红梅。

值得注意的还有，小说当中对于“落后生”刘七一和阮灵的刻写也是富于新鲜感和深度的。在艰难困苦中长大的刘七一在学校里是个桀骜不驯之徒，而在家中，却是一个令人感动的孝子。“穷人的孩子早当家”，底层社会总会以自己的生活法则造就着中产阶层所不熟悉不认可的人物。而阮灵这个平时看来还算温顺的女孩子，竟然以一种极端的方式，狠狠地报复了一下她那个已成富婆的妈。张学东通过这两个人物的塑造，似乎在替底层社会言说着什么。显然，复杂的生活正在提出一些严峻的问题，作为作家的张学东已经敏锐地觉察出并适时地表达了。

2007 年 10 月

宁夏散文作品论

沧桑人生　笔底温情

——序刘和芳诗文集《回眸》[①]

即将进入耄耋之年的刘和芳先生终于要出版他的作品集了。捧读他的诗文集，心中漾动着的是一种超乎寻常的欣喜之情。

我与刘和芳先生一家人，可谓渊源甚深。二十多年前，当我还是一名满脸稚气的中学生时，刘先生的夫人王广慧女士便做过我的老师。王老师那语速稍快、带有南方口音的普通话，至今想来，依然亲切。刘先生的二公子刘屹与我都毕业于银川一中，并且都当过宁夏高考的文科“状元”（1980年和1981年）。以后，我在北京大学读中文系，刘屹读法律系，共同聆听过未名湖畔春的歌谣，感受过博雅塔旁浓酽的秋色。研究生毕业以后，我回到宁夏，服务于第二故乡；刘屹则出国留学，学

①刘和芳：《回眸》，宁夏人民出版社，2006年1月第1版。

业既成，又归国效力。因了这样的原因，我把刘和芳先生是当作父辈来看待的。然而，我和刘和芳先生的深入接触却是近五六年间的事情。像一些从事文字工作的人一样，我们先是认识了各自的文章，然后才见了面。于是，在无拘束的倾心的交谈中，有了彼此珍爱的忘年的情谊。也因此，当看到刘和芳先生这本题名为《回眸》的文集时，心中欣喜的潮水便奔涌得格外欢畅与迅急。

孙犁认为，散文是最适合于老年人操作的一种文体，而且比较容易创作出精品来。原因在于，对于许多进入人生晚境的创作者而言，几十年人生的沧桑忧患常常构成了不可多得的生活、感情的丰厚积累以及审美的积淀，一旦发之为文，往往自成佳构。以孙犁的说法来解读刘和芳先生的散文，信然。仔细阅读会发现，收在这本诗文集里的绝大多数作品，都是刘和芳先生近二十年间创作的。刘先生 1927 年出生，以此推算，他的创作高潮期是在接近于六十岁的时候出现的。不排除动荡的时代和长期的编辑生涯（他是怎样的一个甘愿为他人做嫁衣裳的好编辑啊！）对他的创作冲动的阻遏，但是，我更愿意相信，刘先生早就超越了“为文造情”的创作年代，他的散文创作是一个经历过历史沧桑和生活磨炼的老人的心声的自然流露，是阅尽人间春意和秋色之后的回头一望。于是，回忆性的叙事文便成为这部作品集中内容最多、也最耐咀嚼的篇章。我们看到，浩渺的江上奔走的各种船只是怎样地给一个少年人带来欢乐和遐想（《江边》），安庆长江边的河滩地又怎样地成为祖母的乐土和孩子的天堂（《祖母的乐土》）。少年人眼中姑姑的小花包是神秘而充满诱惑的，然而，一道浅浅的海峡却使亲人间的再次聚首晚了几乎半个世纪(《相见时难别亦难》)。一张旧八仙桌，一家四代人用过。

那上面，记载着母亲青年丧偶的悲痛，也刻写着三代人灯下苦读的身影（《方桌情结》）。对许多人而言，回忆是我们重回往昔的一次充满深情的旅行。在回忆中，我们不仅重现了那些鲜嫩欲滴的往事，同时，因了心灵的变幻，曾经的岁月也会在回忆中变得前所未有的明净与安详。仿佛一坛年深月久的老酒，岁月已经过滤掉了它曾经的喧哗与浮沫，余下的是沁人心脾的甘美与醇厚。读刘和芳先生的那些情深意长的回忆性文章，我想，得到的常常是这样的审美感受。

在刘和芳先生的内容涉及过去生活的作品当中，有两组文章值得读者格外关注。第一组文章可称之为“皖南忆旧”系列，包括《峥嵘岁月话当年》《梦回少年忆同窗》《承天寺前忆故人》《人间自有真情在》《以文会友话当年》《情凝笔端任挥洒》《一支史笔写春秋》《我和〈星之海〉的始终》等。这组文章主要回忆作者少年时代在皖南名城屯溪所度过的一段难忘时光，尤其是创建和编辑出版文学刊物《星之海》的始末，不少文章应该说带有史料的价值。然而，这些文章不仅仅具有“史”的价值。在我看来，这些文章所灌注的深情，所书写的抗战岁月热血青年的情怀，所散发的理想主义与乐观主义的气息，都足以使今天的我们由衷地感动。《回眸》当中另一组值得关注的回忆文章是“文坛忆旧”系列，包括《夏衍同志二三事》《我所认识的夏衍同志》《忆夏衍》《三访冰心》《我和周而复先生的交往》《由一篇文章引起的——忆戈宝权先生》《谈茹志鹃及其作品》《重读遗稿悼幼京——〈春花秋叶〉读后随想》等。这组文章，或回忆作者与文坛大家的亲密接触，或描写当年作者筹办大型文学刊物《女作家》时与冰心等女作家的深入交往，或为文坛白发人送黑发人扼腕而叹。作者写这组文章时，感觉并不怎么用力，只是娓娓道来，仿佛朋友间的围炉夜话。可是，我愿意说，上述作品是最能打动我的篇章。因为，它们以相当真实而生动的笔墨写活了冰心、夏衍、周而复等文坛巨匠。于是，冰心的真诚与慈爱，夏衍的兴趣广泛、多才多艺，周而复的儒雅风采便不期然地进入我们的眼帘，深入读者的内心。古人论文有“深衷浅貌，短语长情”之说，“文坛忆旧”系列，当得起这样的评价。

刘和芳先生一生所从事的职业是编辑工作。据我的观察，宁夏人民出版社里“埋伏”着一批优秀的老编辑，刘先生可以毫无愧色地名列其中。我以为，一位出色的编辑工作者不仅应该拥有杰出的创意和选题的敏感，还应该具有相当深厚的学养和充分的写作能力。证之以刘和芳先生，我发现，这部文集中有关鲁迅先生的一组文章（包括《喜读〈鲁迅诗稿〉》《鲁迅与集邮》《许广平与〈鲁迅研究年刊〉》《许广平与〈鲁迅回忆录〉》《鲁迅与插图艺术》《鲁迅与儿童读物》《鲁迅与黎烈文》《鲁迅与〈中流〉》《鲁迅和茅盾的战斗友谊》等），就显示了刘先生深湛的学问积累。1949 年之后，“鲁迅研究”一直是“显学”。有关鲁迅先生生平事迹、思想发展和文学创作的研究文章，可谓汗牛充栋。作为一个专注于中国现当代文学的研究者，应该说对有关鲁迅研究的学术论文，我已经有了一定的阅读积累。然而，收在《回眸》中的刘先生的这一组小文章，依然让我产生喜爱之情。不为别的，只因为它们的“小”——小得可爱。多年以来，学术研究领域有一种风尚，大家都喜欢做“大”文章。尤其是研究鲁迅这样的文学大人物，似乎更要在“大”字上做足功夫。谁愿意去充当那个不起眼的“小”呢？刘和芳先生则不然。作为一个鲁迅先生和他的文学事业的崇拜者与研究者，他的研究心态是放松的，他的研究思路是独辟蹊径的。他谈鲁迅先生爱好集邮，对插图艺术有深入研究，对儿童读物的创作与出版倾注大量心血；他谈鲁迅先生与《申报》和文学杂志《中流》的关系，谈鲁迅先生与20世纪30年代著名编辑家黎烈文的友情……刘先生的这些研究文章是短小的，在许多喜爱“宏大”的人看来，也许是难入其“法眼”的。然而，它们却相当出色地勾画了鲁迅先生丰富而可爱的性格，显示了他兴趣的广泛和浓浓的人情味。我以为，研究鲁迅应该是多角度多侧面的。刘先生从“小”处和“细”处下功夫，不失为一种有特色的研究路径。在宁夏学术界，应当说刘先生的鲁迅研究是别开生面的。

现在我要来说说刘和芳先生的诗歌创作。刘先生的诗歌创作始于他的少年时代（这可以被看作是他的文学创作生涯的正式开始），刘先生自道：“十五岁便误入诗途，不能自拔。”（《门外乱弹——答友人》）收在这本文集中的《歌女》就是他十五六岁时的作品。进入青年时代，因为时移世变，也由于职业之故（他先是在上海市人民政府文艺办公室担任行政工作，以后又“支边”来到宁夏担任出版社的编辑），刘和芳先生的诗歌创作处于停顿状态，直到进入社会主义新时期，刘和芳先生才又恢复了诗的创作。值得注意的是，收在这本诗文集里的绝大多数诗作，都写于20世纪80年代以后，这和刘先生散文创作的高潮期是同步的。与他的忆旧和怀念类主题占据主要篇幅的散文创作不同的是，刘先生近二十年来的诗歌创作内容更多的是对现实的热切关注和对人生的深长思索。于是，在北戴河的海滩上，我们读到一个渡尽劫波之后的知识者面对无边大海时的跃动的情思（《北戴河抒情》《北戴河抒情（续篇）》）；在朔方的黄河岸边、古塔之下，我们听到了传达着新时代心声的黄河涛声和悦耳的风铃之声（《朔方风情画》）；在小桥流水人家的姑苏城，我们看到了一幅幅浓淡相宜的水墨山水画（《姑苏行》）；在《无题》《我愿意做一棵小草》《人生咏叹调》《瞬间的沉思》等诗作中，我们读懂了作者对生活的新鲜总结和发现，领悟了人生的许多真谛。刘和芳先生是热爱生活的。他的心里满溢着老一辈知识分子对祖国、人民，对新的时代的感激和赞美之情。在他的诗里，看不到乌云密布的天空，听不到阴风凄厉的怒号。有的，只是发自肺腑的浓浓的爱意，是一片温暖如春的明丽与灿烂。不错，刘先生这一代人已经经历了过多的苦难和忧患。也许，相对于我们这一代人而言，他们更愿意面对太阳下的风景和春天生机勃勃的原野。不必责备他们对于苦难的超脱和某种程度的有意“忘却”，或许，这里面真的蕴藏着人生的大境界和难以言说的智慧。

我和刘和芳先生常常是在他的办公室里见面的。几年前，他在一间嘈杂的大屋子里占有一个小的角落。现在，他终于拥有了相对安静的一间办公室。每次到出版社去拜访他，寒暄之后，刘先生总是静静地坐在那里，很平和地说着话。我经常自问，在一间嘈杂的大办公室里，在电话铃声和进出人们的频繁干扰之下，我能心无挂碍地埋头工作吗？答案是：不能。而刘先生就是在那样的环境中，默默地编辑着一期又一期的《出版动态》。于是，我明白了何以刘和芳先生的诗文当中总是弥漫着一种温和之气。是的，与我这一代人相比，刘先生这一代人经历了太多的人生沧桑与忧患。然而，当将自己的人生经验和心底波澜转化为文学创作时，刘先生这一代人的笔下却往往流淌着动人的温情。他们总是以敦厚之心去谛视生活，用一种感恩的情愫去叙述描写生活。在刘和芳先生的诗文中，没有我们这一代人独擅胜场的顾影自怜、灰色颓败，有的只是一颗善良的心所感受到的生活之美、人性之美。人生的生死劳苦在他的审美世界里缩小了，变淡了。所有的磨难、困苦、不幸、悲伤，都只是晴空里的一丝流云，阳光之下一株小树的阴影。于是，人生的沧桑忧患便不再是心灵世界的困扰，而是报告黑暗过去曙光初现的晓声。

2005 年 10 月

时代面影　仁者情怀

——序吴音作品集《真诚的言说》[1]

已经好多年不见吴音先生了。几年前，《朔方》文学月刊编辑部组织了一次女作家座谈会，与会的主要是宁夏文学圈里的老、中、青三代女作家。承蒙《朔方》主编冯剑华女士的美意，我以文学评论人的身份出席了这次座谈会。会上，第一次见到了久闻其名的吴音先生。那天，她坐在轮椅上，情绪高昂地发了言。散会时，吴音先生碰到我，说是希望能够得到我的评论作品集。因为，我的一些评论文字，她是喜欢的。听了她的话，内心里涌动的是感动的潮水。不是因为她在读我的文章，而是因为她以七十古稀之年，以病弱之身，依然关注着身边的世界，关注着宁夏的文学事业。我当时想：这是怎样的一个老人啊！是什么在支撑着她？当许多人步入人生晚境，显现荒寒枯瘦的精神状态时，为什么

①吴音：《真诚的言说》，宁夏人民出版社，2007 年 2 月第 1 版。

这样一个辗转于轮椅上的老人，却把生命的强劲和华美如此生动地呈现给了我们？我一直试图寻找答案。现在，吴音先生的作品集《真诚的言说》终于摆在了我的面前。对我来说，这一次阅读不仅成为一次穿越时光隧道的奇妙旅程，更是一次悉心探索这位可敬老人灵魂世界的难得的精神之旅。

也许，没有哪一代中国人能够像20世纪30年代出生的吴音先生这代人一样，在这漫长的一生岁月当中经历了那么多人间的坎坷与磨难，悲情与辛酸，欢欣与狂喜。少年时代，他（她）们生逢国破家亡的乱世。由于国力衰弱，外敌入侵，他们便一直在颠沛流离的逃难路途中“讨生活”，在屈辱和愤怒中长大。我读作品集里的长篇散文《少年噩梦》，惊惶之下，何止是心痛！进入青年时代，国家转为安定局面。中国共产党人在经过多年浴血奋战之后，终于将一个充满朝气和活力的新中国和新社会奉献给了中国人民。在共和国灿烂的阳光底下，所有的一切都带有新鲜的色彩和美妙的情调。《我们骄傲的称呼是同志》当中所记载的个人罹病经历以及王姓医生等好心人对“我”的施以援手，充分证明着新社会所带来的人性的光辉。在那个时代，“同志”的称谓不仅表明着政治理想和人生价值观的相同和一致，它更表明在由无比多的同志所组成的浩浩荡荡的队伍中，每一个人所遭受的身体磨难和内心困扰，一定会得到无数双热情之手的帮助与抚慰。然而，新的生活在展示它的迷人魅力的时候，也在显露不和谐的一面。我们读《复旦往事》会发现，在看似明朗的生活当中，事实上也时常有阴影浮现。当年轻的吴音与她的伙伴们轻轻地唱起《山楂树》这首旋律优美的歌曲时，这些“早晨八九点钟的太阳们”何尝会想到：那些曾经的阴影正在逐渐聚集为大面积的乌云，并形成“黑云压城城欲摧”之势！果然，吴音的大学同班同学杨万才因为同情“右”派而被发配到西北荒蛮之地，终至家破人亡（见《复旦往事》文末附录）；而翔的丈夫杰在向上级“交心”之后很快地就被投入了监牢，最后奇怪地死在了狱中（《微漫的悲哀》）。我读吴音先生的回忆体文章，始终有一个相当清晰的感受，觉得是在读一本真实的历史书。那些烽火连天的岁月，那些奔走在雨夜中、身上裹着白布仿佛大出殡的逃难的人们，那些天真率直的复旦学子，那些走入社会、沉入底层的“铁肩担道义”的知识分子，在作者笔下，共同组成了六十年间中国社会历史变迁的诸多面影。这些由生动的人和或悲或喜的人间事所构成的文学言说，不仅映现着时代的风云，同时，它们也充分展示着一代知识分子“穷且益坚，不坠青云之志”的强者情怀。

读吴音先生的作品集《真诚的言说》，常常会被作品中流淌的浓浓的人间爱意打动。这种人间的至高情感，不是小女子的无病呻吟，不是“泪眼问花花不语”的低回感伤，而是经历诸多人间苦难之后沉淀而成的深沉博大的仁者之爱。读者们会发现，作品集中有许多篇目是抒写亲情和友情的，在这些动人的篇章当中，作者以一个过来人的心情和笔调书写过往岁月的情感的珍珠，于欣喜和自责中表达着对于生活的丰富感受。《妈妈》一篇主要叙述老母亲平凡而坚韧的一生，于母亲的善良而刚强性格的书写中，既见出艰难时世当中中国女性的伟大，也在默默追悔着为女儿者的不孝。《哦，珺儿》和《女儿，即将出嫁》两篇是抒写做母亲的复杂的内心感受的，在对女儿的欣赏和依依不舍之中，透露着为母亲者欲说还休的纷乱心事。《我为你喝彩——致林旭》《我们仨》《旧信的故事》等篇，于同学情、挚友情的反复书写中，刻画着一代知识分子虽经磨难其情不改的君子人格。而《为老魏送行》《勇哉天顺》《怀念淑仪师》《我们的班长朱建中》等篇，在对故人的怀念当中，又寄寓着作者多少炽热的情思！

生活的磨砺，锻造了吴音先生棱角分明的性格，也分明塑造了她对人间美好事物的格外敏感和对人间假、丑、恶现象的强烈憎恶。形之于文字，读者们会发现，吴音先生喜欢在纯真的儿童世界的美好天地中畅游。无论是《兵兵的心事》《宝宝日记》，还是《为孩子们写作是光荣的》《在孩子心里播下爱的种子》，她为稚子天籁而感动，为童年的美好时光叫好喝彩，为儿童读物的筛选与出版殚精竭虑。因为有了对真、善、美的格外珍惜，一旦遭遇人间的庸俗丑恶之事，吴音先生便会拍案而起。《从孩子们看〈潜影〉时被惊吓说起》《归来，爱心》《请把精品电影奉献给孩子》《你可听见小木耳的哭声》《我看到了孩子的眼泪》等文，是一组有感而发的文字。在这些篇幅并不很长的系列文章中，作者为现实生活中爱的缺失与匮乏痛心疾首，为文化部门不能为孩子们提供优美而丰富的精神食粮扼腕叹息。不要忘记，吴音先生是一个饱经沧桑与忧患的老报人和老出版家。她对人间爱意和善美境界的追求，往小处说，是希望像寒寒（作者的外甥）这样的孩子从小就能生活于一个充满爱与美的世界当中；往大处说，则体现了一个身处斗室却心忧天下的知识分子的崇高精神境界和价值寻求。简言之，吴音的文字是一个经历过人生的大苦难和大思索之后的老人的真情流露，既是风声雨声读书声声声入耳的产物，更是仁者智勇双全、博爱万物情怀的完美体现。

2006 年 11 月

知识者的哲思与深情

——序陈育宁散文集《永远的牵挂》[1]

差不多是在十年前，我所生活和工作的这座塞上古城新来了一位市委书记，姓陈名育宁。按理说，一座城市因为领导班子的自然换届而新上任一位市委书记，本是寻常的事情。然而，陈育宁先生的到来却着实让这座城市的人们颇惊奇和议论了一阵。不为别的，只因为这位陈书记是气质儒雅的典型的知识分子——一位学术造诣极深的民族史专家。此前，他曾经做过两个西部省区的社会科学院副院长、院长，写作有多部历史学专著，其中的代表作曾获中宣部颁发的“五个一工程奖”。人们的议论和舆论的喧闹终于渐远渐淡，我的心却一直平静不下来。自己生活和工作的城市的领导人是一位出类拔萃的学者，这让我这个读书人由衷地对他产生了亲近之感。不久，我又得知陈育宁先生是我们北京大

①陈育宁：《永远的牵挂》，远方出版社，2004 年 7 月第 1 版。

学的校友，1962年以宁夏文科高考“状元”的身份进入北京大学历史系读书。自然，内心的亲近感又平添了几分。然而，我却一直无缘与他相识。2001年5月，陈育宁先生受命来到重新组建的宁夏大学担任党委书记兼校长。此时，我才有机会近距离地与他接触。我知道他是一位出色的北方民族史研究家，也读过他的一些学术论文。但是，我确实不知道陈育宁先生还是一位情感深沉、文采斐然的散文作家。前不久，当我读到他的散文选集《永远的牵挂》书稿时，在敬佩他的勤奋和才情焕发的同时，便也把这一次阅读当作是一个知识者对另一个知识者心灵的解读与探寻。

在所有的文学体裁当中，散文一般被认为是最易于操作却最不容易写好的文体。说散文容易操作，是因为散文文体特点鲜明，约束甚少。除了反对虚构，并不存在其他的文体禁忌。因此，无论哪个社会阶层的人士都可以进入这一领域从事写作。衣食无忧者可以在这片园地里吟风弄月、流连花草，引车卖浆者也可以在此诉说自己的冻馁之苦、辛酸遭遇。一句话，在散文创作面前几乎可以称得上是人人平等。然而，散文的易于写作却并不意味着所有的创作者都能写作出散发着思想和艺术清香的文学精品。作为一种难以插上虚构“翅膀”的文学创作，散文有着非制作的味道。你很难想象一个散文作家能够在一段不长的时间里源源不断地生产出作品。从这个角度而言，优秀的散文创作总是与作家的“行万里路”和“读万卷书”大有关联。散文的写作永远和创作者的生活密度、思想磨砺、知识积累和情感深度等因素紧紧联系在一起。散文之树是原生态地扎根在写作者的心里，它们长得如何，完全取决于心灵的土壤有多深厚，养料有多丰厚。就譬如心灵是一片广阔的原野，只有经过时代阳光的照射，岁月风雨的吹打，上面落满命运的尘沙与霜雪，才可能生长出一片蓬蓬勃勃的绿色来。简言之，散文的创作是一种心灵的事业而非简单的文字表达。有生活阅历，没有才情和智慧写不好散文；有才情而阅历浅薄、识见平庸者也称不上是出色的散文家。只有将阅历和才情、思想结合得相当完美的作者，才可称得上是优秀的散文家。基于上述理由，多年来，我一直喜欢阅读“上了点岁数”的人所创作的散文。因为我相当看重“行万里路”和“读万卷书”对一个散文家的决定性影响。陈育宁先生1967年毕业于北京大学历史系，此后十多年，他一直生活在中国西部的基层社会。在风沙扑面的鄂尔多斯台地，在广阔的内蒙古高原，都留下了他奋斗的足迹和不倦的思索。20世纪80年代中期，陈育宁先生被任命为内蒙古自治区社会科学院副院长，从此由一个策马奔波的基层干部成为潜心书斋的学者。以后，陈育宁先生调回他的出生地宁夏，既做过研究员、教授，也当过自治区人民政府办公厅主任、首府市的市委书记，直至今天他又担任了一所省级重点大学的一把手，行政工作与教书育人两不误。应当说，陈育宁先生的人生经历堪称丰富。几十年来多彩的人生际遇和工作角色的频繁转换，既磨砺了他的思想和品格，极大地增长了他的才干，也为他的散文创作打下了坚实的阅历基础和思想与艺术沉淀的基础。于是，当我们读到《永远的牵挂》里那些记录着他的生活足迹，渗透着他的哲思和深情的文章时，我们才会感觉到深沉的文学作品本身所应该具有的沉甸甸的动人的力量。

在陈育宁的散文作品中，动人的力量首先来源于他在追寻历史叩问现实时的大视野和应有的思想深度。无论是《额济纳访古》中对“居延道路”的精细考察与探究，站在黑城废墟旁自然萌发的民族忧患之感

（《黑城探幽》），还是《走近香格里拉》里对“天堂世界”的探寻与揭秘，《大汗安在》中对一个民族伟大历史人物的礼赞和对这个民族心灵世界的深度进入，它们都共同指示着一个学者散文家凝望历史的现代眼光和以文学的视角掌控、表现历史时的非凡功力。是的，历史构成了陈育宁创作散文的一个重要的聚焦点，然而，这并不代表这位历史学家出身的散文家只会从已经逝去的遥远的时空里去“讨生活”、寻灵感。作为一个有着多年的中国社会基层生活经验，又在相当重要的岗位上担任过领导职务的散文作家，陈育宁在他的作品中同样显现着异常炽热的现实情怀。内蒙古西部的鄂尔多斯和宁夏银川是他曾长期生活和工作的地方，在这部散文集中，书写“鄂尔多斯情缘”和“银川情结”的文章有许多篇。无论是初到鄂尔多斯小镇时的懵懂，还是离开这片热土之后的魂牵梦绕；无论是对半个世纪以前的“老银川”的回忆，还是作为市委书记奋力书写“新银川”的华章。作者让我们清晰地看到了一个从生活深处走出的散文家与现实人生的割不断的血肉联系，以及表现生活时的开阔视野与豁达胸襟。耐人寻味的还有，在陈育宁的散文中，深厚的历史感又总是与对现实的敏锐穿透力紧紧结合在一起，仿佛水乳交融。这使得他的那些游记体的散文作品往往摆脱了浮光掠影而具有了真正的哲思品质。《延边散记》本是一篇寻常的游记文字，可是作者以一个学者的敏感，偏偏在朝鲜族的家庭民俗博物馆里发现了可以提倡和推广的普及民俗学的最直接、简单的方式，思路不可谓不活跃。《传统与现代结合的魅力——访比随记》一文，通过对比利时鲁汶大学学生公寓以及比利时人精心保护文化古迹事迹的描写，以为在尊重和保护传统文化遗迹方面，外国的先进经验值得借鉴。坦率而言，上面所提到的这些散文作品并没有过多的惊人之语，但是作者由被描写的对象所引发的感受却是独特和崭新的。他把历史对象与现实情感、人生感悟和清明哲思有机地结合在一起，遂使他的历史散文和游记散文超出了此类作品的一般趣味，而进入相当高远的文章境界。

陈育宁散文打动人心的力量还来源于他的深情。这种深情，在他的文章中并没有表现为感情的随意喷发和文字的过分铺张。相反，作者的“情”，总是在深处。它们埋藏在他的叙事文字当中，也出现在自诉心曲的篇章里。仿佛一条深情流淌的河水，虽不闻喧哗之声，但内里的丰润与柔情却是能够轻易地感觉得到的。《初到巴音陶亥》是一篇回忆大学毕业后刚刚参加工作时情景的作品。于“文化大革命”岁月一个普通知识分子的生活描写中，表现着艰难时世当中的美好人情。细细读来，自有一种温馨之感。《永远的牵挂》书写的是作者的鄂尔多斯情怀，那种因生命曾经与这片土地相知相守而形成的难以割舍的柔情，虽经岁月的淘洗却丝毫不变，反而历久弥新。赏读之下，不能不为那一代人对土地和人民的痴情眷恋而感动。在这本散文集中，作者有三篇文章写到西北名城银川。角度虽有差异，对银川的深情却是一以贯之的。其中，《银川，我拿什么奉献给你》一文在陈育宁的散文中罕见地出现了许多抒情段落，是真正的情到深处，抑制也难，不如纵酒放歌，以抒怀抱。在一般人看来，陈育宁先生是一个做“大官”的人。做“大官”的人，似乎情感的流露上总会有一些拘谨。然而，读过收在《永远的牵挂》中的感怀文字《五十初度》和《五十五感怀》，读者也许会改变固有的看法。在这两篇流露心曲的文章中，作者实际上让我们看到了一个领导干部复杂的内心世界。这里，有奋斗的激情和向往，有成功的喜悦和豪情，也有面对生活疑云时的沉思与忧患。尤其值得一提的是，这本散文集中所收入的《走出创伤——写在妻子汤晓芳伤病期间的几则日记》以及《汤晓芳与〈西夏艺术〉》两文，主要叙述的是作者的妻子汤晓芳的故事。前一篇属于一组日记体散文，比较详细地记录了汤晓芳因工致伤和与病魔抗争的过程，字字朴素，却难掩忧心如焚。其中，作者会为妻子的病痛伤心落泪，也会为小外孙来到人世而喜不自禁。后一篇充满深情地描述了一个甘做“人梯”的老编辑家的工作和生活经历。字里行间有温情贯注。特别是文章开头的一段话：“在大书桌的对面，坐着我的老伴汤晓芳，她面容憔悴，头发凌乱，戴着老花镜，手里还举着放大镜，正在聚精会神地审视着一张张图片，不时地做着记录，或修改文字。”这段话，并无一字多余的修饰，几乎是纯然的白描，但夫妻之间浓浓的怜爱之情却喷涌而出，读之，不能不使人感慨万端。另外，在《怀念翁老》《我遇到了两位好编辑》《末代王爷的新生》等篇章中，作者又让我们看到了一些格外看重人间友情的知识者的形象。文章中所描写的作者与朋友之间的超脱世俗利益而基于灵魂相知的君子之交，既来源于民族传统生活价值观念的影响，又是长期的基层生活和艰难岁月给予他们的丰厚馈赠。在“天下熙熙，皆为利来；天下攘攘，皆为利往”的商业社会，阅读这些篇章，被打动的同时，自会产生灵魂净化的感觉。

是的，现在我们有理由说，兼有多种社会身份的陈育宁先生不是一个趣味寡淡的人，这有他的众多作品为证。相反，从他的散文中，我们感受到了动人的哲思和深厚的人间情感。这种哲思和深情来源于他的并非寻常的人生阅历，来源于他的学者的多思品质，也来源于他对西部高原上多色人生和山河草木的持久的眷恋之情。一句话，多少年来，陈育宁和他笔下的历史与人生血脉相通，百感交集地交融在一起。于是，他有了创造和发现，有了思想的喷发和感情的奔涌。他用学者的清明理性征服了我们，他也用散文家的豪气与温情将我们带入另一个令人心旷神怡的审美世界。这个世界与他的沉潜日久的学术世界相辅相成、相得益彰；这个世界展现着人生的晴朗与灿烂、温情与忧伤，同时，也以灵魂的舒展和真率拉近了我们与他的心灵距离。

2004 年 5 月

山水自有情　诗心独明澈

——读杨继国散文集《行走集》[①]

我与杨继国先生已经相识十多年了。这十来年，每一次到宁夏文联的办公楼里开会，总是能够遇到这位谦和而文雅的文联领导人。杨继国先生没有架子，看上去不大像是一方“诸侯”。通常，他的脸上带着些自然浮现的笑容，这使所有跟他打交道的熟人和陌生人都没有了紧张感和拘束感——大家更容易把他视作是仁厚的兄长而不是刻板的领导。杨继国先生同我一样，也从事文学评论工作。20世纪80年代，他是宁夏文学评论界叱咤风云的人物。虽然这些年因为行政事务缠身，他的作品数量减少了，然而，偶尔为之的评论和每每在文学会议上的即兴发言，却常常使我惊心和自叹弗如：这位毕业于国内名校中文系的文联领导

①杨继国：《行走集》，宁夏人民出版社，2007年5月第1版。

人，其文学功底的扎实和深厚，其逼人的激情和才气，并非每一个从事文学的人都能够轻易拥有。现在，杨继国先生新近出版的散文集《行走集》就放在我的案头，仔细阅读之下，发现此前我对杨继国先生才情的认识是准确的。事实上，《行走集》的阅读，不仅是对我的以往判断做了一个小小证明，从更深层次而言，它是一个读者与一个写作者的心与心之间的美好沟通与交流。在这个心灵普遍衰败且呈现沙漠化的时代，在灯下静谧的氛围中去感受一颗淳朴诗心的跳动，该是多么令人愉快的事情！

读杨继国先生的散文作品，首先感动我的是作者内蕴于文章当中的那样一种深情，一种对故土家园、对山水自然的浓情爱意。也许，有人会提出疑问：写散文没有感情的投入怎么行？而我要说的是，创作散文自然无情而难以成篇，更不要说去感动读者。然而，情的抒发和书写却是有讲究的，深深浅浅的刻度也是有差异的。有的人，走了些地方，看了些生活的浮华表象，稍微有些情感的冲动，未等到思想沉淀和心灵发酵，便迫不及待地一挥而就发之为文。结果，文章是见诸文字了，内蕴的情感却多少有些苍白和枯瘦，像是一锅过早跑了气而没有蒸熟的馒头。实际上，文章当中的情感并不是想深厚就能深厚的。作者的心情和思索，往往要经过岁月的磨炼和时间的淘洗才能够变得异常醇厚。当代散文大家吴伯箫有言：“亲身经历的事，也要经过一番回味，洗练，把浮光掠影变得清晰明朗，片面感受汇成完整印象，才能构成一篇作品的雏形。真的写出来，最恰当的时机又不知等多久。”（《无花果——我和散文》）一句话，散文佳构，其为文写作时间可能会不足三五个时辰，然而，其思想和情感的沉淀却可能要费去三年五载，甚至更长的时间。

这就仿佛一坛酒，年深月久的藏品大多数时候会是绝妙的佳酿。我说杨继国先生的散文情感深厚，恰恰是因为他的许多山水书写，决不是匆忙当中的应景之作。相反，它们带着他多年的思想和艺术沉淀，带着他发自内心的亲近自然的喜悦之情、热爱故园的赤子之情以及感悟社会人生的率真之情。贺兰山和六盘山是坐落在宁夏境内的两座名山，歌咏书写者代不乏人。可是，我们看到的散文集中的两篇文章《踏访贺兰山》和《六盘山路行》却都不是泛泛的抒情写景之作。何以见得？我们来看杨继国笔下的贺兰山是怎样的面容："三关口的北边，是小滚钟口，俗称'小口子'，系当年西夏国王消夏避暑的地方。走进小口子，山凹处和山底平坦处流水潺潺，浓荫蔽日，诚如清人润光所写的'一路芳香都是药，千林老树尽生苔。浮云似水流将去，怪石如人立起来。'但纵目望去，四周的山峰和我们见惯了的南方的山大不一样，不但草木极少，而且每一块石头都是零碎而尖锐的，就像剑簇和刀丛一般，在灼热的高原阳光的照射下，呈现出狰狞的铁灰色，尽显其强悍和雄性之美。与南方阴柔的山形成了强烈的反差，给人以独特的感受。"这是夏日里的贺兰山，它的"流水潺潺"和"浓荫蔽日"确乎有江南山水之妙，然而，谁又见过有着"像剑簇和刀丛一般石头"的江南的山！如果没有对西部山水的浓情厚谊，没有对家乡的深沉的情感做积淀，没有对北方的山的细致观察，又怎么能懂得尽显强悍和雄性之美的贺兰山！六盘山骤得大名与一代伟人毛泽东所作的词《清平乐·六盘山》有关。这使得许多人想当然地认为六盘山只是一座"英雄山"。杨继国的散文《六盘山路行》避开通常的颂歌写作路数，只记述了自己走过六盘山路的若干次经历。无论是目睹六盘山春天的风姿还是夏天的浓艳，是在六盘山下不知名的小店享受佳肴“羊肉小炒”，还是于深秋季节拍摄一群姑娘。作者如实记录当时内心的欢喜与跃动，情感的真与纯于貌似平淡的描写和叙述中丝丝缕缕地呈现出来。读来，不能不使人回味良久。

杨继国先生毕业于国内名校复旦大学，曾经受过学院气氛的熏陶，走上工作岗位后，他又长时期地从事过文学评论工作和文艺领导工作，这使他的身上更多一些所谓的“文人气质”。读他的散文，会发现他是一个极其喜欢与大自然对话，与山水亲近的作家。也就是说，在他的精神深处，中国古代文人的那一份与山水相依相恋的情愫是始终存在着并时时准备迸发而出的。湘西名城张家界拥有中国最独特的山和最优美的景，杨继国先生雨中游览名山胜景，感觉此山此景仿佛处于青春年代的少女，似羞还怯（《雨中张家界》）；黄山为五岳之尊，在杨继国眼里，山景又像是一首首流淌着的诗，一幅幅飘动着的画（《再游黄山》）。其他如夜访留坝张良庙，于寒溪找寻萧何月下追韩信处，探秘古城瑶里，走进三江源，等等，莫不是文人情愫的真实体现与张扬。我愿意把这种文人情愫视为一种文人的真性情，视作一种格物致知探究世界真相的求索精神和永远浓烈不易改变的知识分子的深沉情感。知识者因为这文人情愫而超越俗世日益沉沦的灵魂困境，杨继国先生因为这难以抹掉的文人气质而显得格外可爱。

古人论文有“修辞立其诚”的说法。诚者，心也，是说写文章者要有一颗真实、淳朴的心。优秀的写作者的灵魂从来都是清澈见底的，他们会在写作中自觉地排斥一切虚伪做作和不真实。台湾散文大家余光中在谈到散文创作时也说：“在一切文体之中，散文是最亲切、最平实、最透明的言谈，不像诗可以破空而来，绝尘而去，也不像小说可以戴上人物的假面具、事件的隐身衣。散文家理当维持与读者对话的形态，所以人品尽在文中，伪装不得。”（《散文的知性与感性》）读杨继国先生的散文作品，不仅会为其深情贯注所打动，更打动我们的，是他文章当中所流露出来的那样一种“明澈的诗心”——没有丝毫伪饰的真情的自然表达。这显然是散文创作特有的松弛和本真状态。从这个角度而言，《行走集》中的“性情篇”里所收的七篇文章就显得弥足珍贵。熟悉杨继国先生的人都知道，这位搞文学评论出身的文联主席，还是一名有品位的摄影家。痴迷摄影的人成百上千，许多人能够道出这个行当的分外艰辛，可是有谁能够说得出摄影“发烧友”的巨大喜悦？杨继国在一次成功地拍摄了“长河落日圆”之后这样写道：“虽然是极度的劳累，但心里是极端的痛快。回来的路上，月亮已高挂在天上，无垠的沙漠如同镀了一层白银。月色如霜，好风如水，清景无限。我们都歪歪斜斜地行走在沙漠中，大声谈笑，大声歌唱。这一瞬间，我们都快乐得如同回到童真时代的一群小孩。”（《美丽瞬间》）在这里我们已经看不见哪怕是一星半点的隐饰，我们看到的只是作者一颗简单明澈的心。“人体摄影”是近些年来呈流行态势的一种艺术活动，透着那么一点神秘，也透着那么一点诱惑。某一周末，有同道电话相邀，要在荒野拍摄人体。杨继国先生闻讯，并没有摆出道学家的面孔，而是参与其中。何以能够坦然面对？杨继国自陈心迹：“我跟大多数正常男人一样，出乎天性，对人体摄影这样的事是既感神秘又感好奇的。有这样的机会，自然不会放过，遂跟着他们出发了。”（《初拍人体》）这话说得多么朴素而诚实，一点不忸怩作态，一点也不虚与委蛇，有的只是心灵地敞开和面对读者时的坦诚。现代作家张爱玲有言：散文是读者的邻居。我们对邻居能够说些什么呢？当然不可能是宏大话题。更多时候，所谈的无非是些家常的话，老婆、孩子以及物价涨幅。不是谈不了民族和国家，实在是需要那一份亲切而真实的心情和想法。读杨继国的散文，我常常感觉是在和一个邻家兄长在“把酒话桑麻”。

在文章的最后，我还要向读者诸君推荐一下《行走集》里的“三记”（《寻石记》《搜玉记》《赏陶记》）。应该说这是一组表现作者人生情趣的好文章。我国的散文，事实上从来也不排斥“记闲”和“记趣”。我以为，“闲”和“趣”，貌似凡俗，实际上却是人生“味道”的真实再现。不错，在风沙扑面、豺狼当道的年代，文学是抗争的，战斗的。然而，在和平年代，文学理所当然地要担当一份休闲的义务。休闲不是玩物丧志，不是避世出世，而是为了更好地工作和战斗。杨继国先生的“三记”叙述作者赏玉、搜陶、玩石之经历，如数家珍，情趣盎然。最难得的，乃是其中由对玉、石、陶的赏玩中所生发的一些动人心魄的哲思。而这些经由岁月风雨之吹打、人生阅历之锤炼、心灵世界之发酵和酿造的智慧之思，我以为，是上上品质的佳酿，饮上一杯当然会是余香满口，甘之若饴的。

2007 年 3 月

我的心哟　在高原

——读杨继国摄影散文集《探秘三江源》[①]

宁夏文化圈里的人都知道，杨继国先生是一个摄影“发烧友”。我这样说，好像还不是非常准确。事实上，长久的拍摄实践和艺术沉淀早已使杨氏的摄影水准达到了摄影家的境界。我之所以称其为“发烧友”，实在是因为他对摄影这门艺术的痴迷，已迹近狂热。按照一般人的理解，年近耳顺，自然会淡看风云翻卷、花开花谢，诸多人间的事与物似乎不必执着留恋、挂碍于心。杨继国先生则不然。只要听圈内的人士说某处风景殊异，颇可玩味。他立马会拎起摄影背包、呼朋唤友，兴高采烈地登车而去。许多年前我就在想：这样的一位很有些社会身份和地位的人，他的灵魂深处到底回旋激荡着怎样的一种人生情感？后来，因为近距离

①杨继国：《探秘三江源》，朝华出版社，2011 年 5 月第 1 版。

的观察和频繁的接触，方才渐渐寻觅到些许端倪。我发现，他的灵魂深处其实一直回旋和激荡着一种青春的情愫。这种至纯浪漫的生命情愫，不仅使他多少年来一直葆有生活和工作的激情，更为重要的是，当他进入摄影创作之时，那种纯真的、超功利的浪漫情怀会帮助他以一双了无挂碍、异常明澈的眼睛打量自然山川和人间社会。于是，当他的摄影散文集《探秘三江源》呈现在我们眼前时，面对一帧帧渗透着他如诗情怀的摄影作品和那些空明澄澈的描述性文字，被复杂的生活弄得颇有些纷乱不宁的读者的心灵，会突然间变得沉静和空灵起来。

《探秘三江源》是一本凝聚着作者五年心血，真实地记录着三江源地区特殊的民情风俗的摄影散文集。据作者自述，从2005年夏天开始，作者便与位于青海、西藏、四川交界处的三江源（长江、黄河和澜沧江三条大江之源头）地区结下了不解之缘。在艰苦异常甚至时常与危险擦肩而过的踏勘创作旅程中，作者强忍着高原反应和心脏的不适，前后共拍摄了一万多幅照片。我们所看到的收在《探秘三江源》中的照片，只是这一万多幅照片当中的极小的精品部分。观赏这些照片，我的眼前不时会闪现杨继国先生穿着摄影背心，于海拔4000米以上的绝域高原上奔走腾挪的身影。高原的景色堪称阔大壮美，然而，拍摄者的辛苦却非亲历亲为者不能轻易道得出。作者在摄影作品的文字说明中这样写道：在青藏高原上行路，“总觉得路长得永远走不到头，总感到前方的路永远插向云端”。有时，摄影人会在雨夜里行车。车外黑云低垂、万籁俱寂，一切仿佛都回复到地球早期人类生活的原初状态；车内，则是自寻苦吃、心中忐忑、默默不语的天涯漂泊客。坦率而言，在青藏高原上行走、拍摄，困难和压力常常不在于吃住条件的简陋和偶尔的无着落，最大的不适和困扰是：当你从城市的喧嚣和人群的包围当中走出，当无边的旷野和扑面而来的云朵由多少次的梦境已经变成真实，当只有连绵不断的山脉和陌生的无尽之路与你长时间相伴时，你真的能够使自己的内心安然妥然吗？令人感佩的是，尽管跨越高原的“天涯孤旅”有着普通人难以想象的辛苦和寂寞，尽管也曾经历过冰雹倾盆而下、雷电撕裂长空的高原恐怖之夜，但是，杨继国情系藏区、痴迷三江源的艺术信念却从未动摇过。

正是带着一腔似海的深情和不变的信念，在这本摄影集中，杨氏为我们精彩呈现了天宽地阔的高原牧场、亦真亦幻的星宿之海，等等。我们欣赏这些洋溢着浓厚的藏地风情的摄影作品，能够真切地感受到拍摄者创作时漾动于内的激情和柔情。有了这份激情和柔情，《探秘三江源》这本摄影集中的所有作品就不仅仅是风俗和民情的真实写照，更是人间社会和自然山川“美”“善”形态的生动描画。

观赏《探秘三江源》这本摄影集，最先打动我们的，无疑是那些真切地展现藏族历史文化渊源和独特的风俗景观的作品。众所周知，三江源地区其范围大致指我国青海省南部的玉树、果洛两个藏族自治州及其邻近地区。这一地区是我国乃至亚洲重要的水源地带，历来有“中华水塔”的美誉。作为“世界屋脊”青藏高原的重要组成部分，在这片神奇而神圣的土地上，生活着藏族康巴、安多两大方言区的众多居民。杨继国情牵此处，五次造访，自然不会放过三江源的绝美民族风情。杨氏以一双善于寻找和发现的慧眼，用他的那些散发着浓浓的民族和地域气息，并且有着很高的审美价值的摄影作品，为我们营造了一个常赏常新的艺术画廊。在这为数众多的作品当中，我以为有几个小辑特别值得珍视。比如拍摄于玛多县花石峡镇的《等待观看赛马的人们》。不仅完整地记录了三江源地区藏族同胞们的节庆活动，更为重要的是，作为有着时代内容和诗意内涵的摄影作品，它清晰地显现了一个民族的精神奥秘和人民生活的诸多变迁。在那些有着古铜色沧桑的老人的脸上，在那些洋溢着青春幻想的藏族姑娘的脸上，在纵情欢歌的康巴歌舞当中，我们见证了一个民族来自生命深处的梦想和期待，我们也见证了一个民族如何让古老的文化在时代的和风中开出美丽的新花。欣赏这样的摄影作品，不夸张地说，既是对一个民族物质和精神生活的仔细端详，也是一次带有审美愉悦感和清新感的心灵之旅。

观赏《探秘三江源》，我发现，在这本摄影作品集中，有关绝域高原之上山川景物的照片，差不多占去了一半篇幅。从玉树到果洛，从神秘的巴颜喀拉山到高原夏日飞雪花开娇艳的胜景，作者精细拍来，张张动人。也许会有人说，拍摄青藏高原，当然要拍摄高原的大山、河流、湖泊和牧场。舍此，怎么能够见出高原的魅力与气象？我说，是的，高原的景色与风光从来别具一格。然而，当拍摄者将镜头对准那连绵起伏的青黛色的山和那湛蓝的无垠的天空时，此时拍摄者的灵魂是否在飘腾和升华？他是否生出了“不知身在何处，身为何物，了无挂碍，飘飘欲仙之感？”（作者语）客观而言，由于从来存在着内心世界的广阔与狭窄、灵魂刻度的高扬与低落之分，所以，包括摄影作品在内的许多艺术创作实际上是有品质的高下分野的。我看杨继国镜头里的高原风光，不仅感觉到他的技艺娴熟，更感觉到了他作品中的纯真——一种抛却了人间功名利禄之心的赤子情怀。对杨继国而言，自然是心灵的镜子，是人类精神的家园，是供我们研读的一本大书。面对绝域高原的大美风光，他的内心世界突然升腾起童年般的情感——这种童年时代朴素率真的情感已经被现实的尘土遮蔽了许多年。他脱去了成年人的矜持和伪装，又一次回归孩子般的天真、好奇、激动、狂喜，迫不及待地打开全部的感觉器官，倾心感受和抚摸身外的一切。此时，高原清冷的空气中有草的甜味飘来，山边的流岚正显现万种风情，一望无际的晴空蓝得仿佛可以滴下蓝来，心房就在这辽阔静寂的时空中温柔地有韵律地跳动。应该说，杨继国的摄影作品里有至纯的人类童年期的气息。在无情岁月的腐蚀之下，不知有多少人早已经丧失了这种宝贵的童年期气息。现在，当一个年近耳顺的艺术家将一幅幅饱含着赤子之心的作品奉献于我们眼前时，我们除了深深的感动，还能说些什么呢？还是被誉为“美国文学之源头”的爱默生说得好：“实际上，很少有成年人能够真正看到自然，多数人不会仔细地观察太阳。他们至多只是一掠而过。太阳只会照亮成年人的眼睛，但却会通过眼睛照进孩子的心灵。一个真正热爱自然的人，是那种内外感觉都协调一致的人，是那种直至成年依然童心未泯的人。”

作为一部集图像与散文于一体的作品集，《探秘三江源》给我们留下深刻的艺术印象的，除了让人情迷意痴的摄影作品，还有分布和穿插于图像之间的那些韵味淳厚的文字。我们知道，杨继国先生是一位出色的文体家。20 世纪 80 年代至 90 年代，他是宁夏文学理论和批评界的风云人物。他对回族文学的深入研究和对宁夏文学的宏观把握与精确描述，其思想的敏锐和文字的纯熟与老到，常常会让人情不自禁地击节称赏。

近十年间，杨继国先生于散文写作一途用力甚勤。独特的人生经历和深长的人生思索，“修辞立其诚”的艺术寻求，使其在为数众多的散文作家当中独具一格。而在《探秘三江源》这部摄影散文集中，我以为，杨继国的文字不仅保持着他惯常的艺术风格，而且有新的开拓与发展。

首先，他的文字里蕴含着滚烫灼人的情感。无论状物、写景，还是议论、抒情，他的感情自始至终处于丰沛、饱满状态而绝无干瘪枯瘦的情形。读他的文字会发现，“率真、坦诚、无伪饰”是伴随其写作始终的旋律。我有时候禁不住要猜测：这样的一个深情灌注之人，也许常常会在心底里自语“无情不如死去”。他是那种常常要扑在世界上面并且与之相拥相抱的创作家，或仰天大笑，或失声痛哭。所以，你在他的文字里看不到厌世者的悲观、哀叹、怨愤、詈骂，相反，它们显现着一个进取者的豪情与勇气，一个痴爱人间的艺术家的万般柔情。

其次，杨继国的文字里饱含着古典的诗情与画意。我们都知道，杨氏是一个自小就喜欢阅读的人。对中国古典文学作品的长时间浸染和钻研，使其对汉语的美质（简约、明快，讲求韵律和对仗）逐渐有了深刻的体察和认识，并能够在创作中自觉运用。我们读《探秘三江源》，经常会感觉到他的文字中唐诗宋词的神韵。仅举一例：在本书“第二编”《晶莹剔透的巴颜喀拉山》中，有这样一段文字：“当时，我们从青海西宁出发，一路上过青海湖，穿花石峡，在玛多看弯弯曲曲小溪似的缓缓流淌的黄河，在星宿海看星星点点如珍珠般撒落的万千湖泊。”这是一段叙事性文字，然而，“在玛多看……，在星宿海看……”这一组排比句却是韵味十足的带着古典情蕴的描绘。“弯弯曲曲”和“星星点点”四组叠词的运用，会让人很轻易地联想到李清照的名句“寻寻觅觅、冷冷清清、凄凄惨惨戚戚”（《声声慢》）。事实上，杨氏文章中经常会出现大量的非常工整的对偶句，以四字对偶句居多，间以更长一点的对偶句。这当然显示了其良好的古典文学根底，也清楚地表明他在文章境界和语言上融汇古今的不懈寻求。

再次，杨继国的文字，细致、妥帖，他是那种能够以漂亮的文字建构逼真传神的事物景象与人生画面的作家。诚如大批评家本雅明所言：优秀的作家仿佛一个匍匐于花蕊之上的蜜蜂，因为真的已经贴近了要描写的事物，嗅到了事物本身的气味，所以常常能够以文字提供生动得不得了的世界具象。于是，在《探秘三江源》的文字呈现中，读者们可以清晰地看到作者三上巴颜喀拉山时所看到的不同风景，天上的雨意云情，坡上的草色深浅；可以看到高原秋阳照射之下的“金色牧场”；可以看到“世界屋脊”上独有的如此阔大深远、纤尘不染的无穷碧空。是的，杨继国的文字优美、洗练、苦心经营却又仿佛率性、随意。我读他的文字，确乎有读陶渊明诗的感觉——平淡处亦是丰腴处。他的那些灵活而多妙趣的句子，是春风里尽情舞动的花草，是清流里粼光闪动的鱼儿。比如：“人们把牛粪拍在墙上，知道太阳会把火焰放了进去”；又比如：“到了这高原，天在头顶，云在脚下，天地人相合，古今往相连”。这样貌似平淡，其实奇崛的句子，其思想之源和艺术情调就不仅连接着深厚博大的中国文学传统，也折射着作者非比寻常的人生经历和阅尽人世的沧桑感和超脱感。清朝文评家赵翼说：“赋到沧桑句便工”，观之杨氏之文，信然。

2011 年 8 月

负重的文学：承诺与忧患

——序余光慧作品集《创造平等》①

在中国新时期文学充满激情和创造性的发展进程中，报告文学创作因其强大的思想和艺术感染力量而引发的满城争说、天下争阅的文学的社会性轰动局面至今让人难以忘怀。在“浪漫的八十年代”，报告文学这一文学门类以其对现实的深切关注，对时代的热烈拥抱，对国家前途和人民命运的认真思索而赢得了社会各界的广泛赞誉。徐迟的《哥德巴赫猜想》、黄宗英的《大雁情》、张敏等人的《神圣忧思录》、赵瑜的《强国梦》等一大批杰出的报告文学作品，曾经是那样地激动了一个希望摆脱精神的昏迷和愚昧从而早日走向美好明天的民族的心灵。由报告文学创作以及新时期其他文学门类共同构成的新时期的文学精神：启

①余光慧：《创造平等》，作家出版社，1999 年 1 月第 1 版。

蒙激情，反思意识，社会责任感和使命感，理想情怀，等等，已经成为中国文学难以忘却的历史记忆和值得珍视的精神资源。进入 20 世纪 90 年代，中国社会的现实面貌发生了巨大的改观，生活的日益丰富多彩以及价值追求的多元化实际上为文学提供了更大的发展空间和更为酣畅淋漓的书写环境。然而，一些文学创作家在复杂的社会生活面前却渐渐失去关注现实，为祖国和人民命运“鼓与呼”的创作勇气和力量。相当数量的文学作品正在变得无所承受，它不再对现实庄严承诺，不再对社会正义和理想大胆呼唤。轻飘飘的、“私语”的文学似乎正在一定范围内形成某种气候。但是，我们也应该看到，任何时候深刻和厚重的文学都不可能从文坛彻底地销声匿迹。热爱正义和关注世道人心永远是一些善良而正直的作家此生无怨无悔的创作追求。在由众多的文学“负重者”组成的创作队伍中，我们发现了一个来自中国西部的女作家的身影——宁夏报告文学作家余光慧。这位生活于西部、痴情眷恋于西部的作家，以她的《创造平等》等一系列沉甸甸作品，为我们展开了西部的多色人生：它的苍凉、沉重、觉醒、奋斗，它的艰难困厄以及永不停止的理想追求。

《创造平等》是余光慧的第二部作品集，共收报告文学和散文作品三十篇。在这部作品集中，原载于《中国作家》1995 年第 5 期的《创造平等》一篇在几年前发表之时，就已经赢得了众多的称赞与喝彩。这是一部标志着余光慧创作取得重大进展的思想厚重，艺术描写堪称精湛的报告文学作品。《创造平等》反映的是中国西部众多贫困和落后地区女童失学的社会问题，并由这一具体的教育问题而生发出对于妇女争取解放与平等问题的深沉思索，对于中国以及世界上同样处于欠发达状态的国家未来命运的迫切追问。不难看出，以这样的视角来描写中国的西部，描写中国妇女的现实命运，取材上无疑显示出了独特性。更使我们感受深刻的是，某种在女性作家的创作中颇为难得的大视野和深度理性思维成为这部报告文学的精神支撑点，并直接导致作品向思想和艺术大境界的卓有成效的挺进。中国的西部，由于自然地理环境相对恶劣和封闭，由于历史的原因，近代以来经济和文化始终处于欠发达和落后状态。在新的形势下，西部的封闭和落后状态实际上已经成为妨碍中国社会高速行进的制约因素。西部的发展缓慢而沉重，原因可能是多方面的，但对教育的忽视尤其是对民族未来的另一半——女童教育的缺乏重视，显然是一个重要的原因所在。诚如作者在作品中引用一位阿尔及利亚教育家所言：教育一个男孩子只是培养了一个人，而教育一个女孩则关系到未来一个家庭，教育一代女孩，那就要影响到整个民族未来的素质了。应当说，《创造平等》所提出的问题带有全局性和尖锐性，作者所揭示的西部女童接受教育的历史和现状以及女童们的缺乏教育的母亲、姐姐们的命运不乏严峻，但作品也令人鼓舞地写出了整个中国社会，甚至是异国他乡的充满良知和爱意的人们对于中国西部女童教育的热情关注和“正义的投入”。于是，辛勤劳作在穷乡僻壤的山村教师们，不知疲倦地奔波于黄土高原的教育研究工作者们，北京大学的女教授们，身在万里之遥却心向中国西部的异国的众多善良人士，便共同构成了一道困苦生活之中的春意盎然的美丽风景。这道风景放射着作品希望的亮色，也带给读者心灵的抚慰和审美的愉悦。

《春蕾》和《中国在行动》是两部多集同名纪实性电视专题片的解说词。从作品题旨来看，它们可以称作是《创造平等》的姊妹篇。《春蕾》

以宁夏救助失学女童“春蕾”计划全面而有效地实施作为表现内容，真实地反映了宁夏南部“苦甲天下”的西海固等地农民的生活境况，女童教育的长期忽视以及宁夏社会各界为救助失学女童而进行的艰辛努力。由于立意的深刻和表现的真切，《春蕾》作为四集电视专题片在宁夏电视台和中央电视台多次播出，并取得相当强烈的社会反响。相比较而言，《中国在行动》表现生活的视角更为开阔一些，中国西部更为辽远的区域：广西、四川、贵州、云南、陕西、甘肃、青海等省区的女童教育事业全都进入作品所反映的视野，这就使得作品具有了某种社会学和文献价值。

生活和成长于西部的余光慧显然有着一种西部情结。不仅西部女童的命运使她魂牵梦萦，西部贫困地区的人民如何将自力更生和争取国家支援有机地结合起来，从而摆脱贫困，早日走向富裕、文明的现代生活也是这位报告文学作家所热切关注的现实话题。《追寻持续》是一篇现实性和针对性很强的报告文学，它探讨的是“扶贫”资金怎样才能合理而有效地使用，真正造福于百姓的问题。事实上，关于“扶贫”资金的使用这类话题似乎已经逸出了文学所注视的范围，它更像是一个社会学和行政学话题。然而，强烈的社会责任感却促使作家拿起了本该“吟咏情性”的文学之笔。越俎代庖也罢，“犯规”也罢，文学如果仅仅是浅吟低唱、顾影自怜，而置民族命运、人民幸福于不顾，那么，这样的文学将是没有血性的，苍白的，它们终究会失去广大的读者。

改革年代的风云变幻、潮起潮落，中国人民在这一年代里的奋斗、思索、追求、创造的不平凡的经历，一直是近二十年来报告文学最为关注的透视焦点。这种关注毫无疑问渗透着中国作家感时忧国、以天下为己任的价值寻求。在《创造平等》这部作品集中，有两篇涉及西部改革故事的作品值得读者注意。它们分别是《话剧的脚步》和《火浴》。《话剧的脚步》讲述的是20世纪80年代中期以后直到90年代初陷入困境的宁夏话剧团如何组建“大篷车”剧团，将话剧由城市推向农村因而绝处逢生的故事。这是一篇启人深思而又诗意纷呈的作品。在中国的话剧创作和演出普遍陷于低谷的时刻，一个在全国毫不起眼的小小话剧团却开始了一场意味深长的艺术变革并最终取得成功，这一事件本身就带有文学的传奇性。而作者写来更是激情洋溢，浓墨重彩，时时闪烁着生活和艺术的动人光辉。难怪作品最初发表时，上海的《文学报》要用一个整版来登载它。《火浴》是一部描写西北地区乡镇企业由白手起家到艰难守成的纪实性作品。在地理环境封闭、社会观念和意识普遍滞后的现实条件下，宁夏中卫县镇罗乡的农民硬是凭着一股闯劲和科学严谨的思维，将一个乡镇企业——中卫铁合金厂办得红红火火，蒸蒸日上。哪怕在同类企业纷纷陷入绝境之时，它也依然“稳坐钓鱼船”。作品为我们描绘了改革年代黄土地上农民们坚韧不拔的生活意志以及美好的理想追求，更难能可贵的是，作者敏锐地发现了存在于农民先进分子意识深处的完全属于现代社会的科学理性精神，而这种科学求真、一丝不苟的理性精神，恰恰是黄土高原的农民走向更为辉煌的未来的必要保证。从这个意义上说，《火浴》就具有了不同凡响的思想和艺术价值。

在《创造平等》这部作品集中，描写改革岁月“时代之子”的人物传记体报告文学占有相当的比例。与前述的采用宏观视角，全景描述的“问题报告文学”作品不同，这一类以写人为主的报告文学风格上更注重文学的“情”与“味”。如果说，《创造平等》等作品散发的是风云气，是大江东去的豪迈，那么，这一类报告文学作品则显现着抒情气质，是品味生活时的委婉、细腻韵致。在描写人物的作品中，《千万里，我追寻着你》是一篇颇能感染人的佳作。作品主要叙述享誉国内外的西夏史研究专家李范文进入60岁之后的一段研究经历——考察西夏亡国遗民的踪迹所向。通过主人公这一人生横断面的书写，作者将一个献身科学事业，视冷僻的西夏学研究为生命的可亲可敬的学者形象栩栩如生地塑造了出来。从艺术上说，这也是一部融历史、诗情、思想性于一体的报告文学。李范文追寻西夏遗民足迹的历程，是其学者性格和精神风采凸现其中的过程，同时也是一位学者以及读者从中华民族古老悠久、纷争交融的历史中深刻领会一部文明史实际上就是一部民族和文化的融合与创造史的精神旅程。

也许与自己身处的工作环境和所从事的职业有关，余光慧笔下的"焦点人物"以知识分子居多。上述的西夏学研究者李范文自不必说，《墨痕》中的著名书法家柴建方，《是诗人，更是战士》中的文坛老兵朱红兵，《文坛铺路人》中的老编辑路福增，《生命是什么》中的农科专家赵承炳，甚至资历尚浅的青年工程师谢宏等，都成为作者情有独钟的描绘对象。不难看出，在这些知识分子身上，有着共同的理想、信念、追求、向往，但作者却着眼于同中有异，写来面貌各不相同。李范文的"倔"，柴建方的"痴"，朱红兵的敦厚朴实，路福增的童心未泯，赵承炳的执拗，谢宏的少年老成，主人公性情的差异构成了作品思想和艺术意蕴的多姿多彩，也透露出余光慧看取人生的一份智慧。

这部作品集中还收有少量的篇幅相对短小的叙事和抒情体散文，其中不乏上乘之作。《那年去看万花山》是一篇诗情与画意结合得相当完美的“美文”，有轻灵之妙。《美丽，让人不能忘记》交织着青春的美丽和人生的些许感伤。《永远的理想主义》是一个“过来人”对于生活的感悟。在诸多的感悟当中，最为重要的一点便是对于理想的坚守和珍重。《“红色公牛”的暴怒》是一篇为人类生存环境的逐渐恶化而情不自禁地大声呼吁的忧世之文。

由于报告文学与新闻的特殊联系以及它的非虚构性特点，使得这种文体的艺术美学特征难以固定，而作家创作的个性风格也往往不易彰显。尽管如此，我们仍然可以从余光慧的诸多作品中梳理出属于这位女作家的独特的艺术追求。第一，拥抱时代、干预生活的创作激情熔铸成为一种直面人生、忧患现实的艺术勇气和写作姿态。这种艺术勇气和写作姿态使她的作品总是与人民的命运和祖国前进的步伐息息相关。很明显，这种紧贴大地和人民的创作激情来源于中国古代“穷年忧黎元，叹息肠内热”的文学传统，更来源于作家十年艰辛的知青经历所带来的人生与创作感悟。对于社会底层人民的深切同情是十年知青生涯给予她的丰厚馈赠，并且已经成为不可锈损的心灵印记。第二，作品在表现、概括和熔铸生活时，常常表现出一种相当阔大高远的艺术气度，从而形成一种审美上的阳刚之美。我们可以把这种艺术追求归之于感受时代的浪漫情怀以及个人成长过程当中理想主义传统和精神的深厚积淀。第三，在描写生活、刻画人物、细节运用上，作者的艺术表现是真实、细腻的，在具体的艺术手法的选择上，作者又不乏创新意识。比如，在余光慧的众多作品中，尤其是人物传记体的报告文学中，电影蒙太奇手法的巧妙运用，使得生活剪裁、艺术呈现更富有诗意和活力。

余光慧在报告文学和散文创作园地已辛勤耕耘了十几年，并取得了相当突出的成就。时代的风云激荡和大西北的神奇辽阔给予她创作的激情，曾经经历过的中国社会的底层生活赋予她一双智慧而锐利的眼睛。显然，这位站在高原上的“歌手”将要一如既往地歌唱下去，我们期待她更为嘹亮和动人的歌声。

1998 年 10 月

质朴而温暖的光芒

——读魏锦散文集《梦萦乡河》和《让鞭子从风中抽过》①

与魏锦先生相识，是五年前的事情。2004年冬天，魏锦先生的第二本散文集《走向冰川》出版，我应邀为这本书写了一些评论文字，由此与时任吴忠市委常委、宣传部部长的魏锦先生相识。五年间，魏先生调任了两个领导岗位，散文创作不仅没有间断，反倒是联翩而来。我不太知道工作岗位的调动对他的内心世界是否产生了些许的影响，但是，他的散文创作正在进入一个新的天地，却是一个真实的存在。当我认真而细致地阅读过他近年出版的两本散文集《梦萦乡河》和《让鞭子从风中抽过》之后，这种感觉便更加强烈。

阅读魏锦先生的散文近作，首先打动我的是他用一支多彩多情之

---

①魏锦：《梦萦乡河》，宁夏人民出版社，2006年1月第1版；《让鞭子从风中抽过》，宁夏人民出版社，2008年11月第1版。

笔，真实而生动地描绘出一幅幅个人成长的生活图卷，而这貌似普通的图卷又确确实实折射着时代的风云和历史的暗影。我们可以把魏锦这一代人笼统地称之为共和国的“同龄人”（魏氏是1952年生人）。作为与年轻的共和国一同成长的中国青年，他们的身上自然打上了20世纪下半期岁月的特殊印记。那个年代所具有的理想、奋斗、苦难、挫折、物质的匮乏和精神的渴望，所有的这一切，既构成了魏锦这一代人生活和生命的底色，也构成了如今写作状态下无尽的怀念。是的，伴随着共和国一起长大的魏锦这一代人自小就尝过许多生命之苦，走上工作岗位之后，又长时期生活于低水平的社会经济和文化环境当中。然而，当回首往事，我们又何曾见到他在文章里哭天抢地、怨恨不休？事实上，当隔着漫长的人生岁月来回望过去的一切人事风华时，漾动在作者心里的更多的是一种浓浓的爱意和眷恋的温情。于是，无论是《村边的一条小溪》还是《农家小院即景》，无论是《灯盏》，还是《蜜转转》，虽然叙述的多是作者少年时代的乡村景象、人生故事，扑面而来的却全然是如童谣般的玲珑剔透情怀。有了这情怀，那时乡村的鸡、狗、猫、驴，那时乡村的老牛车、灯影戏、夜幕下的书场，剥麻的辛苦和淌水时的担惊受怕，便都有了由于事涉遥远而自然产生的诗和美的情味。这不能不使人想起瓦尔特·本雅明的一句话：“逝去的光阴使琐事变成金子。”毋庸讳言，虽然自小成长于理想主义情怀弥漫的时代，虽然这一代人不愿也不喜欢夸大曾经的苦难和伤痛，但是，作为一个始终秉承着社会责任感和忧国忧民情怀的作家，在诉说过去的时候，魏锦先生还是情不自禁地书写了一些记忆中的历史暗影。《井绳悠悠》以感伤的笔墨记载着一个屈死的灵魂；《沙蒿林 甘草秧》以哀婉的笔调诉说着在禁欲主义流行的年代里，一对青年男女痛彻肺腑的不幸爱情。

中国知识分子从来都是如此，他的内心深处永远涌动着的是充满正义感和眷顾天下苍生的情愫。这种情愫，一方面内化为知识分子对崇高的道德感的永不停止地追求；另一方面，“以天下为己任”的使命感，又使得知识分子在拥有了可以发言和可以作为的现实条件后，他们总是希望以坚实而有力的行动，实现“铁肩担道义”的天然责任。我读魏锦先生的作品，自始至终不会忘记，他是一个有着长期的政治实践经验的散文家。应该说，他的从政经历和官员身份，给他的散文创作带来了特殊的描写领域和颇为动人的艺术感染力量。收在《让鞭子从风中抽过》一书中的《信访故事》，是我颇喜欢的一组文章（凡十二篇）。我格外看重这组文章，不仅在于作者不加修饰地描写了一般人不太熟悉的老百姓的信访生活，更重要的是，这组文章典型地体现了一个有着强大的知识分子精神气质的官员，在现实的困扰当中，如何从敢于行动、敢于负责到逐渐发现问题、升华思想的情感历程。这是一份社会转型时期中国社会矛盾的真实记录，也是一个“先天下之忧而忧”的读书人面对现实的心灵写真。白居易曾经有言:“文章合为时而著,歌诗合为事而作”(《与元九书》)，提倡的就是文学应该义无反顾地关注社会现实，积极地为天下百姓“鼓与呼”的现实主义战斗精神。我观魏锦先生的《信访故事》，会自然地想到千年之前白居易的那些既遥远而又使人感到亲切的艺术提倡。身体里流淌着知识分子的特殊血液，便是观风景、看山水，也别有一番风味。魏锦先生的近作中，有两组游记体文章，一为《地球那边的色彩》，二是《美洲十日》。两组文章分别记叙了作者访问澳大利亚、新西兰以及美国的见闻与思索。与那些只注重猎奇和记录西方世界的社会表象的域外游记相比，魏锦的这两组游记显现了相当动人的思想的力量：作者总是在对异域生活的描述当中，发现着足资借鉴的“他山之石”。无论是社会整体面貌的呈现，还是他国人民文明程度的优美展示，作者皆触景生情，浮想联翩。其旨归，是呼唤祖国的强大和民族的新生。于是，寻常的日月花草当中，便有了些沉思的气质和沉甸甸的分量。

阅读魏锦先生的散文近作，当然会被他的强烈的拥抱现实、干预生活的热情和勇气所打动：他的那些书写历史、描绘当下的篇章不仅启人心智，也催人思索。然而，一个优秀的散文写作者不仅仅会描绘历史与现实的风雨雷电、洪波巨浪，从某种程度上说，对于人生岁月当中的“小”的关注，恰恰构成了散文最为独特而又迷人的魅力所在。我们当然对“风云气”感兴趣，但是，谁又能够理直气壮地说，“儿女情”不能折射时代的强光与岁月的色彩呢？我读魏锦散文，经常迷恋于他的那些情感率真、心灵敞开的书写亲情、友情、爱情的文章，我在这些文章背后，发现和看到的是一个可爱可亲近的写作者形象。魏锦已经不止一次地在文章中回忆自己的父亲、母亲，收在《梦萦乡河》和《让鞭子从风中抽过》两本书中的《怀念父亲》《父亲的毛衣》《母亲的眼神》等篇章，写得情真意切，动人心弦。我们每一个人都有生身父母，父亲母亲是我们最初的老师——他们早早地把精神性格遗传给了我们，更是我们一生的精神陪伴者。我们获得了人生的荣耀，父亲母亲未必能够享得些许的荣光；然而，一旦我们有了委屈、不幸甚至灾难，第一时间出现在眼前的，却总是我们那经历过不知多少磨难的双亲！所以老舍才会说：“从私塾到小学，到中学，我经历过起码有二十位教师吧，其中有给我很大影响的，也有毫无影响的，但是我的真正的教师，把性格传给我的，是我的母亲。母亲并不识字，她给我的是生命的教育……人，即便活到八九十岁，有母亲便可以多少还有点孩子气。失了慈母便像花插在瓶子里，虽然还有色有香，却失去了根。”（《我的母亲》）魏锦描写双亲，着眼点也偏重父亲母亲对自己精神性格的深刻影响与塑造，在对父亲的精神性格的剖析之中，实际上既寄托着对父亲的深沉怀念，也表达着对魏氏精神血统（所谓“门风”）的自豪与欣赏之情。而他那篇《母亲的眼神》，是让人读后肝肠寸断的至情文章。当读者们读到母亲那内疚而担忧的眼神时，很难不让泪水打湿自己伤心的脸庞。我们不禁要问：我们到底有多少力量可以让天下的母亲们不再为儿女们担惊受怕？也许，我们终其一生都难以做到。我们唯一能够做到的，是让悔恨的泪水永远载着我们的思念与感恩。除却描写亲情的文章，魏锦其他一些描写人生情感的文章同样感人。《我的吊车师傅》和《我的漂亮师傅》，写了两位性格迥异的师傅的人生遭际，在对年轻时代的回顾中，重现着艰难岁月之中俊美的人格和淳朴的友情；《老韩》和《我的县长老哥》两篇文章，一写在特殊年代偷着做油饼生意的小商人的生活情状，于不胜伤感中寄托怀念之情；另一篇则以激赏的笔墨描写一位退休十载的老县长的快乐生活，在对老县长“心底无私天地宽”的晚年生活的赞叹中，表达着对于权力的新的认识。是的，魏锦的所有文章，总是带着岁月所提供的沧桑之感，也总是闪耀着人类生活本身所提供的质朴而温暖的光芒。他从西北大地深处走来，穿越时代的风沙，也历经时间的磨砺。古人云：“穷而后工”，或云：“赋到沧桑句便工”。天地与人间已经奉献了如许的波澜与风华，相信孜孜矻矻的写作者魏锦，一定会在不远的将来为我们提供更加甜美的文学佳酿。

2009 年 7 月

个人话语与时代风雨的交织

——读蒋振邦日记集《岁月宁大》[①]

我在宁夏大学已经工作二十二年了。倘若要说到近二十年间这所大学所发生过的一些事情，它的负重前行和现实发展，它的少变化的先生和候鸟一般的学生，它的心灵悸动和情感波澜，等等，我是能够详细道出的。一个人在某一个单位工作了二十多年，事实上单位已经成了另一个“家”。对这个“家”的熟悉当然是应该的，不熟悉反倒是一件让人奇怪的事情。但是，宁夏大学是一所已经建校半个世纪的高等院校。在我进入这所大学工作之前，实际上它已经存在了将近三十年。这所大学的前三十年究竟是怎样的一副面貌？在那不算短暂的时间当中，在时代的风雨扑打和岁月的淘洗之中，这座校园里到底发生了哪些值得言说

①蒋振邦：《岁月宁大》，宁夏人民出版社，2006 年 12 月第 1 版。

的陈年往事？在我逐渐地进入校园生活，并从当前遥想过往的时候，确实有过上述的疑问。然而，过去又是怎样的一个既真实又邈远的存在啊！我所听到的许多有关这所高校的陈年旧事常常情节丰富而色彩斑驳。这使我往往陷入某种困惑，不知道哪一种过去更能接近于历史的本真状态？前不久，终于读到了蒋振邦先生所著的《岁月宁大》一书。这部经过整理的宁夏大学首届学子日记集，给我带来了少有的阅读的喜悦。《岁月宁大》不仅使我曾经耳闻的一些历史事件有了相当准确而真切的讲述，同时，它也使一个后来者对上一代人年轻时心灵的点滴律动有了近距离的亲切的感知。

细读《岁月宁大》一书，最先感受到的是蒋先生日记中所透露出的浓重的时代氛围和相当清晰的时代印记。我们所看到的蒋先生的日记始于1958年11月23日，终于1962年11月25日，整整四年时间。在这四年当中，中国社会经历了“大跃进”和“三年自然灾害”。如今，我们已经能够比较客观地认识和评价这两大历史事件了。然而，当时，在把政治视同生命的年代里，在“一天等于二十年”的时代风潮之下，青年学子们是怎样地想把自己全部的生命热情融入时代的壮阔激流啊！日记中记述到，宁夏大学的首届学子们如何在星光闪闪的黎明时刻，步行三十多华里路程，前往前锋人民公社参观“取经”；又如何在“大跃进”的高潮中，每天坚持跑三千到一万米，争取早日进入“四红”（思想红、学习红、劳动红、体育红）行列，等等。见频我说这本日记时代气氛浓厚，不仅仅在于蒋先生对于时代大事件的记录，更在于他使我们看到，在一个群情沸腾的年代，国际国内的任何一桩政治事件都会在当时的大学生心灵深处激起波澜。比如古巴革命取得成功的消息传来，是怎样引得青年学子们欢呼雀跃；又比如1961年中国男子乒乓球队获得第二十六届世界乒乓球锦标赛冠军时，收听广播的大学生们又是如何地深夜狂欢，情焰万丈！阅读《岁月宁大》，会感受到时代风云对于大学生生活的全方位地介入，会觉得大学生们的生活中充满了国家的声音和社会的话语。而大学生们的生活命运又确乎是和整个社会，与时代的风霜雨雪紧紧联系在一起的。“大跃进”过后，中国经济进入“三年困难”时期。饥饿感成为20世纪60年代初期中国人最重要的生理感受之一。在蒋先生的日记当中，我没有看到如张贤亮在小说《绿化树》中所刻写的那种深入骨髓的饥饿感。但是，那些年大学生们多病却是不争的事实。营养不足是普遍的时代性的疾病，为基本的生存而焦虑和困惑，既存在于大学生的意识之中，更体现于农民的日常生活之中。蒋先生出身农家，日记中反复记录他频繁回家的经历，可以发现当时农村的匮乏和父老乡亲的艰辛是跃然于纸上的。1961年11月27日的日记记载：“现在的萝卜市价为0.3元。”这貌似平淡的一笔，我相信四十岁以上的中国人今天读到时都会触目惊心。在计划经济年代，中国各地的菜价大多数情况下是以分起价的。萝卜一向是菜市场中的“贱菜”，但这个“贱菜”那时居然要卖到每市斤0.3元！在这真实的记录背后，显然有着许多苦痛的历史事实。好在，梦魇般的岁月早已经走入历史的深处。现在是河清海晏的年代，中国人再也不用承受全民性的灾难和饥饿了。

阅读《岁月宁大》的第二个感受是，从这本真实的日记当中不仅能够看到半个世纪之前宁夏大学的建校史，也可以看出那个年代大学生活的真实面影。从这个角度而言，蒋先生的这部日记应该说具有一定的史料价值。宁夏大学是创建于1958年“大跃进”时期的一所西部院校，建校初期，人称“三土”院校：土大学、土校舍、土学生。当时的这种说法虽不无挖苦之意，但确实道的是实情，并非恶意地夸张。蒋先生作为宁夏大学的首届学子，自然见证了学校从草创到逐渐壮大的全过程。于是，读者们会在他的日记中发现：作为学校草创期的师生，曾经一齐上阵，脱土坯、盖房子，以解决共同的住宿问题；首批学员当中有一部分人属于年龄偏大的“调干生”，文化底子薄弱，又有家庭拖累，大学生活对他们来说，是精神和物质上的双重考验，其付出的人生代价显然要比一般人多得多。至于宁夏大学成立初期的建校思路、课程设置，师生情谊、学子心事，等等，《岁月宁大》当中也有相当多值得玩味的记录。

通读全书，有这样几个方面给我留下的印象最深。第一，学校成立初期，由于过多的政治运动的干扰和“开门办学”方针的导引，学校的课程设置呈现不稳定的状态，突出表现为社会活动和劳动过多，而课堂学习和读书时间偏少。第二，学校对于学生的管理相当严格，不留情面。因而，集体有凝聚力，学生有上进心。第三，五六十年代大学生的业余生活并非后来许多人所想象得那样单调乏味，而是有声有色。我是20世纪80年代的大学生。就我个人的感觉，实在觉得20世纪五六十年代大学生的业余生活，其活跃的程度并不输于80年代。在蒋先生的日记中，经常有参加舞会的记录。细读才知道当时大学生学跳舞是一项政治任务。而80年代我在北京读书之时，大学里办舞会有些时候是有某种障碍的，并不是想跳就跳。唯一的区别在于，大的政治环境改变了。读《岁月宁大》，凡是经历过大学生活的人都会生出感慨：许多故事从来就有，当是校园生活题中之义。在校园里，争强好胜者会时常苦恼，因为秉性使然、凡事要为人先，便难免遭人诟病；恐惧考试，是所有学生共同的心理病灶，考试一次，就仿佛死过一回；大学毕业前夕，离校在即，许多男生女生的情感忽然一夜“发育”，“都心里火扑扑的，情焰万丈”（见1962年1月18日日记）。让人惊讶的是，日记当中记载了这样一件事：一对男女同学相处日久，几乎难舍难分。忽然有人指出他们已陷入爱河，当事者闻风居然丧胆，干脆相互再不见面。读到这则故事，不由得要唏嘘再三。时代造就了每一代人的精神性格。当今天的人们只会让情欲放纵奔流时，有时，我们真的要怀念那些羞涩的年代。不为别的，只因为放纵的情欲里多的是挣扎和末世情怀，而羞涩的情感里多的却是纯洁和“执子之手、与子偕老”的坚定承诺。

新文学的健将胡适先生当年为董康的《书舶庸谭》作序言时说：“日记属于传记文学，最重在能描写作者的性情人格，故日记愈详细琐屑，愈有史料的价值。”《岁月宁大》具有史料的价值，我上面已多有论述。《岁月宁大》如何通过个人话语见出了作者的真性情，我这里也不妨一说。我与蒋振邦先生相熟多年，印象中他是一个性子急、不肯服输之人。观他的日记，才知道这样的性情由来已久。他在进入大学以后，不时在日记中检讨提醒自己，希望以后做事要稳重一些，要讲方式方法。看来，年轻时的蒋先生做事情常常是雷厉风行的。蒋振邦先生也是一个重情之人。在这本日记集里面，许多篇幅记载了父子情、兄弟情和同学情，虽然琐碎、家常，但确实是发自肺腑的文字。鲁迅诗云：“无情未必真豪杰，怜子如何不丈夫！”儿女情长并不一定就英雄气短。蒋先生一生在事业上勤勉有加，奋发有为，我以为，是亲情和友情给了他人间最珍贵的心灵慰藉和情感扶持。蒋先生又是一个多愁善感之人，年轻时代的多病和性格的敏感，使得他在日记中常常流露一些苦闷，有一些迷惘。然而，正所谓“成败一萧何”。性格的敏感虽然常常会造成心灵的苦痛，但它又不时会成为文学创作的催化剂。蒋先生上大学期间和工作之后能够成为不错的文学创作家，我想，显然与他的“多愁善感”有关。

许多年前，在校园里碰到蒋振邦先生时，会看到他的脚步是匆忙的——他在认真而勤奋地工作。最近几年，再遇见退休的蒋先生，发现他的步履依然匆匆。我不太知道退休之后的蒋先生为何不是神定气闲的模样。现在，在读了《岁月宁大》之后，我才算真正懂得了工作在同一校园里的这位老先生。也因此，我愿意向读者朋友们推荐这本日记集，希望读者诸君能够从蒋先生的个人话语中既读出半个世纪以前的历史风雨，也能够读出作者的真性情。

2006 年 7 月

铁肩道义　深情灌注

——读庄电一新作《满眼风光》和《青山明月不曾空》①

在宁夏，庄电一先生是闻名遐迩的记者，我二十多年前就知其大名，却一直无缘与他深入接触。前不久，庄先生送来他的新作《满眼风光》和《青山明月不曾空》，希望我能够说点读后的心得。我一直从事着文学评论工作，庄先生又曾经是20世纪80年代的“文学青年”，我们俩年龄上有五六岁的差距，但年轻的时候都曾经历过“浪漫的八十年代”，成长的精神底色却是相似的。我读他的书，仿佛是在与一个脾气和趣味相投的兄长围炉而坐，谈天说地、纵论时事，内心的认同感和喜悦感油然而生。我愿意把我的一些粗浅的阅读感受呈现给大家。

读庄电一先生的文章，最深的一个感受是：他是一个始终对祖国

---

①庄电一：《满眼风光》（上、下），宁夏人民出版社，2016年3月第1版；《青山明月不曾空》，宁夏人民出版社，2016年3月第1版。

和人民怀有深情、对生活怀有激情，追求理想、坚守信念的写作者。

读他的文章，无论新闻类作品还是文学类作品，感受最深的是：对祖国和人民的爱，对西部和宁夏的爱，构成了他三十年写作的一根红线。这根红线贯穿于他所有已经发表的作品，成为他作品中可以真切感知的跳动不已的脉搏。我们都知道，庄电一先生是经过艰苦的追寻和奋力的拼搏之后才得以进入记者工作岗位的。从担任记者的那一天起，实际上他就把一腔深情灌注到了写作当中。作为一个深受中国传统文化教育影响的读书人，他爱自己的国家，爱生活和劳动于这片土地上的人民；而作为一个生活于宁夏地区的知识分子，几十年奔波劳作于这片西部的热土，听惯了黄河的涛声，看惯了西北的风霜雨雪，他已经把自己的情感完全融入了这片土地。正因为热爱养育他的国家和土地，所以几十年来，他不遗余力地为宁夏的事情鼓与呼——既为宁夏社会方方面面的进步欢呼雀跃，也为宁夏社会生活当中出现的不健康现象和不和谐音调痛心疾首。我们读他的作品，会情不自禁地想到，庄电一对宁夏的深情，完全是一个赤子对养育自己的母亲的深情。这种深情体现在作品当中，既是依恋、难舍难分、高歌赞颂，也可能是责备、批评和恨铁不成钢。

庄电一的深情，当然来源于他的理想主义的追求和相信人类生活会变得更加美好的信念。因为追寻理想，相信美和善的生活是人类社会的主流，所以，他才可能对生活的点滴进步、人间的美好人物和西北的山川风物充满欣赏赞美之情；他也才有可能对生活天空当中短暂出现的乌云和人间的阴暗事物充满了愤怒之情。

读庄电一先生的文章，第二个感受是：他是一个铁肩担道义，敢于直面社会现实问题，有时候面对生活当中的不健康现象甚至会愤然作色、拍案而起的写作家。这一写作特色，已经伴随他走过了三十年。1984 年 11 月，可能是庄电一刚刚成为光明日报驻宁夏记者站记者的时候，他就立志："假如我是一名记者，我一定要成为无私无畏的勇士，为弱者仗义执言，为人民伸张正义，为生活除残去秽，决不向任何恶势力低头！如果一个记者遇到问题躲躲闪闪，'犹抱琵琶半遮面'，不敢揭露矛盾，或者只会歌功颂德、隐恶扬善，那他就辜负了人民的重托，亵渎了人民记者的神圣称号，他就不配当人民的记者！"（《青山明月不曾空·假如我是一名记者》）这是作者写于三十多年前的一段话，如今读来依然掷地有声，催人奋起。我们读他的《活人为何要栽死树？》《面对溢美之词岂能"欣然接受"？》《莫让谣言愚弄社会舆论——从张贤亮包养五个情人的虚假传言谈起》《堵一堵进京举办新闻发布会中的"黑洞"》《刹一刹图书过度追求豪华之风》等文章，时时会感受到一个身处斗室、心忧天下的知识分子的精神寻求。他对社会不良现象发声，不是个人恩怨所致，而是一个肩扛道义的正直读书人自然的情感表露和心灵呈现。

从文章创作学的角度而言，庄电一先生的写作呈现这样两个鲜明的特点。

第一，他的文章具有取材和发声的独特性，他总是在文章中追求一种具有区分度和辨识度的写作视点——"惟陈言之务去"，使所谈说的内容显现出新鲜情调和新鲜质地，从而避免陷入"人云亦云"的写作套路和陷阱。

第二，他的写作风格朴实、真率、峻切，不故作高深、不忸怩作态、不大话欺人、不言不由衷，是典型的"我手写我心"式的写作。读他的时评作品，仿佛是凛冽寒冬中的一杯热饮，暑热难耐之际的一杯凉茶，有痛快淋漓之感。

当然，庄氏文章也有一些瑕疵：比如：手勤，是长处。但写得太多，有时给读者的感觉就是“急就章”，思索的深度和文章的“含金量”明显不足。再比如，有些篇目在文字的推敲和锤炼上，还不够精益求精。这可能与记者通常的“赶稿子”的职业习惯有关。但我依然坚信：语言精美应该是一篇优秀之作的基本面貌之一。用汉语写作文章，写作者就应当充分意识到并体现汉语的博大精深之美以及音韵之美。如是，我们才可能继承祖先们经千锤百炼而创造的汉语写作传统，并把它推向新的境界。

2016 年 6 月

在生活的河床里发现动人景观

——序蒯陟文散文小说合集《乡村的记忆》[1]

生活之河永远奔流不息。我们所有的人都是这条不舍昼夜地流淌着的大河里的游泳者。或者，有时我们倦怠了，爬上岸来，歇息片刻，暂时做一个人生风景的观赏者。然而，河岸上片刻的宁静与怡然终究只是“浮生偷得半日闲”，大河奔腾翻卷不休，我们又怎么能当“永远的看客”？是的，一次又一次义无反顾地扑向广阔的生活河面是人类的宿命。只是，在生活的湍急河流里如鱼儿一般游动许多岁月，心灵深处就一定会留下许多记忆、想象和思索，这记忆、想象和思索倘若有一天真的化为令人怦然心动的美丽文字，那么，这来自心底的表达便属于文学创作的范畴了。现在，我的书桌上就摆放着一本出自业余文学创作者蒯

①蒯陟文：《乡村的记忆》，宁夏人民出版社，2010 年 10 月第 1 版。

陟文之手的散文和小说合集《乡村的记忆》。我认真地翻阅着它，把它看作是一位生活之河的深潜者的真实心灵记录。

阅读蒯陟文的这本散文和小说合集，第一个感受是作者对西北乡土生活的熟稔和痴情。全书的二十九篇文字里，三分之二部分是叙述和描写乡村生活的。无论是小村湖上的芦苇、沙漠边缘的沙枣树、田野里的零食，还是农户人家的老骡、母亲做的大烩菜，作者一一写来，情深意长。对乡村如此痴心眷恋，当然源于作者自小生于乡土农家，长于田野之上。据一般的创作心理学分析，童年时光不仅能沉淀为我们一生最清晰的记忆，也可以成为文学创作取之不尽的源泉。所以，小说家莫言才会说：“作家的创作，其实也是一个凭借着对故乡气味的回忆，寻找故乡的过程。”（莫言：《小说的气味》）而散文家周同宾则说得更加直截了当：“写作就是回老家，就是亲近故土亲人。”（周同宾：《古典的原野·自序》）显而易见，似乎没有哪一个来自乡土的作家能够逃脱故乡和亲人的情感包围，蒯陟文也不例外。只是，我读蒯陟文的作品，发现他在对乡村生活的浓情描绘之际，常常会将城市生活当作一个有意无意的参照和对比。他感叹城市里的应酬太多，已经吃坏了胃口，所以格外想念母亲做出的大烩菜（《大烩菜》）；他惊奇何以一个脾胃不开的城市孩子在有了乡村田野里的激情奔跑之后，居然食欲大开，面呈红润（《城市旁边是乡村》）。当年，为求生计骑自行车奔波于乡村土路时，心情何等沮丧落寞；而今，每日在办公室里伏案工作，竟然感觉骑自行车出行是怎样地令人通体舒泰，身心愉悦！（《骑自行车是一种境界》）蒯陟文说：“从乡村走出来的这双脚，在城镇的柏油路上奔波了许多年，但总觉得脚底下有些飘虚，日子久了，发现自己只不过是乡村放出来的一只风筝，在城市的天空里飘摇。”诚哉斯言！随着中国社会大规模工业化、城市化浪潮的奔涌而来，应该说，中国人的整体物质生活水平有了相当程度的提高，但是，工业化和城市化也带来了无法回避的矛盾和困惑：我们在享受更加丰富多彩的现代生活的同时，却不得不承受生态环境恶化所带来的一系列问题；我们在拥有了足够财富的同时，却眼睁睁地把“精神家园”丢在了爪哇国里。蒯陟文怀念乡村的美好，反思城市的芜杂，其思想旨趣自然不是要“抵抗城市”。他只是想借回忆和思索，寻找自己精神的“后花园”。这种寻找到底有多重要？蒯陟文当然知道它关乎自己的安身立命，关乎自己的生命尊严和生活质量。倘若一个人真的在物欲横流的今日丢失了精神的“故乡”，那么，等待他的也许不仅仅是日暮途穷，江上一哭，而是整个灵魂世界漆黑如夜，不见灯火了。

近些年来，文学创作界流行一种风尚：重在炫技，不见思想。这直接导致了大量浮光掠影式和自说自话式的文学作品的产生，从而严重地削弱了文学本身所天然具有的动人魅力。我读蒯陟文的这本创作集，非常欣喜地发现，虽然作者的创作数量难称宏富，但思想的力量却时时呈现。他说：“城市是投奔的异乡。”一句话里，包含着多少人间的况味！他在乘坐公交车的时刻，忽然顿悟：“我坐在公交车上的感觉是，我正在行走，朝着一个明确的目的地，但不知过程中会经历哪些东西。这很像一场人生。”设譬精警，耐人寻味。蒯陟文作品思想的力量，还体现在这本创作集里所收的几篇小说当中。《英雄主义》一篇，描写了自小顽劣强悍的武刚短暂的一生，在武刚起伏跌宕的人生命运的状绘当中，表达着作者深深的叹息和深沉的思索。小说借武刚之父的话点醒世人：“人活一辈子哪能那么容易，不想受一点苦还要活个面子光亮，怎么可能？放上天的风筝还得有根线挂在地上呢。”其他几篇小说，或叙述少年时代的学校生活，于生活的万千变化中窥出人性的莫测(《美丽·三年级》；或在男女情感的书写中，见出灵魂的真纯（《永不相遇》）；或在机关生涯的描绘中，透露难以言传的生活的苦涩与奥秘。简言之，蒯陟文是一个敢于潜入生活河底的创作者，在色彩杂陈的人生的河床上，他看到了所有的生存景观和人性图案，并以一支艺术的彩笔把它们呈现在读者面前。我们看到蒯陟文所提供的人生图景，是震惊还是生出难以抑制的感伤、叹息？那可能只是我们的事情。然而，我依然固执地相信：读者的激赏毫无疑问会变成推动作家创作向前的漂亮的火车头。

2010 年 9 月

回头一望中的深情和寻找

——读牛红旗散文集《失守的城堡》①

我与牛红旗不太熟悉，只知道他一直在默默地游历和创作。2012年九十月间，第一次看到他寄来的《失守的城堡》的初版本（宁夏人民出版社 2012 年 7 月第一版），粗粗浏览全书，感觉是震撼。后来又听说，牛红旗放着大好的生意不做，单单迷恋上奔走村落，拍摄古堡，用影像和文字为宁夏西海固地区的废弃城堡树碑立传。作为一个文学研究工作者，心中漾动的就不仅仅是感动，而是钦佩了。

宁夏的西海固地区，由于近代以来自然环境的恶化，现在是不太适合人类居住的地域。而在明代以前的历史上，这片土地也曾水草丰茂，牛羊塞道。早在汉唐时代，这里就是古代陆上丝绸之路东段北道的必经

①牛红旗：《失守的城堡》，作家出版社，2013 年 12 月第 1 版。

之路。20世纪80年代，固原地区出土来自古波斯的鎏金铜壶，充分证明“丝绸之路”上这一重要通道，当年曾经有过何等繁盛的贸易交往。宋代，这一地区是西夏和宋朝反复争夺的地区；元代，一代天骄成吉思汗曾避暑于六盘山，其孙忽必烈在固原开城建造过蔚为壮观的安西王府；明代在这里设立三边总制府，为军事重镇。1935年10月，毛泽东率领中央红军翻越了红军长征途中的最后一座山——六盘山，写下了壮丽的诗篇《清平乐·六盘山》。应该说，宁夏西海固的土地上，像中国其他地域一样，从来不缺乏历史、传奇、深情和故事。它缺乏的只是认真而诚实的讲述者。令人欣喜的是，新时期以来，西海固的土地上已经涌现了一大批真诚而深情的“土地故事”的讲述者。由于石舒清、马金莲、牛红旗等作家的努力，在人们的审美视野中，西海固已经不再是一个遥远而空洞的地理区域概念，而是一个积淀着深厚的古老文化的地域，是一个精神充盈的价值世界。

阅读牛红旗的《失守的城堡》一书，有以下的一些感触和思索。

这是一本从历史深处和生活深处打捞记忆，生发哲思的书。曹文轩老师在本书的序言里说：“这是一部在叙述和哲思之间来回滑动的文本。”我非常同意曹老师的这个说法。这可能是新时期以来宁夏文学的一个特色所在。从张贤亮开始，宁夏的文学创作就一直走着扎根生活和人的命运深处，在拥抱土地拥抱生命的基础上，书写社会历史人生，生发形而上哲思的创作之路。在宁夏，凌空蹈虚的创作非常少，原因就是：宁夏作家从来都认为，文学是发自内心的怜悯和疼痛，是“穷年忧黎元，叹息肠内热”的正义的抒发，是一个文化人对于人类美好价值世界的永远的坚守。

《失守的城堡》还是一部以文学的方式记录西海固历史风云变幻，在沧桑历史的回顾中寻找文化支点的书。我们的时代是提倡奔跑的时代，“速度”是这个时代的生活哲学，也是这个时代的最重要的表征。牛红旗却在红尘喧嚣、万众奔忙的时代提倡一种“回头看”的哲学。他平静了自己的内心，安放了自己的灵魂，一个人在辽阔、苍茫的西海固的土地上寻觅历史，查找传奇，在对历史的回望中打捞已经失去的传统。他对“诗礼传家”的激赏，他对固原古老城墙被毁的叹息，都表明，牛红旗对历史的寻找和对现实的描述，始终贯穿着一条思想红线，那就是：无论时代如何变化，中华民族的文化之根不可丢弃。这文化之根，不仅支撑了我们祖先穿越了无数的苦难，也将帮助现在的我们脱离消费主义的欲望之海，逐渐进入理性和精神解放的澄明之境。

宁夏文学是一种“慢”的文学，也是一种来自泥土，来自生活和生命最深处的文学。2013 年，马金莲的中篇小说《长河》的发表和牛红旗《失去的城堡》的出版，延续和强化了宁夏文学的这种创作特质，我们为宁夏文学的新发展感到高兴，也希望会有更多更优秀的宁夏作家加入到宁夏文学优美而独特的歌唱之中。

2014 年 1 月

真情无声　心灵有痕

——序马越散文集《觉醒的花园》①

在我的记忆里，马越是一个性情温和、言语不多的女子。二十多年前，我给马越所在的新闻班的同学们上过课。我那时尚年轻，三十岁刚出头，又是研究生毕业不久，所以心里面有憧憬，也充满激情，加上喜欢给学生们上课，故讲课效果还不错——学生们也因此记住了我。马越是通过听课记住了我的学生之一。许多年以后，大概是在一个读书讲座的现场，马越主动来与我打招呼，说她是我的学生，现在本地的一家专门为中学生服务的报纸工作，希望我能够抽出时间为报纸写点文章。于是，师徒因写作而重逢。我不时能够收到马越寄来的报纸，也断断续续在她主持编辑的版面上发表过一些文章，据说有几篇文章在教育界反

①马越：《觉醒的花园》，宁夏人民出版社，2017 年 10 月第 1 版。

响还不错。大概半个月以前，马越给我打电话说：近日她有一本散文集要出版，希望我能够为她的处女作写上一篇序言。坦率地说，接到她的电话，我有点吃惊。我知道马越一直是一个称职而优秀的编辑，也知道她利用业余时间写作发表了一些散文，但在工作十几年之后能够出版一本散文集，却是我始料未及的。厚厚的一叠稿子寄来了，我认真地通读了全书，钦佩之余，便有了下面的一些感想和思索。

首先应该说，《觉醒的花园》是一本真情流贯、不事伪饰的书。

客观而言，散文现在已经成为一种大众性文体，社会上各行各业的人都在写作散文。然而，我们也必须指出，散文总产量的庞大并非意味着散文质量的提升，有大量的写作者未经任何思想和艺术的训练，便仓促为文、拉杂写来。结果，粗糙简陋的记述与不具审美特质的应用文字随便流淌,原本清澈流动的散文创作之河一时间变得有点混浊和芜杂。许多所谓的散文之所以不动人，其中最重要的一个原因是所表达的人生情感既不深厚也不独特。所记述是人云亦云，所思索是肤浅而又肤浅。

读马越的散文，最深的一个感受是作者为文，“诚”字当头。生活和工作当中的感受，真诚其内，坦白其外，不做无病之呻吟，不事哗众取宠之包装。她写亲情，自然写来，本色动人。比如在《父母在的城市》一文中，作者写道：虽然和父母亲同处一座城市，但由于工作繁忙，某天中午却只能选择在父母家和自已家等距离的火车站见面，母亲拿来女儿爱吃的五香牛肉和凉皮，女儿给母亲带来的是网购羊毛衫。母女相见，车站的嘈杂、混乱仿佛皆不存在，存在的只是不惧时光不曾磨损的人间亲情。再比如，《写给我的薰衣草的女孩——给女儿的信》，一共六封，细数女儿从小学到中学的生活点滴、心理变化，于关爱、呵护、不舍、眷恋当中，把一个年轻母亲的至深情感，如实道出。我们认真读来，文章宛若水清见底的小石潭。现当代散文大家梁实秋有言：“散文的美，不在乎你能写出多少旁征博引的故事穿插，亦不在多少典丽的词句，而在能把心中的情思干干净净直截了当地表现出来。”读马越的散文，可做如是观。

马越散文的主要部分，是属于抒写性情类的简短文章。这类文章，一是对人生和岁月的真切感悟；二是因为职业的关系，属于作者在报纸特定版面上的“心灵絮语”。两类文章，可能写作的初衷有差异，文气却是相通的。我一向主张，做编辑者，无论是在出版社编辑图书，还是在媒体编辑报纸，抑或是在新媒体任职，都应该具有两个基本功：其一，有相当高级的文字鉴赏力；其二，自己能够写作好文章。对思想敏锐、见解超常的文章无感，自己的文字写作又不过关，这样的情形之下，如何才能去发现好文章，编辑好文章？“以其昏昏，使人昭昭”，未知可也。马越大学毕业之后，一直供职于本地报社，近二十年以来，又一直在编辑一份主要面向中学生的报纸，但她于繁忙的工作之余，执着地读书、写作，虽然不见“大部头”的著作产出，但一篇一篇的精短散文却如雪片般飞来。这样的勤奋，确实让人心生敬意。我读她的这类散文，感觉除了真情流露之外，不少篇章，还颇带有些哲思，并非只是一些小心情的表达。她在《写给绿萝》当中这样写道：“喜欢绿萝这种随遇而安、宠辱不惊的个性。它对外界只有最低的要求，更多的时候，它把主动权掌握在自己手里。对于活着的水土环境，它不挑不拣不计较不苛求，宠辱皆忘似乎到了没心没肺的地步，而自能活出一番风景。且看它优雅的枝条，奋发向上的叶子，还有一种淡然如菊的超逸和灵秀……活出了乐观、包容、坦然、自在，活出了自己的风骨，这是怎样的一种顺其自然又柔软智慧的境界呢？”读这样的文章，读者们当然会感动于花草的拟人化——状绘绿萝实则是为了抒发为人处世的原则与性情。花草无声，人间有情。风塑花形，恰如人跋涉于生活的激流当中，是进是退，向上攀升的意念从来根植于不容动摇的内心。其他如《静默的舞者》《面前的花朵》《当时间穿过生命》《醒着的梦或玄思》《秋日冥想》等篇目，皆是托物言志，哲思玄远之作，其写作或发之于眼前风景，或远眺于头上星空，虽主旨不一，但一颗默默坚守、锲而不舍之心却跃然纸上，读来，不能不使人怦然心动。

显然，马越女士的文学创作只是犁开了第一片处女地。她开垦的这片土地，新鲜、潮湿，撒下了些微的种子，有了喜人的收获。作为享受过她种的“果子”的人，我们当然应该祝贺和鼓励她。但是，我也要叮嘱她：能够种出“果子”的人和能够种出色、香、味俱佳的“果子”的人，是两个不同的概念层次，也是人生和写作的不同境界。其间，有着坎坷的路径和难以躲避的风雨。我只是心怀期待，在经历了岁月的磨砺、思想和艺术的艰苦锤炼和必要沉淀之后，马越的文字会变得越来越深沉博大和令人难忘。

是为序。

2017 年 5 月

诗情在心的女评论家

——简论回族女作家哈若蕙的文学评论

回族女作家哈若蕙有着多重的身份。她曾经是一个深受学生喜爱和痴迷的文学教授。直到今天，二十多年前感受过哈老师课堂讲授风采的学生们，依然能够清晰记得她的口吐莲花，春风化雨。她也曾经是一个具有全国影响力的图书编辑和出版人。她策划和担当责任编辑的《跨文化丛书·外国作家与中国文化》《鹅毛信文库》《人文日本新书》等书系，连续获得中国图书奖等奖项，她还被全国版协、中国编辑学会授予“第五届全国优秀中青年编辑（图书）”称号。她担任过宁夏文联和作协的领导，出任过国家级文学奖茅盾文学奖评委（第八届）、全国少数民族文学创作“骏马奖”评委（第十届）。她自幼便具艺术禀赋，喜欢朗诵，音色纯美，在基层单位当过播音员，以后又以“票友”的身份，做过影视剧的配音演员。我们喜欢和欣赏哈若蕙的多才多艺，这使她的生活和工作充满了人生的情趣，陶冶了自己也感染了他人。然而，在哈若蕙的多重身份当中，我们更喜欢她女评论家的角色。是的，由于工作变更和转换的关系，哈若蕙的文学评论作品并没有一直呈现持续“井喷”的创作状态。但是，就是这能够看到的数十万字，也足以证明了哈若蕙灵敏的审美嗅觉和特异的评论风采。当我们认真阅读了她从业三十年余年来所发表的所有评论文字，我们不得不承认：无论在当代回族文学创作领域，还是在新时期以来的宁夏文学创作界，哈若蕙皆可以名列优秀的女性文学评论家行列。

文学圈内的朋友们都知道，哈若蕙毕业于名校的中文系，阅读过大量文学史上的经典著作，受过严格的文学鉴赏和批评的训练，加上工作之后在相当漫长的时间段内从事着高校的文学教学和研究工作，所以，她的评论文章首先具有相当开阔的关注和写作视野。无论是赏析辛弃疾的词作（《诗中有画　尺幅传情——浅析辛弃疾〈西江月·夜行黄沙道中〉》），还是讨论现代小说名家丘东平的小说（《血打的稿子　墨写的文字——丘东平小说〈暴风雨的一天〉赏评》），无论是评论俄罗斯文学名著（《〈叶甫盖尼·奥涅金〉琐谈》），还是谈说电视艺术（《电视艺术鉴赏漫谈》），哈若蕙皆能从容道及，自出机杼。她的这些讨论和赏读中外文学作品的文字，既是她认真学习和揣摩文学经典之后的思想和审美感悟，也是一个优秀的文学批评家走向成熟过程中必然要攀登的文学阶梯。在哈若蕙所创作的文学评论作品中，有两篇文章值得特别提及。这两篇文章不仅表明作者在讨论文学时有着相当广阔的人生视野，也指示着文学评论文章的独特视角和应有深度。《一个失去平衡的世界——庐隐悲剧创作初探》一文是作者的一篇获奖论文。[①]这篇文章通过对“五四”时期文学研究会著名女作家庐隐小说作品的深度解析，相当充分地论证了庐隐创作的独特性。作者认为，作为一个提倡写实的文学团体中的一员，庐隐的小说有着与文学研究会其他小说家创作相异的旨趣：她的小说创作当中有着非常显著的浪漫主义精神色彩。由此，可以这样评价“五四”时期与庐隐相似的一类作家的创作，他们的创作是在现实主义的底板上呈现出浓厚的浪漫主义色彩，在现实主义的基调中跳出几串浪漫主义的音符，是现实主义和浪漫主义的一种相互渗透和统一。如此讨论和界定女作家庐隐小说创作的精神和艺术寻求，不仅很好地解答了以写实主义为核心创作寻求的文学研究会成员何以有浪漫主义的追求这一艺术疑问，也为宽泛地理解“五四”时期的浪漫主义书写提供了成功的文学解析范本。《灵魂的告白——卢梭〈忏悔录〉与巴金〈随想录〉比较谈》一文是为哈若蕙赢得更大范围之内的文学声誉的评论文章。[②]这篇文章将18世纪法国大作家卢梭的《忏悔录》与当代中国作家巴金的《随想录》作一创作对比，富于深度地揭示了两位作家精神寻求的相似性，以及“卢梭气质”（敢于坦荡诚实地书写人生忏悔前尘）对巴金创作的深刻影响。正是卢梭所提倡的“不论善和恶，我都同样坦率地写出来”的写作原则，影响了巴金一生的创作，并促使巴金在人生的晚年，在《随想录》当中“掏出心来”：忏悔个人在过去年代的“不堪”表演，反思何以一夜之间，自己由一个具有科学民主思想的现代公民，忽然就沦为俯首听命的“奴隶”

①该文曾于2007年获得宁夏社会科学评奖优秀成果（论文）三等奖。

②该文章首发于《宁夏教育学院 银川师专学报》（社科版）1989年第4期，被中国人民大学报刊复印资料《外国文学研究》1990年第3期全文转载，后收入《巴金研究》2000年第2期。获得宁夏文学学会论文一等奖、宁夏第五届社会科学优秀成果论文三等奖。

的原因所在。《灵魂的告白——卢梭〈忏悔录〉与巴金〈随想录〉比较谈》一文发表后，在文学圈内引起相当热烈的反响。作家吴淮生评论说：该文将卢梭和巴金的创作进行对比研究，是一个独特的发现，显示了作者新锐独特的审美视角。[①]作为一个生活和工作于宁夏的文学评论家，对宁夏本土文学创作和少数民族作家创作的关注和研究构成了哈若蕙文学评论的重要内容。她对宁夏文学的批评，既有宏观层面的论述，比如《春天的笛音——读宁夏少数民族文学讲习所学员创作有感》《一枝红杏出墙来——宁夏新时期十年女性文学浅议》等文，也有相当数量的从细微处入手的作家作品评论。她欣赏老诗人吴淮生的童心未泯、情深意长（《霜叶春花一样红——吴淮生新诗漫评》）；她从青年作家陈继明的短篇小说中发现动人的艺术力量(《聆听心的呼唤——陈继明小说〈村子〉阅读手记》）；当青年作家石舒清还处于创作的爬坡阶段时，她就情不自禁地为之加油、喝彩（《醉人的信天游——石舒清小说〈赶山〉漫议》）；又一个青年作家李进祥出版了第一部小说集《换水》，她写出了文质并美的《这一方水土这一方情——读李进祥小说集〈换水〉》。“宁夏文学”作为一个学术命名，始于社会主义新时期。在新时期宁夏文学三十多年的发展历程中，从事文学批评者少而又少，哈若蕙的文学评论，是扶持宁夏文学健康发展不多的声音之一，也是将宁夏文学送上中国文学舞台的重要锣鼓。

细读哈若蕙的文学评论文章，还有一个阅读感受是：这是一个诗情迸发、诗意盎然的文学写作者。我们单看她所写文章的题目，除了极

①吴淮生：《新锐的审美视角与编辑的风范——读哈若蕙〈一片冰心〉》，原载《黄河文学》2010 年第 10—11 期合刊。

个别篇目之外，几乎都含蕴着动人的诗情画意，是认真炼字，精心结撰的结果。无论是对中国古代和现代经典作家与作品的赏析，还是对宁夏作家作品的研读，也包括她对所责编的当代书籍的郑重推介，她的文章题目无一例外地抓人、吸引人，令人过目难忘。比如评论“七月派”小说家丘东平所作的“抗战小说”《暴风雨的一天》，作者的评论文字题名《血打的稿子　墨写的文字》，读者未读丘东平的小说原作，大概就会被这评论文章的题目深深吸引；又比如她的一篇评论文章《一片冰心在玉壶》，是为历经人生磨难的女教师张若冰的自传《我的岁月我的歌》所写的编后记。张氏一生命运坎坷蹭蹬，阅尽人间风霜雨雪。然张氏此生追求光明之心始终不改，虽九死而犹未悔。哈若蕙女士借唐人诗句来概括张若冰一生的精神内核及不倦寻求，不仅文辞精美，而且深中肯綮。应该说，文章标题的用心打磨和充满诗情还只是哈若蕙写作的一个小小的诗意呈现。倘若真正地深入她的一些代表作，我们还会强烈地感受到她来自心灵深处的对纯美诗情的执着追寻。这诗情，不狂放、不嚣张、不喧哗；这诗情，如风似雾，是月明星稀之夜静静流淌的小河，是初春时节十里杨柳岸上望之朦胧的柳烟。我们读她的评论庐隐创作的文章、评论梅洁作品的文章，读她的被不少人叫好的《灵魂的告白——卢梭〈忏悔录〉与巴金〈随想录〉比较谈》《醉人的信天游——石舒清小说〈赶山〉漫议》《这一方水土这一方情——读李进祥的小说集〈换水〉》等作品，会被她文章的理性力量所征服，更会为文章所流贯的浓浓的优美诗情所陶醉。不妨摘引几段她的评论文字，来看看她的文辞之美。

她在评论刚刚在文坛崭露头角的女作家于秀兰的创作时，这样谈说：

看到此，一种蓦然心动的感觉提示着我：这种渗透于作者周身的血肉相连的民族意识、民族感情，这种“剪不断、理还乱”的山乡“情结”，以及面对生活积极进取的人生态度，不正是于秀兰这个年轻的回族女作家身上不容忽略的艺术品格吗？……沉浸在深深的感动中，我的眼前浮现出一幅生动的画面：山野中一株悄然怒放的小花，俊逸、清新，带着乡间的土气，更带着纯净的馨香，满身花粉，一路芬芳，为人们送上心底的慰藉……这是否算得上对于秀兰的写照呢？

——《一枝红杏出墙来——宁夏新时期十年女性文学浅议》

作家吴淮生原籍安徽泾县，年轻时由江南之地来到塞北的宁夏，此后一直在宁夏文联工作。哈若蕙在《霜叶春花一样红——吴淮生新诗漫评》一文的开篇这样说：“吴淮生是宁夏知名的诗人和散文家。三十多年来，塞北的风霜雪雨在他的额前刻下了岁月的年轮，一株江南的绿柳业已变成塞北苍劲的榆槐……”如此形容吴氏，已属妥帖、清新，哈若蕙却意犹未尽，接着说：

他一面风尘仆仆地工作，一面将心中的情愫酿成精美的诗篇。他更携一颗诗心，做南归北往的宾客，萍踪湖海、浪迹天涯……于是，缤纷的诗绪，化作沁人的语丝，落满这洁白的诗笺。

显然，哈若蕙是一个具有作家禀赋的评论家。她的精神性格当中所拥有的抒情气质，使她的评论文字别具一种温馨的情深意长的艺术力量。阅读她的自述文章《岁月就这样静静地流淌》，知道她的少年时代是在动荡岁月里度过的。年少时的哈若蕙曾经因为父亲莫须有的罪名而遭受歧视和打击。中学毕业以后，她也曾下过乡，做过“知青”。然而，生活的磨难并没有带来灵魂的扭曲和文章里的哭天抢地。事实上，严峻的生活没有磨灭她内心深处对人间社会的万般眷爱之情。哈若蕙把人间的酸苦当作了此生必须坦然面对的“功课”。巴乌托夫斯基说过：“对生活，对我们周围一切的诗意的理解，是童年时代给予我们的最伟大的馈赠。”如果我们承认作家内心的诗意很多时候是来源于童年时代，来源于创作者对生活阳光和人间美丽的无尽追求，那么，我们就得承认，哈若惠是一个带有一点浪漫主义情结的写作者。这种长久地以“发现美丽”的眼光来看待生命和生活的审美心理机制，给她的文学评论文章带来了缤纷的诗意，也给读者的心灵带来了温暖的抚慰。

2017 年 1 月

坚定而朴素的写作

——序王晓静文学评论集《梦断乡心又一程》[①]

注意到“王晓静”这个名字，是五六年前的事情。在《朔方》《六盘山》等本地报刊上看到了王晓静的文学评论文章，初步印象是作者对文学作品的感知是真切的细腻的，也显现了应有的才气。此后，大概是在 2009 年夏天的某一日，《朔方》编辑部在贺兰山岩画左近组织了一次文学活动。这时，王晓静出现了。她脸上漾着微笑，朴素、淡定，默默地走在一群人当中。再后来，我才知道，王晓静是宁夏大学中文系 1986 级的本科学生，并且还是在母校攻读的硕士学位。这样说来，王晓静确乎是我的弟子了。我在宁夏大学中文系工作了 30 年，给上千名本科学生上过课。由于学生多多，能够深刻记忆者实在有限。因此，某

①王晓静：《梦断乡心又一程》，阳光出版社，2013 年 11 月第 1 版。

些时候与昔日弟子偶遇，除非学生们自报家门，否则，我确实难以准确叫出某弟子姓甚名谁。王晓静就这样重新出现在我的面前。除了从容淡定的神态，她还奉献了这本即将出版的评论集。作为她曾经授业的老师，在通读了她的文章之后，我愿意为其评论文字说上几句勉励的话。

王晓静真正从事评论文字的写作，年数不算多，也就五六年的时间。但是她的评论文章的发表率却并不算低。可见，她在写作上多么勤奋。许多女性年轻的时候，也许做过非常浪漫的文学梦，并且还有可能曾经在心灵深处立下过誓言：此生一定要做一个“虽九死而犹未悔”的文学写作者。然而，一旦结婚生子，步入凡俗。不少女性便梦想坠地，诗性全无。我经常看到一些当年青春飞扬诗意弥漫的女性，在步入庸常的世俗生活之后，只知柴米油盐而无视其他生活选项的景观。王晓静好像是一个例外。她是女性，自然要承担应该承担的社会和家庭责任。然而，在奔波辗转于人间烟火红尘之际，她的内心却始终流淌着超脱尘俗、仰望星空的纯美诗情。我读她的评论文章，能够非常强烈地感受到她对人类精神生活空间的刻意寻求：月明星稀，灯下诵读；世情纷扰，我心玄远。如今，有为数不少的人已经无法感知读书写作的苦与乐，而王晓静却执着地、费心费力地长年在书的森林里寻觅、探险，采摘异果，自我陶醉，直至不知归途。我从事文学评论工作 30 年，知道走这条写作之路的艰苦和辛劳。外人常常以为做一个文学评论者可以随意指点文场，臧否人物，却不知道要成为一个优秀的评论家得付出多少时间和精力，多少心血和汗水。王晓静当然深知这一点。但是，她还是愿意在这条崎岖的山路上走下去。仅凭这一点，作为她的老师，我也愿意为其勤奋的写作喝彩，鼓劲。

王晓静的评论视野是开阔的。她对现当代名家的作品有涉猎，亦有点评。诸如鲁迅的《故事新编》，沈从文的小说代表作，庐隐、丁玲、张爱玲等女作家的创作，包括台湾女作家龙应台的散文集，作者认真读来，细细咀嚼，时有清新感悟。相比较而言，对近二十年来宁夏作家作品的评析阐释，似是王晓静写作的重点。无论是新时期宁夏文学的开拓者和领路人张贤亮，还是20世纪90年代以后宁夏文学的“红旗手”石舒清、郭文斌、漠月，抑或是宁夏诗坛的“弄潮儿”杨梓、梦也、单永珍、马占祥，王晓静皆能出乎于作品之中，谈说于作品之外。我们虽然不能说她对上述作家的解析和批评已经臻于化境了，但那一份勤恳和认真还是颇可打动人心的。在宁夏，从事文学批评有着比别处更多的困扰，精神劳动的回报率非常低自不必说，单是话语的斟酌和措辞的不易已经耗费了批评者许多的心血和情感。就在如此的困局之中，王晓静还阅读了那么多本地作家的作品，发表了那么多直抒胸臆的见解。她对宁夏文学的殷殷之情简直可称“呼之欲出”。

作为一个同样从事文学评论工作的同道，我也想在这篇序言当中指出王晓静写作中的一些不足。我一直有一个观点，以为做一个优秀的评论者，必须要有长期的沉潜于经典文学文本的阅读功夫。观千剑而后识器，操千曲然后晓声。王晓静的许多评论文章有感知，也有才气，但更深透的思想艺术分析却常常隐身不现，力有不逮。这是思想沉淀未久和读书未能宏富所致。朱光潜先生当年告诫弄文学的人：学文学第一件要事是多玩索名家作品。这是忠告，也是成为一个好的文学写作者的前提。另外，我以为一个评论者各种体裁的评论文字都上手，亦是短处。王晓静的写作视野固然宽泛，但小说评论和诗歌评论同时写来，一般的评论者会视为畏途。我的意思是，与其十指纷张，不如回收为拳。这样击打出去，手上会更有力量。最后想说的一点是，王晓静文章的语言如果能够锤炼得更加精美，其文章的分量和价值将跃上新境界。我读她现在的批评文字，感觉时有嘉言妙句（比如：她形容评论家的职责是“以绿叶的身份为作品补色，隐在身后助红花怒放”，即是相当漂亮的词句），但一篇杰作的语言还需要更严密的思维逻辑以及更为流畅和清晰地表达。如何使整篇文章的每一句话都能够得到心血和智慧的锻造，成为一条流光溢彩的语言之河，既是写作者必须跨越的艺术山峰，也是成为优秀评论家的必由之路。

是为序。

2013 年 11 月

且做一回深山采药人

——序许峰评论著作《新世纪宁夏小说现代化研究》[1]

许峰博士要出版他的第一本文学批评著作《新世纪宁夏小说现代化研究》，嘱我为其作序。作为他的授业导师，这一任务自然是责无旁贷。恰逢“五一”假期，抽出时间又认真阅读了许峰送来的书稿（书中的不少内容此前发表时我已经阅读过），想起了一些往事，也对他的写作有了一些新的认识。现在就将旧事和新解如实呈现在这里，权作本书的序言。

说道起来，许峰做我的弟子已经有十年的时光了。2007 年春天，他参加硕士研究生复试，第一次出现在我面前时，还是一个腼腆的带着点青涩的毛头小伙子。十年过去，他已经成长为一个在宁夏文学圈颇有

①许峰：《新世纪宁夏小说现代化研究》，宁夏人民教育出版社，2020 年 2 月第 1 版。

点影响力的青年学者了。我当然为弟子的成长高兴，也不禁回忆起这些年来许峰在学问这片园地里执着耕耘、辛勤挥洒汗水从而赢得喜人收获的诸种情状。与数量不少的心思游移东张西望的研究生相比较，许峰属于真心爱书爱学问的那一类弟子，过去有一个说法叫“读书种子”。他对学问的热爱、对于事物真相的探究兴趣是发自内心深处的，不是做给别人看的。在电子读物已经普及的今天，他依然喜欢买纸质书看，节假日与妻儿一起上街几乎每次都要到书店逛上一圈儿。因为打心眼儿里对知识和智慧痴情，所以他读起书来基本上能够做到心无旁骛，也容易发现问题钻研进去。许峰还是一个相当刻苦的读书人。偶尔有几次，今晚要说明天必须要做的事情，抱着试一试的想法，我夜里十一点多发微信过去，很快就会收到他的回复。几句话聊下来，我叮嘱他早点休息。他却回答：还有一个章节未读完，读完再休息。以我做学问的经验来看，一个人如果不是内心自然涌动着对学问的最深的喜爱，如果不把读书做学问当作是人间快乐之事，而只把攻读学位、撰写论文当作是牟取利益高回报的路径，那么，这个人是无法做到“刻苦”这二字的。刻苦不是故意展示给人看的花拳绣腿、表面功夫，刻苦是夜里绽放的花朵，是“羞答答的玫瑰静悄悄地开”。许峰的刻苦也体现在他的写作上，从硕士研究生毕业到现在，七八年间他已经写作和发表了近三十万字的文学批评文字。这对一个进入文学评论领域不久的年轻人说来，也属不容易取得的成绩。众所周知，从事文学批评工作通常意味着异常艰辛的劳动和超出寻常人的付出。写作文学评论文字，不仅要有相当丰厚的理论积累和长期训练而形成的文本分析能力，更要有一颗耐得住寂寞的心。文学评论写作者的工作方式与一个深山采药人颇为相似。他背着背篓，手拿药锄，或穿行于幽谷当中，或攀登于峭壁之上。天光之下、迷雾当中、百般寻觅、辛苦探查，偶尔也会寻得名贵稀有之物，大多数时候却只收获一些普通的药草。然而，他不沮丧。他坚忍、执着，舍不得抛下背篓，不愿意放弃药锄。密林深处是他的归宿，羊肠小道是他的诗和远方。许峰既然已经走上了文学评论写作这条寂寞之路，自然有他的定力。我读他的文稿，眼前总是浮现他灯下读书、急促地敲击键盘的形象。

现在该说一说许峰文章的短长了。许峰的文章是有锐气的文章。他读理论书籍和名家文章，受到启发，结合所研究的对象或解析的文本，常常能够道别人之未道，而且言说准确，并不是生搬硬套。这般化用和出新的功夫，读书少的人或者思索不周者，常常会弄巧成拙。比如：许峰对宁夏老作家高耀山长篇小说《烟火人家》的分析，对升玄长篇小说《越秀峰》的评价，对女作家曹海英小说创作路径的精细剖析，就是有锐气、观点新颖、持论妥帖的评论之作。这三篇评论发表后，三位作家均表示高度认可，并在我这个业师面前有夸赞之辞。许峰的文章中也展示了相当良好的艺术感受能力和分析能力。比较长的一个时期以来，由于整个社会的审美教育存在明显缺陷以及文学评论写作中流行技术化倾向，只见许多人写作的文学研究文章当中，大量采用来自西方的时髦理论对文学文本进行生拉硬扯式地分析，而独独不谈文学作品的艺术品质和艺术内涵。读完这样的用时髦理论分析文学现象和文学文本的高、大、上文章，常常会使人如坠雾中，不知道研究者的一大套理论与被分析的文学文本之间到底有何关系？读许峰的分析具体文学文本的文章，没有感觉到文学研究中粗暴的“拉郎配”做法。他的文章艺术感觉精细、分析研究到位，是细抠文本、体会创作者深心的结果，也是认真揣摩学习优秀作家和评论家有关艺术分析见解的结果。比如：他对石舒清小说名篇《浮世》的谈论，对陈继明小说名作《粉刷工吉祥》的分析，对张学东短篇小说《喷雾器》的艺术把握，都是值得称赞的研究分析文章。我一直以为，对于具体的文学文本的精细的艺术分析，从来都是一位文学研究者必备的基本功。基本功不具备，哪怕你的文章中采用了不少的高级时髦理论，到头来也只是“拉大旗做虎皮”的伎俩，算不得真本事的。我也希望许峰今后能够多写这一类文字（尽管这一类文字不太好发表），以使自己的文学感受力和分析能力打磨得更为锐利、精细、富有情韵。

序言的最后想说一说许峰文章的不足之处。写作文学评论文章，谈说的是具体的文学现象和文学作品，但文学自诞生的那一天起就与大地、天空、人类生活有着天然的血缘联系，所以文学研究者万不可只关注自己眼前的“一亩三分地”，而是要开阔胸襟、放开眼界，关注天下与苍生。郑板桥诗云：“些小吾曹州县吏，一枝一叶总关情。”鲁迅有言：“外面进行着的夜，无穷的远方，无数的人们，都和我有关。”（《这也是生活》）在认真关注世界风云、深究“中国故事”的生长土壤以使研究文章的视野更为开阔、立意更为高远方面，许峰还需要努力。另外，写作文学评论文章，对中国古代的哲学、历史、人文地理等知识和智慧，不仅要了然于心，更要沉浸其中，细细品味，以增强知人论世论文的能力。在这一能力的养成方面，出生于 20 世纪 80 年代的年轻评论者们普遍存在着“短板”。还有一个需要注意的问题：文字的推敲和考究。我自己写作文学评论，对如何表现汉语的独特美质有追求，总希望自己的文章不仅字句考究，而且读起来好听、朗朗上口。我也期盼着我的弟子们能够在日常生活中，把古典诗文数册放置于案头、枕边，每每于小憩之时吟咏一二、抄写一二，天长日久，汉语的简洁、晓畅、睿智、富有韵律之美的特点就会自然流露于所作的文章之中。

是为序。

2018 年 5 月

让如歌的生命穿越峥嵘岁月

——序《岁月履痕——许家麟写生画集》[①]

最近几年，因为出版个人专著等事宜，我成了宁夏人民出版社所在办公大楼里的常客。应该说，出版社的年轻编辑，大多数我都能够叫得出名字来。但是，社里一些退休的老编辑，由于此前未曾谋面，我不太熟悉。许家麟先生曾经是宁夏人民出版社的资深编辑，还是国内颇享盛名的国画家，而我却一直无缘与其相见。直到吕棣女士有一天拿来了许先生的写生画集《岁月履痕——许家麟写生画集》，我才知道这位杰出的画家与我生活在同一座城市里。于是，与许先生见了面，聊了三个多钟头。再以后，便细细品读和欣赏许先生的画稿。读着读着，就有了诸多的心得。

---

①许家麟：《岁月履痕——许家麟写生画集》，宁夏人民教育出版社，2012 年 11 月第 1 版。

读许先生的写生画集，最大的感受是：《岁月履痕——许家麟写生画集》是一本记载着许先生生命旅程的画集。这是他的艺术创作，也是他生命律动的真实写照。许先生1941年出生于贵州省贵阳市，他幼年丧母，家庭生活相当贫困、窘迫，而他硬是凭着一颗向善爱美之心，凭着痴情艺术的天赋，刻苦习画，终有所成。早在贵州民族学院附中学习期间，他就显示出非常优秀的创作才能。1961年，二十岁的他创作出毕业作品《花溪河上》。该画成功地运用中国山水画的传统技法，表现了贵州山区水电站建设的宏伟壮观场面。画作于1962年1月在《人民日报》和《贵州日报》同时发表，一时间，对作品的好评之声如潮，许先生遂声名鹊起。我们观他的写生画集，会发现这一时期（1961—1965年），许先生的画作风格都是明朗欢快的。他画《花鸟》《福泉山龙虎池》，画三都县水族人民居住的吊脚楼，画居于黔南的桃花源一般的惠水村落，这些画作充溢着时代的豪迈奋进之气，也透露着一个二十多岁的年轻人对新生活的向往之情。不错，如今，当年轻的我们言及20世纪60年代初期的中国社会生活，我们当然会有别样的评价。然而，当许先生那一代人年轻的时候，他们对生活的感受与认知，又确乎是与今天的年轻人不尽相同的。许先生诗曰："昔日我为少年郎，以苦为乐宿羊昌。九死未悔缘情真，而今难觅那灯光。"一个人总是会深情地记住自己的青春岁月。在那些岁月里，年轻人还来不及品尝生活的挫折和失败，所以，小小的"吃苦"并构不成对生活的明亮色彩的否定。许先生就是带着这样的心情来到宁夏的。1965年10月，许先生从大西南辗转来到地处西北腹地的宁夏固原地区。作者自述："从贵州高原初到宁夏，眼中风物，皆觉新奇。"住窑洞，吃窖水，走荒原，迎风沙。

看惯贵州的青山绿水，突然变身为黄土地上的农夫，许先生的内心波澜可想而知。然而，生活的磨难，对于一个寻常人而言，可能是避之唯恐不及的灾祸；而对一个艺术家而言，则是难得的艺术馈赠。欧阳修早就有言：“穷而后工。”于是，我们发现，在许先生的画稿中，有了黄土地上以树枝为笔、以大地为纸的稚子学童；有了可爱的小毛驴和可亲的小羊。于是，当许先生终于在西北腹地找到人生的“另一半”时，他笔下被白雪覆盖着的泾源中庄的简陋民居，便给人一种温暖如春的感觉。我读《岁月履痕——许家麟写生画集》，发现“乐观明朗”是作者画作当中一以贯之的艺术风格和情调。我当然相信，这是许先生足够强大的内心世界的外化，是作者的生命能够穿越不寻常岁月的精神根源所在。有的创作家，一旦遭遇人生的磨难与坎坷，或哭天抢地，或失魂落魄。“精、气、神”在日复一日的长吁短叹之中，消磨殆尽。许先生不然。不能说他在生活的莫测变化面前从无怨声。然而，生活的灾难从未击倒过他。他知道：来到的就必须承担。承担了，你才知道生命的完美和岁月的无敌；你才知道，对于一个艺术家而言，天地有大美存焉。

我从《岁月履痕——许家麟写生画集》这本写生画集中，读出了许先生的生命旅程，这只构成了我品读的一个粗浅层面。事实上，遍翻这本画集，会渐渐触摸到作者的精神底色。乐观通达是他性格的核心因素，南方的柔美与北方的“慷慨多气”则塑造了他的画魂。许先生出生于中国南方，他的画作自然带有南方的灵秀和细腻。然而，二十四岁以后，许先生只身一人来到大西北，其生命的起伏波动又与大西北的风沙雨雪相交融。这使他的性格之中不仅富有南方的温润之气，也多有北方的粗犷豪放之气。许先生爱画山脉。无论是贵州的青色山峦、江南的黄山、雁荡山，还是宁夏的贺兰山、六盘山，帕米尔高原上的公格尔雪山，许先生都曾踏访，精心描画。孔子曰：“仁者乐山，智者乐水。”无言的山，大概寄托着许先生壮阔的人生感慨吧。许先生信奉“读万卷书，行万里路”的古训，每每觅得出行机会，便不辞劳苦，四处采风。仿佛一只勤劳的蜜蜂，总是想用辛苦的劳作，酿成甜蜜的佳品。许先生数次出国，到过东南亚和欧洲诸国，并且都留有精彩的写生画。我猜测，许先生是想使自己的文化眼光更开阔一些，文化积累更丰厚一些。循此思路，读者们也就不难理解，为什么这本写生集中，还会出现那么多都市新景观：上海的街景、深圳的高楼、厦门的风姿和香港的公园。作为一个中国画的创作者，许先生不是那种“躲进小楼成一统，管他春夏与秋冬”的画家，他是一个时刻注视着社会变化和时代风云的人。因为他懂得，一个能够同时与传统和时代形成对话关系的人，才可能成为一个不断开拓生机的艺术家。

2008 年 3 月

附 录

有关文学评论、民族文学和西海固文学的问答

2018年7月23日，中央民族大学文学与新闻传播学院钟进文、杨春教授率“中国当代少数民族作家资料库建设及其研究”（国家社会科学基金重大项目）课题组成员来到宁夏银川和固原两地进行实地考察、调研和采访。本人忝列被采访对象，遂有以下与中央民族大学文学与新闻传播学院博士研究生的问与答。

1. 您何时开始了文学评论的写作？请谈谈简单的创作历程。

1984年7月，我从北京大学中文系文学专业毕业，被分配到宁夏大学中文系从事中国现当代文学学科的教学和研究工作，教学之余开始了文学评论的写作工作。从本科毕业参加工作到80年代末去攻读研究生这段时间，我发表的文学评论文章不多，也就三两篇。1988年9月，我重归北京大学中文系中国现当代文学专业攻读硕士研究生，1991年研究生毕业后又一次回到宁夏大学中文系从事教学和科研工作。1994

年年底，一个偶然的机会，为宁夏青年作家陈继明（宁夏文坛“三棵树”之一）的“创作小辑”（即将刊载）写了一篇简短的评论，发表在《朔方》文学杂志上。从此，我的文学评论写作便一发不可收拾，二十多年间，写作了160多万字的评论，出版了六本文学评论著作（《人类重要文学命题》《负重的文学》《写作是为时代作证》《欲望年代的文学守护》《孤独的写作与丰满的文学》《守护风沙中的一盏灯》），主编了《中国回族文学通史·当代卷》等著作。《负重的文学》一书于2005年8月获全国第八届少数民族文学创作“骏马奖”（评论、理论集），属于国家级文学大奖之一。另有文学研究论文获得过宁夏社会科学优秀成果奖论文一等奖、宁夏文艺奖文学评论一等奖等。

2. 您的教育和成长环境对于您的性格和文学创作有什么影响？

①先说家庭环境的影响。

我一直认为一个人早年生活其中的家庭环境会影响一个人的性格养成和他一生的生活和命运。西方人有一句话说：“生活在过去。”我以为说的就是一个人的童年和少年时光怎样地决定了他一生的命运。而童年和少年时代，我们所有人所受的精神影响，主要来源于自己的家庭和亲人。

我家祖籍江南。我从小生活于一个知识分子家庭。父亲是杭州人，母亲是上海人。1958年宁夏回族自治区成立，我的父母响应党和国家“开发和建设大西北”的号召，从江南来到塞北。父亲曾经是杭州一中的高材生，虽然考上大学了，但还是放弃了继续深造的机会，来到宁夏从事西北的开发和建设。父亲是一个热爱读书、对知识和智慧非常崇拜和痴迷的人。他主要从事的是筑路机械的驾驶和修理工作，但他的业余时间都是在读书读报中度过的。很少见父亲去参加朋友同事间的应酬活动，他不会打牌，更不会打麻将。我就是在父亲的影响下，很小的时候就对书报感兴趣，见带有文字的东西就有亲近感。1980 年 7 月，我从银川一中高中毕业，以宁夏高考文科总分第一名的成绩考上向往已久的大学和专业——北京大学中文系文学专业。这一人生的恩赐奠定了我从事文学评论工作的基础。如果没有考上北大中文系，我不知道自己现在会在什么行当从事着怎样的工作。

②北大对我的影响。

1980 年 9 月我进入北大中文系文学专业学习，1984 年 7 月，我本科毕业，按照当时的国家政策（若干个边远省区的考生，毕业后一律回到原户口所在地参加工作），被分配到宁夏大学中文系从事教学和科研工作。工作四年之后，1988 年 9 月，我重归北大中文系攻读硕士研究生。1991 年 7 月，研究生毕业，我又一次被分配回到宁夏大学工作。我在北大中文系前后读过七年书，所受到的专业训练和精神熏陶对我从事文学评论工作的影响是终生的。

在北大读书，终生受益的是能够聆听名师们的教诲，得其思想和智慧的熏陶。我在北大中文系读书七年，当面接受过王力、王瑶、季镇淮、陈贻焮、袁行霈、金开诚、褚斌杰、张少康、费振刚、倪其心、赵齐平、陈熙中、吕乃岩、马振方、程郁缀、卢永璘、严家炎、唐沅、乐黛云、孙玉石、钱理群、温儒敏、洪子诚、谢冕、佘树森、张钟、赵祖谟、曹文轩、戴锦华等先生的教诲。北大先生授课，分“才气派”和“扎实派”。“才气派”的老师，思维活跃、视野开阔、旁征博引、口吐莲花，学生们被先生的激情点燃，被先生的才气感染，一学期下来，如沐春风，如饮甘霖，知识和智慧不知不觉间已经进入心灵，或生根，或开花。“扎实派”的先生，读书甚多，考证严谨，言必有据，闲话少说。听学问扎实的先生讲课，是一种很好的学术训练，从此知道做一个好教师和优秀的学问家，万不可目中无人，脚底无根，信口开河，指鹿为马；也不可动辄炫耀自己又读一本名作新书——也许别的学问家早就读过此书、烂熟于心了。据我做学生时的观察，无论是“才气派”，还是“扎实派”，先生们的共同特点是：敬业、守道、刻苦、自尊。

北大的先生们皆敬业，我读本科时，正是国家刚刚从“文化大革命”的年代里走出，百废待兴，高校教师的待遇着实不好。除了极个别泰斗级的老先生，如冯友兰先生、王力先生、朱光潜先生，居住条件宽敞一些，其他教师普遍只能居于筒子楼。筒子楼其实是青年教工的宿舍，进入楼门后，左右两边为狭窄的走廊，前后两面则为十平方米到十五平方米的单间宿舍，公用水房和厕所各在走廊尽头。那时，给我们教书的许多先生早已经人到中年，但因为国家十多年没有盖教工宿舍，所以先生们只好屈居筒子楼陋室之中做学问，金开诚先生当年就是掀开铺盖伏身于床板之上写作教案和学术文章的。我敢肯定，在北大，如金先生这般情形的老师绝非一人而已。这样的状况一直延续到20世纪90年代之后才逐渐有所改变。北大的先生亦重守道，或者说是“安贫乐道”。留在北大教书，物质待遇确实不佳，但多少才气横溢的先生把一生都献给了北大，献给了我们这些如流水一般长流常新的学生。先生们贪恋北大的，是这座校园里无与伦比的学术民主空气，是聪明人与聪明人之间的惺惺相惜，是智慧者与智慧者的深度遇合与长久的心灵对话，是永远想把学问做到最好的敬业氛围。北大先生的刻苦，中外皆知。仅举两例为证：

唐代文学研究家陈贻焮教授本科时为我们讲过“唐诗研究”一课。课讲到一半时，先生有一天在课堂上说：昨天我终于把百万字的《杜甫评传》写完了，我大哭了一场，算是为老杜送了终！不久，陈先生便盲一目。我的硕士研究生导师佘树森先生为国内现当代散文研究大家。我随其读书三年，发现佘先生吃穿不上心，休息不上心，娱乐不上心，唯读书工作上心，这位年轻时曾经用毛笔抄写过长篇小说《红楼梦》的学者，后因劳累过度而英年早逝（55岁）。北大先生的自尊，最重要的表征是：所有先生在事业上都力图做一个走在前面的人而从不愿意落在后面。他们的敬业做学问是来自内心深处的一种冲动，是灵魂的喜欢，是从年轻时代起就选择和认可的一种生存和生活的美好方式，而绝不需要旁人的督促和逼迫。北大的先生们学问做得好，文章写得多，不是因为他们比别人多长了三头六臂，而实在是因为他们自尊心强大，永远自己跟自己较劲。

3. 文学创作要有生活体验、审美追求、社会责任感，您对文学评论的创作有什么看法？

①文学评论的创作与其他文学文体的创作一样，必须立足于个人的生活体验、独特的审美追求和社会责任感而展开。相比于形象思维更为活跃的小说、诗歌、散文、戏剧创作，文学评论的理性思维更为强大一些，难度也更大一些。好的文学评论作品，都是出自那些生活体验深厚、情感深沉、读书积累甚多、思维清晰深刻的创作家之手。一个好的文学评论工作者，倘若没有十年以上的读书积淀和专业训练，是无法从事这个行当的。因此，从事文学评论工作者的人数总是少于其他文体的创作家人数。原因就在于：从事文学评论工作需要专业的训练和磨砺，

从业者要有足够的耐心和毅力，要与时间和寂寞搏斗。

②文学评论工作不是书斋里的个人情感抒发，而是与书斋之外的大地和社会生活紧紧拥抱在一起的。我选择中国现当代文学研究和当代西部文学和少数民族文学评论工作，看重的恰恰是它们与现实的亲和之力。因此，我一直认为文学批评不是寄生性和附庸性的，它的“根”本应该深深扎在人类生活和时代的丰厚土壤之中，是变动不居的社会生活和绚烂多色的时代风云给予文学批评以强大的背景支持。一篇优秀的文学评论文章当中总是跳动着一颗对现实的热切关注和忧患之心，流淌着批评者对生活、时代和人本身的独特理解和新鲜感受。从这个角度而言，一个优秀的批评家和一个优秀的作家是具有同等价值和地位的。更不消说，中外文学史上还有许多兼有创作家和批评家两重身份的文学大师。

4. 您觉得文学理论对文学创作会起到帮助作用吗？文学评论的最大动力是什么？

文学理论对文学创作具有重要的参考价值和启示性意义。一个缺乏理论武装的创作家是走不远的。文学创作者在从事创作之时，实际上一直受着一些理论的支配和影响，无论创作内容的选择、人物形象的塑造、作品氛围的营造、语体风格的选择，等等，都受某一种（或者数种）文学理论的影响。有些创作家声称：自己的创作不受文学理论支配，这是欺人之谈。

文学评论的最大的驱动力来源于评论家对时代风云、人生事象和人性奥秘的浓厚兴趣，也来源于评论家被优秀深刻的文学作品所感动。感动于作家对人类美好生活的优美呈现，对高贵人性不遗余力地赞颂，对社会生活消极面和人性黑暗面积极地干预和毫不留情地批判。

5. 您现在创作上最大的压力是什么？您创作上的最大愿望是什么？

创作上感觉到的最大压力一是想做的专业研究工作和可以支配的时间之间存在着紧张关系。现在读书和写作文学评论都是利用业余时间和节假日时间，感觉时间紧张。我一直有一个愿望：那就是想静下心来把中国古代的经典文学作品和19世纪以来的欧洲优秀小说再重读一遍。年轻时读过许多，现在在经历了人生的一些风雨之后想再读一遍，但是抽不出时间。再者，如今自己写作文学评论文章的时间经常是仓猝的、破碎的，写作的过程经常是断断续续，一篇万字文章数月才可成篇。二是做了多年的研究生导师，指导了许多学生，但学生们毕业之后真正从事文学评论工作的人数极少。许多学生“坐冷板凳”的意愿缺失，好像也不是真心喜欢文学，又因为耐不住专业研究领域的寂寞，嫌物质利益回报太少太慢，所以纷纷去干了别的行当。每每想到这一点，有时会有专业挫败感和伤心感。

创作上的最大愿望是：希望能够拥有一个自己领军的专业团队，认真而耐心地做好西部文学和少数民族文学的研究和评论工作；希望自己的评论文章能够拥有更多的读者。

6. 您认为文学创作的难度在哪里？它应该在理论层面上解决，还是在文化层面上解决，抑或应当在现实生活的真实性当中得以解决？

任何文学创作（包括文学评论写作）都是有难度的。一个创作家只要不甘心平庸，只要想超出一般作者的创作水平，他就必须给自己设定具有难度的标高。文学创作的难度在于，经典作品和优秀作品已经大山般在你眼前横亘，哪怕爬到大山的半山腰，你也要费尽一生的心血。但人类的生活永远充满新鲜性，每一个生命个体都要重新活一次，所以古老的生命和生活之树完全可以开出艳丽的新花。写作者破解难度的唯一路径是：与伟大的作品保持疏异性，努力写出全新的生命感受和对社会、历史、人性的惊人发现。

7. 多年来的创作，您对文学评论的看法是否发生了变化？如果有变化，这种变化的根源在哪里？

在中国社会改革开放的早期岁月，文学创作和文学评论是“显学”，是社会关注度很高的一项文化事业。那时，大学中文系招生，基本能把各地的文科“状元”网罗进来。以后，中国社会转入市场经济大潮，功利主义成为大众的主流意识，随着许多人对公民精神成长话题和社会精神环境建设的漠视，文学创作逐渐被“边缘化”。这是可以见到的客观现实。

我对自己所从事的文学评论事业一直抱有尊敬的态度，从业者的神圣感没有丢失。我始终信奉鲁迅先生的一句话：文艺是引导国民精神前途的灯火。我愿意用一生的时间来守护这一盏灯火。我最新出版的一本评论集的书名就叫《守护风沙中的一盏灯》（作家出版社，2018 年 10 月第一版），表达的就是这样的心情。

8. 您觉得作为一名少数民族文学评论家，其优势何在？

我觉得唯一的优势是，你对本民族的历史、文化和民族特性了解得更加深入一些。

9. 作为一名少数民族文学评论家，您如何看待目前汉语形态下的民族文化及其创作者面临的问题？

汉语是世界上最伟大的语言之一，它的神奇和奥妙之处，也许终我的一生都未必揣摩得清楚。汉语给予我写作的灵感，也给予我思想的深刻和语言的精美。我希望少数民族创作家们能够从汉语这个宝库当中汲取更多的精神和文学营养，以丰富和壮大民族文学的写作。

10. 您对回族作家创作思想有什么看法?

当代中国回族作家都是用汉语写作的。因为要涉及生活领域，一些方言俗语会很自然地进入文学作品当中，一些回族文化习俗也会真实地呈现于作品当中。但是，无论怎样描写民族文化的特殊性和运用某些方言俗语从事创作，我觉得最核心的问题是：作为一个具有社会责任感的回族作家，你应该天然地具有中华民族共同体意识，你应该把讴歌中华民族的大团结，讴歌回族人民对中华民族大家庭的认同、对源远流长的中华文化的认同、对祖国和中国共产党的认同、对中国特色社会主义的认同放在首位。有国家的统一和中华民族大家庭的和睦相处，才可能有各少数民族的幸福和未来。这一点，应该是回族作家从事文学创作时必须遵循的基本的创作思想原则。

11. 您认为文学作品中如何把握和考量民族文化的“先进”和“落后”？作为一个民族文化名人，您怎样看待自己民族的未来发展?

判定文化的“先进”和“落后”，自然有相对科学和客观的衡量尺度。能够促进民族各项事业发展、促进人的全面发展和生态环境保护的文化就是先进的文化；反之，阻碍民族各项事业的发展、损害人的正当权益、阻碍人的健康发展、破坏人与自然环境和谐相处的文化就是落后的、坏的文化。

回族是中华民族大家庭的一员。在党的民族政策的阳光照耀下，在中华民族各民族一家亲的和谐社会环境中，回族人民通过不懈的努力和奋斗，一定会赢得美好的未来。

12. 西海固之所以受到广泛关注，很重要的一个原因是虽然那片土地贫瘠、“苦甲天下”，却是一片滋养文学的沃土，走出了石舒清等一批优秀的文学创作家，您如何看待西海固文学？

西海固文学现象是 20 世纪 90 年代以来出现于中国文坛的一个文学现象。宁夏的西海固（西吉、海原、固原）地区土地贫瘠、极度缺水，在相当长的一个历史时期，人民生活比较艰难。就是在物质生活比较匮乏、精神生活比较单调的环境中，西海固文学却蓬勃生长起来，一批优秀作家脱颖而出。“鲁迅文学奖”从 1997 年设立至今，已经 21 年，一共颁发了七届作品奖。在获得“鲁迅文学奖”短篇小说奖的 35 位作家当中，宁夏占有 3 位（石舒清、郭文斌、马金莲），这三位获奖作家皆出自西海固地区。我们仅从这一点就可以看出，西海固文学的成就是多么的卓越和引人注目。三位来自西海固地区的作家之所以能够获得中国文学的最高奖，我以为有以下几点原因。

第一，从创作主体来看，三位获奖者都是异常勤奋的写作者。从怀着一颗敬畏心、虔诚心踏上文学创作之路到获得国家级文学大奖，在漫长的十几年到二十年间，三位获奖作家一直以一种坚韧的劳动精神，认真而执着地在文学的土地上深耕细作，不惧风沙扑打，不怕寒热侵袭。他们只懂得“一分耕耘一分收获”的道理，而从不指望简单而轻松地付出便可骤然获得惊人的回报。石舒清们的获奖，是自身勤苦劳作、挥汗如雨而得到最优美的回赠。

第二，西海固作家的创作一直立足于他们所熟悉的西海固大地，是西海固这片土地上生活的艰难、人生的不易和人的命运的多姿多彩给予作家创作不竭的动力和源泉。他们的获奖一再证明：优秀的文学创作永远都是与“土地、人民、时代”紧紧联系在一起的。

第三，在三位西海固作家的作品当中，仁爱、温暖、善良是贯穿始终的主旋律。在他们所构筑的文学天地当中，尽管有着生活的不幸、沮丧、坎坷和艰难，但创作者始终以一支饱含深情的彩笔，书写着人类生活本身所具有的美丽和仁善，并把这种“美”和“善”当作照亮人类生存暗影的不灭的灯火。我们读他们的作品，内心常常会被温暖的潮水所淹没。

第四，三位作家的获奖与宁夏文学界的共同努力、共同奋斗有着直接的对应关系。

我们都知道，一个作家的成长、成熟直至获得国家文学最高奖，他（她）的身后是有着一批人默默地为之付出艰苦的劳动，为之付出了心血和智慧的。其中，宁夏的几家文学刊物《朔方》《六盘山》《黄河文学》，应该说是做出了杰出贡献。以我熟悉的《朔方》为例，从冯剑华主编开始，经过哈若蕙主编，再到漠月主编，十年间，《朔方》一共发表了马金莲的小说和散文作品共 24 篇（平均每年 2.4 篇），另外，还发表了 3 篇有关马金莲创作的访谈和评论。固原文联主办的《六盘山》是马金莲文学起步的所在，编辑部的老师们一直像对待自己的娘家人一样，帮助和扶持着马金莲的创作。马金莲曾经有言：“作者与刊物的关系，就如一棵小苗与一片沃土的关系。”（《我与〈朔方〉之间的点点滴滴》，《朔方》2011 年第 1 期）

13. 如果从审美的角度用几个关键词来概括西海固文学，您觉得“苦难主题”“清洁精神”“死亡叙事”可以概论吗？如果不可以，您怎么看？

任何一种文学创作现象都可能是丰富的、多色彩的。从审美的角度，用“苦难主题”“清洁精神”“死亡叙事”几个关键词来概括西海固文学，不能说完全不准确，但有可能遮蔽了事物本身所具有的更为丰富的内涵。西海固文学当中不仅有“苦难叙事”，也有充满喜气和乐观情调的作品，你阅读郭文斌的小说《大年》《点灯时分》等，感受到的更多的是生活的诗意和人生的幸福感。西海固文学当中不仅有“死亡叙事”，也有生的欢欣和人间的温暖，石舒清的小说《清洁的日子》，马金莲的小说《1987年的浆水和酸菜》，所透露的不都是人对温暖生活的热爱和依恋之情吗？刚刚公布的第七届鲁迅文学奖短篇小说奖授奖辞这样评价《1987年的浆水和酸菜》：“马金莲《1987年的浆水和酸菜》中，两种家常食物的制作和分享，是生活意义的淬炼、生活之美的晕染。对物的珍惜，也是对心的珍重。精确的、闪亮的、涓涓流溢的细节使心与物、人与人温暖地交融。”所以，读者们和研究者们在阅读西海固文学时，最好能够以一种不受干扰的、原初和平和的心境进入作家们所构筑的异常丰富复杂的文学世界。

14. 您认为回族文学现在的缺陷是什么？您理想中的回族文学是什么样的？或者说您对回族文学的现状有哪些看法和期待？

回族文学创作现在存在着一些瓶颈需要解决。

第一，创作题材的单调性问题。回族作家们创作的涉及乡土生活的作品显得数量庞大了一点，其他生活领域的进入和书写，还需要加强。也就是说，回族作家的创作视野应该再开阔一些。

第二，作品的思想深度问题，尤其是回族作家所创作的长篇小说的深度问题。许多回族作家的创作，还存在着“选材不严、开掘不深”的缺陷。鲁迅当年曾经语重心长地告诫刚刚闯入文坛的沙汀和艾芜，希望他们“选材要严，开掘要深，不可将一点琐屑的没有意思的事故，便填成一篇，以创作丰富自乐”（《关于小说题材的通信》）。鲁迅的告诫显然具有超越时空的意义。对于许多回族作家，尤其是从事长篇小说的写作者来说，生活经历和个人的心灵经验只能是写作的触发点，而决不是全部。因为在创作长篇小说之前，不能不慎重考虑这样两个创作问题。第一，你的人生经验是否具有足够的“浓度”和强度，可以经得起长篇小说这种“繁复文体”的强力撕扯和锻造。也就是说，你的生活经历和心灵经验本身是否能够满足长篇小说这种文体所提出的诸多的艺术要求。第二，你的人生经验在转变为艺术作品之后是否具有“挥发性”和超越性特征。创作者的生活经验已经积累得足够丰富，那么从这人生经验里是否一定能够提炼出芳香四溢的思想价值和意义呢？是否能够具有新鲜而强悍的审美冲击力呢？学者兼作家的杨绛曾经说过：“经验所供给的材料，如不能活用，只是废料。”（《关于小说·事实——故事——真实》）我认为杨绛所说的“活用”，其实是指作家处理生活经验的高度发达的艺术能力，也即“点铁成金”的能力。

显而易见，作为创作，对生活的选取和裁剪，提炼和升华，开掘和发现，才构成艺术最内在的品质和本源。鲁迅所谓的“开掘要深”是说作家对所掌握的“生活”必须要有穿透的能力，必须要有新鲜别致的惊人发现。今天，当我们从纷乱的生活事务中抽出时间，静下心来阅读一部长篇小说时，我们实际上首先期待着能够从作品当中感受思想的震撼与冲击，因为一部杰出的长篇小说的艺术思维往往能够穿透生活的表层而达到人类命运的深处。现实是如此复杂难辨，世情是这般嘈杂喧嚣，心灵有诸多纠结困扰，我们阅读长篇，既希望从中看到熟悉的人生面影，更盼望着小说能够将我们引入一条长长的思索的隧道。我们并不需要苛求作家都是生活的导师，能够回答所有尖端和尖锐的问题。但是，我们有理由要求作家对你所描写的生活不仅熟知，而且还要从中有所“发现”。由于你的锐意发现，一些本来我们熟悉的事物，经由你的文字，却使我们获得了全新的感受和全新的认识，埋藏在我们内心深处的意识被挑动，被唤起，被激活了。我们就像一直处于熟睡当中的婴儿，忽然张开了惺忪的睡眼，打量着呈现在眼前的一个新奇的陌生的世界。

第三，回族作家在创作中的艺术表现方式总体而言还欠丰富，显得单调和单薄一些。在写实和写意之间，在艺术处理的“实”与“虚”之间，在立足本土文学资源和汲取异域文化营养之间，一句话，在艺术的立足大地扎根泥土与冲天一飞俯视苍穹之间，回族文学还有一段不短的探索之路要走。

2018 年 10 月，固原—银川

后　记

大约是在2019年年底，宁夏作协的同志打电话和发微信通知我，说是为了繁荣宁夏文学创作和冲击国内文学奖项，在新的一年当中，自治区党委宣传部出资扶持宁夏作家出版作品集，我是被选中的幸运儿之一。接完电话以后的心情是愉快的。自然，也会心生感激之情：一是要感谢自治区党委宣传部为作家们搭平台、办实事的情怀和举措，二是要感谢作协同志们长期以来对我的关心和帮助。我在宁夏做文学评论工作，因为写作评论文章稍多一点而被作协的同志们高看一眼，内心的感动和温暖常思常新。

收在这本文学评论集里的六十来篇文章，是从二十多年间所写作的文学评论当中挑选出来的，所涉及的内容相对集中一些——都是有关新时期以来宁夏文学发展状况的分析与研究的。有综合性、总体性的文学历史与现状的探讨与研究，也有具体的作家创作个案的分析与研读。

挑选和重读这些文章时，会情不自禁地想起自己年轻时埋头读书、勤苦写作的情景；也会回忆起经常来往于位于文化东街上的老文联大楼，与许多宁夏作家和国内文学界的朋友们相见相识于七楼会议室的情形。读者朋友们如果能够读到这些文章，大概可以看到宁夏文学由弱小变为强大的历史过程，也可以看到我与宁夏文学之间一段不解的情缘。

宁夏文学，曾经在相当漫长的一个时间段内，不太受人注意。不受人注意的原因，我在许多文章中已经反复提及。一是“地不利”——宁夏的地理位置稍微偏远了一点，又是社会经济和文化长期不发达地区。这样的情形，自然不会引人注目；二是大概有二十年的时间（其中又经历了十年“文化大革命”），在宁夏文坛具有强劲的思想和艺术冲击力的作家与作品未能出现。改革开放之后，得思想解放春风的吹拂和真理阳光的照射，宁夏文学的原野上逐渐长出面积喜人的一片绿色，不久这方土地上还生长出了令人惊讶的错落有致的乔木——张贤亮以及以后的“三棵树”和“新三棵树”等。一时间，“宁夏文学”不仅成为宁夏对外宣传的最佳名片，也成为国内当代文学研究界乐于谈说的重要文学话题。我就是在这样的历史背景下加入宁夏文学研究者队伍的。细细想来，偶然当中暗藏着某种必然。

我与当代宁夏文学研究这一学术领域结缘，始于 1985 年的夏天。那年 6 月初，银川街头已经可以闻到沙枣花的浓烈芬芳。宁夏作协和宁夏文联文艺理论研究室联合举办了一场“戈悟觉作品讨论会”。我那时在宁夏大学中文系现当代文学教研室做教师，参加工作未足一年。同一个教研室的陈学兰和田美琳两位老师鼓动我去参加这个研讨会。于是我壮着胆子写了论文，并在研讨会上做了发言。研讨会甫一结束，《朔方》

编辑部的吴江老师就找到我，说是听了我的发言，感觉我对戈悟觉的作品理解还比较到位，可否根据研讨会上专家们的发言情况，帮助编辑部写作一个“戈悟觉作品研讨会纪要”？美妙之事突然降临，我欣然答应，很快便写出《普通人心灵美的追求者——戈悟觉作品讨论会侧记》一文交出。吴江老师看了，没做修改，将文章发表于 1985 年《朔方》第 10 期上。刊物印出来拿到手的那一天，尽管是排在那期刊物最后面页码的稿子（按照刊物编辑惯例，评论稿一般是排在刊物的最后部分的），尽管印刷的字体也不够大（小五号字），我却反复看自己由手写印成铅字的稿子，激动得几乎彻夜难眠。这是我进入大学工作之后正式发表的第一篇带有研究色彩的文稿，当时的惊喜兴奋之情，至今想来，犹感真切。

1985 年之后的好多年，我去忙青年人通常要忙的人生大事，结婚、生子、读学位（重归北大中文系中国现当代文学专业攻读硕士研究生），与宁夏文学研究界却渐行渐远。直到 1994 年秋天的一个下午，已经成为《朔方》编辑的作家陈继明找到我，说是想请我为他即将在《朔方》推出的小说“创作小辑”撰写一个千字评论。为陈继明写作的这一则千字评论，将我重新引回到宁夏文学研究领域。我不知道这是不是我的宿命。之后的逻辑推进情形是：1994 年至今，我平均每年要在《朔方》上发表两到三篇评论，宁夏重要小说家的创作，我几乎都写过相应的评论文字。如果有人问，这二十五六年间，对宁夏文学创作状况及作家作品追踪最频繁、最紧密，写作评论最多者是何人？我想在国内宁夏文学研究这一领域，自己是可以名列前茅的。

我的文学评论文章，绝大多数都是利用节假日时间完成的。我生性不喜应酬，也不太喜欢小长假期间奔波若干时日、跨越许多山水，到人潮涌动处觅诗情。别人的休息日和出游日，恰是我的读书日和写作日。辛苦和应该付出的代价自然是有的。年轻的时候，有时为了赶写一篇文章，经常会弄得家里该吃饭时间依然茅舍无烟、锅灶无声。那时爱人在一个金融单位工作，节假日肯定加班。儿子好像正是上小学的年龄，肚子实在饿得无计可施时，便来敲我的书房门，带着委屈的哭腔提醒道：爸爸，该做饭了。我这才如梦方醒，奔向厨房。所以，很多个节假日，我家的午饭多在中午一点左右才开始张罗。最近这些年，在担任了一定的行政职务且年过半百之后，已经不像三十多岁四十岁时那样，一个上午能够一口气写作两三千字。如今，一篇像样一点（起码能先过自己这一关）的万字研究论文，大约要费时一个月。我一直执拗地认为，写文章的过程就应该是一个优秀工匠制作和打磨器皿的过程。譬如一个出色的银器匠，你把一件银器的大模样打造出来了，这还远远不够。你还必须把银器上的图案凸显出来，把银器上小动物的神情塑造得尽可能生动活泼、憨态可掬，你还要想尽办法使银器的天然光泽哪怕在阴暗的角落当中，也能耀人眼目……汉语是这个世界上最古老最伟大的语言之一，是中华民族的伟大祖先给予后人的最优雅和最美丽的馈赠。我们用汉语写作，如果不能用全部的心血和智慧来继承和发扬它的博大精深和优雅美丽之处，而是漫不经心地使用它、唐突它。我们就只能是一个愧对先人的“不肖”子孙。

我从事文学评论写作，从一开始就试图走显现个人风格之路。受北大老师们的言传身教，我希望自己的文章尽可能地视野开阔一些、格局也大一些；又受北大老师和几位师兄师姐文章的影响，我想把研究和评论文章尽可能写得文学化一些，语言诗意化一点、清新一点。我从来不欣赏有人写作过于晦涩的“技术化”的文学批评文章——如果让我说真话，我以为许多写作者可能还没有把艰深的理论琢磨透彻，也没有心情和能力写一大堆玄而又玄的话语去吓唬读者。这样的写作风格的追求，几十年来一直在坚持，也受到过不少行内人的肯定。有些学界的朋友，还给予了比较高的评价。我当然知道，朋友们的褒奖和激赏是一种认可，更是一种鞭策。我只能悄然感叹，如果能够给我更多的读书和思想沉淀的时光，我也许会将每篇文章都打磨的思想更为深沉一些，表达也更为优雅一些。

最后想说的一个意思是，感谢本书责任编辑谢瑞先生以及他的工作团队的辛勤劳动。有了他和出版社其他小伙伴们认真而卓有成效的工作，读者诸君才有机会及时看到我的这本著作，所以要特别感谢为本书的出版付出了汗水和心血的出版社的朋友们。

2020 年 5 月 5 日 · 银川